SCIENCE FICTION

Herausgegeben
von Wolfgang Jeschke

FRANK HERBERT

Die Leute von Santaroga

LYON SPRAGUE DE CAMP

Das Orakel der Fremden

JOHN D. MACDONALD

Herrscher der Galaxis

Drei Science Fiction Romane in einem Band

herausgegeben von
Wolfgang Jeschke

WILHELM HEYNE VERLAG
MÜNCHEN

HEYNE SCIENCE FICTION & FANTASY
Band 06/4336

Titel der amerikanischen Originalausgaben

THE SANTAROGA BARRIER
Deutsche Übersetzung von Birgit Reß-Bohusch

ROGUE QUEEN
Deutsche Übersetzung von Friedl und Yoma Cap

BALLROOM OF THE SKIES
Deutsche Übersetzung von Wulf H. Bergner

Redaktion: Werner Bauer

Printed in Germany 1986
Umschlagbild: Tim White
Umschlaggestaltung: Atelier Ingrid Schütz, München
Satz: Schaber, Wels
Druck und Bindung: Elsnerdruck, Berlin

ISBN 3-453-31313-5

INHALT

FRANK HERBERT
Die Leute von Santaroga
(THE SANTAROGA BARRIER)
Seite 7

LYON SPRAGUE DE CAMP
Das Orakel der Fremden
(ROGUE QUEEN)
Seite 241

JOHN D. MACDONALD
Herrscher der Galaxis
(BALLROOM OF THE SKIES)
Seite 439

Frank Herbert

DIE LEUTE VON SANTAROGA

Von Frank Herbert erschienen in der Reihe
HEYNE SCIENCE FICTION & FANTASY:

Atom-U-Boot 1881 · 06/3091
Die Leute von Santaroga · 06/3156, auch ↗ 06/4336
Gefangen in der Ewigkeit · 06/3298; auch als Sonderausgabe im Sammelband · 06/3930
Die Riten der Götter · 06/3460
Hellstrøms Brut · 06/3536
Revolte gegen die Unsterblichen · 06/3125; auch als Sonderausgabe unter dem Titel: Die Augen Heisenbergs · 06/3926
Die weiße Pest · 06/4120

»DUNE«-ZYKLUS:
Der Wüstenplanet · 06/3108
Der Herr des Wüstenplaneten · 06/3266
Die Kinder des Wüstenplaneten · 06/3615
Der Gott-Kaiser des Wüstenplaneten · 06/3916
Die Ketzer des Wüstenplaneten · 06/4141
Die Ordensburg des Wüstenplaneten · 06/4234
Die Enzyklopädie des Wüstenplaneten
Band 1 · 06/4142
Band 2 · 06/4143

»SCHIFF«-ZYKLUS:
Ein Cyborg fällt aus · 06/3384
Der Jesus-Zwischenfall · 06/3834
Der Lazarus-Effekt · 06/4320
Der Himmelfahrts-Faktor (in Vorb.)

»CALEBAN«-ZYKLUS:
Der letzte Caleban · 06/3317
Das Dosadi-Experiment · 06/3699

Außerdem erschien in der
BIBLIOTHEK DER SCIENCE FICTION LITERATUR:
Hellstrøms Brut · 06/14

DIE LEUTE VON SANTAROGA
erschien ursprünglich als HEYNE-BUCH Nr. 06/3156-57
Titel der amerikanischen Originalausgabe
THE SANTAROGA BARRIER
Deutsche Übersetzung: Birgit Reß-Bohusch

1

Die Sonne ging unter, als der fünf Jahre alte Ford-Campingwagen sich über den Fluß plagte und dann den langen, abfallenden Weg hinunter ins Santaroga-Tal nahm. Neben der ersten Kurve hatte man eine halbmondförmige Ausweichstelle geebnet. Gilbert Dasein fuhr seinen Wagen auf den Kies hinaus, blieb an dem weißen Abgrenzungszaun stehen und sah hinab in das Tal, dessen Geheimnisse er erforschen sollte.

Dasein erinnerte sich, daß bereits zwei Männer bei diesem Vorhaben ums Leben gekommen waren. Durch Unfälle.

Was gab es dort unten in der von Schatten durchzogenen Mulde, in der die Lichter ganz zufällig hingestreut schienen? Wartete etwa auch auf ihn ein Unfall?

Daseins Rücken schmerzte nach der langen Fahrt von Berkeley bis hier herauf. Er stellte den Motor ab und streckte sich. Im ganzen Wagen roch es nach verbranntem Öl. Die Kupplung zwischen Führerhaus und Campinganhänger stöhnte und krachte.

Das Tal, das sich unter Dasein erstreckte, sah irgendwie anders aus, als er es sich vorgestellt hatte. Der Himmel, der es säumte, war von einem klaren Blau, das jetzt vom Leuchten des Sonnenuntergangs durchdrungen war und sich über die Baumwipfel und Felsen des Talrandes zu ergießen schien.

Eine Stille wie über einer sturmgeschützten Insel umgab das Tal.

Was hatte ich denn erwartet? fragte sich Dasein.

Wahrscheinlich hatten ihn die vielen Karten, die er studiert hatte, und die vielen Berichte, die er über Santaroga gelesen hatte, zu dem Glauben verleitet, er kenne das Tal. Doch Karten waren nicht das Land und Berichte nicht die Menschen.

Dasein warf einen Blick auf seine Armbanduhr. Fast sieben. Er zögerte mit dem Weiterfahren.

Weit links im Tal schimmerten grüne Lichtstreifen zwischen den Bäumen. Das war das Gebiet, das auf der Karte die Bezeichnung ›Gewächshäuser‹ trug. Einen milchweißen Block mit zinnenähnlichen Vorsprüngen, der sich rechts unter ihm befand, identifizierte er als Jaspers-Käse-Genossenschaft. Die gelben Fenstervierecke und die umherhuschenden Lichter verrieten eine rege Aktivität.

Dasein bemerkte das Surren von Insekten in der Dunkelheit um ihn, das Klatschen von Flügeln, als ein Bussard schwerfällig aufstieg, und, weit in der Ferne, das langgezogene Heulen von Hunden. Die Meute schien sich hinter den Genossenschaftsgebäuden zu befinden.

Er schluckte und hatte den Gedanken, daß die gelben Fenster plötzlich wie unheilvolle Augen wirkten, die in die dunkle Tiefe des Tales starrten.

Dasein schüttelte den Kopf und lächelte. So durfte er nicht denken. Unakademisch. Dieses ganze düstere Zeug, das über Santaroga berichtet wurde, mußte zur Seite geschoben werden. Eine wissenschaftliche Untersuchung konnte in einer von Angst erfüllten Atmosphäre nicht gedeihen. Er schaltete die Innenbeleuchtung des Wagens ein und nahm die Mappe vom Nebensitz. In Goldbuchstaben stand auf dem braunen Leder: »Gilbert Dasein, Universität von Kalifornien, Berkeley, Psychologische Fakultät.«

Er zog einen verknitterten Ordner aus der Tasche und schrieb: »Angekommen im Santaroga-Tal gegen 18 Uhr 45. Erster Eindruck – eine blühende Landgemeinde ...«

Er legte Ordner und Tasche auf die Seite.

Blühende Landgemeinde, dachte er. Wie konnte er wissen, daß sie blühend war? Nein – das hatte er nicht gesehen. Das war etwas, das er aus den Berichten wußte.

In Wirklichkeit vermittelte das Tal unter ihm den Eindruck, als wartete es auf etwas. Die Stille wurde nur hin und wieder vom Läuten der Kuhglocken unterbrochen. Er stellte sich vor, daß die Menschen jetzt nach der Tagesarbeit wieder zu ihren Familien zurückkehrten. Worüber würden sie sich in dieser lauernden Dunkelheit unterhalten?

Worüber würde Jenny Sorge mit ihrem Mann sprechen – wenn sie einen Mann hatte? Es schien ihm unmöglich, daß sie noch ledig war – die schöne Jenny, die genau im heiratsfähigen Alter war. Es war jetzt mehr als ein Jahr her, daß sie einander zum letztenmal in der Universität begegnet waren.

Dasein seufzte. Hier in Santaroga konnte er die Gedanken an Jenny nicht abschütteln. Jenny gehörte mit zum Geheimnis von Santaroga. Sie war ein Element der Santaroga-Barriere und der Hauptgrund für seine gegenwärtige Untersuchungsarbeit.

Wieder seufzte Dasein. Er konnte sich nicht selbst betrügen. Er wußte, weshalb er das Projekt übernommen hatte. Es war weder wegen der großzügigen Summe, die dieser Kaufhausring der Universität für die Studie zur Verfügung gestellt hatte, noch das gute Gehalt, das man ihm zahlte.

Er war hergekommen, weil Jenny hier lebte.

Dasein sagte sich vor, daß er lächeln und sich ganz normal benehmen würde, wenn er sie traf. Er war geschäftlich hier, ein Psychologe, der seine Lehrtätigkeit unterbrochen hatte, um eine Marktforschung im Santaroga-Tal durchzuführen.

Aber wie benahm man sich Jenny gegenüber normal? Wie konnte man sich normal geben, wenn man auf Abnormalität stieß?

Jenny war eine Bewohnerin von Santaroga – und das Tal trotzte allen normalen Erklärungen.

Seine Gedanken wanderten zurück zu den Berichten, ›den bekannten Tatsachen‹. Alle Datenblätter, die offiziellen Berichterstattungen und die Gerüchte, die man sich unter der Hand weitererzählte – all das vereinigte sich zu einer einzigen ›bekannten Tatsache‹ über Santaroga: Es ging hier etwas Außergewöhnliches vor, etwas sehr viel Beunruhigenderes, als jede sonstige sogenannte Marktstudie behandelte.

Meyer Davidson, der rosige kleine Mann mit dem weichlichen Aussehen, der sich als Agent der Investment-Gesellschaft vorstellte, die den Kaufhausring finanzierte, hatte bei der ersten Lagebesprechung alles mit den ärgerlichen Worten zusammengefaßt: »Was wir über Santaroga wissen wollen, ist folgendes: Weshalb werden wir gezwungen, unsere Läden dort zu schließen? Weshalb macht kein einziger Bewohner von Santaroga Geschäfte mit einem Außenstehenden? Worin besteht diese Santaroga-Barriere, die alle Fremden ausschließt?«

Davidson war nicht so weichlich, wie er aussah.

Dasein ließ seinen Wagen an, schaltete die Scheinwerfer ein und fuhr die gewundene Strecke ins Tal hinab.

Alle Daten besagten das gleiche.

Außenstehende konnten im Tal keine Häuser mieten oder kaufen.

Die Behörden von Santaroga erklärten, daß es bei ihnen

keine Jugendkriminalität gäbe und sie deshalb auch keine Zahlen für die Statistik nennen könnten.

Junge Männer, die aus Santaroga eingezogen wurden, kehrten nach Ablauf der Pflichtzeit immer ins Tal zurück. Noch genauer gesagt: Es war kein einziger Fall bekannt, in dem ein Bewohner von Santaroga das Tal freiwillig verlassen hätte.

Weshalb? Schirmte die Barriere in beiden Richtungen ab?

Und dann die Anomalitäten! Die Unterlagen enthielten einen Zeitungsartikel von Jennys Onkel, Dr. Lawrence Piaget, dem bekanntesten Arzt des Tales. Der Artikel lautete: ›Das Gifteichen-Syndrom in Santaroga‹. Sein Thema behandelte folgendes: Wenn man Bewohner von Santaroga für längere Zeit zwang, außerhalb des Tales zu wohnen, zeigten sie sich bemerkenswert anfällig für Allergien. Deshalb wurden auch die wenigsten jungen Männer von Santaroga zum Militärdienst eingezogen.

Alle Daten besagten das gleiche.

Santaroga konnte dem Staatsinstitut für Geisteskrankheiten keinen einzigen Fall von Geistesgestörtheit oder Geistesschwäche melden. Kein Bewohner von Santaroga befand sich in einer Nervenheilanstalt. (Dr. Chami Selador, der leitende Psychiater von Daseins Fakultät, fand diese Tatsache ›alarmierend‹.)

Zigaretten wurden in Santaroga höchstens von Durchreisenden gekauft.

Die Bewohner von Santaroga zeigten einen eisernen Widerstand gegen die landläufige Reklame. (Ein ganz und gar unamerikanisches Symptom, wenn man Meyer Davidson glauben durfte.)

Käse, Wein oder Bier, die außerhalb des Tales hergestellt wurden, fanden in Santaroga keinen Absatz.

Sämtliche Geschäfte des Tales – auch die Bank – wurden von Einheimischen geführt. Sie weigerten sich glatt, außerhalb des Tales Geld zu investieren.

Santaroga ließ sich auch durch finanzielle Zuwendungen nicht dazu verleiten, einen Politiker zu wählen, der ihnen nicht behagte. Ihr Senator kam aus Porterville, das zehn Meilen hinter Dasein und ein gutes Stück außerhalb des Tales lag. Unter den Politikern, die Dasein interviewt hatte, um den

Grundstock zu seinen Studien zu legen, war der Senator einer der wenigen gewesen, der die Bewohner von Santaroga nicht für ›eine Bande von Verrückten oder so eine Art Sektierer‹ hielt.

»Sehen Sie, Dr. Dasein«, hatte er gesagt, »dieser ganze Unsinn über das Geheimnis von Santaroga ist nichts anderes als eben – Unsinn.«

Der Senator war ein knochiger, aufmerksamer Mann mit einer dichten grauen Haarmähne und rotgeäderten Augen. Er hieß Barstow und kam aus einer alten kalifornischen Familie.

Barstow hatte folgende Meinung: »Santaroga ist eine letzte Festung des amerikanischen Individualismus. Es sind Yankees, Leute aus den Neuenglandstaaten, die in Kalifornien leben. Was soll an ihnen Geheimnisvolles sein? Sie haben keine Sonderwünsche und hämmern nicht mit dummen Fragen auf mich ein. Ich wollte, alle meine Wähler wären so aufrichtig und ehrlich wie sie.«

Die Meinung eines einzelnen Mannes, dachte Dasein.

Dasein war jetzt im Tal. Der zweispurige Highway ging in eine ebene Straße über, die von gigantischen Bäumen gesäumt wurde. Das war die *Avenue der Riesen.* Sie erstreckte sich zwischen einer Doppelreihe der Spezies *Sequoia gigantea.*

Hinter den Bäumen sah er Häuser. Seine Daten besagten, daß einige davon schon seit dem Goldrausch hier standen. Die Dachkanten wurden von Schnörkelverzierungen aus Holz gesäumt. Viele der Häuser waren drei Stockwerke hoch, und gelbes Licht drang aus den Fenstern.

Dasein merkte, daß an den Häusern irgend etwas fehlte, und dann erkannte er, was es war: kein Fernsehflimmern, keine bläulich beleuchteten Wohnzimmer, keine Wände, die im Licht der allgegenwärtigen Bildröhre die Farbe von säuerlicher Milch annahmen.

Vor ihm gabelte sich die Straße. Ein Richtungspfeil mit der Aufschrift ›Stadtzentrum‹ deutete nach links. Zwei andere, einer mit der Aufschrift ›Haus Santaroga‹ und einer mit der Anzeige ›Jaspers-Käse-Genossenschaft‹ wiesen nach rechts.

Dasein fuhr nach rechts.

Seine Straße führte unter einem Bogen mit der Inschrift: ›Santaroga, die Stadt des berühmten Käses‹ durch und stieg dann leicht an. Die Sequoias blieben zurück, und der Weg mündete in einen Eichenwald ein. Zu seiner Rechten ragte hinter einem Maschendrahtzaun das Gebäude der Genossenschaft grauweiß auf. Lichter brannten, und es herrschte reges Leben. Auf der gegenüberliegenden Straßenseite stand Daseins erstes Ziel, ein langgestrecktes, dreistöckiges Gebäude, das im ausladenden Stil des 19. Jahrhunderts gehalten war und entlang der Vorderfront von einer Holzveranda eingefaßt wurde. Ganze Reihen von Fenstern mit kleinen Scheiben starrten auf einen Parkplatz hinunter, der mit Kies aufgeschüttet war. Das Schild über dem Eingang lautete: ›Haus Santaroga – Goldrausch-Museum, geöffnet von 9 Uhr vormittags bis 5 Uhr nachmittags‹.

Die meisten Wagen, die an der Betonkante parallel zur Veranda standen, waren gut erhaltene ältere Modelle. Einige glänzende neue Fahrzeuge parkten in einer besonderen Reihe, so als wollten sie sich absondern.

Dasein stellte sich neben einen 1939er Chevrolet. Die rotbraunen Polster, die er im Innern sah, schienen aus handgenähtem Leder zu sein.

Das Spielzeug eines Reichen, dachte Dasein.

Er nahm seinen Koffer aus dem Wagen und ging auf die Gastwirtschaft zu. Es roch nach frisch gemähtem Gras, und irgendwo lief Wasser. Dasein wurde an seine Kindheit erinnert, an den Garten seiner Tante, hinter dem ein Bach vorbeifloß. Ein merkwürdiges Heimweh ergriff ihn.

Abrupt zerriß ein Mißklang seine Gefühle. Aus dem oberen Stockwerk des Hauses hörte man die harten streitenden Stimmen eines Paares. Der Mann sprach brüsk und bestimmt, die Frau keifte wie ein Fischweib.

»Ich bleibe keine einzige Nacht mehr in diesem gottverlassenen Nest«, kreischte die Frau. »Sie wollen unser Geld nicht. Sie wollen uns nicht. Du kannst tun, was du willst. Aber ich gehe!«

»Belle, hör doch auf! Du hast ...«

Ein Fenster schlug zu. Der Streit wurde zu einem unterdrückten Murmeln abgeschwächt.

Dasein holte tief Atem. Der Streit rückte die Dinge wieder ins richtige Licht. Hier waren also wieder zwei Menschen, die vergeblich gegen die Santaroga-Barriere anrannten.

Dasein ging über den Kies und die vier Stufen zur Veranda hinauf. Die Scheiben der Schwingtür waren mit Schnörkeln verziert. Er betrat einen Vorraum mit hoher Decke und Kristallüstern. Eine dunkle Holzvertäfelung mit starker Maserung umgab den Raum. In der Ecke zu seiner Rechten zog sich eine geschwungene Theke dahin. Dahinter war eine offene Tür, aus der man die Geräusche einer Telefonvermittlung hörte. Rechts von der Theke befand sich ein breiter Durchgang, hinter dem er einen Speisesaal erblickte – mit weißen Tischtüchern, Kristall und Silber. Eine Postkutsche stand zu seiner Linken, geschützt durch zwei Messingpfosten und eine dunkelrote Samtkordel, an der ein Schild ›Bitte nicht berühren‹ hing.

Dasein blieb stehen und sah sich die Kutsche genauer an. Sie roch nach Staub und Schimmel. Eine eingerahmte Karte auf dem Kofferraum verriet ihre Geschichte: ›Eingesetzt zwischen 1868 und 1871 auf der Strecke San Francisco – Santaroga‹. Unter dieser Karte war ein etwas größerer Rahmen, in dem sich ein vergilbtes Stück Papier befand. Ein Messingschild daneben besagte: ›Ein paar Worte von Black Bart, dem Po-8-Straßenräuber‹. Auf dem vergilbten Papier stand in ausladender Schrift:

»Hier stand ich nun in Wind und Regen,
Riskierte Haut und Haar,
Nur der verdammten Kutsche wegen,
In der nichts Stehlenswertes war.«

Dasein grinste, schob seine Aktenmappe unter den linken Arm, trat an die Theke und klingelte.

Ein kahlköpfiger, verrunzelter Mann, der unaussprechlich dürr war, erschien an der offenen Tür und starrte Dasein an wie ein Habicht, der jeden Moment zustoßen wollte. »Ja?«

»Ich hätte gern ein Zimmer.«

»Was suchen Sie im Tal?«

Dasein versteifte sich bei der scharfen Herausforderung. »Ich bin müde«, sagte er. »Ich möchte eine Nacht lang hier schlafen.«

»Hoffentlich auf der Durchreise«, knurrte der Mann. Er schlurfte zur Theke und schob Dasein ein schwarzes Registrierbuch hin.

Dasein zog den Federhalter aus dem Tintenfaß und schrieb sich ein.

Der Angestellte holte einen Messingschlüssel von einem Messingbord und sagte: »Sie haben zwei einundfünfzig neben dem komischen Paar. Ich kann nichts dafür, wenn sie die ganze Nacht streiten und Sie nicht schlafen können.« Er knallte den Schlüssel auf die Theke. »Macht zehn Dollar – im voraus zu bezahlen.«

»Ich bin hungrig«, sagte Dasein, während er zahlte. »Ist der Speisesaal noch offen?« Er ließ sich die Quittung aushändigen.

»Macht um neun zu«, sagte der Angestellte.

»Haben Sie einen Boy?«

»Sie sehen stark genug aus, um Ihren Koffer allein zu tragen.« Er deutete an Daseins Schulter vorbei. »Das ist die Treppe, das Zimmer liegt im zweiten Stock.«

Dasein drehte sich um. Hinter der Kutsche war eine freie Fläche. Ein paar Ledersessel mit hohen Lehnen und schweren Armstützen standen herum. In einigen davon saßen ältere Männer und lasen. Das Licht kam aus schweren Messinglampen mit gerüschten Schirmen. Eine mit einem Läufer bedeckte Treppe führte nach oben.

Es war ein Bild, an das Dasein später noch oft zurückdachte. Es gab ihm den ersten Hinweis auf die wahre Natur von Santaroga. Hier wurde die Zeit zurückgehalten.

Etwas beunruhigt sagte Dasein: »Ich sehe mir mein Zimmer später an. Kann ich meinen Koffer hierlassen, während ich esse?«

»Legen Sie ihn auf die Theke. Keiner wird ihn wegnehmen.«

Dasein legte den Koffer auf die Theke. Er merkte, daß der Angestellte ihn durchdringend musterte.

»Ist etwas?« fragte Dasein.

»Nein.«

Der Angestellte griff nach der Aktentasche unter Daseins Arm, aber Dasein trat zurück. Der Mann starrte ihn wütend an.

»Hmmph!« knurrte er. Es war ihm deutlich anzumerken, daß er sich den Inhalt der Mappe gern angesehen hätte.

Dasein sagte schwach: »Ich – äh – wollte beim Essen noch

ein paar Papiere durchsehen.« Und er dachte: *Warum muß ich ihm das erklären?*

Wütend über seine Reaktion, drehte er sich um und ging in den Speisesaal hinüber. Er stand in einem quadratischen Raum. Von der Decke hing ein einziger großer Lüster, doch an der dunklen Holzvertäfelung der Wände waren in gleichmäßigen Abständen Kutschenlampen aus Messing verteilt. Die Stühle an den runden Tischen waren schwer und hatten breite Armlehnen. Eine lange Teak-Bar befand sich an der Wand zu seiner Linken. Dahinter war ein holzgerahmter Spiegel. Licht schimmerte vom Kristallüster und reflektierte an den Gläsern der Bar.

Der Saal dämpfte die Geräusche. Dasein hatte das Gefühl, als wären alle Anwesenden bei seiner Ankunft verstummt und wandten sich nun ihm zu. In Wirklichkeit beachtete ihn niemand.

Ein Barkeeper mit weißer Jacke, der sich um ein paar Kunden kümmerte, sah ihn kurz an und nahm dann das Gespräch mit einem dunkelhäutigen Mann wieder auf, der bei einem Krug Bier saß.

Etwa ein Dutzend Tische waren von Familiengruppen besetzt. In der Nähe der Bar hatten sich einige Männer zu einem Kartenspiel zusammengefunden. An zwei Tischen saßen einzelne Frauen.

Dasein spürte, daß eine unsichtbare Trennwand zwischen Fremden und Einheimischen bestand. Er glaubte, die Durchreisenden deutlich an ihrer Nervosität erkennen zu können. Sie wirkten müde und abgehetzt, und ihre Kinder quängelten.

Als er weiterging, sah sich Dasein einen Moment lang im Barspiegel – müde Linien in dem schmalen Gesicht, das lokkige dunkle Haar vom Wind zerzaust, die braunen Augen immer noch von der langen Fahrt angespannt. Ein Staubfleck zeichnete sich an seinem Kinn ab. Dasein rieb den Schmutz weg und dachte: *Noch ein Fremder.*

»Möchten Sie einen Tisch, Sir?«

Ein dunkelhäutiger Kellner war neben ihm aufgetaucht – weiße Jacke, Hakennase, scharfe Züge, ein paar graue Haare an den Schläfen. In seinen Blicken war eine Autorität, die nicht zu der Lakaienkleidung passen wollte.

»Ja, für mich allein, bitte.«

»Hier entlang, Sir.«

Dasein wurde an einen Tisch an der Wand geführt. Eine der Kutschenlampen badete ihn in einem warmen gelben Licht. Als der schwere Sessel ihn aufnahm, wandte Dasein seine Aufmerksamkeit dem Kartentisch in der Nähe der Bar zu. Es waren vier Männer, die sich dort versammelt hatten, und er erkannte einen davon nach einem Bild, das Jenny bei sich gehabt hatte: Piaget, ihr Onkel, der Verfasser des medizinischen Artikels über Allergien. Piaget war ein großer, grauhaariger Mann mit einem milden, runden Gesicht. Er hatte etwas merkwürdig Orientalisches an sich.

»Möchten Sie die Karte, Sir?«

»Ja. Aber einen Moment – die Männer, mit denen Dr. Piaget Karten spielt ...«

»Sir?«

»Wer sind sie?«

»Sie kennen Dr. Larry, Sir?«

»Ich kenne seine Nichte, Jenny Sorge. Sie hatte ein Foto von Dr. Piaget bei sich.«

Der Kellner warf einen kurzen Blick auf die Mappe, die Dasein auf den Tisch gelegt hatte. »Dasein«, sagte er. Ein breites Lächeln ließ seine weißen Zähne aufblitzen. »Sie sind Jennys Freund von der Schule.«

Die Worte des Kellners waren so bedeutungsvoll, daß Dasein ihn offenen Mundes anstarrte.

»Jenny hat viel von Ihnen gesprochen, Sir«, sagte der Kellner.

»Oh.«

»Sie wollten wissen, wer die Männer sind, die mit Dr. Piaget Karten spielen?« Er wandte sich den Spielern zu. »Also, Sir, der Mann gegenüber Dr. Larry ist Captain Al Marden von der Highway-Patrouille. Rechts drüben ist George Nis. Er ist der Manager der Jaspers-Käse-Genossenschaft. Der Mann auf der linken Seite ist Mister Sam Scheler. Mister Sam leitet unsere unabhängige Tankstelle. Ich bringe Ihnen jetzt die Karte, Sir.«

Der Kellner ging auf die Bar zu.

Dasein richtete seine Aufmerksamkeit weiterhin auf die Kartenspieler. Er fragte sich, was ihn so an ihnen fesselte.

Marden, der ihm halb den Rücken zuwandte, trug einen dunkelblauen Zivilanzug. Sein Haar war verblüffend rot. Als er den Kopf nach rechts wandte, sah Dasein ein schmales Gesicht mit einem strengen Mund und zynisch herabgezogenen Mundwinkeln.

Scheler von der unabhängigen Tankstelle (Dasein fragte sich mit einemmal, was das bedeuten sollte) war dunkel und hatte ein eckiges Indianergesicht mit einer flachen Nase und wulstigen Lippen. Nis, der ihm gegenübersaß, hatte schütteres bräunliches Haar, blaue Augen mit Tränensäcken, einen breiten Mund und ein gespaltenes Kinn.

»Ihre Karte, Sir.«

Der Kellner legte einen großen roten Umschlag vor Dasein hin.

»Dr. Piaget und seinen Freunden scheint das Spiel Spaß zu machen«, sagte Dasein.

»Das Spiel ist so etwas wie eine feste Einrichtung, Sir. Sie kommen jede Woche um diese Zeit her und spielen nach dem Essen.«

»Was spielen sie denn?«

»Das ist verschieden, Sir. Manchmal Bridge, manchmal Binokel. Hin und wieder sogar Whist oder Poker.«

»Was meinten Sie mit *unabhängiger* Tankstelle?« fragte Dasein. Er sah in das dunkle Gesicht.

»Also, Sir, wir hier im Tal ärgern uns nicht mit den Firmen herum, die ihre Preise festsetzen. Mister Sam kauft von demjenigen, der am billigsten ist. Wir zahlen vier Cents weniger pro Gallone als die anderen.«

Dasein notierte innerlich, daß er diesen Aspekt der Santaroga-Barriere untersuchen mußte. Es paßte zum Charakter der Leute, daß sie nicht bei den großen Ölgesellschaften kauften, aber woher bekamen sie ihre Produkte?

»Das Roastbeef ist sehr gut, Sir«, sagte der Kellner und deutete auf die Karte.

»Sie empfehlen es mir also?«

»Ja, Sir. Hier im Tal werden die Rinder mit Korn gefüttert. Wir haben außerdem frische Maiskölbchen, Kartoffeln à la Jaspers – das sind Kartoffeln mit Käsesauce, ausgezeichnet – und zum Nachtisch vielleicht Erdbeeren aus dem Gewächshaus.«

»Salat?« fragte Dasein.

»Unser Salat ist diese Woche nicht sehr gut, Sir. Ich bringe Ihnen jetzt die Suppe. Es ist Borscht mit saurer Sahne. Und wahrscheinlich möchten Sie Bier dazu. Ich werde sehen, ob ich Ihnen etwas von unserem hiesigen Bier verschaffen kann.«

»Na, da hätte ich mir die Karte sparen können«, sagte Dasein. Er gab den roten Umschlag zurück. »Bringen Sie das Essen, bevor ich mich über das Tischtuch hermache.«

»Jawohl, Sir.«

Dasein sah dem Schwarzen nach. Er war sehr selbstsicher. Ein wahrer Othello.

Der Kellner kam nach kurzer Zeit mit einer Schale dampfender Suppe zurück. Obenauf schwamm eine Insel aus saurer Sahne. Dazu brachte er einen Krug mit dunklem Bier.

»Ich stelle fest, daß Sie der einzige schwarze Kellner hier sind«, sagte Dasein. »Ist das nicht etwas schwierig für Sie?«

»Sie wollen wissen, ob ich der Vorzeige-Neger des Hauses bin, Sir?« Die Stimme des Schwarzen war plötzlich kühl.

»Ich wunderte mich nur, ob Santaroga Integrationsprobleme hat.«

»Es müssen zwischen dreißig und vierzig farbige Familien im Tal sein, Sir. Wir betonen den Rassenunterschied hier nicht.« Die Stimme war hart, feindselig.

»Ich wollte Sie nicht kränken.«

»Sie haben mich nicht gekränkt.« Ein Lächeln überflog sein Gesicht und war wieder fort. »Ich muß zugeben, daß ein Negerkellner schon einen Repräsentationsakzent hat. Orte wie diese –« Er sah sich in dem soliden, holzvertäfelten Raum um – »müssen früher eine Menge Schwarzer beschäftigt haben. Vielleicht soll ich den Museumscharakter des Hotels betonen.« Wieder das flüchtige Lächeln. »Es ist ein guter Job, und meine Kinder haben noch bessere Stellen gefunden. Zwei arbeiten in der Genossenschaft. Einer wird Rechtsanwalt.«

»Sie haben drei Kinder?«

»Zwei Jungen und ein Mädchen. Wenn Sie mich jetzt entschuldigen wollen, Sir? Ich muß noch an anderen Tischen bedienen.«

»Ja, natürlich.«

Dasein hob den Bierkrug, als sich der Kellner entfernte.

Er roch einen Moment lang an dem Bier. Es hatte einen Beigeschmack von Keller und Pilzen. Dasein erinnerte sich plötzlich, daß Jenny das Bier von Santaroga immer gelobt hatte. Er nahm einen Schluck – prickelnd auf der Zunge, mit einem Nachgeschmack von Malz. Es war genauso, wie Jenny es beschrieben hatte.

Jenny, dachte er, *Jenny ... Jenny ...*

Weshalb hatte sie ihn auf ihren häufigen Wochenendfahrten nach Santaroga nie zu sich eingeladen? Sie war am Wochenende nie in der Universität geblieben. Ihre Verabredungen hatten immer wochentags stattgefunden. Er erinnerte sich an die Dinge, die sie von sich selbst erzählt hatte: Sie war Vollwaise und bei ihrem Onkel Piaget aufgewachsen. Es war noch eine altjüngferliche Tante im Haus ... Sarah.

Dasein nahm noch einen Schluck Bier und kostete dann die Suppe. Es paßte wunderbar zusammen. Die saure Sahne erinnerte ein wenig an den Beigeschmack des Bieres.

Es hatte für ihn nie ein Zweifel daran bestanden, daß Jenny ihn liebte. Ihre Beziehung zueinander war aufrichtig und prickelnd gewesen. Aber nie kam eine direkte Einladung, ihre Familie oder das Tal kennenzulernen. Ein vorsichtiges Sondieren, ja – was er davon hielte, in Santaroga eine Praxis zu eröffnen? Es wäre nett, wenn er sich über manche Fälle mit Onkel Larry unterhalten könnte ...

Über welche Fälle? überlegte Dasein, als ihm die Unterhaltung wieder einfiel. In dem Informationsbericht Dr. Seladors hatte es eindeutig geheißen: keine Fälle von Geisteskrankheit im Santaroga-Tal.

Jenny – Jenny ...

Dasein mußte an den Abend denken, als er Jenny einen Heiratsantrag gemacht hatte. Da war es aus mit dem vorsichtigen Sondieren gewesen. Sie hatte ihn ruhig gefragt, ob er in Santaroga leben könnte.

Er konnte sich noch an seine erstaunte Frage erinnern: »Weshalb müssen wir denn in Santaroga leben?«

»Weil ich anderswo nicht leben kann.« Genauso hatte sie gesagt. »Weil ich anderswo nicht leben kann.«

Liebe mich, liebe mein Tal.

So sehr er auch in sie drang, er konnte ihr keine Erklärung entlocken. Sie hatte ihm das deutlich zu verstehen gegeben.

Am Ende hatte er verärgert und enttäuscht reagiert. Ob sie glaubte, er könne sie nur in Santaroga ernähren?

»Komm und sieh dir Santaroga an«, hatte sie gebeten.

»Erst wenn du auch in Erwägung ziehst, außerhalb des Tales zu wohnen.«

Sie waren an einem toten Punkt angelangt.

Wenn er sich an den Kampf erinnerte, brannten Daseins Wangen. Es waren die Examenswochen gewesen. Sie hatte zwei Tage lang seine Telefonanrufe nicht beantwortet ... und danach hatte er sie nicht mehr angerufen. Sein gekränkter Stolz verbot es ihm.

Und Jenny war in ihr Tal zurückgegangen. Als er seinen Stolz niedergekämpft und ihr geschrieben hatte, daß er sie besuchen wolle, war keine Antwort gekommen. Das Tal hatte sie verschluckt.

Dieses Tal.

Dasein seufzte, sah sich im Speisesaal um und erinnerte sich an Jennys Lebhaftigkeit, wenn sie von Santaroga erzählte. Dieser getäfelte Raum, die Leute, die er bisher getroffen hatte – sie paßten nicht zu dem Bild, das er sich gemacht hatte.

Weshalb hat sie meine Briefe nicht beantwortet? fragte er sich. *Höchstwahrscheinlich ist sie verheiratet. Das muß es sein.*

Dasein sah den Kellner mit einem Tablett um die Ecke der Bar kommen. Der Barkeeper machte ihm ein Zeichen und rief: »Win!« Der Kellner blieb stehen und stellte das Tablett auf der Theke ab. Dasein hatte das Gefühl, daß die beiden uneinig waren. Dann sagte der Kellner etwas mit einer entschiedenen Kopfbewegung, nahm das Tablett und brachte es an Daseins Tisch.

»Wichtigtuer«, sagte er, als er das Tablett Dasein gegenüber abstellte und die Schüsseln arrangierte. »Will mir sagen, daß ich Ihnen kein Jaspers geben kann! Ein guter Freund von Jenny, und ich kann ihm kein Jaspers geben!«

Der Ärger des Kellners legte sich. Er schüttelte den Kopf, lächelte und stellte einen gefüllten Teller vor Dasein.

»Es gibt zu viele Wichtigtuer auf der Welt, wenn Sie mich fragen.«

»Ich habe gehört, daß der Barkeeper Sie Win rief«, sagte Dasein.

»Winston Burdeaux, Sir, zu Ihren Diensten.« Er kam um den Tisch herum und beugte sich dichter zu Dasein herunter. »Hat mir diesmal kein Jaspers-Bier für Sie gegeben, Sir.« Er nahm eine eisgekühlte Flasche vom Tablett und stellte sie neben den Bierkrug, den er anfangs gebracht hatte. »Das hier ist nicht so gut wie das erste. Aber das Essen ist mit Jaspers zubereitet. Das habe ich mir von dem Wichtigtuer nicht nehmen lassen.«

»Jaspers«, sagte Dasein. »Ich dachte, so hieß nur der Käse.«

Burdeaux preßte die Lippen zusammen und sah ihn nachdenklich an. »O nein, Sir. Jaspers ist in allen Produkten der Genossenschaft. Hat Ihnen Jenny das nicht gesagt?« Er runzelte die Stirn. »Waren Sie noch nie mit ihr im Tal, Sir?«

»Nein.« Dasein schüttelte den Kopf.

»Aber Sie *sind* Dr. Dasein – Dr. Gilbert Dasein?«

»Ja.«

»Dann sind Sie der Junge, in den Jenny verliebt ist.« Er grinste und sagte: »Essen Sie, Sir. Es ist ein gutes Essen.«

Bevor Dasein seine Gedanken sammeln konnte, hatte sich Burdeaux umgedreht und war gegangen.

»Dann sind Sie der Junge, in den Jenny verliebt ist«, dachte Dasein. Gegenwartsform – nicht Vergangenheit. Er spürte, wie sein Herz schneller schlug, und ärgerte sich darüber. Das war nichts als Burdeaux' Gerede. Etwas anderes konnte es nicht sein.

Verwirrt beugte er sich über den Teller.

Das Roastbeef hielt, was Burdeaux versprochen hatte. Es war zart und saftig. Die Käsesauce auf den Kartoffeln hatte den gleichen Beigeschmack wie das Bier und die saure Sahne.

Der Junge, in den Jenny verliebt ist.

Die Worte des Kellners setzten sich in seinem Gehirn fest und ließen ihn nicht mehr los.

Dasein sah von seinem Essen auf und suchte Burdeaux. Der Kellner war nirgends zu sehen. *Jaspers.* Es war dieser köstliche Beigeschmack, dieses neue Aroma. Er sah die Bierflasche an, das Nicht-Jaspers-Bier. *Nicht so gut?* Er kostete es und fand, daß es einen bitteren, metallischen Geschmack hinterließ. Ein Schluck aus dem Krug – weich, besänftigend. Dasein spürte, daß das Jaspers-Bier seine Gedanken klarer machte.

Er stellte den Krug ab, sah durch den Saal und merkte, daß der Barkeeper ihn stirnrunzelnd ansah. Der Mann wandte den Blick ab.

Es waren Kleinigkeiten – zwei verschiedene Biersorten, ein Streit zwischen einem Kellner und einem mißtrauischen Barkeeper – nichts als Sekundenschläge in einem ganzen Leben, aber Dasein spürte Gefahr in ihnen. Er erinnerte sich daran, daß zwei Männer vor ihm im Santaroga-Tal tödliche Unfälle erlitten hatten – *Tod durch ein Mißgeschick:* ein Wagen, der zu schnell in die Kurve gegangen war und in eine Schlucht stürzte; ein Sturz von einem Felshang in einen Fluß – ertrunken. *Normale* Unfälle, von der Staatsanwaltschaft bestätigt.

Nachdenklich wandte sich Dasein wieder seinem Essen zu.

Dann brachte Burdeaux die Erdbeeren und blieb am Tisch stehen, während Dasein sie kostete. »Gut, Sir?«

»Ausgezeichnet. Besser als diese Flasche Bier.«

»Meine Schuld, Sir. Das nächstemal wird es anders.« Er hüstelte diskret. »Weiß Jenny, daß Sie hier sind?«

Dasein legte den Löffel weg und starrte in die Erdbeeren, als hoffte er, dort sein Spiegelbild zu sehen. In seinem Gehirn stand plötzlich das Bild von Jenny in einem roten Kleid. Sie war vital und sprudelte vor Energie. »Nein – noch nicht«, sagte er.

»Sie wissen, daß Jenny noch ledig ist, Sir?«

Dasein warf einen Blick zum Kartentisch hinüber. Die Haut der Spieler wirkte dunkel und lederig. *Jenny noch ledig?* Dr. Piaget sah von seinen Karten auf und sagte etwas zu dem Mann neben ihm. Sie lachten.

»Hat – steht sie im Telefonverzeichnis, Mister Burdeaux?«

»Sie wohnt bei Dr. Piaget, Sir. Und weshalb nennen Sie mich nicht Win?«

Dasein sah dem Schwarzen ins Gesicht und wunderte sich plötzlich über den Mann. In seiner Stimme war ein wenig südlicher Akzent. Die sondierende Freundlichkeit, die freiwilligen Auskünfte über Jenny – das war alles südländisch, vertraulich, freundlich ... aber er bemerkte auch einen gewissen Unterton: eine fragende Wachsamkeit, ein Aushorchen. Der Psychologe in Dasein war jetzt hellwach.

»Leben Sie schon lange hier im Tal, Win?« fragte er.

»So ungefähr zwölf Jahre, Sir.«

»Weshalb haben Sie sich denn hier niedergelassen?«

Burdeaux schüttelte den Kopf. Ein wehmütiges Lächeln huschte über seine Lippen. »Oh, das würde Sie nicht interessieren, Sir.«

»Aber bestimmt.« Dasein starrte Burdeaux wartend an. Irgendwo gab es einen Keil, mit dem er die Geheimnisse des Tales öffnen mußte. *Jenny noch ledig?* Vielleicht konnte er diesen Burdeaux als Keil ansetzen. Dasein wußte, daß seine eigene schüchterne Art andere Leute gern zu vertraulichen Geständnissen brachte. Er verließ sich jetzt darauf.

»Also, wenn Sie es wirklich wissen wollen, Sir«, sagte Burdeaux. »Ich saß im Gefängnis von New Orleans – wegen Falschspielerei.« (Dasein bemerkte, daß der südliche Akzent plötzlich stärker wurde.) »Wir lebten so dahin und führten dreckige Reden, die Ihnen die Haare hätten zu Berge stehen lassen. Und mit einemmal merkte ich, was ich tat, Sir. Ich besah mir die Sache einmal genau und merkte, daß alles so kindisch war. Halbstark. Na, und als ich entlassen wurde, sagte der Sheriff, ich sollte mich nie wieder in der Stadt blicken lassen. Da ging ich zu meiner Annie und sagte, daß wir wegziehen wollten. So kamen wir hierher, Sir.«

»Einfach so?«

»Wir machten uns auf die Wanderschaft. Es war nicht leicht, und an manchen Orten bereuten wir, daß wir überhaupt losgezogen waren. Aber als wir herkamen, wußten wir, daß die Sache es wert gewesen war.«

»Sie sind einfach gewandert, bis Sie hierherkamen?«

»Es war, als hätte Gott uns geführt, Sir. Dieser Ort, Sir, ist nicht leicht zu erklären. Aber – also, sie bestanden darauf, daß ich in die Schule ging, um mich zu bessern. Das war das eine. Ich kann jetzt ordentlich Englisch sprechen, wenn ich will – und wenn ich daran denke …« (Der Akzent verlor sich.)

Dasein lächelte ermutigend. »Die Leute hier im Tal müssen sehr nett sein.«

»Ich will Ihnen mal was sagen, Sir«, meinte Burdeaux. »Vielleicht können Sie mich besser verstehen, wenn ich Ihnen erzähle, wie es mir kürzlich ergangen ist. Früher hätte mich so was sehr geschmerzt, aber hier … Wir waren auf einer Jaspers-Party, Sir. Es war, direkt nachdem Willa, meine

Tochter, ihre Verlobung mit Cal Nis bekanntgegeben hatte. Und George, Cals Daddy, kam zu mir herüber und legte mir den Arm auf die Schulter. ›Na, Win, du alter Niggerbastard‹, sagte er, ›jetzt trinken wir mal was zusammen, denn unsere Kinder haben es sich in den Kopf gesetzt, uns zu Verwandten zu machen.‹ So war es, Mister Dasein. Er wollte mich nicht beleidigen, als er Nigger zu mir sagte. Es war so, als hätte er zu einem hellhaarigen Mädchen Blondie gesagt. Oder so, als würden Sie fragen: ›Ist Al Marden der Rotschopf da drüben?‹ Als er es sagte, wußte ich genau, daß er nichts anderes meinte. Es kam einfach über mich. Er akzeptierte mich als das, was ich war. Das war die freundlichste Geste, die George machen konnte, und deshalb hat er's auch getan.«

Dasein runzelte die Stirn, während er versuchte, Burdeaux' Gedankengang zu folgen. Freundlich, ihn einen Nigger zu nennen?

»Ich glaube nicht, daß Sie es verstehen«, sagte Burdeaux. »Vielleicht müßten Sie dazu schwarz sein. Aber – ja, vielleicht sehen Sie es jetzt: Ein paar Minuten später sagte George zu mir: ›Na, Win, was für Enkelkinder werden wir wohl haben? Helle, dunkle oder gemischt?‹ Es war einfach eine Art Verwunderung, daß er schwarze Enkelkinder haben konnte. Es war ihm gleichgültig. Er war nur neugierig. Er fand das Problem interessant. Wissen Sie, als ich Annie die Sache später erzählte, weinte ich. Ich war so glücklich, daß ich weinte.«

Es war eine lange Rede. Dasein konnte sehen, daß auch Burdeaux es erkannt hatte. Er schüttelte den Kopf und murmelte: »Ich rede zuviel. Ich sollte doch besser ...«

Er unterbrach sich, als plötzlich an der Bar in der Nähe der vier Kartenspieler jemand loszubrüllen begann. Ein dicker Mann mit rotem Gesicht war von der Bar zurückgetreten und klatschte mit der Brieftasche auf die Theke, während er den Barkeeper anschrie.

»Ihr Hundesöhne!« kreischte er. »Ihr haltet euch wohl für zu gut, um von mir zu kaufen! Meine Waren sind euch nicht fein genug. Ihr habt bessere ...«

Der Barkeeper griff nach der Brieftasche.

»Rühr das Ding nicht an, du Kerl!« brüllte der Dicke. »Ihr tut so vornehm, als ob ihr ein eigenes Land wärt. Ein *Outsider* bin ich? Ich will euch mal was sagen, ihr Ausländerpack! Hier ist Amerika. Hier ist ein freies ...«

Der rothaarige Patrouillen-Captain, Al Marden, war beim ersten Anzeichen der Diskussion aufgestanden. Jetzt legte er seine große Hand auf die Schulter des Aufgebrachten und schüttelte ihn einmal.

Das Geschrei hörte auf. Der Mann wirbelte wütend herum und hob die Brieftasche, um Marden damit anzugreifen. Einen Augenblick lang sah er in die glühenden Augen Mardens, in sein strenges Gesicht, dann zögerte er.

»Ich bin Captain Al Marden von der Highway-Patrouille«, sagte Marden. »Und ich sage Ihnen, daß so etwas nicht mehr vorkommen darf.« Seine Stimme war ruhig, ernst – und doch ein wenig amüsiert, wie Dasein erkannte.

Der Dicke senkte die Brieftasche und schluckte.

»Sie können jetzt gehen, Ihren Wagen besteigen und Santaroga verlassen«, sagte Marden. »Sofort. Und kommen Sie nicht zurück. Wir werden auf Sie achten, und wir jagen Sie, falls wir Sie noch einmal im Tal erwischen.«

Der Zorn war von dem Dicken gewichen. Seine Schultern sackten nach vorn. Er schluckte und sah die Gäste an, die seinen Blick ruhig erwiderten. »Ich bin heilfroh, daß ich fortkomme«, murmelte er. »Nichts könnte mich glücklicher machen. Es müßte schon ein komischer Zufall sein, wenn ich je wieder in euer dreckiges kleines Tal kommen sollte. Ihr stinkt. Ihr stinkt alle!« Er riß sich von Marden los und ging in die Vorhalle.

Marden kehrte kopfschüttelnd zu seinem Kartenspiel zurück.

Langsam kam die Unterhaltung im Saal wieder in Schwung, und die Leute aßen weiter. Aber Dasein konnte einen Unterschied zu vorher feststellen. Der Ausbruch des Handelsvertreters hatte Einheimische und Durchreisende getrennt. Eine unsichtbare Mauer war entstanden. Die durchreisenden Familien trieben ihre Kinder zur Eile an. Sie brachen so schnell wie möglich auf.

Dasein fühlte den gleichen Drang zum Gehen. Im Speisesaal gab es jetzt Jäger und Gejagte. Er spürte, daß ihm der Schweiß ausbrach. Seine Handflächen waren feucht. Er merkte, daß Burdeaux fortgegangen war.

Das ist doch dumm! sagte er sich vor. *Jenny noch ledig?*

Er erinnerte sich daran, daß er Psychologe war – ein Beobachter. Aber der Beobachter mußte sich selbst beobachten.

Weshalb reagiere ich so komisch? fragte er sich. *Jenny noch ledig?*

Zwei der fremden Familien brachen bereits auf. Sie hielten ihre Kinder fest an der Hand und sprachen mit schrillen Stimmen davon, zur nächsten Stadt weiterzufahren.

Weshalb können sie nicht hierbleiben? fragte er sich wieder. Die Preise sind vernünftig.

Er stellte sich das Gebiet im Geiste vor: Porterville war fünfundzwanzig Meilen entfernt und lag zehn Meilen außerhalb des Tales auf dem Weg, den er gekommen war. In der entgegengesetzten Richtung kam man über einen gewundenen Bergweg nach etwa vierzig Meilen auf den Highway 395. Die nächsten Gemeinden lagen zumindest siebzig Meilen im Süden des Highway 395. Das ganze Gebiet gehörte zum Nationalforst und war durchsetzt von Seen, Feuergräben, nacken Lavagesteinshügeln – alles bis auf das Santaroga-Tal spärlich besiedelt. Weshalb fuhren die Leute nachts lieber durch diese unheimliche Landschaft, als im Hotel zu bleiben?

Dasein beendete sein Abendessen und ließ das restliche Bier stehen. Er mußte mit seinem Chef, Dr. Chamie Selador, über diesen Ort sprechen, bevor er weitere Schritte unternahm. Burdeaux hatte die Rechnung diskret auf einem braunen Tablett liegengelassen – drei Dollar fünfundachtzig. Dasein legte eine Fünf-Dollar-Note auf das Tablett und sah sich noch einmal im Saal um. An der Oberfläche erschien er so verdammt normal! Die Kartenspieler konzentrierten sich auf ihr Spiel. Der Barkeeper lehnte sich über die Theke und unterhielt sich mit zwei Kunden. Ein kleines Mädchen an einem Nebentisch wollte seine Milch nicht trinken.

Und doch war es nicht normal. Alle seine Sinne sagten ihm das. Die gespannte Stimmung im Saal schien jeden Moment zu zerreißen, und Dasein wollte dann nicht mehr hier sein. Er tupfte sich die Lippen mit der Serviette ab, nahm seine Mappe und ging auf die Vorhalle zu.

Sein Koffer stand auf dem Tisch beim Empfang. In dem Raum dahinter klickte und summte die Telefonvermittlung. Er nahm den Koffer und tastete nach dem Messingschlüssel in seiner Tasche – zwei einundfünfzig. Er beschloß, noch einmal nach unten zu gehen und von einer öffentlichen Zelle anzurufen, wenn sich in seinem Zimmer kein Telefon befinden sollte.

Dasein fühlte sich etwas niedergeschlagen, weil er auf die Szene im Speisesaal so komisch reagiert hatte. Er ging nach oben. Ein paar Blicke trafen ihn über den Rand von Zeitungen hinweg, als er an den Sesseln in der Vorhalle vorbeikam. Es waren fragende, forschende Blicke.

Die Treppe führte zu einem düsteren Absatz – Schreibtische, Stöße mit weißem Papier. Eine Notausgangstür direkt vor ihm trug die Aufschrift: ›Zum zweiten Stock. Bitte die Türe schließen.‹

Die nächste Treppe führte nach links. Über ihm schimmerte eine schwache Glühbirne, und die Wände waren mit breiten, dunklen Holzplatten vertäfelt. Er kam wieder durch einen Notausgang in einen Korridor. Ein beleuchteter Gebäudeplan zeigte ihm, daß Zimmer zwei einundfünfzig am Ende des Korridors rechter Hand lag. Die sparsame Deckenbeleuchtung, der dicke dunkelrote Teppich, dazu die schweren Türen mit den Messinggriffen und den Schlüssellöchern, in die jeder Nachschlüssel paßte – das alles gab dem Hotel einen Hauch des 19. Jahrhunderts. Dasein hätte sich nicht gewundert, wenn ein Zimmermädchen mit Rüschenschürze, langem Rock und schwarzen Strümpfen aufgetaucht wäre – oder ein stattlicher Bankiertyp mit enger Weste und steifem Kragen, eine Goldkette über den massigen Bauch gespannt. Er fühlte sich hier fehl am Platz.

Der Messingschlüssel paßte glatt in die Tür von zwei einundfünfzig. Er sperrte auf und trat in das Zimmer mit der hohen Decke. Ein Fenster in Richtung des Parkplatzes war da. Dasein knipste das Licht an. Es kam von einer fransenverzierten Stehlampe, die sich neben der geschwungenen Teak-Kommode befand. Das bernsteinfarbene Licht erhellte den Eingang zu einem gekachelten Bad, aus dem man Wasser tropfen hörte. In einer Ecke stand ein solider Arbeitstisch mit einem einzigen Stuhl davor. Das Bett war schmal und hoch und hatte am Kopfende ein mit Schnitzereien verziertes Brett.

Dasein klopfte auf die Liegefläche. Sie fühlte sich weich an.

Er ließ den Koffer auf das Bett fallen und starrte ihn an. Ein Stück weißer Stoff quoll an einer Ecke heraus. Er öffnete den Koffer und studierte den Inhalt. Dasein wußte, daß er ein pedantischer Mensch war und seine Koffer immer sehr ordentlich packte. Jetzt war eine leichte Unordnung nicht zu übersehen. Jemand hatte den Koffer geöffnet und durchsucht. Nun, er war nicht abgeschlossen gewesen. Er prüfte den Inhalt nach. Nichts fehlte.

Weshalb möchten sie etwas über mich erfahren? fragte er sich.

Er suchte nach einem Telefon und fand es auf einem Bord neben dem Schreibtisch. Als er hinüberging, sah er sich im Spiegel über der Kommode: große Augen, fest zusammengepreßter Mund. Er schüttelte den Kopf und lächelte. Das Lächeln wirkte unecht.

Dasein setzte sich auf den harten Stuhl und nahm den Hörer in die Hand. Im Zimmer roch es nach einer desinfizierenden Seife – und irgendwie nach Knoblauch. Er wartete einen Moment ab, dann drückte er auf den Knopf.

»Hotelvermittlung«, meldete sich sofort eine weibliche Stimme.

»Ich muß sofort einen Anruf in Berkeley erledigen«, sagte Dasein. Er nannte die Nummer. Einen Moment lang herrschte Schweigen, dann fragte die Frau: »Ihre Zimmernummer, Sir?«

»Zwei einundfünfzig.«

»Einen Augenblick, bitte.«

Er hörte, wie jemand wählte. Dann ertönte das Klingelzeichen. Dasein war nur mit halber Aufmerksamkeit bei dem Gespräch. Der Knoblauchgeruch war wirklich sehr stark. Er starrte das hohe alte Bett an und seinen offenen Koffer. Das Bett wirkte einladend. Erst jetzt merkte er, wie müde er war. Seine Brust schmerzte. Er holte tief Atem.

»Hier Dr. Selador.«

Seladors Oxfordenglisch mit dem indischen Akzent klang nahe und vertraut. Dasein beugte sich zum Telefon herunter und nannte seinen Namen. Sein Vorgesetzter war ihm ganz nahe, auch wenn die Leitungen über den halben Staat hinwegliefen.

»Gilbert, alter Junge, Sie haben es also geschafft, wie ich sehe.« Seladors Stimme war fröhlich.

»Ich bin im Haus Santaroga, Doktor.«

»Soviel ich weiß, ist es dort recht bequem.«

»Es sieht wenigstens so aus.« Durch seine lähmende Müdigkeit kam sich Dasein plötzlich wie ein Idiot vor. Weshalb hatte er überhaupt angerufen? Selador mit seinem scharfen Verstand würde nach versteckten Motiven suchen.

»Ich nehme an, Sie haben nicht nur angerufen, um mir Ihre Ankunft mitzuteilen«, sagte Selador.

»Nein – ich ...« Dasein merkte, daß es ihm nicht gelang, sein vages Unbehagen auszudrücken, daß dieses Gefühl der Fremdheit in Santaroga, die Trennung in Einheimische und Außenstehende, die warnende Furcht, keinen Sinn ergaben. »Ich hätte gern, daß Sie sich einmal ansehen, wer nach Santaroga Ölprodukte liefert«, sagte Dasein. »Offensichtlich gibt es hier eine unabhängige Tankstelle. Ich möchte wissen, wer sie mit Öl, Benzin, Ersatzteilen und ähnlichem versorgt.«

»Guter Ansatzpunkt, Gilbert. Ich werde einen unserer ...« In der Leitung war ein Knistern und Krachen. Dann hörte man überhaupt nichts mehr.

»Dr. Selador?«

Stille.

Verdammt! dachte Dasein. Er drückte den Knopf herunter. »Vermittlung! Hallo, Vermittlung!«

Eine männliche Stimme meldete sich. Dasein erkannte den Empfangsangestellten. »Was ist denn das für ein Wirbel?« fragte der Mann.

»Mein Anruf nach Berkeley wurde unterbrochen«, sagte Dasein. »Könnten Sie ...«

»Die Leitung ist tot«, sagte der Mann knapp.

»Könnte ich nach unten kommen und den Anruf von einer Zelle aus tätigen?« fragte Dasein. Noch während er die Frage stellte, stieß ihn der Gedanke, den langen Weg noch einmal nach unten gehen zu müssen, unsäglich ab. Das Gefühl der Müdigkeit war wie ein schweres Gewicht auf der Brust.

»Im Moment sind alle Leitungen tot«, sagte der Angestellte. »Der Anruf kann nicht weitergegeben werden.«

Dasein fuhr sich mit der Hand über die Stirn. Seine Haut war feucht, und er fragte sich, ob er eine Krankheit erwischt hatte. Das Zimmer um ihn schien sich auszudehnen und zusammenzuziehen. Sein Mund war trocken, und er mußte zweimal schlucken, bis er fragen konnte: »Bis wann wird die Leitung etwa wieder in Ordnung sein?«

»Wie, zum Teufel, soll ich das wissen?« erwiderte der Angestellte.

Dasein nahm den Hörer vom Ohr und sah ihn an. Das war ein komischer Angestellter – und ein sehr komischer Raum, der immer wieder schwankte und entsetzlich nach Knoblauch roch ...

Er bemerkte ein schwaches Zischen.

Daseins Blick wandte sich mit ständig wachsendem Erstaunen einer altmodischen Gaslichtdüse zu, die neben der Eingangstür ins Zimmer ragte.

Knoblauchgestank? Gas!

Eine keifende, grollende Stimme sagte etwas ins Telefon.

Dasein sah das Instrument in seiner Hand an. Wie weit entfernt es schien! Durch das Fenster hinter dem Telefon konnte er das Leuchtschild des Hotels sehen: *Goldrausch-Museum.* Fenster bedeutete Luft. Daseins Muskeln gehorchten noch. Er taumelte zum Schreibtisch, fiel über die Platte, warf das Telefon durch das Fenster.

Die keifende Stimme wurde leiser.

Dasein spürte, daß er quer über der Schreibtischplatte lag. Sein Kopf war in der Nähe des Fensters. Kühle Luft wehte über eine weit entfernte Stirn, und in seinen Lungen war eine scheußliche Kälte.

Sie haben versucht, mich umzubringen, dachte er. Es war ein verwunderter Gedanke. Sein Gehirn konzentrierte sich auf die beiden Untersuchungsleute, die bei ihrem Unternehmen ums Leben gekommen waren – durch Unfälle. Durch einfache, leicht erklärliche Unfälle ... so wie dieser!

Die Luft – wie kalt sie sich auf der Stirn anfühlte! Seine Lungen brannten. Da, wo sich seine Schläfe gegen die Tischfläche preßte, hämmerte eine Ader. Sie hämmerte und hämmerte ...

Jemand klopfte an Holz. Einen Moment lang hämmerten sein Puls und die fremde Faust im gleichen Rhythmus.

»Sie da drinnen! Aufmachen!« Wie befehlsgewaltig die Stimme war! *Aufmachen,* dachte Dasein. Das hieß, daß er aufstehen, durch das Zimmer gehen, die Tür öffnen mußte ...

Ich bin hilflos, dachte er. Sie könnten mich immer noch töten.

Er hörte Metall gegen Metall klirren. Der Luftzug um seine Stirn wurde stärker. Jemand sagte: »Gas!«

Hände packten Dasein an den Schultern. Er wurde vom Schreibtisch gezerrt und aus dem Raum getragen. Das Gesicht Mardens, des rothaarigen Patrouillen-Captains, tauchte vor ihm auf. Dahinter sah er den Empfangsangestellten: blaß, mit aufgerissenen Augen, eine kahle Stirn, die im gelben Licht feucht glänzte. Direkt vor Dasein war eine braune Dekke. Er spürte einen harten, kratzigen Teppich im Rücken.

Eine quängelnde Stimme sagte: »Wer wird das Fenster bezahlen?« Eine andere Stimme erklärte: »Ich hole Dr. Piaget.«

Daseins Aufmerksamkeit konzentrierte sich auf Mardens Mund, ein verschwommenes Objekt, das er durch verschiedene Schichten hindurch sah. An den Mundwinkeln schienen ärgerliche Linien zu sein. Der Mund wandte sich dem blassen Gesicht des Angestellten zu, das über Dasein schwebte. »Zum Teufel mit deinem Fenster, Johnson! Ich habe dir hundertmal gesagt, daß du endlich die Gasleitungen aus den Zimmern entfernen sollst. Wie viele Räume sind noch damit ausgestattet?«

»Sprich du nicht in diesem Ton mit mir, Al Marden! Ich kenne dich, seit ...«

»Es interessiert mich überhaupt nicht, wie lange du mich schon kennst, Johnson. Wie viele Zimmer haben noch diese Gasdüsen?«

Die Stimme des Angestellten klang beleidigt.

»Nur das hier und vier einen Stock höher. In den anderen Räumen ist niemand einquartiert.«

»Sieh zu, daß sie bis morgen alle entfernt sind«, sagte Marden.

Schnelle Schritte machten dem Streit ein Ende. Dr. Piagets rundes Gesicht sah auf Dasein herunter. Es wirkte besorgt. Finger hoben seine Lider hoch. Piaget sagte: »Wir müssen ihn auf ein Bett legen.«

»Wird er wieder gesund?« erkundigte sich der Angestellte.

»Höchste Zeit, daß du danach fragst«, sagte Marden.

»Sie haben ihn noch rechtzeitig herausgeholt«, sagte Piaget. »Ist der Raum da drüben frei?«

»Er kann 260 haben«, sagte der Angestellte. »Ich schließe gleich auf.«

»Weißt du auch, daß das Jennys Freund von der Schule ist, den du beinahe umgebracht hast?« fragte Marden. Seine Stimme wurde schwächer, als er sich mit dem Angestellten entfernte.

»Jennys Freund?« Ein Schlüssel wurde in ein Schlüsselloch gesteckt. »Aber ich dachte ...«

»Was du denkst, ist egal.«

Piagets Gesicht kam nahe an Dasein heran. »Können Sie mich hören, junger Mann?« fragte er.

Dasein holte schmerzhaft Luft und krächzte: »Ja.«

»Sie werden einen hübschen Brummschädel bekommen, aber das geht vorbei.«

Piagets Gesicht entfernte sich. Hände halfen Dasein hoch. Die Decke bewegte sich. Dann befand er sich in einem anderen Zimmer. Es war wie das erste. Sogar das Wasser im Bad tropfte. Er spürte ein Bett im Rücken, und jemand zog ihn aus. Plötzlich wurde ihm übel, Dasein stieß die helfenden Hände weg.

Jemand führte ihn ins Bad. Danach war ihm besser. Er fühlte sich schwach, doch sein Kopf war klar, und er konnte seine Muskeln besser beherrschen. Er sah, daß ihm Piaget geholfen hatte.

»Glauben Sie, daß Sie es bis zum Bett schaffen?« fragte Piaget.

»Ja.«

»Ich gebe Ihnen einen Schuß Eisen, um dem Gas in Ihrem Blut entgegenzuwirken«, sagte Piaget. »Sie sind bald wieder über dem Berg.«

»Wie konnte es geschehen, daß die Düse angestellt war?« fragte Dasein. Seine Stimme war ein heiseres Flüstern.

»Johnsohn hat die Ventile in der Küche verwechselt«, sagte Piaget. »Wäre vollkommen harmlos gewesen, wenn nicht irgendein Idiot die Düse in Ihrem Zimmer aufgedreht hätte.«

»Ich könnte schwören, daß ich alle abgestellt hatte«, sagte der Angestellte irgendwo hinter der Badtür.

»Bis morgen sind sie jedenfalls mit einem Gummiüberzug versehen«, sagte Marden.

Es klang ganz normal, dachte Dasein. Marden schien tatsächlich wütend zu sein. Der Blick in Dr. Piagets Gesicht war tatsächlich Besorgnis.

Konnte es ein Unfall gewesen sein?

Er erinnerte sich daran, daß zwei Männer bei ihren Untersuchungen in Santaroga durch Unfälle ums Leben gekommen waren.

»Also gut«, sagte Piaget. »Al, du und Pim und die anderen können jetzt gehen. Ich bringe ihn ins Bett.«

»Okay, Larry«, sagte Marden. »Los, hinaus mit euch.«

»Ich bringe sein Gepäck aus dem anderen Zimmer.« Diese Stimme erkannte Dasein nicht.

Mit Piagets Hilfe schlüpfte er in seinen Schlafanzug und ins Bett. Sein Kopf war vollkommen klar, und er fühlte sich einsam, obwohl Piaget mit im Zimmer war.

Ich bin unter Fremden, dachte er.

»Hier, nehmen Sie das!« Piaget gab ihm zwei Pillen und drückte ihm ein Glas Wasser in die Hand. Dasein schluckte.

»Was war das?« fragte Dasein, als er das Glas abstellte.

»Das Eisen und ein Beruhigungsmittel.«

»Ich will nicht schlafen. Das Gas ...«

»Sie haben nicht soviel erwischt, daß es schaden könnte. Und jetzt machen Sie langsam.« Piaget klopfte ihm auf die Schulter. »Bettruhe und frische Luft sind die beste Therapie, die es gibt. Jemand wird heute nacht von Zeit zu Zeit nach Ihnen sehen. Ich untersuche Sie dann morgen früh noch einmal.«

»Jemand«, wiederholte Dasein. »Eine Krankenschwester?«

»Ja«, sagte Piaget brüsk. »Eine Krankenschwester. Sie sind hier so sicher wie in einem Krankenhaus.«

Dasein sah durch das Fenster in die Dunkelheit hinaus. Weshalb jetzt das Gefühl einer lauernden Gefahr? fragte er sich. Ist das die Reaktion auf den Unfall? Er spürte, daß das Beruhigungsmittel zu wirken begann. Dennoch witterte er Gefahr.

»Jenny wird sich freuen, wenn sie erfährt, daß Sie hier sind«, sagte Piaget. Er verließ den Raum, schaltete das Licht aus und schloß leise die Tür.

Dasein spürte, daß ihn die Dunkelheit erdrückte. Er bekämpfte seine eigene Furcht und wartete, bis er einigermaßen ruhig war.

Jenny – Jenny ...

Mardens merkwürdige Unterhaltung mit Johnson, dem

Angestellten, fiel ihm wieder ein. *Jennys Freund von der Schule ...*

Was hatte Johnson gedacht? Weshalb hatte ihm Marden so abrupt das Wort abgeschnitten?

Dasein bekämpfte das Schlafmittel. Das Tropfen des Wasserhahns im Bad drang in seine Gedanken ein. Das Zimmer war eine fremde Zelle.

War es nur ein Unfall gewesen?

Er dachte wieder an den Moment, als er das Zischen des ausströmenden Gases gehört hatte. Jetzt, da die Gefahr gebannt war, kam das Entsetzen.

Es konnte kein Unfall gewesen sein!

Aber weshalb sollte Johnson den Wunsch haben, ihn umzubringen?

Das unterbrochene Telefongespräch fiel ihm ein. War die Leitung wirklich gestört? Was würde Selador tun? Selador kannte die Gefahren hier.

Das Beruhigungsmittel zerrte Dasein in den Schlaf. Er versuchte sich auf seine Arbeit hier zu konzentrieren. Es war ein faszinierendes Projekt. Er hörte, wie Selador die Einzelheiten erklärte, die das Santaroga-Projekt so verlockend machten:

»Einzeln betrachtet, könnte man keinen einzigen Punkt meiner Aufzählung als alarmierend bezeichnen. Es ist vielleicht interessant, daß kein Mensch von Cloverdale in einer Nervenheilanstalt ist. Es ist vielleicht auch von vorübergehendem Interesse, daß die Leute von Hope in Missouri sehr wenig Tabak verbrauchen. Wen würde es aufschrecken, daß alle Geschäfte von Enumclaw in Washington von Einheimischen geführt werden? Keinen Menschen! Aber wenn man alle diese Fakten in einer einzigen Gemeinde antrifft, dann ist man beunruhigt. Hier ist etwas Fremdartiges am Werk.«

Der tropfende Wasserhahn lenkte ihn unerbittlich ab. *Etwas gefährlich Fremdartiges,* dachte Dasein. *Wer wird sich heute nacht um mich kümmern?*

Er fragte sich, wer wohl den Alarm ausgelöst hatte. Das Zerbrechen des Fensters hatte jemanden aufmerksam gemacht. Höchstwahrscheinlich Johnson, den Hotelangestellten. Weshalb sollte er dem Mann zu Hilfe eilen, den er umbringen wollte? Allmählich merkte Dasein, wie verrückt seine Gedanken waren.

Es war ein Unfall, dachte Dasein. *Es war ein Unfall an einem gefährlich fremdartigen Ort.*

Dasein erwachte mit einem Heißhunger. Sein Magen schmerzte geradezu vor Hunger. Die Ereignisse der Nacht fielen ihm wieder ein. Sein Kopf fühlte sich an, als habe jemand das Innerste nach außen gekrempelt.

Vorsichtig setzte er sich auf. Direkt vor ihm war ein Fenster, und der grüne Ast einer Eiche ragte dahinter auf. Durch einen inneren Zwang getrieben, richtete er den Blick neben die Tür und suchte nach der Gasdüse. Er entdeckte nur einen Fleck in der Wand, wo sie früher einmal gewesen war.

Dasein bewegte den Kopf so wenig wie möglich, als er aus dem Bett stieg und ins Bad ging. Eine kalte Dusche brachte ihn wenigstens teilweise wieder in die Wirklichkeit zurück.

Er sagte sich immer wieder vor: *Es war ein Unfall.*

Ein Eichelhäher saß auf dem Zweig der Eiche und kreischte, als Dasein wieder aus dem Bad kam. Das Geräusch ließ ihn zusammenzucken. Er zog sich schnell an. Der Hunger nagte immer noch in ihm. Der Eichelhäher bekam einen Kollegen. Sie kreischten beide und stritten heftig. Dasein biß die Zähne zusammen und trat an den Spiegel, um seine Krawatte zu binden. Als er fertig war, bemerkte er im Spiegel, daß sich die Eingangstür bewegte. Ein Servierwagen erschien. Schüsseln klapperten. Die Tür ging weiter auf.

Jenny erschien im Eingang. Sie schob den Wagen vor sich her. Dasein starrte sie im Spiegel an. Seine Hände hielten immer noch die Krawatte. Sie trug ein rotes Kleid, und das lange schwarze Haar war von einem gleichfarbigen Band festgehalten. Ihre Haut zeigte eine gesunde Bräune. Blaue Augen sahen ihn an. Ihr ovales Gesicht hatte einen aufmerksamen, erwartungsvollen Ausdruck. Ihr Mund war so voll, wie er ihn in Erinnerung hatte. Sie deutete ein Lächeln an. Ein Grübchen erschien in ihrer linken Wange.

»Bist du mit der Krawatte fertig?« fragte sie. »Ich bringe dir dein Frühstück.« Ihre Stimme war kehlig und sanft wie immer.

Dasein drehte sich um und ging auf sie zu wie ein Roboter. Jenny ließ den Wagen stehen und lief ihm entgegen. Sie warf sich in seine Arme und hob das Gesicht. Dasein spürte die

Wärme ihrer Lippen, und er hatte das Gefühl, heimgekommen zu sein.

Jenny machte sich los und studierte seine Züge. »Oh, Gil«, sagte sie. »Du hast mir so gefehlt. Warum hast du nicht einmal geschrieben?«

Einen Moment lang sah er sie sprachlos vor Überraschung an. Dann sagte er: »Aber ich habe doch geschrieben. Du hast nie geantwortet.«

Sie trat einen Schritt zurück. Ihre Miene war finster. »Oh!« Sie stampfte mit dem Fuß auf.

»Na, ich sehe, du hast ihn gefunden.« Dr. Piaget stand im Eingang. Er schob den Servierwagen ganz ins Zimmer und schloß die Tür.

Jenny drehte sich mit einem Ruck zu ihm um. »Onkel Larry! Hast du mir Gils Briefe verheimlicht?«

Piaget sah erst sie und dann Dasein an. »Briefe? Welche Briefe?«

»Gil hat geschrieben, und ich habe nie einen Brief gesehen.«

»Ach so.« Piaget nickte. »Du weißt ja, wie sie manchmal auf der Post sind. Ein Mädchen vom Tal und ein junger Mann von draußen – das geht nicht.«

»Ohhh! Ich könnte ihnen die Augen auskratzen.«

»Langsam, Mädchen.« Piaget lächelte Dasein zu.

Jenny warf sich überraschend in Daseins Arme und gab ihm einen Kuß. Er löste sich etwas atemlos von ihr.

»Da«, sagte sie. »Das ist dafür, daß du hergekommen bist. Das können die alten Hexen im Postamt nicht in den Papierkorb werfen.«

»Welche alten Hexen?« fragte Dasein. Er hatte das Gefühl, einen Teil der Unterhaltung versäumt zu haben. Jennys warme Zuneigung, ihr deutliches Zugeständnis, daß sich nichts zwischen ihnen geändert hatte, machte ihn hilflos und zugleich vorsichtig. Immerhin war ein Jahr vergangen. Er hatte es fertiggebracht, sie ein Jahr lang zu meiden – gestärkt durch seinen gekränkten männlichen Stolz, auch wenn er Angst hatte, daß sie heiraten und ihm für immer verloren sein könnte. Aber worauf hatte sich Jenny gestützt? Sie hätte nach Berkeley kommen können, und wenn es nur für einen kurzen Besuch gewesen wäre.

Und ich hätte herkommen können.

Jenny lachte.

»Was gibt es da zu lachen?« fragte er. »Und du hast mir immer noch nicht erklärt, was mit dieser Post los ist ...«

»Ich lache, weil ich so glücklich bin«, sagte sie. »Ich lache, weil ich sehe, wie die Räder in deinem Kopf mahlen. Weshalb hat keiner von uns den anderen früher besucht? Nun, du bist hergekommen, und ich habe es genau gewußt. Ich zweifelte keinen Moment daran.« Sie umarmte ihn impulsiv und fuhr fort: »Und die Sache mit dem Postamt ...

»Ich glaube, Gilberts Frühstück wird kalt«, sagte Piaget. »Sie haben doch nichts dagegen, daß ich Sie Gilbert nenne?«

»Natürlich hat er nichts dagegen«, sagte Jenny. Ihre Stimme war fröhlich, aber sie hatte eine merkwürdig steife Haltung. Sie wandte sich von Dasein ab.

Piaget hob den Deckel von einem der Teller und sagte: »Jaspers-Omelett, wie ich sehe. Echtes Jaspers.«

Jenny sagte, als müßte sie sich verteidigen. »Ich habe sie selbst in Johnsons Küche gemacht.«

»Ich verstehe«, meinte Piaget. »Ja – ja, vielleicht ist es so am besten.« Er deutete auf den Teller. »Guten Appetit, Gilbert.«

Bei dem Gedanken an Essen krampfte sich Daseins Magen vor Hunger zusammen. Er wollte sich hinsetzen und das Omelett verschlingen – aber irgend etwas ließ ihn zögern. Er spürte deutlich eine Gefahr.

»Was ist mit diesem Jaspers?« fragte er.

»Ach das«, sagte Jenny und schob den Servierwagen an den Tisch. »Das heißt, daß ein Gericht mit den Produkten der Genossenschaft hergestellt wurde. In dem Omelett ist unser Käse. Setz dich jetzt und iß!«

»Es wird Ihnen schmecken«, meinte Piaget. Er ging zu Dasein, legte ihm die Hand auf die Schulter und führte ihn zu seinem Stuhl. »Ich möchte Sie vorher nur kurz ansehen.« Er zwickte Dasein ins linke Ohrläppchen, studierte es genau und untersuchte dann seine Augen. »Die Sache sieht gut aus. Was macht der Kopf?«

»Es geht jetzt besser. Als ich aufwachte, hatte ich ziemlich starke Schmerzen.«

»Also gut. Essen Sie jetzt Ihr Frühstück. Ruhen Sie sich einen oder zwei Tage aus. Wenn Ihnen wieder übel wird oder wenn Sie sich übermäßig müde fühlen, sagen Sie mir Bescheid. Ich schlage vor, daß Sie mittags Leber essen. Jenny soll Ihnen noch ein paar von den Eisentabletten bringen. Sie waren nicht sehr lange im Zimmer, deshalb dürften sich kaum Dauerschäden einstellen.«

»Wenn ich an Mister Johnsons Leichtsinn denke, möchte ich ihm eines seiner Hackmesser an die Brust setzen«, sagte Jenny.

»Du bist aber heute blutrünstig«, meinte Piaget kopfschüttelnd.

Dasein nahm die Gabel und kostete das Omelett. Jenny sah ihm abwartend zu. Das Omelett war köstlich – saftig und mit einem leichten Käsegeschmack. Er lächelte Jenny an.

Jenny erwiderte das Lächeln. »Das ist das erste Essen, das ich für dich gekocht habe«, sagte sie.

»Du möchtest ihn wohl sofort in die Falle locken, was?« Piaget tätschelte ihre Wange und sagte: »Ich lasse euch beide jetzt allein. Weshalb bringst du deinen jungen Mann nicht zum Abendessen mit? Ich sage Sarah, daß sie etwas Gutes kochen soll.« Er warf Dasein einen Blick zu. »Wäre Ihnen das recht?«

Dasein schluckte wieder einen Bissen hinunter. Der Nachgeschmack des Käses erinnerte ihn an das erste Bier, das Burdeaux ihm gebracht hatte. »Es wäre mir eine Ehre, Sir«, sagte er.

»Wir erwarten Sie also um sieben.« Er warf einen Blick auf seine Armbanduhr. »Es ist fast halb neun, Jenny. Hast du heute frei?«

»Ich rief George an und sagte ihm, daß ich später kommen würde.«

»Er hatte nichts dagegen?«

»Er weiß, daß ich ... Besuch habe.« Sie wurde rot.

»Einfach so, was? Na, dann paß nur auf, daß du keine Schwierigkeiten bekommst.« Piaget drehte sich um und verließ mit festen Schritten das Zimmer.

Jenny wandte sich mit einem schüchternen, fragenden Lächeln an Dasein. »Du darfst Onkel Larry nicht böse sein«, sagte sie. »Er ist nun mal so – kommt von einem Thema ins andere. Er ist großartig.«

»Wo arbeitest du?« fragte Dasein.

»In der Genossenschaft.«

»In der Käsefabrik?«

»Ja. Ich ... ich habe mit der Inspektion zu tun.«

Dasein schluckte und erinnerte sich, daß er hier war, um Marktforschung zu betreiben. Er war ein Spion. Und was würde Jenny sagen, wenn sie das entdeckte? Aber Jenny gab ihm ein neues Rätsel auf. Sie hatte ein außerordentliches Talent für klinische Psychologie – was sogar Dr. Selador bestätigte, dessen Normen sehr hoch geschraubt waren. Und doch arbeitete sie in einer Käsefabrik.

»Gibt es hier keine Stelle in deinem Beruf?« fragte er.

»Es ist ein schöner Posten«, erwiderte sie. Sie setzte sich auf den Tisch und ließ die Beine herunterbaumeln. »Iß jetzt fertig. Den Kaffee habe ich nicht gemacht. Er stammt aus dem Hotelautomaten. Trink ihn nicht, wenn er zu stark ist. In dem Metallbecher da drüben ist Orangensaft. Ich wußte, daß du deinen Kaffee schwarz trinkst und habe deshalb keine ...«

»Halt!« rief er.

»Ich rede zuviel, ich weiß«, sagte sie. Sie schlang die Arme um ihre Schultern. »Oh, Gil, ich bin so froh, daß du hier bist. Wenn du mit dem Frühstück fertig bist, kannst du mich zur Genossenschaft begleiten. Vielleicht ist es sogar möglich, daß du eine Führung mitmachen kannst. Es ist eine prima Firma. Und in der Speicherhöhle sind eine Menge dunkler Ecken.«

Dasein trank seinen Kaffee und schüttelte den Kopf. »Jenny, du bist unverbesserlich!«

»Gil, es wird dir hier gefallen. Ich weiß es ganz genau«, sagte sie.

Dasein legte die Serviette hin. Sie liebte ihn immer noch. Das konnte er in jedem ihrer Blicke erkennen. Und er – er hegte die gleichen Gefühle für sie. Aber ihre Worte verrieten, daß sie sich nicht geändert hatte. Es hieß immer noch: *Liebe mich, liebe mein Tal.* Dasein seufzte. Er konnte sehen, daß eine Mauer unüberwindlicher Schwierigkeiten vor ihnen aufragte. Wenn ihre Liebe damit fertig wurde, daß er als Spion in Santaroga tätig war, würde sie es dann auch ertragen, sich von ihrem Tal zu lösen? Würde sie mit ihm kommen?

»Gil, ist alles in Ordnung?« fragte sie.

Er schob den Stuhl zurück und stand auf. »Ja, ich ...«

Das Telefon klingelte.

Jenny griff sich den Hörer. »Dr. Daseins Zimmer.« Sie lachte Dasein an. »Oh, Sie sind es, Mister Pem Johnson!« Das Lachen verschwand schlagartig. »Also, ich möchte Ihnen einiges erzählen, Mister Johnson! Wissen Sie, wofür ich Sie halte? Für einen Verbrecher! Sie hätten Dr. Dasein beinahe umgebracht. Wenn Sie ... nein! Ich will keine Entschuldigungen hören. Offene Gasdüsen in einem Zimmer! Ich finde, Dr. Dasein sollte Sie dafür gerichtlich belangen.«

Ein blecherner Klang drang aus dem Telefon. Dasein verstand nur ein paar Worte. Jenny grinste wieder. »Jenny Sorge, wenn Sie es genau wissen wollen«, sagte sie. »Was? Ja, das werde ich Ihnen sagen, wenn Sie eine Minute lang still sein können. Ich habe Dr. Dasein die Medikamente gebracht, die ihm der Arzt verschrieben hat, und dazu ein gutes Frühstück. Er kann es ja nicht wagen, etwas zu essen, das Sie zubereitet haben. Es wäre wahrscheinlich Gift darin.« Dasein ging zu seinem Koffer und öffnete ihn. Dann rief er über die Schulter: »Jenny! Um Himmels willen, was will er denn eigentlich?«

Sie winkte ihm zu, daß er still sein sollte.

Dasein kramte in seinem Koffer herum und suchte nach der Mappe. Er versuchte sich daran zu erinnern, was in der Verwirrung der vergangenen Nacht damit geschehen war. Er sah sich im Zimmer um. Sie lag nirgends. Jemand war in sein früheres Zimmer gegangen und hatte seine Habseligkeiten geholt. Vielleicht hatte derjenige die Mappe übersehen. Dasein dachte an den Inhalt und fuhr sich mit der Zunge über die Lippen. Jeder Schritt seines Programms, das Geheimnis von Santaroga aufzudecken, war darin aufgezeichnet. Wenn die Mappe in die falschen Hände geriet, konnte er Schwierigkeiten bekommen. Man würde ihm neue Hürden errichten.

»Ich sage es ihm«, erklärte Jenny gerade.

»Einen Augenblick«, unterbrach Dasein. »Ich möchte mit ihm sprechen.« Er nahm ihr den Hörer aus der Hand. »Johnson?«

»Was wollen Sie?« Da war sie wieder, diese quängelnde, vorwurfsvolle Stimme, aber Dasein konnte ihm das nach Jennys Anschuldigungen nicht verdenken.

»Meine Mappe war im anderen Zimmer«, sagte Dasein.

»Könnten Sie jemand mit einem Schlüssel hinaufschicken und ...«

»Ihre verdammte Mappe ist nicht in dem Zimmer, Mister! Ich habe es saubergemacht und nichts gesehen.«

»Aber wo ist sie denn?« fragte Dasein.

»Wenn es die Mappe ist, mit der Sie gestern so empfindlich waren – die hat wahrscheinlich Captain Marden. Ich sah ihn gestern damit weggehen, nachdem der Wirbel vorbei war, den Sie verursacht hatten.«

»Den ich verursacht hatte?« Dasein Stimme war wutentbrannt. »Hören Sie, Johnson! Sie verdrehen die Tatsachen.«

Nach einer kurzen Stille sagte Johnson: »So, habe ich das getan? Tut mir leid.«

Johnsons abrupter Stimmungswechsel entwaffnete den Psychologen in Dasein. In gewisser Weise erinnerte er ihn an Jenny. Die Bewohner von Santaroga legten eine merkwürdige Abweichung von der Norm an den Tag, die ihn verwirrte und doch anzog. Als Dasein sich wieder gefangen hatte, konnte er nur sagen: »Aber was will denn Marden mit meiner Tasche?«

»Das müssen Sie herausfinden oder sich von ihm erzählen lassen«, sagte Johnson mit seiner ganzen Bissigkeit. Ein hartes Klicken, und er hatte den Hörer aufgelegt.

Dasein schüttelte den Kopf und legte den Hörer auf die Gabel.

»Al Marden möchte, daß du dich zum Mittagessen mit ihm im *Blauen Lamm* triffst«, sagte Jenny.

»Hmm?« Er sah zu ihr auf. Es dauerte einen Augenblick, bis er ihre Worte registriert hatte. »Marden – Mittagessen?«

»Um zwölf Uhr. Das *Blaue Lamm* liegt auf der Avenue der Riesen – rechts, gleich nach der ersten Querstraße.«

»Marden? Der Captain von der Highway-Patrouille?«

»Ja. Johnson hat es mir eben ausgerichtet.« Sie rutschte von der Tischplatte herunter. »Komm jetzt. Begleite mich zur Arbeit.«

Dasein schlüpfte in die Jacke und ließ sich aus dem Zimmer führen.

Diese verdammte Mappe mit all den Formularen und Notizen und Briefen, dachte er. *Das ganze Zeug!* Aber er hatte ein perverses Gefühl der Befriedigung, daß jetzt alles ans Tageslicht kommen würde. *Ich bin nun mal nicht der Typ, der sich zum Versteckspiel eignet!*

Allerdings konnte er nicht außer acht lassen, daß die Aufdeckung seines wahren Hierseinszweckes die Verschwörung von Santaroga noch verstärken würde. Und vor allem – wie würde Jenny darauf reagieren?

2

Als Dasein zum erstenmal vor der Jaspers-Käse-Genossenschaft stand, mußte er an einen Ameisenhaufen denken. Das Gebäude ragte weiß und drohend hinter einem Zaun auf. Er fand es ein merkwürdiges Gegenüber für das Hotel. Es schien förmlich in den steilen Hang hineinzuwachsen. Der düstere Eindruck der vergangenen Nacht war jetzt ausgelöscht durch die rege Betriebsamkeit. Elektrokarren surrten über den Hof, mit länglichen Paketen beladen. Die Menschen hatten einen zielbewußten Schritt.

Ein Ameisenhaufen, dachte Dasein. Irgendwo im Innern mußte die Königin sitzen, und das hier waren die Arbeiterinnen, die sie schützten und mit Nahrung versorgten.

Ein uniformierter Wachtposten mit einem Polizeihund an der Leine ließ sich von Jenny seinen Namen nennen. Er öffnete ein Tor im Drahtzaun. Der Hund sah zähnebleckend zu Dasein auf und begann zu heulen.

Dasein erinnerte sich an das Bellen, das er gehört hatte, als er zum erstenmal ins Tal hinuntergesehen hatte. Das war vor weniger als vierzehn Stunden gewesen. Dasein hatte das Gefühl, daß die Zeit hier langsamer verging. Er fragte sich, weshalb die Genossenschaft von Hunden bewacht wurde. Das Problem ließ ihn nicht los.

Der Hof, den sie überquerten, bestand aus einer vollkommen glatten Betonfläche. Jetzt, da sie direkt vor der Fabrik standen, konnte Dasein sehen, daß sie aus verschiedenen verschachtelten Gebäuden bestand, die durch überdachte Wege miteinander verbunden waren.

Jennys Haltung änderte sich merklich, sobald sie sich im Innern der Firma befanden. Dasein erkannte, daß sie selbstsicherer, bestimmter wurde. Sie stellte Dasein vier Leuten vor –

darunter auch Willa Burdeaux. Willa war eine kleine Frau mit rauchiger Stimme, deren Gesicht in seiner Winzigkeit und Schärfe fast häßlich wirkte. Sie hatte die ebenholzdunkle Haut ihres Vaters.

»Ich habe Ihren Vater gestern kennengelernt«, sagte Dasein.

»Daddy hat es mir erzählt.« Sie warf Jenny einen wissenden Blick zu und fügte hinzu: »Sag mir Bescheid, wenn ich irgend etwas für dich tun kann, Jenny.«

»Später vielleicht«, erwiderte Jenny. »Wir müssen uns jetzt beeilen.«

»Es wird Ihnen hier gefallen, Gilbert Dasein«, sagte Willa. Sie wandte sich ab, winkte nochmals und eilte über den Hof.

Beunruhigt durch den Unterton des Gesprächs, ließ sich Dasein zu einem Nebenplatz führen. Sie kamen durch ein hohes Tor in ein Seitengebäude, wo sie zwischen gestapelten Kartons mit Jaspers-Käse standen. Irgendwo hinter den Stapeln hörte man ein Gewirr von Geräuschen – ein Zischen und Stampfen, das Gurgeln von Wasser, ein Klink-Klank-Klink-Klank.

Der Raum endete an ein paar breiten Stufen, über die man zu einer Ladefläche kam. Handkarren standen in einer Reihe am Rand der Fläche. Jenny führte ihn durch eine Tür mit der Aufschrift ›Büro‹.

Es war ein ganz gewöhnlicher Raum – an einer Wand Schubfächer mit vorgedruckten Formularen, zwei Schreibtische, an denen Frauen tippten, Fenster, durch die man das Hotel erkennen konnte, und im Hintergrund eine Tür mit der Bezeichnung ›Manager‹.

Die Tür ging auf, als Dasein und Jenny ins Büro kamen. Heraus kam einer der Kartenspieler vom Hotel – George Nis mit der kahlen Stirn, der tiefen Kinnspalte und dem breiten Mund. Die Augen mit den Tränensäcken sahen an Dasein vorbei zu Jenny.

»Schwierigkeiten in Abteilung Neun, Jenny«, sagte Nis. »Man braucht dich sofort.«

»Oh, verflixt!« entgegnete Jenny.

»Ich kümmere mich um deinen Freund«, meinte Nis. »Mal sehen, ob du heute vielleicht früher zum Abendessen gehen kannst.«

Jenny drückte Dasein kurz die Hand und sagte: »Entschuldige Liebling. Du weißt schon – die Pflicht ruft.« Sie lächelte ihm zu und lief ins Freie. Er sah, wie ihr rotes Kleid wippte.

Die Frauen an den Schreibmaschinen sahen auf, schienen Dasein mit einem einzigen Blick zu mustern und konzentrierten sich wieder auf ihre Arbeit. Nis kam zu ihm.

»Kommen Sie nur herein, Mister Dasein«, sagte er und streckte die Hand aus.

Der Händedruck war fest und ungezwungen.

Dasein folgte dem Mann in ein eichenvertäfeltes Büro. Er wurde den Gedanken nicht los, daß Nis von der Verabredung zum Abendessen Bescheid wußte. Woher hatte das der Mann? Piaget hatte die Einladung erst vor ein paar Minuten ausgesprochen.

Sie setzten sich, durch einen breiten Schreibtisch voneinander getrennt. Die polierte Fläche war leer. Hinter Nis hingen in großen Rahmen eine Luftaufnahme der Genossenschaft und eine Art Grundriß. Dasein erkannte die Anlage des Hofes und die Vorderfront des Gebäudes. Dahinter sah er dicke dunkle Linien, die in den Berg wanderten wie die Nebenarme eines Flusses. Sie waren mit den Anfangsbuchstaben J und Nummern gekennzeichnet. J-5 bis J-14 ...

Nis sah seinen Blick und erklärte: »Das sind die Speicherhöhlen – konstante Temperatur und Feuchtigkeit.« Er hüstelte diskret hinter vorgehaltener Hand und fuhr fort: »Sie bringen mich etwas in Verlegenheit, Dr. Dasein. Ich habe im Moment niemanden da, der Sie durch die Firma führen könnte. Wäre es möglich, daß Jenny Sie ein andermal herbringt?«

»Aber selbstverständlich«, erwiderte Dasein. Er musterte Nis aufmerksam und war plötzlich auf der Hut.

»Bitte, nehmen Sie kein Parfüm oder Haarwasser, wenn Sie wiederkommen«, sagte Nis. »Sie werden bemerken, daß unsere Frauen kein Make-up tragen. Fremde Besucherinnen dürfen die Höhlen und sonstigen Lagerräume nicht betreten. Es ist so leicht, die Kultur zu vergiften und einer ganzen Sendung einen komischen Beigeschmack zu geben.«

Dasein dachte plötzlich an das Rasierwasser, das er benutzt hatte.

»Ich werde vollkommen rein und frisch gewaschen erscheinen«, sagte er. Er sah aus dem Fenster zu seiner Rechten und bemerkte plötzlich eine Bewegung auf der Straße zwischen dem Hotel und der Genossenschaft.

Ein sonderbares, hochrädriges Fahrzeug rumpelte vorbei. Dasein zählte acht Räderpaare. Sie schienen zumindest fünf Meter im Durchmesser zu haben, große Ballonreifen, die über das Pflaster schnurrten. Die Achsen standen zur Seite wie Insektenbeine.

Hoch oben saß Al Marden in einem offenen Führerhaus, das an einen Kutschbock erinnerte. Vier Hunde, alle an der Kette, umgaben ihn. Er schien das Gefährt durch zwei Steuerknüppel zu lenken.

»Was soll denn das sein?« fragte Dasein. Er sprang auf und ging ans Fenster, um sich die Maschine, die da über die Straße rollte, näher anzusehen. »Ist das nicht Captain Marden?«

»Das ist der Busch-Buggy unseres Wildhüters«, erklärte Nis. »Al übernimmt die Aufgabe manchmal, wenn der Mann krank ist oder sonst etwas tun muß. Scheint in den Südhügeln patrouilliert zu haben. Ich habe gehört, daß ein paar Jäger von draußen heute morgen dort herumlungerten.«

»Sie gestatten es Fremden nicht, in Ihrem Tal zu jagen?« erkundigte sich Dasein.

»In unserem Tal jagt *niemand*«, verbesserte ihn Nis. »Die Gefahr, daß verirrte Kugeln jemanden treffen könnten, ist zu groß. Die meisten Leute hier im Gebiet kennen das Gesetz, aber hin und wieder kommt jemand aus dem Süden, der darüber stolpert. Aber es gibt nur wenige Orte, an die man mit dem Buggy nicht hinkommt. Wir setzen den Leuten schnell den Kopf zurecht.«

Dasein stellte sich vor, wie dieses Ungeheuer mit den Riesenrädern durch das Unterholz holperte und einen unglücklichen Jägersmann verfolgte, der sich ins Tal verirrt hatte. Seine Sympathien waren eindeutig auf der Seite des Jägers.

»Ich habe so ein Gefährt noch nie gesehen«, meinte er. »Ist es etwas Neues?«

»Sam – Sam Scheler – hat den Buggy vor zehn oder zwölf Jahren gebaut. Damals kamen oft Wilddiebe von Porterville herüber. Sie haben es inzwischen längst aufgegeben.«

»Das kann ich mir denken«, sagte Dasein.

»Ich hoffe, Sie sind mir nicht böse, wenn ich Sie jetzt allein lassen muß«, sagte Nis. »Es gibt soviel Arbeit, und wir haben heute wenige Kräfte da. Jenny soll Sie einmal im Laufe der Woche mitbringen, wenn ... na ja, eben im Laufe der Woche.«

Wenn was? dachte Dasein. Er war sonderbar aufmerksam. Er hatte noch nie zuvor einen so klaren Kopf gehabt. Vielleicht war es irgendeine komische Nachwirkung der Gasvergiftung.

Er stand auf. »Ich finde schon von selbst hinaus.«

»Der Wachtposten wird Sie erwarten«, sagte Nis. Er blieb sitzen und hielt den Blick starr auf Dasein gerichtet, bis er die Tür hinter sich geschlossen hatte.

Die Frauen im vorderen Büro sahen auf, als Dasein durch das Zimmer ging, dann wandten sie ihre Aufmerksamkeit wieder den Maschinen zu. Ein paar Männer beluden die Handkarren, als Dasein an der Laderampe vorbeikam. Er spürte, daß ihn ihre Blicke durchbohrten, als er den Hof überquerte. Zu seiner Linken ging plötzlich eine Schiebetür auf. Dasein sah einen langen Tisch mit einem Förderband in der Mitte und daneben Frauen und Männer, die Pakete sortierten.

Etwas an den Arbeitern erweckte seine Aufmerksamkeit. Sie hatten merkwürdig stumpfe Augen und langsame Bewegungen. Dasein sah ihre Beine unter dem Tisch. Sie schienen in Holzblöcken gefesselt.

Die Tür schloß sich wieder.

Dasein ging durch den Sonnenschein. Er war von dem eben Gesehenen beunruhigt. Diese Arbeiter waren ihm – geisteskrank erschienen. Er überquerte nachdenklich den Hof. Schwierigkeiten in der Abteilung Neun? Jenny war eine gute Psychologin. Was tat sie hier? Was tat sie wirklich?

Der Wachtposten nickte ihm zu und sagte: »Kommen Sie wieder, Dr. Dasein.« Der Mann ging in sein kleines Wachhaus, nahm einen Telefonhörer auf und sprach ein paar Worte hinein.

Der Wachtposten wird Sie erwarten, dachte Dasein.

Er ging zum Hotel und lief mit leichten Schritten die Stufen zur Vorhalle hinauf. Eine grauhaarige Frau saß hinter dem Schreibtisch und arbeitete an einer Additionsmaschine. Sie sah auf, als Dasein hereinkam.

»Könnte ich nach Berkeley telefonieren?« fragte er.

»Alle Leitungen sind tot«, erklärte sie. »Irgendeine Schwierigkeit wegen eines Buschfeuers.«

»Danke.«

Dasein ging nach draußen, blieb auf der Veranda stehen und sah prüfend den Himmel an. Buschfeuer? Nirgends war Rauch zu sehen.

Alles hier in Santaroga konnte so normal erscheinen, und doch spürte man überall etwas Geheimnisvolles und Fremdartiges, das einem die Haare zu Berge stehen ließ.

Dasein holte tief Atem, ging hinunter zu seinem Wagen und ließ ihn an.

Diesmal folgte er dem Pfeil, der in Richtung ›Stadtzentrum‹ führte. Die Avenue der Riesen weitete sich zu einer vierspurigen Fahrbahn aus. Zu beiden Seiten standen Wohn- und Geschäftshäuser. Ein Park öffnete sich zur Linken – gepflasterte Wege, ein Konzertpodium, Blumenbeete. Hinter dem Park erhob sich eine Steinkirche mit einem imposanten Turm. Das Schild auf dem Rasen davor lautete: *Kirche für alle Glaubensrichtungen* – Predigt: *Die Gottesstimme als eine Funktion der Angst.*

Das war die merkwürdigste Predigtankündigung, die er je gesehen hatte. Er nahm sich vor, wenn möglich am Sonntag in diese Kirche zu gehen.

Die Leute auf den Straßen erregten Daseins Aufmerksamkeit. Ihr Schwung, die lebhafte Art, in der sie sich bewegten, war ein starker Kontrast zu der stumpfen Gleichgültigkeit der Menschen am Förderband. Wer waren diese Geschöpfe, die er in der Genossenschaft beobachtet hatte? Und wer waren die rasch dahineilenden Menschen auf den Straßen?

Dasein erkannte, daß sie vor Vitalität und einer glücklichen Freiheit strahlten. Er fragte sich, ob ihre Stimmung anstekkend sein konnte, denn er hatte sich noch nie zuvor so vital gefühlt.

Dasein bemerkte ein Schild zu seiner Rechten gleich nach dem Park: *Blaues Lamm.* Ein springendes Schaf war in eine Schriftrolle geschnitzt. Die breite, unpersönliche Fassade war blau gestrichen und besaß keine Fenster. Nur eine breite Doppeltür aus Glas führte ins Innere.

Hier also wollte sich Marden mit ihm treffen. Weshalb? Es

schien offensichtlich, daß der Patrouillen-Captain die Mappe an sich genommen hatte. Wollte er mit ihm ebenso umgehen wie mit dem armseligen Handelsvertreter im Speisesaal des Hotels? Oder gab es feinere Methoden für ›Jennys Freund von der Schule‹?

Am anderen Ende der Stadt wurde die Straße noch einmal breiter und ging in den Zufahrtsweg einer Benzinstation über. Die Tankstelle hatte zwölf Seiten. Dasein verlangsamte die Geschwindigkeit und bewunderte das Bauwerk. Es war die größte Tankstelle, die er je gesehen hatte. Von jeder der zwölf Seiten ging ein Vordach aus. Unter jedem Vordach waren drei Reihen von Zapfsäulen, und jede Reihe konnte vier Wagen fassen. Dahinter, von dem riesigen Stern der Benzinstation getrennt, stand ein Gebäude mit ganzen Reihen von Schmierbühnen. Und noch weiter hinten befand sich ein Platz von der Größe eines Fußballfeldes, an dessen Ende eine Halle mit der Aufschrift ›Reparaturwerkstätte‹ zu sehen war.

Dasein fuhr ins Innere des Baus und stellte den Wagen an einer Zapfsäulenreihe ab. Er zählte zwanzig Schmierbühnen. Sechs Wagen wurden gerade abgeschmiert. Rund um ihn kamen die Autos und fuhren wieder los. Wieder ein Ameisenhaufen. Er wunderte sich, weshalb keine seiner Unterlagen diesen Komplex erwähnt hatte. Junge Männer in sauberen blaugrauen Arbeitsanzügen standen an den Pumpen.

Einer von ihnen kam zu Dasein herüber und fragte: »Welchen Grad, Sir?«

»Grad?«

»Welche Oktananzahl wollen Sie bei Ihrem Benzin?«

»Was haben Sie denn da?«

»Achtzig, neunzig und hundert.«

»Nehmen Sie hundert und füllen Sie bitte Öl nach.«

Dasein überließ dem jungen Mann den Wagen und ging auf die Straße hinaus, um einen besseren Überblick zu bekommen. Seiner Schätzung nach nahm die Tankstelle einen Platz von vier Morgen ein. Er ging zum Wagen zurück, als der junge Mann mit dem Ölstab unter der Motorhaube auftauchte.

»Sie haben noch ein Viertel Öl in der Wanne«, sagte er.

»Gut, füllen Sie H-30 ein.«

»Entschuldigen Sie«, widersprach der junge Mann, »aber

ich hörte das Ding hereinrattern. Wir haben ein Flugzeugöl, Grad Vierzig. Ich würde es Ihnen empfehlen. Sie werden halb soviel verbrauchen.«

»Was kostet es?«

»Das gleiche wie die anderen Sorten – fünfunddreißig Cents der Liter.«

»Also gut.« Dasein schüttelte den Kopf. *Flugzeugöl und dieser Preis? Woher bekam es Mister Sam?*

»Wie gefällt es Ihnen in Santaroga?« fragte der junge Mann. Man merkte seiner Stimme an, daß er auf ein Kompliment wartete.

»Gut«, sagte Dasein. »Eine hübsche kleine Stadt. Wissen Sie, daß ich noch nie eine so riesige Tankstelle gesehen habe? Es ist ein Wunder, daß noch keine Zeitungsartikel darüber geschrieben wurden.«

»Old Sam hat etwas gegen Reklame«, meinte der Tankwart.

»Weshalb ist sie so verdammt groß?«

»Das muß sie sein. Es ist die einzige im ganzen Tal.« Der junge Mann überprüfte das Kühlwasser und den Wasserstand in der Batterie. Er grinste Dasein an. »Überrascht die meisten Fremden. Wir finden sie bequem. Ein paar Farmer haben ihre eigenen Stationen, und es gibt eine Tankstelle am Flughafen, aber sie beziehen ihre Vorräte alle durch Sam.« Er schloß die Motorhaube.

»Und woher bezieht Old Sam seine Vorräte?«

Der Tankwart sah Dasein prüfend an. »Ich hoffe, Sie haben sich von keiner der großen Ölgesellschaften beschwatzen lassen, Sam etwas zu verkaufen«, sagte er. »Das könnten Sie gleich wieder aufgeben.«

»Ich bin nur neugierig.« Die Reaktion des jungen Mannes verwirrte ihn.

»Sam bestellt seine Vorräte einmal im Jahr«, erklärte der Tankwart. »Er läßt sich die Angebote kommen. Diesmal hat eine kleine Gesellschaft in Oklahoma das Rennen gemacht. Sie bringt das Zeug in Lastzügen her.«

»Tatsächlich?«

»Ich würde es nicht sagen, wenn es nicht wahr wäre.«

»Ich habe nicht an Ihren Worten gezweifelt«, entschuldigte sich Dasein. »Ich war nur überrascht.«

»Weshalb denn? Jeder sollte da kaufen, wo er am meisten für sein Geld bekommt. So, das macht drei Dollar drei Cents.«

Dasein zählte ihm das Geld hin und fragte: »Gibt es hier in der Nähe eine Telefonzelle?«

»Wenn Sie ein Ortsgespräch führen wollen, Dr. Dasein, können Sie unser Telefon benutzen«, sagte der Tankwart. »Die Zellen für Ferngespräche sind hinter den Schmierbühnen. Aber es hat keinen Sinn, nach draußen anzurufen. Die Leitung ist nämlich unterbrochen. Über den Hügeln war ein Feuer.«

Dasein wurde wachsam und sah den Tankwart scharf an. »Woher wissen Sie denn meinen Namen?« fragte er.

»Ach Gott, Mister, der ist in der ganzen Stadt bekannt. Sie sind Jennys Freund aus der Stadt. Ihretwegen läßt sie alle Burschen hier laufen.«

Das Grinsen, das diese Feststellung begleitete, hätte entwaffnend sein sollen, aber es machte Dasein nur zurückhaltender.

»Es wird Ihnen hier gefallen«, sagte der junge Mann. »Es gefällt allen.« Das Grinsen verschwand. »Wenn Sie mich jetzt entschuldigen könnten, Sir, es sind noch ein paar Wagen für mich da.«

Dasein merkte, daß er ihm nachstarrte. *Er hatte den Verdacht, daß ich eine Ölfirma vertreten könnte,* dachte Dasein. *Aber er kennt meinen Namen ... und er weiß über Jenny Bescheid.* Es war ein seltsamer Widerspruch, und Dasein hatte das Gefühl, daß er davon etwas ableiten mußte. Aber es konnte natürlich auch einfach die Wahrheit sein.

Ein langer grüner Chrysler Imperial fuhr in die Lücke auf der anderen Seite der Zapfsäule. Der Fahrer, ein aufgedunsener Mann, der seine Zigarette in einer Spitze rauchte, beugte sich heraus und rief: »He! Ist das hier der Weg zum 395?«

»Geradeaus«, bestätigte Dasein.

»Sonst noch irgendwelche Tankstellen in der Gegend?«

»Nicht hier im Tal«, entgegnete Dasein. »Vielleicht irgendwo draußen.« Er zuckte mit den Schultern. »Ich war noch nie da drüben.«

»Ihr verdammten Einheimischen«, knurrte der Fahrer. Der

Chrysler schoß kraftvoll dahin, bog in die Avenue ein und war verschwunden.

»Weg«, murmelte Dasein. »Und nennt mich einen Einheimischen!«

Er kletterte in seinen Wagen und fuhr wieder zurück. An der Gabelung schlug er den ansteigenden Weg nach Porterville ein. Die Straße wand sich endlos nach oben – zuerst durch Sequoias und dann durch einen Gürtel von Eichen. Endlich kam er an die Kurve, wo er zum erstenmal einen Blick ins Tal geworfen hatte. Er scherte aus und hielt an.

Ein leichter Rauchschleier verwischte die Einzelheiten, aber die Genossenschaft ragte deutlich heraus, ebenso der Kamin eines Sägewerks weit zur Linken. Die Stadt selbst war ein Farbklecks zwischen den Bäumen, und das Band eines Flusses schlängelte sich ihm gegenüber durch die Hügel. Dasein warf einen Blick auf seine Armbanduhr – fünf vor zehn. Er überlegte, ob er nach Porterville fahren und Selador von dort aus anrufen sollte. Dann würde er sich aber wahrscheinlich zu dem Treffen mit Marden verspäten. Er beschloß einen Brief an Selador abzuschicken und die Geschichte von den ›toten Leitungen‹ von seiner Seite aus nachprüfen zu lassen.

Ohne seine Mappe mit den Notizen fühlte sich Dasein im Hintertreffen. Er wühlte im Handschuhfach, bis er ein altes Notizbuch zum Aufzeichnen des Benzinverbrauchs und einen Bleistiftstummel fand. Er schrieb seine Beobachtungen in Stichworten nieder, damit er sie später in den formellen Bericht eintragen konnte.

»Die Gemeinde selbst ist klein«, schrieb er, »aber es scheint, daß sie einen großen Landbezirk zu versorgen hat. Tagsüber sieht man eine Menge Leute unterwegs. Habe zwölf Doppelzapfsäulen an der Tankstelle gezählt. Für Durchreisende?

Sonderbare Wachsamkeit der Einheimischen. Scharfsinnigkeit und strenge Haltung Außenstehenden gegenüber.

Nachprüfen, inwieweit die Einheimischen Jaspers benutzen. Weshalb kein Käseversand? Was ist der Grund für die Vorzugsbehandlung alles Einheimischen? Es schmeckt anders als alles, was ich draußen gekauft habe. Wie steht es mit dem Nachgeschmack? Subjektiv? Welche Beziehung zum Bier?

Untersuchung des Wortes Jaspers als Produktbezeichnung. Adjektiv?«

Etwas Großes bewegte sich zwischen den Bäumen im Hügelland jenseits der Genossenschaft. Die Bewegung erregte Daseins Aufmerksamkeit. Er studierte sie einen Moment lang. Aber die Bäume wuchsen so dicht, daß er keine klare Sicht hatte.

Dasein ging in den Campinganhänger und holte sein Fernglas heraus. Er richtete es auf den Fleck zwischen den Bäumen. Der Buggy mit seinen riesigen Rädern wurde deutlich sichtbar. Marden saß am Steuer. Er pflügte sich einen Weg durch Bäume und Unterholz. Das Ding schien etwas – oder jemand – vor sich herzutreiben. Dasein suchte den Weg vor dem Gefährt nach einer Lichtung ab, fand eine und wartete ab. Drei Männer in Jagdkleidung tauchten auf. Sie hatten die Hände über dem Kopf erhoben. Zwei Hunde flankierten sie, aufmerksam, auf der Hut. Die Jäger wirkten ängstlich und wütend.

Die Gruppe tauchte in einem Sequoia-Gehölz unter, und Dasein verlor sie aus den Augen. Er kletterte wieder in den Wagen und notierte, was er gesehen hatte.

Es gehörte alles zu einem Schema, dachte er. Diese Dinge konnten als natürliche, logische Vorgänge erklärt werden. Ein Gesetzesvertreter hatte drei Männer beim unberechtigten Jagen ertappt. Aber der Vorfall hatte wie alle anderen den besonderen Santaroga-Aspekt. Irgend etwas stimmte nicht mit der übrigen Welt überein.

Er steuerte den Wagen zurück ins Tal, mit dem festen Entschluß, Marden über die drei Wilddiebe auszufragen.

3

Das Innere des *Blauen Lamms* war eine in gedämpftem Ton gehaltene Grotte, deren Wände in verschiedenen Blauschattierungen bemalt waren. Ziemlich gewöhnliche Nischen mit Bänken und Tischen flankierten eine offene Fläche, auf der sich ebenfalls Tische und Stühle befanden. Eine lange Spiegelbar, mit springenden Lämmern dekoriert, nahm die hintere Wand ein.

Marden erwartete ihn in einer der Nischen. Ein eisgekühlter Drink stand vor ihm. Der Patrouillen-Captain wirkte gelöst. Sein rotes Haar war säuberlich gekämmt. Die Kragenaufschläge seines Uniformhemdes trugen die Streifen des Captains. Er hatte keinen Rock an. Als Dasein näherkam, sah er ihm forschend entgegen.

»Einen Drink?« fragte er, als sich Dasein setzte.

»Was haben Sie da?« Dasein deutete mit dem Kinn auf das Glas Mardens.

»Eine Art Orangenbier mit Jaspers.«

»Gut, ich versuche es.«

Marden hob die Hand, winkte dem Barkeeper und rief: »Noch eines, Jim!« Er sah Dasein wieder an. »Was macht Ihr Kopf heute?«

»Danke, es geht mir gut«, sagte Dasein. Er fühlte sich gereizt und nervös, da er nicht wußte, wie Marden die Sache mit der Mappe ins Gespräch bringen würde. Man brachte ihm den Drink. Dasein begrüßte ihn als Ablenkung und nippte daran. Ein würziger Orangengeschmack mit dem scharfen Jaspersaroma.

»Ach ja – zu Ihrer Mappe«, sagte Marden.

Dasein stellte das Glas langsam ab und erwiderte Mardens ruhigen Blick. »Ja?«

»Ich hoffe, es war Ihnen nicht unangenehm, daß ich sie an mich genommen habe.«

»Es ging.«

»Mich hat hauptsächlich die Technik Ihres Vorgehens interessiert«, sagte Marden. »Ich wußte natürlich bereits, weshalb Sie hergekommen sind.«

»Oh?« Dasein musterte Marden genau. Er suchte nach einem Hinweis. Wie konnte der Mann über das Projekt Bescheid wissen?

Marden nahm einen tiefen Schluck von dem Orangenbier und wischte sich über den Mund. »Ausgezeichnet, nicht?«

»Wirklich.« Dasein nickte.

»Ihre Annäherung ist ziemlich routinehaft«, sagte Marden. Er starrte Dasein an. »Wissen Sie, ich habe das komische Gefühl, daß Sie nicht einmal merken, wie man Sie ausnützt.«

In Mardens schmalen Zügen spielte Belustigung. Das

machte Dasein plötzlich wütend, und er beherrschte sich nur mit Mühe. »Was soll das heißen?« fragte er.

»Wissen Sie auch, daß Sie Gegenstand einer Diskussion in unserem Stadtrat waren?« fragte Marden.

»Ich?«

»Sie. Einige Male. Wir waren uns im klaren darüber, daß man früher oder später auf Sie verfallen würde. Hat länger gedauert, als wir dachten.« Marden schüttelte den Kopf. »Wir ließen ein Foto von Ihnen zirkulieren – bei allen wichtigen Leuten: Kellnern und Kellnerinnen, Barkeepern, Hotelangestellten ...«

»Tankwarten«, ergänzte Dasein. Das Schema wurde allmählich klar. Er machte keinen Versuch mehr, seinen Ärger zu verbergen.

Marden war sanfte Vernunft. »Sie mußten eines Tages erfahren, daß eines unserer Mädchen verliebt in Sie ist«, erklärte er. »Das ist ein Ansatzpunkt, verstehen Sie? Man benutzt jeden Ansatzpunkt, den man finden kann.«

»Wen meinen Sie mit ›man‹?« wollte Dasein wissen.

»Hmmm«, machte Marden.

Dasein holte dreimal tief Luft, um sich zu beruhigen. Er hatte nicht erwartet, daß er den Zweck seines Herkommens ewig verbergen konnte, aber er hatte doch gehofft, daß ihm mehr Zeit bleiben würde. Was, zum Teufel, wollte dieser verrückte Captain überhaupt sagen?

»Sie stellen uns vor ein ziemliches Problem«, fuhr Marden fort.

»Versuchen Sie ja nicht, mich aus dem Tal zu werfen, wie Sie es gestern mit dem dämlichen Handelsvertreter oder heute vormittag mit den Wilddieben gemacht haben«, sagte Dasein. »Ich habe das Gesetz nicht übertreten.«

»Sie hinauswerfen? Ich denke nicht daran. Was möchten Sie gerne essen? Deshalb sind wir doch in der Hauptsache hergekommen.«

Dasein fand sich psychologisch aus dem Gleichgewicht gebracht. Sein Ärger wurde durch den plötzlichen Themawechsel abgelenkt, und er hatte ein unbestimmtes Schuldbewußtsein.

»Ich bin nicht hungrig«, knurrte er.

»Sie sind es sicher, wenn erst das Essen auf dem Tisch

steht. Ich bestelle für uns beide.« Marden winkte dem Kellner und sagte: »Zweimal Salat Jaspers und das Spezial-Lunch.«

»Ich bin nicht hungrig«, beharrte Dasein.

»Das kommt noch.« Marden lächelte. »Ich hörte, wie ein fetter Fremder in einem Chrysler Imperial Sie heute einen Einheimischen nannte. Hat Ihnen das nichts verraten?«

»Hier spricht sich ja alles schnell herum«, meinte Dasein.

»Und ob, Doc. Der Fehler, den der Kerl machte, verrät mir aber, daß Sie eigentlich nach Santaroga gehören. Jenny hat sich in Ihnen nicht getäuscht.«

»Jenny hat nichts damit zu tun.«

»Jenny hat mehr als genug damit zu tun. Sprechen wir offen miteinander, Doc. Larry braucht noch einen Psychologen, und Jenny sagt, daß Sie einer der besten sind. Wir können es Ihnen hier im Tal schön machen.«

»Wie schön?« fragte Dasein und dachte an die beiden Männer, die hier gestorben waren.

»Warum laufen Sie eigentlich vor sich selbst davon, Dasein?«

»Ich habe früh gelernt, daß ein guter Läufer mehr wert sein kann als ein schlechter Kämpfer.«

»Wie?« Marden sah ihn mit einem verwirrten Stirnrunzeln an.

»Ich wollte damit sagen, daß ich nicht vor mir selbst davonlaufe«, erklärte Dasein. »Aber ich will auch nicht, daß Sie mein Leben bestimmen, so wie Sie eben über das Mittagessen bestimmt haben.«

»Sie müssen das Menü nicht essen, wenn es Ihnen nicht schmeckt«, meinte Marden. »Verstehe ich Sie recht? Sie denken gar nicht daran, die Stelle anzunehmen, die Ihnen Larry bietet?«

Dasein starrte die Tischplatte an und überlegte. Am klügsten wäre es natürlich, das Spiel mitzumachen. Es war seine Chance, die Santaroga-Barriere zu durchbrechen und herauszufinden, was sich wirklich im Tal abspielte. Aber dann fielen ihm wieder die Stadtratssitzungen ein. Man hatte Jenny über ihn ausgehorcht, daran bestand kein Zweifel. Und man hatte Vorbereitungen zu seinem Empfang getroffen. Er konnte seinen Ärger nicht länger unterdrücken.

»Sie und Jenny und die anderen – Sie haben sich die Sache hübsch ausgerechnet, was?« fragte er. »Werfen wir dem dämlichen Kerl einen Knochen hin! Kaufen wir ihn mit einem …«

»Langsam, Doc«, sagte Marden. Seine Stimme war ruhig und hatte immer noch einen amüsierten Unterton. »Ich appelliere an Ihre Intelligenz, nicht an Ihre Gewinnsucht. Jenny sagt, daß Sie ein ausgezeichneter Psychologe sind. Darauf legen wir Wert.«

Dasein ballte unter dem Tisch die Hände, um sich wieder in die Gewalt zu bekommen. Sie hielten ihn also für einen armseligen Tölpel, den man mit einem hübschen Mädchen und Geld überrumpeln konnte!

»Sie glauben, daß ich ausgenützt werde.«

»Wir *wissen* es.«

»Sie haben noch nicht erwähnt, von wem.«

»Wer dahintersteckt? Eine Gruppe von Finanzbossen, Doc, die das, was Santaroga repräsentiert, vernichten möchten. Sie wollen ins Tal und schaffen es nicht.«

»Die Santaroga-Barriere«, sagte Dasein.

»So nennen sie es.«

»Wer sind *sie?*«

»Sie möchten Namen hören? Vielleicht werden wir Ihnen einige nennen, wenn es in unser Konzept paßt.«

»Ihr wollt mich auch ausnützen, nicht wahr?«

»Santaroga wird auf ganz andere Weise regiert.«

Der Salat kam. Dasein warf einen Blick auf die einladende Schale – hübsch angeordnetes Grünzeug mit Huhn und einer goldgelben, sahnigen Sauce. Hunger überkam ihn. Er kostete einen Würfel Huhn zusammen mit der Sauce und erkannte den Jaspersgeschmack darin. Das verdammte Zeug ist allgegenwärtig, dachte er. Aber er mußte gestehen, daß es köstlich schmeckte. Vielleicht stimmte die Behauptung, daß der Geschmack beim Transport litt.

»Ganz gut, nicht wahr?« fragte Marden.

»Ja.« Er musterte den Patrouillen-Captain einen Moment lang. »Wie wird denn Santaroga regiert?«

»Stadtrat mit Veto der Bürgerversammlung, jährliche Wahlen. Jeder Bewohner über achtzehn hat eine Stimme.«

»Demokratie, wie sie sein soll«, meinte Dasein. »Sehr nett

und in einer Gemeinde dieser Größe auch durchführbar, aber ...«

»Wir hatten dreitausend Wähler und fast sechstausend Vertreter in der letzten Bürgerversammlung«, sagte Marden. »Es läßt sich machen, wenn die Leute daran interessiert sind, sich selbst zu regieren. Wir sind daran interessiert, Dasein. Verstehen Sie jetzt, wie Santaroga regiert wird?«

Dasein schluckte und legte die Gabel weg. Fast neuntausend Menschen über achtzehn in Santaroga! Das war doppelt so viel, wie er geschätzt hatte. Was machten sie alle? Ein Ort wie dieser konnte doch nicht so viele Menschen nutzbringend beschäftigen!

»Ihr wollt, daß ich Jenny heirate und mich hier niederlasse – daß ich ein neuer Wähler werde«, meinte Dasein. »Habe ich recht?«

»Das scheint Jenny zu wollen. Wir versuchen ihr abzureden, aber ...« Er zuckte mit den Schultern.

»Abreden – hat man deshalb die Post unterschlagen?«

»Was?«

Dasein erkannte Mardens ehrliche Verblüffung und erzählte ihm von den verlorengegangenen Briefen.

»Diese verflixten alten Tanten«, sagte Marden. »Ich werde mal hingehen und ihnen die Leviten lesen. Aber wenn man es genau bedenkt, ändert es nichts an den Dingen.«

»Nicht?«

»Nein. Sie lieben Jenny, oder nicht?«

»Natürlich liebe ich sie.«

Das kam heraus, bevor Dasein die Antwort überlegt hatte. Er hörte seine eigene Stimme und erkannte, wie grundsätzlich dieses Gefühl war. Natürlich liebte er Jenny. Er war ganz krank vor Sehnsucht gewesen. Es war ein Wunder, daß er es so lange ohne sie ausgehalten hatte.

»Also gut«, sagte Marden. »Essen Sie jetzt fertig, sehen Sie sich im Tal um und besprechen Sie heute abend alles mit Jenny.«

Er kann doch nicht glauben, daß die Sache so einfach ist, dachte Dasein.

»Hier.« Marden nahm Daseins Mappe vom Stuhl und legte sie auf den Tisch. »Machen Sie Ihre Marktstudie. Ihre Auftraggeber wissen bereits alles, was Sie herausfinden können. Das ist auch nicht der eigentliche Zweck Ihrer Anwesenheit.«

»Worin besteht er dann?«

»Das müssen Sie selbst herausbringen, Doc. Mir würden Sie es nicht glauben.«

Marden wandte sich seinem Salat zu und aß ihn mit sichtlichem Genuß.

Dasein legte die Gabel weg und fragte: »Was haben Sie mit den Jägern gemacht, die Sie heute erwischten?«

»Wir haben ihnen die Köpfe abgeschnitten und sie eingepökelt«, sagte Marden. »Wofür halten Sie uns denn? Sie bekamen ihre Geldstrafe und wurden hinausgeworfen. Möchten Sie die Akten sehen?«

»Was würde mir das nützen?«

Marden deutete mit der Gabel auf ihn. »Wissen Sie, Doc, Sie machen es ebenso wie Win – Win Burdeaux.«

»Wie hat Win es denn gemacht?« wollte Dasein wissen.

»Er hat sich dagegen gewehrt. Das ist genau das, was wir erwarten. Allerdings gab er ziemlich schnell nach, wenn ich mich recht erinnere. Win war es müde, wegzulaufen, noch bevor er nach Santaroga kam.«

»Oh, Ihr Amateur-Psychologen«, spöttelte Dasein.

»Sie haben recht, Doc. Wir wären froh, wenn wir noch einen ausgebildeten Psychologen bei uns hätten.«

Dasein fühlte sich durch Mardens unbezwingliche Gutmütigkeit aus dem Konzept gebracht.

»Essen Sie Ihren Salat«, sagte Marden. »Das wird Ihnen helfen.«

Dasein nahm noch eine Gabel von der Käsesauce und dem Huhn. Er mußte zugeben, daß er sich durch das Essen besser fühlte. Sein Kopf war klar und der Verstand scharf. Er wußte, daß ein leerer Magen schon oft zu Fehlentscheidungen geführt hatte. Essen nahm den inneren Druck und erleichterte damit die Funktion des Verstandes.

Marden war fertig und lehnte sich zurück.

»Sie werden es schon schaffen«, sagte er. »Im Moment sind Sie verwirrt, aber wenn Sie so tüchtig sind, wie Jenny behauptet, dann werden Sie die Wahrheit selbst erkennen. Ich glaube, es wird Ihnen hier gefallen.«

Marden erhob sich.

»Ich soll Ihnen also abnehmen, daß ich ausgenützt werde?« fragte Dasein.

»Ich schicke Sie nicht aus dem Tal, bedenken Sie das«, erwiderte Marden.

»Sind die Telefonleitungen immer noch gestört?« fragte Dasein.

»Keine Ahnung«, erwiderte Marden. Er warf einen Blick auf seine Uhr. »Hören Sie, ich muß wieder an die Arbeit. Rufen Sie mich an, wenn Sie mit Jenny gesprochen haben.«

Damit ging er.

Der Kellner kam und holte das Geschirr.

Dasein sah in das runde Gesicht des Mannes, warf einen Blick auf das graue Haar und die gebeugten Schultern. »Weshalb leben Sie hier?« fragte er.

»Häh?« Der Mann hatte einen kratzigen Bariton.

»Weshalb leben Sie in Santaroga?« wiederholte Dasein.

»Verrückt, was? Weil es meine Heimat ist.«

»Aber weshalb wohnen Sie lieber hier als meinetwegen in San Francisco oder Los Angeles?«

»Sie haben einen Knall! Gibt es dort etwas, was ich hier nicht kriege?« Er ging mit den Schüsseln.

Dasein starrte die Mappe auf dem Tisch an. Marktforschung. Auf dem gegenüberliegenden Sitz konnte er die Ecke einer Zeitung sehen. Er griff über den Tisch und angelte sich das Blatt. Das Impressum lautete: *Santaroga Press.*

Die linke Spalte enthielt eine Zusammenfassung der internationalen Ereignisse in einer Kürze und Sprache, die Dasein verblüffte. Die Spalte war in Absätze unterteilt, und jeder Absatz enthielt eine Nachricht.

»Diese Idioten in Südostasien bringen sich immer noch gegenseitig um.« Absatz.

Langsam dämmerte Dasein, daß damit der Vietnam-Krieg gemeint war.

»Der Dollar rutscht weiterhin auf dem internationalen Markt, obwohl diese Tatsache hierzulande vertuscht oder verschwiegen wird. Wenn es zum Börsenkrach kommt, wird der Schwarze Freitag wie ein Picknick daneben aussehen.« Absatz.

»Die Genfer Abrüstungsgespräche sind nichts als ein Schauplatz von Arroganz und Selbstzufriedenheit. Wir erinnern uns, daß die

Gespräche in Gang waren, als das letztemal die Bomben fielen.« Absatz.

»Die Regierung der Vereinigten Staaten weitet das große Versteck unter dem Berg in der Nähe von Denver immer noch aus. Es wäre interessant zu erfahren, wie viele Militärbonzen und Regierungsmitglieder mit ihren Familien Eintrittskarten dafür haben, wenn es zum großen Peng kommt.« Absatz.

»Frankreich hat den USA wieder einmal die Stirn geboten und veranlaßt, daß US-Militärflugzeuge nicht auf französischen Flughäfen starten oder landen dürfen. Wissen die Franzosen etwas, das wir nicht wissen?« Absatz.

»Die Automation hat im letzten Monat wieder 0,4 Prozent des amerikanischen Arbeitsmarktes erobert. Es soll noch schlimmer kommen. Hat jemand eine Ahnung, was mit der überschüssigen Bevölkerung geschehen soll?«

Dasein senkte das Blatt und starrte es an, ohne es zu sehen. Das verdammte Ding war staatsgefährdend! Wurde es etwa von Kommunisten verfaßt? War dies das Geheimnis von Santaroga?

Er sah auf, als er den Kellner neben sich bemerkte.

»Ihre Zeitung?« fragte der Mann.

»Ja.«

»Oh. Wahrscheinlich hat Al sie Ihnen gegeben.« Er wandte sich wieder ab.

»Wo kauft dieses Restaurant seine Vorräte?« erkundigte sich Dasein.

»Überall im Tal, Dr. Dasein. Unser Fleisch kommt von Ray Allisons Ranch am Eingang des Tales. Die Hähnchen liefert Mrs. Larson. Sie wohnt westlich von hier. Das Gemüse und sonstiges bekommen wir aus den Treibhäusern.«

»Oh. Danke.« Dasein wandte sich wieder der Zeitung zu.

»Möchten Sie sonst noch etwas wissen, Dr. Dasein? Al sagte, daß ich mich um Sie kümmern sollte. Bestellen Sie, was Sie wollen – es geht auf seine Rechnung.«

»Nein, danke.«

Der Kellner ließ Dasein mit der Zeitung allein.

Dasein blätterte sie durch. Sie hatte acht Seiten. Sie enthielt nur wenige Werbungen. Die letzte Seite war Kleinanzeigen gewidmet. Erstaunlich war die Kürze und Trockenheit der Ankündigungen:

»Brenner und Söhne verkaufen eine neue Sendung Schlafzimmermöbel zu vernünftigen Preisen. Wer zuerst kommt, hat die größte Auswahl. Beste Santaroga-Qualität.«

»Vier neue Gefriertruhen zu verkaufen. Ratenzahlung möglich. Lewis-Markt.« Das Bild zeigte einen lächelnden dicken Mann, der die Klappe einer Gefriertruhe öffnete.

Die meisten Kleinanzeigen drehten sich um Tauschobjekte. *»Biete dreißig Meter handgewebten Wollstoff (1,40 breit). Brauche eine gute Kreissäge. Ed Jankey, Nummer 1, Mill.«*

»Der Eintonner-Ford, Baujahr 56, den ich vor zwei Jahren gekauft habe, ist immer noch gut. Sam Scheler sagt, er ist 50 Dollar oder eine schöne Jungkuh wert. William McCoy, Flußgabelung.«

Dasein blätterte die Zeitung von hinten nach vorne durch. Er entdeckte eine Gartenspalte: *»Es wird höchste Zeit, Leinkraut in den Gärten zu streuen, damit die Schnecken nicht überhand nehmen.«*

Auf einer der inneren Seiten entdeckte er eine ganze Spalte mit Versammlungs- und Festankündigungen. Als er sie las, fiel ihm der stereotype Satz bei jeder Einladung auf: *»Es werden Jaspers-Gerichte serviert.«*

Jaspers, dachte er. *Jaspers ... Jaspers ...*

Das Wort war überall. Verbrauchten sie wirklich soviel von dem Zeug? Er spürte eine verborgene Bedeutung in dem Wort. Es war etwas, das die Bewohner von Santaroga vereinigte.

Dasein wandte sich wieder der Zeitung zu. Ihm fiel erneut eine Kleinanzeige auf: *»Biete zweijährige Benutzung meines halben Jaspers-Anteils (20 Kubikfuß in Schicht Fünf der Alten Sektion) gegen ein halbes Jahr Zimmermannsarbeit. Leo Merriot, 1018 River Road.«*

Was, zum Teufel, war ein Jaspers-Anteil? Was es auch sein mochte, zehn Kubikfuß davon waren ein halbes Jahr Zimmermannsarbeit wert – bestimmt keine Kleinigkeit. Dasein schätzte den Lohn auf etwa viertausend Dollar.

Ein Sonnenfleck drang ins Restaurant, und er hob den Kopf. Ein junges Paar war hereingekommen. Das Mädchen hatte dunkles Haar und tiefliegende braune Augen, dazu herrlich geschwungene Augenbrauen. Ihr Begleiter war blond und blauäugig. Er hatte ein fein geschnittenes nordisches Gesicht. Sie betraten die Nische hinter Dasein. Er beobachtete sie im Barspiegel. Der junge Mann sah ihn über die Schulter hinweg an und sagte etwas zu seinem Mädchen. Sie lächelte.

Der Kellner brachte ihnen zwei Drinks.

Dann hörte er das Mädchen sagen: »Nach dem Jaspers saßen wir da und lauschten dem Sonnenuntergang, einem Seil und einem Vogel.«

»Du solltest einmal den Pelz auf dem Wasser fühlen«, sagte ihr Begleiter. »Es ist das rote Aufwärts des Windes.«

Dasein war äußerst wachsam geworden. Diese Wortspiele, die keine Bedeutung hatten und doch irgendwie logisch klangen – sie erinnerten ihn an die Sätze von Schizophrenen oder Süchtigen. Er bemühte sich, noch mehr zu hören, aber sie hatten die Köpfe zusammengesteckt und flüsterten lachend miteinander.

Abrupt erinnerte sich Dasein an den Kampf, den seine Fakultät drei Jahre zuvor gegen das LSD geführt hatte. Ihm fiel auch wieder ein, daß bei den Experimenten Jenny Sorge, die Studentin aus dem Santaroga-Tal, Immunität der Droge gegenüber gezeigt hatte. Man hatte die Experimente später aufgegeben, da sich die Sensationspresse zu sehr mit ihnen beschäftigt hatte, und so war nie ein wissenschaftlicher Beweis über Jennys Verhalten erbracht worden. Sie selbst vermied es, davon zu sprechen.

Weshalb erinnere ich mich ausgerechnet daran?

Das junge Paar hatte die Gläser leergetrunken und verließ das Restaurant.

Dasein faltete die Zeitung und wollte sie in seine Mappe stecken. Eine Hand berührte seinen Arm. Er sah auf und in Mardens Gesicht.

»Ich glaube, das ist meine Zeitung«, sagte er. Er nahm sie Dasein aus der Hand. »Ich war schon fast am Fluß, als ich merkte, daß sie mir fehlte. Wiedersehen.« Er eilte hinaus, die Zeitung unter den Arm geklemmt.

Die beiläufige und doch brüske Art, dazu die Schnelligkeit, mit der er Dasein das Blatt entrissen hatte, machte Dasein wütend. Er packte seine Mappe und lief zur Tür, sah aber nur noch, daß Marden mit einem Patrouillenwagen losbrauste.

Hol dich der Teufel! dachte er. *Besorge ich mir eben selbst eine.*

Der Drugstore an der Ecke hatte keinen Zeitungsstand,

und der dürre Verkäufer erklärte ihm kühl, daß die lokale Zeitung nur im Abonnement ausgegeben würde. Er behauptete, keine Ahnung zu haben, wo sie gedruckt wurde. Der Verkäufer der Eisenwarenhandlung gab ihm die gleiche Auskunft, ebenso der Kassier des Gemüseladens.

Dasein kletterte in seinen Wagen, öffnete die Mappe und schrieb so viele Einzelheiten nieder, wie er noch in Erinnerung hatte. Als sein Gedächtnis schwächer wurde, ließ er den Wagen an und fuhr kreuz und quer durch die Stadt, wobei er nach dem Schild einer Druckerei oder Redaktion Ausschau hielt. Er fand keinerlei Hinweis, daß die *Santaroga Press* in der Stadt gedruckt wurde, aber die Schilder an der Gebrauchtwagen-Ausstellung ließen ihn abrupt anhalten. Er saß in seinem Wagen und starrte sie ungläubig an.

Ein vier Jahre alter Buick hatte am Fenster folgenden Zettel: »Das Ding frißt zwar viel Öl, ist aber gut und gern seine 100 Dollar wert.«

Auf einem ein Jahr alten River stand: »Sprung im Motorblock, aber beim Preis von 500 Dollar können Sie sich einen neuen Motor leisten.«

An einem zehn Jahre alten Chevrolet war zu lesen: »Das war Jersey Hofstedders Wagen. Seine Witwe will nur 650 Dollar dafür.«

Daseins Neugier war voll geweckt. Er stieg aus und ging zu Jersey Hofstedders Wagen hinüber. Ein Blick auf das Instrumentenbrett zeigte ihm, daß der Motor einundsechzigtausend Meilen hinter sich hatte. Die Polsterung war aus Leder, sorgfältig geschnitten und eingepaßt. Dasein konnte keinen Kratzer an der Karosserie erkennen, und die Reifen schienen fast neu zu sein.

»Möchten Sie eine Probefahrt machen, Dr. Dasein?«

Es war eine weibliche Stimme, und Dasein drehte sich um. Er sah sich einer grauhaarigen älteren Frau mit angenehmen Gesichtszügen gegenüber, die eine blumenbedruckte Bluse und Blue jeans trug. Sie hatte eine glatte, gebräunte Haut und einen offenen Blick.

»Ich bin Clara Scheler, Sams Mutter. Wahrscheinlich haben Sie inzwischen schon von meinem Sam gehört.«

»Und Sie kennen mich natürlich«, sagte Dasein mit kaum verhülltem Ärger. »Ich bin Jennys Freund aus der Stadt.«

»Ich habe Sie heute vormittag mit Jenny gesehen«, sagte sie. »Ein feines Mädel, Dr. Dasein. Also, wenn Sie sich für Jerseys Wagen interessieren – ich kann Ihnen die Einzelheiten gern nennen.«

»Bitte.«

»Die Leute hier in der Gegend kennen Jerseys Wagen«, sagte sie. »Er war immer für perfekte Dinge, ein richtiger Fanatiker. Er hatte jedes bewegliche Teil seines Wagens auf der Werkbank. Er richtete alles aus und paßte jede Schraube genau ein, bis das Ding vollkommen sauber lief. Hat sogar Scheibenbremsen. Sie sehen ja, was er mit den Polstern gemacht hat.«

»Wer war Jersey Hofstedder?« fragte Dasein.

»Wer – ach so, Sie sind ja neu. Jersey war Sams erster Mechaniker, bis er vor einem Monat starb. Seine Witwe behielt den Cord-Reisewagen, auf den Jersey so stolz war, aber sie sagte, daß ein Mensch nicht mit zwei Autos zugleich fahren kann. Sie bat mich, den Chevy zu verkaufen. Da, hören Sie sich den Motor mal an!«

Sie setzte sich hinter das Steuer und ließ den Wagen an. Dasein beugte sich dicht zur Motorhaube hinunter. Er konnte den Antrieb kaum hören.

»Das Ding hat eine besondere Zündung«, erklärte Clara Scheler. »Jersey prahlte immer damit, daß er mit einer Gallone dreißig Meilen weit käme, und es würde mich nicht wundern, wenn das stimmt.«

»Mich auch nicht«, meinte Dasein.

»Wollen Sie in bar oder auf Kredit kaufen?« erkundigte sich Clara Scheler.

»Ich – ich habe mich noch nicht entschlossen, ob ich kaufen will«, sagte Dasein.

»Sie und Jenny könnten gar nichts Klügeres tun, als mit Jerseys altem Wagen anzufangen«, meinte sie. »Ihren Kasten können Sie ohnehin bald wegwerfen. Ich habe den Klang gehört. Lange macht er es nicht mehr, wenn Sie nichts wegen der Lager unternehmen.«

»Ich – wenn ich ihn kaufe, komme ich mit Jenny her«, sagte Dasein. »Vielen Dank, daß Sie ihn mir gezeigt haben.« Er drehte sich um und lief mit einem Gefühl der Befreiung zu seinem eigenen Wagen. Er war allen Ernstes versucht gewesen, Jersey Hofstedders Chevrolet zu kaufen, und das verwirrte ihn. Die Frau mußte eine meisterhafte Verkäuferin sein.

Er fuhr zurück zum Hotel. Seine Gedanken schwirrten von den Merkwürdigkeiten Santarogas. Die sonderbare Objektivität bei der Anpreisung der Gebrauchtwagen, die Anzeigen in der *Santaroga Press* – das alles wies das gleiche Schema auf.

Beiläufige Aufrichtigkeit, dachte Dasein. *Das konnte zur falschen Zeit etwas Brutales sein.*

Er ging in sein Zimmer, legte sich aufs Bett und versuchte alles durchzudenken, einen Sinn in die Ereignisse des Tages zu bringen. Mardens Unterhaltung beim Mittagessen klang in der Erinnerung noch eigenartiger. Eine Stelle in Piagets Klinik? Auch die obskure Unterhaltung des jungen Paares im Restaurant ließ ihm keine Ruhe. Hatten sie unter Drogeneinfluß gestanden? Und die Zeitung, die nicht existierte – außer für Abonnenten. Jersey Hofstedders Wagen – Dasein war versucht, noch einmal hinzufahren und ihn zu kaufen. Er konnte ihn von einem Mechaniker außerhalb des Tales untersuchen lassen.

Ein beharrliches Stimmengemurmel drängte sich in Daseins Bewußtsein. Er stand auf und sah sich im Zimmer um, konnte jedoch die Quelle nicht entdecken. Der Streifen Himmel, den er durch sein Fenster sehen konnte, wurde langsam grau. Er ging hinüber und sah ins Freie. Wolken kamen vom Nordwesten herangezogen.

Das Stimmengemurmel war immer noch da.

Dasein machte die Runde im Zimmer und blieb unter einem winzigen Ventilator in der Ecke des Frisiertisches stehen. Er rückte den Stuhl näher heran und kletterte über ihn auf den Tisch. Er legte das Ohr an den Ventilator. Schwach, aber deutlich erkennbar hörte er eine der Fernsehkennmelodien, die die Werbung für eine Kaugummisorte einleitete.

Dasein lächelte über sich selbst und kletterte vom Frisiertisch. Irgend jemand sah sich eben ein Fernsehprogramm an. Dann runzelte er die Stirn. Das war der erste Hinweis, daß es hier im Tal überhaupt Fernsehgeräte gab. Er stellte sich die Lage von Santaroga vor – ein Becken. Um die Sendungen hier gut zu empfangen, brauchte man eine Antenne auf einem der umliegenden Berge, dazu Verstärker und riesige Kabelverbindungen.

Wieder stieg er auf den Frisiertisch und preßte das Ohr an den Ventilator. Er konnte die Sendung – eine Tagesserie – von der Unterhaltung einiger Frauen entscheiden. Eine der Frauen gab einer anderen offenbar Anweisungen im Strikken. Mehrere Male hörte er das Wort »Jaspers«, und einmal, deutlich: »Eine Vision, das ist alles. Nur eine Vision ...«

Dasein verließ seinen Stand und ging in den Korridor hinaus. Zwischen seiner Tür und dem Fenster am Gangende gab es keine Eingänge. Auf der gegenüberliegenden Seite des Korridors schon, nicht aber an dieser Front. Er trat wieder in sein Zimmer und studierte den Ventilator. Er schien direkt durch die Wand zu gehen, aber der Schein konnte trügen. Vielleicht kam er auch aus einem anderen Stockwerk. Aber was befand sich in dieser Ecke des Gebäudes? Dasein war neugierig genug, um es zu erforschen.

Er ging nach unten, durch die leere Vorhalle, und verließ das Hotel. Dann schlenderte er bis zur rückwärtigen Mauer. Dort stand die Eiche, ein patriarchalischer Baum mit rissiger Rinde. Ein dicker Ast schob sich vor ein Fenster im zweiten Stock. Das war sein Fenster, entschied Dasein. Der Eichenast bestätigte es. Ein niedriges Verandadach, das die Küche und die Verwaltungsräume überschattete, stand unter seinem Fenster vor. Dasein ließ die Blicke bis zum Ende der Mauer gleiten. Er zählte noch drei Fenster, alle auf der Seite des Korridors, an der keine Türen waren. Alle drei Fenster hatten heruntergezogene Blenden.

Keine Türen, aber drei Fenster, dachte Dasein.

Er schlenderte sehr langsam zurück zu seinem Zimmer. Die Vorhalle war immer noch leer, doch er hörte Stimmen, und die Telefonvermittlung klickte.

Als Dasein wieder in seinem Raum war, stellte er sich ans Fenster und sah auf das Verandadach hinunter. Die Neigung war geringfügig, und die Schindeln wirkten trocken. Er öffnete leise das Fenster und trat auf das Dach hinaus. Wenn er sich an die Wand lehnte, konnte er sich seitlich über das Dach bewegen.

Beim ersten Fenster hielt er sich am Sims fest und tastete nach einem Loch in der Blende. Er fand keine Öffnung, aber die Geräusche des Fernsehapparats waren deutlich, als er das Ohr gegen das Glas preßte. Er hörte die Lobpreisungen eines Seifenvertreters, und dann sagte eine der Frauen: »Auf diesem Kanal reicht es. Schalten wir auf NBC um.«

Dasein zog sich zurück und kroch zum nächsten Fenster. Hier entdeckte er einen winzigen Schlitz zwischen Sims und Blende. Er duckte sich und sah hindurch.

Das verschwommene Grau der Fernsehröhre hüllte den ohnehin düsteren Raum ein. Er konnte an der Wand zu seiner Rechten eine Reihe von acht Fernsehgeräten erkennen. Fünf Frauen saßen in bequemen Sesseln davor. Er bemerkte mit einiger Befriedigung, daß eine der Frauen strickte. Eine andere machte sich offenbar Stenonotizen auf einem Block. Und wieder eine andere bediente ein Tonbandgerät.

Die Gruppe wirkte eigentlich sehr sachlich und geschäftsmäßig. Alle Frauen waren älteren Jahrgangs, aber sie bewegten sich mit der Grazie von Leuten, die aktiv geblieben waren. Eine Blondine mit guter Figur stand auf, schaltete eines der Geräte aus und ließ eine Schiebetür davorgleiten, die sie verschloß. Sie ließ sich erschöpft wieder in ihren Sessel sinken und sagte laut: »Mein Gott! Stellt euch vor, dieses Zeug wird euch Tag für Tag unzensiert ins Hirn getrichtert ...«

»Spar dir das für den Bericht, Suzie!« Das war die Frau mit dem Tonbandgerät.

Bericht? fragte sich Dasein. *Welcher Bericht?*

Er ließ seinen Blick durch den Raum gleiten. Eine Reihe von Aktenschränken stand an der gegenüberliegenden Wand. Direkt unter dem Fenster konnte er die Ecke einer Couch erkennen. Eine Klapptreppe, wie man sie oft bei Mansarden benutzte, stand in der linken Ecke. Hinter den Frauen befanden sich zwei Schreibmaschinen auf fahrbaren Ständern.

Dasein fand, daß es einer der sonderbarsten Räume war, die er je gesehen hatte. Alle Dinge erschienen normal, und doch hatten sie den ganz besonderen Santaroga-Anstrich. Weshalb die Geheimnistuerei? Weshalb acht Fernsehgeräte? Was befand sich in den Aktenschränken?

Welcher Bericht?

Hin und wieder machten sich die Frauen Notizen, benutzten das Tonbandgerät, wechselten die Programme. Dauernd führten sie Gespräche, die für Dasein nur zum Teil verständlich waren. »Ich mache doch keine Falten hinein – das ist mir zuviel Arbeit.«

»Wenn Fred mich nach der Arbeit nicht abholen kann, muß mich eine von euch mit in die Stadt nehmen.«

Sein gewagter Lauscherposten auf dem Dach, wo jeder Vorüberkommende ihn sehen konnte, begann Dasein zu beunruhigen. Er sagte sich, daß er hier nichts weiter erfahren konnte. Und welche Erklärung konnte er geben, wenn man ihn hier oben ertappte?

Vorsichtig arbeitete er sich zurück zu seinem Fenster, kletterte ins Zimmer und verschloß den Fensterriegel. Wieder untersuchte er den Korridor. Es gab in diesem Stockwerk einfach keine Tür zu jenem merkwürdigen Raum. Er ging bis zu dem Notausgangsschild und öffnete eine schmale Tür. Sie führte zu dem Absatz einer Hinterhoftreppe. Der Treppenschacht war offen, und eine Treppe wand sich nach unten und oben, von einem einfachen, eingedübelten Geländer geschützt. Dasein warf einen Blick über das Geländer und sah zwei Stockwerke tiefer einen Betonboden. Dann schaute er nach oben. Im dritten Stock endeten die Stufen. Ein Oberlicht spendete schwaches Licht.

Leise stieg er nach oben und öffnete die Tür zu einem Korridor im dritten Stock. Zwei Schritte vom Treppenabsatz entfernt entdeckte er eine zweite Tür mit der Aufschrift: ›Wäschekammer‹. Dasein drückte die Klinke herunter – verschlossen.

Verärgert ging er zurück zum Treppenabsatz. Als er aus dem Korridor trat, blieb er mit dem rechten Fuß im ausgefransten Rand des Teppichs hängen. In einem einzigen, entsetzlichen Moment sah Dasein das Geländer und den offenen Treppenschacht auf sich zukommen. Seine rechte Schulter schlug gegen das Geländer, das splitternd nachgab. Es bremste seinen Fall, hielt ihn aber nicht auf. Er klammerte sich mit der linken Hand am gebrochenen Geländer fest, spürte, wie es sich nach außen bog und wußte im gleichen Moment, daß er stürzen würde – drei Stockwerke tief auf einen Betonboden. Das zerbrochene Geländer, das er festhielt, gab ein kreischendes Geräusch von sich. Alles schien in Zeitlupe vor sich zu gehen. Er konnte den Rand der Treppe sehen, wo sie gestrichen worden war und die Farbe sich in kleinen gelben Rinnen verteilt hatte. Er sah ein Spinnennetz in einer Stufenecke, in dem sich dunkelrote Wollfasern gefangen hatten.

Mit einem letzten Ächzen gab das Geländer nach, und Dasein kippte nach vorn. In diesem tödlichen Augenblick, als er sich schon auf dem Betonboden drei Stockwerke tiefer zerschmettert sah, packten ihn starke Hände an den Knöcheln. Dasein verstand nicht recht, was geschehen war. Er ließ das zerbrochene Geländerteil fallen, und es trudelte in die Tiefe.

Er spürte, daß er wie eine Puppe nach oben gezogen wurde. Jemand legt ihn auf den Treppenabsatz und drehte ihn herum.

Dasein blickte in das dunkle Gesicht Win Burdeaux'.

»Das war verdammt knapp, Sir«, sagte Burdeaux.

Dasein rang nach Luft und konnte nicht antworten. Seine rechte Schulter brannte wie Feuer. Die Finger seiner linken Hand zitterten im Krampf.

»Ich hörte, daß jemand die Tür zur Wäschekammer öffnen wollte«, sagte Burdeaux. »Ich war drinnen, Sir, und ich ging hinaus, um nachzusehen, was los war. Im gleichen Augenblick stürzten Sie, Sir. Was ist denn geschehen?«

»Teppich«, keuchte Dasein. »Ausgerutscht.«

Burdeaux bückte sich und untersuchte den Rand des Teppichs. Er richtete sich wieder auf. »Und ob das Ding zerrissen ist, Sir! Das ist eine sehr gefährliche Sache.«

Dasein gelang es, den Krampf in den Fingern loszuwerden und die Hand zu strecken. Er holte tief Atem und versuchte sich aufzusetzen. Burdeaux half ihm. Daseins Hemd war zerrissen. Über Bauch und Brust lief ein langer roter Striemen, wo er das zerbrochene Geländer gestreift hatte.

»Machen Sie jetzt lieber etwas langsam, Sir«, meinte Burdeaux. »Soll ich den Doktor holen?«

»Nein – nein, danke.«

»Es wäre gleich geschehen, Sir.«

»Ich ... Es geht mir schon wieder gut.«

Dasein warf einen Blick auf den ausgefransten Teppich. Er erinnerte sich an das Stück Geländer, das in die Tiefe getrudelt war, und wunderte sich, daß er es nicht aufschlagen gehört hatte. Noch etwas fiel ihm ein, beunruhigender als die anderen Dinge: die tödlichen Unfälle der beiden anderen Untersuchungsbeauftragten. Dasein stellte sich vor, was geschehen wäre, wenn man ihn tot auf dem Betonboden aufgefunden hätte. Die Nachforschungen hätten ergeben, daß es ein bedauerlicher Unfall war. Bedauerlich, aber völlig natürlich. Solche Dinge geschahen eben hin und wieder.

Aber handelte es sich wirklich um Unfälle?

Seine Schulter begann zu ziehen.

»Ich gehe jetzt besser in mein Zimmer – und ziehe mich um«, sagte Dasein. Der Schmerz in der Schulter, nun sehr deutlich, sagte ihm, daß er ärztliche Behandlung brauchte. Aber irgend etwas in seinem Innern wehrte sich instinktiv dagegen.

Dasein kämpfte sich auf die Beine und stieß Burdeaux zur Seite, als er ihm helfen wollte. Noch während dieser Bewegung kam ihm zu Bewußtsein, wie unvernünftig er handelte.

»Sir, ich möchte Ihnen nur helfen«, sagte Burdeaux in sanft tadelndem Ton.

War meine Angst so offensichtlich? fragte sich Dasein.

Ihm fielen wieder die starken Arme ein, die seine Knöchel festgehalten hatten – ein Griff in letzter Sekunde. Dasein wurde verlegen.

»Ich ... ich weiß«, sagte er. »Sie haben mir das Leben gerettet. Ich finde gar keine Worte, um Ihnen dafür zu danken. Ich ... ich dachte an das zerbrochene Geländer. Sollten Sie das nicht zuerst reparieren?«

Dasein stützte sich an der Wand ab und kam so auf die Beine. Er stand keuchend da. Die Schulter schmerzte abscheulich.

»Ich werde die Tür hier abschließen«, sagte Burdeaux mit sanfter, aber entschiedener Stimme. »Ich werde den Arzt holen, Sir. Sie sind sehr vorsichtig mit Ihrer Schulter. Ich nehme an, daß Sie große Schmerzen haben. Es ist wirklich am besten, wenn der Arzt Sie untersucht, Sir.«

Dasein wandte sich ab und wunderte sich über seine Zwiespältigkeit. Jemand mußte seine Schulter versorgen – ja. Aber mußte es unbedingt Piaget sein? Dasein stützte sich an der Wand ab und ging die Treppe nach unten. *Piaget – Piaget – Piaget.* Hatte man Piaget auch bei den anderen beiden tödlichen Unfällen geholt? Die Bewegung schickte einen stechenden Schmerz durch die Schulter. *Piaget – Piaget.* Wie konnte dieses Ereignis auf der Treppe etwas anderes als ein Unfall sein? Wer hätte vorhersagen können, daß er genau zu diesem Zeitpunkt an dieser Stelle sein würde?

Über ihm wurde die Tür geschlossen und verriegelt. Burdeaux' schwere Schritte klangen an der Treppe auf. Die Vibration sandte einen neuen feurigen Schmerz durch seine Schulter. Dasein blieb im zweiten Stock stehen und preßte die Hand an die schmerzende Stelle.

»Sir?«

Dasein wandte sich um und sah in das dunkelhäutige Gesicht. Er bemerkte den besorgten Ausdruck.

»Es wäre am besten, wenn Sie nicht wieder auf das Dach hinausgingen, Sir«, sagte Burdeaux. »Ein Sturz vom Dach wäre sehr gefährlich, Sir.«

4

Der Gewitterregen erreichte das Tal kurz vor dem Dunkelwerden. Dasein saß zu dieser Zeit in einem schweren altmodischen Sessel im Hause der Piagets. Seine Schulter war von einem festen Stützverband umgeben, und Jenny saß ihm gegenüber auf einem Schemel. Sie sah ihn vorwurfsvoll an.

Ein sanfter, aber unbeugsamer Burdeaux hatte ihn in die Klinik neben Piagets Haus gefahren und in einem Notraum abgeliefert.

Dasein wußte nicht, was er erwartet hatte – aber bestimmt nicht die kühle, berufsmäßige Objektivität, mit der Piaget seine Schulter untersucht hatte.

»Bänderriß und eine leichte Verrenkung«, hatte Piaget festgestellt. »Was hatten Sie denn vor? Wollten Sie etwa Selbstmord begehen?«

Dasein zuckte zusammen, als die Bandage festgezerrt wurde. »Wo ist Jenny?«

»Sie hilft beim Abendessen. Wir sagen ihr Bescheid, was für eine verflixte Dummheit Sie gemacht haben, sobald der Verband in Ordnung ist.« Piaget verknotete das Ende der Bandage. »Sie haben mir immer noch nicht gesagt, was Sie angestellt haben.«

»Ich habe geschnüffelt!« knurrte Dasein.

»Tatsächlich?« Er streifte ihm eine Schlinge um die gesunde Schulter und legte ihm den Arm so hinein, daß er ihn nicht mehr bewegen konnte. »Da, das müßte genügen. Seien Sie vorsichtig mit dem Arm! Aber das wissen Sie ja selbst. Sie brauchen die Jacke nicht anzuziehen, es führt ein überdachter Weg zum Haus – da, durch diese Tür. Gehen Sie einfach in die Wohnung. Jenny wird Sie bis zum Abendessen unterhalten.«

Der Weg hatte Glaswände und war von Topfgeranien gesäumt. Das Wetter brach los, als Dasein einen Moment lang bei den Blumentöpfen stehenblieb und auf den frisch gemähten Rasen, die Rosenbeete und den düsteren blaugrauen Himmel hinaussah. Der Wind peitschte den Regen über die Straße jenseits der Rosen und fuhr in die Birken, die in einer schnurgeraden Reihe dastanden. Auf dem Bürgersteig neben der Straße hasteten Menschen mit nassen Kleidern dahin.

Dasein fror trotz der schützenden Glaswände. Sein Kopf fühlte sich leicht an. *Was mache ich hier?* fragte er sich. Seine Kehle war trocken, als er schluckte. Er betrat das Haus und ging in ein holzvertäfeltes Wohnzimmer, in dem schwere Möbel standen. Der schwache Geruch eines Kohlenfeuers hing über dem Raum. In Daseins Schulter war ein dumpfpochender Schmerz. Er ging durch das Zimmer, vorbei an einer Anrichte mit schweren Kristallgefäßen, und nahm vorsichtig in einem tiefen, weichen Sessel Platz, der mit grünem Kord bezogen war.

Die Ruhe und das damit verbundene Nachlassen des Schmerzes erfüllte ihn einen Moment lang mit Erleichterung. Dann begann es in seiner Schulter wieder zu hämmern.

Eine Tür schlug zu – schnelle Schritte ...

Jenny rannte durch einen breiten, bogenförmigen Eingang zu seiner Linken herein. Ihr Gesicht war gerötet. Eine feuchte Haarsträhne klebte an der Schläfe. Sie trug ein orangenes Kleid, ein schockierender Farbklecks in diesem düster-vornehmen Wohnzimmer. Mit einem merkwürdigen Gefühl der Losgelöstheit erinnerte sich Dasein, daß er einmal gesagt hatte, Orange sei seine Lieblingsfarbe. Die Erinnerung daran erfüllte ihn mit einer unerklärlichen Vorsicht.

»Gil, um Himmels willen!« rief sie und blieb vor ihm stehen, die Hände in die Hüften gestemmt.

Dasein schluckte.

Jenny sah sein offenes Hemd an, den Rand des Verbandes, die Schlinge. Plötzlich war sie auf den Knien, drückte den Kopf in seinen Schoß und umklammerte ihn – und er sah, daß sie weinte.

»He!« sagte Dasein. »Jenny ...« Die Tränen, das unbewegte Gesicht – das alles machte ihn verlegen. Sie gab ihm ein Schuldgefühl, so als hätte er sie auf irgendeine Weise betrogen. Das Gefühl ließ ihn die Schmerzen und die Müdigkeit vergessen.

Jenny nahm seine Linke und preßte sie gegen ihre Wange. »Gil«, flüsterte sie. »Heiraten wir – sofort.«

Weshalb nicht? dachte er. Aber das Schuldgefühl blieb – zusammen mit den unbeantworteten Fragen. War Jenny der Köder einer Falle, die man ihm gestellt hatte? Wußte sie es, wenn es tatsächlich so war?

Ein leises Hüsteln kam von dem Bogengang zu Daseins Linker.

Jenny zog sich zurück, hielt aber seine Hand fest.

Dasein sah auf und erkannte Piaget. Der Arzt hatte eine blaue Smokingjacke angezogen, die ihm mehr als je zuvor das Aussehen eines Mandarins gab. Der große Kopf war leicht zur Seite geneigt, die dunklen Augen wirkten nachdenklich.

Im Eßzimmer hinter Piaget hatte jemand bernsteinfarbene Wandleuchter eingeschaltet. Dasein sah einen großen ovalen Tisch mit drei weißen Leinendecken, dazu das Schimmern von Silber und Kristall.

»Jenny?« fragte Piaget.

Sie seufzte, ließ Daseins Hand los und zog sich auf den grünen Diwan zurück, wo sie mit angezogenen Beinen Platz nahm.

Dasein bemerkte plötzlich den Geruch eines mit Knoblauch angerichteten Bratens. Das brachte ihm seinen Hunger zu Bewußtsein. Und dann spürte er den verlockenden Duft von Jaspers.

»Ich glaube, wir sollten uns über Ihre Anfälligkeit für Unglücksfälle unterhalten«, sagte Piaget. »Finden Sie nicht auch, Gilbert?«

»Unbedingt«, erwiderte Dasein. Er beobachtete den Arzt

genau. In Piagets Stimme war ein vorsichtiges Zögern, das nichts mit Höflichkeit zu tun hatte.

»Hatten Sie schon viele schmerzhafte Unfälle?« erkundigte sich Piaget. Während er sprach, ging er zu einem gesteppten Ledersessel hinter Jenny. Er setzte sich, und nun sprach er über Jennys Schultern hinweg mit Dasein. Gilbert konnte den aufkeimenden Verdacht nicht unterdrücken, daß diese Stellung mit Absicht gewählt worden war. Sie verbündete Jenny und Piaget gegen ihn.

»Nun?« ermunterte ihn Piaget.

»Weshalb tauschen wir die Antworten nicht aus?« entgegnete Dasein. »Sie beantworten mir eine Frage, und ich beantworte Ihnen eine Frage.«

»Oh?« Piaget lächelte, als sei ihm insgeheim etwas Amüsantes eingefallen.

Jenny sah beunruhigt drein.

»Ihre Frage?« meinte Piaget.

»Ein Handel ist ein Handel«, erwiderte Dasein. »Zuerst meine Antwort. Ich hatte kaum Unfälle. Das heißt, bevor ich herkam. Ich kann mich nur daran erinnern, daß ich einmal von einem Apfelbaum fiel, als ich acht war.«

»So«, sagte Piaget. »Und nun Ihre Frage.«

Jenny runzelte die Stirn und wandte den Blick ab.

Dasein spürte, wie seine Kehle mit einemmal trocken wurde. Seine Stimme kratzte, als er zu sprechen begann: »Sagen Sie, Doktor ... wie sind die beiden anderen Männer gestorben, die vor mir herkamen?«

Jenny warf den Kopf herum. »Gil!« Ihre Stimme klang empört.

»Sachte, Jenny!« sagte Piaget. Auf seiner linken Wange zuckte ein Nerv. »Sie sind auf der falschen Spur, junger Mann«, knurrte er. »Wir sind hier keine Wilden. Das ist nicht nötig. Wenn wir wollen, daß jemand verschwindet, dann tut er es.«

»Und Sie wollen nicht, daß ich verschwinde?«

»Jenny will es nicht. Und das waren zwei Fragen von Ihrer Seite. Sie schulden mir eine Antwort.«

Dasein nickte. Er starrte über Jenny hinweg zu Piaget.

»Lieben Sie Jenny?« fragte der Arzt.

Dasein schluckte und fing einen bittenden Blick aus Jennys

Augen auf. Piaget wußte die Antwort auf diese Frage! Weshalb stellte er sie trotzdem?

»Das wissen Sie doch«, erwiderte er.

Jenny lächelte, aber zwei glänzende Tränen saßen an ihren Wimpern.

»Weshalb haben Sie dann ein Jahr gewartet, bis Sie herkamen?« fragte Piaget. In seiner Stimme war eine anklagende Schärfe, bei der Dasein sich versteifte.

Jenny drehte sich um und starrte ihren Onkel an. Ihre Schultern zitterten.

»Weil ich ein verdammt sturer Idiot bin«, sagte Dasein. »Weil ich nicht will, daß mein Mädchen mir vorschreibt, wo ich zu leben habe.«

»So gefällt es Ihnen in unserem Tal also nicht«, sagte Piaget. »Vielleicht schaffen wir es, daß Sie Ihre Meinung noch ändern. Dürfen wir es wenigstens versuchen?«

Nein, dachte Dasein. *Ich will nicht!* Aber er wußte instinktiv, daß diese Antwort bockig und kindisch klingen würde. So murmelte er nur: »Da müssen Sie sich aber anstrengen.«

Und Dasein war über sich selbst verwundert. Was hatte sein Instinkt eigentlich? Was war mit dem Tal nicht in Ordnung, daß er an jeder Ecke Gefahren witterte?

»Das Essen ist fertig.«

Eine weibliche Stimme drang aus dem Eßzimmer.

Dasein drehte sich um und sah ein hageres, graues Wesen in einem grauen Kleid. Das war eine zum Leben erwachte Pioniersfrau Grant Woods' – lange Nase, scharfer Blick und Mißbilligung in jeder Falte ihres Gesichts.

»Danke, Sarah«, sagte Piaget. »Das hier ist Dr. Dasein, Jennys junger Freund.«

Ihre Augen prüften Dasein, und er merkte, daß er ihren Erwartungen nicht entsprach. »Das Essen wird kalt«, sagte sie.

Piaget stand auf. »Sarah ist meine Kusine«, erklärte er. »Sie stammt vom alten Yankee-Zweig der Familie ab und weigert sich energisch, mit uns zu essen, wenn wir so neumodische Essenszeiten einhalten.«

»Wirklich Blödsinn, diese Zeiteinteilung«, murmelte sie. »Mein Vater war um diese Zeit längst im Bett.«

»Und bei Morgengrauen aus den Federn«, ergänzte Piaget.

»Mach du dich nicht über mich lustig, Larry Piaget«, sagte sie. Sie wandte sich ab. »Setzt euch. Ich bringe den Braten.«

Jenny ging zu Dasein und half ihm beim Aufstehen. Sie beugte sich dicht zu ihm, küßte ihn auf die Wange und wisperte: »Sie mag dich. Sie hat es mir in der Küche gesagt.«

»Was gibt es da zu flüstern?« erkundigte sich Piaget.

»Ich habe Gil erzählt, was Sarah über ihn sagte.«

»Oh, was sagte Sarah denn?«

»Sie sagte: ›Larry wird diesen jungen Mann nicht unterkriegen. Er hat Augen wie Großpapa Sather.‹«

Piaget sah Dasein aufmerksam an. »Bei George, die hat er tatsächlich. Es war mir noch gar nicht aufgefallen.« Er wandte sich mit einer abrupten Geste ab und führte sie in das Eßzimmer. »Kommen Sie, bevor Sarah ihre gute Meinung über Sie ändert. Das könnten wir uns nicht leisten.«

Für Dasein war es eines der merkwürdigsten Essen seines Lebens. Seine Schulter schmerzte, ein beharrliches Pochen, das ihn zu ungewohnter Aufmerksamkeit zwang. Jedes Wort und jede Bewegung waren daher klar für ihn erkennbar. Da war Jenny – sie hatte nie weiblicher und begehrenswerter ausgesehen. Da war Piaget, der während des Essens eine Art Waffenstillstand einhielt und Dasein nach seinem Studium, den Professoren und Kollegen und nach seinen weiteren Plänen fragte. Da war Sarah, die das Essen umflatterte – ein murmelndes Gespenst, das nur für Jenny freundliche Blicke übrig hatte.

Wenn es nach Sarah geht, bekommt Jenny alles, was sie sich einbildet, dachte Dasein.

Schließlich war da auch noch das Essen: ein Rippenstück, halbgar geröstet, Erbsen mit Jaspers-Sauce und Kartoffelpuffer, das hiesige Bier mit dem herrlichen Geschmack und frische Pfirsiche mit Honig als Nachtisch.

Anfangs mutete es Dasein komisch an, daß zum Abendessen Bier serviert wurde, aber er fand bald heraus, daß alles großartig zusammenpaßte. Ein Aroma verstärkte das andere.

Piaget hatte das Bier gekostet und genickt. »Frisch«, sagte er.

»Genau, wie du es angeordnet hast«, fauchte Sarah. Und sie warf Dasein einen merkwürdig prüfenden Blick zu.

Es war kurz nach halb zehn, als Dasein aufbrach.

»Ich ließ Ihren Wagen herbringen«, sagte Piaget. »Glauben Sie, daß Sie fahren können, oder soll Jenny Sie zum Hotel bringen?«

»Es geht schon«, erwiderte Dasein.

»Nehmen Sie die Schmerztabletten erst, wenn Sie in Ihrem Zimmer sind«, sagte Piaget. »Ich möchte nicht, daß Sie in den Graben fahren.«

Sie standen auf der breiten Veranda des Hauses, und die Straßenlaternen ließen die Birken am feuchten Pflaster widerspiegeln. Der Regen hatte aufgehört, doch die Nachtluft war kalt.

Jenny hatte ihm die Jacke um die Schultern gelegt. Sie stand neben ihm, sorgenvolle Falten auf der Stirn. »Bist du sicher, daß es geht?«

»Du solltest am besten wissen, daß ich mit einer Hand fahren kann.« Er grinste sie an.

»Manchmal finde ich dich schrecklich«, sagte sie. »Ich weiß gar nicht, wie ich ausgerechnet auf dich verfallen mußte.«

Piaget räusperte sich. »Sagen Sie, Gilbert«, begann er, »was haben Sie eigentlich da oben gesucht?«

Dasein hatte plötzlich Angst. Die Frage war in einem unmöglichen Moment abgefeuert worden.

Ach was, zum Teufel, dachte er. *Mal sehen, wie er eine ehrliche Antwort aufnimmt.*

»Ich wollte herausbringen, warum ihr so verdammt geheimnisvoll mit eurem Fernsehen tut«, sagte er.

»Geheimnisvoll?« Piaget schüttelte den Kopf. »Aber das Ganze ist doch nur ein Privatobjekt von mir. Sie analysieren den Infantilismus und die Einfältigkeit des Fernsehens. Sie liefern mir die Daten für ein Buch, das ich schreiben möchte.«

»Aber muß das denn so geheim vor sich gehen?« Dasein spürte, wie Jenny ihn am Arm packte, doch er ignorierte die Furcht, die er hinter ihrer Geste spürte.

»Es ist Rücksichtnahme auf die Gefühle der anderen Leute und nicht Geheimnistuerei«, erklärte Piaget. »Die meisten Fernsehsendungen machen unsere Talbewohner wütend. Wir geben natürlich die Nachrichten wieder, aber selbst da wird meist um den Brei herumgeredet.«

Dasein spürte, daß Piagets Erklärung zum Teil stimmte, aber er fragte sich, was ihm verheimlicht wurde. Die Frauen in dem Fernsehaufzeichnungsraum erforschten noch etwas anderes.

»Ich verstehe«, sagte Dasein.

»Sie schulden mir jetzt eine Antwort«, meinte Piaget.

»Bitte, schießen Sie los!«

»Ein anderesmal. Ich gehe jetzt, damit ihr einander gute Nacht sagen könnt.«

Er drehte sich um und ging ins Haus zurück.

Und dann saß Dasein in seinem Wagen und spürte noch die Wärme von Jennys Lippen.

Er kam kurz vor zehn an die Gabelung, die zum Hotel führte, zögerte und fuhr dann auf dem Weg nach Porterville weiter. In der Entscheidung lag ein merkwürdiger Selbsterhaltungstrieb, auch wenn er sich einredete, daß er nur ein wenig herumfahren und nachdenken wollte.

Was geschieht mit mir? fragte er sich. Seine Gedanken waren außergewöhnlich klar, aber ein so starkes Gefühl der Unruhe erfüllte ihn, daß sich sein Magen verkrampfte. Sein Erkenntnisbereich hatte sich sonderbar ausgedehnt. Ihm wurde klar, daß er sich bisher zu sehr mit Psychologie befaßt hatte und dadurch seinen Horizont eingeengt hatte. Etwas zerrte jetzt an den selbst errichteten Schranken, und er spürte, daß dahinter Dinge lauerten, denen er nicht gegenübertreten wollte.

Weshalb bin ich hier? fragte er sich.

Er konnte die Kette von Ursache und Wirkung bis zur Universität zurückverfolgen, zu Jenny ... aber wieder spürte er die Einmischung von Dingen außerhalb dieser Kette, und er fürchtete diese Dinge.

Die Nacht jagte an seinem Wagen vorbei, und er merkte, daß er den Berg hinauffloh, daß er dem Tal zu entkommen suchte. Er mußte an Jenny denken, wie sie ihm an diesem Abend gegenübergetreten war – in einem orangenen Kleid und orangenen Schuhen; die hübsche Jenny, die sich hergerichtet hatte, um ihm zu gefallen. Ihre Liebe war ehrlich, das stand in ihrem Gesicht.

Teile der Konversation fielen ihm wieder ein. *Jaspers.* »Das ist das alte Jaspers – ein kräftiger Geschmack.« Jenny hatte es gesagt, als sie die Sauce kostete. »Es wird bald Zeit, eine neue Portion Jaspers nach Nummer Fünf hinunterzubringen.« Das war Sarah gewesen, als sie den Nachtisch brachte. Und Piaget: »Ich spreche mit den Jungen morgen darüber.«

Jetzt erinnerte sich Dasein daran, daß selbst im Honig der *Jaspers*-Geschmack leicht vorhanden gewesen war. Alle Gespräche kreisten um Jaspers. Die Leute von Santaroga sprachen Jaspers.

Er war jetzt auf dem Paß am Talende. Er begann zu zittern. Ein zwiespältiges Gefühl der Erleichterung überkam ihn – aber auch der Gedanke, daß er etwas verlor, wenn er weiterfuhr.

An den Hängen, die Dasein jetzt durchquerte, hatte ein Feuer gewütet. Er roch die feuchte Asche in der Luft, die der Ventilator ins Wageninnere brachte, und erinnerte sich an die Schwierigkeiten mit dem Telefon. Hier außerhalb des Tales hatten sich die Wolken bereits verzogen. Auf den Hängen standen tote Bäume wie chinesische Tuschezeichen auf dunklem Grund.

Abrupt klammerten sich seine Gedanken an eine logische Erklärung: *Ich muß das Tal verlassen, weil ich Selador anrufen will! Die Leitungen im Tal sind unterbrochen, aber ich kann von Porterville anrufen – bevor ich wieder zurückfahre.*

Er fuhr nun ruhig dahin – in einer merkwürdigen Gefühlsleere. Selbst der Schmerz in seiner Schulter hatte nachgelassen.

Porterville tauchte aus dem Dunkel auf. Der Highway wurde zu einer breiten Hauptstraße mit einem blauweißen ›Bus-Depot‹-Schild auf der linken Seite. Vor einer Kneipe, die durchgehend geöffnet hatte, standen zwei Laster neben einem kleinen Kabriolett und dem grün-weißen Wagen des Sheriffs. Das rötliche Flimmern auf der gegenüberliegenden Straßenseite entpuppte sich als das Schild ›Frenchys Saloon‹. Die Wagen am Rinnstein wirkten verbeult und rostig, und ihr Anblick deprimierte Dasein.

Er fuhr vorbei und entdeckte eine einsame Telefonzelle unter einer Straßenlaterne. Nebenan stand eine verdunkelte Shell-Station. Er fuhr an den Straßenrand und blieb neben der Telefonzelle stehen. Der Motor war heißgelaufen und ruckte noch eine Zeitlang, nachdem Dasein ihn abgestellt hatte. Dasein trat die Kupplung durch und starrte einen Moment lang das Telefonhäuschen an. Dann stieg er aus.

Der Wagen des Sheriffs fuhr vorbei, und seine Scheinwerfer erhellten einen weißen Zaun hinter der Telefonzelle.

Dasein seufzte und betrat das Innere. Er mußte sich zwingen, den Anruf zu machen.

Und dann hörte er Seladors Akzent. »Gilbert? Sind Sie es, Gilbert? Sind die verdammten Leitungen endgültig repariert?«

»Ich rufe von Porterville an, direkt außerhalb des Tales.«

»Ist etwas schiefgelaufen, Gilbert?«

Dasein schluckte. Selbst auf die große Entfernung hin blieb Selador ein scharfer Beobachter. *Etwas schiefgelaufen?* Dasein schilderte kurz seine Unfälle.

Nach einer längeren Stille sagte Selador: »Das ist sehr eigenartig, Gilbert, aber ich verstehe nicht, weshalb Sie diese Ereignisse als etwas anderes als Unfälle betrachten. Bei dem Gas beispielsweise hat man sich sehr große Mühe gemacht, Sie zu retten. Und Ihr Sturz – wie hätte jemand ahnen können, daß Sie ausgerechnet nach dort oben gehen würden?«

»Ich wollte Ihnen ja nur Bescheid sagen«, meinte Dasein. »Piaget ist der Ansicht, daß ich eine Anfälligkeit für solche Dinge habe.«

»Piaget? Ach ja – der Doktor des Tales. Also, Gilbert, ich finde, der Mann ist nicht kompetent genug, um so etwas zu behaupten. Es ist schließlich nicht einmal erwiesen, daß es so ein Syndrom überhaupt gibt.« Selador räusperte sich. »Sie glauben doch nicht im Ernst, daß diese Leute etwas gegen Sie im Schilde führen?«

Seladors Tonfall hatte eine besänftigende Wirkung auf Dasein. Er war natürlich im Recht. Hier, ein Stück vom Tal entfernt, sahen die Ereignisse der letzten vierundzwanzig Stunden ganz anders aus.

»Natürlich nicht!« sagte Dasein.

»Gut! Ich hielt Sie immer schon für einen kühlen Kopf, Gilbert. Allerdings könnte es sein, daß die Leute im Tal besonders sorglos sind. Unter diesen Umständen ist das Hotel ein gefährlicher Ort, und Sie sollten ausziehen.«

»Wohin?« fragte Dasein.

»Es muß doch noch andere Unterkünfte geben.«

War man im Hotel sorglos? fragte sich Dasein. Weshalb wurde dann sonst niemand verletzt? Ein gefährlicher Ort, ja –

aber nur, weil er ein Teil des Tales war. Er pflichtete Selador nur ungern bei.

Und dann war ihm plötzlich klar, wie der lose Teppich als Falle funktionierte. Man hatte ihm einen Köder vorgesetzt – den Fernsehraum. Natürlich. Ein merkwürdiger Ort, der bestimmt seine Neugier weckte. Rund um den Köder hatte man mehrere Fallen ausgelegt, um ihn bestimmt zu fangen. Er fragte sich, welcher Falle er auf dem Dach entgangen war. Noch während er darüber nachdachte, fiel ihm ein, wie das Treppengeländer zerbrochen war.

»Sind Sie noch da, Gilbert?«

Seladors Stimme drang dünn zu ihm durch.

»Ja – ich bin noch da.«

Dasein nickte vor sich hin. Es war so herrlich einfach. Er beantwortete die vage Unsicherheit, die er wegen der Unfälle gehabt hatte. So einfach wie eine Kinderzeichnung an einer angelaufenen Scheibe – keine überflüssigen Linien, keine unnötigen Schnörkel. Köder und Fallen.

Noch während Dasein die Lösung erkannte, wußte er, daß Selador sie nicht akzeptieren würde. Sie klang nach Verfolgungswahn. Sie setzte Organisation voraus, das Zusammenspiel vieler Leute.

»Wollten Sie noch etwas, Gilbert? Wir verschwenden die teuren Minuten durch unnötiges Schweigen.«

Dasein kam plötzlich zu sich. »Ja, Sir. Erinnern Sie sich an Piagets Artikel über die Bewohner von Santaroga und ihre Allergien?«

»Ja.« Selador räusperte sich.

»Könnten Sie die Gesundheitsbehörde und die Landwirtschaftsabteilung darauf ansetzen? Vielleicht gibt es chemische Analysen der Farmprodukte von Santaroga – einschließlich des Käses.«

»Gesundheitsbehörde – Landwirtschaft – Käse«, murmelte Selador. Dasein konnte geradezu sehen, wie er sich die Notizen machte. »Sonst noch etwas?«

»Vielleicht. Kommen Sie an die Anwälte dieses Kaufhausrings heran?«

»Worauf wollen Sie hinaus, Gilbert?«

»Die Leute haben Häuser gemietet und ihre teuren Ladeneinrichtungen gebaut, bevor sie entdeckten, daß die Bewohner von Santaroga nicht bei ihnen kauften. Ist darin ein System zu erkennen? Locken die Grundstücksmakler von Santaroga unachtsame Fremde in die Falle?«

»Ich verstehe«, sagte Selador. »Verschwörung in betrügerischer Absicht. Aber ich glaube, Gilbert, daß man auf diesem Gebiet bereits vergeblich nachgeforscht hat.«

Seladors sonst so scharfe Stimme klang verwischt. Vielleicht war er müde.

»Wahrscheinlich«, meinte Gilbert. »Aber es wäre ganz gut, wenn ich über die Meinung der Firmenanwälte Bescheid wüßte. Vielleicht gibt mir das einige neue Hinweise.«

»Also gut. Übrigens, Gilbert, wann wollen Sie mir eine Abschrift Ihrer Notizen schicken?«

»Ich könnte einige Durchschläge noch heute in Porterville aufgeben.«

»Morgen genügt auch noch. Es wird ziemlich spät, und ...«

»Nein, Sir. Ich traue den Postbeamten von Santaroga nicht.«

»Weshalb?«

Dasein erzählte, wie sich Jenny über die alten Klatschweiber des Postamts geärgert hatte. Selador lachte.

»Das scheinen ja wirklich Hexen zu sein. Gibt es denn keine Gesetze gegen das unbefugte Öffnen von Post? Aber ich verstehe schon – ein entschlossenes Volk und so fort. Hoffentlich haben Sie Miß Sorge in guter Verfassung angetroffen.«

»Sie ist schön wie eh und je«, sagte Dasein leichthin. Er wurde plötzlich stutzig. *Miß* Sorge, hatte Selador ohne Zögern gesagt. Für ihn stand es fest, daß sie nicht verheiratet war.

»Wir untersuchen gerade die Sache mit den Benzinlieferungen«, begann Selador wieder. »Bis jetzt hat sich noch nichts ergeben. Passen Sie gut auf sich auf, Gilbert. Ich möchte nicht, daß Ihnen etwas zustößt.«

»Da bin ich ganz Ihrer Meinung.«

»Also dann, auf Wiederhören.« Seladors Stimme klang zögernd. Ein Klicken, und dann war die Verbindung unterbrochen.

Dasein legte auf und drehte sich um, als er ein Geräusch

hinter sich hörte. Der Wagen des Sheriffs hielt in der dunklen Tankstelle. Eine Taschenlampe schien Dasein ins Gesicht. Er hörte, wie sich eine Autotür öffnete und Schritte näherkamen.

»Verdammt noch mal, weshalb blenden Sie mich?« schimpfte Dasein.

Die Taschenlampe wurde gesenkt. Er sah eine mächtige Gestalt vor der Telefonzelle stehen. Der Sheriffstern glänzte an der Uniformjacke.

»Stimmt etwas nicht?« Es war eine merkwürdig helle Stimme, die von diesem Bullen von Mann kam.

Dasein trat ins Freie, immer noch wütend, daß man ihn einfach geblendet hatte.

»Was soll denn nicht stimmen?«

»Ihr verdammten Santaroger« knurrte der Mann. »Muß schon etwas sehr Wichtiges sein, wenn einer von euch zum Telefonieren herüberkommt.«

Dasein wollte protestieren, daß er nicht aus Santaroga stammte, aber er schwieg, weil plötzlich eine Flut von Fragen auf ihn einströmte. Weshalb glaubten Fremde, daß er von Santaroga käme? Erst der Dicke mit seinem Chrysler und nun der Sheriff! Wodurch erkannte man die Bewohner des Tales?

»Wenn Sie fertig sind, fahren Sie besser wieder heim«, meinte der Polizeibeamte. »Können nicht die ganze Nacht hier parken.«

Dasein fiel plötzlich ein, daß seine Benzinanzeige nicht stimmte und auch auf leer zeigte, wenn der Tank fast voll war. Würden sie ihm glauben, daß er warten mußte, bis die Tankstelle wieder öffnete? Aber angenommen, sie weckten einen Tankwart, und sein Wagen faßte nur ein paar Gallonen?

Weshalb überlege ich mir eigentlich solche dämliche Schwindeleien? fragte sich Dasein. Ihm kam der Gedanke, daß er nicht gern nach Santaroga zurückkehrte. Weshalb? Wurde er zum Santaroger, wenn er im Tal lebte?

»Sie tragen ja einen tollen Verband«, sagte der Sheriff. »Unfall?«

»Nichts Besonderes«, meinte Dasein. »Bänderzerrung.«

»Also dann, gute Nacht«, sagte der Sheriff. »Fahren Sie langsam.« Er ging zum Wagen zurück und sagte leise etwas zu seinem Begleiter. Sie grinsten. Der Wagen fuhr langsam aus der Tankstelle.

Sie hielten mich für einen Bewohner von Santaroga, überlegte Dasein, und er dachte über die Reaktionen nach, die diesen Irrtum begleitet hatten. Seine Anwesenheit hatte sie gestört, doch sie waren zurückhaltend geblieben – so als hätten sie Angst vor ihm.

Dasein war durch den Vorfall beunruhigt, wenn er sich seine Beunruhigung auch nicht erklären konnte. Er kletterte in seinen Wagen und startete wieder in Richtung Santaroga. Weshalb hatten sie ihn für einen Santaroger gehalten? Diese Frage quälte ihn.

Eine Rinne in der Straße ließ ihm den Schmerz in seiner Schulter wieder zu Bewußtsein kommen. Doch sein Verstand arbeitete scharf und klar, und das verwunderte ihn. Er dachte darüber nach, als er dahinfuhr.

Der Weg zog sich endlos dahin. Lose Bilder drangen in seine Gedanken ein. Ihre Bedeutung entging ihm.

Höhle ... humpelnder Mann ... Feuer ...

Was für eine Höhle? fragte er sich. *Wo habe ich einen humpelnden Mann gesehen. Welches Feuer? Ist es das Feuer, das die Telefonleitungen störte?*

Er hatte plötzlich den Eindruck, daß er der Humpelnde war. Was Feuer und Höhle bedeuteten, konnte er nicht klären. Dasein spürte, daß er nicht logisch dachte, sondern in alten Gedanken kramte. Bilder – Gegenstände tauchten vor seinem inneren Auge auf: *Wagen.* Er sah Jersey Hofstedders polierten alten Wagen. *Zaun.* Er sah den Drahtmaschenzaun um das Gebiet der Genossenschaft. *Schatten.* Er sah körperlose Schatten.

Was geht in mir vor?

Er spürte, daß er vor Hunger zitterte. Schweiß stand auf seiner Stirn und den Wangen. Er spürte ihn auf den Lippen. Dasein öffnete das Fenster und ließ sich den kalten Fahrtwind ins Gesicht peitschen.

An der Ausweichstelle, an der er am Abend zuvor angehalten hatte, blieb er auch diesmal stehen. Er schaltete Motor und Scheinwerfer aus. Die Wolken waren fort, und ein Silbermond hing über dem Horizont. Er starrte ins Tal hinunter – weit auseinanderstehende Lichter, ein blaugrüner Schein von den Gewächshäusern weit zur Linken und das geschäftige Treiben von der Genossenschaft zur Rechten.

Hier oben fühlte sich Dasein isoliert von diesen Dingen. Dunkelheit umschloß ihn.

Höhle? fragte er sich. *Jaspers?*

Sein Körper hatte ein sonderbar sprunghaftes Verhalten. In seiner Schulter hämmerte etwas. Auch in seiner linken Lunge saß ein Schmerz. Ihm wurde bewußt, daß eine Sehne am linken Knöchel schwach war, auch wenn er nichts spürte.

Ein Bild der Karte in George Nis' Büro kam ihm in den Sinn und verschwand wieder. Er fühlte sich besessen. Etwas hatte die Kontrolle seines Körpers übernommen. Ein altmodischer, erschreckender Gedanke. Wahnsinn. Er faßte mit beiden Händen nach dem Lenkrad, stellte sich vor, daß es sich zu winden begann, riß die Hände weg.

Seine Kehle war trocken.

Dasein zählte seinen Pulsschlag und starrte dabei auf die grünen Leuchtziffern der Uhr. Der Sekundenzeiger schien zu springen. Entweder das, oder sein Puls war schnell und unregelmäßig. Etwas verzerrte seinen Zeitsinn.

Hat man mich vergiftet? War irgend etwas in Piagets Abendessen? Leichengift?

Das schwarze Tal wölbte sich wie eine Hand, die ihn pakken und zu sich hinunterziehen konnte. *Jaspers,* dachte er, *Jaspers.*

Was bedeutete es eigentlich?

Er spürte die Einheit, die Geschlossenheit, die von der Genossenschaft ausstrahlte. Er stellte sich vor, daß da draußen im Dunkel etwas lauerte und am Rand des Bewußtseins schwebte.

Dasein legte die Hand auf den Nebensitz. Seine Finger tasteten über die Mappe mit den Notizen und Unterlagen – alles Dinge, die ihm bestätigten, daß er Wissenschaftler war. Er versuchte sich an diesen Gedanken zu klammern.

Ich bin Wissenschaftler. Tante Nora hätte mein Unbehagen als Hypochondrie bezeichnet und mir eine Tasse Kamillentee gegeben.

Was der Wissenschaftler tun mußte, war Dasein klar. Er mußte vorsichtig in die Welt von Santaroga eindringen, sich einen Platz in ihrer Einheit erobern, eine Zeitlang ihr Leben leben, ihre Gedanken denken. Es war der einzige Weg, das

Geheimnis des Tales zu enträtseln. Es gab eine Santaroga-Weltanschauung. Er mußte sie überstreifen wie ein neues Hemd und seinem Verständnis anpassen.

Dieser Gedanke brachte das Gefühl mit sich, daß etwas in sein innerstes Bewußtsein eindrang. Er spürte, daß sich da drinnen ein Wesen erhoben hatte und ihn untersuchte. Es erfüllte sein ganzes Unterbewußtsein, drängend, rastlos, neugierig – nur als undeutlich verwischter Schatten wahrzunehmen und doch Wirklichkeit. Es bewegte sich in ihm, etwas Schweres, blind Umhertappendes.

Das Gefühl verging.

Als es weg war, befand sich eine solche Leere in Dasein, daß er mit einemmal den Begriff der Leere in all seinen Konsequenzen verstand. Er war ein schwebendes Blatt, verloren in einem endlosen Meer, voller Angst vor jedem Strudel und jeder Strömung, die ihn erfaßten.

Er wußte, daß er Bilder übertrug. Er hatte Angst, zurück ins Tal zu gehen, aber auch Angst, fortzulaufen.

Jaspers.

Dasein wußte, daß er noch etwas tun mußte. Wieder stellte er sich die Karte im Büro von George Nis vor, die schwarzen Flußlinien, das Gangliennetz.

Höhle.

Er zuckte zusammen und starrte auf die ferne Geschäftigkeit der Genossenschaft hinunter. Was verbarg sich dort hinter dem Drahtmaschenzaun, den bewachten Toren, den Hunden und dem umherstreifenden Busch-Buggy?

Es gab eine Möglichkeit, diese Frage zu beantworten.

Dasein stieg aus und schloß den Wagen ab. Die einzige Waffe, die er im Campinganhänger finden konnte, war ein rostiges Jagdmesser mit einer schimmeligen Hülle. Er steckte die Scheide mit der gesunden Hand in den Gürtel und kam sich dabei ziemlich albern vor. Doch er wurde das Gefühl einer drohenden Gefahr nicht los. Er entdeckte noch eine Taschenlampe und schob sie ein. Die Bewegung schickte einen neuen Schmerz durch seine Schulter. Dasein biß die Zähne zusammen und sagte sich vor, daß er im Notfall geltend machen konnte, der Schmerz habe seine Gedanken verwirrt.

Ein schmaler Wildpfad führte vom Ende des Schutzgeländers den Hügel hinunter. Dasein tastete sich den Pfad entlang, bis er in die dunklen Schatten von Sträuchern eintauchte. Dornen zerrten an seinen Kleidern. Der Mond und die rege Tätigkeit in der Genossenschaft wiesen ihm den Weg. Dasein war sich im klaren darüber, daß das Geheimnis von Santaroga hinter jenem Zaun lag.

Einmal stolperte er und rutschte über einen Abhang in ein trockenes Bachbett. Er folgte seinem Lauf und kam auf einer winzigen Schwemmebene heraus, die ihm einen guten Ausblick auf die Genossenschaft und das dahinterliegende, vom Mondlicht erhellte Tal bot. Zweimal scheuchte er Wild auf, das erschreckt im Dunkel verschwand. In den Gebüschen raschelte und wisperte es, wenn er sich näherte.

Er fand wieder einen schmalen Pfad und kam schließlich zu einem Felsvorsprung etwa tausend Meter vom Zaun der Genossenschaft entfernt und hundertfünfzig Meter darüber. Dasein setzte sich, um wieder zu Atem zu kommen. In der plötzlichen Stille hörte er irgendwo zu seiner Rechten einen starken Motor. Ein Scheinwerfer stach in den Himmel. Dasein kroch zu einem niedrigen Gebüsch und duckte sich darunter.

Das Motorengeräusch wurde lauter, immer lauter. Riesige Räder zeigten sich im Sternenlicht auf einem Hang über ihm. Der Scheinwerfer suchte die Gegend ab.

Dasein erkannte den monströsen Busch-Buggy. Er war gute fünfzig Meter von ihm entfernt. Er fühlte sich nackt und erkannt. Ein winziger Blätterschirm legte sich zwischen ihn und die Alptraummaschine. Das Licht spielte auf den Blättern.

Da haben wir es, dachte er. *Es kommt den Hügel herunter und direkt auf mich zu.*

Das Motorengeräusch war gedämpfter geworden, als der Buggy anhielt und die Umgebung absuchte. Es war so nahe, daß Dasein einen der Hunde winseln hörte. Jetzt erst erinnerte er sich an Mardens Begleiter.

Sie werden mich wittern, dachte er.

Er rollte sich so eng wie möglich zusammen. Der Motor wurde auf einmal wieder lauter.

Dasein zupfte einen Zweig zur Seite und wagte einen Blick ins Freie. Er bereitete sich auf die Flucht vor. Aber das große Gefährt wandte sich ab und fuhr den Hang wieder hinauf. Es rollte über eine Hügelkette, und dann wurden der Lärm und das Licht schwächer.

Als der Buggy endgültig fort war, brauchte Dasein eine Zeitlang, bis er sich beruhigt hatte. Dann kroch er bis zum Rand des Felsvorsprungs. Er erkannte mit einemmal, weshalb das Gefährt nicht bis zu ihm vorgedrungen war. Hier befand sich eine Sackgasse. Es führte kein Weg nach unten. Wahrscheinlich mußte er nun den Hang hinaufklettern und sich weiter oben einen Pfad suchen.

Er wollte sich umdrehen, als sein Blick auf eine dunkle Spalte im Felsen fiel. Er ging hin und sah in die dunkle Tiefe. Es handelte sich um einen Felskamin, der glatt nach unten führte und an keiner Stelle breiter als einen Meter zu sein schien. Und – was Dasein noch wichtiger erschien – er konnte im Mondlicht weiter unten einen Wildpfad entdekken.

Dasein ließ die Beine über den Rand der Felsspalte baumeln und bedachte das Problem. Die verletzte Schulter ließ ihn zögern. Andernfalls hätte er sich sofort mit Rücken und Füßen in die Wand gestemmt und sich nach unten gearbeitet. Gefährlich, ja – aber solche Klettertouren hatte er schon oft genug unternommen und zumeist in wilderen Gebirgsgegenden. Der Kamin führte höchstens fünfzehn Meter in die Tiefe, wo er in einen weiteren Felshang überging.

Noch während er überlegte, ob er es wagen sollte, fiel ihm ein, daß er vergessen hatte, die Notizen an Selador abzuschicken. Es war wie ein eisiger Wasserguß ins Gesicht. Er hatte das Gefühl, daß ihn sein eigener Körper betrog.

Wie konnte ich das vergessen! In seinen Gedanken war Ärger – und Angst. Seine Handflächen fühlten sich klebrig an. Er warf einen Blick auf die Leuchtzeiger seiner Uhr: Es war fast Mitternacht. Der Wunsch, umzukehren, wurde übermächtig.

Er schüttelte wütend den Kopf.

Es gab kein Zurück. Er mußte jetzt nach unten gehen, sich irgendwie Zutritt zum Gelände der Genossenschaft verschaffen und ihre Geheimnisse bloßlegen. Energisch ließ er sich in den Kamin gleiten. Er arbeitete sich in die Tiefe. Bei jeder Bewegung seines Rückens spürte er in der Schulter einen Stich. Er biß die Zähne zusammen und drang weiter in die Dunkelheit vor. Der harte Fels scheuerte an seinem Rücken.

Einmal rutschte sein rechter Fuß ab, und er hatte alle Mühe, das Gleichgewicht zu halten. Als er endlich am Ende angelangt war, schlitterte er mit einem Haufen losen Gerölls den Schräghang hinunter und landete auf dem Wildpfad, den er von oben entdeckt hatte.

Dasein blieb einen Moment lang liegen und schöpfte Atem. Er wartete, bis das Feuer in seiner Schulter zu einem dumpfen Schmerz herabgesunken war. Dann kämpfte er sich hoch und folgte dem Weg. Durch ein dichtes Gebüsch kam er an eine schräg abfallende Wiese, in der hier und da dunkle Eichen aufragten. Das Mondlicht spielte auf der Einzäunung hinter der Wiese. Da war sie also, die Grenze der Genossenschaft. Er überlegte, ob er den Zaun mit einer Hand überklettern konnte. Es wäre zu dumm, so kurz vor dem Ziel auf ein unüberwindliches Hindernis zu stoßen.

Während er dastand und den Zaun jenseits der Wiese prüfend ansah, hörte er ein dunkles Surren. Es schien von rechts zu kommen. Seine Augen durchdrangen das Dunkel und suchten nach der Ursache dieses Geräusches. War das ein metallisches Glänzen, etwas Rundes, das in der Wiese auftauchte? Er duckte sich in das trockene Gras. Rund um ihn roch es nach Pilzen. Jaspers! Abrupt erkannte er den Geruch. Dasein dämmerte es, daß er einen Ventilator anstarrte.

Ventilator!

Er stand auf und ging auf das Surren zu. Es konnte kein Zweifel daran bestehen. Das Geräusch war ebenso eindeutig wie die Jaspers-gesättigte Luft, die ihn umgab. Unter der Erde war ein riesiges Gebläse an der Arbeit.

Dasein blieb am Ventilatorausgang stehen. Er ragte einen guten Meter aus der Erde und wurde von einem kegelförmigen Regendach geschützt. Auch der Durchmesser betrug mehr als einen Meter. Dasein wollte schon die Befestigungen des Regendaches untersuchen, als er vom Zaun her ein Schnüffeln und das Knacken von Büschen hörte. Er duckte sich hinter den Ventilator, als zwei uniformierte Wachtposten aus den Büschen auftauchten. Die Hunde, die sie an der Leine führten, schnüffelten eifrig umher.

Wenn sie meinen Geruch in die Nase bekommen! dachte Dasein.

Er öffnete den Mund und atmete so leise wie möglich. Etwas kratzte ihn im Hals. Er wollte husten oder sich räuspern und konnte den Impuls nur mühsam unterdrücken. Die Wächter waren direkt unter ihm stehengeblieben.

Ein grelles Licht spielte über den Ventilator und erhellte den Boden zu beiden Seiten. Einer der Hunde winselte. Ein Rascheln, der scharfe Befehl von einem der Wachtposten.

Dasein hielt den Atem an.

Wieder raschelte etwas. Die Wächter und die Hunde gingen am Zaun entlang weiter. Sie suchten den Boden um den Zaun nach Fußspuren ab. Einer der Posten lachte. Dasein spürte eine leichte Brise an den Wangen und merkte, daß sein Geruch den Hunden nicht zugetragen werden konnte. Etwas ratterte. Es war einer der Männer, der mit einem Stöckchen am Gitterzaun entlangfuhr.

Die lässige Art der Wächter beruhigte ihn ein wenig. Er holte tief Atem. Sie kamen nun an die nächste Hügelkuppe, und dann hatte die Nacht sie verschluckt.

Dasein wartete, bis er sie nicht mehr hören konnte. Erst dann richtete er sich auf. Sein linkes Knie zitterte, und es dauerte eine Zeitlang, bis es wieder in Ordnung war.

Wächter, Hunde, der große Busch-Buggy – alles deutete darauf hin, daß hier bedeutende Dinge geschahen. Dasein nickte vor sich hin und begann den Ventilator zu untersuchen. Unter dem Schutzdach war eine schwere Abblendung. Er wagte es, kurz die Taschenlampe aufleuchten zu lassen. Dach und Abschirmung waren zusammengeschweißt und mit schweren Metallschrauben am Ventilator befestigt.

Dasein holte sein Jagdmesser heraus, steckte die Klinge in den Schraubenschlitz. Metall knirschte an Metall, als er sie herumdrehte. Er unterbrach sich und horchte. Aber er nahm nur die Geräusche der Nacht auf. Irgendwo in den Büschen über ihm rief ein Käuzchen. Dasein wandte sich wieder der Schraube zu. Er löste sie und steckte sie ein. Dann ging er zur nächsten.

Als er die letzte der vier Schrauben entfernt hatte, ruckte er an der Abschirmung. Sie gab mit einem metallischen Kreischen nach. Er leuchtete mit der Lampe ins Innere und entdeckte glatte Metallwände, die etwa fünf Meter in die Tiefe führten, bevor sie zu den Hügeln zurückgeleitet wurden.

Dasein legte das Dach in seine ursprüngliche Stellung zurück und holte sich von den Eichen, die in der Nähe standen, einen dicken Ast. Mit diesem stützte er die Abschirmung und ließ noch einmal das Licht der Taschenlampe in die Tiefe gleiten.

Er würde zwei Hände brauchen, um da hineinzukommen, stellte er fest. Eine andere Möglichkeit gab es nicht. Mit zusammengebissenen Zähnen entfernte er die Schlinge und schob sie in die Tasche. Auch ohne die Schlinge war der Arm kaum zu gebrauchen, das war ihm klar. Aber im Notfall ... Er tastete den Rand des Ventilators ab – scharfes, rohes Metall. *Die Schlinge!* Er holte sie heraus und legte sie zu einem Ball zusammen, den er unter seine Handflächen schob. Dann zog er sich über den Rand des Ventilators. Die Schlinge rutschte weg, und er spürte die scharfe Metallkante in der Magengrube. Von seinem Hemd sprangen Knöpfe ab und klapperten in die Tiefe. Seine gesunde Hand erwischte ein Stückchen Schlinge und klammerte sich fest. Dann ließ er sich fallen. Seine Schulter brannte wie Feuer, als er die Füße in die gegenüberliegende Wand stemmte. Aber er schaffte es. Er holte das Messer aus der Hülle und stieß den Eichenast zur Seite. Abschirmung und Regendach fielen mit einem Dröhnen auf den Ventilator, das man sicher im Umkreis von einer Meile gehört hatte. Er wartete und horchte.

Stille.

Langsam arbeitete er sich nach unten. Und dann hatte er den Knick erreicht. Er streckte sich und knipste die Lampe an. Der Ventilator führte in einer Neigung von etwa zwanzig Grad in den Berg. Dasein spürte etwas Weiches unter seinem Fuß. Er bückte sich. Es war die Schlinge. Jetzt erst bemerkte er, daß er sich am scharfen Rand des Ventilatoreingangs die Haut aufgeschnitten hatte. Sein Hemd war klebrig feucht. Aber die Schmerzen waren nichts im Vergleich zu seiner verletzten Schulter.

Ich bin in einer dummen Lage, dachte er. *Was, zum Teufel, suche ich eigentlich hier?*

Die Antwort kam klar und beruhigend: Er war hier, weil ihn jemand in diese Ventilatorfalle manövriert hatte, aus der es kein Entkommen gab.

Dasein hob die Schlinge auf. Sie war zerrissen, aber immer noch brauchbar. Er verknotete sie und streifte sie über die Schulter.

Es gab nur einen Weg. Er ließ sich auf die Knie fallen und kroch rückwärts in den Ventilator. Hin und wieder schaltete er die Taschenlampe ein, um sich zu orientieren.

Der Geruch von Jaspers erfüllte den engen Raum. Hier hatte er deutliche Ähnlichkeit mit Pilzen. Und Dasein wurde das Gefühl nicht los, daß er hier klarer denken konnte.

Die Röhre streckte sich endlos hin. Er schob sich Schritt um Schritt hinunter. Allmählich wurde die Neigung steiler. Er hatte den Eindruck, daß sie in südlicher Richtung verlief. Einmal rutschte er aus und glitt ein paar Meter in die Tiefe, wobei er sich den Daumen an einem Niet zerschnitt. Er konnte es nicht mit Bestimmtheit sagen, aber er hatte das Gefühl, daß der Ventilator jetzt lauter surrte.

Wieder machte die Röhre einen Knick, und wieder. Dasein verlor in der engen Dunkelheit jeglichen Richtungssinn. Weshalb hatten sie den Ventilator mit so vielen Windungen konstruiert? Hatten sie eine natürliche Spalte im Felsen ausgenützt? Das war eine Möglichkeit.

Sein linker Fuß hatte plötzlich keinen Halt mehr.

Dasein hielt an und schaltete die Lampe ein. Ihr schwacher Schein beleuchtete eine flache Metallwand in zwei Meter Entfernung. Zwischen ihm und der Wand ging ein viereckiger Schatten in die Tiefe. Er richtete das Licht nach unten. Eine kastenförmige Vertiefung von anderthalb Meter zeigte sich. Sie hatte an einer Seite ein starkes Abschirmgitter. Dasein hielt sich daran fest und stieg in die Grube. Das Motorengeräusch war deutlich hinter dem Gitter zu hören. Einen Moment lang untersuchte Dasein seine Umgebung. Die Wand gegenüber dem Schirm wirkte anders als die übrigen. Sechs Rundkopfbolzen in Schutzringen saßen im Metall, so als seien sie von der anderen Seite der Wand her mit Muttern festgezogen.

Dasein stemmte einen der Schutzringe mit dem Messer hoch und drehte am Bolzen. Er bewegte sich leicht, zu leicht. Auf der anderen Seite hörte man die Mutter zu Boden klirren.

Er wartete und horchte.

Nichts rührte sich.

Dasein sah durch das Bolzenloch in ein düsteres, rötliches Licht. Als sich sein Auge daran gewöhnt hatte, erkannte er den Teil eines schweren Schutzgitters, hinter dem Päckchen aufgestapelt waren.

Er zog sich zurück. Nun ja, Nis hatte gesagt, daß es sich um eine Vorratshöhle handelte.

Dasein kümmerte sich um die übrigen Bolzen. Er entfernte alle bis auf den letzten in der oberen rechten Ecke. Dann bog er das Metall nach außen und drehte es zur Seite. Direkt unter ihm befand sich eine hölzerne Laufplanke, auf der drei Flügelmuttern lagen. Er bückte sich und hob sie auf. Die anderen beiden waren wohl durch die Bretter gefallen. Dasein sah sich um und nahm alle Einzelheiten genau auf.

Es war eine Höhle, die in einem schwach rötlichen Licht schimmerte. Das Licht kam von Ampeln unter der Laufplanke und darüber, und es warf riesige Schatten auf eine Felswand hinter dem Ventilatorbord. In der Wand waren viereckige Öffnungen, vollgestopft mit Paketen. Irgendwie wurde Dasein an einen großen Gefrierschrank erinnert.

Und alles war eingehüllt von dem intensiven Jaspersgeruch.

Ein Schild rechts von der Laufplanke bezeichnete dieses Gebiet als *Abteilung 21, D1–J5*.

Dasein wandte seine Aufmerksamkeit dem Ventilator zu. Er rückte drei der fünf Bolzen wieder an ihren Platz und drückte die Deckplatte zurecht. Es blieb zwar eine Schramme an der Stelle, wo er das Metall aufgebogen hatte, aber bei einer oberflächlichen Inspektion würde man sie kaum bemerken.

Er sah die Laufplanke entlang.

Wie konnte er die Abteile öffnen und ihren Inhalt studieren? Das erste Viereck, das er untersuchte, hatte gar keine Tür! Das beunruhigte Dasein. Irgendwo mußte doch eine Tür sein.

Er trat zurück und betrachtete die Anordnung der Abteile. Dann, als er die Lösung erkannte, keuchte er. Die Schutzgitter wurden einfach in hölzernen Laufrinnen vor die Öffnungen geschoben – und sie waren nicht versperrt. Einfache Haken sicherten sie.

Dasein öffnete eines der Abteile und holte einen kleinen Karton heraus. Auf einem Schild stand: ›Tante Beren's Krabbenäpfel. Ausg. April 55.‹ Er legte es zurück und nahm ein salamiähnliches Ding heraus. Die Beschriftung lautete: ›Limburger, ausgesetzt 1929.‹ Dasein legte das Paket wieder ins Fach und verschloß es.

Ausgesetzt?

Systematisch kramte Dasein alle Fächer von Abteil 21 durch und entnahm jedem ein oder zwei Muster. Meist stand ›Ausg.‹ mit irgendeinem Datum darauf. Nur bei den älteren Paketen war ›ausgesetzt‹ ausgeschrieben.

Ausgesetzt. Daseins Gedanken rasten. *Welcher Substanz ausgesetzt?*

Das Geräusch von Schritten auf der unteren Laufplanke ließ Dasein zusammenzucken. Seine Muskeln waren angespannt. Er hörte, wie ein Schutzgitter zur Seite geschoben wurde. Papier raschelte.

Vorsichtig entfernte sich Dasein von den Geräuschen. Er kam an eine provisorische Treppe, die nach oben und unten führte. Er zögerte. Er hatte keine Ahnung, ob er tiefer in den Höhlenkomplex eindringen oder ihn verlassen sollte. Über ihm war noch eine Laufplanke, und darüber zeigte sich schwach eine Felsendecke. Unter ihm befanden sich zumindest drei Reihen von Laufplanken.

Er beschloß, nach oben zu gehen, und sah sich vorsichtig nach beiden Seiten um, bevor er die höhere Planke betrat.

Leer.

Diese Etage war bis auf die Felsenkante wie die darunterliegende. Der Fels erinnerte an Granit, doch war er mit öligbraunen Adern durchzogen.

So leise wie möglich kletterte Dasein auf die Planke und ging zurück in Richtung des Ventilators. Er horchte auf die Bewegungen des Neuankömmlings.

Jemand pfiff vor sich hin, eine idiotische Melodie, die sich endlos wiederholte. Dasein preßte sich mit dem Rücken gegen die Wand und sah durch die Ritzen der Holzplanke in die Tiefe. Er hörte ein Kratzen von Holz gegen Holz. Das Pfeifen verstummte.

Dort unten war also vermutlich ein Ausgang.

Er hatte den Neuankömmling zwar gehört, aber nicht gesehen. Vielleicht galt das auch umgekehrt.

Mit vorsichtigen Bewegungen ging Dasein über die Laufplanke. Er kam an einen Querkorridor und sah sich um. Leer. Auf der linken Seite war die Dunkelheit stärker.

Dasein fiel ein, daß er sich bis zu diesem Augenblick noch keine Gedanken darüber gemacht hatte, wie er den Höhlenkomplex verlassen sollte. Er war zu sehr damit beschäftigt gewesen, das Geheimnis zu erforschen. Aber das Geheimnis blieb – und da stand er nun.

Ich kann doch nicht einfach ins Freie marschieren, dachte er. Oder doch? Was würden sie mit mir anfangen?

Seine schmerzende Schulter, die Erinnerung an das ausströmende Gas, der Unfalltod der beiden anderen Männer – das alles waren Antworten auf seine Frage.

Unter ihm schlug Holz gegen Holz. Schritte klangen auf. Es waren zumindest zwei Personen. Sie liefen über die Planke. Direkt unter ihm blieben sie stehen. Er hörte eine leise, kaum verständliche Unterhaltung. Es klang, als würden Anweisungen gegeben. Dasein verstand nur drei Worte: »Zurück« ... »fort« ... »Ventilator ...«

Das letzte Wort ließ ihn zusammenzucken. Er lief auf Zehenspitzen in den dunklen Seitenweg zu seiner Linken.

»... Ventilator ...«

Ein Mann direkt unter ihm hatte laut und deutlich »Ventilator« gesagt.

Die Schritte klangen jetzt nach verschiedenen Richtungen auf.

Dasein suchte verzweifelt nach einem Versteck. Irgendwo weiter unten summten Maschinen. Die Laufplanke bog nach links ab, und er sah, daß die Höhlenwände hier zusammenliefen – weiter unten waren weniger Planken, und die Öffnungen in den Wänden wurden kleiner.

Er erkannte, daß er in eine Sackgasse geraten war. Dennoch, er konnte immer noch das Summen von Maschinen vor sich hören.

Die Laufplanke endete an einer Reihe von hölzernen Stufen, die in die Tiefe führten. Er hatte keine Wahl. Hinter sich konnte er schnelle Schritte hören.

Dasein ging hinunter.

Die Treppe führte nach links in eine Felsenpassage – ohne Öffnungen in den Wänden. Zu seiner Rechten befand sich eine Tür mit Luftschlitzen, und dahinter konnte er das laute

Surren eines elektrischen Motors hören. Sein Verfolger war am oberen Ende der Treppe angelangt.

Dasein öffnete die Tür, schlüpfte ins Innere und schloß sie wieder. Er befand sich in einer rechteckigen Kammer. Eine Reihe von großen Elektromotoren säumten die linke Wand. Sie gingen in runde Metallröhren über, an deren Ende Ventilatoren summten. Die gegenüberliegende Wand war ein einziges riesiges Metallgitter, und er spürte, daß von dort aus Luft auf die Ventilatoren zuströmte.

An der rechten Wand waren Kartons, Säcke und Kisten gestapelt. Zwischen dem Stapel und der Decke befand sich eine Nische, und da oben sah es dunkel aus. Dasein kletterte hinauf und fiel beinahe in einen Hohlraum zwischen Kisten und Säcken, der von außen geschickt kaschiert war. Er ließ sich in das Loch gleiten und bemerkte eine Decke unter seinen Füßen. Seine Hände spürten etwas Metallisches – eine Taschenlampe.

Die Tür wurde aufgerissen. Schritte klangen auf. Jemand kletterte am anderen Ende des Stapels hoch, und Dasein hörte eine weibliche Stimme: »Da oben ist nichts.«

Irgendwie kam ihm die Stimme bekannt vor. Er hatte sie bestimmt schon einmal gehört.

Ein Mann fragte: »Weshalb bist du hier entlang gelaufen? Hast du etwas gehört?«

»Ich war nicht ganz sicher«, erwiderte die Frau.

»Weißt du auch ganz bestimmt, daß sich niemand da oben versteckt hat?«

»Sieh doch selbst nach.«

»Ach, verdammt, ich wollte, wir könnten hier normales Licht anknipsen.«

»Jetzt sei aber vernünftig!«

»Laß doch mich zufrieden! Himmel, muß diese Jenny ausgerechnet mit einem Fremden anbändeln!«

»Jenny geht dich gar nichts an. Sie weiß genau, was sie tut.«

»Wahrscheinlich, aber für uns bedeutet es eine Menge blöder Extraarbeit. Du weißt, was los ist, wenn wir ihn nicht bald finden.«

»Also beeilen wir uns.«

Sie gingen hinaus und schlossen die Tür.

Dasein lag ruhig da und ließ sich ihre Worte durch den Kopf gehen. Jenny wußte also, was sie tat? Was würde geschehen, wenn sie ihn nicht fanden?

Es war ein herrliches Gefühl, sich auf den Decken auszustrecken. Seine Schulter schmerzte beharrlich. Er nahm die Taschenlampe, die er gefunden hatte, und schaltete sie ein. Das Ding leuchtete rötlich auf. Er sah ein richtiges kleines Nest – Decken, ein Kissen, eine Wasserflasche. Er trank etwas von dem Wasser und spürte den schweren Jaspers-Geschmack.

Wahrscheinlich schmeckte alles in der Höhle danach.

Plötzlich begann er zu zittern. Der Schraubverschluß der Flasche klirrte, als er ihn wieder befestigte. Als der Anfall vorbei war, starrte er die Flasche an.

Alles in der Höhle schmeckte nach Jaspers!

Das war es!

Ausgesetzt!

Irgend etwas, das in dieser Höhle existieren konnte – ein Schimmel oder sonstiger Pilz, irgend etwas, das man nicht verpflanzen konnte – durchzog alles, das dieser Umgebung ausgesetzt war.

Aber weshalb war es so wichtig, diese Tatsache geheimzuhalten? Weshalb die Hunde und Wächter?

Er hörte, wie sich die Tür öffnete und wieder schloß und knipste die Lampe aus. Jemand lief leicht über den Felsboden und blieb unter ihm stehen.

»Gilbert Dasein!« zischelte eine Stimme.

Dasein versteifte sich.

»Ich bin Willa Burdeaux«, zischelte die Stimme. »Jennys Freundin. Ich weiß, daß Sie da oben sind, in dem Nest, das Cal für uns beide gemacht hat. Hören Sie jetzt gut zu! Arnulf wird gleich wieder zurück sein und ich muß vorher weg von hier. Sie haben nicht viel Zeit. Es ist zuviel Jaspers im Raum für jemand, der es nicht gewohnt ist. Sie atmen das Zeug ein, und es dringt in Ihre Poren.«

Was soll das, zum Teufel? dachte Dasein.

Er kletterte aus der Nische, beugte sich hinunter und sah in Willa Burdeaux' dunkles, hartes Gesicht.

»Weshalb kann ich nicht hierblieben?« fragte er.

»Hat Ihnen denn Jenny überhaupt nichts erklärt?« flüsterte

sie. »Na, jetzt haben wir keine Zeit dazu. Sie müssen weg von hier. Haben Sie eine Uhr?«

»Ja, aber ...«

»Hören Sie zu! Geben Sie mir eine Viertelstunde Zeit, damit ich Arnulf loswerde. Er ist ein Pedant. In einer Viertelstunde verlassen Sie diesen Raum. Gehen Sie dahin, wo Sie herkamen, aber nehmen Sie die Treppe nach unten. Dann gehen Sie den zweiten Querweg links, und von da an halten Sie sich wieder nach links. Es ist ganz leicht zu merken. Immer nur Linkskurven. Sie werden in Abteilung 2G kommen. Ich habe die Rampentür offen gelassen. Verschließen Sie sie. Von dort sind es nicht mehr als zwanzig Schritt zu einem Notausgang. Das Tor ist nicht versperrt. Auch das müssen Sie abschließen, wenn Sie durchgegangen sind. Das Hotel liegt direkt auf der anderen Straßenseite. Sie müßten es allein schaffen.«

»Sie waren wohl sehr vorsorglich?«

»Ich war im Büro, als der Alarm ausgelöst wurde. Und jetzt verstecken Sie sich und tun Sie genau das, was ich gesagt habe.«

Dasein ließ sich wieder in die Nische fallen.

Die Tür der Kammer schloß sich. Er warf einen Blick auf die Uhr. Es war drei Uhr morgens. Wie schnell die Zeit vergangen war!

Konnte er Willa Burdeaux glauben?

In ihrem schwarzen spitzen Gesicht lag eine ganz besondere Kraft ... Dasein fielen die Felsnischen mit den wertvollen Nahrungsmitteln ein, die alle unversperrt waren. Weshalb beunruhigte ihn diese Ehrlichkeit? Vielleicht war es gar keine Ehrlichkeit. Auch Furcht konnte das Verhalten einer Gemeinschaft bestimmen.

Konnte er Willa glauben? Hatte er überhaupt eine andere Wahl?

Jenny wußte, was sie tat.

Was wußte sie?

Seine Gedanken waren klar und arbeiteten wie rasend. Welche Gefahr lag darin, wenn man dem Jaspers ausgesetzt wurde? Er dachte an die Reihe mattäugiger Menschen, die er in der Genossenschaft gesehen hatte.

War es das, was man hier befürchtete?

Dasein kämpfte einen Schüttelfrost nieder.

Der Augenblick der Entscheidung kam schneller, als er gewollt hatte. Er hatte keine Wahl, und er wußte es. Seine Schulter war steif, und die Kratzer unter dem Hemd brannten. Dasein stieg vorsichtig von dem Stapel herunter.

Die Rampentür war unverschlossen, wie Willa gesagt hatte. Er trat in einen dunklen Seitenhof hinaus, zögerte. Die Sterne über ihm wirkten nah und kalt. Es *war* kalt. Er spürte, daß er auf den Armen eine Gänsehaut bekam. Es war kein Wächter in der Nähe, aber er sah Lichter und Bewegung weit oben am Berg.

Die Rampentür verschließen, hatte sie gesagt.

Dasein verschloß die Tür und lief über den Hof. Er sah ein schmales Tor im Drahtmaschenzaun. Die Angeln quietschten, und er fand die Klinke unnatürlich laut. Er entdeckte einen Haken mit einem Vorhängeschloß. Er versperrte das Schloß.

Ein schmaler Pfad führte den Zaun entlang zur Straße. Auf der gegenüberliegenden Seite lag das Hotel – dunkel, aber einladend. Ein schwaches gelbes Licht schimmerte durch die Doppeltür. Dasein humpelte auf das Licht zu.

Der Vorraum war leer, und man hatte die meisten Lichter ausgeschaltet. Aus dem Telefonvermittlungsraum hinter dem Empfang hörte er ein Schnarchen.

Dasein ging mit leisen Schritten durch den Vorraum, die Treppe hinauf und in den Korridor zu seinem Zimmer. Er öffnete sachte die Tür und schlüpfte in die Dunkelheit des Raumes. Er hatte erst eine Nacht hier verbracht, aber plötzlich kam ihm das Zimmer wie ein Zufluchtsort vor.

Der Wagen! Er stand noch immer auf der Straße nach Porterville. Ach was, egal! Er konnte sich morgen hinfahren lassen.

Diese Willa Burdeaux! Weshalb hatte sie soviel für ihn getan?

Dasein streifte seine Kleider ab. Er wollte nichts als eine heiße Brause und sein Bett. Es war nicht leicht, sich im Dunkeln zurechtzufinden, aber er wußte, daß ein Licht verraten konnte, wann er heimgekommen war.

Und wäre das schlimm? fragte er sich. Seine Kleider, zerrissen, verschmutzt, immer noch nach Jaspers riechend, waren Beweis genug für seinen Aufenthalt.

Er spürte, daß es mit dem Schnüffeln ein für alle Male vorbei war. Wütend über sich selbst, knipste er das Licht an.

Direkt vor ihm auf dem Bett lag eine Flasche Bier mit einer Notiz. Dasein hob das Blatt auf und las: »Es ist nicht viel, aber mehr konnte ich nicht erwischen. Sie werden es am Morgen brauchen. Ich rufe Jenny an und sage ihr, daß alles in Ordnung ist – Willa.«

Dasein nahm die Flasche in die Hand und sah das Schild an. Es trug einen blauen Stempel: ›*Ausg. Januar 1959*‹.

5

Ein gleichmäßiges, lautes Pochen drang in Daseins Traum ein.

Er hatte das Gefühl, daß er in einer riesigen Trommel gefangen war. Die Schläge hallten durch sein Gehirn. Jeder Trommelwirbel wurde zu einem stechenden Schmerz an seinen Schläfen, in seinen Schultern, in seinem Magen.

Es war die Trommel! Das war es!

Seine Lippen waren trocken. Der Durst machte seine Kehle kratzig und rauh. Seine Zunge war belegt und geschwollen.

Mein Gott! Wollte denn das Pochen überhaupt nicht aufhören?

Er erwachte mit dem Gefühl, eine ganze Nacht durchgesumpft zu haben. Die Decken hatten sich um seinen Körper verwickelt, seine verletzte Schulter war steif. Sie schmerzte nicht mehr so stark, doch er mußte etwas gegen die rasenden Kopfschmerzen unternehmen.

Sein freier Arm war eingeschlafen. Er prickelte schmerzhaft, als er ihn bewegen wollte. Sonnenlicht drang durch eine verschlissene Stelle des Vorhangs ins Zimmer. Es war ein dünner Strahl, in dem Staubkörnchen tanzten. Er blendete ihn, stach ihm in die Augen.

Dieses verdammte Pochen!

»He! Machen Sie auf!«

Es war eine männliche Stimme.

Dasein kannte sie. Marden, der Patrouillen-Captain? Was wollte er um diese Zeit hier? Dasein warf einen Blick auf die Uhr – fünf vor halb elf.

Wieder klopfte jemand an die Tür.

»Einen Moment!« rief Dasein. Seine Stimme bereitete ihm aufs neue Kopfschmerzen.

Zum Glück hörte das Klopfen auf.

Dasein atmete erleichtert auf, rollte sich aus den Decken und setzte sich. Die Wände des Zimmers drehten sich um ihn.

Um Himmels willen! dachte er. *Ich habe schon manchen Kater erlebt, aber so etwas noch nicht!*

»Machen Sie auf, Dasein!«

Das war eindeutig Marden.

»Sofort«, keuchte Dasein.

Was ist nur los mit mir? fragte er sich entsetzt. Er wußte, daß er beim Abendessen nur das Bier getrunken hatte. Das konnte nicht die Ursache für seinen Schwindel sein. War es vielleicht eine verspätete Reaktion auf das Gas?

Bier! Was war mit dem Bier los?

Langsam drehte er den Kopf zum Nachttisch hinüber. Ja, da stand eine Flasche Bier. Willa hatte aufmerksam einen Öffner bereitgelegt. Er löste den Verschluß und trank gierig.

Ein besänftigendes Gefühl ging von seinem Magen aus. Er stellte die leere Flasche ab und erhob sich. Im Zimmer roch es nach Jaspers. Der Geruch kam von der Flasche.

»Ist alles in Ordnung, Dasein?«

Ach, geh doch zum Teufel! dachte Dasein. Er versuchte einen Schritt nach vorwärts. Im nächsten Augenblick war ihm schlecht und schwindelig. Er lehnte sich an die Wand und atmete langsam.

Ich bin krank, dachte er. *Ich habe irgend etwas erwischt.*

Das Bier schien in seinem Magen zu brennen.

»Machen Sie sofort die Tür auf, Dasein!«

Schon gut – schon gut, dachte Dasein. Er stolperte zur Tür, drehte den Schlüssel herum, trat zurück.

Die Tür wurde aufgerissen. Captain Marden stand im Eingang. Die beiden Streifen glänzten auf seiner Uniformjacke. Seine Mütze war ein Stück zurückgeschoben und gab seinen roten Haarschopf frei.

»Na«, sagte er. »Fleißig gewesen?«

Er trat ins Zimmer und schloß die Tür. Er hatte etwas Rundes, Nickelglänzendes in der Hand – eine Thermosflasche.

Was, zum Teufel, tat er um diese Stunde mit einer Thermosflasche bei ihm?

Dasein stützte sich mit einer Hand an der Mauer ab und tastete sich zum Bett zurück. Er setzte sich an den Bettrand.

Marden folgte ihm.

»Hoffentlich sind Sie die viele Mühe überhaupt wert«, sagte er.

Dasein sah in das schmale, zynische Gesicht und erinnerte sich an den Busch-Buggy und die Hunde. Das war die richtige Umgebung für diesen Mann gewesen. Er hatte einen hochmütigen Blick, so als sehe er auf die Dummheit der anderen Menschen herab. Was war mit ihm los? War das der Santaroga-Blick? Aber was hatte dann der Sheriff von Porterville gesehen? Oder der Mann mit dem Chrysler?

Sehe ich auch so aus? fragte sich Dasein.

»Ich habe Ihnen Kaffee mitgebracht«, sagte Marden. »Sie scheinen ihn gebrauchen zu können.« Er schraubte den Becher ab und goß die dampfende goldgelbe Flüssigkeit hinein.

Starker Jaspersgeruch entströmte ihr. Der Geruch brachte Dasein zum Zittern, und in seinem Kopf zuckte ein heftiger Schmerz.

Dasein nahm die Tasse in beide Hände, legte den Kopf zurück und trank mit gierigen Schlucken. Der Kaffee hatte die gleiche besänftigende Wirkung wie das Bier.

Marden schenkte nach. Dasein hielt den Becher unter seine Nase und atmete den starken Jaspersgeruch ein. Seine Kopfschmerzen ließen nach. Sein Durst war etwas anderes als die Nachwirkung eines Katers, das erkannte er selbst.

»Trinken Sie aus«, sagte Marden.

Dasein schlürfte den Kaffee. Er spürte, daß seine Gedanken klarer wurden, sobald er die Flüssigkeit im Magen hatte. Marden wirkte nicht mehr überlegen – höchstens amüsiert. Weshalb war ein Kater so amüsant?

»Es war dieses Jaspers-Zeug, das mich so fertig machte, nicht wahr?« fragte Dasein. Er gab den Becher zurück.

Marden war ganz damit beschäftigt, die Thermosflasche wieder zu verschrauben.

»Man kann zuviel davon erwischen, was?« beharrte Dasein. Er erinnerte sich an Willas Worte.

»Zu starke Aussetzung in einem frühen Stadium kann zu

einem Kater führen«, gab Marden zu. »Wenn Sie sich daran gewöhnt haben, ist es ungefährlich.«

»So sind Sie also hergekommen, um den barmherzigen Samariter zu spielen«, sagte Dasein. Er spürte, wie Ärger in ihm hochstieg.

»Wir haben Ihren Wagen an der Ausweichstelle hinter Porterville gefunden und machten uns Sorgen um Sie«, erwiderte Marden. »Sie können ein Auto nicht einfach so stehenlassen.«

»Ich habe es nicht stehengelassen.«

»Oh? Was dann?«

»Ich machte einen Spaziergang.«

»Und haben dabei eine ziemliche Aufregung verursacht«, ergänzte Marden. »Wenn Sie sich die Genossenschaft und die Vorratshöhlen ansehen wollten, hätten Sie ja darum bitten können.«

»Und ich wäre bei meinem Rundgang hübsch bewacht worden, um nicht in die falsche Richtung zu sehen.«

»Das stimmt nicht.«

»Sie sind also hergekommen, um mich zu verhaften?«

»Sie verhaften? Reden Sie keinen Unsinn!«

»Woher wußten Sie, wo ich war?«

Marden warf einen Blick zur Decke und schüttelte den Kopf. »Ihr jungen Leute seid doch alle gleich«, sagte er. »Diese Willa ist so verdammt romantisch, aber lügen kann sie nicht sonderlich gut. Nun ja, ich schätze, wir anderen lügen nicht besser.« Er sah Dasein zynisch und amüsiert an. »Fühlen Sie sich besser?«

»Ja.«

»Kräftig, der junge Mann!« Er kräuselte die Lippen. »Übrigens, wir haben Ihren Wagen aufgebrochen und kurzgeschlossen, damit wir ihn herfahren konnten. Er steht auf dem Parkplatz unten.«

»Oh, vielen Dank.«

Dasein sah auf seine Hände. Ärger und Verzweiflung waren in ihm. Er wußte, daß er seinen Ärger nicht an Marden auslassen konnte – auch nicht an Jenny oder Piaget. Niemand und nichts bot sich ihm an, um seinem Ärger Luft zu machen. Er zitterte vor Wut.

»Sind Sie sicher, daß alles in Ordnung ist?«

»Ja, bestimmt.«

»Okay, okay«, murmelte Marden. Er wandte sich ab, und Dasein sah noch das Lächeln, das seine Lippen umspielte.

Das Lächeln, nicht der Mann, bot ein Ventil für seinen Ärger. Dieses Lächeln! Es verkörperte Santaroga – selbstzufrieden, hochmütig, geheimnistuerisch. Er sprang auf, ging mit langen Schritten zum Fenster und riß den Vorhang auf.

Strahlender Sonnenschein auf einem Blumengarten, ein Bach, und dahinter der Felsvorsprung, der in den Bäumen verschwand. Es war ein Tag, an dem die Sonne wie heißes Messing über den reglosen, lichtdurchtränkten Eichen hing. Er zählte drei Rauchfahnen, die in der stillen Luft standen, sah in der Ferne das gewundene Band eines blaugrünen Flusses.

Dieses Tal ländlicher Schönheit, das Santaroga hieß, war das geeignete Objekt für seinen Zorn. Santaroga, diese Menscheninsel in der Wildnis. Er stellte sich das Tal als einen von Aktivität pulsierenden Ort vor, der sein Leben hinter der steinernen, gesichtslosen Fassade einer Pyramide verbarg. Hinter der Fassade tat Santaroga seinen Bewohnern etwas an. Sie verloren ihre Persönlichkeit und wurden Masken, die eine Gemeinsamkeit verband.

Er spürte diese Gemeinsamkeit so stark, daß die Bewohner von Santaroga ihre Identität für ihn verloren. Sie waren wie Strahlen, die durch ein Loch in einem schwarzen Vorhang drangen.

Was lag hinter dem schwarzen Vorhang?

Dort war die Substanz, gegen die er seinen Ärger richten mußte, das war ihm klar. Sein Tal wurde von einem Bann umfangen. Die Santaroger waren gefesselt von schwarzer Magie, umgewandelt in eine gesichtslose Pyramide.

Bei diesem Gedanken ließ Daseins Ärger nach. Er erkannte, daß auch er seinen Platz in der Pyramide hatte. Und die Basis der Pyramide war fest im Boden verankert und streckte ihre Wurzeln in eine feuchte, düstere Höhle aus.

Sein Problem nahm allmählich Gestalt an.

Ein Punkt machte dieses Tal zu einer Besonderheit: Jaspers. Es zog die Bewohner zu sich zurück wie Süchtige. Er dachte an seinen eigenen Heißhunger. Es war das Ding aus der Höhle, das Ding, das sich in die Poren sog und in die Lungen drang.

Marden bewegte sich hinter ihm.

Dasein drehte sich um und sah den Mann an.

Die Bewohner von Santaroga wurden zu Ausläufern der Höhle und ihrer Substanz. In diesem Tal wirkte eine Droge. Es hatte eine ähnliche Wirkung wie LSD.

Wie funktionierte es?

Störte es das Serotonin-Gleichgewicht?

Dasein spürte, daß sein Verstand mit bemerkenswerter Klarheit arbeitete. Er sondierte die Möglichkeiten, stellte Untersuchungsprozesse auf.

»Wenn Sie wieder in Ordnung sind, kann ich ja gehen«, sagte Marden. »Und bevor Sie wieder verrückte nächtliche Ausflüge machen, sagen Sie uns Bescheid, ja?«

»Selbstverständlich«, erwiderte Dasein.

Aus irgendeinem Grund brachte das Marden zu einem schallenden Gelächter. Er lachte immer noch, als er das Zimmer verließ.

Dasein wandte sich wieder dem Fenster zu.

Er erkannte, daß Objektivität das größte Problem war. Er hatte nur sich selbst als Versuchskaninchen. Wie wirkte Jaspers bei ihm? Ein erhöhtes Bewußtsein? Gab es das auch bei LSD? Er mußte die Sache sorgfältig untersuchen. Woher kamen die Symptome, die er beim Aufwachen gespürt hatte? Entziehungserscheinungen?

Er stellte sich ein Bild des Durchschnitts-Santarogers zusammen: Wachsamkeit, direkte Sprache, Ehrlichkeit. Wenn das Bewußtsein tatsächlich erhöht wurde, erklärte das die Ehrlichkeit der Werbung? Konnte man mit einem Menschen, der außergewöhnlich wachsam war, anders als ehrlich umgehen?

Überall eröffneten sich neue Wege zur Behandlung des Problems. Barrieren fielen wie Sandwälle vor den anströmenden Wellen seines neuen Bewußtseins zusammen, aber dahinter lagen neue Geheimnisse.

Jenny.

Wieder erinnerte sich Dasein, daß sie nicht auf LSD angesprochen hatte. *Keine sichtbare Reaktion.* Die Leute, die die Tests durchgeführt hatten, wollten dieses Phänomen untersuchen, aber Jenny hatte sich geweigert. Weshalb? Man hatte den Fall natürlich als ›Anomalie‹ abgetan.

Jenny.

Dasein stellte sich unter die Brause. Er summte vor sich hin, während seine Gedanken arbeiteten. Seine Schulter schmerzte fast nicht mehr, obwohl er sie letzte Nacht so schlecht behandelt hatte.

Ich werde Jenny anrufen, dachte er, als er sich anzog. *Vielleicht können wir uns zum Lunch treffen.*

Die Aussicht, Jenny zu sehen, erfüllte ihn mit Freude. Er spürte, daß sie voneinander abhingen. Liebe, das war es. Ein Gefühl, das sich einfach nicht analysieren ließ. Man konnte es nur am eigenen Leib erfahren.

Dasein wurde wieder nüchtern.

Seine Liebe zu Jenny verlangte, daß er sie aus dem Santaroga-Bann löste. Sie mußte ihm helfen, ob sie es wußte oder nicht, ob sie es wollte oder nicht.

Ein hartes, kurzes Klopfen kam von der Tür.

»Herein«, rief er.

Jenny öffnete die Tür und kam herein.

Sie trug ein weißes Kleid, dazu ein rotes Halstuch, rote Schuhe und eine rote Tasche. Dadurch wirkte ihre Haut dunkel und exotisch. Sie blieb einen Moment an der Tür stehen, und ihre großen Augen sahen ihn forschend an.

»Jen!« sagte er.

Mit einer einzigen schnellen Bewegung war sie bei ihm und umarmte ihn. Sie roch nach einer würzigen Seife.

Dann trat sie einen Schritt zurück und sah zu ihm auf. »Oh, Darling, ich hatte solche Angst! Ich stellte mir immer vor, daß du irgendwo vom Weg abgekommen seist. Und dann rief Wilma an. Weshalb hast du das nur gemacht?«

Er legte einen Finger auf ihre Nasenspitze. »Ich bin wirklich in der Lage, auf mich selbst aufzupassen.«

»Ich weiß nicht so recht. Fühlst du dich in Ordnung? Ich habe Al in der Vorhalle getroffen. Er sagte, daß er dir etwas Jaspers-Kaffee gebracht hatte.«

»Es tut mir leid, wenn ich dich beunruhigt habe, aber schließlich muß ich auch meine Arbeit tun.«

»Ach, das!«

»Ich werde die Forschungen durchführen, für die man mich bezahlt.«

»Du hast wahrscheinlich dein Wort gegeben.«

»Das ist noch nicht alles.«

»Dann wirst du ihnen Ergebnisse liefern müssen.«

»Richtige Ergebnisse, Liebling.«

Sie lachte. »Du hast mich schon lange nicht mehr Liebling genannt.«

»Nicht das Thema wechseln.«

»Aber es ist ein schönes Thema.«

»Ganz meiner Meinung. Wir unterhalten uns ein anderesmal darüber, ja?«

»Wie wäre es mit heute abend?«

»Du gehst aber ran!«

»Ich weiß eben, was ich will.«

Dasein merkte, daß er sie genau betrachtete. Was hatte Willa gesagt? *»Jenny weiß, was sie tut!«* Was es auch war, er konnte nicht daran zweifeln, daß sie ihn liebte. Es zeigte sich in ihrer Stimme und in ihren Augen.

Dennoch, es blieb die Gewißheit, daß zwei Männer bei ihren Nachforschungen gestorben waren – durch Unfälle! Seine schmerzende Schulter war eine Warnung.

»Du bist plötzlich so still«, sagte Jenny und sah zu ihm auf.

Er holte tief Atem. »Kannst du mir etwas Jaspers besorgen?«

»Das hatte ich fast vergessen.« Sie machte sich frei und suchte in ihrer Handtasche herum. »Ich habe dir ein Stück Käse und ein paar Kräcker zum Lunch mitgebracht. Sie stammen aus Onkel Larrys Abteil. Ich wußte, daß du sie brauchen würdest, weil ...« Sie unterbrach sich und holte eine Tüte aus der Tasche. »Da sind sie.« Dann starrte sie ihn an. »Gil! Du hast *Jaspers* gesagt!« Sie musterte ihn aufmerksam.

»Weshalb nicht?« Er nahm die Tüte. Sie ließ das braune Papier nur zögernd los.

»Ich möchte dir nichts vortäuschen, Liebling«, sagte sie.

»Vortäuschen?«

Sie schluckte, und in ihren Augen glitzerten Tränen. »Wir haben dir gestern abend eine ziemlich starke Dosis verabreicht, und dann bist du in diese dumme Höhle gegangen. War es heute morgen schlimm?«

»Ich hatte einen ziemlichen Kater, wenn du das meinst.«

»Ich kann mich kaum noch erinnern, wie es in meiner Kindheit war«, sagte sie. »Wenn man noch im Wachsen ist, verändern sich Körper und Stoffwechsel. Als ich an der Universität diesen dummen LSD-Versuch mitmachte, hatte ich am nächsten Morgen einen schrecklichen Katzenjammer.« Sie fuhr ihm mit dem Finger über die Stirn. »Armer Liebling. Ich wäre gern heute morgen hergekommen, aber Onkel Larry brauchte mich in der Klinik. Außerdem sagte er mir, daß du in keinerlei Gefahr seist. Willa hat dich noch rechtzeitig herausgeholt.«

»Was wäre geschehen, wenn sie mich nicht herausgeholt hätte?«

Ihre Augen umwölkten sich und sahen ihn schmerzhaft an.

»Was?« fragte er hartnäckig.

»Daran darfst du nicht denken.«

»Woran?«

»Außerdem kann es dir nicht zustoßen. Onkel Larry sagt, daß du nicht der Typ dazu bist.«

»Nicht der Typ, in eine Marionette verwandelt zu werden wie die armen Teufel, die ich in der Genossenschaft sah?«

»Marionetten? Wovon redest du?«

Er erzählte ihr, was er durch die Schiebetür gesehen hatte.

»Ach – so.« Sie sah ihn nicht an und wirkte mit einemmal ganz fremd. »Gilbert, wirst du sie in deinem Bericht erwähnen?«

»Vielleicht.«

»Das darfst du nicht.«

»Weshalb nicht? Wer sind sie? *Was* sind sie?«

»Wir kümmern uns um unsere Leute«, sagte sie. »Sie sind nützliche Mitglieder unserer Gemeinschaft.«

»Aber nicht ganz richtig.«

»Das stimmt.« Sie starrte ihn an. »Wenn der Staat sich um sie kümmert, werden die meisten von ihnen aus dem Tal fortgebracht. Das kann schlimm für Santaroga sein, Gilbert, glaub mir das.«

»Ich glaube es dir.«

»Das wußte ich.«

»Es gibt also Versager? Leute, die das Jaspers ruiniert?«

»Gilbert!« rief sie. »Es ist nicht so, wie du denkst. Jaspers ist ... etwas Wundervolles. Wir nennen es ›Bewußtseins-Treibstoff‹. Es öffnet Augen und Ohren, schärft den Verstand, es ...« Sie unterbrach sich und lächelte. »Aber das weißt du bereits.«

»Ich weiß, als was es erscheint«, sagte er. Er warf einen Blick auf die Tüte in seiner Hand. Was hielt er da fest? Eine himmlische Gabe für die ganze Menschheit oder ein höllisches Gift? War es der böse Bann, als den er es betrachtete, oder die Befreiung des Menschen?

»Es ist wundervoll, und du hast es inzwischen auch erlebt«, sagte Jenny.

»Weshalb macht ihr dann keine Reklame dafür?«

»Gil!« Sie sah ihn klagend an.

Mit einemmal mußte Dasein an Meyer Davidsons Reaktion denken. Davidson und seine Kohorte, die eifrigen jungen Angestellten und die älteren Männer mit den harten Augen.

Was er hier in der Hand hielt, war ihr Feind.

Für jene Männer mit ihren merkwürdig ähnlichen dunklen Anzügen und den kühlen Augen, die alles wogen und alles abtaten, waren die Leute aus dem Tal der Erzfeind. Während er darüber nachdachte, erkannte Dasein, daß für diese Männer jeder Kunde ein Feind war. Das wurde durch jede ihrer Handlungen deutlich. Sie wußten, auf welcher Höhe ein Regal angebracht sein mußte, um ›griffgefällig‹ zu wirken, sie wußten, wieviel Luft man in einem Paket lassen durfte, um es größer erscheinen zu lassen.

Und wir sind ihre Spione, dachte Dasein. *Die Psychiater und Psychologen – alle ›Sozialwissenschaftler‹ – wir sind die Geheimdienstabteilung.*

Er spürte, wie die Armee manövriert wurde, wie man den ›Feind‹ Kunden in einem Dämmerzustand beließ, um ihn besser für die eigenen Wünsche zurechtzubiegen. Egal, wie sehr die Werbeagenturen gegeneinander kämpften, den wahren Krieg verriet keiner.

Dasein hatte die Welt der Marktforschung noch nie zuvor in diesem Licht betrachtet. Er dachte an die brutale Ehrlichkeit der Anzeigen in der ›Santaroga Press‹ und zerknüllte den oberen Rand der Papiertüte.

Was machte dieser Stoff mit ihm? Er wandte sich von Jenny ab, um seinen aufsteigenden Zorn zu verbergen. Es bewirkte, daß er sich verrückte Dinge vorstellte. Armeen!

Es gab keine Möglichkeit, hier in Santaroga das Jaspers zu

vermeiden. Und seine Nachforschungen erforderten sogar, daß er es nicht vermied.

Ich muß ihr Leben leben, sagte er sich vor. *Ich muß so denken wie sie.*

Er sah die Lage also, wie Jenny und die anderen Bewohner von Santaroga sie sahen. Sie führten eine Art Guerillakrieg. Sie hatten eine Lebensweise erreicht, die von der Außenwelt nicht geduldet werden konnte. Santaroga war eine zu große Drohung für die Industriemagnaten. Die einzige Hoffnung für Santaroga lag in der Isolation und Geheimhaltung.

Reklame machen! Kein Wunder, daß sie empört gewesen war.

Dasein drehte sich um und sah Jenny an, die geduldig abwartete, bis er sich durch das Gedankenlabyrinth gearbeitet hatte. Sie lächelte ihm ermutigend zu, und mit einemmal sah er alle Santaroger durch sie. Sie waren die alten Indianer, die allein bleiben mußten, die nach ihren alten Instinkten jagen und leben mußten. Die Schwierigkeit dabei war, daß sie sich in einer Welt befanden, die kulturell nicht neutral bleiben konnte. Die Außenwelt würde immer wieder versuchen, die Menschen – alle Menschen – gleich zu machen.

Da er beide Welten kannte, fühlte er tiefes Mitleid mit Jenny. Santaroga mußte zerstört werden – daran bestand kein Zweifel.

»Ich bin sicher, daß du es wie wir siehst«, sagte Jenny.

»Man würde Jaspers auf die gleiche Stufe wie LSD und ähnliche Drogen stellen«, sagte er. »Man würde es unter dem Namen ›Haschisch von Santaroga‹ bekämpfen. Man würde eure Existenz vernichten.«

»Ich zweifelte nie daran, daß du es verstehen würdest, sobald du Jaspers kanntest.« Sie umarmte ihn heftig. »Ich habe mein Vertrauen in dich gesetzt, Gil. Ich wußte, daß du mich nicht enttäuschen würdest.«

Er fand keine Worte, um ihr zu antworten. Eine tiefe Traurigkeit hatte ihn erfaßt. *Ausgesetzt.*

»Du mußt natürlich deinen Bericht abfassen«, sagte sie. »Es würde wenig nützen, wenn du es nicht tätest. Sie würden sich einen anderen suchen. Allmählich haben wir die Sache satt.«

»Ja – ich muß den Bericht abfassen«, sagte er.

»Wir verstehen das.«

Ihre Stimme ließ Dasein zusammenzucken. *Wir verstehen das.* Da war das *Wir,* das seinen Koffer durchsucht und ihn beinahe umgebracht hätte – das zwei andere Männer getötet hatte.

»Weshalb zuckst du zusammen?« fragte Jenny.

»Nur ein Schüttelfrost«, erwiderte er.

Er mußte an das *Ding* denken, das er gleich hinter seinem Bewußtsein spürte, das ruhelose, lauernde, uralte Wesen, das in seinem Bewußtsein aufgetaucht war. Es war immer noch da, studierte ihn, wartete ab, um ihn zu beurteilen.

»Ich arbeite heute nur halbtags«, sagte Jenny. »Einige meiner Freunde wollen ein Picknick am See veranstalten. Sie wollen dich kennenlernen.« Sie bog den Kopf zurück und sah ihn an. »Und ich möchte ein wenig mit dir angeben.«

»Ich – ich glaube nicht, daß ich schwimmen kann.«

»Deine Schulter, ich weiß«, sagte sie. »Aber der See ist um diese Jahreszeit herrlich. Wir werden abends ein Lagerfeuer anzünden.«

Welches Wir ist das nun? fragte er sich.

»Das klingt großartig«, sagte er.

Und während er sprach, erfaßte ihn ein Angstgefühl. Sein Magen krampfte sich zusammen. Er sagte sich vor, daß er nicht Jenny fürchtete – nicht diese warme, schöne Frau. Doch es konnte die Göttin Jenny sein, vor der er Angst hatte ... dieser Gedanke stieg plötzlich in ihm hoch.

Dasein spöttelte über sich selbst und schalt sich, daß er jeder Nuance in diesem Tal zuviel Bedeutung beimaß. Das war natürlich die Krankheit des Psychoanalytikers – daß man alles durch einen Schleier von Argumenten betrachten mußte.

»Ruh dich noch etwas aus und komm dann mittags nach unten. Ich werde auf dich warten«, sagte Jenny.

Sie machte sich los, ging zur Tür und drehte sich noch einmal um. »Du reagierst so merkwürdig«, sagte sie. »Quält dich irgend etwas?«

Ihre Stimme drückte ein vorsichtiges Sondieren aus, das Dasein aufmerksam werden ließ. Das war nicht die spontane Jenny, die sich um den geliebten Mann sorgte. Das war eine – eine Beobachterin, die Gefahr für sich selbst witterte.

»Mit Ruhe und etwas Essen bringe ich mich schon wieder

in Ordnung«, sagte er. Er gab seiner Stimme einen polternden Klang, doch das mißlang ihm.

»Also bis später«, sagte sie, immer noch in diesem veränderten Tonfall.

Dasein beobachtete, wie sich die Tür hinter ihr schloß. Er hatte das Gefühl, vor einer besonderen Art von Kamera gestanden zu haben – einer Kamera, die nur Belanglosigkeiten aufnahm. Ein loser Gedankenfetzen streifte durch sein Gehirn: *... die Freilegung von Persönlichkeit, Methode und Charakter.*

Wer will meine Persönlichkeit, Methode und meinen Charakter freilegen? fragte sich Dasein. Er spürte, daß das eine gefährliche Frage war, voll von Angriffen und Gegenangriffen.

Die Tüte mit dem Essen lag ihm schwer in der Hand. Dasein starrte sie an. Er hatte Hunger, aber er wußte auch, welche Drohung dieses Paket enthielt. Schuf das Jaspers eine unwiderrufliche Änderung im Menschen?

Er schob die Tüte auf das Bett, ging an die Tür und sah auf den Gang hinaus. Leer. Er trat hinaus, starrte die Wand an, hinter der sich das Fernsehzimmer verbarg und brauchte eine Zeitlang, bis er erkannte, daß sich etwas verändert hatte. Da, wo gestern keine Tür gewesen war, sah er nun eine.

Wie eine Marionette ging Dasein an die Tür und starrte sie an. Sie hatten den gleichen alten Rahmen aus poliertem Holz wie die anderen Türen. Alt und gut erhalten, das war der Eindruck. Eine Tür, die schon immer hier gewesen war, genauso sah sie aus. Das Nummernschild hatte eine leichte Kerbe und war an den Rändern blind geworden, wo die Poliertücher der Zimmermädchen schlampiger wischten. Die Klinke sah so aus, als habe man sie schon häufig benutzt.

Dasein schüttelte den Kopf. Er war versucht, die Klinke herunterzudrücken, beherrschte sich aber. Er hatte plötzlich Angst, was dahinter sein könnte. Ein normales Bett, ein Bad, ein Tisch mit einem harten Stuhl – das wäre das Schlimmste. Das Nummernschild – 262 – faszinierte ihn. Er hatte das unheimliche Gefühl, es schon einmal hier gesehen zu haben. Die Tür war einfach zu gewöhnlich.

Abrupt drehte sich Dasein um und ging in sein Zimmer zurück. Er riß das Fenster auf. Ein Blick durch die Fenster vom Verandadach aus würde das Geheimnis lösen. Er wollte hinausklettern und hielt ein. Ein Mann stand auf einem von Rosen umsäumten Weg hinter der riesigen Eiche.

Dasein erkannte Winston Burdeaux. Er besprengte die Rosen mit einem Handsprühapparat. Als Dasein ihn anstarrte, sah er zu ihm herauf und winkte.

Später, sagte sich Dasein vor. *Ich werde später nachsehen.*

Er nickte Burdeaux zu, zog sich zurück, schloß den Vorhang.

Sie hatten also eine Tür in die Wand eingelassen? Was bezweckten sie damit? Wollten sie seinen Wirklichkeitssinn verwirren?

Die Tüte auf dem Bett erregte Daseins Aufmerksamkeit. Sie zog ihn quer durch das Zimmer. Er betrachtete sie als höchste Versuchung. Sie enthielt mehr als nur Nahrung. In ihm brannte ein Hunger, den nur Jaspers stillen konnte. Er spürte, wie das Papier unter seinen Fingern riß.

Jaspers-Käse. Das quälende Aroma entströmte der Tüte. Mit einem Gefühl der Hilflosigkeit merkte er, daß er plötzlich einen Bissen Käse im Mund hatte. Der Bissen strahlte ein Gefühl der Wärme in seiner Kehle aus. Er aß weiter, wie hypnotisiert.

Langsam ließ er sich auf das Bett sinken, lehnte sich ans Kissen und starrte die Decke an. Die Holzmaserung eines Balkens bewegte sich wie die Wellen einer stürmischen See. Es erfüllte ihn mit echtem Entsetzen. Er spürte, daß sein eigenes Bewußtsein eine Barriere zur Außenwelt bildete und daß diese Außenwelt ein stupider Mechanismus ohne Gefühl oder Mitleid war.

Seine Persönlichkeit wurde zu einem engen Lichtstrahl, und er spürte den Strom der Bewußtlosigkeit, der immer größer wurde, bis er ein unerträgliches Gewicht darstellte.

Es ist psychedelisch, sagte er sich vor. *Nicht nachgeben!*

Aber er konnte die Bewegung nicht mehr aufhalten. Dasein schwebte in einem Zustand der Bewußtlosigkeit dahin. Er kannte kein Innenleben mehr, nur ein zeitloses Dahinexistieren ohne Angst. Er liebte dieses Gefühl. Sein Geist forschte.

Wo sind die Kinder? fragte er sich.

Es war eine schockierende Erkenntnis, daß er im Tal weder Kinder noch Schulen gesehen hatte.

Wo sind die Kinder? Weshalb haben die anderen Forschenden das nicht bemerkt?

Die anderen sind tot, erinnerte er sich.

Tod – das war ein Gedanke, der ihn merkwürdigerweise nicht erschreckte. Er war durch eine Lockerung des Bewußtseins in eine Zone vorgedrungen, in der es keine Machtkämpfe mehr gab. Das Tal, Jaspers, all das war jetzt eine Lebensbedingung. Der von tastenden Sonnenstrahlen erfüllte Raum, die Blätter der Eiche vor seinem Fenster – alles war Schönheit, Unschuld, Ordnung. Das Universum war ein Teil seiner selbst geworden, weise und voll von Mitgefühl.

Dasein dachte über das Gefühl nach. Das Universum *da draußen* – es war, als hätte er es soeben geschaffen. *Nama-Rupa,* dachte er. *Ich bin Nama-Rupa – Name und Form, Schöpfer des Universums, in dem ich lebe.*

Der Schmerz in seiner Schulter beschäftigte einen Moment lang seine dahintreibenden Gedanken. Schmerz, eine kurze Krise, etwas, dem man mit der Erinnerung an Freuden beikommen konnte. Der Schmerz ließ nach.

Ein Wagen fuhr über den Kies. Er hörte einen Vogel singen. Die Geräusche waren ein Wellenmuster, das vor seinem Bewußtsein spielte. Es tanzte und flimmerte.

Er erinnerte sich an Jennys prüfenden Blick.

Das war eine häßliche, schockierende Erinnerung, die ihn kurz hochriß und beengte. Er konnte nur mit Mühe atmen. Da war das Gefühl, daß ihn die Geschichte gefangenhielt, aber es war Geschichte, die nur von Göttinnen und Geschöpfen mit unheimlichen Kräften handelte. Es war Geschichte, die mit erstaunlicher Geschwindigkeit abrollte und allen vorgefaßten Begriffen von Langsamkeit trotzte. Sie war wie eine Serie von Ereignissen, die er nicht auseinanderhalten oder unterscheiden konnte. Sie jagten durch sein Bewußtsein und änderten ihn unwiderruflich.

Das Jaspers, dachte er. *Ich kann nie – wieder – werden ... was ich war ...*

Tränen rollten über seine Wangen.

Er dachte an den Koffer, den man durchsucht hatte. Ein Schluchzen schüttelte ihn. Was wollten sie?

Dasein fühlte, daß er von listigen Dämonen umringt war, die sein Blut wollten und nach seiner Seele lechzten. Sie jammerten vor dem Zauberzirkel seines einsamen Bewußtseins. Sie waren Roboter, Automaten mit grimassenschneidenden Metallgesichtern und Scheinwerferaugen.

Er begann zu zittern, wußte, daß er in Schweiß gebadet war, doch die Empfindung war so fern, als betrachtete er einen Fremden.

Dasein schob sich vom Bett hoch. Er kam schwankend auf die Beine, stolperte durch das Zimmer. An der Wand drehte er sich um, stolperte zurück – vorwärts und zurück – zurück und vorwärts. Es gab kein Versteck für ihn. Die Sonnenstrahlen, die durchs Fenster strömten, nahmen groteske Formen an – Eidechsen mit Menschenköpfen, silbrige Gnomen, Insekten mit Uhrenflügeln ...

Er brach am Boden zusammen, packte den Teppich. Ein rotes geflochtenes Muster griff mit Klauen nach ihm. Er zog sich zum Bett zurück, fiel in die Kissen. Die Decke schlängelte sich in seltsamen Bogen.

Irgendwo spielte irgend jemand Klavier – Chopin.

Dasein spürte abrupt, daß er das Klavier war. Die Klänge wurden mit kristallener Klarheit in ihm angeschlagen und brachten seine Pein zutage. Grelle Klarheit kam über ihn. Er merkte, daß seine Kleider schweißdurchtränkt waren. Seine Handflächen fühlten sich naß an. Er spürte, daß er lange Zeit durch einen gefährlichen Korridor gegangen war. Die Reise hatte seine ganze Kraft gekostet und ihn ausgelaugt.

Aber er sah das Zimmer jetzt mit neuen Augen. Die Dekkenbalken wurden Gegenstände, die man verstehen konnte, die Maserung ließ sich bis zum Baum zurückverfolgen – zum Sämling – zum Keim – zum Baum. Jeder Gegenstand, den er ansah, hatte eine Vergangenheit und eine Zukunft. Nichts blieb statisch.

Alles war Bewegung, und er war Teil dieser Bewegung.

Wellen von Schlaf drangen aus dem Hintergrund seines Denkens auf ihn ein – höher und immer höher.

Der Schlaf hüllte ihn ein.

In der Dunkelheit lachte etwas – und lachte – und lachte ...

Dasein erwachte mit dem Gefühl, daß er sehr lange – vielleicht ein Leben lang – geschlafen hatte. Ein Kichern kam aus seiner Kehle. Das Geräusch war wie von einem Fremden, und er erschrak darüber. Ein Blick auf die Armbanduhr verriet ihm, daß schon mehr als zwei Stunden vergangen waren.

Wieder kam dieses fremde Kichern über seine Lippen.

Er setzte sich auf. Der Schmerz in seiner Schulter war zu einer schwachen Unbehaglichkeit herabgesunken.

Jemand klopfte an der Tür.

»Ja?« rief Dasein.

»Ich bin es, Win Burdeaux. Miß Jenny bat mich, Sie daran zu erinnern, daß sie in einer halben Stunde hier sein will.«

»Oh – vielen Dank.«

»Schon gut, Sir. Hoffentlich haben Sie gut geschlafen.«

Dasein starrte die Tür einen Moment lang an. *Woher wußte Burdeaux, daß ich schlief?*

Vielleicht habe ich geschnarcht.

Vom Korridor kam kein Geräusch mehr, und Dasein wußte, daß Burdeaux gegangen war. Nachdenklich zog er seine verknitterten Sachen aus, nahm eine Brause und suchte einen anderen Anzug aus dem Koffer. Er fühlte sich verärgert und verzweifelt. Man beobachtete ihn zu jeder Minute. Er wußte, daß es leicht war, seinen Ärger zu einem Zornausbruch zu steigern. Aber das konnte er sich im Moment nicht leisten.

Er fragte sich, ob sein Zorn überhaupt gerechtfertigt war.

Wieder klopfte es, und er wußte, daß es Jenny war.

Entschlossen ging er an die Tür und machte sie auf. Sie stand in einem orangenen Jumperkleid mit weißer Bluse da, und ihr Lächeln ließ das kleine Grübchen in der linken Wange zur Geltung kommen.

»Ich bin froh, daß du fertig bist«, sagte sie. »Beeil dich, sonst kommen wir zu spät.«

Während sie vorausging, fragte sich Dasein, ob die Einbildung ihm einen Streich gespielt hatte oder ob sie tatsächlich besorgt dreingesehen hatte, bevor sie lächelte.

Jenny redete und redete, während sie die Treppe nach unten gingen. Es waren lauter Dinge, die keine Antwort erforderten.

»Es wird dir zu dieser Jahreszeit am See gefallen. Ich wollte, ich könnte mehr Zeit dort verbringen. Du ziehst deine Schulter nicht mehr so hoch wie gestern. Ich möchte wetten, daß du dich besser fühlst. Onkel Larry möchte, daß du später bei ihm vorbeisiehst, damit er dich untersuchen kann. Die ganze Bande ist schon so gespannt auf dich. Da sind sie ja!«

Die Bande hatte einen Lastwagen bei sich.

Dasein erkannte Willas scharfe Züge. Sie saß neben einem blonden jungen Mann mit einem eckigen Gesicht und großen blauen Augen. Als Dasein sie ansah, blinzelte sie ihm zu. Zumindest ein Dutzend Paare standen im Anhänger des Lasters. Auch Einzelgänger hatten sich der Gruppe angeschlossen. Da war ein großer dunkelhaariger Mann mit wilden braunen Augen – Walter Soundso. Dasein hatte den Familiennamen nicht verstanden. Dann fielen ihm die dicken Zwillinge Rachel und Mariella mit ihren runden Gesichtern und dem langen, sandfarbenen Haar auf.

Jenny stellte die Leute so schnell vor, daß Dasein sich kaum einen Namen merken konnte, aber er registrierte die Tatsache, daß der junge Mann neben Willa Burdeaux ihr Verlobter Cal Nis war. Hände streckten sich ihm entgegen und halfen ihm in den Anhänger. Jenny kam hinterher. Ringsum waren Kisten als Sitze aufgestellt. Dasein befand sich plötzlich eingekeilt auf einer dieser provisorischen Bänke. Jenny war dicht bei ihm. Er nahm die Ausgelassenheit der Leute in sich auf – ungehemmtes Gelächter, fröhliche Witze.

Der Wagen rumpelte los. Wind strich ihnen ins Gesicht. Dasein sah vorbeifliegende Bäume, Himmelsflecken. Der Wagen holperte – und überall war Gelächter.

Er bemerkte, daß Jenny und er von dem Gelächter ausgeschlossen waren. War es rücksichtsvoll von der Gruppe? Ließen sie dem Fremden Zeit, sich zu akklimatisieren?

Er versuchte die Sache als Psychologe zu sehen, aber da er selbst darin verwickelt war, wollte es nicht so recht gelingen. Obendrein begann seine Schulter zu schmerzen, wo Jenny dagegen drückte. Jennys windzerzaustes Haar strich ihm übers Gesicht. Jede Bodenwelle schickte neue Schmerzen durch seine Schulter.

Das Ganze wurde zu einem Alptraum.

Jenny hob den Kopf und flüsterte ihm ins Ohr: »Oh, Gil, ich habe von diesem Tag geträumt ... daß du bei uns bist und zu uns gehörst.«

Gehöre ich wirklich zu ihnen? fragte sich Dasein.

Walter hatte Jennys Bewegung offensichtlich mißverstanden. Er winkte von der anderen Seite des Lasters herüber und rief: »He! Schmusen vor dem Dunkelwerden gibt es nicht!«

Die Gruppe lachte schallend, beachtete ihn aber nicht mehr und nicht weniger als zuvor.

Schmusen.

Das Wort setzte Daseins Gedanken in Bewegung. Das Wort war in der Außenwelt allmählich veraltet. Aber hier, aus Walters Mund, hatte es ganz vertraut geklungen. Man merkte, daß es in Santaroga häufig benutzt wurde.

Dasein sah Santaroga in einem neuen Licht. Man war hier konservativ im wahren Sinn des Wortes. Man klammerte sich an die Vergangenheit und widerstand allen Veränderungen. Nicht allen Veränderungen, verbesserte er sich. Es waren Leute, die sich sagten, daß man einige Dinge aus der Vergangenheit behalten sollte. Das machte sie andersartig. Die Welt draußen entfernte sich von ihnen. Das Tal war zu einem Reservat für eine andere Zeit geworden.

Der Wagen bog in einen Weg mit überhängenden Sykomoren ein. Große Flecken ahornförmiger Blätter warfen eine grüngoldene Aura über sie.

Eine tiefe Rinne ließ Dasein vor Schmerzen zusammenzukken, als Jennys Kopf gegen seine Schulter prallte. Der Wagen ließ die Sykomoren hinter sich, kam durch ein Wäldchen von Kiefern und schließlich auf eine Wiese, die in einen Sandstrand überging. Ein tiefblauer See lag vor ihnen.

Dasein starrte vom Lastwagen aus ins Wasser und merkte kaum, daß die anderen sich an ihm vorbei ins Freie drängten und Jenny ihn anstieß. Irgend etwas an dem See kam ihm vertraut vor – er war schön und drohend zugleich.

Ein schmaler schwebender Steg führte vom Ufer aus zu einem Floß und einem Sprungbrett. Das Holz war von der Sonne gebleicht und schimmerte silbergrau. An einer Seite des Floßes waren Ruderboote festgemacht.

Schönheit und Drohung.

Das Gefühl ging vorbei, und er wunderte sich über seine Ängstlichkeit. Wenn er sich zu sehr mit sich selbst beschäftigte, sah er allmählich überall Gespenster.

»Ist es die Schulter?« fragte Jenny.

»Es geht gleich wieder«, erwiderte Dasein.

Er folgte ihr hinunter und wünschte nur, er könne sich gehenlassen und ein Teil dieser lachenden Gruppe werden. Sie waren glücklich hier draußen. Sie schleppten Kisten als Sitzgelegenheiten zu Tischen, die unter den Bäumen standen oder bereiteten Feuer in Felsgruben vor. Einige verschwanden hinter Gebüschen und kamen in Badekleidung zurück.

Jenny hatte sich einer Gruppe angeschlossen, die Lunch-Happen auf den Tellern verteilten. Dann lief sie ans Wasser, streifte ihr Kleid ab und stand in einem orangenen Badeanzug da. Sie war eine Nymphe, deren Glieder braun und geschmeidig in der Sonne glänzten.

Sie winkte ihm vom Floß zu und rief: »Bis gleich, Liebling!«

Dasein beobachtete, wie sie kopfüber ins Wasser sprang und hatte plötzlich das Gefühl, daß sie ihm verloren war. Eifersucht brannte in ihm, und er kam sich wie ein hinfälliger alter Mann vor, der von spielenden Kindern umgeben war und an ihrem Glück nicht teilhaben konnte.

Er sah den See und den umliegenden Wald an. Eine Brise kräuselte das Wasser. Sie roch nach Sommer, Gras und Eibennadeln. Plötzlich wünschte er sich einen Drink, mit dem er der Brise zuprosten konnte.

Langsam ging er über den Steg und trat auf die schimmernde Plattform. Am Himmel standen seidenweiche Wolken, und als er auf das Wasser starrte, sah er diese Wolken am Seegrund treiben. Wellen zerstörten diese Illusion. Jenny schwamm heran und stützte sich mit den Ellbogen auf die Bretter. Ihr Gesicht war tropfnaß, und sie lächelte. Sie war ihm noch nie schöner erschienen.

»Liebling, weshalb sonnst du dich nicht wenigstens, während wir herumschwimmen?«

»Gut«, meinte er. »Vielleicht kann ich in einem der Boote herumrudern.«

»Sei vorsichtig mit der Schulter, oder ich sage es Onkel Larry«, lachte sie. Sie stieß sich von den Brettern ab und schwamm lässig in den See hinaus.

Er ging vorsichtig über die nassen Planken zum Rand des Floßes, wo die Boote festgehakt waren. Es verwunderte ihn, wie ihn die anderen sahen und doch ignorierten. Sie machten ihm zwar Platz, wenn er kam, aber sie sahen ihn nicht an. Sie riefen rings um ihn, aber keiner sprach mit ihm.

Er ging auf das erste Boot zu, löste es und wollte einsteigen. Jenny schwamm etwa zwanzig Meter weiter draußen in einem zügigen Kraulstil.

Dasein machte einen Schritt auf das Boot zu. Im gleichen Moment stieß ihn etwas in den Rücken. Sein Fuß berührte die Spitze des Bootes, und sie glitt weg. Er sah, daß er ins Wasser fallen mußte und dachte: *Verdammt! Jetzt werden meine Kleider klatschnaß!*

Der Bootsrand kam blitzschnell auf ihn zu. Er wollte die Hand ausstrecken, aber es war seine verletzte Schulter, und der Arm gehorchte ihm nicht schnell genug.

In seinem Kopf erfolgte eine Explosion, und dann war alles dunkel. Dasein spürte, wie er in die Kälte eindrang, lautlos und schnell. Der See war dunkel und einladend.

Etwas in seinem Innern schrie: *Schönheit! Drohung!*

Er hielt das für eine sonderbare Kombination.

In seinen Lungen war ein unbestimmter Schmerz, und es war kalt – entsetzlich kalt. Er fühlte einen Druck und die Kälte – alles fern und unwichtig.

Ich ertrinke, dachte er.

Sie werden mich nicht sehen, und ich muß ertrinken.

Die Kälte wurde deutlicher – und naß.

Etwas drehte ihn heftig herum.

Immer noch war alles weit entfernt – es handelte sich um jenes andere Wesen, das zwar er selbst war, das ihn aber nichts anging.

Jennys Stimme erreichte ihn wie ein Donnerschlag. »Helft mir! Bitte! Warum hilft mir denn niemand? Ach Gott! Kommt doch her! Ich liebe ihn. Bitte, helft mir!«

Ihm kamen mit einemmal andere Hände, andere Stimmen zum Bewußtsein.

»Laß nur, Jen. Wir haben ihn.«

»Bitte, rettet ihn!« In ihrer Stimme war ein Schluchzen.

Dasein spürte, daß er über etwas Hartes gelegt wurde, das ihm in den Magen drückte. Wärme drang aus seinem Mund. In seiner Brust war ein betäubender Schmerz. Abrupt begann er zu husten – zu keuchen. Der Schmerz riß an seinem Hals und seinen Bronchien.

»Er hat eine Menge Wasser geschluckt.« Es war eine männliche Stimme, ziemlich gefühllos.

Jennys Stimme klang bittend neben Daseins Ohr auf. »Atmet er? Bitte, es darf ihm nichts zustoßen!« Dasein spürte etwas Nasses an seinem Hals, und immer noch bettelte Jennys Stimme neben ihm: »Ich liebe ihn. Bitte, rettet ihn!«

Die gleiche gefühllose männliche Stimme erwiderte: »Wir verstehen schon, Jenny.«

Und eine andere Stimme, rauh, weiblich: »Wir können natürlich nur eines tun.«

»Wir tun es!« kreischte Jenny. »Versteht ihr denn nicht?«

Noch während die Hände Dasein aufrichteten, fragte er sich: *Was tun sie?*

Sein Husten hatte sich gelegt, aber der Schmerz in der Brust blieb. Wenn er atmete, tat alles weh.

Dann spürte er Gras unter dem Rücken. Etwas Warmes wurde um ihn gehüllt. Es war ein Gefühl, als sei er in den Mutterleib zurückgekehrt.

Dasein öffnete die Augen und starrte Jenny an, deren dunkles Haar vom Himmel eingerahmt wurde. Sie lächelte.

»Oh, Gott sei Dank!« flüsterte sie.

Hände hoben ihn an den Schultern hoch, und Jennys Gesicht verschwand. Eine Tasse mit dampfender brauner Flüssigkeit wurde ihm an die Lippen gehalten. Dasein erkannte den beinahe überwältigenden Geruch von Jaspers und spürte, wie der Kaffee in seiner Kehle brannte.

Sofort drang ein Gefühl der Wärme und des Wohlbehagens durch seinen Körper. Die Tasse wurde weggezogen. Als er sich danach streckte, setzte man sie ihm wieder an die Lippen.

Jemand lachte und sagte etwas, das Dasein nicht verstehen konnte. Es klang wie: »Gib ihm eine tüchtige Ladung!« Aber das ergab wenig Sinn.

Die Hände legten ihn sanft zurück ins Gras. Die unbeteiligte männliche Stimme sagte: »Er muß eine Weile warm und ruhig daliegen. Sonst ist alles in Ordnung.«

Jennys Gesicht beugte sich wieder über ihn. Ihre Hand streichelte ihn.

»Oh, Liebling«, sagte sie. »Ich habe zum Floß gesehen, und du warst fort. Ich habe dich nicht fallen gesehen, aber ich wußte es. Und niemand beachtete mich. Es dauerte so lange, bis ich bei dir war. Dein armer Kopf! So eine Wunde!«

Als hätten ihre Worte es bewirkt, spürte Dasein plötzlich

das Pochen in seinem Kopf – ein pulsierender Schmerz an der Schläfe und hinter dem Ohr. *So ein starker Schlag – sollte ich mich nicht röntgen lassen?* überlegte er. *Woher wissen sie, daß ich keinen Schädelbruch habe?*

»Cal sagt, daß das Boot weggerutscht sein muß, als du aufschlugst«, sagte Jenny. »Ich glaube nicht, daß du etwas gebrochen hast.«

Schmerz durchzuckte ihn, als sie die verletzte Stelle berührte.

»Es ist nur ein scheußlich blauer Fleck.«

Nur ein blauer Fleck! dachte er. Er war plötzlich wütend über sie. Weshalb behandelten alle seinen Sturz so beiläufig?

Doch dann breitete sich das Gefühl der Wärme in ihm aus, und er dachte: *Selbstverständlich fehlt mir nichts. Ich bin jung und gesund. So etwas heilt schnell. Und Jenny beschützt mich. Sie liebt mich.*

In diesem Moment merkte er, daß etwas an seinem Gedankengang gründlich falsch war. Er blinzelte. Die Sicht vor ihm verschwamm, als hätte er das durch Blinzeln ausgelöst, und wurde zu bunten Lichtkreisen.

Das Licht drang in ihn, und er konnte sein Inneres wie ein Fremder betrachten. Er *sah* den starken Schlag seines Herzens, die zarte Gehirnhöhle, die sich bei jedem Herzschlag bewegte, die verletzte Stelle – nur ein blauer Fleck, keine Schädelverletzung.

Jetzt wurde Dasein klar, weshalb die Santaroger so wenig Aufhebens von seiner Wunde machten. Sie *kannten* die Verletzung durch ihn. Wenn er wie sie war, würde er ihnen sagen, wann er Hilfe brauchte.

Weshalb haben sie mich dann erst gerettet, als Jenny kam? fragte sich Dasein. Und die Antwort war eindeutig: *Weil ich in meinen Gedanken nicht um Hilfe rief!*

»Ich glaube, du solltest jetzt nicht schlafen«, sagte Jenny. Sie drückte seine gesunde Hand. »Ich habe gehört, daß das nach Kopfverletzungen schädlich ist.«

Dasein sah zu ihr auf, warf einen Blick auf das wirre dunkle Haar, auf die Augen, die ihn ernst und konzentriert ansahen. Ihre Wimpern waren feucht, und er hatte das Gefühl, daß er hinter ihre Augen sehen und dort ein Wunderland erblicken könnte.

Jenny schmiegte sich an ihn und flüsterte: »Du fühlst dich jetzt besser. Ich weiß es.«

Er gab ihr schweigend recht.

Am See flammten Feuer auf – jemand machte die Boote fest. Dann wurde ihm ein Sandwich in die Hand gedrückt, das stark nach Jaspers roch. Er aß und starrte die Feuer an. Die Bäume leuchteten rötlich, groteske Schatten sprangen hin und her, Rauch stieg zum Mond auf. Mit einer schnellen Bewegung steckte Dasein einen Teil des Sandwiches in die Tasche.

Dasein erinnerte sich – er wußte selbst nicht weshalb – an einen Moment, kurz nachdem Jenny die Universität verlassen hatte. Es hatte geregnet. Er erinnerte sich, daß er den Kopf aus dem Fenster gebeugt hatte, um den Regen zu spüren, um das nasse Glänzen der Tropfen im Gras zu beobachten.

Abrupt drehte der Wind, und Rauch trieb ihm in die Augen. Er schluckte etwas davon und war wieder in der Wirklichkeit – Jenny neben sich. Sie wartete.

Als er an sie dachte, zog sie ihn zu sich herunter und küßte ihn. Es war ein langer Kuß, voll von Gitarrenmusik, Erinnerungen an den Regen und den Geschmack von Rauch.

Wie kann ich das je erklären? überlegte Dasein. *Selador würde mich für verrückt halten.*

Jenny rührte sich bei dem Gedanken und streichelte seinen Haaransatz.

»Heiraten wir bald«, flüsterte sie.

Weshalb nicht? fragte sich Dasein. *Ich gehöre jetzt zu Santaroga.*

Aber dieser Gedanke sandte eine Welle von Furcht durch seinen Körper, und er versteifte sich. Jenny zitterte. Sie machte sich los und sah ihn besorgt an.

»Alles wird gut«, wisperte sie. »Du wirst sehen.«

Aber die Sorge in ihrer Stimme blieb. Und Dasein spürte eine Drohung in der Nacht. Der Gitarrenspieler strich eine falsche Saite an und hörte zu spielen auf.

Dasein sah, daß der Mond in die dunkle Seelichtung getreten war – und er enthüllte kein Märchenland. Nur Wasser und Bäume.

Es war jetzt entschieden kalt geworden.

Noch einmal preßte Jenny ihre Lippen auf seinen Mund. Dasein wußte, daß er sie immer noch liebte. Es war die Realität, an die er sich klammern konnte. Aber diese Nacht enthielt keinen Zauber mehr. Er spürte, daß er am Rand des Wahnsinns gestanden hatte, und das hinterließ einen Nachgeschmack.

Als sie ihn losließ, flüsterte er: »Ich möchte dich heiraten, Jenny. Ich liebe dich – aber ich brauche Zeit. Ich brauche ...«

»Ich weiß, Liebling«, sagte sie. Sie streichelte ihm über die Wange. »Nimm dir genug Zeit.«

Ihre Stimme klang zurückhaltend, und Dasein spürte die Kühle der Nacht und das Schweigen der anderen jungen Leute.

»Es wird Zeit zum Heimfahren«, sagte Jenny.

Heim? fragte sich Dasein.

Jenny stand auf und half ihm auf die Beine. Er stolperte und fühlte sich einen Moment lang schwindelig. Jenny hielt ihn fest.

»Willst du, daß sich Onkel Larry heute abend noch deine Wunde ansieht?« fragte sie.

Piaget, dachte Dasein. Sie würden ihren Handel mit der Wahrheit fortsetzen. Die Veränderung durch das Jaspers zwang ihn dazu.

»Ich gehe morgen vormittag zu ihm«, sagte Dasein.

»Heute nicht mehr?«

Erst wenn ich will, dachte Dasein. Und laut sagte er: »Nein, heute nicht.«

Die Antwort schien Jenny zu beunruhigen. Auf der Rückfahrt zur Stadt hielt sie etwas Distanz zu ihm.

6

Als sie fort waren und Dasein allein neben seinem Wagen im Hof des Hotels stand, starrte er gedankenverloren in den dunklen Himmel. Jennys Gutenachtkuß – zitternd, gezwungen – prickelte noch auf seinen Lippen. Die Luft roch nach Auspuffgasen und Öl. Von irgendwo im Innern des Hotels hörte er Musik – ein Radiogerät. Der Kies des Anfahrtswegs knirschte hart unter seinen Füßen.

Langsam holte Dasein das kleine Ding aus der Tasche und starrte es im Licht des Hotelschilds an. Der starke Geruch von Jaspers umgab ihn mit einemmal.

Dasein sah eine angebissene Semmel, Käse, Schinken – eines der Picknicksandwiches.

Wußten sie, daß ich es eingesteckt hatte? fragte er sich. Die Hose und das Hemd, die er bei dem Picknick getragen hatte, waren von dem Sturz ins Wasser zerknittert und ausgebeult.

Dasein überlegte seit geraumer Zeit, ob er sich umziehen sollte oder nicht. Aber das Ding in seiner Hand war vordringlich. Selador. Ja, er mußte es Selador zur Untersuchung schicken.

Ich kann nicht klar denken, sagte sich Dasein vor.

Er fühlte sich zwischen Extremen hin- und hergerissen, zwischen Entscheidungen von enormer Tragweite. *Die Kopfverletzung?* fragte er sich. Aber er vertraute der durch Jaspers gewonnenen Einsicht, daß die Verletzung nicht ernsthaft war. Dennoch ... Entscheidungen ...

Mit starker Konzentration zwang sich Dasein, in den Wagen zu steigen. Er lehnte sich gegen das Steuerrad und legte die Semmel auf den Sitz neben sich. Er spürte etwas Warmes, Feuchtes, als er sich hinsetzte, und zog die Brieftasche aus der Hose. Wasser hatte sich in den Fächern angesammelt. Er legte sie neben das Sandwich.

Jetzt, sagte sich Dasein. *Jetzt gehe ich.*

Aber es dauerte noch einige Minuten, bis er die Willenskraft aufbrachte, den Motor anzulassen und aus dem Parkplatz des Hotels auf die Straße nach Porterville hinauszufahren. Er fuhr langsam, denn er war sich der Schwerfälligkeit seiner Bewegungen bewußt.

Die Scheinwerfer rissen einen Keil in die Dunkelheit – Straße, Bäume, Bahnmarkierungen. Dasein kurbelte das Fenster herunter und beugte sich hinaus, damit der kühle Fahrtwind seine Gedanken klarer machte. Er war nun auf der gewundenen Straße, die aus dem Tal führte, und die Schwerfälligkeit seiner Gedanken war ein lähmendes Gewicht.

Scheinwerfer kamen auf ihn zu, fuhren vorbei.

Eine dunkle Felsmasse neben der Straße – gelbe Mittellinien, die Spuren von Reparaturen im Beton. Sterne ... Endlich kam er an den Engpaß, der durch die schwarzen Skelette der verbrannten Bäume führte.

Dasein spürte, daß ihn etwas zurückzerrte, daß es ihm befahl, umzukehren und nach Santaroga zu fahren. Er bekämpfte es. Selador mußte diesen Sandwichrest bekommen und analysieren. Pflicht. Versprechen. Er mußte nach Porterville.

Irgendwo in seinem Gehirn spürte Dasein eine dunkle Gestalt, anonym, erschreckend. Sie beobachtete ihn.

Mit einem schnappenden Klang waren seine Gedanken plötzlich frei. Das kam so abrupt, daß er beinahe die Herrschaft über das Steuer verlor und mit quietschenden Reifen über den Mittelstreifen fuhr.

Die Straße, die Nacht, das Steuerrad, sein Fuß auf dem Gaspedal – alles drang mit verwirrender Schnelligkeit auf seine Sinne ein. Dasein stieg auf die Bremse und verlangsamte den Wagen, bis er nur noch dahin kroch. Allmählich ordneten sich seine Gedanken. Er holte tief und zitternd Atem.

Drogenreaktion, dachte er. *Muß ich Selador sagen.*

Porterville war die gleiche langweilige Straße wie beim letztenmal – Autos vor der Kneipe, die einzige Straßenlaterne neben der verdunkelten Tankstelle.

Dasein hielt den Wagen neben der Telefonzelle an und dachte an den Sheriff, der ihn das letztemal hier ausgefragt hatte, weil er ihn für einen Bewohner von Santaroga hielt.

Er nannte der Vermittlung Seladors Nummer und trommelte ungeduldig mit den Fingern an die Wand, während er wartete. Eine schwache, spröde Stimme meldete sich. »Hier bei Selador ...«

Dasein beugte sich zum Telefon. »Hier spricht Gilbert Dasein. Könnten Sie mich bitte Mister Selador melden?«

»Tut mir leid, die Seladors sind heute abend ausgegangen. Kann ich etwas ausrichten?«

»Verflixt!« Dasein starrte das Telefon an. Er fühlte einen unbegründeten Ärger über Selador. Schließlich konnte der Mann nicht seinetwegen Abend für Abend am Telefon sitzen. In Berkeley ging das Leben seinen normalen Gang.

»Kann ich etwas ausrichten, Sir?« wiederholte die spröde Stimme.

»Sagen Sie ihm, daß Gilbert Dasein angerufen hat«, erklärte Dasein. »Ich schicke ihm ein Päckchen zur chemischen Analyse.«

»Ein Päckchen zur chemischen Analyse. Jawohl, Sir. Ist das alles?«

»Ja.«

Dasein legte den Hörer nur zögernd auf. Er fühlte sich mit einemmal im Stich gelassen – allein hier oben, wo sich keiner darum kümmerte, ob er am Leben war oder nicht.

Warum warf er nicht den ganzen Kram hin? Warum heiratete er nicht Jenny und sagte der übrigen Welt, daß sie sich zum Teufel scheren konnte?

Es war eine angenehme Vorstellung. Er konnte spüren, daß er in die ruhige Sicherheit des Tales sinken würde. Santaroga lockte ihn mit seiner Sicherheit.

Doch dieses Gefühl der Sicherheit war gefährlich. Dasein spürte ein lauerndes Etwas draußen in der Dunkelheit. Er schüttelte den Kopf, verärgert über die Streiche, die ihm sein Verstand spielte. Wieder mal Hypochondrie.

Er kehrte zum Wagen zurück. Im Campinganhänger fand er ein Glas, in dem er früher einen Streichhölzervorrat aufbewahrt hatte. Er legte den Sandwichrest hinein, verschloß das Glas und packte es in Butterbrotpapier. Das Ganze umwickelte er mit einem Ende Angelschnur und malte Seladors Adresse darauf. Als das geschehen war, schrieb er einen Begleitbrief auf einem Blatt seines Notizbuches und hielt darin säuberlich alle seine Reaktionen fest – den Drogeneffekt, den *Unfall* am See, seine Eindrücke von den jungen Leuten ... die Mauer, die ihn von ihnen distanzierte ... Jennys Angst ...

Alles enthielt der Brief.

Die Erinnerung an all die Vorfälle verursachte ihm Kopfschmerzen. Er fand einen Umschlag in seinem Koffer, adressierte den Brief und klebte ihn zu.

Mit einem Gefühl der Befriedigung ließ Dasein den Wagen an und fuhr in eine dunkle Seitengasse, in der er parkte. Er verschloß den Wagen, kletterte in den Campinanhänger und legte sich hin, um auf den nächsten Morgen zu warten. Dann wollte er zum Postamt von Porterville gehen.

Hier werden sie die Post nicht kontrollieren, sagte er sich. *Selador soll sich die Jaspers-Probe ansehen ... dann werden wir bald wissen, was damit los ist.*

Er schloß die Augen, und seine Lider wurden zu einer Leinwand für einen verrückten Traum. Jenny weinte und sah bittend zu ihm auf, Selador lachte. Ein gigantischer Dasein stand da, gebunden wie Prometheus, mit glasigen Augen. Er keuchte vor Erschöpfung.

Dasein setzte sich auf. Seladors Lachen verwandelte sich in Glockengeläute, langsam, trauernd. Er preßte die Hände über die Ohren. Es war kalt im Anhänger, und es roch nach Moder. Er stand auf, holte sich seinen Schlafsack und kroch hinein. Draußen sangen Grillen, und das Metall des Wagens krachte leise.

Allmählich übermannte ihn die Müdigkeit, und er schloß die Augen.

Irgendwo flüsterte Jenny: »Oh, Gil – ich liebe dich. Gil, ich liebe dich.«

Wie ein Echo begleitete ihn die Stimme in den Schlaf.

7

Dasein wachte auf und starrte die Decke des Campinganhängers mit Verwirrung an. Einen Moment lang wußte er nicht, wo er sich befand. Er erkannte die Decke, aber er konnte sie nicht recht einordnen. Sein Kopf und die Schulter schmerzten. Decke – bekannte Decke.

Eine Autohupe erklang in der Nähe. Das brachte ihn zurück in die Gegenwart. Er streifte die Falten des Schlafsacks ab und kletterte hinaus in einen grauen, wolkenverhangenen Tag. Sein Kinn fühlte sich rauh und stachelig an. Er hatte einen säuerlichen Geschmack im Mund.

Zwei vorübergehende Schulbuben starrten ihn an und flüsterten einander etwas zu.

Ich muß furchtbar aussehen, dachte Dasein. Er sah auf seine Kleider herunter. Sie waren verkrumpelt und schlapp, als hätte er darin ein Bad genommen und sich dann hingelegt, bis sie trocken waren. Dasein lächelte vor sich hin und überlegte, daß das genau der Fall gewesen war.

Er kletterte in den Wagen, ließ ihn an und fuhr auf die Hauptstraße zurück. Über der Veranda eines Ladens sah er das Postschild.

Der Postmeister wog zuerst einem kleinen Mädchen Bonbons ein, bis er hinter den Ladentisch kam und Daseins Päckchen auf die Briefwaage stellte. Der Mann war groß und blaß und hatte schütteres schwarzes Haar, dazu aufmerksame blaue Augen. Er schniefte einmal, dann sagte er: »Das macht vierundachtzig für das Paket und fünf für den Brief.«

Dasein schob eine Dollarnote auf den Tisch.

Der Mann wechselte und warf einen Blick auf das Päckchen. »Was ist darin, Mister?«

»Proben für unser Labor«, sagte Dasein.

»Oh.« Der Mann schien nicht wissen zu wollen, um welche Proben es sich handelte. »Absender?«

»Dr. Gilbert Dasein, postlagernd Santaroga«, sagte er.

»Dasein«, sagte der Mann mit plötzlichem Interesse. »Dasein – ich glaube, ich habe ein Päckchen für einen Dasein. Einen Moment mal.«

Er verschwand im Hintergrund des Ladens und kam kurze Zeit später mit einem kleinen Päckchen zurück, das ordentlich eingewickelt und verschnürt war. Selbst aus der Entfernung konnte Dasein Seladors gestochene Schrift erkennen.

Selador schreibt mir hierher?

Dasein hatte plötzlich das Gefühl, daß Selador ihn durch und durch kannte. Der Mann schickte ein Paket hierher und wußte, daß er es abholen würde. Doch dann sagte sich Dasein, daß das ganz natürlich war, nachdem er Selador die Machenschaften der Postbeamtinnen von Santaroga beschrieben hatte.

Doch es blieb das Gefühl, daß er nur eine Schachfigur war und die eigentlichen Spieler jede seiner Bewegungen kannten.

»Kann ich Ihren Ausweis sehen?« meinte der Postmeister.

Dasein zeigte ihn vor.

»Unterschreiben Sie hier.«

Dasein unterschrieb und nahm das Päckchen in Empfang. Es war schwer.

»Komisch, daß ihr Santaroger mein Postamt benutzt«, sagte der Postmeister. »Stimmt was nicht bei eurer Poststelle?«

Santaroger – im Plural, dachte Dasein. »Benutzt denn noch jemand außer mir Ihr Postamt?« fragte er.

»Früher jedenfalls«, sagte der Mann. »War ein Schwarzer – Burdeaux oder so ähnlich hieß er. Schickte seine Post von hier ab. Bekam auch mal ein Päckchen von Louisiana. Ist aber schon lange her.«

»Ach so«, sagte Dasein, da er nicht recht wußte, was er sonst sagen sollte.

»Habe Burdeaux schon länger nicht mehr gesehen«, fuhr der Postmeister versonnen fort. »War ein netter Kerl. Hoffentlich geht bei ihm alles in Ordnung.«

»Bestimmt«, sagte Dasein. »Jedenfalls vielen Dank.« Er nahm das Päckchen und ging zu seinem Wagen.

Mit einem Gefühl der Vorsicht, das er sich selbst nicht erklären konnte, ließ Dasein das Päckchen ungeöffnet auf seinem Sitz liegen, bis er auf dem Wege nach Santaroga eine waldige Stelle gefunden hatte, in die er einbiegen konnte.

Die Schachtel enthielt eine automatische Pistole, Kaliber 32, mit einem eigenen Ladestreifen und einer Schachtel Patronen. An den Abzugshahn geheftet war eine Notiz von Selador: »Gilbert! Das Ding da verstaubt seit Jahren in meiner Schreibtischschublade, und ich bin wahrscheinlich ein altes Weib, weil ich es Ihnen schicke, aber da ist es nun. Ich übersende die Waffe in der Hoffnung, daß Sie sie nicht brauchen werden. Aber die Situation, die Sie mir beschrieben haben, hat mich mit einer merkwürdigen Unruhe erfüllt. Ich hoffe, Sie sind sehr, sehr vorsichtig.«

Auf der Rückseite des Zettels stand ein Postskriptum: »Noch nichts Neues bei unseren Untersuchungen. Diese Dinge gehen langsam voran. Aber Sie geben mir Hoffnung, daß wir den Leuten doch noch unsere Waren verkaufen können.«

Dasein wog die Automatik in der Hand und widerstand dem Impuls, sie aus dem Fenster zu werfen. Das Ding verkörperte Gefahr. Inwiefern hatte er Selador so verängstigt? Oder gehörte es zu dem dunklen Schachspiel, das Selador eingeleitet hatte?

Konnte es eine Erinnerung an seine Pflichten sein? Sein verletzter Kopf schmerzte vom vielen Nachdenken.

Eine Zeile von Seladors Notiz fiel ihm auf: »... daß wir den Leuten doch noch unsere Waren verkaufen können.«

Ist das meine eigentliche Aufgabe? überlegte Dasein.

Er erinnerte sich, daß Marden darauf angespielt hatte. Dasein schluckte. Seladors Zeilen hatten jetzt etwas von einer Falle an sich. Hatte sich der Doktor bestechen lassen? Es sah ihm so gar nicht ähnlich, eine Pistole zu verschicken. Ja, wenn er es genau bedachte, so war Selador gar nicht der Typ, der eine Waffe besaß.

Nun hatte er das verdammte Ding schon einmal. Was sollte er damit tun? Ins Handschuhfach damit ... Aber nein. Wenn der Wagen durchsucht wurde ...

Verdammter Selador!

Dasein steckte die Pistole in die Hüfttasche und zog die Jacke darüber. Er kam sich dumm dabei vor. Die Sache mit Selador konnte er später regeln. Im Augenblick mußte er sich mit Piaget unterhalten – er brauchte einige Antworten.

8

Piaget war bei einem Patienten in der Praxis, als Dasein ankam. Die dürre graue Sarah öffnete und gestattete, daß er im Wohnzimmer wartete. Mit knurriger Gastfreundschaft fügte sie hinzu, daß sie ihm etwas Kaffee bringen würde.

Dasein bemerkte erst jetzt, daß in seinem Innern ein wütender Hunger nagte. Er fragte sich, ob er das andeuten konnte.

Als hätte sie seine Gedanken gelesen, sagte Sarah: »Ich wette, Sie hatten noch nichts zum Frühstück.« Sie sah ihn von oben bis unten an. »Und Sie sehen aus, als hätten Sie in Ihren Kleidern geschlafen. Ihr Doktoren seid doch alle gleich. Paßt nie auf, wie ihr angezogen seid.«

»Um ehrlich zu sein, ich habe tatsächlich noch nichts gegessen«, sagte Dasein.

»Na, Sie werden Jenny noch Kummer machen«, erklärte sie. Aber sie entschärfte ihre Worte durch ein Lächeln.

Dasein starrte verwundert die weißen Zähne in dem runzligen Gesicht an.

»Uns ist etwas Apfelpastete übriggeblieben. Ich bringe Ihnen Jaspers-Sahne dazu«, sagte Sarah. »Wetten, daß Sie das mögen?«

Sie wandte sich ab und ging durch das Eßzimmer in eine

spiegelnde weiße Küche, die Dasein kurz durch eine Schwingtür sah. Die Tür schwang noch eine Zeitlang hin und her.

Dasein dachte über das Lächeln nach und erinnerte sich, daß Jenny gesagt hatte, Sarah könne ihn gut leiden. Er folgte ihr in die Küche.

»Wahrscheinlich füttern Sie nicht gern Leute im Wohnzimmer ab«, sagte er.

»Oh, danach werde ich nicht gefragt«, erwiderte sie.

Sie stellte eine Schüssel auf einen ovalen Tisch. Daneben waren zwei Fenster, durch die man einen Blumengarten in der Morgensonne leuchten sah. »Setzen Sie sich hierher, junger Mann«, sagte sie. Sie goß ihm einen kräftigen Schwung Sahne über die goldgelbe Kruste der Pastete.

Dasein atmete den kräftigen Geruch von Jaspers ein. Seine Hand zitterte, als er den Löffel nahm, den Sarah vor ihn hingelegt hatte. Das Zittern hörte nach dem ersten Bissen auf. Die Pastete schmeckte großartig. Sie besänftigte ihn. Seine Hand mit dem Löffel verharrte in der Luft.

Besänftigend.

Ich bin Jaspers-süchtig, dachte er.

»Ist etwas?« fragte Sarah.

»Ich ...« Er legte den Löffel weg. »Sie haben mich eingefangen, nicht wahr?« fragte er.

»Wovon sprechen Sie?« wollte Sarah wissen.

Er deutete mit dem Kinn auf die Pastete. »Was macht dieses Zeug mit mir?«

»Fühlen Sie sich komisch?« fragte Sarah. »Ein Flattern hinter den Augen?«

»Ich ...« Er schüttelte den Kopf. Ihre Worte klangen verrückt. *Ein Flattern hinter den Augen!*

»Ich hole Doktor Larry«, sagte Sarah. Sie lief durch die Verbindungstür aus der Küche, und er sah sie über den Weg zur Klinik hasten.

Kurze Zeit später kam sie mit Piaget im Schlepptau zurück. Der Doktor hatte einen beunruhigten Gesichtsausdruck.

»Was erzählt mir Sarah da?« fragte Piaget. Er legte eine Hand unter Daseins Kinn und sah ihm in die Augen.

»Was sie Ihnen erzählt?« Dasein merkte selbst, daß seine Antwort dumm klang. Er schob Piagets Hand zur Seite. Die blinzelnden Augen und die gerunzelte Stirn des Doktors erinnerten ihn an einen zornigen Buddha.

»Sie scheinen ganz in Ordnung zu sein«, sagte Piaget. »Irgendwelche Symptome von ...«

»Ihr habt mich in die Falle gelockt«, sagte Dasein. »Das habe ich ihr gesagt. Ihr habt mich eingefangen.« Er deutete auf den Teller vor sich. »Mit dem da.«

»Ohh!« sagte Piaget.

»Kämpft er nur dagegen an?« fragte Sarah.

»Wahrscheinlich«, erwiderte Piaget.

»Das verstehe ich nicht.«

»Es kommt manchmal vor«, sagte Piaget.

»Ich weiß, aber ...«

»Wollt ihr beide aufhören, von mir wie von einem Klümpchen unterm Mikroskop zu sprechen?« fauchte Dasein. Er sprang auf. Durch die Bewegung schlitterte die Schale vom Tisch und zerschellte.

»Da, sehen Sie, was Sie angerichtet haben!« sagte Sarah.

»Ich bin ein Mensch«, sagte Dasein. »Und nicht irgendein ...«

»Langsam, Junge, langsam«, sagte Piaget.

Dasein wirbelte herum und schob sich an Piaget vorbei. Er mußte weg von den beiden, bevor die Wut ihnverzehrte. Dasein mußte immer wieder an die Waffe in seiner Hüfttasche denken.

Verdammter Selador!

»So warten Sie doch einen Moment!« rief Piaget.

Dasein blieb an der Küchentür stehen und starrte Piaget aus schmalen Augen an.

»Sie können nicht einfach so weglaufen«, sagte Piaget.

»Versuchen Sie mich nicht aufzuhalten«, knurrte Dasein. Die Pistole drückte hart und kalt gegen seine Hüfte.

Piaget schwieg – eine Stille, die den ganzen Mann erfaßte. Es war, als hätte er sich zurückgezogen und wäre so klein geworden wie jemand, den man durch ein umgekehrtes Teleskop betrachtete – fern, geheimnisvoll.

»Also schön.« Piagets Stimme kam aus der gleichen Ferne.

Mit einer bestimmten Bewegung drehte sich Dasein herum, ging durch das Wohnzimmer und aus dem Haus. Er spürte seine Füße auf dem Beton des vorderen Gehsteigs, dann auf dem Gras des Parkstreifens. Der Griff der Wagentür lag ihm kalt in der Hand. Er ließ den Motor an und wunderte sich über seine eigenen Gefühle. Alles war wie ein Traum.

Eine Straße floß vorbei, verschwand – Verkehrszeichen ... Pflaster ... das Hotel. Er parkte vor der langen Veranda. Links von ihm war ein alter grüner Wagen undefinierbarer Marke. Es war unwichtig.

Als wäre er eben erst erwacht, sah Dasein, wie seine rechte Hand an der Klinke der Fronttür rückte. Die Tür gab nicht nach. Ein Schild in Höhe seiner Augen starrte ihm entgegen.

›Geschlossen.‹

Dasein sah das Schild an. *Geschlossen?*

»Ihr Gepäck ist gleich hier an der Treppe, Dr. Dasein.«

Diese Stimme erkannte Dasein sofort – dieser Al Marden, der ihn jedesmal in Wut brachte. *Autorität – Geheimnistuerei – Verschwörung.*

Dasein drehte sich um. Da stand Marden auf einer Verandastufe: rothaarig, schmales Gesicht, grüne Augen, den Mund zu einer dünnen Linie zusammengepreßt, die von Ärger bis zu Spott alles ausdrücken konnte.

»Man wirft mich also hinaus?« sagte Dasein.

»Das Hotel ist geschlossen«, sagte Marden. »Anordnung des Gesundheitsamtes.«

»Auch das Restaurant?« fragte Dasein.

»Alles.« Eine strenge Stimme, die keinen Widerspruch duldete.

»Ich kann also hingehen, woher ich gekommen bin, was?« fragte Dasein.

»Ganz nach Belieben.«

»Es muß noch andere Hotels geben.«

»Ja?«

»Es muß welche geben.«

»Wirklich?«

Dasein starrte den Patrouillen-Captain an und hatte das gleiche Gefühl wie bei Piaget. Der Mann verschwand in die Ferne.

»Sie können wegfahren oder zu Dr. Piaget zurückkehren«, sagte Marden. »Er nimmt Sie sicher auf.« Die Stimme war so weit weg.

»Zurück zu Piaget?« sagte Dasein. »Woher wissen Sie, daß ich gerade von ihm komme?«

Marden schwieg. Sein Blick war fern und zurückhaltend.

»Die Dinge sprechen sich schnell herum«, sagte Dasein. »Wenn es sein muß.«

Zurück zu Piaget? fragte sich Dasein. Er lächelte. *Nein! Sie hatten nicht an alles gedacht.*

Immer noch lächelnd nahm Dasein seinen Koffer von der Verandastufe auf. Er trug ihn zum Wagen, warf ihn hinein und setzte sich hinter das Steuerrad.

»Warum lassen Sie sich nicht von Leuten helfen, die etwas davon verstehen?« rief Marden ihm nach.

In seiner Stimme war jetzt eine schwache Spur von Beunruhigung. Das vertiefte Daseins Lächeln und befriedigte ihn. Er fuhr in die Stadt.

Im Rückspiegel sah er, daß der Patrouillenwagen ihm folgte. Sie würden ihn nicht in der Stadt parken lassen, das wußte Dasein, aber er erinnerte sich an die Karte, die in einem Fenster der Tankstelle ausgestellt war. Er hatte darauf einen Staatspark an der Straße nach Westen gesehen – *Sand-Hills-Staatspark.*

Er fuhr über die Hauptstraße, und Marden verfolgte ihn. Direkt vor ihm tauchte die riesige Tankstelle auf. Dasein sah den Telefonkiosk neben der Parkfläche und schwenkte so plötzlich ein, daß Marden vorbeifuhr, mit kreischenden Bremsen stehenblieb und wieder zurückkam. Dasein hatte bereits seinen Wagen verlassen und stand im Kiosk.

Marden hielt den Patrouillenwagen am Straßenrand an und wartete. Er starrte Dasein an. Der Motor seines Wagens schien mißbilligend zu brummen. Dasein warf einen Blick auf die Tankstelle. Alles war so normal. Niemand achtete auf Marden oder sein Opfer.

Dasein zuckte mit den Schultern und schloß die Tür.

Er warf eine Münze in den Schlitz und fragte nach der Nummer der Genossenschaft.

»Wenn Sie Jenny sprechen wollen, Dr. Dasein – sie ist bereits heimgegangen.« Dasein starrte den Hörer an und ließ die Worte der hochmütigen weiblichen Stimme erst einmal in sich eindringen. Sie wußten nicht nur, wer anrief, sie wußten sogar, was er wollte, noch bevor er es gesagt hatte.

Dasein starrte zu Marden hinaus. Seine Aufmerksamkeit war auf die grünen Augen gerichtet, auf die zynischen grünen Augen.

Wut stieg in ihm hoch. Er legte den Hörer auf. *Verdammte Bande! Ja, er wollte mit Jenny sprechen. Und er würde es tun, trotz allem!*

»Ich brauche Dr. Piagets Nummer.«

Er hörte ein deutliches Lachen am anderen Ende der Leitung. Dasein sah das Telefonbuch an der Wand und schämte sich. Er hörte, wie an der Vermittlung gewählt wurde. Es klingelte.

Jenny meldete sich.

»Jenny!«

»Oh, hallo, Gilbert!«

Dasein hatte ein Kältegefühl im Magen. Ihre Stimme klang so beiläufig.

»Du weißt, daß sie mich aus dem Tal haben wollen, Jenny?«

Schweigen.

»Jenny?«

»Ich habe gehört, was du gesagt hast.« Immer noch diese Distanz in ihrer Stimme.

»Ist das alles, was du dazu zu sagen hast?« In seinem Tonfall schwang Ärger mit.

»Gilbert ...« Es entstand eine lange Pause, dann sagte sie: »Vielleicht wäre es besser, wenn du für eine Weile – nur für eine kurze Zeit – also, vielleicht wäre es besser, wenn du das Tal verlassen würdest.«

Er spürte die Anspannung hinter dem beiläufigen Ton.

»Jenny, ich fahre zum Sand-Hills-Park hinaus und werde dort in meinem Campinganhänger wohnen. Ich lasse mich nicht vertreiben.«

»Gilbert, nicht!«

»Du – willst, daß ich gehe?«

»Ich – Gilbert, bitte, komm zurück und sprich mit Onkel Larry.«

»Ich habe schon mit Onkel Larry gesprochen.«

»Bitte. Tu es für mich!«

»Wenn du mit mir sprechen möchtest, komm in den Park.«

»Ich – habe Angst davor.«

»Du hast Angst?« Er war wütend. Welchen Druck übten sie auf Jenny aus.

»Bitte, ich kann es dir nicht erklären.«

Er zögerte, dann sagte er: »Jenny, ich kampiere im Park. Um mich zu entscheiden. Ich komme zurück, wenn ich mich entschieden habe.«

»Gilbert, um Himmels willen, sei vorsichtig.«

»Wovor?«

»Einfach so.«

Dasein spürte die Pistole in der Tasche, ein Gewicht, das seine Gedanken wieder auf die Gefahren des Tales brachte. Auf die namenlosen Gefahren. Sie hatten keine bestimmte Form. Und wie sollte man eine Pistole gegen ein unbestimmtes Ziel ansetzen?

»Ich komme zurück, Jenny«, sagte er. »Ich liebe dich.«

Sie begann zu weinen. Er hörte deutlich ihr Schluchzen, bevor sie die Verbindung unterbrach.

Steif ging Dasein zurück zu seinem Wagen, fuhr an Marden vorbei und in Richtung Westen. Der Patrouillenwagen blieb dicht hinter ihm.

Soll der Hundesohn nur folgen, dachte Dasein. Er spürte die Sinnlosigkeit seines Handelns, aber darunter blieb die feste Überzeugung, daß er so handeln mußte. Vielleicht war ein Entscheidungskampf nötig, um die richtige Antwort zu finden. Das war es. Ein Entscheidungskampf.

Er überquerte den Fluß auf einer Betonbrücke und sah zu seiner Linken ganze Reihen von Gewächshäusern zwischen den Bäumen. Die Straße führte durch den Wald und mündete in Buschland ein – Salbei und Mesquite-Sträucher. Dann änderte sich die Landschaft aufs neue. In der Ferne erstreckten sich baumbewachsene Höhenzüge, aber davor lagen niedrige Hügel, mit knorrigen Büschen und Unkraut bedeckt. Dazwischen sah man nackten grauen Staub und Pfützen mit schwarzem Wasser.

Ein feuchter, erstickender Geruch nach Schwefel hing in der Luft.

Dasein spürte irgendwie, daß das die Sandhügel sein mußten. Rechts von ihm tauchte ein zerbrochenes Schild auf.

Sand-Hills-Staatspark. Öffentlicher Campingplatz.

Eine Doppelspur führte durch den Sand zu einer eingezäunten Fläche mit offenen Toiletten am Eingang und ringsum verteilten Feuerstellen aus Stein.

Dasein bog in die Spur ein. Der Wagen rumpelte in das Campinggelände. Er blieb neben einem der Feuerplätze stehen und sah sich um. Es war ein einmalig trübseliger Ort.

Marden blieb mit jaulendem Motor neben ihm stehen. Er kurbelte das Fenster herunter und beugte sich heraus.

»Wozu halten Sie hier, Dasein?« In seinem Tonfall zeigte sich eine Spur von Gereiztheit.

»Ich denke, das hier ist ein Staatspark«, erwiderte Dasein. »Gibt es irgendein Gesetz, daß ich hier nicht kampieren darf?«

»Spielen Sie nicht den Neunmalklugen, Dasein!«

»Wenn Sie vom Gesetz her keinen Einwand haben, werde ich hier kampieren«, sagte Dasein.

»Hier?« Marden deutete auf die trostlose Umgebung.

»Nach Santaroga finde ich es verhältnismäßig freundlich«, meinte Dasein.

»Was wollen Sie eigentlich beweisen, Dasein?«

Dasein antwortete mit einem finsteren Schweigen.

Marden zog sich wieder ins Innere des Wagens zurück. Dasein konnte sehen, daß er das Steuerrad umkrampfte, bis die Knöchel weiß hervortraten. Dann beugte sich der Captain noch einmal heraus und sah Dasein grimmig an. »Wie Sie wollen, Mister! Es ist Ihr Begräbnis.«

Der Patrouillenwagen machte einen Sprung nach vorn, raste um die Kurve, daß der Sand aufspritzte, und jagte zurück auf den Highway in Richtung Stadt.

Dasein wartete, bis die Dämmerung einsetzte. Erst dann verließ er den Wagen. Er kletterte in den Anhänger und überprüfte seine Vorräte. Bohnen, Trockenmilch und Pulverei, Dosenwürstchen, zwei Flaschen Ketchup, eine Dose Sirup und ein halbes Paket mit Pfannkuchenteig. Dazu Kaffee und Zucker. Er seufzte und setzte sich auf die Koje.

Das gegenüberliegende Fenster rahmte die Sandhügel und die türlosen Toiletten ein. Dasein fuhr sich über die Stirn. Er hatte Schmerzen hinter den Augen. Der blaue Fleck an seiner Schläfe machte sich ebenfalls bemerkbar. Das erbarmungslose Licht, das die öden Hügel beleuchtete, erfüllte ihn mit einer Art Selbstanklage.

Zum erstenmal, seit er das Tal betreten hatte, stellte er sein eigenes Handeln in Frage. Er spürte, daß sein Tun einen Hauch von Wahnsinn ausstrahlte. Es war ein Teufelskreis – Jenny ... Marden ... Burdeaux, Piaget, Willa, Scheler, Nis ... Es war Wahnsinn und doch auch wieder nicht.

Und da war noch Jersey Hofstedders Wagen – irgendwie gehörte er mit dazu.

Er stellte sich noch einmal die Szenen am See vor, und nun ging er in schonungsloser Offenheit mit sich selbst um. Jennys ›wir‹ hatte etwas von seinem Schrecken verloren. Es war das ›wir‹ der Höhle und des Jaspers, das ›wir‹, das geduldig wartete, bis er seine Entscheidung getroffen hatte.

Die Entscheidung lag bei ihm, das sah er. Egal, was die Substanz aus der düster rötlichen Höhle der Psyche antat, die Entscheidung lag bei ihm. Es mußte seine Entscheidung sein, sonst verlor diese Irrsinnsjagd alle Bedeutung.

Ich kämpfe immer noch dagegen an, dachte er. *Ich habe immer noch Angst, daß ich ›das Flattern hinter den Augen bekomme‹ und angekettet am Fließband der Genossenschaft stehe.*

Ruhelos kletterte er aus dem Campingwagen, stellte sich in den Sand und ließ die Nachmittagshitze auf sich eindringen. Eine einzelne Krähe flog so dicht über ihm hinweg, daß er den Wind in ihren Flügeln sausen hörte.

Dasein sah dem Vogel nach und fand ihn merkwürdig. Krähen lebten meist in großen Gemeinschaften. Aber diese hier war allein gewesen. Wie er.

Wie war ich vorher, daß ich nicht mehr zurückkehren kann? fragte er sich. Und er wußte, daß er wie die einsame Krähe sein würde, wenn er sich gegen Santaroga entschied.

Er wußte auch, worin das Problem lag – in dem Zwang, jenen, die ihn angestellt hatten, einen ehrlichen Bericht zu liefern. Danach drängte die durch das Jaspers verstärkte Ehrlichkeit. Danach drängte sein eigenes Pflichtbewußtsein. Wenn er es nicht tat, vernichtete er sein Ich. Und er wollte es nicht aufgeben, er hing an jedem kleinsten Teilchen davon.

Die Bewohner des Tales kamen ihm mit einemmal wie Götter des Olymps vor. Sie standen einen Moment lang neben ihm, in all ihrer primitiven Größe.

Wollen sie mich prüfen? fragte er sich.

Weshalb hatte dann Jenny gesagt, daß sie es nicht wagte, hierherzukommen?

Und wo sind die Kinder?

Ein kühler, rationaler Teil seines Gehirns wägte ab. *Was ist mein Denken, und was ist der Droge zuzuschreiben?* fragte er sich.

Wo konnte er festen Boden finden, auf den er sich stellte und sagte: »Die Dinge, über die ich entscheide, sind da – und da ...«

Er wußte, daß niemand ihm bei der Suche nach diesem Boden helfen konnte. Wenn er für Meyer Davidson und seine Meute einen ehrlichen Bericht abfaßte, war Santaroga zum Untergang verurteilt. Aber wenn er log, infizierte er sich selbst.

Er hatte sich von Santaroga mit einer klaren Geste getrennt. Das Paket mit Jaspers, das er Selador übersandt hatte, tauchte in seinen Gedanken auf. Hier hatte der Schnitt begonnen.

Es war eine Geste gewesen, mehr nicht. Ein Symbol. Noch als er es abschickte, hatte ein Teil in ihm gewußt, daß die Substanz des Jaspers vollkommen zerstört sein würde, wenn es beim Empfänger ankam. Er hatte dem Santaroga-Teil seines Wesens eine Kampfansage geschickt.

Hatte Burdeaux das gleiche getan? Welche Pakete hatte er mit Louisiana ausgetauscht?

Das Päckchen an Selador war wie ein Stein, der nie sein Ziel treffen würde. Er erinnerte sich, daß er als Kind einen Stein nach einer großen grauen Katze geworfen hatte, die zu weit entfernt war, als daß er sie hätte treffen können. Eine graue Katze. Er erinnerte sich an das plötzliche Schweigen der Vögel im Garten seiner Tante, als das Tier herbeigestrichen war. Und dann fiel der Stein – weit vom Ziel entfernt.

Piaget war die graue Katze.

Die Katze im Garten hatte aufgeschaut, einen Moment lang überrascht von dem Geräusch. Dann hatte sie sich wieder ihrer Jagd zugewandt, mit einer beleidigenden Verachtung für weit entfernte Jungen, die Steine warfen.

Was hatte Piaget getan?

In einer plötzlichen Erkenntnis spürte Dasein, weshalb er so einsam war.

Er gehörte zu keiner Gruppe, er hatte keinen Platz in diesem Ameisenhaufen, nichts, das ihn vor persönlichen Entscheidungen schützte. Welche Entscheidung er traf, es war *seine* Entscheidung – unabhängig von den Folgen. Selador schämte sich vielleicht für seinen erfolglosen Untergebenen. Die Schule verlor die Geldzuwendung. Das einmalige *Ding*, das Santaroga hieß, konnte zerstört werden.

Alles wegen einer Entscheidung, einer Geste eigentlich, die ein einsamer Mann auf einem nackten Sandhügel vollführte – beeinflußt von einer einsamen Krähe und einer grauen Katze.

Es war ein Augenblick, in dem er etwas tun mußte, und doch konnte er an nichts anderes denken, als in den Campinganhänger zu klettern und etwas zu essen.

Während er im Wagen hin und her ging und Pulverei in einer Bratpfanne mischte, quietschte das Metall des Anhängers protestierend. Hunger nagte in ihm, aber das Essen schmeckte ihm nicht. Er wußte, was er brauchte – was sein Körper verlangte, obwohl er bis hierher geflohen war, um dem Verlangen zu entfliehen ...

Jaspers.

9

Als die Dunkelheit hereingebrochen war, schaltete Dasein das Licht im Campinganhänger ein und setzte sich zu seinen Notizen. Er fühlte, daß er seine Gedanken beschäftigen mußte, aber der Gestank des Erdbodens drang immer wieder zu ihm durch. Der Campinganhänger war eine winzige Welt mit scharf gezogenen Grenzen, doch er konnte das Universum draußen nicht abwehren. Dasein starrte durch das Fenster auf die Sterne: Helle Löcher, die in die Dunkelheit gestanzt waren. Sie vergrößerten seine Einsamkeit. Er riß den Blick los von ihnen.

Die Notizen ...

Immer wieder kamen die gleichen Fragen an die Oberfläche.

Wo waren die Kinder?

Durch welches Versagen des Jaspers-Produkts entstanden die Geisteskranken?

Wie konnte eine ganze Gemeinschaft den unbewußten Wunsch hegen, jemanden zu töten?

Woraus bestand Jaspers? Was war es? Wie wirkte es auf die chemischen Reaktionen des Körpers?

Dasein wußte, daß es gefährlich war, diese Fragen näher zu erforschen. Es waren Fragen und gleichzeitig Antworten. Dieses Forschen – es stachelte die Gemeinschaft gegen ihn auf.

Selbst wenn er die Antworten fand, einen vollen, ehrlichen Bericht abfaßte und ihn Meyer Davidson schickte – würde das die Gemeinschaft erlauben?

Dasein erkannte, daß hier Kräfte am Werk waren, gegen die er eine im Sturm flackernde Kerze war.

Er hörte Schritte im harten Sand, schaltete das Licht aus und sah ins Freie.

Eine geisterhafte Gestalt stand im Sternenlicht da, eine Frau in einem hellen Kleid oder ein Mann in einem Trenchcoat.

»Wer ist da?« rief Dasein.

»Gil!«

»Jenny!«

Er sprang aus dem Wagen und ging ihr entgegen. »Ich dachte, du würdest nicht herkommen. Du hast mir gesagt ...«

»Bitte, komm nicht näher«, rief sie. Sie blieb zehn Schritt von ihm entfernt stehen.

In ihrer Stimme lag etwas sonderbar Sprödes. Dasein zögerte.

»Gil, wenn du nicht zu Onkel Larry zurückkommen willst, mußt du das Tal verlassen.«

»Du willst, daß ich gehe?«

»Du mußt es tun.«

»Weshalb?«

»Ich ... sie wollen, daß du gehst.«

»Was habe ich getan?«

»Du wirst uns gefährlich. Wir alle wissen es. Wir können es spüren. Du bist gefährlich.«

»Jen, glaubst du, daß ich dir weh tun könnte?«

»Ich weiß nicht! Ich weiß nur, daß du gefährlich bist.«

»Und du willst, daß ich gehe?«

»Ich befehle es dir.«

»Du befiehlst es mir?« Er spürte Hysterie in ihrer Stimme.

»Gil, bitte!«

»Ich kann nicht gehen, Jen. Ich kann nicht.«

»Du mußt.«

»Ich kann nicht.«

»Dann komm zurück zu Onkel Larry. Wir werden uns um dich kümmern.«

»Auch wenn ich geisteskrank werde?«

»Sag das nicht!«

»Es könnte geschehen, nicht wahr?«

»Liebling, wir kümmern uns um dich, was auch geschieht.«

»Ihr kümmert euch um die Euren.«

»Natürlich.«

»Jenny, weißt du, daß ich dich liebe?«

»Ja«, flüsterte sie.

»Weshalb tust du mir dann das alles an?«

»Wir tun dir nichts an.« Sie weinte und sprach unter Schluchzen weiter. »Du bist es – der alles verursacht ...«

»Ich tue nur, was ich tun muß.«

»Du mußt nichts tun.«

»Willst du, daß ich unehrlich bin – daß ich lüge?«

»Gil, ich bitte dich! Geh – um meinet- und deinetwillen!«

»Oder komm zurück zu Onkel Larry?«

»Ja, bitte.«

»Was geschieht, wenn ich es nicht tue?«

»Wenn du mich wirklich liebst – oh, Gil, ich könnte es nicht ertragen, wenn ... wenn...«

Sie unterbrach sich, weil sie vor Schluchzen nichts mehr herausbrachte.

Er ging auf sie zu. »Jen, nicht!«

Sie hörte abrupt zu weinen auf und zog sich zurück. Sie schüttelte den Kopf. »Bleib weg von mir!«

»Jenny, was ist denn mit dir?«

Sie ging noch schneller rückwärts.

»Jenny, bleib stehen!«

Plötzlich wirbelte sie herum und rannte davon. Er wollte ihr nachlaufen, doch nach ein paar Schritten blieb er stehen. Es hatte keinen Zweck.

Ihr Stimme erreichte ihn als hysterischer Schrei:

»Bleib weg von mir! Ich liebe dich! Bleib weg!«

Er stand in entsetztem Schweigen da, bis er auf dem Highway draußen die Autotür zuschlagen hörte. Lichter wurden eingeschaltet. Ein Wagen raste zurück in die Stadt.

Er erinnerte sich an das weiche Mondlicht in ihrem Gesicht, an die schwarzen Augenhöhlen. Das Gesicht hatte wie eine Maske gewirkt. Er ging mit müden Schritten zurück zum Wagen. Seine Gedanken waren in Aufruhr. *Ich liebe dich! Bleib weg von mir!*

Was weiß ich überhaupt von Jenny? Nichts – nur daß sie mich liebt!

War das wirklich Jenny, die da gebettelt, gefordert, befohlen hatte?

Du bist gefährlich. Wir alle wissen es.

Sie mußten es wohl wissen.

In der Jaspers-Einheit, die er am See erlebt hatte, wußten sie, daß er gefährlich war. Wenn er das Zeug nicht nahm, es vernichtete – würden sie dann seine wahre Gestalt erkennen?

Santaroga erschien ihm als trügerischer Vorhang der Ruhe über einem Teich der Gewalttätigkeit. Wie die Götter des Olymps hatten sie das Primitive überwunden. Aber das Primitive war noch da, um so gefährlicher, da man es nicht erkannte und wie eine Spiralfeder nach unten drückte.

Jenny mußte es spüren, dachte er. Ihre Liebe zu ihm gab ihr wahrscheinlich größere Einsicht.

Bleib weg von mir!

Ihr Schrei klang immer noch in ihm nach.

So waren also die anderen Forscher gestorben – sie hatten die Explosion, die in Santaroga lauerte, ausgelöst.

Stimmen durchdrangen Daseins Nachdenklichkeit. Sie kamen von der der Straße abgewandten Seite. Eine davon gehörte deutlich zu einer Frau. Die anderen beiden konnte er nicht recht erkennen. Dasein ging um den Wagen herum und starrte zu den dunklen Pfützen und Sandhügeln hinüber. Es war eine von Schatten durchzogene Landschaft, in der nur das Wasser aufglimmte.

Der Strahl einer Taschenlampe wurde jenseits des Hügels sichtbar. Er schwankte hin und her. Dann sah er die drei dunklen Gestalten, die ebenso wie das Licht zu hüpfen schienen. Dasein mußte an Macbeths Hexen denken. Sie rutschten den Hügel halb herunter, wichen einer Pfütze aus und kamen auf den Campingplatz.

Dasein überlegte, ob er sie anrufen sollte. Vielleicht hatten sie sich verirrt. Weshalb sonst würden sich drei Leute hier draußen in der Wildnis aufhalten?

Ein Lachen kam von der Gruppe, und es erinnerte an ein Kind. Dann drang die Stimme der Frau deutlich bis zu ihm. »Oh, Petey! Es ist so schön, daß du wieder bei uns bist.«

Dasein räusperte sich und rief: »Hallo!« Dann, etwas lauter, noch einmal: »Hallo!«

Das Licht schwankte auf ihn zu. Die fröhliche Stimme der Frau sagte: »Oh, es ist jemand am Parkplatz.«

Ein Mann knurrte.

»Wer ist da?« fragte sie.

»Nur ein Camper«, erwiderte Dasein. »Haben Sie sich verirrt?«

»Wir haben nur nach Fröschen gesucht.« Das klang wie die Stimme eines älteren Buben.

Das Trio kam auf ihn zu.

»Ziemlich scheußlicher Platz für ein Camp«, sagte die Frau.

Dasein studierte die näherkommenden Gestalten. Links ging ein Junge – ja, das war eindeutig ein Junge. Er schien Pfeil und Bogen zu tragen. Die Frau hatte einen langen Fischrechen und ein Bündel über der Schulter. Die Männer trugen die Taschenlampe und eine Schnur mit Ochsenfröschen. Sie blieben am Campinganhänger stehen, und die Frau lehnte sich dagegen und holte Sand aus ihren Schuhen.

»Wir waren drüben beim Teich«, sagte sie.

»Hann«, knurrte der Mann.

»Wir haben acht erwischt«, erklärte der Junge. »Mami will sie zum Frühstück braten.«

»Petey hat es sich unbedingt in den Kopf gesetzt«, meinte die Frau. »Und ich konnte nicht nein sagen, nachdem er den ersten Tag daheim ist.«

»Ich hab's geschafft«, sagte der Junge. »Daddy hat es nicht geschafft, aber ich schon.«

»Ich verstehe«, sagte Dasein. Er sah den Mann genauer an. Er war groß, hager, ziemlich unbeholfen. Unter einer Strumpfmütze quoll blondes Haar vor. Seine Augen waren leer wie zwei blaue Glasstücke.

Die Frau hatte den Schuh wieder angezogen. Sie trug einen schweren Mantel und sah dadurch aus wie eine Tonne. Sie reichte dem Mann kaum bis an die Schulter, aber ihre bestimmte Art erinnerte Dasein irgendwie an Clara Scheler.

»Bill ist der erste seit acht Generationen, der es nicht geschafft hat«, sagte sie. »Sie glauben, seine Mutter hat etwas Falsches gegessen, als er unterwegs war. Wir waren schon vorher verlobt ... Aber weshalb erzähle ich Ihnen das eigentlich? Ich glaube nicht, daß ich Sie kenne.«

»Dasein – Gilbert Dasein«, sagte er. Und er dachte:

So kümmern sie sich also um die Ihren!

»Jennys Freund«, sagte die Frau. »Ach so.«

Dasein sah den Jungen an. *Petey.* Er schien nicht älter als zwölf zu sein, war aber fast so groß wie die Frau. Als er sein Gesicht im Licht der Taschenlampe sah, erkannte er, daß er das ganze Ebenbild seines Vaters war.

»Dreh die Lampe hierhin, Bill«, sagte die Frau. Sie sprach deutlich und langsam wie mit einem kleinen Kind. »Hierhin, Liebling.«

»Hierhin, Paps.« Der Junge führte die unsichtbare Hand des Mannes.

»So ist es brav, Liebling«, sagte die Frau. »Ich glaube, ich habe meinen Fischrechen in der Kapuze verhakt.« Sie zerrte daran.

»Hann«, sagte der Mann.

Dasein starrte ihn mit kaltem Entsetzen an. Er konnte sich selbst sehen, wie Jenny sich ›um ihn kümmerte‹ und wie ihre Kinder ihr dabei halfen.

»So«, sagte die Frau und nahm den Rechen fest in die Hand. »Richte die Lampe jetzt auf den Boden, Liebling. Auf den Boden.«

»Hier nach unten, Paps«, sagte der Junge und half ihm.

»Du bist aber brav.« Sie tätschelte dem Mann die Wange.

Dasein spürte etwas Obszönes in der Geste. Er wollte sich abwenden und konnte nicht.

»Bill ist wirklich ein braver Kerl«, sagte die Frau.

Der Junge begann mit seinem Bogen zu spielen. Er spannte die Schnur und ließ sie wieder los.

»Was machen Sie hier draußen, Dr. Dasein?« fragte die Frau.

»Ich – wollte eine Weile allein sein.« Er zwang sich, sie anzusehen.

»Na, an diesem Ort sind Sie wirklich allein«, sagte sie. »Fühlen Sie sich auch wohl? Kein – *Flattern* oder sonst etwas?«

»Alles in Ordnung«, sagte Dasein. Er zitterte.

Der Junge hatte einen Pfeil auf die Sehne gelegt und spielte damit herum.

»Ich bin Mabel Jorick«, sagte die Frau. »Das hier ist Bill, mein Mann – und unser Sohn Petey. Petey war – Sie wissen schon ... bei Doc Piaget. Hat eben das Attest bekommen, daß er gesund ist.«

»Ich hab's geschafft«, sagte der Junge.

»Natürlich, Liebling.« Sie sah Dasein an. »Er geht nächstes Jahr nach draußen, um das College zu besuchen.«

»Ist er dafür nicht noch zu jung?« fragte Dasein.

»Fünfzehn«, erwiderte sie.

»Hann«, machte der Mann.

Der Junge hatte den Bogen ganz angespannt. Die Pfeilspitze blitzte im Licht der Taschenlampe.

Nach oben, unten, links, rechts zeigte der Pfeil.

Dasein bewegte sich unruhig, als die Spitze auf seine Brust zeigte – rechts, links, Mitte. Schweiß stand ihm auf der Stirn. Er spürte, daß von dem Jungen eine Drohung ausging.

Instinktiv stellte sich Dasein zwischen den Anhänger und den Mann, aber Bill trat zurück und schlenderte auf den Highway zu.

»Ich glaube, er hört den Wagen«, sagte die Frau. »Mein Bruder Jim holt uns ab.« Sie schüttelte verwundert den Kopf. »Bill hört wirklich ganz besonders gut.«

Dasein konnte nicht anders, er ließ sich auf Hände und Knie fallen. Während er fiel, hörte er die Bogensehne schnurren und den Pfeil an seinem Nacken vorbeistreifen. Er bohrte sich mit hartem Krachen in die Wand des Campinganhängers.

»Petey!« schrie die Frau an. Sie riß ihm den Bogen aus der Hand. »Was machst du da?«

»Er ist mir ausgerutscht, Mama.«

Dasein kam langsam hoch und sah die Leute aus schmalen Augen an.

»Hann«, sagte der Mann.

Die Mutter wandte sich Dasein zu, den Bogen in der Hand.

»Er wollte mich umbringen«, flüsterte Dasein.

»Ich hab' es doch nicht mit Absicht getan«, protestierte der Junge.

Der Mann hob die Taschenlampe in einer drohenden Geste.

Ohne ihn anzusehen, sagte die Frau: »Auf den Boden richten, Liebling!« Sie schob die Lampe nach unten und starrte Dasein an. »Sie glauben doch nicht ...«

»Es war ein Unfall«, sagte der Junge.

Dasein warf einen Blick auf den Pfeil. Er hatte in Brusthöhe ein Loch in die Wand des Campinganhängers gebohrt. Dasein schluckte, aber seine Kehle war ausgedörrt. Wenn er sich nicht genau im richtigen Moment geduckt hätte ... Ein Unfall. Ein bedauerlicher Unfall. Der Junge hatte mit Pfeil und Bogen gespielt. Der Pfeil war ausgerutscht.

Tod durch ein Mißgeschick.

Was hatte mich gewarnt? überlegte Dasein.

Er wußte die Antwort. Sie lag gut leserlich in seinem Innern. Er hatte das Santaroga-Schema der Drohung erkannt. Die Mittel variierten, aber das Schema änderte sich nicht – etwas Tödliches in einer scheinbar unschuldigen Umgebung.

»Es war nur ein Unfall«, wisperte die Frau. »Petey könnte keiner Fliege etwas zuleide tun.«

Dasein sah, daß sie es nicht glaubte.

Und das gab ihm zu denken. Er hing immer noch an einem zähen Faden, der ihn mit der Jaspers-Einheit verband. Die Warnung war eindeutig gewesen. Die Frau hatte sie auch gespürt.

»Wirklich nicht?« fragte Dasein. Er sah noch einmal den Pfeil an, der im Campinganhänger steckte.

Die Frau drehte sich um, packte ihren Sohn an einer Schulter und schüttelte ihn. »Du willst wohl wieder zurück, was?« fragte sie und hob den Bogen.

»Hann«, sagte der Mann. Er scharrte unsicher mit den Füßen.

»Es war nicht Absicht«, sagte der Junge. Er war offensichtlich den Tränen nahe.

Die Frau sah Dasein bittend an. »Sie sagen doch Doktor Larry nichts davon, nicht wahr?«

»Was – sagen?« Dasein starrte sie verständnislos an.
»Sie wissen schon – er könnte es falsch auslegen.«
Dasein schüttelte den Kopf. Wovon sprach sie?
»Es ist so schwer«, sagte die Frau. »Nach Bill, meine ich. Sie wissen, wie es da drüben ist.« Sie deutete mit dem Kinn vage zur Seite. »Sie beobachten einen genau und suchen nach den kleinsten Symptomen. Es ist so schwer, einen Sohn dort zu haben und ihn nur zu den festgesetzten Besuchsstunden sehen zu dürfen – und – und nie kann man sicher sein.«
»Ich bin in Ordnung, Mama«, sagte der Junge.
»Natürlich, Liebling.« Sie hielt den Blick auf Dasein gerichtet.
»Ich würde nie mit Absicht jemanden verletzen.«
»Ich weiß, Liebling.«
Dasein seufzte.
»Ich bin durchgekommen«, sagte der Junge. »Ich bin nicht wie Paps.«
»Hann«, sagte der Mann.
Dasein hätte am liebsten geweint.
»Sie sagen doch nichts, oder?« bettelte die Frau.
Piaget hatte also eine lohnende Stelle für ihn im Tal, dachte Piaget. Eine Stelle in der Klinik – Arbeit mit jungen Leuten. Und alles hing natürlich mit Jaspers zusammen.
»Werden sie mich wieder zurückschicken?« fragte Petey. In seiner Stimme war Angst.
»Dr. Dasein, bitte ...«
»Es war ein Unfall«, sagte Dasein. Er wußte, daß es nicht stimmte. Die Frau wußte es auch. Der Pfeil hätte ihn töten sollen. Er sagte: »Vielleicht nehmen Sie ihm Pfeil und Bogen eine Zeitlang weg.«
»Oh, dafür lassen Sie mich nur sorgen.« Tiefe Erleichterung schwang in ihrer Stimme mit.
Ein Wagen blieb am Highway neben dem Eingang zum Campingplatz stehen.
»Da ist Jim«, sagte die Frau. Sie wandte sich ab, und ihr Schulterbeutel schwang in Daseins Richtung. Der kräftige Geruch von Jaspers wehte zu ihm herüber. Er kam aus dem Beutel.
Dasein merkte gar nicht, daß er die Hand verlangend ausgestreckt hatte.

Mabel Jorick warf ihm einen Blick zu. »Ich möchte Ihnen dafür danken, daß Sie so verständnisvoll waren«, sagte sie. »Kann ich irgend etwas …« Sie unterbrach sich, als sie Daseins Geste sah. »Wetten, daß Sie den Kaffee gerochen haben«, sagte sie. »Möchten Sie ihn?«

Dasein konnte nicht anders – er nickte.

»Hier.« Sie kramte eine Thermosflasche aus dem Beutel. »Sie ist noch fast voll. Ich habe nur eine Tasse am Teich getrunken. Petey, lauf los und hilf deinem Vater ins Auto.«

»Gut, Mami. Gute Nacht, Dr. Dasein.«

Dasein konnte den Blick nicht von den Händen der Frau abwenden, die die Thermosflasche festhielten.

»Nehmen Sie die Flasche«, sagte sie und streckte sie ihm entgegen. »Sie können sie mir wiedergeben, wenn Sie in die Stadt zurückkommen. Wir wohnen nur ein Stück von der Klinik entfernt. Lachsweg.«

Dasein preßte die Finger um die fleckige Thermosflasche. Er begann zu zittern.

»Fehlt Ihnen auch nichts?« fragte die Frau.

»Ich – es ist wohl die Nachwirkung – ein Schock, vermutlich«, sagte er.

»Sicher. Es tut mir so leid.« Sie ging an den Campinganhänger und brach den Pfeil aus der Wand. »Ich werde ihn Petey als Erinnerung daran geben, daß er vorsichtig sein muß.«

Dasein riß seine Aufmerksamkeit von der Flasche los und sah der Sandspur entlang. Petey und sein Vater waren fast am Highway angelangt. Die Scheinwerfer des Wagens schnitten ein Stück aus der Dunkelheit. Eine Hupe klang kurz auf.

»Wenn Ihnen nichts fehlt, dann gehe ich jetzt lieber«, sagte die Frau. Sie warf einen Blick auf den Campinganhänger und dann wieder auf Dasein. »Wenn ich irgend etwas für Sie tun kann …«

»Ich – ich bringe Ihnen die Thermosflasche so bald wie möglich zurück«, sagte Dasein.

»Oh, das eilt überhaupt nicht.« Sie zog den Mantel enger und lief auf die Straße zu. Nach zwanzig Schritten drehte sie sich noch einmal um. »Das war wirklich nett von Ihnen, Mister Dasein. Ich werde es nicht vergessen.«

Dasein sah zu, wie der Wagen umdrehte und in Richtung

Stadt fuhr. Und dann lief er in den Anhänger, schraubte den Deckel von der Thermosflasche ab und goß sich den heißen Kaffee in eine Tasse.

Seine Hände zitterten, als er die Tasse hob.

Alles war auf diesen Moment konzentriert, auf diese Tasse, auf den Jaspersdampf, der ihn umgab. Er trank die Tasse leer.

Es war, als breitete sich von einer winzigen Stelle strahlenförmig die Wärme aus. Dasein tastete sich zur Koje und kroch in den Schlafsack. Er fühlte sich vollkommen losgelöst, an der Schwelle zu einem anderen Zustand. Sein Bewußtsein bewegte sich in einem schimmernden Netzwerk.

Er entdeckte Angst. Er wollte sich zurückziehen, doch die Netze hielten ihn fest. *Wo ist das Wesen, das ich vorher war?* dachte er. Er versuchte, sich an dieses Wesen zu klammern, weil es ihm vertraut war, weil er es identifizieren konnte.

Für den flackernden Bruchteil einer Sekunde spürte er festen Grund, einen Kern relativer Wahrheit, von dem aus er seine Entscheidungen treffen und seine Erfahrungen erklären konnte. Seine Augen öffneten sich. Im Sternenlicht sah er etwas Glitzerndes. Er erkannte die Spitze von Peteys Pfeil.

Da war sie, die relative Wahrheit – eine Pfeilspitze. Sie hatte ihren Ursprung und ihr Ende.

Jedes Ding hat seinen Ursprung und sein Ende, dachte er.

Schlaf, sagte er sich vor. Seine ganze Persönlichkeit war von Schlaf durchtränkt. Der Schlaf war unendlich. Er drehte sich im Kreis, und Dasein schwamm am Rand des Kreises mit.

Dasein schlief.

10

Das Licht der Dämmerung weckte ihn.

Der Kaffee in der Thermosflasche war kalt und hatte sein Jaspers-Aroma verloren. Dennoch trank er ihn, um die Trokkenheit seiner Kehle zu mildern.

Es muß so etwas wie eine Schule geben, dachte er. *Ein Pensionat – mit Besuchszeiten. Hier werde ich entdecken, was in Santaroga anders als sonstwo ist. Es wird mehr als nur eine Schule sein.*

Er starrte die Thermosflasche an. Sie war leer. Der bittere Geschmack ihres Inhalts blieb auf der Zunge, eine Erinnerung an seine nächtliche Schwäche. Das Jaspers hatte Alpträume in ihm hervorgerufen. Er erinnerte sich, daß er von Glashäusern geträumt hatte, von Scherben, die rings um ihn gefallen waren. Er hatte geschrien.

Glashäuser, dachte er. *Gewächshäuser.*

Ein näherkommender Wagen störte ihn in seinen Gedankengängen. Dasein trat in den kühlen Morgen hinaus. Ein grüner Chevrolet rumpelte auf ihn zu. Er kam ihm bekannt vor. Entweder war es Jersey Hofstedders Wagen, oder es gab noch eine Maschine der gleichen Bauart.

Dann sah er die untersetzte, grauhaarige Frau, die ihn fuhr, und er wußte Bescheid. Es war Sam Schelers Mutter – Clara, die Autohändlerin.

»Sie sagten mir, daß Sie hier seien, und nun finde ich Sie tatsächlich«, meinte sie. Sie stand Dasein gegenüber und hielt eine Schüssel in den Händen.

Dasein warf einen Blick auf den Wagen. »Sind Sie eigens hergekommen, um mir das Auto zu verkaufen?«

»Das Auto?« Sie sah sich um, als bemerkte sie den Wagen jetzt erst. »Oh, Jerseys Auto. Das kommt später. Ich habe Ihnen etwas zu essen gebracht.« Sie streckte ihm den Topf entgegen.

Dasein zögerte. Weshalb brachte sie ihm etwas?

»Petey ist mein Enkel«, sagte sie. »Mabel, meine Tochter, sagte mir, wie nett Sie gestern waren.« Sie warf einen Blick auf den Pfeilstummel neben Dasein. »Ich dachte mir, daß Ihr ganzes Problem vielleicht darin liegt, daß Sie sich von uns abgelehnt fühlen. Na, und da brachte ich Ihnen etwas von meinem Sauerrahmragout – um Ihnen das Gegenteil zu beweisen. Gut mit Jaspers gewürzt ...«

Sie drückte ihm die Schüssel in die Hände.

Er nahm sie. Glattes, warmes Porzellan. Er bekämpfte den Impuls, die Schüssel einfach auf den Boden zu werfen. Er hatte plötzlich Angst. Seine Handflächen waren feucht.

»Nun essen Sie schon«, sagte sie. »Das richtet Sie wieder her.«

Ich darf nicht, sagte sich Dasein vor.

Aber das war unvernünftig. Die Frau war freundlich und zuvorkommend ... Peteys Großmutter. Der Gedanke an den Jungen brachte ihm den Vorfall vom vergangenen Abend wieder ins Gedächtnis.

Schule ... Beobachtung ... Jaspers.

Ein Knurren aus dem grünen Chevrolet lenkte ihn ab. Ein alter schwarzweißer Collie mit ergrauter Schnauze rutschte vom Vordersitz und trottete auf den Sand. Er bewegte sich mit der Sorgfalt eines uralten Tieres und schnüffelte an Claras Beinen herum.

Sie bückte sich und tätschelte den Kopf des Hundes. »Ich habe Jimbo mitgebracht«, sagte sie. »Er kommt nicht mehr viel ins Freie. Fast fünfunddreißig Jahre alt und nahezu blind.« Sie streckte sich und deutete auf die Schüssel, die Dasein in der Hand hielt. »Na, wollen Sie nicht essen?«

Aber Dasein war von dem Hund fasziniert. Fünfunddreißig? Das bedeutete im Vergleich zum menschlichen Alter mehr als zweihundert Jahre. Er stellte die Schüssel auf den Stufen des Campinganhängers ab und beugte sich zu dem Tier hinunter. *Jimbo.* Beinahe blind, sagte sie, aber seine Augen hatten die gleiche Jaspers-Klarheit wie die Augen der Santaroger.

»Mögen Sie Hunde?« fragte Clara Scheler.

Dasein nickte. »Ist er wirklich fünfunddreißig?«

»Im nächsten Frühjahr wird er sechsunddreißig – wenn er durchhält.«

Jimbo schlenderte zu Dasein hinüber, reckte die graue Schnauze hoch und schnüffelte. Offensichtlich befriedigt, rollte er sich an den Stufen des Campinganhängers zusammen, seufzte und starrte in die Sandhügel.

»Wollen Sie nun essen oder nicht?« fragte Clara.

»Später«, sagte Dasein. Er erinnerte sich daran, daß in seinen Gedanken Jersey Hofstedders Wagen immer wieder als Schlüssel für Santaroga aufgetaucht war. Lag es am Wagen? Oder war der Wagen nur ein Symbol? Was war wichtiger – der Wagen oder das Symbol?

Als Clara sah, daß er den Wagen musterte, sagte sie: »Er kostet immer noch 650 Dollar, wenn Sie ihn wollen.«

»Ich würde ihn gern einmal fahren.«

»Gleich jetzt?«

»Warum nicht?«

Sie warf einen Blick auf die Schüssel und sagte: »Das Ragout wird nicht warm bleiben – und der Jaspersgeschmack verliert sich schnell.«

»Ihre Tochter hat mir gestern Kaffee dagelassen.«
»Keine – Nachwirkungen?«
Es war eine praktische Frage. Dasein spürte, daß er seinen eigenen Körper untersuchte – Kopfverletzung besser, Schmerz in der Schulter fast vorbei ... eine Spur Ärger über Peteys Pfeil, aber auch der mußte mit der Zeit schwinden.
»Nein, alles in Ordnung.«
»Schön. Sie werden es schaffen«, sagte sie. »Jenny hat gesagt, daß Sie es schaffen würden.« Sie deutete auf den grünen Chevrolet. »Fahren wir zum Highway und zurück. Sie können selbst ans Steuer.« Sie kletterte auf den Nebensitz.
Der Hund hob den Kopf von den Pfoten.
»Wir sind gleich wieder da, Jimbo«, sagte sie. »Du kannst hierbleiben.«
Dasein klemmte sich hinter das Steuerrad. Die Sitzlehne schien für seinen Rücken geformt zu sein.
»Bequem, was?« meinte Clara Scheler.
Dasein nickte. Er hatte das sonderbare Gefühl, diese Szene schon einmal erlebt zu haben. Der Motor erwachte summend zum Leben. Man hörte ihn kaum! Er fuhr einen Kreis und dann hinaus auf den Highway. Er schlug die Richtung ein, die sich von der Stadt entfernte.
Ein Druck auf den Gashebel, und der alte Chevrolet jagte vorwärts – fünfzig ... sechzig ... siebzig. Er ging zurück auf fünfundsechzig. Der Wagen nahm die Kurven wie eine Sportmaschine.
»Torsionsstäbe«, sagte Clara. »Schlingert nicht im geringsten. Ist er nicht hübsch?«
Dasein stieg auf die Bremse – kein Fading und nicht das geringste Abweichen von der Spur. Es war, als liefe der Wagen auf Schienen.
»Der Wagen ist heute besser als in seiner Glanzzeit«, sagte Clara.
Dasein gab ihr innerlich recht. Es war ein Vergnügen zu fahren. Er mochte den Ledergeruch des Innenraums. Das Holzpaneel des Instrumentenbords war handgearbeitet und glänzte seidigmatt. Man wurde nicht von Spiegelungen abgelenkt. Die Instrumente lagen in Augenhöhe, so daß man nie lange den Blick von der Straße abwenden mußte.
»Sehen Sie, wie das Instrumentenbord auf dieser Seite ge-

polstert ist«, sagte Clara. »Fünf Zentimeter stark und darunter eine dünne Metallrolle. Er hat die Lenksäule um ein Drittel verkürzt und mit einem U-förmigen Gelenk versetzt. Wenn man an einen Baum fährt, kann man sich nicht mehr am Lenkrad aufspießen. Jersey machte sichere Wagen, bevor die Leute in Detroit überhaupt auf die Idee kamen.«

Dasein fand eine breitere Stelle, drehte um und fuhr zurück zum Campingplatz. Er wußte, daß er diesen Wagen einfach besitzen mußte. Er war genauso, wie die Frau ihn geschildert hatte.

»Ich mache Ihnen einen Vorschlag«, sagte die Frau. »Ich bringe den Wagen zum Doc, wenn ich heimkomme. Die Einzelheiten können wir uns später überlegen. Ich bin reell. Allerdings kann ich Ihnen für ihre alte Blechkiste nicht mehr viel geben.«

»Ich – ich weiß nicht, wie ich ihn bezahlen soll«, sagte Dasein. »Aber ...«

»Sagen Sie jetzt nichts. Wir sprechen später darüber.«

Die Spur in den Campingplatz wurde sichtbar. Dasein verlangsamte das Tempo und fuhr hinein.

»Sie sollten eigentlich den Sicherheitsgurt umschnallen«, sagte Clara. »Ich habe gesehen, wie Sie ...«

Sie unterbrach sich, als Dasein hinter dem Campinganhänger stehenblieb. »Mit Jimbo stimmt etwas nicht!« sagte sie, und im nächsten Moment war sie aus dem Wagen gesprungen und kniete bei dem Hund nieder.

Dasein schaltete den Motor aus, stieg aus und lief zu ihr.

Der Hund lag mit steif ausgestreckten Pfoten auf dem Rükken. Seine Schnauze war offen, und die Zunge hing heraus.

»Er ist tot«, sagte Clara. »Jimbo ist tot.«

Dasein wandte seine Aufmerksamkeit der Schüssel auf der Stufe des Anhängers zu. Der Deckel war zur Seite gerutscht und der Inhalt durchwühlt. Ein Fleck Soße schwamm neben dem Deckel. Wieder sah Dasein den Hund an. Der Boden um ihn war aufgewühlt.

Dasein bückte sich zu der Schüssel hinunter und roch daran. Neben dem Jaspersgeruch konnte er ein bitteres Aroma erkennen.

»Zyankali?« fragte er. Er starrte Clara Scheler anklagend an.

Sie warf einen Blick auf die Schüssel. »Zyankali?«

»Sie wollten mich umbringen!«

Sie nahm die Schüssel und roch daran. Sie wurde blaß. Dann drehte sie sich um und sah Dasein mit weit aufgerissenen Augen an.

»O mein Gott! Die Farbbleiche!« Sie ließ die Schüssel fallen, wirbelte herum und rannte zum Wagen, bevor Dasein sie aufhalten konnte. Der Chevrolet brummte los und stob in einer Sandwolke davon. Quietschend bog er in den Highway ein und verschwand.

Dasein starrte ihr nach.

Sie wollte mich töten, dachte er. Zyankali. *Farbbleiche.*

Aber er konnte die Erinnerung an ihre Blässe und ihre aufgerissenen Augen nicht abschütteln. Sie war überrascht gewesen, ebenso schockiert wie er. *Farbbleiche.* Er sah auf den Hund herab. Hätte sie die Schüssel in der Nähe ihres Hundes gelassen, wenn sie gewußt hätte, daß sie Gift enthielt? Kaum. Weshalb war sie dann davongerast?

Farbbleiche.

In ihrem Haus war vergiftetes Essen. Mit einemmal wurde Dasein das klar. Sie raste heim, bevor jemand davon aß.

Ich hätte das Ragout gegessen, dachte Dasein.

Ein Unfall – wieder ein verdammter Unfall!

Er stieß die Schüssel mit dem Fuß zur Seite, zog den Hund außer Sichtweite und setzte sich hinter das Steuerrad seines Wagens. Nach Jersey Hofstedders Auto kam ihm der Motor noch schlechter als gewöhnlich vor. Er fuhr vorsichtig auf den Highway und wandte sich in Richtung Stadt.

Unfall, dachte er.

Ein Schema zeigte sich, aber es fiel ihm schwer, es zu akzeptieren.

Jenny hatte laut geschrien: »Bleib weg von mir! Ich liebe dich!«

Das war logisch. Sie liebte ihn. Deshalb durfte er nicht in ihre Nähe kommen.

Für den Augenblick wenigstens.

Die Straße gabelte sich, und er wandte sich nach rechts. Ein Schild: ›Gewächshäuser‹ führte ihn.

Über den Fluß spannte sich eine Brücke – eine altmodische Brücke, die in der Mitte höher als an den Rändern war.

Schwere Planken ratterten unter den Rädern. Der Fluß schäumte gegen die Brückenpfosten.

Dasein verlangsamte den Wagen am anderen Ende der Brücke, von einem plötzlichen Gefühl der Vorsicht gewarnt, dem er allmählich gehorchen lernte.

Der Weg folgte dem rechten Flußufer. Dasein fand, daß der Fluß etwas Gleitendes und Trügerisches an sich hatte. Er ließ an eine Schlange denken, giftig, voll boshafter Energie. Und er gurgelte spöttisch über die Steine und Felsbrocken. Das Geräusch klang wie Gelächter.

Dasein seufzte erleichtert, als der Weg sich vom Fluß abwandte, über zwei niedrige Hügel kroch und in einem flachen Tal endete. Dasein sah die Glashäuser durch die Bäume. Sie waren grünlich und bedeckten eine weit größere Fläche, als er angenommen hatte.

Der Weg führte an einen Parkplatz vor einem langen Steingebäude. Weitere Steingebäude mit Ziegeldächern und Vorhängen an den Fenstern erstreckten sich in einer Reihe hinter den Gewächshäusern.

Eine Menge Wagen waren geparkt – mindestens hundert. Dasein fand das merkwürdig.

Und hinter den Glaswänden konnte er Leute in weißen Kitteln geschäftig hin und her eilen sehen.

Dasein fuhr an den geparkten Wagen vorbei, bis er eine schmale Lücke fand. Er hielt den Wagen an und sah sich verwundert um.

Er hörte Gesang.

Der Gesang kam von den Steingebäuden hinter den Glashäusern. Eine Gruppe von Kindern marschierte auf einem Weg zwischen den Gebäuden. Sie trugen Körbe. Drei Erwachsene begleiteten sie. Sie zählten im Takt. Die Gruppe verschwand zwischen den Gewächshäusern.

Dasein hatte ein enges Gefühl in der Brust.

Schritte klangen zu seiner Linken auf. Dasein sah, daß Piaget auf ihn zukam. Die untersetzte Gestalt des Doktors wurde durch einen zu langen weißen Kittel betont. Er trug keinen Hut, und sein Haar war vom Wind zerzaust.

Piaget beugte sich zum offenen Fenster herein.

»So«, sagte er. »Jenny war davon überzeugt, daß jemand kommen würde.«

Dasein schüttelte den Kopf. Piagets Worte ergaben einen Sinn und doch wieder nicht. Er fuhr sich mit der Zunge über die Lippen. »Wie?«

Piaget runzelte die Stirn. »Jenny hat die Beziehung. Sie sagte, daß Sie wahrscheinlich auftauchen würden.« Seine Stimme klang plötzlich angestrengt.

Dasein studierte Piagets breites, ausdrucksloses Gesicht. »Ich habe Kinder gesehen.«

»Was hatten Sie erwartet?«

Dasein zuckte mit den Schultern. »Werden Sie mich wegschicken?«

»Al Marden sagt, diejenigen, die weglaufen, bekommen das Fieber«, meinte Piaget. »Diejenigen, die die Augen aufmachen, bekommen den Lohn.«

»Zählen Sie mich zu denen, die die Augen aufmachen«, sagte Dasein.

Piaget grinste und öffnete die Wagentür. »Kommen Sie!«

Dasein erinnerte sich an den Fluß, zögerte. Er dachte an den zerrissenen Teppich im Hotelkorridor, an die offene Gasdüse, den See, die Pfeilspitze ... die Farbbleiche. Er dachte an Jenny, die weggelaufen war und gerufen hatte: *»Bleib weg von mir! Ich liebe dich.«*

»Kommen Sie mit«, sagte Piaget.

Immer noch zögernd, sagte Dasein: »Weshalb werden die Kinder hier gehalten?«

»Wir müssen zur Oberfläche der Kindheit zurückstoßen«, sagte Piaget. »Sie ist etwas Brutales, Lebendes. Aber wir ziehen Nahrungsmittel.« Er deutete auf die Gewächshäuser. »Wir bilden sie aus. Die Energie ist nützlich. Keine Verschwendung, kein Mangel.«

Wieder schüttelte Dasein den Kopf. *Fast verständlich.* *Zur Oberfläche der Kindheit zurückstoßen?*

Es war wie die Unterhaltung mit einem Schizophrenen, und er erinnerte sich an den Vorfall im *Blauen Lamm,* an die erschreckende Unterhaltung des jungen Paares.

Wie konnte man einen Sonnenuntergang hören?

»Aber – das ist doch kein normales Englisch«, beschwerte Dasein sich.

»Jenny sagt, Sie werden ein Versteher.« Piaget rieb sich an der Wange, ein nachdenklicher Ausdruck in den Augen. »Sie haben die Ausbildung, Dasein.« Wieder merkte man seiner Stimme die Anstrengung an. »Wo ist Ihre Weltanschauung? Sie haben doch eine? Das Ganze ist größer als die Summe der Teile. Wie steht es?«

Piagets Arm machte eine weite Geste. Sie umfaßte den Gewächshäuserkomplex und das ganze Tal, die Welt und das Universum.

Dasein hatte einen trockenen Mund. Der Mann war wahnsinnig.

»Sie haben die Erfahrung des Jaspers in sich«, sagte Piaget. »Verdauen Sie das. Jenny sagt, Sie schaffen es. In ihren Worten ist Realität.«

Die Anspannung war wie ein Schmerz in Daseins Brust. Gedanken ohne Ordnung und Sinn wirbelten in seinem Gehirn umher.

Mit schwerer Stimme sagte Piaget: »Bei etwa einem von fünfhundert kann das Jaspers nicht ...« Er breitete die Arme aus, die Handflächen nach oben gestreckt. »Sie sind keiner der wenigen. Ich wette meinen Ruf darauf. Sie werden sich öffnen.«

Dasein sah das Steingebäude an, die umherhastenden Menschen. Diese Zielstrebigkeit, dieses Zweckhandeln. Er spürte, daß das Ganze ein Bienentanz sein konnte – Bewegungen, die ihm eine Richtung anzeigten. Aber er verstand nicht, in welcher Richtung er suchen sollte.

»Ich werde versuchen, es in Worten der Außenwelt zu erklären«, sagte Piaget. »Vielleicht dann ...« Er zuckte mit den Schultern, lehnte sich an die Autotür und brachte sein Gesicht nahe an Dasein. »Wir filtern die Realität durch Schirme, die aus Gedanken zusammengesetzt sind. Diese Gedankensysteme werden von der Sprache begrenzt. Das heißt: die Sprache formt Rinnen, in denen sich unsere Gedanken bewegen müssen. Wenn wir neue Gültigkeitsformen suchen, müssen wir die Sprache ablegen.«

»Was hat das mit den Kindern zu tun?« Dasein nickte zu den Gewächshäusern hinüber.

»Dasein! Wir haben eine gemeinsame instinktive Erfahrung, Sie und ich. Was geschieht in der ungeformten Psyche? Als Einzelwesen, als Kulturen und Gesellschaften, wiederholen wir Menschen jeden Aspekt des Instinktlebens, das unsere Rasse seit ungezählten Generationen begleitet hat. Durch das Jaspers trennen wir das Bindeglied durch. Könnten wir das mit der Brutalität der Kindheit koppeln? Nein! Wir hätten Gewalttätigkeit, Chaos. Wir hätten keine Gesellschaft. Es ist einfach, nicht wahr? Wir müssen über die angeborenen Schemata unseres Nervensystems eine Grenzordnung legen. Wir müssen gemeinsame Interessen haben.«

Dasein versuchte an diesen Ideen einzuhaken und sie mit den Worten Piagets von vorhin zu vergleichen. *Zur Oberfläche der Kindheit zurückstoßen? Weltanschauung?*

»Wir müssen uns auf die Überlebensnotwendigkeit der einzelnen einstellen«, fuhr Piaget fort. »Wir wissen, daß die Zivilisation, die Gesellschaft draußen am Absterben ist. Ganz bestimmt, sie ist am Absterben. Wenn das geschieht, lösen sich Teile aus dem Elternkomplex. Stücke, die sich selbst befreien, Dasein. Unser Skalpell war Jaspers. Überlegen Sie, Mann! Sie haben selbst draußen gelebt. Es ist die Abenddämmerung der Zivilisation.«

Piaget trat zurück und studierte Dasein.

Dasein andererseits war von dem Doktor plötzlich fasziniert. In dem Mann war eine zeitlose Lebenskraft, die mächtig auf alles überging, was sich in der Nähe befand. Über dem weißen Kragen des Kittels saß ein ägyptischer Kopf, mit vorspringendem Kinn und vorspringenden Wangenknochen, mit einer Nase wie aus Moses' Zeiten, mit gleichmäßigen weißen Zähnen hinter schmalen Lippen.

Piaget lächelte, ein starres, entschlossenes Lächeln. Dann sah er mit sanftem Blick über die Landschaft, die Gewächshäuser, die Menschen.

In diesem Moment wußte Dasein, weshalb man ihn hergeschickt hatte. Der Auftrag war nicht dem Bedürfnis entsprungen, einen Bericht über die Marktlage zu bekommen. Marden hatte recht gehabt. Man hatte ihn hergeschickt, daß er Santaroga vernichtete.

Die Bewohner von Santaroga ließen ihre Kinder hier arbeiten. Sie bildeten sie aus. Kinderarbeit. Piaget schien es gleichgültig zu sein, wieviel er enthüllte.

»Kommen Sie«, sagte Piaget. »Ich zeige Ihnen unsere Schule.«

Dasein schüttelte den Kopf. Was würde ihn drinnen erwarten? Ein zufälliger Stoß gegen eine zerbrochene Scheibe? Ein Kind mit einem Messer?

»Ich – ich muß nachdenken«, sagte Dasein.

»Ja?« Das klang wie eine Herausforderung.

Dasein dachte an ein Festungskloster im Mittelalter, an Kriegermönche. Das alles steckte in Piaget und seinem Tal, in der Zuversicht, mit der die Santaroger der Außenwelt trotzten. *Waren sie wirklich zuversichtlich?* fragte er sich. *Oder waren sie Schauspieler, hypnotisiert von ihrem eigenen Spiel?*

»Sie waren ein Schwimmer auf der Oberfläche«, sagte Piaget. »Sie haben den Kampf nicht einmal gesehen. Sie haben noch nicht den unschuldigen Blick entwickelt, der das Universum frei von den Vortäuschungen der Vergangenheit zeigt. Sie wurden programmiert und hierhergeschickt, um unser Tal zu zerbrechen.«

Dasein war blaß.

»Wenn man programmiert ist, hat man Vorurteile«, sagte Piaget. »Denn wenn man wählt und sondiert, schiebt man manches weg.« Er seufzte. »Solche Mühe geben wir uns mit Ihnen wegen unserer Jenny.«

»Ich kam mit offenem Geist her«, sagte Dasein.

»Ganz ohne Vorurteile?« Piaget hob die Augenbrauen.

»So diskutiert ihr also mit Gruppen von draußen über den richtigen Weg ...?«

»Diskutieren ist ein schmeichelhaftes Wort, Dasein«, meinte Piaget. »Es ist ein Machtkampf über die Beherrschung des menschlichen Bewußtseins. Wir sind eine gesunde Zelle, umgeben von der Pest. Nicht der menschliche Verstand steht auf dem Spiel, sondern das Bewußtsein, das Erkennen. Es ist kein Kampf um ein Marktgebiet. Das dürfen Sie keinesfalls glauben. Es ist ein Kampf darum, was in unserem Universum für Werte gelten sollen. Draußen zählen nur Dinge, die materiell gemessen werden können. Wir legen andere Maßstäbe an.«

Dasein spürte in Piagets Stimme eine Drohung. Hier wurde nicht mehr der Schein gewahrt. Der Doktor klärte die Fronten, und Dasein hatte das Gefühl, sich dazwischen zu befinden. Er wußte, daß er auf gefährlicherem Grund als je zuvor stand. Ein Unfall wäre ein Kinderspiel für sie.

»Die Menschen, die mich angestellt haben, glauben ...«

»Menschen!« spottete Piaget. Er deutete auf die Berge, die das Tal umschlossen. »Da draußen zerstören sie ihre Umgebung. Und im Verlauf dieses Prozesses werden sie zu Unmenschen. Wir sind Menschen.« Er deutete auf seine Brust. »Sie nicht. Die Natur ist eine Einheit. Wenn man sie radikal verändert, müssen sich auch die Menschen verändern, sonst können sie nicht überleben. Diese Nicht-Menschen verändern sich, um zu überleben.«

Dasein starrte Piaget mit offenem Mund an. Die Santaroger waren konservativ – sie veränderten sich nicht. Das hatte er schon selbst erkannt. Aber in Piaget brannte ein geradezu religiöser Eifer, der Dasein abstieß. Es war also ein Kampf um das Bewußtsein des Menschen ...

»Sie sagen sich wahrscheinlich vor, daß diese Santaroger ein psychedelisches Mittel haben, das sie unmenschlich macht«, meinte Piaget.

Das kam so nahe an seine Gedanken heran, daß Daseins Angst noch wuchs. Konnten sie Gedanken lesen? War es eine Nebenerscheinung des Jasper-Genusses?

»Sie setzen uns auf die gleiche Stufe wie die barfüßigen, ungewaschenen LSD-Süchtigen«, sagte Piaget. »Verrückte, sagen Sie sich vor. Aber Sie sind wie die anderen – Sie sehen nicht. Wir haben unser Bewußtsein geweckt und den Geist befreit. Wir haben unsere spezielle Medizin. Whiskey, Tabak und die anderen Mittel unterdrücken den Menschen. Unsere Medizin läßt das Tier frei, das nie gezähmt wurde – bis jetzt.«

Dasein warf einen Blick auf die Gewächshäuser.

»Ja«, sagte Piaget. »Sehen Sie nur hin. Dort zähmen wir das menschliche Tier.«

Mit plötzlichem Entsetzen erkannte Dasein, daß er zuviel gehört hatte, um je das Tal verlassen zu dürfen. Für ihn gab es kein Zurück mehr. In seinem augenblicklichen Zustand gab es nur eine Lösung: die Santaroger mußten ihn töten. Die Frage hieß nur: Wußten sie es? Oder spielte es sich auf der Instinktbasis ab?

Dasein wußte, daß er es herausbringen konnte, wenn er eine Krise herbeiführte. Noch während er zögerte, ging Piaget um den Wagen herum und stieg ein.

»Sie wollen nicht mit mir kommen«, sagte er. »Dann fahre ich eben mit Ihnen.«

»Wohin?«

»In meine Klinik, heim.« Er drehte sich herum und sah Dasein aufmerksam an. »Ich liebe meine Nichte, verstehen Sie? Wenn ich es irgendwie verhindern kann, darf ihr niemand weh tun.«

»Und wenn ich nicht will?«

»Gilbert, Sie wollen doch nicht Jennys Tränen? Sorgen Sie sich denn gar nicht um sie?«

»Ich bin etwas ängstlich wegen ...«

»Sobald die Angst da ist, hört die klare Vernunft auf. Sie haben einen Dickkopf, Gilbert. Das geht selten gut. Kommen Sie mit zur Klinik!«

»Welche Todesfalle haben Sie dort für mich bereit?«

Piaget starrte ihn schockiert an. »Todesfalle?«

Dasein erwiderte so ruhig wie möglich: »Sie versuchen mich umzubringen. Leugnen Sie es nicht. Ich habe ...«

»Gilbert, Sie ekeln mich an. Wann haben wir versucht, Sie umzubringen?«

Dasein holte tief Luft und zählte an den Fingern die *Unfälle* auf, die ihm widerfahren waren. Er ließ nur die Sache mit Petey Jorick aus – weil er es versprochen hatte.

»Unfälle!« sagte Piaget.

»Wie wir beide wissen, gibt es nur sehr wenige echte Unfälle auf der Welt«, erklärte Dasein. »Das meiste, was wir als Unfälle bezeichnen, ist bewußte Gewalttätigkeit. Sie sagen, daß Ihr Geist offen ist. Benutzen Sie ihn!«

»Pah! Diese Gedanken sind wie Schlammwasser.«

»Wenn man Schlammwasser stehen läßt, wird es klar«, erwiderte Dasein.

»Sie können das nicht im Ernst meinen.« Er sah Dasein finster an. »Aber ich sehe, Sie tun es.« Er schloß einen Moment lang die Augen. »Würden Sie Jenny glauben?«

Bleib weg von mir! Ich liebe dich! dachte Dasein.

»Fahren wir zur Klinik«, sagte Dasein. Er ließ den Wagen an, fuhr aus dem Parkplatz und zurück in Richtung Stadt.

»Sie töten wollen!« murmelte Piaget. Er starrte hinaus auf die vorbeifliegende Landschaft.

Dasein fuhr schweigend dahin. Seine Gedanken wühlten ihn auf. In dem Augenblick, in dem er Jenny näherkam, nahmen die alten Alpträume wieder Besitz von ihm. Jenny und ihr Tal! Der Ort umhüllte ihn mit seiner Aura – Wahnsinn, Wahnsinn, Wahnsinn! Aber das Schema wurde deutlicher. Es paßte zu der Santaroga-Logik.

»Und es kann nicht jeder diese – Medizin vertragen?« fragte Dasein. »Was geschieht mit den Versagern?«

»Wir kümmern uns um die Unseren«, knurrte Piaget. »Deshalb hoffe ich ja immer noch, daß Sie bleiben.«

»Jenny ist Psychologin. Weshalb wird sie eigentlich nicht eingesetzt?«

»Sie tut ihre Pflicht.«

»Ich werde Jenny bitten, mit mir fortzugehen«, sagte Dasein. »Sie wissen das, nicht wahr?«

Piaget krauste die Nase.

»Sie kann von diesem Jaspers loskommen«, sagte Dasein. »Die jungen Männer gehen auch zum Militärdienst. Sie müssen ...«

»Sie kommen immer heim, wenn sie fertig sind«, erwiderte Piaget. »Das steht sogar in Ihren Notizen. Merken Sie nicht, wie unglücklich sie da draußen sind?« Er wandte sich Dasein zu. »Möchten Sie das Jenny wirklich zumuten?«

»So unglücklich können sie nicht sein«, meinte Dasein. »Sonst hättet ihr klugen Leute längst eine andere Lösung gefunden.«

»Pah!« fauchte Piaget. »Sie haben sich auf Ihre Arbeit nicht einmal ordentlich vorbereitet.« Er seufzte. »Ich will Ihnen etwas sagen, Gilbert. Die meisten jungen Männer des Tales müssen die Dienstzeit nicht ableisten – eine allergische Reaktion auf eine Kost, die kein Jaspers enthält. Die sechs Prozent unserer jungen Leute, die dabeibleiben, tun es aus Pflichtgefühl dem Tal gegenüber. Wir wollen den Zorn der Regierung nicht auf uns herabbeschwören. Mit dem Staat kommen wir einigermaßen zurecht, aber wir sind nicht stark genug, um es mit ganz Amerika aufzunehmen.«

Sie wissen schon, was sie mit mir anfangen werden, dachte Dasein. *Sonst würden sie mir nicht alles erzählen.*

Diese Erkenntnis ärgerte ihn. Er hatte ein kaltes Ziehen im Magen.

Er kam um die Ecke und fuhr parallel zum Fluß weiter. Vor ihm tauchte ein Weidengebüsch und der lange Bogen der Brücke auf. Dasein erinnerte sich, daß der Fluß etwas Drohendes an sich gehabt hatte, und so trat er aufs Gas, um diesen Ort möglichst schnell hinter sich zu lassen. Die nächste Kurve tauchte auf. Man konnte jetzt die Brücke sehen. Ein gelber Laster parkte am gegenüberliegenden Ende. Dahinter standen Männer, die aus Metallbechern tranken.

»Aufpassen!« schrie Piaget.

Im gleichen Moment sah Dasein, weshalb der Laster drüben stand – in der Mitte der Brücke gähnte ein Loch, wo man die Planken entfernt hatte. Es war eine Arbeitergruppe vom Straßenbauamt, und sie hatte ein Loch von etwa drei Metern Länge in die Brücke gerissen.

Bis Dasein verdaut hatte, was los war, hatte sein Wagen weitere fünfzehn Meter zurückgelegt. Jetzt sah er das Warnschild mit den beiden gelben Flaggen am Brückenkopf.

Dasein packte das Steuerrad mit beiden Händen. Sein Gehirn rechnete schneller als je zuvor. Irgendwie schien sich die tatsächliche Zeit zu verlangsamen.

Auf die Bremsen steigen?

Die Bremsen und Reifen waren alt. Bei dieser Geschwindigkeit würde der Wagen auf die Brücke rutschen und in das Loch kippen.

Von der Straße abbiegen?

Nein. Der Fluß wartete auf beiden Seiten – eine tiefe Spalte im Erdboden, die nur darauf lauerte, sie zu verschlingen.

Auf einen Brückenpfeiler zufahren?

Nicht bei dieser Geschwindigkeit und ohne Sicherheitsgurte.

Mehr Gas geben?

Das war eine Möglichkeit. Er mußte das Warnschild überfahren, aber dadurch wurde er kaum verlangsamt. Die Brücke spannte sich in einem leichten Bogen über den Fluß. Bei genügender Geschwindigkeit konnte der Wagen über das Loch jagen.

Dasein trat das Gaspedal bis zum Boden durch. Der alte Wagen machte einen Sprung nach vorn. Ein scharfes Krachen klang auf, als sie das Schild umfuhren. Einen atemlosen Moment lang hing der Wagen in der Luft, dann überfuhr er das Warnschild am anderen Ende der Brücke.

Er trat auf die Bremse und kam mit einem häßlichen Kreischen der Räder vor den Arbeitern zum Stehen. Die Zeit lief wieder normal. Dasein starrte die Arbeiter an – fünf blasse Männer, die mit offenen Mäulern dastanden.

»Mein Gott!« keuchte Piaget. »Gehen Sie immer solche Risiken ein?«

»Gab es eine andere Möglichkeit, hier durchzukommen?« fragte Dasein. Er hob die Hand. Sie zitterte wie Espenlaub.

Piaget überlegte einen Moment, dann sagte er: »Es war vermutlich der letzte Ausweg ... aber wenn Sie nicht vorher wie ein Irrer gefahren wären ...«

»Ich könnte eine Wette mit Ihnen abschließen«, unterbrach ihn Dasein. »Wetten, daß die Arbeit an der Brücke nicht nötig war? Es handelte sich entweder um einen Irrtum oder um eine Verlegenheitsarbeit.«

Dasein wollte die Tür öffnen und zögerte. Doch dann gab er sich einen Ruck und trat ins Freie. Seine Knie waren weich. Er blieb einen Moment lang stehen, holte tief Atem und ging dann zur Kühlerhaube.

Beide Scheinwerfer waren zersplittert, und auf dem Kühlergitter zeigte sich eine tiefe Kerbe.

Dasein wandte seine Aufmerksamkeit den Arbeitern zu. Einer, ein untersetzter dunkelhaariger Mann mit kariertem Hemd und Blue jeans, trat ein paar Schritte vor. Dasein sah ihn scharf an und fragte: »Warum war vor der Kurve kein Warnlicht angebracht?«

»Guter Gott, Mann!« Der Mann war rot geworden. »Um diese Tageszeit kommt doch sonst kein Mensch über die Straße.«

Dasein ging über die Straße zu einem Häufchen ölverschmierter Planken, die von der Brücke zu stammen schienen. Er nahm eine hoch und untersuchte sie – keine Risse, keine angefaulten Stellen. Als er sie fallen ließ, klang es hart und trocken.

Er drehte sich um, als der Arbeiter, mit dem er gesprochen hatte, näherkam. Piaget folgte einige Schritte dahinter.

»Wann haben Sie den Auftrag für diese Arbeit bekommen?« fragte Dasein.

»Häh?« Der Mann blieb stehen und starrte Dasein mit einem verwirrten Stirnrunzeln an.

»Wann haben Sie den Auftrag bekommen, die Brücke zu reparieren?« fragte Dasein.

»Also – wir haben vor einer Stunde beschlossen, hierherzufahren. Aber was soll das? Sie haben die Schilder kaputtgemacht und ...«

»Sie haben beschlossen?« fragte Dasein. »Bekommen Sie Ihre Arbeit nicht zugeteilt?«

»Ich bin der Straßenbauvorarbeiter hier im Tal, Mister. Ich entscheide. Aber das geht Sie gar nichts an.«

Piaget blieb neben dem Mann stehen und sagte: »Dr. Dasein, das hier ist Josh Marden, der Neffe von Captain Marden.«

»Ah, auch hier Nepotismus.« Daseins Stimme war ausgesucht höflich. »Nun, Mister Marden, oder darf ich Sie Josh nennen?«

»Also, sehen Sie, Doktor. Das ...«

»Josh, demnach«, sagte Dasein, immer noch ruhig und höflich. »Ich bin sehr neugierig, Josh. Die Planken scheinen vollkommen in Ordnung zu sein. Weshalb haben Sie beschlossen, sie herauszureißen?«

»Was zum Teu ...«

»Sag's ihm, Josh«, meinte Piaget. »Ich muß gestehen, daß ich selbst ein wenig neugierig bin.«

Marden sah zu Piaget und dann wieder zu Dasein. »Also, wir haben die Brücke inspiziert – wir machen regelmäßige Inspektionen. Wir beschlossen eben, ein paar Planken vorsichtshalber zu erneuern und die alten an einer weniger befahrenen Brücke einzusetzen. Das ist doch nicht ungewöhnlich ...«

»Gibt es denn keine *dringenderen* Arbeiten im Tal?« erkundigte sich Dasein. »Haben Sie etwas anderes stehengelassen, um hierherzufahren?«

»Nun hören Sie aber, Mister!« Marden kam einen Schritt auf ihn zu. »Sie haben kein Recht ...«

»Was ist mit dem alten Mühlweg?« fragte Piaget. »Sind an der Kurve beim Graben immer noch die tiefen Löcher?«

»Doc!« rief Marden und wirbelte zu Piaget herum. »Nun fangen Sie nicht auch noch an! Wir haben beschlossen ...«

»Langsam, Josh«, riet ihm Piaget. »Ich bin nur neugierig. Was ist mit dem alten Mühlweg?«

»Doc, es war so ein schöner Tag, und der ...«

»Also muß die Arbeit noch erledigt werden«, sagte Piaget.

»Ich gewinne die Wette«, sagte Dasein und ging zu seinem Wagen zurück.

Piaget schloß sich ihm an.

»He!« rief Marden. »Sie haben Bezirkseigentum beschädigt ...«

Dasein schnitt ihm das Wort ab, ohne sich umzudrehen. »Reparieren Sie lieber die Brücke, bevor noch jemand in Schwierigkeiten kommt.«

Er setzte sich hinter das Steuerrad und schlug die Tür zu. Allmählich spürte er die Reaktion. Sein ganzer Körper war steif vor Wut.

Piaget rutschte auf den Nebensitz. Der Wagen klapperte, als er die Tür schloß. »Wird er noch laufen?« fragte er.

»Ein Unfall!« sagte Dasein grimmig.

Piaget schwieg.

Dasein setzte den Wagen in Bewegung. Er fuhr nicht schneller als fünfunddreißig. Im Rückspiegel sah er, daß die Straßenarbeiter sich bereits um die Brücke kümmerten. Einer ging mit einer Warnflagge um die von Weiden verdeckte Ecke.

»Jetzt können sie einen Posten mit der Flagge aufstellen«, sagte er.

Dann kamen sie um eine Kurve, und er sah nichts mehr. Er konzentrierte sich auf das Fahren. Überall klapperte es, und der Wagen schlingerte bedenklich.

»Es *müssen* Unfälle sein«, sage Piaget. »Eine andere Erklärung gibt es nicht.«

Ein Halteschild tauchte auf. Dasein blieb stehen, bevor er auf den Highway hinausfuhr. Es herrschte kein Verkehr. Dasein fuhr in Richtung Stadt. Piagets Protest verdiente keine Antwort, dachte er, und er gab auch keine.

Sie kamen an den Außenbezirk der Stadt. Zur Linken befand sich Schelers Tankstelle. Dasein hielt hinter der Station und fuhr zur Werkstatt hinüber.

»Was wollen Sie hier?« fragte Piaget. »Die Maschine ist doch nichts mehr wert.«

»Ich will, daß sie repariert wird, damit ich aus Santaroga verschwinden kann.«

Das Tor der Werkstatt war offen. Dasein fuhr den Wagen hinein, hielt an und stieg aus. Überall hörte man Arbeitsgeräusche – das Summen von Maschinen, das Klirren von Metall. Zu beiden Seiten der Werkstatt hatte man Autos vor Arbeitsbühnen dirigiert.

Ein untersetzter dunkler Mann mit fleckigem weißen Overall kam aus dem Hintergrund der Werkstatt und blieb vor dem Wagen stehen.

»Womit sind Sie denn zusammengestoßen?« fragte er.

Dasein erkannte den Mann vom Kartentisch im Hotel – Scheler selbst.

Die Wagentür schlug zu, und Piaget trat nach vorn. »Kannst du das richten, Sam?« fragte er.

»Sicher, aber wert ist es der Wagen nicht.«

»Tu es trotzdem und setze es auf meine Rechnung. Ich will nicht, daß unser junger Freund denkt, wir halten ihn im Tal gefangen.«

»Wie du meinst, Doc.«

Scheler drehte sich um und rief: »Bill! Hol den Lincoln von der Bühne und mach zuerst diesen Wagen fertig. Ich schreibe dir einen Auftrag heraus.«

Ein junger Mann mit ölverschmiertem blauen Overall tauchte neben der linken Hebebühne auf, wo er halb von einem Lincoln verborgen gewesen war. Der Wagen war von einer Winde hochgebockt. Der junge Mann hatte Schelers Wuchs und die gleichen aufmerksamen blauen Augen.

»Mein Sohn Bill«, sagte Scheler. »Er wird den Wagen persönlich übernehmen.«

Dasein hatte plötzlich ein warnendes Gefühl, und er drückte sich an die Flanke seines Wagens. Die Werkstatt vermittelte ihm mit einemmal die gleiche konzentrierte Bosheit wie der Fluß.

Scheler ging durch die Lücke zwischen dem Lincoln und einem alten Studebaker und rief über die Schulter zurück: »Wenn Sie den Auftrag unterzeichnen, Mister Dasein, ist alles in Ordnung.«

Dasein ging ihm zwei Schritte nach und zögerte. Er hatte das Gefühl, daß die Werkstatt ihn erdrückte.

»Wir können von hier aus zu Fuß zur Klinik gehen«, meinte Piaget. »Sam ruft an, wenn der Wagen fertig ist.«

Dasein trat noch einen Schritt vor, blieb stehen und sah sich um. Bill Scheler stand direkt hinter ihm. Er streckte freundlich den Arm aus, um ihn zwischen den Wagen durchzuführen. Das drohende Gefühl war wie ein Trommelwirbel in Daseins Kopf. Mit einem Aufschrei sprang er zur Seite.

Der junge Mechaniker, der plötzlich niemanden mehr vor sich hatte, stolperte nach vorn. Im gleichen Moment sackte die Winde zusammen, und der Lincoln krachte zu Boden. Bill Scheler lag halb unter dem Wagen. Der Lincoln schaukelte zweimal, dann stand er still. Eine rote Pfütze breitete sich unter dem Wagen aus.

Piaget raste an ihm vorbei und schrie Scheler zu, daß er die Winde hochfahren sollte.

Irgendwo im Hintergrund summte ein Kompressor. Der Lincoln ruckte, hob sich. Er gab einen Körper frei. Der Kopf war von einem Ende der Winde bis zur Unkenntlichkeit entstellt.

Dasein rannte aus der Werkstatt und übergab sich.

Das hätte ich sein können, dachte er. *Das war für mich bestimmt.* Er bemerkte undeutlich das hastige Hin und Her, dann das Heulen einer Sirene.

Zwei Mechaniker kamen aus der Werkstatt und stützten den schwankenden Sam Scheler.

Es war sein Sohn, dachte Dasein. Er spürte, daß das von tiefgreifender Bedeutung war, aber sein schockierendes Inneres gab keine Erklärung für dieses Gefühl ab.

Er hörte, wie einer der Mechaniker zu Scheler sagte: »Es war ein Unfall, Sam. Du hättest nichts tun können.«

Sie gingen mit ihm in die Tankstelle.

Das Heulen der Sirene wurde lauter. Dasein ging bis an den Gebrauchtwagenstand und drückte sich gegen den niedrigen Zaun.

Sein Wagen wurde ins Innere der Werkstatt geholt.

Der Krankenwagen raste in die Station und fuhr rückwärts in die Werkstatt. Dann verließ er die Tankstelle. Seine Sirene schwieg.

Piaget kam aus der Garage.

Er war sonderbar gedrückt und hatte einen unsicheren Schritt. An der rechten Seite seines Kittels war ein Blutfleck, am Saum und am Ärmel Schmiere.

Blut und Schmiere – eine merkwürdige Kombination, aber sie erzählte viel. Dasein schauderte.

»Ich – ich brauche eine Tasse Kaffee«, sagte Piaget. Er schloß die Augen einen Moment und sah dann Dasein bittend an. »Gleich um die Ecke ist ein Café. Könnten Sie ...« Er unterbrach sich und holte tief und zitternd Atem. »Ich habe geholfen, den Jungen zur Welt zu bringen.« Er schüttelte den Kopf. »Gerade wenn man denkt, daß man immun wird ....«

Dasein fühlte plötzlich Mitleid mit Piaget. Er trat vom Zaun weg und nahm den Arm des Doktors. »Wo ist dieses Café? Ich brauche selbst eine Stärkung.«

Das Café war ein schmales Backsteingebäude, das sich zwischen eine Eisenhandlung und eine Schuhmacherwerkstatt zwängte. Die Gittertür fiel hinter ihnen zu. Es roch nach Kaffee und dem allgegenwärtigen Jaspers. Einer von Schelers Tankwarten in dunkelgrüner Jacke und weißem Hut saß an einer Theke zur Linken und starrte in eine Tasse Kaffee. In der Ecke befand sich ein grauhaariger Mann mit Lederschürze und schwieligen Händen. Er aß ein Sandwich.

Dasein führte Piaget zu einem Tisch gegenüber der Theke und setzte sich.

Der Tankwart drehte sich um und warf ihnen einen Blick zu. Dasein erkannte, daß auch er ein Scheler sein mußte – die gleichen blauen Augen, die gleiche untersetzte Figur, die gleiche dunkle Haut. Der Mann sah Piaget an und sagte: »Hallo, Doc! Ich habe eine Sirene gehört.«

Piaget hob den Blick von der Tischplatte und sah den Sprecher an. Seine Augen wurden matt. Er atmete zweimal schnell und flach, sah weg und wandte sich dann an den Mann.

»Harry!« Seine Stimme war heiser und brüchig. »Ich – konnte nicht mehr ...« Er unterbrach sich.

Der Mann glitt vom Barhocker. Sein Gesicht war blaß, eine steinerne Maske. »Ich hatte so ein Gefühl ...« Er schlug sich die Hand vor den Mund. »Es war Bill!« Er wirbelte herum und rannte aus dem Café. Die Tür schlug hinter ihm zu.

»Das war Schelers anderer Sohn«, sagte Piaget.

»Er wußte es«, meinte Dasein und erinnerte sich an das Erlebnis am See.

Das Leben schwimmt in einem Meer des Unterbewußtseins, sagte er sich vor. *Durch die Droge können die Menschen das Meer erkennen.*

Piaget studierte Dasein einen Moment und sagte dann: »Natürlich wußte er es. Haben Sie sich noch nie einen Zahn ziehen lassen? Man spürt die leere Stelle.«

Eine schlanke rothaarige Frau mit weißer Schürze und sorgenvollen Linien im Gesicht blieb neben Piaget stehen. »Ich bringe Ihnen Ihren Kaffee«, sagte sie. Sie wollte sich abwenden, doch dann blieb sie noch einmal stehen. »Ich – spürte es – und Jim von nebenan kam nach hinten und sagte es mir. Ich wußte nicht, wie ich es Harry beibringen sollte. Er saß einfach da und wurde immer schmaler – er wußte es, aber er wollte es nicht wahrhaben. Ich ...« Sie zuckte mit den Schultern. »Etwas zum Kaffee?«

Piaget schüttelte den Kopf. Dasein bemerkte mit Entsetzen, daß der Mann den Tränen nahe war.

Die Kellnerin ging, brachte zwei Kännchen Kaffee und kehrte wortlos in die Küche zurück. Auch sie spürte Piagets Stimmung.

Dasein seufzte. Er wollte den Kaffee an die Lippen setzen, doch dann zögerte er. Neben dem allgegenwärtigen Aroma des Jaspers roch er etwas Bitteres. Er hob die Tasse und hielt die Nase daran. Eine Rauchfahne stieg auf, und sie erinnerte Dasein an eine Kobra, die ihre Fänge nach ihm ausstreckte.

Zitternd stellte er die Tasse wieder hin und warf Piaget, der ihn fragend ansah, einen Blick zu.

»Im Kaffee ist Gift«, sagte Dasein rauh.

Piaget sah seinen eigenen Kaffee an.

Dasein nahm die Tasse und roch daran. Der bittere Beigeschmack fehlte. Er nippte – Wärme, Jaspers, Kaffee ...

»Ist etwas?«

Dasein merkte, daß die Kellnerin neben ihm stand. »In meinem Kaffee ist Gift«, sagte er.

»Unsinn!« Sie nahm ihm die Tasse aus der Hand und trank.

Piaget legte ihr die Hand auf den Arm. »Nein, Vina – die hier.« Er gab ihr die andere Tasse.

Sie starrte sie an, roch daran, stellte sie ab und rannte in die Küche. Einen Augenblick später kam sie mit einer kleinen gelben Schachtel zurück. Ihr Gesicht war porzellanweiß, und die Sommersprossen an Nase und Wangen wirkten wie Krankheitsmerkmale.

»Schabenpulver«, flüsterte sie. »Ich – der Inhalt war im Waschbecken verstreut. Wahrscheinlich fiel die Schachtel vom Sims. Ich ...« Sie schüttelte den Kopf.

Dasein sah den Doktor an, aber Piaget hatte den Blick gesenkt.

»Wieder ein Unfall«, sagte Dasein mit ruhiger Stimme. »Nicht wahr, Doktor?«

Piaget feuchtete die Lippen mit der Zunge an.

Dasein stand auf und schob die Kellnerin beiseite. Er nahm die Tasse mit dem vergifteten Kaffee und schüttete sie auf den Boden. »Unfälle kommen eben hin und wieder vor, nicht wahr, Vina?«

»Bitte«, sagte sie. »Ich ... ich habe nicht ...«

»Natürlich nicht«, erwiderte Dasein.

»Sie verstehen das nicht«, meinte Piaget.

»Oh, ich verstehe sehr gut«, sagte Dasein. »Was wird es das nächstemal sein? Ein Schuß, der sich zufällig löst? Ein schwerer Gegenstand, der vom Dach fällt? Ganz ohne Absicht selbstverständlich.« Er drehte sich um, lief aus dem Café und blieb auf dem Bürgersteig stehen, um seine Umgebung zu betrachten.

Es war so eine *normale* Stadt. Die Bäume neben dem Parkstreifen waren so normal. Das junge Paar auf der anderen Straßenseite war so normal. Die Geräusche – ein Laster rechts von ihm, die Autos, die vorbeisurrten, die beiden Eichelhäher, die in den Baumkronen stritten, zwei Frauen, die sich vor einem Haus unterhielten –, alles war ganz und gar normal.

Die Tür des Cafés schlug zu. Piaget stellte sich neben ihn. »Ich weiß, was Sie denken«, sagte er.

»Wirklich?«

»Ich kann mir vorstellen, wie das alles in Ihren Augen aussieht.«

»Ja?«

»Glauben Sie mir, es ist alles eine schreckliche Serie von Zufällen, die ...«

»Zufälle!« Dasein wandte sich mit einem Ruck ihm zu und funkelte ihn an. »Wie lange glauben Sie selbst noch daran, Doktor? Wie lange können Sie noch Erklärungen finden, bevor Sie zugeben müssen ...«

»Gilbert, ich würde mir lieber den rechten Arm abschneiden, als daß ich Ihnen etwas zustoßen ließe. Es würde Jenny das Herz brechen ...«

»Sie sehen es tatsächlich nicht?« fragte Dasein. Seine Stimme klang entsetzt. »Sie sehen es nicht. Sie weigern sich, es zu sehen.«

»Dr. Dasein?«

Die Stimme kam von seiner Rechten. Dasein drehte sich um und erkannte Harry – ›Schelers anderen Sohn‹ –, der mit dem Hut in der Hand dastand. Er sah jünger aus als im Café – höchstens neunzehn. Aus seiner Haltung sprach Trauer.

»Ich wollte ...« Er unterbrach sich. »Mein Vater läßt ausrichten ... wir wissen, daß es nicht Ihre Schuld war, daß ...« Er sah in Daseins Augen, mit einem hilfesuchenden Blick.

Dasein fühlte eine plötzliche Zuneigung für den jungen Mann. Das war Anstand. Trotz des eigenen Kummers hatten sich die Schelers die Zeit genommen, Daseins Gefühle zu erleichtern.

Sie dachten, daß ich Schuldgefühle haben würde, überlegte Dasein. Die Tatsache, daß es nicht so war, beschämte ihn.

Wenn ich nicht ... Er tat diesen Gedanken ab. *Wenn ich was nicht? Der Unfall war für mich bestimmt.*

»Schon gut, Harry«, sagte Piaget. »Wir verstehen dich.«

»Danke, Doc.« Er sah Piaget erleichtert an. »Dad läßt außerdem sagen – Mister Daseins Wagen –, die neuen Scheinwerfer sind jetzt eingesetzt. Das ist alles, was wir tun können. Die Lenkung – Sie müssen langsam fahren, wenn Sie nicht die ganze Front auswechseln wollen.«

»Schon fertig?«

»Es dauert nicht lange, die Scheinwerfer einzusetzen, Sir.«

Dasein sah von dem jungen Mann zu Piaget. Der Doktor erwiderte seinen Blick, und Dasein verstand, was er sagen wollte: *Sie möchten, daß der Wagen schnell wegkommt. Die böse Erinnerung ...*

Dasein nickte. Natürlich. Der Wagen erinnerte sie an die Tragödie. Das war logisch. Wortlos setzte er sich in Richtung Werkstatt in Bewegung.

Piaget eilte ihm nach.

»Gilbert, ich muß darauf bestehen, daß Sie zu mir kommen. Jenny kann ...«

»Bestehen?«

»Sie sind wirklich stur, Gilbert.«

Dasein schluckte den aufkommenden Ärger hinunter und sagte: »Ich will Jenny ebensowenig weh tun wie Sie. Deshalb gehe ich meine eigenen Wege. Ich möchte nicht, daß Sie erfahren, welches meine nächsten Schritte sind. Ich will nicht, daß an der erstbesten Ecke wieder ein Unfall auf mich wartet.«

»Gilbert, Sie müssen sich diese Idee aus dem Kopf schlagen! Niemand von uns will Sie verletzen.«

Sie befanden sich jetzt auf dem Parkplatz zwischen der Tankstelle und der Werkstatt. Dasein starrte das offene Werkstattor an und wurde plötzlich von dem Gefühl überwältigt, daß es ein Maul mit tödlichen Fängen war, die sich um ihn schließen wollten.

Er zögerte, wurde langsamer und blieb stehen.

»Was ist jetzt?« fragte Piaget.

»Ihr Wagen ist drinnen«, sagte Harry Scheler. »Sie können ihn gleich hinausfahren und ...«

»Was ist mit der Rechnung?« fragte Dasein. Er wollte Zeit gewinnen.

»Darum kümmere ich mich. Sie können ihn schon abholen, während ich alles erledige«, sagte Piaget. »Dann fahren wir ...«

»Ich möchte, daß mir jemand den Wagen ins Freie bringt«, sagte Dasein. Er trat zur Seite.

»Ich kann verstehen, daß Sie nicht mehr hineinmöchten«, sagte Piaget. »Aber ...«

»Fahren Sie ihn für mich heraus, Harry«, bat Dasein.

Der Junge starrte Dasein merkwürdig unbehaglich an. »Ich habe zwar ...«

»Holen Sie ihm die verdammte Kiste heraus!« rief Piaget. »Das ist doch alles Unsinn.«

»Sir?« Harry sah Piaget an.

»Ich sagte, Sie sollen ihm die verdammte Kiste herausholen«, wiederholte Piaget. »Mir reicht es bis obenhin.«

Zögernd ging der Junge auf die Garagentür zu. Seine Füße schienen sich über den Boden zu schleppen.

»Gilbert, Sie können doch nicht glauben ...«

»Ich glaube, was ich sehe«, unterbrach ihn Dasein.

Piaget drückte die Hände an die Schläfen und wandte sich erschöpft ab.

Dasein horchte auf die Geräusche aus der Werkstatt. Unterdrückte Stimmen, nur ein paar Maschinengeräusche, Hammerschläge.

Eine Tür schlug zu. Sie klang wie die seines Wagens. Dasein hörte den Anlasser. Der Motor erwachte mit seinem charakteristischen Stottern zum Leben. Im nächsten Moment hörte er eine donnernde Explosion, und eine Stichflamme schoß aus dem Tor.

Piaget sprang mit einem Fluch zurück.

Dasein rannte an ihm vorbei zur Werkstatt. Er sah, daß ein paar Leute aus der Tür am anderen Ende der Halle liefen. Sein Wagen stand in der Hauptdurchfahrt, umgeben von einem roten Flammenteppich. Als er den Wagen anstarrte, tauchte ein brennendes Etwas aus dem Feuer auf, schwankte, stürzte.

Hinter Dasein schrie jemand: »Harry!«

Ohne sich seiner Bewegungen bewußt zu werden, rannte Dasein in die Flammen und schleppte den Jungen heraus. Hitze, Schmerzen, Knistern und Dröhnen war um ihn. Es roch nach Benzin und verbranntem Fleisch. Ein Feuerarm züngelte auf ihn zu. Da, wo der Junge gelegen hatte, krachte ein brennender Balken nieder. Rufe, eine einzige große Verwirrung.

Etwas Weißes wurde über die Flammen geworfen, erstickte sie. Hände führten ihn. Dasein merkte, daß er die Werkstatt verlassen hatte und daß Piaget seinen Kittel benutzte, um das Feuer an Harrys Kleidern zu ersticken.

Ein Fremder schien das gleiche bei seinen eigenen Armen und Händen zu machen. Durch eine vom Schmerz gedämpfte Welt sah Dasein einen Krankenwagen herbeirasen. Männer trugen den in Piagets Kittel gehüllten Harry weg. Jemand führte ihn selbst zum Beifahrersitz des Wagens.

»Langsam! Bring sie sofort zur Klinik, Ed!« »Hilf mir einen Moment!« »Hierher!«

Sirenen klangen auf, ein schwerer Motor brummte. Dasein hörte Piagets Stimme aus dem hinteren Teil des Krankenwagens. »Gut, Ed! Du kannst fahren.«

Der Wagen raste auf die Straße hinaus. Dasein sah den

Fahrer an und erkannte einen der Tankwarte. Er drehte sich um. Piaget beugte sich über den verletzten jungen Mann.

»Ist es schlimm?« fragte Dasein.

»Er hatte Schaftstiefel an«, erwiderte Piaget. »Das war sein Glück. Offensichtlich schützte er das Gesicht mit seinem Hut, aber sein Rücken sieht böse aus. Ebenso seine Arme und Hände.«

Dasein starrte den Jungen an.

»Wird er ...«

»Ich glaube, Sie haben ihn rechtzeitig herausgeholt«, sagte Piaget. »Ich habe ihm eine Spritze gegeben, damit er nichts spürt.« Er warf einen Blick auf Daseins Arme. »Möchten Sie auch eine?«

»Nein.« Dasein schüttelte den Kopf.

Weshalb bin ich hineingerast, um ihn zu retten? fragte sich Dasein. Es war eine instinktive Reaktion gewesen. Die Rettung Harrys hatte ihn in eine ziemlich hilflose Situation gebracht. Er befand sich mit Santarogern in einem Auto und brauchte ärztliche Hilfe. Dasein ließ sein neues Jaspers-Bewußtsein spielen und forschte umher. Er suchte nach einer Gefahr. Nichts. Die Drohung schien vorbei zu sein. *Weil ich Harry gerettet habe?* überlegte Dasein. *Wollte ich die Santaroger besänftigen, indem ich einen der ihren rettete, während sie mich umzubringen versuchten?*

»Wieder ein Unfall«, sagte Piaget, und in seiner Stimme war zum erstenmal Zweifel.

Dasein spürte den forschenden Blick des Arztes und nickte.

Der Wagen bog in eine Allee ein, und Dasein erkannte die breite Vorderfront von Piagets Haus. Sie fuhren daran vorbei zu einer Kiesauffahrt, die zu einem überdachten Vorplatz führte. Sie waren an der Klinik.

Trotz seiner Schmerzen sah Dasein, daß das Gebäude von der Straße her durch eine Immergrünhecke abgeschirmt wurde und zu dem Grundstück gehörte, in dem auch Piagets Haus stand. Krankenwärter in weißen Mänteln kamen mit einer fahrbaren Bahre herausgeeilt und legten den Jungen darauf. Piaget öffnete Daseins Tür und fragte: »Können Sie gehen, Gilbert?«

»Ich – ich glaube schon.«

Dasein ließ sich aus dem Wagen gleiten. Er streckte die Arme vorsichtig aus. Der Schmerz und die Bewegung erforderten seine ganze Konzentration. An seiner Stirn und der rechten Gesichtshälfte spürte er ein Brennen. Das Ziegelgebäude, eine doppelte Glastür, Hände, die ihn sanft führten – alles schien weit entfernt und sehr klein.

Ich werde ohnmächtig, dachte er. Er hatte das Gefühl, daß es ungeheuer gefährlich war, in Ohnmacht zu fallen. Erschreckt bemerkte er, daß man ihn in einen Rollstuhl gesetzt hatte, daß man ihn eilig durch einen Korridor mit grünen Wänden fuhr. Die plötzliche Verstärkung seines Bewußtseins verdeutlichte auch seine Schmerzen. Er zog sich erleichtert in eine Ohnmacht zurück.

Helle Lichter!

Das Licht war überall. Er hörte das Schnippen einer Schere, sah die Hände, die die Schere hielten. Man schnitt den Ärmel seiner Jacke auf und löste den Stoff vorsichtig von dem verbrannten Fleisch.

Das ist mein Fleisch, dachte Dasein. Er riß seinen Blick davon los.

Dasein spürte etwas Kühles an der linken Schulter, einen Stich, ein Ziehen. Die Hand, die die Spritze hielt, bewegte sich vor seinen Augen. Für Dasein war im Moment nur wichtig, daß sein Sichtbereich lediglich eine Ebene umfaßte. Er sah Licht, ein nebliges Glitzern, aus dem Hände und Gesichter erschienen. Er merkte, daß er ausgezogen wurde. Etwas Kühles, Glattes, Gleitendes wurde ihm über Arme und Hände und dann über das Gesicht gestrichen.

Sie haben mir eine Spritze gegeben, damit ich das Bewußtsein verliere, dachte er. Er versuchte an die Gefahr zu denken, an seine vollkommene Hilflosigkeit hier. Das Bewußtsein machte nicht mit. Er konnte es nicht durch den glitzernden Nebel stoßen.

Er hörte Stimmen. Er konzentrierte sich auf die Stimmen. Jemand sagte: »Um Himmels willen! Er hat eine Pistole bei sich. Legen Sie das Ding weg.«

Aus irgendeinem Grund fand Dasein das lustig, aber er weigerte sich zu lachen.

Dann fiel ihm sein Wagen ein. Zuletzt hatte er ihn als Flammenball gesehen. Alle seine Aufzeichnungen waren im

Wagen gewesen. Jeder kleinste Beweis, den er gegen Santaroga gesammelt hatte, war durch das Feuer vernichtet worden. *Beweise?* dachte er. *Notizen – Spekulationen* ... Er hatte alles noch im Gedächtnis.

Aber wenn man stirbt, ist auch das verloren.

Die Angst packte ihn. Er wollte schreien. Kein Laut entrang sich seinen Lippen. Er wollte aufstehen. Seine Muskeln gehorchten ihm nicht.

Als das Dunkel kam, war es wie eine Hand, die ihn packte.

11

Dasein wachte auf und erinnerte sich an einen Traum – an eine Unterhaltung mit gesichtslosen Göttern.

Er fand es wichtig, sich an den Traum zu erinnern. »Ich bin der Mann, der aufgewacht ist.« Das hatte er den Göttern sagen wollen. »Ich bin der Mann, der aufgewacht ist.«

Der Traum war ein fließendes Muster in seinem Gedächtnis, ein Prozeß, der nicht von seinem Körper getrennt werden konnte. Er war voll von Taten und Angst. Er hatte dauernd etwas zu tun versucht, und nie war es ihm gelungen.

Dasein erinnerte sich an die dunkle Hand, die dem Traum vorhergegangen war. Er hielt den Atem an und öffnete langsam die Augen. Tageslicht. Er war in einem Bett, und sein Zimmer hatte grüne Wände. Vor dem Fenster zu seiner Linken konnte er einen gewundenen rötlichen Ast mit öliggrünen Blättern sehen, dazu ein Stück blauen Himmel. Er spürte auch seinen Körper: Bandagen und Schmerz an den Armen, Bandagen über der Stirn und an der rechten Wange. Seine Kehle war trocken, und er hatte einen säuerlichen Geschmack auf der Zunge.

Jemand räusperte sich zu seiner Rechten.

Er spannte sich an und drehte den Kopf.

Winston Burdeaux saß in einem Sessel neben der Tür. Die braunen Augen in dem dunklen Gesicht hatten einen merkwürdigen Ausdruck.

Weshalb Burdeaux? fragte sich Dasein.

»Es freut mich, daß Sie wach sind, Sir«, sagte Burdeaux. In der dunklen Stimme des Mannes schwang Kameradschaft mit. Hatte man Burdeaux deshalb hergebracht? Sollte er ihn in Sicherheit wiegen?

Aber ich lebe ja noch, dachte Dasein.

Wenn sie ihn hätten töten wollen, wäre Gelegenheit genug gewesen.

»Wie spät ist es?« fragte Dasein. Beim Sprechen schmerzte die Brandwunde auf der Wange.

»Fast zehn Uhr und ein herrlicher Morgen«, erwiderte Burdeaux. Er lächelte, und seine weißen Zähne blitzten auf. »Wünschen Sie irgend etwas?«

Bei der Frage verkrampfte sich Daseins Magen vor Hunger. Aber was mochte in dem Essen sein, das man ihm servierte?

»Ich möchte gern wissen, weshalb Sie hier sind«, sagte er.

»Der Doktor meinte, ich sei am sichersten«, erwiderte Burdeaux. »Ich war auch einmal ein Außenstehender. Ich kann mich erinnern, wie das war.«

»Hat man auch Sie zu töten versucht?«

»Sir!«

»Hatten Sie irgendwelche Unfälle?« fragte Dasein.

»Ich teilte die Meinung des Doktors, daß es Unfälle waren, keineswegs«, sagte Burdeaux. »Einmal dachte ich ... aber jetzt weiß ich, wie sehr ich mich getäuscht hatte. Die Leute des Tales wollen niemand etwas zuleide tun.«

»Und doch sind Sie hier, weil der Doktor Sie für *sicher* hielt«, sagte Dasein. »Außerdem haben Sie meine Frage noch nicht beantwortet. Hatten Sie hier Unfälle?«

»Sie müssen verstehen«, wich Burdeaux aus. »Wenn man die Art des Tales nicht kennt, kann man leicht in – Situationen geraten, die ...«

»So hatten Sie also Unfälle. Haben Sie deshalb heimlich Pakete von Louisiana bekommen?«

»Pakete?«

»Weshalb ließen Sie sie nach Porterville schicken?«

»Oh, das wissen Sie!« Burdeaux schüttelte den Kopf und grinste. »Hatten Sie noch nie Sehnsucht nach den Speisen Ihrer Kindheit? Ich glaubte, daß meine neuen Freunde mich nicht verstehen würden.«

»War es das?« fragte Dasein. »Oder wachten Sie eines Morgens angstgeschüttelt auf und überlegten, was das Jaspers Ihnen antat?«

Burdeaux zog die Stirn in Falten. Dann sagte er: »Sir, als ich herkam, war ich ein unwissender *Nigger.* Jetzt bin ich ein gebildeter Schwarzer ... und Santaroger. Ich habe nicht mehr die Wahnvorstellungen, die ich ...«

»So kämpften Sie also auch dagegen an!«

»Ja. Aber ich merkte bald, wie dumm das war.«

»Eine Wahnvorstellung.«

»Jawohl.«

Um die Wahnvorstellungen eines Menschen zu tilgen, muß man ein Vakuum schaffen, dachte Dasein. *Was fließt in dieses Vakuum?*

»Wollen wir es so ausdrücken«, fuhr Burdeaux fort. »Ich habe Ihre Wahnvorstellungen einmal geteilt ...«

»Es ist normal, die Wahnvorstellungen einer Gesellschaft zu teilen«, murmelte Dasein vor sich hin. »Aber es ist abnormal, private Wahnvorstellungen zu entwickeln.«

»Gut formuliert.«

Wieder fragte er sich: *Was ist in das Vakuum geflossen? Welche Wahnvorstellungen teilen die Santaroger?*

Einmal konnten sie die unbewußte Gewalttätigkeit nicht erkennen, durch die Fremde *Unfälle* erlitten. Die meisten von ihnen konnten sie nicht erkennen, verbesserte er sich. Piaget begann allmählich zu verstehen. Und Jenny. *»Bleib weg von mir! Ich liebe dich.«*

Dasein begann die Santaroger in einem neuen Licht zu sehen. Sie hatten etwas Spartanisches an sich. Sie waren in sich gekehrt, unfreundlich, stolz, einsam, vom Gedankenaustausch mit der Umwelt ausgeschlossen ... Er zögerte bei diesem Gedanken. Der Fernsehraum im Hotel fiel ihm wieder ein.

»Der Raum, den man vor mir zu verstecken versuchte«, begann er. »Der mit den Fernsehgeräten ...«

»Wir wollten ihn nicht vor *Ihnen* verstecken«, sagte Burdeaux. »In gewisser Weise verbergen wir ihn vor uns selbst – und vor Fremden, die zufällig vorbeikommen. Es ist etwas Verlockendes an den krankhaften Sendungen des Fernsehens. Deshalb wechseln wir die Zuschauer ab. Aber wir können es nicht ignorieren. Das Fernsehen ist der Schlüssel zur Außenwelt – und es ist ihr Gott.«

»Gott?« Dasein erinnerte sich mit einemmal an seinen Traum.

»Heutzutage haben sie draußen sehr praktische Götter.«

»Was ist ein praktischer Gott?« wollte Dasein wissen.

»Ein praktischer Gott? Das ist ein Gott, der mit seinen Anhängern übereinstimmt. Auf diese Weise kann er nicht besiegt werden, Sie verstehen.«

Dasein wandte sich von Burdeaux ab und starrte die grüne Decke an. *Die Götter besiegen?* War es das, was er im Traum vergeblich versucht hatte?

»Ich verstehe nicht«, murmelte er.

»Sie haben immer noch ein paar Wahnvorstellungen der Außenwelt«, sagte Burdeaux. »Draußen versucht man nicht einmal, das Universum zu verstehen. Oh, sie sagen, daß sie es verstehen, aber das ist nicht ihr eigentliches Ziel. Das merkt man an ihrem Handeln. Sie versuchen das Universum zu erobern. Götter gehören zum Universum – auch Götter, die der Mensch geschaffen hat.«

»Wenn man sie nicht schlagen kann, muß man sich auf ihre Seite stellen«, meinte Dasein. »Um nicht besiegt zu werden, muß sich ein praktischer Gott mit seinen Angreifern verbünden. Stimmt das?«

»Sie sind so aufgeschlossen, wie Jenny vorhersagte.«

»Die Menschen draußen greifen also ihre Götter an?«

»Alles außer vollkommener Unterwerfung hat etwas von einem Angriff in sich«, sagte Burdeaux. »Was ist, wenn man versucht, einen Gott zu ändern? Man klagt ihn an, daß er nicht mit den Gläubigen übereinstimmt.«

»Und das entnehmt ihr alles aus den Fernsehsendungen?«

»Aus den Fern ...« Burdeaux kicherte. »Aber nein, Doktor Gil – Sie haben doch nichts dagegen, daß ich Sie so nenne?«

Dasein sah Burdeaux fragend an. *Doktor Gil.* Er würde sich wie ein Narr vorkommen, wenn er etwas dagegen sagte. Aber er hatte das Gefühl, daß die Erlaubnis ein Verlust in seinem wichtigen Kampf war. Allerdings wußte er nicht, wie er ablehnen sollte.

»Wie Sie wünschen«, sagte er. »Aber erklären Sie mir die Sache mit dem Fernsehen.«

»Das ist unser Fenster nach draußen«, sagte Burdeaux. »Sehen Sie, das Leben draußen ist ein großes Fernsehprogramm. Die Leute von draußen sind die Zuschauer. Sie erwarten, daß ihnen alles serviert wird und daß sie nur auf den

Kopf zu drücken brauchen. Sie wollen sich zurücklehnen und das Leben auf sich zukommen lassen. Sie sehen sich die Spätsendungen an und schalten dann aus. Dann gehen sie ins Bett – was auch eine Art des Abschaltens ist. Das Dumme dabei ist, daß diese Spätsendungen oft noch später daran sind, als sie glauben. Es ist zum Verzweifeln, wenn man das nicht erkennen kann, Doktor Gil. Verzweiflung führt zur Gewalttätigkeit. Es kommt ein Morgen für fast jeden dieser armen Leute, an dem sie bemerken, daß das Leben nicht zu ihnen gekommen ist, egal, wieviel sie ferngesehen haben. Es ist nicht zu ihnen gekommen, weil sie nicht daran teilnahmen. Sie waren nie auf der Bühne. Es war eine Illusion – eine Wahnvorstellung.«

Dasein nahm die Intensität der Worte in sich auf. Es lag eine entsetzliche Wahrheit in ihnen.

»Und so schalten sie sich aus«, murmelte er.

»Es ist alles eine Fernsehsendung«, sagte Burdeaux.

Dasein drehte den Kopf und sah aus dem Fenster.

»Sie sollten wirklich etwas essen, Doktor Gil«, riet ihm der Schwarze.

»Nein.«

»Doktor Gil, in manchen Dingen sind Sie ein kluger Mann, aber in anderen ...«

»Ich bin nicht klug, sondern erfahren.«

»Das Essen hier ist ausgezeichnet«, erklärte Burdeaux. »Ich werde es persönlich holen und servieren. Sie müssen nicht befürchten, daß ...«

»Ich habe mir schon oft genug die Finger verbrannt.« Er seufzte. »Win, ich bewundere Sie, und ich vertraue Ihnen. Sie haben mir das Leben gerettet. Wahrscheinlich sollten Sie das nicht, aber Sie haben es getan. Deshalb hat Doktor Piaget Sie auch kommen lassen. Aber selbst bei Ihnen könnte ein – *Unfall* geschehen.«

»Es tut mir weh, daß Sie das sagen, Doktor Gil. Ich bin nicht der Mann, der Sie aus dem Wasser zieht, um Sie aufzuhängen.«

Dasein seufzte wieder. Er hatte Burdeaux gekränkt, aber die Alternative ... Plötzlich kam Dasein der Gedanke, daß er auf einer ganz besonderen Bombe saß. Man hatte den Angriff auf ihn im Moment nur aufgegeben, weil er hilflos war. Aber die Gemeinde war imstande, jederzeit wieder *Unfälle* zu fabrizieren, wenn er etwas gegen ihr Schema unternahm.

In diesem Augenblick wünschte sich Dasein nichts anderes, als weit weg von Santaroga zu sein. Er wünschte es sich verzweifelt, obwohl er genau wußte, daß dieser Wunsch jetzt nicht erfüllbar war.

Die Tür neben Burdeaux ging auf. Eine Krankenschwester kam, mit dem Rücken zu ihm gewandt, herein. Sie zog einen Wagen in das Zimmer. Jenny!

Dasein vergaß seine Brandwunden und stützte sich auf die Ellbogen.

Jenny sah ihn mit einem merkwürdigen Ausdruck an. Ihre vollen Lippen waren trotzig vorgeschoben. Das lange schwarze Haar war zu einem ordentlichen Knoten zusammengebunden. Sie trug eine weiße Uniform, weiße Strümpfe und weiße Schuhe – aber keine Schwesternhaube.

Dasein schluckte.

»Miß Jenny«, sagte Burdeaux, »was haben Sie da auf dem Wagen?«

Sie sprach, ohne den Blick von Dasein abzuwenden. »Etwas zu essen für diesen Verrückten. Ich habe es selbst zubereitet.«

»Ich habe schon versucht, ihm zum Essen zuzureden«, meinte Burdeaux. »Aber er sagt nein.«

»Würden Sie uns bitte einen Moment allein lassen, Win?« bat sie. »Ich möchte ...«

»Der Doktor hat gesagt, ich dürfte nicht ...«

»Win, bitte!«

»Zwanzig Minuten«, sagte Win. »Ich warte gleich draußen im Korridor, wenn man mich braucht.«

»Vielen Dank, Win.« Sie wandte ihre Aufmerksamkeit wieder Dasein zu.

Burdeaux verließ das Zimmer und schloß es leise.

»Jen, ich ...«, begann Dasein.

»Sei still«, sagte sie. »Du darfst dich nicht überanstrengen. Onkel Larry sagte ...«

»Ich esse hier nichts«, erklärte Dasein.

Sie stampfte mit dem Fuß auf. »Gil, du bist ...«

»Ich bin ein Idiot«, sagte er. »Aber Hauptsache ist doch, daß ich lebe.«

»Aber sieh dich doch an! Sieh ...«

»Wie geht es Harry Scheler?«

Sie zögerte, dann sagte sie: »Er wird durchkommen. Er wird ein paar Narben davontragen – du übrigens auch. Aber du ...«

»Hat man herausbekommen, was geschehen ist?«

»Es war ein Unfall.«

»Ist das alles? Ein Unfall?«

»Es hieß, daß die Leitung der Benzinpumpe beschädigt war – eine schlechte elektrische Verbindung zu einem der Scheinwerfer ...«

»Ein Unfall«, sagte Dasein. »Ich verstehe.« Er sank wieder in die Kissen.

»Ich habe dir Eier mit Toast und Honig mitgebracht«, sagte Jenny. »Du mußt etwas essen, sonst hältst du nicht durch ...«

»Nein.«

»Gil!«

»Ich habe nein gesagt.«

»Wovor hast du Angst?«

»Vor einem weiteren Unfall.«

»Aber ich habe es selbst zubereitet!«

Er drehte den Kopf, sah sie an und sagte leise: »Bleib weg von mir! Ich liebe dich.«

»Gilbert!«

»Das hast du gesagt«, erinnerte er sie.

Sie wurde blaß und lehnte sich zitternd gegen den Servierwagen. »Ich weiß«, flüsterte sie. »Manchmal spüre ich ...« Tränen liefen ihr über die Wangen. »Aber ich liebe dich wirklich! Und du bist jetzt verletzt. Ich will mich um dich kümmern. Da – sieh her!« Sie hob den Deckel von einer der Schüsseln und aß einen Löffel des Inhalts.

»Jenny!« sagte Dasein leise. Ihr gekränkter Ausdruck, ihre starke Liebe – er wollte sie in die Arme nehmen und ...

Jenny riß die Augen auf. Sie fuhr sich mit beiden Händen an die Kehle. Ihr Mund bewegte sich, aber sie brachte keinen Laut hervor.

»Jenny!«

Sie schüttelte den Kopf. In ihre Augen kam ein verzweifelter Ausdruck.

Dasein warf die Bettdecke zurück und zuckte bei der Bewegung zusammen. Er stand auf. Schwindel erfaßte ihn.

Jenny, die Hände immer noch an der Kehle, zog sich zur Tür zurück. Dasein ging ihr nach. Das Krankenhausnachthemd flatterte um seine Knie. Seine Beine zitterten.

Abrupt fiel Jenny zu Boden.

Dasein erinnerte sich an Burdeaux und rief: »Hilfe! Win! Hilfe!« Er schwankte und hielt sich am Rand des Servierwagens fest. Das Ding rollte weiter.

Dasein saß hilflos am Boden, als die Tür aufgerissen wurde. Burdeaux starrte ihn an und sah dann zu Jenny hinüber, die mit geschlossenen Augen am Boden lag. Sie hatte die Knie angezogen und keuchte.

»Den Doktor!« rief Dasein mit rauher Stimme. »Etwas im Essen! Sie hat davon gekostet ...«

Burdeaux holte einmal Atem, dann wirbelte er ins Freie.

Dasein kroch auf Jenny zu. Das Zimmer schwankte und drehte sich um ihn. Er hatte erst ein paar Schritte zurückgelegt, als Piaget mit Burdeaux hereinstürzte.

Piagets rundes, blasses Gesicht war eine starre Maske, als er neben Jenny niederkniete. Er deutete auf Dasein und sagte zu Burdeaux: »Zurück ins Bett mit ihm!«

»Das Essen auf dem Serviertisch!« stammelte Dasein. »Sie hat etwas gegessen.«

Eine blonde Krankenschwester mit einem weißen Häubchen rollte einen Instrumententisch heran und beugte sich über Piagets Schulter. Dann sah Dasein nichts mehr, weil Burdeaux ihn aufhob und zurück ins Bett trug.

»Sie bleiben hier, Doktor Gil«, sagte er. Er drehte sich um und starrte die Szene neben der Tür an.

»Allergische Reaktion«, sagte Piaget. »Die Kehle schließt sich. Wir müssen ihr künstlich Luft zuführen.«

Die Schwester reichte ihm etwas, und Piaget arbeitete mit geschickten Fingern. Er wandte Dasein den Rücken zu.

»Atropin!« sagte er.

Wieder reichte ihm die Schwester etwas.

Dasein fiel es schwer, sich auf die Szene zu konzentrieren. Die Angst würgte ihn. *Weshalb bin ich so schwach?* fragte er sich. Und dann dachte er: *Lieber Gott, sie kann nicht sterben. Bitte, rette sie!*

Krankenhauspersonal stand schweigend und erschrocken an der Tür.

Piaget sah auf und sagte: »Eine Bahre!«

Ein paar der Gesichter verschwanden von der Tür. Dann wurde eine Bahre durch den Korridor gerollt.

Piaget erhob sich. »Das ist alles, was ich hier oben tun kann. Bettet sie so, daß der Kopf tiefer liegt als die Beine.« Er wandte sich an Dasein. »Was hat sie gegessen?«

Dasein deutete auf den Servierwagen. »Da hat sie den Deckel abgenommen. Ich glaube, es sind Eier.«

Piaget war mit einem langen Schritt bei dem Wagen, hob die Schüssel hoch und roch daran. Jenny wurde von der Krankenschwester und zwei Wärtern auf die Bahre gehoben. Ein Röhrchen hing ihr aus dem Mundwinkel.

»War es ein Gift?« fragte Burdeaux mit unterdrückter Stimme.

»Natürlich war es ein Gift«, fauchte Piaget. »Verhält sich genau wie Eisenhut.« Er lief mit der Schüssel aus dem Zimmer.

Schweißgebadet lag Dasein in seinen Kissen. Burdeaux strich die Decken glatt.

»Einen Moment lang dachte ich – Sie wollten Jenny etwas antun«, sagte der Schwarze.

Sie darf nicht sterben, dachte Dasein.

»Es tut mir leid«, fuhr Burdeaux fort. »Ich wußte natürlich, daß Sie das nie fertigbrächten.«

»Sie darf nicht sterben«, wisperte Dasein.

Er sah auf und erkannte Tränenspuren auf den dunklen Wangen Burdeaux'. Die Tränen weckten einen sonderbaren Zorn in ihm. Er war nicht auf Burdeaux wütend, sondern auf dieses körperlose *Ding,* das Santaroga beherrschte, das sogar versuchte, die Frau, die ihn liebte, als Waffe gegen ihn auszuspielen. Er starrte Burdeaux feindselig an.

»Doktor Larry wird es nicht zulassen«, sagte Burdeaux. »Er wird ...«

Burdeaux sah Daseins Gesichtsausdruck und zog sich unwillkürlich ein paar Schritte zurück.

»Gehen Sie hinaus!« keuchte Dasein.

»Aber der Doktor sagte ...«

»Doktor Gil befiehlt Ihnen, sich zum Teufel zu scheren!«

Burdeaux' Miene wurde trotzig. »Ich darf Sie nicht allein lassen.«

Dasein sank zurück. Was sollte er tun?

»Sie hatten letzte Nacht eine schlimme Schockreaktion«, sagte Burdeaux. »Man mußte eine Blutübertragung vornehmen. Sie dürfen nicht allein bleiben.«

Eine Transfusion? überlegte Dasein. *Weshalb haben sie mich dabei nicht umgebracht? Sie wollten mich für Jenny erhalten!*

»Ihr kümmert euch alle so sehr um Jenny«, sagte Dasein. »Ihr laßt es zu, daß sie mich tötet. Es wäre auch ihr Untergang, aber das macht nichts, was? Ihr würdet Jenny opfern, ihr Pack von ...«

»Sie reden verrücktes Zeug, Doktor Gil!«

So schnell der Zorn gekommen war, so schnell verließ er ihn wieder. Weshalb sollte er den armen Win angreifen? Er war erschöpft. Natürlich mußte sein Gerede dem Neger verrückt vorkommen.

Er fragte sich, was er tun würde, wenn Jenny starb. Es war ein merkwürdig zergliedertes Gefühl – ein Teil von ihm wimmerte bei dem Gedanken, ein anderer Teil zürnte dem Geschick, das ihn so in die Enge getrieben hatte, und wieder ein anderer Teil wollte nicht mit dem Analysieren aufhören.

Sie werden mich sofort umbringen, wenn Jenny stirbt.

»Ich bleibe hier an der Tür sitzen«, sagte Burdeaux. »Wenn Sie etwas brauchen, rufen Sie mich.«

Er setzte sich und kreuzte die Arme – wie ein Wächter.

Dasein schloß die Augen. *Jenny, bitte stirb nicht!*

Er hörte, wie eine Tür aufging. Piaget stand mitten im Zimmer. Er trug ein Stethoskop um den Hals. Seine Augen wirkten müde. Er sah Dasein mit einem verwirrten Stirnrunzeln an.

»Jenny?« flüsterte Dasein.

»Sie wird durchkommen«, sagte Piaget. »Aber es war knapp.«

Dasein schloß die Augen und holte tief Atem. »Wie viele dieser Unfälle können wir eigentlich noch ertragen?« fragte er. Er spürte, daß Piaget ihn ansah.

Burdeaux stellte sich neben Piaget und sagte: »Er hat verrücktes Zeug geredet, Doktor Larry.«

»Win, könntest du uns einen Moment allein lassen?« fragte Piaget.

»Wollen Sie wirklich?« Er warf Dasein einen zweifelnden Blick zu.

»Bitte.« Piaget zog sich einen Stuhl heran und setzte sich neben Daseins Bett.

»Ich warte vor der Tür«, sagte Burdeaux, als er hinausging.

»Sie haben Win aufgeregt. Dazu gehört allerhand«, sagte Piaget.

»Aufgeregt ...« Dasein starrte ihn sprachlos an. Dann sagte er: »Ist das Ihre Zusammenfassung der Ereignisse?«

Piaget sah auf seine rechte Hand, ballte sie zur Faust und öffnete sie wieder. Er schüttelte den Kopf. »Ich wollte nicht zynisch sein, Gilbert. Ich ...« Er sah zu ihm auf. »Es muß irgendeine vernünftige, rationale Erklärung geben.«

»Sie glauben nicht mehr, daß das Wort *Unfall* alles erklärt?«

»Ein Unfallanfälliger ...«

»Wir wissen beide, daß es so etwas nicht gibt«, sagte Dasein.

Piaget preßte die Fingerspitzen gegeneinander und lehnte sich zurück. »Nun, in psychiatrischer Hinsicht ...«

»Hören Sie damit auf!« fauchte Dasein. »Sie werden doch nicht mit dem alten Klischee kommen, ›daß eine neurotische Tendenz zur Selbstzerstörung‹ besteht! Konnte ich ahnen, daß die Brücke repariert wurde? Oder der Junge mit Pfeil und Bogen oder ...«

»Welcher Junge?«

Dasein war sein Versprechen nun auch gleichgültig. Er erzählte von dem Vorfall am Campingplatz und fügte hinzu: »Und was war mit der Winde oder dem Feuer in der Werkstatt? Und da wir schon dabei sind, was war mit dem Gift im Essen? Ausgerechnet Jenny! Das Essen, das sie mir ...«

»Schön! Sie haben Gründe ...«

»Gründe? Ein ganzes Syndrom arbeitet gegen mich. Santaroga versucht mich umzubringen. Ein offensichtlich unschuldiger junger Mann ist bereits gestorben. Jenny kam beinahe ums Leben. Wer soll der nächste sein?«

»Um Himmels willen, weshalb sollten wir ...«

»Um eine Bedrohung auszuschalten. Ist das nicht eindeutig? Ich stelle eine Bedrohung dar.«

»Jetzt reicht es aber!«

»Ha! Ist es Santaroga vielleicht gleichgültig, wenn ich Jenny aus dem Tal hole und alles verrate?«

»Jenny würde niemals gehen.«

»So! Sie behaupten, daß Sie Jenny lieben. Dennoch wird sie zu meiner Mörderin gemacht. Könnten Sie ihr etwas Schrecklicheres antun?«

Piaget war blaß geworden. Er holte unruhig Atem. »Sie ... es muß doch ... was meinen Sie mit ›alles verraten‹?«

»Hat sich jemand vom Arbeitsministerium schon einmal Ihre Gewächshäuser angesehen? Weiß man, daß Ihre sogenannte Schule nichts anderes als Kinderarbeit ist? Und das Gesundheitsministerium? In den Aufzeichnungen von Santaroga sind keine Geisteskranken enthalten.«

»Gilbert, Sie wissen nicht, wovon Sie sprechen.«

»Nicht? Was ist mit der regierungsfeindlichen Propaganda in Ihrer Zeitung?«

»Wir sind nicht regierungsfeindlich eingestellt, Gilbert, wir ...«

»Was? Also, ich habe noch nie schärfere Artikel gelesen ...«

»Lassen Sie mich bitte zu Ende sprechen. Wir sind nicht regierungsfeindlich, sondern nur gegen die *Außenwelt* eingestellt. Das ist etwas ganz anderes.«

»Sie glauben, daß die Leute in der Außenwelt alle verrückt sind?«

»Wir glauben, daß sie einander noch einmal auffressen werden.«

Wahnsinn, Wahnsinn, dachte Dasein. Er starrte die Decke an. Er war schweißgebadet. Er ließ sich bei dem Streit mit Piaget zu sehr von Gefühlen leiten.

»Weshalb haben Sie Burdeaux hergeschickt, damit er auf mich aufpaßt?«

Piaget zuckte mit den Schultern. »Nur zur Vorsorge, falls Sie mit Ihren Vermutungen recht haben sollten ...«

»Und Sie sind auf Burdeaux gekommen.« Dasein studierte Piaget sorgfältig. Der Arzt schien im Kampf mit sich selbst zu liegen. Er knetete nervös seine Finger.

»Die Gründe dürften einleuchtend sein«, sagte er.

»Sie können mich nicht aus dem Tal lassen, nicht wahr?«

»Sie sind nicht in der körperlichen Verfassung dazu.«

»Werde ich es je sein?« fragte Dasein.

Piaget sah ihm in die Augen. »Wie kann ich Ihnen beweisen, was wir wirklich ...«

»Gibt es hier irgendeinen Ort, wo ich mich vor Unfällen schützen kann?« fragte Dasein.

»Vor Unfällen schützen ...?« Piaget schüttelte den Kopf.

»Sie wollen Ihre ehrenhaften Absichten beweisen«, meinte Dasein.

Piaget preßte die Lippen zusammen. »Es gibt eine Isolierstation – eine Mansarde mit eigener Küche, Bad und Labor. Wenn Sie ...«

»Könnte Burdeaux mich hinaufschaffen, ohne mich umzubringen?«

Piaget seufzte. »Ich bringe Sie selbst hinauf, sobald ich ...«

»Burdeaux.«

»Wie Sie wollen. Sie können in einem Rollstuhl transportiert werden.«

»Ich gehe.«

»Dazu haben Sie nicht die Kraft ...«

»Ich werde es mit Burdeaux' Hilfe schaffen.«

»Also gut. Was das Essen betrifft, so können wir ...«

»Ich werde Konserven essen, die ganz willkürlich aus Einkaufsregalen gewählt sind. Burdeaux kann sie kaufen, bis ich ...«

»Aber so sehen Sie doch ...«

»So wird es gemacht, Doktor. Er wird mir eine große Auswahl bringen, und ich wähle wiederum aus dieser Auswahl.«

»Sie treffen unnötige ...«

»Versuchen wir es einmal auf meine Weise. Mal sehen, wie viele Unfälle sich dabei entwickeln.«

Piaget sah ihn einen Moment lang hilflos an, dann sagte er: »Wie Sie wollen.«

»Was ist mit Jenny? Wann kann ich sie sehen?«

»Sie hat einen Nervenschock und einige Traumata davongetragen. Ich glaube, sie sollte ein paar Tage lang keine Besucher empfangen ...«

»Ich verlasse meine Isolierwohnung erst, wenn ich Sie überzeugt habe«, meinte Dasein. »Wann kann sie mich besuchen?«

»Das wird einige Tage dauern.« Er deutete mit dem Finger

auf Dasein. »Hören Sie, Gilbert, Sie können Jenny nicht aus dem Tal wegholen. Sie wird sich nie damit einverstanden erklären ...«

»Das soll Jenny entscheiden.«

»Gut.« Piaget nickte. »Sie werden sehen.« Er ging an die Tür und öffnete sie. »Win?«

Burdeaux kam ins Zimmer. »Redet er immer noch dummes Zeug, Doktor Larry?«

»Wir wollen ein Experiment durchführen, Win«, sagte Piaget. »Um Dr. Daseins Gesundheit und Jennys Glück willen werden wir ihn in die Isolierstation legen.« Piaget deutete mit dem Daumen zur Decke. »Er möchte, daß Sie ihn hinaufbringen.«

»Ich hole einen Rollstuhl«, sagte Burdeaux.

»Dr. Dasein möchte den Weg zu Fuß zurücklegen.«

»Kann er das denn?« Burdeaux sah Dasein zweifelnd an. »Er ist so schwach, daß er sich kaum auf den Beinen hält.«

»Dr. Dasein scheint sich auf Ihre Stärke zu verlassen«, sagte Piaget. »Glauben Sie, daß Sie es schaffen?«

»Ich könnte ihn tragen«, sagte Burdeaux, »aber das kommt mir alles so komisch vor ...«

»Behandeln Sie ihn mit der gleichen Sorgfalt wie ein hilfloses Kind«, sagte Piaget.

»Wenn Sie meinen, Doktor Larry.«

Burdeaux ging ans Bett und half Dasein beim Aufrichten. Die Anstrengung machte Dasein schwindelig. Während der Raum um ihn kippte, sah er Piaget zur Tür gehen und sie aufhalten. Der Doktor warf Burdeaux einen Blick zu.

»Ich verbreite meinen schlechten Einfluß inzwischen anderswo«, sagte Piaget. »Gilbert, ich hoffe, Sie haben nichts dagegen, wenn ich hin und wieder kurz nach Ihnen sehe – einzig und allein in meiner Eigenschaft als Arzt?«

»Solange ich das letzte Wort darüber behalte, was mit mir geschieht«, erwiderte Dasein.

»Es ist nur fair, wenn ich Sie warne. Ihre Bandagen müssen gewechselt werden.«

»Kann Win das auch?«

»Ihr Vertrauen in Win ist rührend«, sagte Piaget. »Sicher beeindruckt ihn das.«

»Kann er ...?«

»Sicher kann er – wenn ich ihm die nötigen Anweisungen gebe.«

»Dann ist es ja gut.«

Mit Burdeaux' Hilfe rappelte er sich hoch. Er stand keuchend da und stützte sich auf den Schwarzen. Seine Knie waren wie aus Gummi.

»Fahren wir mit dem Lift?« fragte er.

»Ja, Sir. Er ist gleich drüben im Gang.«

»Also gut, gehen wir.«

»Ja, Sir. Entschuldigen Sie, Sir.« Burdeaux bückte sich, hob Dasein hoch und trug ihn aus dem Zimmer.

Dasein sah das verblüffte Gesicht einer Krankenschwester, die durch den Korridor schritt. Er kam sich idiotisch und hilflos vor. Die Schwester warf Burdeaux einen strengen Blick zu, doch er beachtete sie nicht, sondern drückte mit dem Ellbogen auf den Aufzugsknopf. Die Krankenschwester ging mit klappernden Absätzen weiter.

Die Aufzugstüren öffneten sich mit einem leisen Zischen. Burdeaux trug ihn ins Innere und drückte mit dem Ellbogen wieder auf einen Knopf.

Daseins Mund wurde trocken, als sich die Aufzugstüren schlossen. Er starrte die cremefarbene Decke an, die milchige Neonröhre, und dachte: *Sie haben nicht gezögert, Jenny zu opfern. Würden sie nicht auch Burdeaux jederzeit opfern? Was ist, wenn der Aufzug abstürzt?*

Ein schwaches Summen ertönte. Dasein spürte, daß der Lift sich in Bewegung setzte. Dann öffneten sich die Türen wieder, und Burdeaux trug ihn hinaus. Er sah einen cremefarbenen Vorraum und eine Mahagonitür mit der Aufschrift ›Isolierstation‹. Dann waren sie drinnen.

Es war ein langes Zimmer mit drei Betten. Durch die Fenster sah man auf ein schwarzes Teerdach. Burdeaux legte Dasein auf das erstbeste Bett und trat zurück. »Die Küche ist da drinnen«, sagte er und deutete auf die Schwingtür am anderen Ende des Zimmers. »Das Bad ist drüben.« Er öffnete die Tür, die gegenüber Daseins Bett war. Rechts davon befanden sich noch zwei Eingänge. »Daneben ist ein Ankleideraum und das Labor. War es das, was Sie haben wollten, Doktor?«

Dasein bemerkte den abschätzenden Blick des Schwarzen und sagte: »Ich werde mich damit begnügen müssen.« Mit einem kleinen Lächeln erklärte er, wie er sich die Sache mit dem Essen vorstellte.

»Konservendosen, Sir?« fragte Burdeaux.

»Ich weiß, ich verlange viel von Ihnen«, meinte Dasein. »Aber Sie waren einmal wie ich. Vielleicht stehen Sie unbewußt auf meiner Seite. Ich zähle darauf ...« Dasein zuckte schwach mit den Schultern.

»Will Doktor Larry, daß ich es tue?«

»Ja.«

»Ich soll also einfach Konservendosen von den Regalen holen – ganz willkürlich?«

»Genau.«

»Na ja, es klingt verrückt, Sir – aber wenn Sie es wollen.« Er verließ murmelnd den Raum.

Dasein kroch unter die Decken und lag eine Zeitlang still da, um wieder zu Kräften zu kommen. Er konnte jenseits des Daches eine Reihe von Baumkronen sehen – hohe Eichen. Der Himmel war wolkenlos blau. Das Zimmer machte einen friedlichen Eindruck. Dasein holte tief Atem. War dieser Ort wirklich sicher? Ein Santaroger hatte ihn ausgewählt. Aber der Santaroger hatte selbst das Gleichgewicht verloren und zweifelte nun.

Zum erstenmal seit Tagen hatte Dasein das Gefühl, sich entspannen zu können. Eine tiefe Müdigkeit ergriff ihn.

Was ist das für eine unnatürliche Schwäche? fragte er sich.

Es war mehr als der Schock oder die Folge der Verbrennungen. Es war wie eine Verwundung der Seele, etwas, das sein ganzes Wesen erfaßte.

Dasein schloß die Augen. Ein unbeherrschtes Zittern erfaßte ihn. Seine Zähne klapperten. Er zwang sich mühsam zur Ruhe und starrte an die Decke.

Eine Jaspers-Reaktion, dachte er.

Irgendwo im Zimmer roch es nach Japsers. Aber er war zu müde, um nachzusehen.

Die Tür ging auf. Dasein hielt sich ganz steif. Er durfte der Müdigkeit nicht nachgeben, sonst ertrank er darin ...

Piaget kam in seinen Sichtbereich. Der Doktor hob Daseins linkes Augenlid hoch und studierte das Auge.

»Sie kämpfen immer noch dagegen an«, sagte er.

»Wogegen?« flüsterte Dasein.

»Ich war ziemlich sicher, daß es Sie fertigmachen würde, wenn Sie soviel Energie daran verschwenden«, meinte Piaget. »Über kurz oder lang werden Sie etwas essen müssen.«

Das erinnerte Dasein an die Leere in seinem Magen – an den schmerzhaften Hunger. Er konzentrierte sich auf den Schmerz. Das half, um gegen die Bewußtlosigkeit anzukämpfen.

»Ich mache Ihnen einen Vorschlag.« Piaget entfernte sich ein Stück, so daß Dasein ihn nicht mehr sehen konnte. »Ich setze mich jetzt her und halte Wache, bis Win mit dem Essen zurückkommt. Ich rühre Sie nicht an, und ich lasse es auch nicht zu, daß ein anderer Sie anrührt. Ihre Bandagen können warten. Wichtiger ist, daß Sie sich ausruhen – schlafen Sie, wenn Sie es fertigbringen. Kämpfen Sie nicht mehr dagegen an.«

Schlaf! O Gott, wie die Müdigkeit winkte!

Wogegen ankämpfen?

Er versuchte sich die Frage noch einmal zu stellen, aber er fand nicht die Energie dazu. Er brauchte seine ganze Kraft, um sich an den winzigen Funken seines Bewußtseins zu klammern.

»Was Sie bekämpfen«, sagte Piaget im Konversationston, »ist die Loslösung vom Sumpf. Der Schlamm zieht einen immer wieder hinunter. Deswegen habe ich auch den Verdacht, daß Ihre Theorie ein Körnchen Wahrheit enthalten könnte – daß wir immer noch etwas von der alten Gewalttätigkeit an uns haben, ohne es zu merken.«

Piagets Stimme war ein hypnotisches Auf und Ab. Einzelne Sätze drangen in Dasseins Bewußtsein.

»... Experiment der Domestizierung ... von einer starren Kondition losgelöst ... müssen einen neuen Identitätssinn geben ... gewissermaßen religiöse Umwandlung ... Theobotaniker ... scheuen nicht vor dem Leben oder dem Lebensbewußtsein zurück ...«

Einer der gesichtslosen Götter flüsterte donnernd in Daseins Ohr: »Dies ist mein Gebot: Ein armer Mann kann sich Prinzipien nicht leisten und ein Reicher braucht sie nicht.«

Dasein schwang in einer Hängematte des Schweigens hin und her. Etwas winkte. Es war vertraut. Er fühlte die vertraute Welt und wurde zurückgestoßen. Es wimmelte vor zerbrochenen Masken, leeren Versprechungen, enthüllten Lügen. Dennoch winkte sie. Er zog sich zurück. Der Unrat war überall.

Immer noch winkte sie.

Die Lockungen waren unerschöpflich, ein wahres Feuerwerk, eine Palette mit den buntesten Farben.

Ein Trick, alles ein Trick.

Er spürte es – ein Trick, eine Menge von Klischees.

Es war eine haßerfüllte Welt.

Welche Welt? fragte er sich. *Santaroga oder die Außenwelt?*

Etwas packte Dasein an der Schulter.

Er schrie.

Er erwachte stöhnend. Es dauerte einen Moment, bis er sich orientiert hatte. Wo waren die gesichtslosen Götter?

»Sie hatten einen Alptraum«, sagte Piaget und zog seine Hand zurück. »Win ist mit dem Essen da.«

Daseins Magen verkrampfte sich.

Burdeaux stand am zweiten Bett. Eine Schachtel mit Konservendosen stand darauf.

»Bringen Sie mir einen Büchsenöffner und einen Löffel«, sagte Dasein.

»Sagen Sie mir, was Sie wollen, und ich mache es auf«, meinte Burdeaux.

»Ich besorge das selbst«, widersprach Dasein. Er stützte sich auf die Ellbogen. Seine Schläfen hämmerten noch bei jeder Bewegung, aber er fühlte sich kräftiger.

»Machen Sie es nach seinem Willen«, sagte Piaget, als Burdeaux zögerte.

Burdeaux zuckte mit den Schultern und ging in die Küche. Dasein warf die Decken zur Seite. Er winkte Piaget und setzte sich mit seiner Hilfe auf. Dann holte er tief Atem und schwankte zum nächsten Bett.

Burdeaux kam zurück und gab ihm einen Dosenöffner.

Dasein nahm neben der Schachtel Platz und holte eine große grüne Dose heraus, ohne das Schild zu beachten. Er setzte den Dosenöffner an, bog den Deckel mit dem Löffel auf, den Burdeaux ihm reichte.

Bohnen.

Der Duft von Jaspers stieg ihm in die Nase. Er warf einen Blick auf das Etikett: ›Verpackt durch die Jaspers-Genossenschaft.‹ Darunter stand eine Nummer, ein Datum und der Satz: ›Nicht für den Versand außerhalb des Tales geeignet. Ausgesetzt: Dezember 64.‹

Dasein starrte die Dose an. *Jaspers?* Das konnte nicht sein.

»Stimmt etwas nicht?« fragt Piaget.

Dasein sah die Dose an – ein glänzendes Etikett. ›Bohnen mit Rindfleisch‹ stand in gelben Buchstaben darauf.

Dasein ignorierte den verlockenden Duft und warf einen Blick in die Schachtel. Er versuchte sich zu erinnern, ob der Deckel geknackt hatte, als er ihn abnahm. Er konnte sich nicht mehr daran erinnern. Wenn nun die Vakuumpackung nicht in Ordnung war?

»Was ist denn?« beharrte Piaget.

»Muß alles in Ordnung sein«, erklärte Burdeaux. »Das waren Dosen aus meinem eigenen Vorrat.«

Dasein sah auf. Alle Dosen in der Schachtel trugen Etikette der Genossenschaft. *Eigener Vorrat?*

»Hier«, sagte Piaget. Er nahm Dasein die Dose und den Löffel ab und kostete. Er lächelte. Dann gab er Dasein beides zurück.

»Alles in Ordnung«, sagte Piaget.

»Klar«, meinte Burdeaux. »Kommt auch aus Pete Majas Laden.«

»Es ist Jaspers«, sagte Dasein mit rauher Stimme.

»Natürlich«, erwiderte Piaget. »Man füllt die Dosen für den hiesigen Gebrauch ab. Essen Sie lieber gleich, sonst verliert sich das Aroma.« Er lachte. »Draußen hält sich Jaspers nur ein paar Sekunden. Hier im Tal kann man mit fünf oder zehn Minuten rechnen.«

»Weshalb?«

»Feindliche Umgebung«, meinte Piaget. »Essen Sie jetzt. Sie haben gesehen, daß ich auch etwas davon nahm.«

Dasein kostete die Sauce. Ein besänftigendes Gefühl breitete sich in ihm aus. Die Bohnen waren köstlich. Er löffelte sie in sich hinein.

Die Dose war leer, bevor er es merkte.

Er war nicht mehr hungrig. Und sein Bewußtsein war mit einem Ruck zurückgekehrt.

Piaget nahm ihm Dose und Löffel ab, ohne daß er etwas dagegen tat.

»Was ist mit seinem Verband?« fragte Burdeaux.

Piaget untersuchte den Verband an seiner Wange, roch daran und richtete sich wieder auf. »Vielleicht heute abend«, sagte er.

»Sie haben mich gefangen, nicht wahr?« fragte Dasein. Er sah zu Piaget auf.

»Da fängt er schon wieder an«, seufzte Burdeaux.

»Win«, sagte Piaget, »ich weiß, daß Sie sich auch wieder einmal um Ihre Familie kümmern müssen. Lassen Sie mich jetzt ruhig mit Gilbert allein. Wenn Sie wollen, können Sie gegen sechs wiederkommen.«

»Ich könnte Willa anrufen und sie ...«

»Es ist nicht nötig, daß Sie Ihre Tochter stören«, meinte Piaget. »Gehen Sie nur!«

»Aber wenn ...«

»Es besteht keinerlei Gefahr.«

»Wenn Sie es sagen.« Burdeaux blieb einen Moment an der Tür stehen und sah Dasein an, dann verließ er den Raum.

»Weshalb sollte Win nicht zuhören?« fragte Dasein.

»Da fängt er schon wieder an!« wiederholte Piaget Burdeaux' Worte.

»Etwas muß ...«

»Es gibt nichts, das Win nicht hören könnte.«

»Und doch muß er etwas Besonderes sein – sonst hätten Sie ihn nicht zu meinem Wächter gemacht«, sagte Dasein. Er holte tief Atem. Sein Verstand war vollkommen klar. »Win war – *sicher* für mich.«

»Das haben Sie sich eingebildet«, meinte Piaget. »Win hat Sie vor dem Sturz gerettet. Sie haben eine deutlich Empathie gezeigt ...«

»Er kam von *draußen*«, sagte Dasein. »Er war früher wie ich.«

»Viele von uns kamen von draußen«, sagte Piaget.

»Sie auch?«

»Nein, aber ...«

»Wie funktioniert die Falle eigentlich?« erkundigte sich Dasein.

»Es ist keine Falle!«

»Wie wirkt sich das Jaspers auf die Menschen aus?«

»Die Frage können Sie sich selbst stellen.«

»Technisch, Doktor?«

»Technisch?«

»Was bewirkt das Jaspers?«

»Ach so. Unter anderem beschleunigt es die Katalyse der chemischen Übermittler im Nervensystem.«

»Veränderungen der Golgi-Zellen?«

»Keineswegs. Es baut die blockierenden Systeme ab, so daß die anschauliche Vorstellung des Verstandes und die Prozesse zur Bewußtseinsbildung beschleunigt werden. Man bekommt das Gefühl, ein besseres Gedächtnis zu besitzen. Das stimmt natürlich nicht, es sieht nur so aus.«

»Kommen wir zur Bildvorstellung«, sagte Dasein. »Was ist, wenn der Mensch mit all seinen Erinnerungen nicht fertig wird? Es gibt außerordentlich unangenehme, sogar sehr gefährliche traumatische Erinnerungen ...«

»Es sind immer wieder Versager dabei.«

»Gefährliche Versager?«

»Manchmal.«

Dasein schloß den Mund, eine instinktive Reaktion. Er atmete tief durch die Nase ein. Der Geruch des Jaspers drang zu seinen Sinnen vor. Er sah auf die Schachtel mit den Konservendosen.

Jaspers. Bewußtseinstreibstoff. Gefährliche Substanz. Droge. Er drehte sich um und sah einen verträumten Zug in Piagets Gesicht.

»Sie können nicht fort vom Tal, was?« fragte er.

»Wer würde das wollen?«

»Sie hoffen, daß ich bleibe und Ihnen vielleicht bei den Versagern helfe.«

»Arbeit gäbe es genug.«

Dasein wurde wütend. »Wie soll ich denn denken?« fauchte er. »Ich kann mich nicht von dem Geruch losreißen ...«

»Langsam«, murmelte Piaget. »Machen Sie jetzt ganz langsam. Sie werden sich noch so daran gewöhnen, daß Sie das Aroma gar nicht merken.«

Jede Gesellschaft hat ihre eigenen Gerüche, ohne daß die Mitglieder es bemerken, dachte er.

Santaroga hatte versucht, ihn umzubringen. Kam es daher, daß er einen anderen Geruch hatte? Er starrte die Schachtel an. Unmöglich! Die Lösung konnte nicht so nahe an der Oberfläche liegen.

Piaget riß einen Streifen von der Schachtel ab und hielt ihn an die Nase. »Der Karton war in der Vorratshöhle«, sagte er. »Organisches Material nimmt den Geruch nach einer gewissen Aussetzungszeit an.«

»Werde ich wie die Schachtel sein?« fragte Dasein. »Werde ich …«

»Schlagen Sie sich solche Gedanken aus dem Sinn«, sagte Piaget.

»Werde ich einer der Versager sein?«

»Hören Sie auf damit!«

»Weshalb denn?«

Dasein setzte sich auf. Die Furcht und der Zorn verliehen ihm Kraft. In seinem Gehirn drängten sich die wildesten Vorstellungen.

»Sie sind nicht der Typ, der versagt«, meinte Piaget.

Dasein starrte die Schachtel anklagend an.

Jaspers!

»Sie gehören zu der Sorte, die es weit bringen können«, fuhr Piaget fort. »Weshalb, glauben Sie, sind Sie eigentlich hier? Wegen dieses einfältigen Marktberichtes? Oder wegen Jenny? O nein. Nichts so Einfaches. Santaroga schickt an manche Menschen seinen Ruf. Und sie kommen.«

Dasein sah ihn von der Seite an.

»Ich kam offensichtlich her, damit ihr mich umbringen könnt«, sagte er.

»Wir wollen Sie nicht umbringen!«

»Erst glauben Sie, daß ich recht habe, dann leugnen Sie wieder.«

Piaget seufzte.

»Ich habe einen Vorschlag«, sagte Dasein.

»Bitte.«

»Er wird Ihnen nicht gefallen.«

Piaget sah ihn wütend an. »Was wollen Sie?«

»Sie werden Angst davor haben. Sie werden sich eine Ausrede suchen …«

»Um Himmels willen, versuchen Sie mich nicht in die Enge zu treiben.«

»So fängt es schon an«, sagte Dasein. Er hob die Hand, als

Piaget wieder sprechen wollte. »Ich möchte Sie hypnotisieren.«

»Was?«

»Sie haben richtig verstanden.«

»Weshalb?«

»Sie sind ein Einheimischer«, erklärte Dasein. »Sie sind an diesen – diesen Bewußtseinstreibstoff gewöhnt. Ich möchte sehen, was darunter liegt, welche Ängste Sie ...«

»Das ist doch Wahnsinn!«

»Ich bin nicht irgendein Amateurhypnotiseur«, fuhr Dasein fort. »Ich bin klinischer Psychologe und habe gute Erfahrungen mit Hypnotherapie.«

»Aber was hoffen Sie dadurch zu gewinnen?«

»Ich möchte Ihre Ängste kennenlernen«, sagte Dasein. »Die Ängste eines Menschen führen zu den tieferliegenden Motiven. Unter jeder Angst verbirgt sich Gewalttätigkeit ...«

»Unsinn! Ich habe keine ...«

»Sie sind Arzt. Sie können mir nicht widersprechen.«

Piaget sah ihn abwägend an. Dann meinte er: »Jeder Mensch hat natürlich die Angst vor dem Tode. Und ...«

»Mehr als das.«

»Halten Sie sich für eine Art Gott?« fragte Piaget. »Sie gehen einfach umher und ...«

»Steigt der Adler auf dein Geheiß zu den Gipfeln, um dort seinen Horst zu bauen?« fragte Dasein. Er schüttelte den Kopf. »Woran glauben Sie?«

»Oh ... Religion.« Piaget atmete erleichtert auf. »Du sollst nicht fürchten die Schrecken der Nacht, nicht den Pfeil, der bei Tage fliegt, noch die Pest, die im Dunkeln geht; nicht die Zerstörung, die mittags hereinbricht ... Ist es das?«

»Das ist es *nicht.*«

»Gilbert, ich weiß über diese Dinge Bescheid, das werden auch Sie nicht leugnen können. Wenn man gewisse Dinge ans Tageslicht zerrt ...«

»Was würde ich ans Tageslicht zerren?«

»Wir wissen beide, daß das nicht mit Sicherheit vorhergesagt werden kann.«

»Ihr handelt als eine Gemeinschaft – eine Gruppe, eine Gesellschaftsschicht«, sagte Dasein. »Ihr wollt nicht, daß ich darin herumstöbere. Welchen Gott betet diese Gruppe in

Wirklichkeit an? Einmal sagen Sie: ›Sehen Sie sich überall um!‹ und dann schlagen Sie mir die Türen vor der Nase zu.«

»Sie glauben wirklich, daß einige von uns versucht haben, Sie – für die Gemeinschaft zu töten?«

»Glauben Sie das nicht?«

»Könnte es nicht eine andere Erklärung geben?«

»Welche?«

Dasein sah Piaget fest an. Der Arzt war beunruhigt, daran konnte es keinen Zweifel geben. Er sah Dasein nicht an. Seine Hände spielten nervös. Sein Atem ging schneller.

»Gesellschaften sind der Meinung, daß sie nicht untergehen können«, sagte Dasein. »Daraus ergibt sich zwangsläufig, daß eine Gesellschaft keinen Glauben hat. Wenn sie nicht sterben muß, wird sie nie vor das Jüngste Gericht treten.«

»Und da sie nie vor das Jüngste Gericht treten muß, kann sie Dinge tun, die ein Einzelmensch niemals tun würde.«

»Vielleicht«, murmelte Piaget. »Vielleicht.« Dann fügte er hinzu: »Also gut. Weshalb wollen Sie mich untersuchen? Ich habe Ihnen nie etwas zuleide getan.«

Dasein senkte den Blick. Die Frage hatte ihn verwirrt. Durch das Fenster konnte er den Saum der Bäume sehen, die Santaroga einschlossen. Er fühlte sich selbst eingeschlossen, gefangen in einem Netz von verwirrenden Begriffen.

»Was ist mit den Leuten, die versucht haben, mich zu töten?« fragte Dasein knapp. »Wären sie geeignete Versuchsobjekte?«

»Der Junge vielleicht«, sagte Piaget. »Ich werde ihn ohnehin untersuchen müssen.«

»Petey, der Junge von Jorick«, sagte Dasein. »Ein Versager, was?«

»Ich glaube nicht.« Er seufzte. »Ich hole Ihnen noch etwas Jaspers. Vielleicht können Sie dann ...«

»Sie glauben, daß ich das Flattern hinter den Augen habe?« fragte Dasein.

Piaget lächelte. »Sarah hält sich an die alten Ausdrücke. Aber Sie dürfen sie nicht auslachen. Sie hat das Auge der Unschuld.«

»Das mir fehlt.«

»Sie besitzen immer noch einige Vorurteile der Nicht-Menschen«, sagte Piaget.

»Und ich habe hier soviel gehört und erfahren, daß man mir nicht mehr erlauben kann, das Tal zu verlassen.«

»Wollen Sie nicht einmal versuchen, hier etwas zu werden?« fragte Piaget.

»Was zu werden?« Piagets verrücktes, beinahe schizophrenes Gerede machte ihn wütend. *Ein Sprechen! Ein Sehen!*

»Das können nur Sie wissen«, sagte Piaget.

»Was kann nur ich wissen?«

Piaget starrte ihn lediglich an.

»Ich sage Ihnen, was ich weiß«, fauchte Dasein. »Ich weiß, daß mein Vorschlag Ihnen Angst macht. Sie wollen nicht, daß ich erfahre, wie Vinas Schabenmittel in meinen Kaffee kam. Sie wollen nicht wissen, wie Clara Scheler das Ragout vergiftet hat. Sie wollen nicht wissen, weshalb mich jemand vom Floß stieß. Sie wollen nicht wissen, weshalb ein fünfzehnjähriger Junge mir unbedingt einen Pfeil durch die Brust schießen wollte. Sie wollen nicht wissen, wie Jenny die Eier vergiftete. Sie wollen nicht wissen, weshalb der Wagen so kippte, daß er mich beinahe erdrückte, und weshalb der andere Wagen explodierte ...«

»Schon gut!« Piaget rieb sich über das Kinn und wandte sich ab. »Sie haben mir genug zum Nachdenken gegeben. Ich lasse Sie jetzt eine Weile allein und versuche, eine Lösung zu finden. An Ihrem Kopfende ist eine Klingel, wenn Sie etwas brauchen. Im Notfall kann eine Krankenschwester schnell herkommen. Man wird von Zeit zu Zeit nach Ihnen sehen. Möchten Sie etwas zu lesen? Vielleicht unsere Zeitung?«

»Schreibpapier und eine Feder«, sagte Dasein. Er zögerte, dann fügte er hinzu: »Und die Zeitung, bitte.«

»Gut. Versuchen Sie zu schlafen. Sie scheinen wieder etwas zu Kräften zu kommen, aber Sie dürfen sich nicht übernehmen.«

Piaget drehte sich um und verließ das Zimmer.

Nach kurzer Zeit hastete eine rothaarige Krankenschwester mit einem Stoß Zeitungen, einem Schreibblock und einem grünen Kugelschreiber herein. Sie legte alles auf das Nachtkästchen und fragte: »Möchten Sie, daß ich das Bett richte?«

»Nein, danke.«

Dasein bemerkte die frappante Ähnlichkeit mit Al Marden.

»Sie sind eine Marden«, sagte er.

»Und?« fragte sie und verließ das Zimmer.

Dumme Gans! dachte er und wandte sich den Zeitungen zu. Er erinnerte sich an seine Suche nach dem Verlag. Jetzt hatte er die Blätter so leicht bekommen, daß sie ihn nicht mehr recht interessierten. Er stand auf.

Die Konservendosen fielen ihm ins Auge.

Dasein kramte in der Schachtel herum, entdeckte eine Apfelcreme und aß sie schnell, solange der Jaspersgeschmack noch anhielt. Während er aß, überlegte er, wann er wieder diesen Moment klarer Einsicht erleben würde wie damals vor der defekten Brücke.

Die Apfelcreme stillte seinen Hunger und machte ihn ein wenig unruhig, aber sonst nichts.

Gewöhnte er sich an das Jaspers? Mußte er jedesmal mehr davon nehmen?

War er süchtig?

Er dachte an Jennys eindringliche Bitten. *Ein Bewußtseinstreibstoff! Was hatte Santaroga da entdeckt?*

Dasein starrte durch das Fenster auf die Hügelkuppen, die das Tal begrenzten. Irgendwo brannte ein Feuer, und der Rauch stieg spiralenförmig in den Himmel. Der Rauch nahm mit einem Mal einen sonderbaren Mystizismus an. Es war ein primitives Urgefühl. Eine Unterschrift war in den Rauch gewoben, etwas aus seiner eigenen Vergangenheit. Keine Furcht begleitete dieses Gefühl. Im Gegenteil, es war, als hätte er sich mit einem Teil seines Wesens vereint, der ihm seit seiner Kindheit verloren war.

Zur Oberfläche der Kindheit zurückstoßen! dachte er.

Er erkannte in diesem Moment, daß die Santaroger ihre primitive Vergangenheit nicht abtrennten. Sie behielten sie bei und verstanden sie.

Wie weit kann ich noch gehen, bis ich umkehren muß? fragte er sich. *Ich muß meine Pflicht Selador gegenüber erfüllen. Wann breche ich hier die Zelte ab?*

Der Gedanke erfüllte ihn mit tiefem Abscheu. Er haßte die Außenwelt. Aber er mußte es tun. Übelkeit stieg in ihm hoch, seine Schläfen hämmerten. Er dachte an die eklige Leere der Außenwelt – an die Menschenwracks, an die Heuchler, an das Leben, in dem es nichts gab, das die Seele erhob.

Das Leben draußen wurde von nichts zusammengehalten,

dachte er. Es gab einen einzigen leichten, glitzernden Weg, an dem die grellen, hypnotischen Ablenkungen dargeboten wurden. Und hinter dem Glitzern – die nackten Stützen … und Verzweiflung.

Ich kann nicht zurück, dachte er. *Er ging zu seinem Bett und warf sich auf die Kissen. Meine Pflicht – ich muß es tun. Was geht mit mir vor? Habe ich zu lange gewartet?*

Hatte Piaget gelogen, als er die Jaspers-Wirkung beschrieb?

Dasein legte sich auf den Rücken und preßte einen Arm über die Augen. Wie war die chemische Zusammensetzung des Jaspers? Selador konnte ihm dabei nicht helfen. Die Substanz zerfiel in der Außenwelt.

Ich wußte das, dachte Dasein. *Ich wußte es die ganze Zeit.*

Er nahm den Arm von den Augen. Es war klar, was er getan hatte – er hatte sich vor seiner Verantwortung gedrückt. Dasein starrte die Türen vor sich an. Küche, Labor …

Er seufzte.

Käse war der beste Träger, das wußte er. Er enthielt die Jaspers-Substanz am längsten. Das Labor – und etwas Käse.

Dasein drückte auf die Klingel über seinem Bett.

Eine Stimme erschreckte ihn, da sie direkt hinter seinem Kopf sprach. »Brauchen Sie eine Schwester?«

Dasein drehte sich um und sah den Lautsprecher in der Wand. »Ich – hätte gerne etwas Jaspers-Käse.«

»Oh – sofort, Sir.« Auch über das Mikrophon merkte man der Stimme die Freude an.

Kurze Zeit später kam die rothaarige Schwester herein. Sie trug ein Tablett, das sie auf den Zeitungen abstellte.

»So, Doktor«, sagte sie. »Ich habe Ihnen gleich ein paar Kräcker mitgebracht.«

»Danke«, sagte Dasein.

Bevor sie ging, blieb sie noch einmal an der Tür stehen. »Jenny wird sich freuen, wenn sie das hört.«

»Ist Jenny wach?«

»O ja. Die Hauptschwierigkeit war die Allergie gegen den Eisenhut. Wir haben das Gift unschädlich gemacht. Seitdem erholt sie sich schnell. Sie möchte schon aufstehen. Das ist immer ein gutes Zeichen.«

»Wie konnte das Gift in das Essen geraten?« erkundigte sich Dasein.

»Eine der Lernschwestern hielt es für einen Behälter mit MSG. Sie ...«

»Aber wie konnte es in die Küche gelangen?«

»Das konnten wir noch nicht feststellen. Zweifellos irgendein dummer Zufall.«

»Zweifellos«, murmelte Dasein.

»So«, sagte sie, »Sie essen jetzt Ihren Käse und ruhen sich aus. Klingeln Sie ruhig, wenn Sie etwas brauchen.«

Sie schloß die Tür hinter sich.

Dasein warf einen Blick auf den goldenen Käse. Der Jaspersgeruch stieg ihm in die Nase. Er brach eine kleine Ecke ab und hielt die Zunge daran. Seine Sinne wurden schärfer. Ohne es recht zu merken, aß er das Stück. Ein herrliches Aroma! Und seine Gedanken waren klar und geordnet.

Was auch geschieht, dachte er. *Die Welt muß von dieser Substanz erfahren.*

Dasein nahm das Käsemesser vom Tablett und trennte eine dünne Scheibe von dem goldgelben Block. Er beherrschte sich eisern, um sie nicht zu essen.

Dasein schwang die Füße auf den Boden und stand auf. Er spürte, wie sehr sein Körper nach dem Käse verlangte und versprach sich ein großes Stück – später. Zuerst das Labor.

Es war ganz so, wie er es sich vorgestellt hatte: spärlich eingerichtet, doch für seine Zwecke ausreichend. Er fand eine gute Zentrifuge, ein Mikrotom, ein Mikroskop mit veränderlicher Beleuchtung, einen Bunsenbrenner, eine Reihe sauberer Reagenzgläser – alles, was man für die Arbeit brauchte.

Dasein entdeckte einen Behälter mit sterilem Wasser, dazu einen mit Alkohol. Er streute Käsebrösel in die Lösungen. Das Ergebnis strich er auf Glasplättchen und hielt es unter das Mikroskop.

Eine fadenartige Bindestruktur zeigte sich im Käse. Als er mit der Vergrößerung hinaufging, lösten sich die Fäden in längliche Spiralen auf, die Ähnlichkeit mit Zellen hatten, welche an der normalen Teilung gehindert worden waren.

Dasein lehnte sich verwirrt zurück. Die Fäden hatten Ähnlichkeit mit den Myzelfäden von Pilzen. Das paßte auch zu seinen früheren Beobachtungen. Er hatte es mit einer Pilzart zu tun.

Was allerdings war die wirkende Kraft?

Er schloß die Augen, um nachzudenken, und spürte, daß er vor Erschöpfung zitterte.

Immer langsam, dachte er. *Schließlich bist du nicht gesund.*

Einige der Experimente erforderten Zeit, sagte er sich vor. Sie konnten warten. Er wankte zurück zum Bett und streckte sich auf den Decken aus. Seine linke Hand tastete nach dem Käse und brach ein Stück ab. Dasein bemerkte es erst, als er den Käse schluckte. Er sah auf die Krümel in seiner Hand, zerrieb sie, spürte die ölige Glätte. Ein köstliches Wohlbehagen breitete sich in seinem Körper aus.

Es ist rein eine Angelegenheit des Körpers, dachte Dasein. *Konnte der Körper einen Mann töten, ohne daß der Wille beteiligt war? Wahrscheinlich.*

Er spürte, wie Schlaf in sein Bewußtsein eindrang. Der Körper brauchte Schlaf. Der Körper sollte seinen Schlaf bekommen.

Aber der Verstand baute einen Traum auf – Bäume, die zu gigantischer Größe wuchsen, während er sie beobachtete. Die Zweige breiteten sich aus, trugen Blätter und Früchte. Und alles reifte unter einer Sonne von der Farbe goldenen Käses.

12

Der Sonnenuntergang brannte orangerot im Westen, als Dasein erwachte. Er lag da, den Kopf den Fenstern zugewandt, und betrachtete den feurigen Himmel. Seine Gefühle ähnelten einen Moment lang jenen eines Sonnenanbeters. Das Schiff des Lebens segelte für die Nacht in einen ruhigen Hafen. Bald würde stählerne Dunkelheit das Land ergreifen.

Ein Klicken ertönte hinter Dasein. Künstliches Licht überflutete das Zimmer. Er drehte sich um. Der Bann war gebrochen.

Jenny stand in der Tür. Sie trug einen langen grünen Morgenmantel, der ihr bis an die Knöchel reichte. An den Füßen steckten grüne Slipper.

»Es wird Zeit, daß du aufwachst«, sagte sie.

Dasein starrte sie an wie eine Fremde. Er konnte sehen, daß es die Jenny war, die er liebte – das lange Haar wurde von einem roten Band zurückgehalten, die vollen Lippen waren halb geöffnet und ein Grübchen zeigte sich in der linken

Wange. Aber ihre blauen Augen waren von Rauch verschleiert. Sie hatte die Ruhe einer Göttin an sich.

Ihr Körper bewegte sich mit vollendeter Schönheit, als sie näherkam.

Dasein zuckte zusammen. Er hatte Angst. Die Angst eines attischen Bauern, der plötzlich vor einer Priesterin von Delphi stand. Sie war schön – und tödlich.

»Willst du mich nicht fragen, wie es mir geht?« meinte sie.

»Ich sehe, daß du dich erholt hast.«

Sie kam noch einen Schritt näher. »Clara hat Hofstedders Wagen gebracht und für dich hiergelassen. Er ist unten in der Garage.«

Dasein dachte an das herrliche Automobil – wieder ein Spielzeug, mit dem man ihn fangen wollte.

»Und was hast du diesmal mitgebracht«, fragte er.

»Gil!«

»Du hast nichts zu essen«, sagte er. »Ist es eine vergiftete Hutnadel oder sonst etwas?«

Tränen liefen ihr über die Wangen.

»Bleib weg von mir«, sagte er. »Ich liebe dich.«

Sie nickte. »Ich liebe dich wirklich. Und – ich habe gespürt, wie gefährlich ich dir sein könnte. Es war ...« Sie schüttelte den Kopf. »Ich wußte, daß ich nicht in deine Nähe kommen durfte. Aber das ist jetzt vorbei. Ganz vorbei.«

»Gut, es ist vorbei«, sagte er. »Lassen wir Vergangenes ruhen. Wäre eine Pistole nicht schneller und schmerzloser?«

Sie stampfte mit dem Fuß auf. »Gil, du bist unmöglich!«

»*Ich* bin unmöglich?«

»Hast du dich verändert?« flüsterte sie. »Fühlst du nichts mehr ...«

»Ich liebe dich immer noch«, sagte er. »Bleib weg von mir. Ich liebe dich.«

Sie biß sich auf die Lippen.

»Wäre es nicht human, mich im Schlaf zu erledigen?« fragte er. »Dann weiß ich wenigstens nicht, wer ...«

»Hör auf!«

Mit einer plötzlichen Geste riß sie sich den Morgenmantel herunter. Ein weißes, spitzengesäumtes Nachthemd kam zum Vorschein. Sie zog es über den Kopf, warf es auf den Boden und stand nackt da. Sie funkelte ihn wütend an.

»Da!« sagte sie. »Nichts als eine Frau! Eine Frau, die dich liebt!« Tränen strömten ihr über die Wangen. »Kein Gift und nichts ... Oh, Gil!« Sein Name klang wie ein Wimmern.

Dasein zwang sich, sie nicht anzusehen. Er wußte, daß er sie nicht ansehen konnte – schön, geschmeidig, begehrenswert – ohne den Kopf zu verlieren. Sie war schön und tödlich – der verlockendste Köder, den Santaroga ihm anbot.

Er hörte das Rascheln von Stoff in der Nähe der Tür. Er sah sich um. Sie stand wieder in ihrem grünen Morgenmantel da. Ihre Wangen brannten, die Lippen zitterten, die Augen waren niedergeschlagen. Langsam hob sie den Kopf und sah ihn an.

»Ich schäme mich nicht vor dir, Gil«, sagte sie. »Ich liebe dich. Ich will nicht, daß Geheimnisse zwischen uns sind ...«

Dasein versuchte den Klumpen in seiner Kehle herunterzuschlucken. Die Göttin war verwundbar. Es war eine Entdeckung, die einen Schmerz in der Brust verursachte.

»Ich verstehe dich und fühle das gleiche wie du«, sagte er. »Jen – es ist besser, wenn du jetzt gehst. Wenn nicht – ich könnte mich vergessen ...«

Sie versuchte zu lächeln, doch es mißlang ihr. So wirbelte sie herum und rannte aus dem Zimmer.

Die Tür schlug zu. Einen Moment lang herrschte Stille. Dann wurde sie wieder geöffnet. Piaget stand im Eingang und sah auf den Korridor hinaus. Dasein hörte deutlich, wie sich die Lifttüren schlossen. Piaget betrat das Zimmer.

»Was war denn mit euch beiden los?« fragte er.

»Wir hatten einen Streit und haben uns wieder versöhnt – glaube ich wenigstens«, sagte Dasein.

Piaget räusperte sich. In seinem runden Gesicht war neue Zuversicht. Doch dann verschwand sie, und der Doktor musterte Dasein sorgfältig.

»Sie wirken viel gesünder«, sagte Piaget. »Und Sie haben eine bessere Hautfarbe. Fühlen Sie sich kräftiger?«

»Ja.«

Piaget sah sich die Käsereste an, roch daran und sagte: »Etwas fade. Ich lasse Ihnen ein frisches Stück kommen.«

»Tun Sie das.«

»Soll ich nach Ihrem Verband sehen?«

»Ich dachte, das sollte Burdeaux besorgen.«

»Win muß daheim bleiben. Seine Tochter heiratet nämlich morgen. Er sieht später noch einmal vorbei.«

»Das wußte ich nicht.«

»Wir bekamen die neuen Häuser gerade noch rechtzeitig fertig«, erzählte Piaget. »Eine kleine Verzögerung, weil wir beschlossen, gleich vier davon zu bauen. Gute Lage – vielleicht gefällt Ihnen und Jenny eines davon.«

»Das ist nett«, sagte Dasein. »Ihr tut euch alle zusammen und baut Häuser für Jungvermählte.«

»Wir kümmern uns um unsere Leute«, sagte Piaget. »Dann sehen wir uns also die Bandagen an, ja?«

»Bitte.«

»Es freut mich, daß Sie vernünftiger werden«, meinte Piaget. »Ich bin gleich wieder da.« Er ging ins Labor und kam mit einem Vorratswagen wieder, den er neben Daseins Bett stellte. Er schnitt den Verband am Kopf auf.

»Ich sehe, Sie waren im Labor«, sagte er.

Dasein zuckte zusammen, als zum erstenmal Luft an die Brandwunde kam. »Ja.«

»Was haben Sie denn gemacht?« Piaget untersuchte Daseins Wange. »Das sieht ja prächtig aus. Ich glaube, Sie werden nicht einmal eine Narbe behalten.«

»Ich suche nach dem Wirkstoff des Jaspers«, erklärte Dasein.

»Das ist schon mehrmals versucht worden«, erwiderte der Arzt. »Leider kommen uns immer wieder wichtigere Dinge dazwischen.«

»Haben Sie selbst es auch versucht?«

»Ja, früher einmal.«

Dasein wartete, bis der Kopfverband ganz entfernt war, dann fragte er: »Haben Sie irgendwelche Aufzeichnungen oder eine Zusammenfassung ...«

»Keine. Hatte nie die Zeit dazu.«

Piaget kümmerte sich um Daseins rechten Arm.

»Aber was haben Sie entdeckt?«

»Ich erhielt eine an Aminosäuren reiche Flüssigkeit«, meinte Piaget. »Hefeartig. Sie werden eine Narbe am Arm zurückbehalten, aber nichts Beunruhigendes. Der Heilungsprozeß verläuft schnell. Das verdanken Sie dem Jaspers.«

»Wie?« Dasein sah ihn überrascht an.

»Die Natur gibt und nimmt. Die Jaspersveränderung in Ihrem Körper macht Sie anfälliger für Allergien, aber Wunden heilen zehnmal schneller als draußen.«

Dasein warf einen Blick auf seinen freigelegten Arm. Rosige neue Haut bedeckte bereits die Brandstellen. Er konnte die Narbe sehen, von der Piaget gesprochen hatte.

»Was für eine Jaspersveränderung?« fragte er.

»In der Hauptsache ein besserer Hormonhaushalt«, sagte Piaget. »Entspricht eher dem Embryozustand.«

»Das paßt aber nicht zu den Allergien«, widersprach Dasein.

»Ich sage ja nicht, daß die Sache leicht verständlich ist«, meinte Piaget. »Strecken Sie jetzt den Arm aus. Ruhig halten!«

Dasein wartete, bis der neue Verband angelegt war, dann sagte er: »Was ist mit der Struktur und ...«

»Ein Zwischending aus Virus und Bakterie«, sagte Piaget. »Pilzartig in mancher Hinsicht, aber ...«

»Ich habe bei einer Probe unter dem Mikroskop eine Zellenstruktur entdeckt.«

»Ja, aber ohne Zellkern. Ein wenig Kernmaterial ist vorhanden, gewiß, aber man kann es dazu bringen, virusartige Kristalle zu bilden.«

»Haben die Kristalle die Jaspers-Wirkung?«

»Nein. Wenn man sie aber in die richtige Umgebung bringt und ihnen Zeit zur Entwicklung läßt, zeigen sie die gewünschte Wirkung.«

»Was für eine Umgebung?«

»Sie kennen die Umgebung, Gilbert.«

»Die Höhle in der Genossenschaft?«

»Ja.« Piaget machte Daseins linken Arm frei. »Ich glaube nicht, daß Sie hier Narben zurückbehalten werden.«

»Was ist an der Höhle so einzigartig?« wollte Dasein wissen.

»Wir wissen es nicht genau.«

»Hat noch nie jemand versucht ...«

»Wir haben eine Menge wichtigerer Probleme, um unsere Gemeinschaft zu erhalten, Gilbert«, sagte Piaget.

Dasein sah nach unten und beobachtete Piaget beim Anlegen des Verbandes. *Um die Gemeinschaft zu erhalten?*

»Haben Sie etwas dagegen, wenn ich mich damit beschäftige?« fragte er.

»Aber nein – wenn Sie die Zeit dazu finden.« Piaget legte die Instrumente und die Verbandreste wieder auf den Wagen und schob ihn zur Seite. »So. Ich glaube, daß wir morgen den Verband ganz abnehmen können. Sie machen schöne Fortschritte.«

»Ja?«

Piaget lächelte ihn an. »Die Versicherung der Werkstatt will Ihnen den Wagen ersetzen. Wahrscheinlich hat Ihnen Jenny schon über Ihren neuen Besitz Bescheid gesagt.«

»Doch, das hat sie.«

»Wir ersetzen Ihnen auch die Kleidung. Haben Sie sonst noch Wünsche?«

»Wie wäre es, wenn man mir meine freie Wahl wiedergeben würde?«

»Sie haben freie Wahl, Gilbert, und Sie können aus einem größeren Angebot wählen als die anderen. Und nun habe ich noch ein paar interessante Informationen für Sie. Ihr Vorschlag, daß ich mir die Leute ansehen sollte, die Ihnen nach dem Leben trachteten ...«

»Ich habe vorgeschlagen, daß *Sie* sich die Leute ansehen sollen?«

»Ich nahm mir die Freiheit, Ihre Worte dahingehend aufzufassen.«

»Sie haben also einige hypnotisiert«, sagte Dasein. »Haben Sie Karten angelegt, die ...«

»Ich habe sie nicht hypnotisiert«, fauchte Piaget. »Wollen Sie mich endlich ausreden lassen?«

Dasein seufzte und sah zur Decke.

»Ich habe verschiedene dieser Leute ausgefragt«, sagte Piaget. »Zuerst den Jungen, Petey Jorick, weil ich ihn eben erst aus der Schule entlassen hatte. Bei allen Personen fiel mir eine Gemeinsamkeit auf.«

»Oh?«

»Sie haben einen starken, wenn auch unterbewußten Grund, die Außenwelt zu fürchten oder zu hassen.«

»Wie?« Dasein warf Piaget einen verwunderten Blick zu.

»Man hat Sie nicht angegriffen, weil Sie Gilbert Dasein sind, sondern weil Sie der Fremde, der *Outsider* sind ...«

»Dann liebt und haßt Jenny mich gleichzeitig? Sie haßt mich, weil ich von draußen komme?«

»Gilbert, Jenny hat nicht versucht, Sie umzubringen. Es war eine Lernschwester, die ...«

»Jenny hat mir selbst gesagt, daß sie das Essen hergerichtet hatte ...«

»Das stimmt nur im weitesten Sinn des Wortes«, meinte Piaget. »Jenny ging in die Diätküche, bestellte Ihr Essen und sah zu, während es zubereitet wurde. Aber sie konnte doch nicht auf jede Einzelheit ...«

»Sie glauben also tatsächlich, daß dieser Haß einiger Leute gegenüber der Außenwelt an allem die Schuld trägt?«

»Es sieht so aus.«

»So muß ich also, so lange ich in Santaroga lebe, Leuten ausweichen, die Fremde hassen?«

»Sie haben jetzt nichts mehr zu befürchten, Gilbert«, beruhigte ihn Piaget. »Sie gehören zu uns. Und wenn Sie erst einmal Jenny geheiratet haben ...«

»Das ist doch der größte Unsinn, den ich je im Leben gehört habe«, platzte Dasein heraus. »Dieses Kind, dieser Petey, wollte mich mit einem Pfeil erschießen, weil ...«

»Er hat eine pathologische Angst davor, aufs College zu gehen«, sagte Piaget. »Er wird sie natürlich überwinden, aber die kindlichen Gefühle ...«

»Und das Schabenmittel im Kaffee«, sagte Dasein. »Das war nichts als ...«

»Ein sehr trauriger Fall«, sagte Piaget. »Vina verliebte sich während der College-Zeit in einen Fremden – wie Jenny in Sie. Der Unterschied war, daß ihr Freund sie verführte und sitzenließ. Sie hat eine Tochter, die ...«

»Mein Gott!« Dasein schüttelte den Kopf. »Sie scheinen dieses Zeug tatsächlich selbst zu glauben.«

»Jedenfalls ist es einleuchtender als Ihre wilde Theorie, daß ganz Santaroga sich gegen Sie verschworen hat. Sie müssen doch selbst einsehen ...«

»Natürlich«, sagte Dasein. »Und jetzt erklären Sie mir bitte den Unfall an der Brücke. Das war ...«

»... der einfachste Fall«, unterbrach ihn Piaget. »Der junge Mann, von dem die Rede ist, war in Jenny verliebt, bevor Sie auf der Bildfläche erschienen.«

»Und da hat er einfach einen Moment abgewartet ...«

»Es geschah vollkommen im Unterbewußtsein, das kann ich Ihnen versichern.«

Dasein starrte ihn nur an.

»Überlegen Sie das eine Zeitlang«, meinte Piaget. »Sicher werden auch Sie die Wahrheit erkennen.«

»Oh, daran zweifle ich nicht«, erwiderte Dasein.

»Ich – äh – lasse Ihnen noch etwas frischen Käse kommen«, sagte Piaget. »Sonderklasse.«

»Tun Sie das.«

»Sie halten sich im Moment für sehr zynisch und klug«, meinte Piaget. »Aber Sie werden es schon noch schaffen.« Er verließ das Zimmer.

Dasein starrte lange auf die geschlossene Tür. Der Mann konnte es nicht verstehen, würde es nie verstehen können. Kein Santaroger war dazu in der Lage. Nicht einmal Jenny trotz ihres geschärften Bewußtseins. Piagets Erklärung war zu einfach.

Ich muß fort aus diesem verrückten Tal!

Er stand im gleichen Moment auf, als sich die Tür öffnete und eine rundliche Lernschwester ohne Häubchen das Zimmer betrat.

»Oh, Sie sind nicht im Bett«, sagte sie. »Gut.«

Sie nahm das alte Tablett vom Nachttisch und stellte ein neues darauf. »Dann kann ich auch gleich Ihre Kissen richten.«

Dasein stand herum, während sie eifrig das Bett glattstrich. Dann ging sie mit dem alten Tablett.

Er sah nach, was sie mitgebracht hatte: einen Keil Käse, Kräcker, ein Glas und eine Flasche mit Jaspersbier.

In plötzlich aufwallendem Zorn warf Dasein den Käse gegen die Wand. Er starrte den Klecks an der Wand an, bis ihm ein warmes Gefühl auf der Zunge verriet, daß er sich die Brösel von den Fingern leckte.

Dasein sah seine Hand an, als gehörte sie nicht zu ihm. Er zwang sich mit Gewalt dazu, den Käse am Boden liegenzulassen, und wandte sich dem Bier zu. Gleich hinter der Flasche lag ein Öffner. Er schenkte sich das Bier ein und trank es in langen, gierigen Zügen. Erst als das Glas leer war, bemerkte er den starken Jaspersgeschmack.

Er kämpfte einen Schüttelfrost nieder und kletterte ins Bett, als sei er nur hier sicher.

Sein Körper gab keine Ruhe. Das Jaspers machte die Menschen besessen, dachte er. Er spürte, wie sich sein Bewußtsein ausweitete, wie jemand in seiner Psyche herumschnüffelte. Die Zeit wurde schneller, explosiv.

Irgendwo in einem Krankenzimmer hörte er resolute Schritte. Die Lichter wurden ausgeschaltet. Eine Tür schloß sich.

Dasein machte die Augen auf und sah durch das Fenster zu den Sternen hinaus. Er entdeckte ein neues Stück Käse auf dem Tablett neben sich. Jemand hatte die Brösel von Wand und Boden entfernt. Er erinnerte sich an Jennys Stimme – sanft, melodisch, wie Wasser, das über Felsen in die Tiefe fiel.

War Jenny in der Dunkelheit hier gewesen?

Er wußte die Antwort darauf nicht.

Dasein drückte die Klingel über seinem Bett.

Eine Stimme drang aus dem Lautsprecher. »Brauchen Sie eine Schwester?«

»Wie spät ist es?« fragte Dasein.

»Drei Uhr vierundzwanzig. Möchten Sie eine Schlaftablette?«

»Nein – danke.«

Er setzte sich auf und starrte den Käse an.

»Wollten Sie nur wissen, wie spät es ist?«

»Wieviel wiegt ein ganzer Laib Jaspers-Käse?«

»Das Gewicht ...« Es entstand eine Pause. »Das ist verschieden. Die kleineren wiegen an die dreißig Pfund. Weshalb?«

»Schicken Sie mir einen ganzen Laib nach oben.«

»Einen ganzen   haben Sie denn nichts mehr?«

»Ich brauche ihn für Labortests«, sagte er und dachte: *Mal sehen, ob Piaget es ehrlich gemeint hat!*

»Brauchen Sie ihn morgen früh?«

»Nein, jetzt. Und bringen Sie mir einen Morgenmantel und Slipper, wenn es möglich ist.«

»Möchten Sie nicht lieber warten, Doktor?«

»Sprechen Sie mit Piaget, wenn Sie mir nicht glauben«, sagte Dasein. »Ich brauche diesen Laib sofort.«

»Also gut.« Das klang mißbilligend.

Dasein blieb am Bettrand sitzen und wartete. Er starrte durch das Fenster in die Nacht hinaus. Geistesabwesend brach er ein Stück von dem Käse auf seinem Nachttisch ab und aß es.

Nach einiger Zeit wurde im Korridor ein Licht angeknipst. Eine große, grauhaarige Schwester kam herein. Sie trug einen riesigen Laib Käse, an dem noch die Wachsschicht glänzte.

»Sechsunddreißig Pfund erstklassiger Jaspers-Käse«, sagte sie. »Wohin soll ich ihn legen?« Ihre Stimme hatte einen recht indignierten Klang.

»Suchen Sie einen Platz im Labor«, sagte er. »Wo ist der Mantel?«

»Wenn Sie sich etwas gedulden, werde ich ihn holen«, sagte sie. Sie ging ins Labor, legte den Käse ab und trat dann an einen schmalen Schrank, aus dem sie einen grünen Morgenmantel und schwarze Slipper holte. Die Schuhe stellte sie mit einem hörbaren Knall vor Dasein ab.

»Ist das alles – Sir?«

»Für den Augenblick, ja.«

»Hmmmph.« Sie verließ das Zimmer und schloß die Tür sehr bestimmt.

Dasein nahm noch ein Stückchen Käse von seinem Nachttisch, zog den Morgenmantel und die Slipper an und ging ins Labor. Der Käse lag auf einem Metalltisch.

Alkohol kann ihm nichts anhaben, dachte er. *Sonst wäre es nicht im Bier enthalten. Wodurch wird es vernichtet? Durch Sonneneinstrahlung?*

Er erinnerte sich an das schwache, rötliche Licht in der Höhle.

Nun, es gab Wege, um das herauszufinden. Er rollte die Ärmel hoch und machte sich an die Arbeit.

Nach einer Stunde hatte er drei Viertel des Laibs in einem Glasballon zu einer milchigen Lösung aufgeschwemmt und machte sich daran, sie in die Zentrifuge zu schütten.

Die ersten Teströhrchen zeigten eine vielschichtige Anordnung. Ziemlich weit oben befand sich eine dünne silbergraue Materieschicht.

Dasein goß die Flüssigkeit ab und schmierte eine Kleinigkeit der grauen Materie auf ein Mikroskopplättchen.

Wieder zeigte sich die Myzelstruktur, verzerrt, aber erkennbar. Er roch an dem Glas. Jaspers. Dann schaltete er das Licht des Mikroskops ein. Er drehte es immer stärker auf. Abrupt begann die Probe zu schrumpfen und vor seinen Augen zu kristallisieren.

Dasein warf einen Blick auf den Lichtstärkeanzeiger. 4000 bis 5800, Angström-Bereich.

Ein weiterer Blick durch das Mikroskop zeigte ihm, daß die Probe zur weißen, kristallinen Masse reduziert worden war.

Also Sonnenlicht.

Was konnte er also tun? fragte er sich. Eine Bombe, die die Höhle freilegte? Eine tragbare Höhensonne?

Während er darüber nachdachte, spürte Dasein, daß sich die Dunkelheit vor der Klinik teilte, daß ein Ungeheuer aus der Schwärze stieg.

Er schauderte, wandte sich der milchigen Lösung im Glasballon zu. Mechanisch schüttete er den Rest der Flüssigkeit in die Zentrifuge, trennte die silbergraue Schicht heraus und sammelte die Substanz in einer dunkelbraunen Flasche. Die Lösung ergab fast einen halben Liter Jaspers-Substanz.

Dasein roch an der Flasche – eindeutig Jaspers. Er leerte den Inhalt in eine flache Schale, nahm mit einer Spachtel eine Spur auf und kostete sie.

Es war, als ginge ein elektrischer Funke von seinen Geschmacksnerven zum Rückgrat. Dasein spürte, wie sein Bewußtsein zurückgedrängt wurde. Er konzentrierte seine ganze Energie, zwang sich, auf die Schale zu sehen.

Leer!

Weshalb war die Substanz verschwunden?

Er warf einen Blick auf seine rechte Handfläche. Wie nahe sie seinem Gesicht war! Er sah silbergraue Tupfen an dem rosigen Fleisch.

Ein Kribbeln breitete sich in Hals und Magen aus, in seinen Armen und Beinen. Er spürte, daß seine ganze Haut zum Leben erwacht war. Irgendwo, weit weg, fiel ein Körper zu Boden, und überall, wo er den Boden berührte, glühte er.

Ich habe die Substanz ganz gegessen, dachte er.

Was würde der Wirkstoff von dreißig Pfund Jaspers-Käse in ihm anrichten? Was richtete er an? Dasein spürte, daß die letzte Frage interessant war.

Was richtete er an?

Während er sich die Frage stellte, wurde er von Angst gequält. Er hatte das Gefühl, die Verbindung zur Wirklichkeit zu verlieren.

Wo befand sich sein Ich? Auf welcher Stufe des Bewußtseins war es? Wie rasend versuchte Dasein, sein Bewußtsein auszuweiten. Er erlebte, wie sein Ich ins Universum projiziert wurde. Aber gleichzeitig spürte er die Projektion des Universums. Er folgte den Strahlen dieser Projektion und spürte, daß sie ihn durchdrangen wie einen Schatten.

In diesem Moment war er verloren.

Ich war nur ein Schatten, dachte er.

Der Gedanke faszinierte ihn. Er erinnerte sich an das Schattenspiel seiner Kindheit und fragte sich, welche Schatten er projizieren konnte, wenn er das Ich verzerrte. Er sah Formen Gestalt annehmen. Er zwang die Formen, sich zu verändern.

Ein muskulöser Held trommelte sich mit den Armen auf die Brust.

Die Form veränderte sich nach seinem Willen.

Er sah einen kurzsichtigen, gebeugten Wissenschaftler in einem langen Morgenmantel. Wieder eine Veränderung: Apollo raste nackt über eine Landschaft, die aus weiblichen Gestalten bestand.

Dasein kicherte.

Wer kichert?

Füße stampften über den Boden.

Stimmen.

Er erkannte den Tonfall der grauhaarigen Schwester, und in ihrer Stimme schwang deutlich Panik mit.

Piaget.

»Wir müssen ihn ins Bett legen«, sagte Piaget. Die Worte waren klar und deutlich.

Verwischt dagegen war das Universum, das zu Regenbogen geworden war.

»Es ist schwer, sich über das Bewußtsein bewußt zu werden«, murmelte Dasein.

»Hat er etwas gesagt?« wollte die Schwester wissen.

»Ich konnte es nicht verstehen.« Piaget.

»Haben Sie das Jaspers hier drinnen gerochen?« Die Krankenschwester.

»Ich glaube, er hat die Substanz herausgelöst und eingenommen.«

»Oh, mein Gott! Was können wir tun?«

»Abwarten und beten. Bringen Sie mir eine Zwangsjacke und einen Instrumentenwagen.«

Eine Zwangsjacke? wunderte sich Dasein. *Was für ein komisches Verlangen!*

Er hörtige hastige Schritte. Wie laut sie waren! Eine Tür schlug zu. Noch mehr Stimmen. So ein Wirbel!

Seine Haut fühlte sich an, als wollte sie dunkel werden. Alles wurde ausgelöscht.

Abrupt fühlte sich Dasein in den Zustand seiner Kindheit versetzt. Er schlug um sich, strampelte, schrie, tastete alles an.

»Helft mir!« das war Piaget.

»Himmel, da sieht es ja aus!« Das war eine andere männliche Stimme.

Aber Dasein spürte bereits, daß er ein Mund wurde, einfach ein Mund. Er blies und blies und blies – so ein Wind! Die ganze Welt mußte vor diesem Wirbelsturm zusammenbrechen.

Er war ein schaukelndes Brett. Eine Wippe. Auf, ab – auf, ab ...

Ein guter Läufer ist besser als ein schlechter Kämpfer.

Und er lief und lief – atemlos, keuchend.

Eine Bank stand düster zwischen den Wolken. Er warf sich darauf, wurde selbst zur Bank – wieder ein Brett. Dieses hier tauchte immer wieder in das schäumende grüne Meer.

Leben in einem Meer von Unterbewußtsein.

Es wurde immer dunkler.

Tod, dachte er. *Das ist der Hintergrund, gegen den ich mich am besten erkenne.*

Die Dunkelheit löste sich auf. Er schoß nach oben, in einen blendenden Glanz.

Dunkle Schatten bewegten sich in dem Glanz.

»Er hat die Augen offen«, sagte die Schwester.

Ein Schatten stellte sich vor den Glanz. »Gilbert?« Das war Piaget. »Gilbert, können Sie mich hören? Wieviel Jaspers haben Sie eingenommen?«

Dasein versuchte zu sprechen. Seine Lippen gehorchten ihm nicht.

Der Glanz war wieder da.

»Wir werden schätzen müssen«, sagte Piaget. »Wieviel wog der Käse?«

»Sechsunddreißig Pfund.« Die Krankenschwester.

»Der körperliche Zusammenbruch ist stark.« Piaget. »Sorgen Sie dafür, daß ein Sauerstoffgerät in der Nähe ist.«

»Doktor, was ist, wenn er ...« Die Schwester wollte den Satz offenbar nicht zu Ende sprechen.

»Ich – halte mich bereit.« Piaget.

Wofür? überlegte Dasein.

Wenn er sich konzentrierte, ließ der Glanz ein wenig nach. Einen Moment lang löste er sich in einen klaren Tunnel, an dessen Ende Piaget stand. Dasein lag hilflos da und konnte sich nicht rühren, als Piaget mit einem rauchenden, dampfenden Glaszylinder auf ihn zukam.

Säure, dachte Dasein und verstand plötzlich die Worte der Schwester. *Wenn ich sterbe, lösen sie mich auf und spülen mich in einen Abfluß. Kein Körper, kein Indiz.*

Der Tunnel brach zusammen.

Der Glanz weitete sich aus, zog sich zusammen.

Vielleicht kann ich nicht leben, dachte Dasein.

Es wurde dunkler.

Vielleicht kann ich nicht tun.

Noch dunkler.

Vielleicht kann ich nicht haben.

Nichts.

13

»Es war eine Sache auf Leben und Tod«, sagte der gelbe Gott.

»Ich wasche meine Hände und will nichts mit dir zu tun haben«, sagte der weiße Gott.

»Was ich dir anbot, wolltest du nicht«, sagte anklagend der rote Gott.

»Du bringst mich zum Lachen«, sagte der schwarze Gott.

»Es gibt keinen Baum, der du wärst«, erklärte der grüne Gott.

»Wir gehen jetzt, und nur einer von uns wird zurückkehren«, sprachen sie im Chor.

Jemand räusperte sich.

»Weshalb habt ihr keine Gesichter?« fragte Dasein. »Ihr habt Farben, aber keine Gesichter.«

»Wie?« Es war eine tiefe, vibrierende Stimme.

»Du bist aber ein komisch klingender Gott«, sagte Dasein. Er öffnete die Augen und sah in Burdeaux' Züge. Das dunkle Gesicht sah verwundert auf ihn hinunter.

»Ich bin überhaupt kein Gott«, meinte Burdeaux. »Was sagen Sie da, Doktor Gil? Haben Sie schon wieder einen Alptraum?«

Dasein blinzelte, versuchte die Arme zu bewegen. Nichts geschah. Er hob den Kopf, sah auf seinen Körper herunter. Er war in eine Zwangsjacke geschnallt. Er stank nach Desinfektionsmitteln, Jaspers und etwas abstoßend Säuerlichem. Er sah sich um. Er befand sich immer noch in der Isolierstation. Sein Kopf sank zurück in die Kissen.

»Weshalb bin ich so festgeschnallt?« flüsterte er.

»Was sagten Sie, Sir?«

Dasein wiederholte seine Frage.

»Nun, Doktor Gil, wir wollten nicht, daß Sie sich selbst etwas antaten.«

»Wann – wann kann ich befreit werden?«

»Doktor Larry sagte, ich sollte Sie losbinden, sobald Sie wach sind.«

»Ich bin – wach.«

»Ich weiß, Sir. Ich dachte nur ...« Er zuckte mit den Schultern und begann die Schnüre der Ärmel zu lösen.

»Wie lange?« wisperte Dasein.

»Wie lange Sie schon so daliegen?«

Dasein nickte.

»Ganze drei Tage und etwas mehr. Es ist jetzt schon fast Mittag.«

Die Fesseln wurden gelöst. Burdeaux half Dasein beim Aufrichten. Dann löste er die Bänder im Rücken und streifte ihm die Jacke ab.

Daseins Rücken war wund und empfindlich. Seine Muskeln gehorchten ihm, als gehörten sie einem Fremden. Ein ganz neuer Körper, dachte Dasein.

Burdeaux kam mit einem weißen Krankenhausnachthemd und zog es Dasein über.

»Wollen Sie, daß die Schwester Ihnen den Rücken massiert?« fragte er. »Sie haben ein paar rote Stellen, die nicht sehr schön aussehen.«

»Nein – nein, danke.«

Dasein bewegte einen der fremden Arme. Eine vertraute Hand war vor seinem Gesicht. Es war seine eigene Hand. Wie konnte es seine eigene Hand sein, wenn die Armmuskeln einem Fremden gehörten?

»Doktor Larry sagte, daß noch niemand eine solche Menge Jaspers auf einmal genommen hat«, erzählte Burdeaux. »Jaspers ist etwas Gutes, Sir, aber jeder weiß, daß man nicht zuviel erwischen darf.«

»Ist – Jenny ...«

»Ihr geht es gut, Doktor Gil. Sie hat sich Ihretwegen fürchterlich gesorgt. Wir anderen übrigens auch.«

Dasein bewegte eines der fremden Beine, dann das andere. Er schwang sich über den Bettrand. Er sah seine eigenen Knie. Ein merkwürdiges Gefühl.

»Na, na«, sagte Burdeaux. »Bleiben Sie lieber im Bett.«

»Ich habe – ich ...«

»Sie wollen ins Bad? Ich bringe Ihnen lieber die Bettschüssel.«

»Nein – ich ...« Dasein schüttelte den Kopf. Abrupt erkannte er, was ihm fehlte. Sein Körper lechzte nach Nahrung.

»Hunger«, sagte er.

»Na, warum haben Sie das nicht gleich gesagt? Das Essen wartet ja schon auf Sie.«

Burdeaux hob eine Schüssel und stellte sie vor Dasein hin. Kräftiges Jaspers-Aroma stieg ihm in die Nase. Dasein griff nach der Schüssel, doch Burdeaux sagte: »Es ist besser, wenn ich Sie füttere, Doktor Gil. Sie sehen noch reichlich angegriffen aus.«

Dasein saß geduldig da und ließ sich füttern. Er spürte, wie sich die Kräfte in seinem Körper sammelten. Dieser Körper hatte eine schlechte Paßform, fand er. Er war nur locker um seine Psyche drapiert.

Er fragte sich, was dieser Körper eigentlich aß – abgesehen von dem Jaspers. Haferbrei, verriet ihm die Zunge. Jaspers-Honig und Jaspers-Sahne.

»Es wartet ein Besucher auf Sie«, sagte Burdeaux, als die Schüssel leer war.

»Jenny?«

»Nein – ein gewisser Doktor Selador.«

Selador! Der Name drang wie eine Explosion in Daseins Bewußtsein. Seldaor hatte ihm vertraut, sich auf ihn verlassen.

Selador hatte ihm per Post eine Pistole geschickt.

»Fühlen Sie sich kräftig genug, um ihn zu empfangen?« fragte Burdeaux.

»Ihnen – macht es nichts aus?« meinte Dasein.

»Aber weshalb sollte es mir etwas ausmachen, Sir?«

Burdeaux war damit auch nicht gemeint, dachte Dasein.

In ihm war der Drang, Selador fortzuschicken. Das konnte so leicht sein. Santaroga würde ihn vor den Seladors der Außenwelt isolieren. Er brauchte es nur Burdeaux zu sagen.

»Ich – äh – ich möchte ihn sehen«, sagte Dasein. Er sah sich im Zimmer um. »Könnten Sie mir vielleicht den Morgenmantel reichen – und gibt es einen Stuhl, den ich ...«

»Weshalb nehmen Sie keinen Rollstuhl, Sir? Doktor Larry ließ einen heraufschicken, für den Fall, daß Sie wachwerden sollten. Er wollte nicht, daß Sie sich überanstrengen. Sie dürfen nicht müde werden, verstehen Sie?«

»Ja – ja, ich verstehe. Ein Rollstuhl.«

Kurze Zeit später war Daseins schlecht angepaßter Körper im Rollstuhl. Burdeaux war fortgegangen, um Selador zu holen. Dasein befand sich vor einer Glastür, die auf eine Sonnenterrasse hinausführte.

Er hatte das Gefühl, daß man ihn brutal alleingelassen hatte. Seine Seele war nackt und angsterfüllt. Eine schwere Last drückte ihn nieder. Die Aussicht, Selador gegenüberzutreten, machte ihn unruhig. Selador konnte durch Vorwände und Vorspiegelungen hindurchsehen. Vor Selador konnte er keine Maske tragen.

Selador wird mich demütigen, dachte Dasein. *Weshalb habe ich mich auf den Besuch überhaupt eingelassen? Er wird sticheln und bohren, und ich werde darauf reagieren. Meine Reaktion wird ihm alles verraten, was er wissen will – vor allem mein Versagen.*

Die Tür ging auf.

Dasein zwang sich, den Kopf herumzudrehen.

Selador stand im Eingang, groß, hakennasig, die dunkle Haut und die Wildheit Indiens durch einen silbergrauen Tweedanzug gedämpft. Die Farbe paßte zu seinen silbergrauen Schläfen. Dasein hatte den verwischten Eindruck, dieses Gesicht in einem anderen Leben schon einmal gesehen zu haben – und die durchdringenden Augen hatten unter einem Turban geglüht. Es war ein Turban mit einem roten Edelstein gewesen.

Dasein schüttelte den Kopf. Wahnsinn.

»Gilbert!« rief Selador und kam mit großen Schritten durch das Zimmer. »Um Himmels willen, was haben Sie nur angestellt!« Der deutliche Oxford-Akzent hämmerte jedes Wort in Daseins Ohren. »Es hieß, daß Sie schwer verletzt wären.«

So fängt es an, dachte Dasein.

»Ich – die Arme und Hände«, sagte Dasein. »Und eine Stelle an der Wange.«

»Ich kam erst heute morgen an«, sagte Selador. »Wir machten uns große Sorgen um Sie. Seit Tagen hatten Sie nichts mehr von sich hören lassen.«

Er blieb vor Dasein stehen und versperrte die Aussicht zur Sonnenterrasse.

»Ich muß sagen, Sie sehen schrecklich aus, Gilbert. Aber wenigstens scheinen im Gesicht keine Narben zu bleiben.«

Dasein legte die Hand an die Wange. Plötzlich war es seine Wange und nicht die eines Fremden. Die Haut fühlte sich glatt und neu an.

»Also diese Zimmer riecht verdammt muffelig«, sagte Selador. »Macht es Ihnen etwas aus, wenn ich die Türen öffne?«

»Aber nein – bitte.«

Dasein kämpfte plötzlich gegen das Gefühl an, daß Selador gar nicht Selador war. In seiner Sprache und seinen Gesten war eine Seichtheit, die er an dem früheren Selador gar nicht gekannt hatte. Sollte sich Selador irgendwie geändert haben?

»Sonniger Tag«, meinte Selador. »Eigentlich könnte ich Sie auf die Sonnenterrasse fahren. Wird Ihnen guttun.«

Panik schnürte Daseins Kehle zu. Die Terrasse – ein Ort der Drohung. Er versuchte zu widersprechen. Sie konnten nicht da hinaus. Aber er fand keine Worte.

Selador faßte sein Schweigen als Zustimmung auf und

rollte Daseins Stuhl nach draußen. An der Schwelle ruckte das Gefährt leicht. Dann waren sie im Freien.

Sonnenlicht umflutete Dasein. Eine Brise, in der kein Jaspers zu spüren war, spielte über seine Haut und machte seine Gedanken klar. Er sagte: »Wollen wir nicht lieber ...«

»Ist diese Luft nicht herrlich?« unterbrach ihn Selador. Er blieb an der schmalen Brüstung stehen. »So. Sie können die Aussicht bewundern, und ich kann mich aufs Geländer setzen.«

Selador setzte sich und legte seine Hand auf die Lehne von Daseins Rollstuhl. »Ich könnte mir denken, daß sich im Krankenraum Abhörvorrichtungen befinden«, sagte Selador. »Aber hier draußen wäre so etwas nicht ganz einfach.«

Dasein krampfte die Hände um die Räder des Rollstuhls. Er hatte Angst, daß er vorwärtsfahren und in die Tiefe stürzen könnte. Er starrte hinunter auf den gepflasterten Parkplatz, die Wagen, den Rasen, die Blumenbeete und Bäume. Erst allmählich verstand er den Sinn von Seladors Worten.

»Abhörvorrichtungen ...«, wiederholte er. Er fing einen amüsierten Blick aus den dunklen Augen auf.

»Offensichtlich sind Sie noch nicht wieder voll bei Kräften«, sagte Selador. »Verständlich. Sie haben allerhand durchgemacht. Ich werde Sie hier herausholen, sobald Sie reisen können. Beruhigen Sie sich also. Bevor die Woche um ist, kommen Sie in ein normales, sicheres Krankenhaus in Berkeley.«

Daseins Gefühle waren in Aufruhr. *Sicher!* Was für ein beruhigendes Wort. *Fort von Santaroga?* Er konnte nicht fort. Aber er mußte. *Nach draußen! In diese entsetzliche Welt?*

»Stehen Sie unter Drogeneinfluß, Gilbert?« fragte Selador. »Sie scheinen so ... so ...«

»Ich ... es ist alles in Ordnung.«

»Wirklich, Sie benehmen sich merkwürdig. Sie haben noch nicht einmal danach gefragt, was unsere Nachforschungen ergeben haben.«

»Was ...«

»Die Sache mit dem Benzin war ein Reinfall. Alles ganz normal – wenn man ihre kaufmännische Verhaltensweise in Betracht zieht. Sie kaufen bar bei einem unabhängigen Hersteller. Das Wirtschaftsministerium hat an dem Käse der Genossenschaft nicht das geringste auszusetzen. Der Grundstücksausschuß allerdings interessiert sich für die Tatsache, daß nur Santaroger im Tal Grundbesitz erwerben können. Es könnte sein, daß sie die Gesetze hinsichtlich ...«

»Nein«, widersprach Dasein. »Sie ... das scheint mir nicht der Fall zu sein.«

»Ah! Sie sprechen wie einer, der entdeckt hat, wie die Verwaltung von Santaroga läuft. Nun, Gilbert, was konnten Sie feststellen?«

Dasein spürte, daß ihn der Pflichtvampir gefangen hatte. Er würde ihm das Blut aussaugen. Langsam schüttelte er den Kopf.

»Sind Sie krank, Gilbert? Ermüde ich Sie?«

»Nein. Solange ich mich nicht überanstrenge ... Doktor, Sie müssen verstehen, ich habe ...«

»Haben Sie Notizen, Gilbert? Vielleicht könnte ich Ihren Bericht lesen und ...«

»Nein ... Feuer.«

»Ach ja. Der Arzt, dieser Piaget sagte etwas davon, daß Ihr Wagen in Brand geriet. Ich nehme an, daß alles in Flammen aufging?«

»Ja.«

»Nun, Gilbert, dann müssen Sie mir den Bericht mündlich abgeben. Gab es irgendeine Kerbe, an der wir einhaken können?«

Dasein dachte an die Gewächshäuser – Kinderarbeit. Er dachte an die wenigen Santaroger, die das Jaspers vernichtet hatte. Er dachte an die Drogen-Erscheinungen des Jaspers. Es reichte für eine Zerstörung Santarogas.

»Es muß etwas geben«, sagte Selador. »Sie haben länger als alle anderen durchgehalten. Offensichtlich durften Sie sich hier frei bewegen. Sie müssen etwas entdeckt haben.«

Länger als alle anderen durchgehalten, dachte Dasein. Dieser Satz war nackt und deutlich. Dasein sah die Diskussionen, als wäre er dabeigewesen. *»Dasein hat Verbindungen im Tal – ein Mädchen. Das ist vielleicht der Keil, den wir brauchen. Natürlich, wir haben Hoffnung, daß er länger als die anderen durchhält.«*

Irgend etwas dieser Art war es gewesen, das wußte Dasein. Die Gefühllosigkeit dieser Denkweise stieß ihn ab.

»Waren es mehr als zwei?« fragte er.

»Zwei? Zwei was, Gilbert?«

»Zwei andere Forscher – vor mir?«

»Ich verstehe nicht, was das ...«

»Waren es mehr?«

»Also, das ist sehr scharfsichtig von Ihnen, Gilbert ...« Er räusperte sich. »Ja, es waren mehr als zwei. Acht oder neun, glaube ich.«

»Weshalb ...«

»Weshalb wir Ihnen nicht Bescheid sagten? Wir wollten zwar, daß Sie vorsichtig sind, aber es wäre sinnlos gewesen, Ihnen Angst einzujagen.«

»Aber Ihrer Meinung nach wurden sie hier ermordet – von den Santarogern?«

»Es war alles so entsetzlich mysteriös, Gilbert. Wir konnten nicht sicher sein.« Er sah Dasein mit forschenden Augen an. »Das ist es, nicht wahr? Mord. Sind wir in diesem Augenblick in Gefahr? Haben Sie die Waffe, die ...«

»Wenn es nur so einfach wäre«, meinte Dasein.

»Mein Gott, Gilbert, was ist es denn? Sie müssen etwas herausgefunden haben. Ich hatte solche große Hoffnungen in Sie gesetzt.«

Große Hoffnungen in mich gesetzt, dachte Dasein. Wieder eine Phrase, die eine Tür zu den Geheimverhandlungen aufstieß. Weshalb war Selador so leicht zu durchschauen? Dasein war schockiert von der Seichtheit des Mannes. Wo blieb der allmächtige Psychoanalytiker? Wie konnte er sich so grundlegend geändert haben?

»Ihr – ihr habt mich einfach ausgenützt«, sagte Dasein. Während er sprach, erinnerte er sich an Mardens Anschuldigung. Marden hatte es erkannt – ja.

»Aber, Gilbert, das ist doch keine Einstellung. Kurz bevor ich abfuhr, hat sich Meyer Davidson nach Ihnen erkundigt. Sie erinnern sich doch an Davidson, den Kaufhausagenten? Sie hatten einen großen Stein bei ihm im Brett, Gilbert. Er sagte mir, daß er daran gedacht hatte, Ihnen eine Stelle in seinem Büro anzubieten.«

Dasein starrte Selador an. Der Mann konnte das nicht im Ernst meinen.

»Das wäre ein schöner Schritt nach oben, Gilbert.«

Dasein unterdrückte ein Lachen. Er erlebte das merkwürdige Gefühl, von seiner Vergangenheit losgelöst zu sein und ein Pseudowesen zu studieren, das er selbst gewesen war. Der andere Dasein hätte das Angebot mit Begeisterung aufgenommen. Der neue Dasein sah Seladors echte Meinung über »diesen ganz nützlichen, aber nicht sehr hellen Gilbert Dasein«.

»Haben Sie sich Santaroga angesehen?« fragte Dasein. Er wunderte sich, ob Selador Clara Schelers Gebrauchtwagenpark oder die Anzeigen in den Schaufenstern gesehen hatte.

»Heute vormittag, noch vor der Besuchszeit, fuhr ich ein wenig durch die Stadt«, sagte Selador.

»Was halten Sie von dem Ort?«

»Meine aufrichtige Meinung? Ein sonderbares Dorf. Als ich einen Einheimischen nach dem Weg fragte, war die Antwort so – komisch. Und der Dialekt ist sonderbar. Gar nicht so – nein, Englisch ist es nicht, aber auch die Amerikanismen sind nicht so ausgeprägt ...«

»Ihre Sprache ist wie ihr Käse«, sagte Dasein. »Scharf und mit einem Nachgeschmack.«

»Scharf! Eine sehr gute Wortwahl!«

»Eine Gemeinschaft von Individuen, würden Sie nicht auch sagen?« fragte Dasein.

»Vielleicht – aber sie sind sich irgendwie alle ähnlich. Sagen Sie, Gilbert, hat das etwas mit Ihrem Auftrag zu tun?«

»Was?«

»Diese Fragen. Ich muß sagen, Sie sprechen wie – ja, ich will verdammt sein, wenn Sie nicht wie ein Einheimischer sprechen.« Ein gezwungenes Lachen kam von den dunklen Lippen. »Sind Sie hier heimisch geworden?«

Die Frage, die von diesem östlichen Mann mit dem Oxford-Akzent kam, war für Dasein urkomisch. Ausgerechnet Selador! So eine Frage zu stellen!

Dasein lachte schallend.

Selador legte das Lachen falsch aus. »Ich hatte doch gehofft, daß es nicht der Fall sein würde.«

»Die Menschheit sollte von erstrangigem Interesse für die Menschen sein«, sagte Dasein.

Wieder verstand ihn Selador falsch. »Ah, und Sie haben die Santaroger als Psychologe studiert. Gut. Nun – erzählen Sie mir die Sache in Ihren eigenen Worten.«

»Ich will es anders ausdrücken«, sagte Dasein. »Um Freiheit zu haben, muß man etwas mit ihr anfangen können. Es besteht eindeutig die Möglichkeit, daß manche Menschen die Freiheit so jagen, daß sie ihre Sklaven werden.«

»Das ist sicher alles sehr philosophisch«, meinte Selador. »Aber was hat es damit zu tun, Gerechtigkeit für unsere Auftraggeber zu suchen.«

»Gerechtigkeit?«

»Aber gewiß, Gerechtigkeit. Sie wurden in dieses Tal gelockt und betrogen. Sie haben große Summen ausgegeben und nichts dafür bekommen. Sie sind nicht die Leute, die sich so eine Behandlung gefallen lassen.«

»Hergelockt?« fragte Dasein. »Ich bin überzeugt davon, daß keiner ihnen ein Grundstück verkaufen wollte. Überhaupt, wie kamen sie zu dem Land?«

»Das ist doch unwichtig, Gilbert.«

»O doch, es ist wichtig. Wie kamen sie an das Land von Santaroga?«

Selador seufzte. »Also gut, wenn Sie darauf bestehen – sie erzwangen den Verkauf von einem Stück Staatsland und waren die ersten, die ein Angebot machten ...«

»Eines, das die anderen nicht überbieten konnten«, fügte Dasein hinzu. Er lachte. »Machten sie eine Marktstudie?«

»Sie wußten ziemlich genau, wie viele Leute hier leben.«

»Aber nicht, *was für* Leute!«

»Was wollen Sie damit sagen, Gilbert?«

»Santaroga hat sehr viel Ähnlichkeit mit einer griechischen *Polis*«, sagte Dasein. »Es ist eine Gemeinschaft von einzelnen, aber kein Kollektiv. Die Santaroger sind keine Sklaven, die schuften und schuften. Sie kümmern sich nur um das, was die Menschen brauchen. Ihr erstes Interesse gilt den Menschen. Nun, was die Gerechtigkeit –«

»Gilbert, Sie reden merkwürdiges Zeug.«

»Lassen Sie mich bitte zu Ende sprechen, Doktor.«

»Bitte, aber ich hoffe, daß es etwas sinnvoller wird ...«

»Gerechtigkeit«, sagte Dasein. »Die Auftraggeber, von denen Sie dauernd sprechen, und die Regierung, die von ihnen beherrscht wird, haben weniger Interesse an der Gerechtigkeit als an der öffentlichen Ordnung. Sie haben die Phantasie durch die zu lange und zu enge Verbindung mit einem System der ewigen Präzedenzfälle betäubt. Möchten Sie wissen, wir ihr Regierungsapparat für einen Santaroger aussieht?«

»Darf ich Sie daran erinnern, Gilbert, daß das einer der Hauptgründe war, aus denen Sie hergeschickt wurden?«

Dasein lächelte. Seladors vorwurfsvoller Ton berührte ihn nicht.

»Rücksichtsloses Machtstreben«, sagte Dasein. »So sieht die Außenwelt für die Santaroger aus. Ein Ort für rücksichtsloses Machtstreben. Geld und Macht haben alles erobert.«

»Die Außenwelt«, sagte Selador. »Was für eine interessante Betonung Sie diesem interessanten Wort geben.«

»Rücksichtsloses Machtstreben ist Bewegung ohne eine Möglichkeit zum Bremsen«, fuhr Dasein fort. »Es wird dahinrasen, bis es sich selbst und alles mit sich zerstört hat. Da draußen gibt es nichts als Schlachtfelder. Sie haben besondere Namen: Marktwirtschaft, Handel, Rechtsprechung, Wahlen, Senat, Streik – doch es sind Schlachtfelder. Das kann man nicht leugnen.«

»Ich glaube allmählich, daß Sie diese Schurken von Santaroga unterstützen«, sagte Selador.

»Natürlich verteidige ich sie! Ich sage Ihnen, mir wurden hier die Augen geöffnet. Ich habe länger durchgehalten als die anderen, ja? Sie hatten solche großen Hoffnungen in mich gesetzt! Wie können Sie nur so verdammt durchsichtig sein?«

»Nun hören Sie aber, Gilbert!« Selador stand auf und sah Dasein wütend an.

»Doktor Gil?«

Burdeaux' Stimme klang vom Eingang her. Dasein rollte das linke Rad des Stuhls zurück und zog das rechte nach vorn. Der Stuhl machte eine Kurve. Dasein sah Burdeaux in der Doppeltür stehen und spürte zugleich, wie sein Stuhl gegen etwas stieß. Er wandte den Kopf, um nach Selador zu sehen und erkannte gerade noch zwei Füße am Rand der Terrasse. Ein langgezogener verzweifelter Schrei wurde von einem grausigen, dumpfen Aufschlag beendet.

Burdeaux war mit einemmal neben ihm und beugte sich über das Geländer.

»Oh, mein Gott«, sagte Burdeaux. »Oh, mein Gott! Was für ein furchtbarer Unfall!«

Dasein hob die Hände, sah sie an – *seine* Hände. *Ich bin nicht stark genug, um so etwas zu tun,* dachte er. *Ich war krank. Ich bin nicht stark genug.*

14

»Ein Hauptfaktor für den Unfall war der Leichtsinn des Opfers«, führte Piaget aus. »Wie konnte er sich so nahe an den Terrassenrand stellen?«

Das Verhör war in Daseins Krankenraum verlegt worden – »da es die Szene des Geschehens war und da Doktor Dasein, der noch Schonung braucht, sich so wenig wie möglich bewegen soll.«

Ein Sonderfahndungsbeamter der Staatsanwaltschaft war kurz vor zehn Uhr eingetroffen. Er hieß William Garrity und war Piaget offensichtlich kein Unbekannter. Sie begrüßten einander mit »Bill« und »Larry«. Garrity war ein schmaler, zerbrechlich wirkender Mann mit sandfarbenem Haar und einem schmalen, maskenhaft starren Gesicht.

Santarogas Leichenbeschauer und Untersuchungsrichter, ein Neger namens Leroay Cos, führte das Verhör. Er hatte gekraustes Haar und ein eckiges, sehr würdevolles Gesicht. Er trug einen schwarzen Anzug, und hielt sich von allen Leuten fern, bis um Punkt zehn Uhr die Verhandlung begann.

Zuschauer und Zeugen hatten auf Klappstühlen Platz genommen. Garrity saß an einem Tisch mit dem Distrikt-Attorney, der, wie es sich herausstellte, ein Nis war – Swarthout Nis.

In den zwei Tagen seit der Tragödie war Daseins Ärger über Selador ständig gewachsen. *Dieser Narr, dieser verdammte Narr, wie kann er sich nur auf diese Weise umbringen?*

Piaget war Zeuge und faßte die Angelegenheit für Dasein zusammen.

»Erstens«, sagte er indigniert, »hat er eigenmächtig Doktor Dasein nach draußen gebracht. Ich habe Doktor Daseins körperliche Verfassung bereits vorher gründlich besprochen.«

Garrity unterbrach ihn mit einer Frage. »Sie haben den Unfall gesehen, Doktor Piaget?«

»Ja. Mister Burdeaux hatte festgestellt, daß sich der Rollstuhl mit Mister Dasein auf der Sonnenterrasse befand. Da er wußte, wie schädlich das für meinen Patienten war, rief er mich. Ich kam gerade in dem Moment, als Doktor Selador stolperte und fiel.«

»Sie sahen ihn stolpern?« fragte Swarthout Nis.

»Eindeutig. Er schien nach der Lehne des Rollstuhls greifen zu wollen. Ich betrachte es als ein Glück, daß es ihm nicht mehr gelang. Wir hätten sonst wahrscheinlich zwei Tote.«

Selador stolperte, dachte Dasein. Erleichterung überkam ihn. *Selador stolperte! Ich habe ihn nicht gestoßen. Ich wußte, daß ich nicht die Kraft dazu hatte. Aber wogegen bin ich gestoßen? Wahrscheinlich gegen das Geländer.* Einen Moment lang erinnerte er sich, wie seine Hände auf den harten Rädern geruht hatten. Aber er war gegen etwas Weiches gestoßen? Ein Brett konnte auch weich sein.

Burdeaux war der zweite Zeuge, der Piagets Aussage bestätigte.

Also mußte sie stimmen.

Dasein spürte, wie ihn neue Kraft durchströmte.

Garrity stellte weitere Fragen: »Sie sind unmittelbar danach an Mister Daseins Seite gelaufen?«

»Ja, Sir. Er war sehr krank und schwach. Ich fürchtete, er würde aufzustehen versuchen und selbst stürzen.«

»Und Dr. Piaget?«

»Er lief nach unten, Sir, um zu sehen, was er für den Mann noch tun konnte.«

Der Untersuchungsrichter wandte sich an ihn.

»Dr. Dasein?«

Dasein wurde vereidigt. Alle Augen im Raum wandten sich ihm zu. Nur bei Garrity störte ihn das – seine Blicke waren verschleiert, rätselhaft, fremd.

»Haben Sie Dr. Selador stürzen gesehen?«

»Ich ... Mister Burdeaux rief mich. Ich drehte mich um, und dann hörte ich einen Schrei. Als ich mich wieder umwandte, sah ich eben noch Dr. Seladors Füße ...«

»Seine Füße?«

»Ja. Mehr sah ich nicht.«

Dasein schloß die Augen und erinnerte sich mit Entsetzen an jenen Augenblick. Ein Unfall – ein schrecklicher Unfall. Er öffnete die Augen und drängte die Erinnerung beiseite, weil er den wimmernden Schrei nicht mehr hören wollte.

»Kennen Sie Dr. Selador schon lange?«

»Er war – ja.« Was wollte Garrity mit seinen verschleierten Augen?

Garrity holte ein Blatt Papier aus einer Mappe, warf einen Blick darauf und sagte: »Ich habe hier ein Blatt aus Mister Seladors Tagebuch. Seine Gattin hat es mir geschickt. Ein Abschnitt interessiert mich besonders. Ich werde ihn vorlesen ...«

»Ist das wichtig?« fragte Untersuchungsrichter Cos.

»Vielleicht nicht, Sir«, sagte Garrity. »Vielleicht aber doch. Ich hätte gern Dr. Daseins Ansicht darüber. Schließlich sind wir hier, um Licht in eine schreckliche Tragödie zu bringen.«

»Darf ich den Auszug sehen?« Das war Swarthout Nis, der Distrikt-Attorney. Seine Stimme war sanft.

»Gewiß.«

Nis nahm das Papier und las es.

Was ist es? fragte sich Dasein. *Was hat Selador geschrieben? Weshalb schickte es seine Frau einem Staatsanwalt? Kam Garrity deshalb her?*

Nis gab das Blatt Garrity zurück. »Wenn wir im Auge behalten, daß Selador Psychiater war, könnte dieser Absatz mehrere Bedeutungen haben. Aber Dr. Dasein kann ihn sich ruhig anhören. Vielleicht weiß er eine Interpretation.«

»Darf ich das Blatt sehen?« fragte der Untersuchungsrichter.

Garrity brachte das Papier zu Cos und wartete, bis er es gelesen hatte.

»Gut«, sagte Cos und gab es ihm zurück. »Sie können den Zeugen befragen.«

Garrity hielt das Blatt steif vor sich und sah Dasein an. Dann las er: »Dasein – ein gefährliches Instrument für dieses Projekt. Man sollte sie warnen.«

Er senkte das Blatt. »Welches Projekt, Dr. Dasein?«

Es war Stille im Raum eingetreten.

»Ich – wann hat er das geschrieben?«

»Nach Angaben seiner Frau vor etwa einem Monat. Ich wiederhole: Welches Projekt?«

Dasein suchte in seiner Erinnerung. *Projekt – gefährlich?*

»Das – einzige Projekt ...« Er schüttelte den Kopf. Der Satz ergab keinen Sinn.

»Weshalb kamen Sie nach Santaroga, Dr. Dasein?«

»Weshalb? Weil meine Verlobte hier wohnt.«

»Ihre Verlobte?«

»Meine Nichte, Jenny Sorge«, erklärte Piaget.

Garrity warf Piaget einen Blick zu und wandte sich wieder an Dasein. »Kamen Sie nicht her, um eine Marktstudie zu machen?«

»O das – ja. Aber ich verstehe nicht, in welcher Hinsicht das gefährlich sein sollte ...« Dasein zögerte. »... außer er fürchtete, ich könnte mich zu sehr mit anderen Dingen beschäftigen.«

Ein leises Lachen ging durch den Raum. Der Untersuchungsrichter klopfte mit dem Bleistift auf das Pult und sagte: »Ich erinnere Sie daran, daß es sich um eine ernste Angelegenheit handelt.«

Stille.

Garrity warf wieder einen Blick auf das Blatt. Es schien an Gewicht gewonnen zu haben.

»Was steht sonst noch darin?« erkundigte sich Dasein. »Vielleicht läßt sich daraus etwas schließen.«

»Wer sind die Leute, die gewarnt werden sollen?«

Dasein schüttelte den Kopf. »Ich weiß nicht. Vielleicht die Leute, für die wir die Arbeit durchführen sollten.«

»Haben Sie die Marktstudie vorbereitet?«

»Ich werde sie beenden, sobald ich wieder gesund bin.«

»Ah, Ihre Verletzungen«, sagte Garrity mit leichter Verärgerung. »Ich hörte etwas von Verbrennungen, aber ich weiß nicht genau, wie ...«

»Einen Moment bitte«, sagte der Untersuchungsrichter. »Wir dürfen Dr. Dasein nicht zu sehr beanspruchen. Er ist noch sehr schwach. Es ist allgemein bekannt, daß er sich die Verletzungen zuzog, als er einen jungen Mann aus den Flammen rettete. Dr. Dasein ist in der Stadt so etwas wie ein Held.«

»Oh.« Garrity kehrte zu seinem Platz am Tisch zurück und legte das Blatt weg. Er war offensichtlich verärgert und verwirrt.

»Dr. Dasein fragte nach den übrigen Eintragungen des Tagebuchs«, erinnerte der Untersuchungsrichter. »Stehen sie uns zur Verfügung?«

»Leider hat Mrs. Selador die testamentarischen Wünsche ihres Gatten befolgt und das Tagebuch verbrannt. Ihren Worten nach enthielt es zu viele vertrauliche Notizen über Patienten. Sie hat nur diese Eintragung aufgehoben und uns zugesandt ...« Garrity zuckte mit den Schultern.

»Ich fürchte, der einzige Mann, der den Satz erklären könnte, lebt nicht mehr«, sagte der Untersuchungsrichter. »Wenn es sich jedoch um ein Tagebuch mit psychiatrischen Notizen handelte, ist der Fall meiner Meinung nach relativ leicht zu klären. Im psychiatrischen Zusammenhang hat das Wort *gefährlich* viele Bedeutungen.«

Garrity nickte.

»Haben Sie noch weitere Fragen?« erkundigte sich Cos.

»Ja. Noch eine.« Garrity sah Dasein mit seinem verschleierten, unsicheren Blick an. »Hatten Sie zu Dr. Selador ein freundschaftliches Verhältnis?«

Dasein schluckte. »Er war mein Lehrer und – Freund. Sie können meine Kollegen in Berkeley fragen.«

Ein verzweifelter Ausdruck zeigte sich in Garritys Zügen.

Er weiß es, dachte Dasein. Und sofort fragte er sich, was Garrity wissen konnte. Es war ein Unfall gewesen. Vielleicht kannte er Seladors Verdacht Santaroga gegenüber. Aber das war Unsinn – es sei denn, Garrity war ein neuer Forscher, der die Geheimnisse des Tales ergründen sollte. Einen Moment lang verzerrte sich die Umgebung, und er sah Garrity mit einem Totenschädel vor sich. Dann war alles vorbei.

Garrity zuckte mit einem entschuldigenden Lächeln die Achseln. »Offensichtlich hat mich eine unglückliche Frau auf eine falsche Fährte geschickt.« Er setzte sich und sagte: »Ich habe keine Fragen mehr.«

Der Untersuchungsrichter schloß die Verhandlung. Er zählte noch einmal die Verletzungen auf, die zum Tode von Selador geführt hatten. Ob Mister Garrity eine Obduktion vornehmen lassen wolle? Nein, er wollte nicht.

In diesem Moment kam Dasein zu Bewußtsein, daß das alles eine Vorstellung für Garrity gewesen war. Man hatte ihn beruhigen wollen. Garrity und Piaget waren Freunde. Garrity konnte Piaget nicht in eine dumme Sache verwickeln.

Es war also vorbei – Tod durch ein Mißgeschick. Ein Unfall.

Garrity reichte Untersuchungsrichter Cos die Hand, dann

Piaget. Ob Piaget zum nächsten Klassentreffen kam? Vielleicht, wenn die Praxis es erlaubte. Aber bei Landärzten könne man nie wissen ...

»Das war eine schreckliche Tragödie«, sagte Garrity.

»Ja, entsetzlich.« Piaget seufzte.

Garrity blieb im Gang stehen. Die Leute hasteten zum Aufzug. Dasein erkannte einen ärgerlichen und nachdenklichen Ausdruck im Gesicht des Mannes.

Piaget beugte sich über Dasein. »Die Anstrengung war sehr groß für Sie, und ich möchte, daß Sie sich jetzt gründlich ausruhen. Jenny kommt noch auf einen Sprung vorbei, aber sie darf nicht zu lange bleiben.«

Er trat zur Seite.

Der Eingang war jetzt leer.

»Haben Sie mich verstanden?« fragte Piaget.

»Ja – Jenny kommt.«

Wie war Garritys Augenausdruck gewesen? überlegte Dasein. Ein Wilder hätte so ausgesehen, wenn er zum erstenmal die Hauptstadt eines Weißen erblickt hätte. Fremd – verärgert – verzweifelt ... Wenn Meyer Davidson und seine Leute Garrity als Spitzel einsetzten, so wüde er ein gefährlicher Mann sein. Aber darüber konnte man später nachdenken – wenn es soweit war. Viele Dinge konnten einem Menschen auch in der weiten Welt draußen zustoßen. Dasein konnte es spüren – Santaroga bereitete sich darauf vor, die Außenwelt zu erobern.

Deshalb wurde ich ausgewählt, dachte er. *Und Burdeaux ... und die anderen ... wer sie auch sein mögen. Die einzige gute Verteidigung ist ein guter Angriff.*

Das war ein beunruhigender Gedanke, der ihn zusammenzucken und zittern ließ.

Weshalb zittere ich?

Er versuchte den Gedanken wieder einzufangen, der ihn beunruhigt hatte, aber es gelang ihm nicht. Es war unwichtig, ein kurzes Kräuseln auf einem See. Dasein ließ es zu, daß das ruhige grüne Wasser sich um ihn schloß. Er merkte, daß er mit Jenny allein im Zimmer war.

Sie war die Ruhe in Person: blaue Augen mit Lachfältchen, volle Lippen, die ihm zulächelten. Sie trug ein orangenes Kleid und ein orangenes Band im dunklen Haar.

Jenny legte ein Päckchen auf den Nachttisch, beugte sich über ihn und küßte ihn. Warme Lippen, das tiefe Gefühl von Frieden.

Dasein fand, daß sie noch nie schöner ausgesehen hatte.

»Onkel Larry sagt, daß du heute nachmittag noch ausruhen mußt, aber am Samstag wirst du entlassen«, sagte sie.

Dasein fuhr mit den Fingern durch ihr Haar – seidigglattes Haar. »Weshalb heiraten wir dann nicht am Sonntag?«

»Oh, Liebling ...«

Wieder küßte sie ihn, doch dann zog sie sich zurück. »Lieber nicht. Du mußt erst zu Kräften kommen.« Das Grübchen in der Wange wurde sichtbar. »Schließlich sollst du am Sonntag wieder ganz gesund sein.«

Dasein zog sie zu sich herunter und streichelte ihr Haar.

»Wir können eines der neuen Häuser haben«, flüsterte sie. »Wir wären gleich neben Cal und Willa. Oh, ich bin so glücklich.«

»Du hast schon eines ausgesucht?«

»Ich war dort – und habe gehofft ...«

»Was ist das eigentlich für ein Päckchen?« unterbrach er sie.

»Päckchen?« Sie hob den Kopf. »O das. Das ist von der Genossenschaft. Die Leute haben ein Genesungspaket für dich zusammengestellt.«

»Mit Jaspers?«

»Natürlich.« Sie glättete ihr Haar.

»Wo werde ich arbeiten?« fragte er.

»Onkel Larry möchte dich in der Klinik haben, aber zuerst bekommen wir einen Monat für Flitterwochen frei. Liebling – ich kann kaum noch bis Sonntag warten.«

In der Klinik, dachte Dasein. *Nicht als Patient, Gott sei Dank.*

Jenny öffnete das Paket. Ein Stück Käse, zwei Flaschen Bier, dunkle Weizenkräcker, einen weißen Behälter mit irgendeiner Flüssigkeit. Er fragte sich, wann sie dem Jaspers ausgesetzt worden waren.

Dasein hatte das plötzliche Gefühl, daß er sich wie eine Motte in einem Käfig befand und verzweifelt das Gitter anflog, verwirrt, hilflos.

»Liebling, ich ermüde dich.« Jenny legte ihm die Hand auf die Stirn. Es beruhigte ihn.

»Wann kommst du wieder?« fragte er.

»Ich schaue bald vorbei.«

Sie warf ihm eine Kußhand zu. Dasein starrte Jenny nach, bis sich die Tür hinter ihr geschlossen hatte.

Einen Moment lang hatte er das Gefühl, daß die Verbindung mit der Wirklichkeit verlorengegangen war. Dasein nahm ein Stück Käse und stopfte es sich in den Mund. Er spürte die beruhigende Jaspersgegenwart. Sein Bewußtsein weitete sich aus, wurde fest und lenkbar.

Was ist denn die Wirklichkeit? fragte er sich. *Sie ist ebenso vergänglich wie das Stück Käse, ebenso von Irrtümern verzerrt wie alles andere, das Grenzen besitzt.*

Er bechäftigte sich entschlossen mit dem Haus, das er und Jenny bewohnen würden.

Lyon
Sprague de Camp

DAS ORAKEL DER FREMDEN

Von Lyon Sprague de Camp erschienen in der Reihe:
HEYNE SCIENCE FICTION & FANTASY:

Der Schmetterlingsthron · 06/3439
Die Uhren von Iraz · 06/3484
Die Räder der Zeit · 06/3575
Das Orakel der Fremden · 06/3584, auch ↗ 06/4336
Ein Yankee bei Aristoteles · 06/3719
Neu-Arkadien · 06/3728
Ein Dämon mit kleinen Fehlern · 06/3747

Zusammen mit Fletcher Pratt:
An den Feuern des Nordens · 06/3768
Die Kunst der Mathemagie · 06/3814
Die stählerne Festung · 06/3854
Der grüne Magier/Die Mauer der Schlangen · 06/3881
Geschichten aus Gavagans Bar · 06/3887

CONAN-SAGA:
Conan · 06/3202
Conan von Cimmerien · 06/3206
Conan der Pirat · 06/3210
Conan der Wanderer · 06/3236
Conan der Abenteurer · 06/3245
Conan der Krieger · 06/3258
Conan der Thronräuber · 06/3263
Conan der Eroberer · 06/3275
Conan der Rächer · 06/3283
Conan von den Inseln · 06/3295
Conan der Barbar · 06/3889
Conan der Schwertkämpfer · 06/3895
Conan der Befreier · 06/3909
Conan der Freibeuter · 06/3972
Conan und der Spinnengott · 06/4029
Conan von Aquilonien · 06/4113

KRISHNA-ZYKLUS:
Die Königin von Zamba · 06/4086
Die Suche nach Zei · 06/4087
Die Rettung von Zei · 06/4088
Die Geisel von Zir · 06/4089
Die Jungfrau von Zesh · 06/4090
Der Turm von Zanid · 06/4091
Die Gefangene von Zhamanak · 06/4092
Die Gebeine von Zora · 06/4093
Die Ritter von Zinjaban · 06/4381

SACHBUCH:
New York lag einst am Bosporus · 01/7001

DAS ORAKEL DER FREMDEN
erschien ursprünglich als HEYNE-BUCH Nr. 06/3584
Titel der amerikanischen Originalausgabe:
ROGUE QUEEN
Deutsche Übersetzung: Friedl und Yoma Cap

Inhalt

I. Das Volk
247

II. Das Himmelsschiff
263

III. Die Zitadelle der Überlebenden
280

IV. Der Hubschrauber
297

V. Die Kuppel der Königin
311

VI. Das Duell der Königinnen
328

VII. Die abtrünnigen Drohnen
344

VIII. Gelee royale
364

IX. Das Orakel
383

X. Der Tempelhain
400

XI. Der Kampf
413

Glossar
434

Für Willy Ley

ANMERKUNG DES AUTORS:

Obwohl der Leser die ormazdinischen Wörter in diesem Roman natürlich aussprechen kann, wie er mag, würde ich folgendes vorschlagen: *a* wie in ›Vater‹, *e* wie in ›Bett‹, *i* wie in ›wissen‹, *o* wie in ›Moor‹, *u* wie in ›dumm‹ zu sprechen; ein von einem Vokal gefolgtes *y* wird wie j gesprochen (›York‹), ein *y* vor einem r wird zu ü wie in ›Myrte‹; ansonsten ist *y* ein dunkles i wie in ›Zyste‹. Alle anderen Vokale haben in Vokalkombinationen dieselben Lautwerte wie alleinstehend: *Gliid* wird also ›gli-id‹ gesprochen, *Yaedh* ›ja-edh‹; *dh* steht für das stimmhafte englische ›th‹, *lh* für das stimmlose l, vergleichbar dem walisischen ll; *rh* ist das stimmlose, nicht gerollte r. *kh* ist ein Gaumenreiblaut, vergleichbar dem deutschen ›ch‹ in ›Teich‹. *Viagens* (ein portugiesisches Wort): das g wird ausgesprochen wie in ›beige‹. Ein Glossar von ormazdinischen Wörtern und Namen ist dem Buch angefügt, ist aber für das Verstehen der Handlung nicht notwendig.

I

Das Volk

Die Melderin richtete sich vom Sitz ihres Wagens auf und knallte scharf mit der Peitsche. Das Ueg, dessen große Pfoten die Deichsel umklammerten, verdrehte den langen Hals, grunzte empört und steigerte sein Tempo ein wenig. Einige vielgliedrige Kriechtiere huschten über den nassen Ufersand und verschwanden mit kleinen Platschern in den Wellen der Scharlachsee.

Sobald das Patschen der großen, flachen Füße des Uegs langsamer wurde, ließ Rhodh von Elham wieder ihre Peitsche knallen. Dieses Ueg war ein alter Heuchler und verstand es, an das Mitleid des Fahrers zu appellieren. Da aber das Hügelland bereits hinter ihnen lag und sie nur mehr etwa eine halbe Stunde Fahrt vor sich hatten, dachte Rhodh nicht daran, Mitleid an das dumme Vieh zu verschwenden. Außerdem war die Nachricht, die sie brachte, für das Volk wichtiger als das Leben eines Uegs, ja sogar einer Arbeiterin wie ihr.

Der Wagen hüpfte und neigte sich schräg, als das Ueg die Uferböschung hinauftrabte, um auf das Straßenstück zu gelangen, das am Fuß der Khinad-Klippe entlangführte und die Landspitze abschnitt. Rhodh gönnte sich nur einen flüchtigen Blick auf die verfallenen Türme von Khinam, die wie eine Fortsetzung der schroffen, verwitterten Felsen hochragten, obwohl eine Arbeitsgenossin, Iroedh, versucht hatte, sie für die alten Artefakte zu interessieren, die man in den Ruinen finden konnte. Das war bestenfalls etwas für Drohnen, die ohnehin mit der Zeit zwischen ihren Berufungen nichts Besseres anzufangen wußten, als närrische, rhythmische Geräusche zu produzieren, oder vielleicht für Iroedh, die schon immer ein bißchen verrückt gewesen war.

Sie selbst hatte noch nie das geringste Interesse für das Treiben ihrer entfernten Vorfahren aufbringen können. Wesen mit so tierischen Sitten, wie sie in der *Idhios*-Legende beschrieben wurden, konnten bestimmt nichts geschaffen haben, was eine pflichtgetreue Arbeiterin interessieren konnte. Überdies hatte sie ein höheres Ziel als die Ansammlung nutzlosen Wissens. Eines Tages würde sie, Rhodh, im Rat sitzen und etwas unternehmen gegen Rundtänze und ähnlichen, zeitvergeudenden Unsinn. General Rhodh? Außenminister Rhodh? Bei ihrer hohen Leistungseinstufung und ihrem vorbildlichen Gemeinschaftssinn gab es nichts, was sie nicht erreichen konnte.

Rhodh knallte wieder mit der Peitsche, und diesmal bekam die lederne Haut des Uegs etwas ab. Das Zugtier quietschte und stemmte sich mit plötzlichem Eifer gegen die Deichsel. Die Nachricht mußte dem höchsten Offizier von Elham schnellstens überbracht werden; wenn der Rat ihre Bedeutung nicht begriff, mußte die Königin selbst informiert werden.

Die Sonne stand schon tief hinter einem Dunstschleier, als Rhodh ihren Wagen an der Außenmauer der Stadt anhielt. Die Wachen kannten Rhodh und ließen sie ohne formelle Identifikation durch. Sie fuhr weiter, auf die Gruppe miteinander verbundener Kuppeln zu, die sich in der Mitte des Stadtparks erhoben.

Vor dem Eingang rief sie dem Ueg ein scharfes *»Branio!«* zu, band das Tier fest und marschierte zum Haupttor. Zwei Arbeiterinnen standen rechts und links vom Tor Wache; ihre frisch polierten Messingkürasse, ihre metallbesetzten Schurze, Beinschienen und federbuschverzierten Helme blitzten in der Sonne. Sie hielten ihre Lanzen reglos gerade und bemühten sich erfolgreich um möglichst ausdruckslose Mienen.

Rhodh kannte sie. Die links war die junge Tydh, eine tüchtige, recht vernünftige Arbeiterin; die andere war diese versponnene Vergangenheitsträumerin Iroedh.

Noch wenige Minuten zuvor waren die beiden Wachen bequem dagestanden, während Tydh schwatzte und Iroedh eine reife Vremoel aß und halb zuhörte, halb vor sich hinträumte.

»... und man sollte meinen, daß jeder Narr etwas Besseres zu tun wüßte, als gerade jetzt Königinnen zu wechseln, wo uns der Schlachtruf der Arsuuni praktisch in den Ohren gellt. Ich weiß, daß Intars Legeleistung gesunken ist – na und? Für die Erhaltung des Volkes reicht's allemal, aber wenn diese Räte sich mal etwas in den Kopf gesetzt haben ...«

Iroedh bemerkte zwischen zwei Bissen: »Wir wissen ja gar nicht, ob die Königinnen wirklich gewechselt werden.«

»Intar kann die Herausforderung nicht ignorieren ... Oder glaubst du vielleicht, daß sie Prinzessin Estir töten kann? Nicht sehr wahrscheinlich; sie ist dick und kurzatmig, während Estir sich geschmeidig bewegt wie ein Noag auf der Jagd und mit ihrer Lanze umgehen kann wie ein Tvaarmsoldat. Gewiß, es wird manchmal behauptet, daß Intar spezielles Glück hätte. Jedenfalls brauchen wir für die Auseinandersetzung mit den Arsuuni nicht eine flinke junge Königin, die so hoch springen kann, wie sie groß ist, und im königlichen Duell eine alte besiegen kann, sondern eine erfahrene, listige, die ...«

Iroedh sichtete Rhodh, schlang den letzten Bissen ihrer Vremoel hinunter, warf den Kern in die Büsche und sagte: »Achtung! Ein Wagen kommt.«

Tydh nahm Haltung an, schwatzte aber weiter. »Das ist Rhodh, sie wurde wegen dieser geplanten Kolonie in Gliid nach Tidhem geschickt. Sie ist doch immer in irgendwelchen Aufträgen unterwegs; es heißt, daß sie es wohl noch schaffen wird, in den Rat ernannt zu werden. Sie sollte Königin Maiur eine Abtretungserklärung für dieses Tal ...«

»Laß das Geschwätz jetzt.«

»Aber sie ist doch eine von unseren ...«

»Ich sage, laß es!«

Da Tydh die jüngere war, blieb ihr nichts anderes übrig, als den Mund zu halten. Der Wagen kam heran und hielt. Iroedh sah reglos zu, wie Rhodh die Stufen heraufstapfte: sie trug einen breiten Schirmhut, Schnürstiefel und einen Reisemantel aus langen Suroel-Fasern, den sie über die Schultern zurückgeworfen hatte, weil es ziemlich warm war, und ansonsten nur noch einen Dolch an einem leichten Wehrgehänge. Ihre Lanze hatte sie beim Wagen gelassen.

Iroedh sah ihr mit gemischten Gefühlen entgegen. Früher einmal hatte sie Rhodh gern gehabt, in der Annahme, daß sie ihre eigene Begeisterung für die vergessene Kunst des Altertums teilte. Damals waren sie allerdings beide noch sehr jung gewesen, und mit der Zeit war Rhodhs Interesse an Iroedhs Steckenpferd in dem grimmigen Pflichteifer der idealen Avtiny-Arbeiterin untergegangen. Eine Zeitlang hatte Iroedh in ihrer Enttäuschung Rhodh beinahe gehaßt, aber dann war dieses Gefühl nach und nach einem vagen Bedauern gewichen.

Rhodh rief mit vor Erregung hoher Stimme: »Schwestern, wer ist das zur Zeit anwesende ranghöchste Ratsmitglied? Ich muß sie sofort sprechen!«

»Großer Eunmar!« sagte Tydh. »Was in Niond ist denn los, Rhodh? Hat uns ein anderes Volk den Krieg erklärt?«

»Nicht jetzt. Rasch – wer ist die Ranghöchste?«

»Gehen wir mal die Liste durch«, sagte Iroedh. »Der General ist natürlich beim Spähtrupp an der Tvaarm-Grenze. Der Versorgungsoffizier ist zum Acht-Tag nach Tidhem gefahren. Der Aufzuchtsoffizier ist krank. Der Außenminister hat den General begleitet; der Königliche Rat wohnt dem Legen der Königin bei ... bei Gwyyr, es ist nicht ein Ratsmitglied verfügbar!«

»Das ist unmöglich! Das Gesetz verlangt, daß zumindest eines jederzeit erreichbar ist.«

»Ja, das sollte der Aufzuchtsoffizier sein, aber sie hat plötzlich Krämpfe bekommen. Inzwischen ...«

»Dann muß ich zur Königin!«

»Was?« riefen Iroedh und Tydh zugleich.

»Königin Intar von Eham selbst, und zwar sofort!«

»Bist du wahnsinnig?« fragte Iroedh. »Sie legt gerade!«

»Da kann ich auch nichts machen. Diese Nachricht ist wichtiger als ein Ei mehr oder weniger.«

»Völlig ausgeschlossen – es sei denn, Königin Omvyrs Krieger sind im Anmarsch.«

»Es ist noch etwas viel Wichtigeres. Über die Arsuuni wissen wir wenigstens alles Notwendige.«

Tydh sah Iroedh an, die als die ältere die Entscheidung treffen mußte. »Das wagen wir nicht, Iroedh. Die Vorschriften sind streng. Wir würden bestraft werden.«

Iroedh sagte jedoch: »Erzähl uns deine Geschichte, Rhodh, dann werde ich darüber entscheiden.«

Rhodh fächelte sich mit ihrem breitkrempigen Hut. »Blödsinnige Zeitverschwendung ... ber mir bleibt wohl nichts anderes übrig. Hmmm. Also, wie die Vertreterin von Königin Maiur von Tidhem und ich nach Gliid fuhren, um die Grenzen der geplanten Kolonie festzulegen, kamen wir gerade zurecht, wie ein – ich weiß nicht, wie ich es nennen soll – ein

Luftschiff oder ein Himmelswagen dort landete, dem Wesen von den Sternen entstiegen, die sich *Menschen* nennen.«

Iroedh und Tydh tauschten höchst verblüffte Blicke. Die Jüngere meinte: »Das ist doch unmöglich, liebe Rhodh! Es ist längst bewiesen, daß die Sterne viel zu heiß sind, als daß es Leben auf ihnen geben könnte. Oder ist das eine neue Variante von diesen alten Legenden, wie Iroedh sie sammelt – daß die Götter eines Tages unsere Welt besuchen?«

»Ich versichere euch«, sagte Rhodh pikiert, »daß ich diese Wesen mit eigenen Augen sah und mit ihnen sprach. Und mich hat noch niemand einer Lüge bezichtigt. Es scheint, daß viele Sterne von Welten wie der unseren umkreist werden, und daß es auf vielen dieser Welten Leben gibt. Es existiert sogar eine Art interstellare Regierung, die Interplanetarer Rat genannt wird. Diese Menschen gehören zu den fortgeschrittensten der zivilisierten Rassen auf diesen anderen Welten – zumindest, was die Naturwissenschaften betrifft –, und sie haben ein Himmelsschiff ausgesandt, das unsere Welt erforschen soll, etwa wie wir eine Galeere ausschicken würden, um irgendeine Insel in den entfernteren Regionen der Scharlachsee zu erforschen.«

Als Rhodh eine Pause machte, um zu Atem zu kommen, warf Tydh ein: »Es ist ganz so, wie das Orakel von Ledhwid prophezeit hat:

> ›*Wenn die Wasser steigen und Sterne fall'n,*
> *wenn bronzen blühen die Kuppeln,*
> *dan wird sehr klug der Drohnenmann sein,*
> *der fern von Volk und Kuppeln*
> *sich sucht ein neues Heim.*‹«

»Ich nehme an, du willst damit andeuten, daß unsere Drohnen abtrünnig werden, wenn ein Himmelsschiff von den Sternen kommt«, sagte Rhodh. »Nun, *das* werden wir schon zu verhindern wissen.«

»Aber sag, wie sehen diese Menschen aus? Haben sie viele Beine wie ein Dhwyg, oder sind es Gallertwesen wie die Husg?«

»Sie sehen eigentlich ungefähr wie wir aus – mit verschiedenen Unterschieden.«

»Zum Beispiel?« fragte Tydh.

»Ach, sie sind ein bißchen kleiner als wir und haben statt unserer roten Hautfarbe eine gelbe oder braune; sie haben an Händen und Füßen jeweils fünf statt vier Finger; ihre Ohren sind groß und am Rand irgendwie gekräuselt; sie haben runde Pupillen und nicht schlitzförmige wie wir; ihr Kopf ist ganz mit Haaren bewachsen und nicht nur wie bei uns mit einem Mittelstreifen, der bis über den Rücken geht; und – naja, eine ungefähre Vorstellung habt ihr damit. Was viel wichtiger ist – sie haben keine Arbeiterkaste!«

»Ja, aber wer hat denn dann dieses Himmelsschiff gebaut und bemannt?« erkundigte sich Iroedh.

»Ihre Drohnen und Königinnen. Die Besatzung des Schiffs besteht im wesentlichen aus Drohnen, plus zwei oder drei Königinnen. Als ich fragte, wo ihre Arbeiterinnen wären, brauchten sie eine ganze Weile, bis sie die Frage überhaupt verstanden, und dann erklärte mir der eine, der unsere Sprache gelernt hatte, daß es bei ihnen keine gäbe – daß sie alle fortpflanzungsfähige Männchen und Weibchen seien.«

»Was!« rief Iroedh entgeistert.

»Und diese Wesen nennst du zivilisiert?« sagte Tydh. »Wo sie sich wie Tiere vermehren?«

»Über diesen Punkt will ich jetzt nicht streiten«, erklärte Rhodh. »Ich versuche euch nur beizubringen, daß dieses Ereignis von ungeheurer Bedeutung für unser Volk sein kann, im Guten wie im Schlechten, und daß ihr mich deshalb sofort zur Königin lassen müßt!«

Tydh sagte: »Wenn du nur eine Stunde wartest, dann ist die Königin mit dem Legen fertig, und der Königliche Rat hat das Ei geprüft und in den Inkubator gebracht ...«

»Nein«, sagte Iroedh. »Ich bin auch der Meinung, daß wir uns sofort um diese Angelegenheit kümmern müssen. Wir gehen zur Königin und ...«

»Aber die Vorschriften!« jammerte Tydh. »Man wird uns bestrafen ...«

»Ich übernehme die Verantwortung«, sagte Iroedh. »Du kannst hierbleiben, Tydh.«

Iroedh brachte Rhodh durch die verzweigten Gänge zur Zentralkuppel. An der Tür des Vorraums zu den Gemächern der Königin waren Sonderwachen postiert, denn Prinzessin Estir war nahezu erwachsen und ein zufälliger Zusammenstoß mit der Königin mußte verhindert werden, bis der formelle Kampf um die Nachfolge stattfand. Im Vorraum saß ein etwas untersetzter Drohnenmann in sichtlich guter Laune. Als Iroedh mit klirrender Rüstung näher kam, rief er: »Hallo, Schöne!«

»Glück, Antis«, sagte Iroedh. »Du bist heute abend dran?«

Antis grinste. »Klar. Sie würde mich auch außerhalb der Reihenfolge rufen, wenn sie's wagte. Und morgen ebenfalls, wenn ich kann – naja. Wie steht's mit dir?«

»Ich muß arbeiten. Reinigungsdienst.«

»Schade. Nur Arbeit und kein Vergnügen, das ist traurig für die gute Iroedh ... Sag's mir, wenn du mal einen Tag frei hast.«

Iroedh merkte, daß Rhodh sie mißbilligend anstarrte. In diesem Augenblick ging die innere Tür auf, und Iroedh sagte zu der herausschauenden Arbeiterin: »Wache Iroedh und Melderin Rhodh wollen die Königin sprechen.«

»Sie legt aber genau in diesem Augenblick! Ich kann euch nicht ...«

»Es ist ein äußerst dringender Fall. Informiere mich sofort, wenn das Ei gelegt ist! Ich übernehme die Verantwortung.«

Die Arbeiterin zog sich in das innere Gemach zurück; nach einer Weile erschien sie wieder und sagte: »Es ist gelegt, und sie wird euch vorlassen. Aber sie meint, eure Nachricht sollte lieber wirklich äußerst wichtig sein.«

Königin Intars Lehnstuhl quoll über mit ihrer schlaffen Körperfülle. Eine Arbeiterin setzte gerade eine Brustpumpe an ihre üppigen Milchdrüsen an. Das Ei lag in der Sandkiste, und der Königliche Rat malte mit einem Stift Kennsymbole darauf.

»Nun?« fauchte die Königin. »Sagt mir bloß, daß ihr meine Legeperiode stört, nur um mich zu informieren, daß die alte Maiur ihre nichtexistenten Ansprüche auf Gliid nicht aufgeben will! Ich habe Arbeiterinnen schon aus geringerem Anlaß auspeitschen lassen.«

»Glück und viele Eier, Königin«, sagte Iroedh. »Ich übernehme die Verantwortung für diese Störung. Bitte laß Rhodh sprechen.«

Rhodh wiederholte ihren Bericht mit weiteren Einzelheiten. Als sie die sexuelle Ordnung der Menschen beschrieb, beugte sich Königin Intar vor und fragte: »Könnten diese angeblich fortpflanzungsfähigen Männchen nicht einfach sterile Männchen sein, ich meine, eine Kaste von männlichen Arbeitern, vergleichbar mit unseren sterilen Arbeiterinnen?«

»Nein; zumindest behaupten sie, daß es nicht so ist. Wir konnten ja nicht gut Beweise verlangen.«

»Bedeutet dieses zahlenmäßige Mißverhältnis, daß es bei ihnen sehr viel mehr Männchen als Weibchen gibt?«

»Auch das nicht. Die beiden Geschlechter sind sich in der Zahl etwa gleich, aber da das Weibchen kleiner ist und lebende Junge gebärt, nehmen Frauen selten an so anstrengenden Unternehmungen wie einer Forschungsexpedition teil.«

»Armselige Weiber, das! Sind sie eigentlich Säuger so wie wir, oder füttern sie ihre Jungen mit allem möglichen Zeug?«

»Sie sind Säuger; diese fortpflanzungsfähigen Weibchen hatten voll entwickelte Brustdrüsen – natürlich nicht so prächtige wie du, Königin.«

Es sah Rhodh ähnlich, dachte Iroedh, bei jeder Gelegenheit irgendein speichelleckerisches Kompliment unterzubringen. Die Königin erkundigte sich: »Wie werden sie befruchtet?«

»Ich hatte keine Gelegenheit, ihre Fortpflanzungsorgane zu untersuchen, aber ...«

»Das meine ich nicht; ich meine, welchen gesellschaftlichen Regeln unterliegt der Akt? Fallen sie einfach übereinander her, wie die Tiere?«

»Im Gegenteil; sie haben in dieser Hinsicht sehr strenge Regeln. Während der langen Reise von ihrem Stern zu uns durfte nicht einer dieser vielen Männer ...«

»Welcher Stern ist das?«

»Wir können ihn von hier nicht sehen, aber sie zeigten auf die Konstellation Huusg. Sie nennen ihn Sol oder Son, und ihre Welt Terra oder Yrth, je nach der Sprache.«

»Was wollen sie hier?« fragte die Königin.

»Sie sagen, sie möchten nur unseren Planeten studieren und versuchen, einer früheren Expedition auf die Spur zu kommen, die auf Niond verschollen ist. Das behaupten sie jedenfalls.«

»Ich habe noch nie von sowas gehört. Kann man ihren friedlichen Absichten trauen?«

Rhodh zuckte die Achseln. »Ich finde, man kann Wesen, die nicht nur von einem anderen Volk oder einer anderen Rasse stammen, sondern von einer anderen Welt, nicht von vorneherein trauen. Sie können aufrichtig und harmlos sein – das Orakel allein mag das wissen. Ich persönlich habe etwas gegen Leute, die behaupten, von reinem Wissensdurst bewegt zu sein, egal, ob dieses Wissen einen praktischen Nutzen hat oder nicht.« Dabei streifte sie Iroedh mit einem scharfen Blick.

Königin Intar fragte weiter: »Was halten sie von uns?«

»Anfangs schien es, als hätten sie ein wenig Angst vor uns – so wie wir vor ihnen. Als sie aber merkten, daß wir außer Lanzen keine Waffen hatten, wurden sie recht freundlich und schienen sich über unsere Bräuche und Verhältnisse ebenso zu amüsieren, wie wir über die ihren erstaunt waren. Dieser Dolmetscher, der Blos oder Blok genannt wird, sagte mir, unser Kastensystem erinnere ihn an ein kleines, geflügeltes Wesen, das *›Biin‹* oder so heißt und auf seiner Heimatwelt um seines süßen Sekrets willen gezüchtet wird.«

»Ich hoffe, du hast ihnen keine Informationen gegeben, die einem Feind nützen könnten!«

»Nein, nein, ich habe sehr aufgepaßt ...«

Nach kurzem Überlegen sagte die Königin: »Dieses Ereignis kann Gutes wie Böses bringen, das erkenne ich deutlich. Alle Omen weisen auf eine bedeutsame Entwicklung hin ... Wenn wir diese Wesen nur irgendwie gegen die Arsuuni einsetzen könnten ... Wenn wir zum Beispiel eins gefangennehmen, um die anderen zu zwingen ...«

»Königin, ich muß mit allem Nachdruck darauf hinweisen, daß sie uns so sehr überlegen sind, daß jede Gewaltanwendung schierer Wahnsinn wäre.«

»Bah. Wieso überlegen?«

»Könnten wir ein solches Schiff bauen?«

»N-nein, aber was heißt das schon? Wie können sie mit ihrem Zauberschiff jemandem etwas antun, außer sie lassen es auf ihn herunterstürzen? Und wenn es nicht sehr viel stabiler als ein normales Wasserschiff ist, würde es dabei wohl zerbrechen wie ein Ei.«

»Sie haben andere Waffen. Ich habe gesehen, wie einer ein angreifendes Vagkhnag stellte, mit einem kleinen Metallrohr auf es zielte, und *krach!* fiel die Bestie tot um, ein Loch im Körper, in das ich den Kopf hätte stecken können.«

»Haben sie dir gesagt, wie dieses Gerät funktioniert?«

»Nein. Als ich danach fragte, verhielten sie sich auf einmal sehr ausweichend.«

»Gerissene Kreaturen, scheint es. Was haben sie sonst noch für Dämonentricks auf Lager?«

»Das ist schwer zu sagen. Ich hörte, daß sie ein Gerät hätten, das anzeigt, ob jemand lügt oder nicht. Es gab soviel Neues, daß ich mir nicht alles gleich merken konnte. Wenn ich mich an etwas erinnere, werde ich das natürlich gleich für meinen Bericht an den Rat notieren.«

»Gut.« Intar wandte sich an Iroedh. »Meine gute Iroedh, es war richtig, daß du Rhodh ohne Rücksicht auf das Protokoll gleich zu mir gebracht hast. Geh nun wieder auf deinen Posten und verlasse Elham vorläufig nicht, da ich wahrscheinlich noch weitere Befehle für dich habe. Übrigens, wenn du hinausgehst, kannst du diesem Drohnenburschen sagen, daß ich ihn heute nicht brauche. Ich habe jetzt an Wichtigeres zu denken.«

Als Iroedh wieder durch den Vorraum kam, wo Antis ungeduldig hin und her wanderte, teilte sie ihm die Nachricht mit.

»Schönes Pech!« Antis verzog erbittert das Gesicht, dann hellte sich seine Miene auf: »Wenn das so ist, dann könnten wir doch unser Abendessen mit zu den Ruinen nehmen? Ythidh bewacht heute die Drohnenkuppel, und ich will nicht Antis von Elham heißen, wenn ich ihr nicht entschlüpfen oder sie bestechen kann.«

»Fein«, sagte Iroedh. »Aber Antis, mein Lieber, du darfst nicht wieder vor anderen unsere Privatvergnügen erwähnen.«

»Tu ich doch nicht.«

»Gerade eben vor Rhodh hast du's getan.«

»Dieser blöden Kreatur?«

»Sie ist nicht so blöd, daß sie nicht verstanden hätte, worauf du hinauswolltest. Es wäre recht unangenehm, wenn sie beim Rat eine Beschwerde vorbrächte. Und es sieht ihr durchaus ähnlich.»

»Was glauben die eigentlich, was ich mit dir treibe? Was *können* wir denn tun, außer unser Nachtmahl essen und gemeinsam nach Antiquitäten suchen?« Er lachte, daß seine prächtigen blauen Zähne blitzten. »Man könnte meinen, du wärst ein fortpflanzungsfähiges Weibchen!«

Iroedh schnüffelte gekränkt. »Manchmal finde ich deinen Sinn für Humor ganz abscheulich.«

Er machte eine wegwerfende Geste. »Vergiß es, meine Schöne. Wir treffen uns also bei Sonnenuntergang in Khinam.«

Iroedh stand schon wieder etwa eine Stunde auf ihrem Posten und begann, nach ihrer Ablösung Ausschau zu halten, als Rhodh erschien und ihr mitteilte: »Königin Intar hat beschlossen, einen Aufklärungstrupp zu dem Himmelsschiff zu schicken, um mit diesen Menschen enger in Kontakt zu kommen. Als Rangälteste werde ich den Trupp führen, da der Außenminister nicht verfügbar ist. Ansonsten kommen Iinoedh, Avpandh, Vardh und du mit.«

Iroedhs Miene leuchtete auf. Es freute sie ganz besonders, daß Vardh dabei sein sollte, denn Vardh war ihr immer eine treue, beinahe anbetende Freundin gewesen.

»Wie schön. Ich danke dir, liebe Rhodh!«

»Hmmm! Du brauchst mir nicht zu danken – ich hätte dich nie ausgewählt, und es ist mir auch unverständlich, weshalb es die Königin tat. Es wäre gar nicht dazu gekommen, wenn der Rat funktionsfähig wäre, aber du kennst ja Königin Intar. Der Landwirtschaftsrat muß ein Wort für dich eingelegt haben; es ist ja allgemein bekannt, daß du bei ihr besonders gut angeschrieben bist.«

Iroedh hatte sich das erst verblüfft, dann mit wachsendem Ärger angehört. Schließlich rief sie empört: »Was hast du gegen mich einzuwenden? Ich habe schon früher Aufträge im Außendienst erledigt, und meine Leistungseinstufung ist überdurchschnittlich!«

»Darum geht es nicht – es ist dein Fraternisieren mit einem Drohnenmann, die heimlichen Ausflüge mit ihm, und Ledhwid allein weiß, was noch. Er hat ja heute diese Gerüchte praktisch mit eigenen Worten bestätigt.«

»Und was geht das dich an?«

»Nichts, aber du hast mich gefragt, warum ich nicht begeistert bin, daß du für diesen Auftrag ausgewählt wurdest. Arbeiterinnen, die sich zuviel mit Drohnen abgeben, nehmen nur zu leicht Drohnengewohnheiten an. Sie vergeuden Zeit, trödeln herum und denken an Vergnügungen, wenn sie arbeiten sollten. Sie tanzen und pflanzen Blumen und treiben ähnlichen Unsinn. Nun ja, die nächste Säuberung wird dem ein Ende machen!«

Iroedh, der das Wort ›Säuberung‹ einen Stich versetzte, bemühte sich um eine ausdruckslose Miene und erwiderte kühl: »Ich würde vorschlagen, daß du dein Urteil über meine Eignung für diesen Auftrag erst danach fällst. Wann melde ich mich?«

»Morgen nach dem Mittagsimbiß, in voller Feldausrüstung. Gute Nacht.«

Iroedh sah Antis zu, wie er sich mit Feuerstein und einem Pyrit bemühte, Funken zu schlagen. Als er ein kleines Feuer in Gang gebracht hatte, setzte sie sich auf die Windseite, um nicht den Geruch von garendem Fleisch in die Nase zu bekommen. Es sprach für ihre Zuneigung, daß sie bereit waren, miteinander zu essen – die Freude, die sie an der gegenseitigen Gesellschaft fanden, überwog die Abscheu, die sie über die Ernährungsgewohnheiten des anderen empfanden.

Draußen über der Scharlachsee kreiste ein großer Flugfisch mit flappenden Flossen auf der Jagd nach kleineren Meerestieren – eine schwarze Silhouette vor der blutroten, untergehenden Sonne. Rundum erhoben sich die Ruinen von Khinam in den Abendhimmel, zerborstene Türme, verschlungene Mosaike, Kunstwerke, für die die modernen Avtini wenig Sinn hatten.

Hier stand auch die Gedenksäule von Khinam, zu Ehren irgendeines vergessenen Helden oder Sieges vor langer Zeit errichtet. Das Standbild, das sie krönte, war zu einem pokkennarbigen Stumpf verwittert, aber die massiv gemauerte Säule selbst hatte die Jahrhunderte besser überstanden als die meisten anderen Bauten.

Antis blickte von seinem Feuer auf, um den Flugfisch zu beobachten, und stellte fest: »Das ist ein Omen der Veränderung.«

»Was?«

»Wenn ein Flugfisch bei Sonnenuntergang kreist.«

»Ach, du Dummer! Du siehst in allem ein Omen, und irgendwelche Veränderungen gibt's jeden Tag.«

Iroedh begann träumerisch ihr eigenes, mageres Nachtmahl aus Zwieback und Gemüse zu verzehren, während sie in dem immer schwächer werdenden Licht ihre Ausbeute untersuchte.

»Was meinst du«, sagte sie, »was das ist? Für eine Waffe ist es zu dünn, und nach einem Ziergegenstand sieht es mir auch nicht aus. Ein Amtsstab vielleicht?«

Antis blickte von der Leipagkeule auf, die er sich briet. »Das ist ein Telh, ein Musikinstrument der Alten.«

»Wie funktioniert es?«

»Man bläst in das Loch am einen Ende und hüpft mit den Fingern über die anderen Löcher. Erinnerst du dich nicht an das Bild an der Wand des Thronsaals?«

Iroedh blies erfolglos in das Rohr.

»Da fällt mir ein«, sagte Antis, »du darfst nicht gerade in das Loch hineinblasen, sondern darüber – so etwa!« Als Iroedh die Flöte ansetzte, gelang es ihr, dem Instrument einen klagenden Ton zu entlocken. »Komm, laß es mich einmal versuchen.«

»Deine Hände sind fettig!« wandte Iroedh ein.

»Na gut, wenn ich hier fertig bin. Was ist das für ein Buch unter dem anderen Zeug?«

Iroedh zog einen uralten Band aus dem Haufen ihrer Funde. Die Seiten aus Vakhwil-Rinde waren rissig und spröde, und die Schrift war so verblaßt, daß man sie bei dem schwachen Licht nicht mehr entziffern konnte. Jede Schriftzeile wurde von einem Streifen mit einer Art Punktmuster begleitet.

»Ein Liederbuch!« rief Antis. »Das ist wunderbar!«

»Ich nehme an, diese kleinen schwarzen Punkte sagen einem, welches Loch man mit den Fingern zuhält?«

»Wahrscheinlicher, welche man offen läßt. Versuch es einmal.«

Iroedh begann zu blasen und bewegte zögernd ihre Finger. Trotz ihrer fehlenden Übung wurde eine stockende Melodie erkennbar.

»Ich glaube, das habe ich schon einmal gehört«, sagte Antis. »Als ich in die Drohnenkuppel aufgenommen wurde, lernte ich einen alten Drohnenmann kennen – er hieß Baorthus –, der bei mehreren Säuberungen verschont worden war, weil er seine Pflicht so großartig erfüllte. Er hat manchmal eine solche Melodie vor sich hingesummt. Ich hätte sie mir damals merken sollen, aber meine neue Aufgabe beschäftigte mich zu sehr, und bei der nächsten Säuberung erwischte es Baorthus dann. Ich habe bis jetzt gar nicht mehr daran gedacht.«

Er wischte sich die Hände an einem Blatt ab und kam näher, um Iroedh über die Schulter zu schauen. »Bei Eunmar! Mit etwas mehr Licht könnten wir den Text und die Noten gleichzeitig lesen, was meinst du? Ich werde das Feuer schüren.«

Er ging fort, während Iroedh stockend weiterflötete. Trokkene Zweige knackten, dann kam Antis mit einem Arm voll Brennholz zurück.

»Also«, sagte er, als das Feuer hell loderte, »fangen wir noch mal von Anfang an. Du spielst, und ich singe.« Stirnrunzelnd studierte er die verblaßte, schnörkelige Schrift. »Diese archaische Schreibweise ist die Pest! Na, versuchen wir's:

›*Niemals quält die Liebe ewig.*
Packt mich plötzlich wie ein Feuer,
wie ein Strom von Wisgards Lava –
wie ein Glutsturm kommt die Liebe.
Wenn mein Lieb ist in der Nähe
find ich Schlaf nicht und nicht Ruhe:
meine Sehnsucht will Erfüllung;
lang und kalt sind sonst die Nächte ...‹«

Ihre Darbietung litt durch die Tatsache, daß alle paar Takte einer von ihnen unweigerlich den Faden verlor; schließlich endete der Versuch in gemeinsamem Gelächter.

Als sie wieder Luft bekam, fragte Iroedh: »Was ist das für eine ›Geliebte‹, von der da immer die Rede ist?«

»Eine Freundin, nehme ich an; ein anderes Mitglied des Volkes.«

»Ich kann mir nicht vorstellen, daß ich wegen einer Arbeitsgenossin nicht schlafen kann – nicht einmal deinetwegen, mein bester Freund.«

Antis zuckte die Achseln. »Frag das Orakel von Ledhwid. Die Alten hatten ein paar seltsame Sitten. Vielleicht hatte ihre wahllose Ernährung etwas damit zu tun.«

»Ich habe nur einmal eine Avtin gesehen, die von solchen Gefühlen bewegt wurde – das war Ithod von Yeym, als sie erfuhr, daß ihr ganzes Volk von den Arsuuni vernichtet worden war«, meinte Iroedh nachdenklich. »Sie brachte sich um, obwohl der Rat ihr anbot, sie in Elham aufzunehmen.«

»Nun, wir wären wohl auch fassungslos, wenn wir von der Vernichtung Elhams erführen. Und irgendwann kann es wohl auch dazu kommen.«

»Wir wollen an so etwas Schreckliches gar nicht denken, bevor wir müssen!«

»Schon gut, meine Liebe. Besorgst du mir die Telh und das Buch, ja?«

»Gewiß, aber wozu?«

»Ich glaube, ich werde mit den anderen Drohnen viel Spaß damit haben. Wenn du aus der Drohnenkuppel seltsame Töne vernimmst, dann sind das Kutanas und ich, die den anderen die uralte Kunst des Singens beibringen.«

»Ich hoffe nur, es gibt nicht so einen Skandal wie damals mit der *Idhios*-Saga!«

»Und wer hat mir die *Idhios*-Saga erzählt?«

»Ich – aber nur, damit sie nicht ganz in Vergessenheit gerät. Ich habe nicht mit einer Dichterorgie gerechnet ...«

»Siehst du, diese Lieder dürfen genausowenig in Vergessenheit geraten. Und schließlich werde ich wohl nicht mehr lange Gelegenheit haben, mich an ihnen zu erfreuen.«

»Was meinst du?« fragte sie, obwohl sie genau wußte, was er meinte, aber irgendwie wollte sie die Hoffnung nicht aufgeben.

»Es wird wahrscheinlich bald eine Säuberung geben, und ich bin eine der ältesten Drohnen.«

»O Antis!« Sie ergriff seinen Arm. »Wie schrecklich! Hat die Königin sich beklagt?«

»Nicht daß ich wüßte. Ich habe sie gewiß ganz hervorragend bedient – aber eine Säuberung ist schon seit einiger Zeit fällig.«

»Aber du bist doch nicht so alt! Du bist nur ein wenig älter als ich und müßtest deine Aufgabe noch viele Jahre lang erfüllen können.«

»Ich weiß, aber der Rat sieht das anders. Vielleicht befürchtet man, daß wir abtrünnig werden, wenn man uns so lange leben läßt, bis wir alt und gewitzt sind.«

»Das würdest du doch nie tun, oder?«

»Ich habe noch nicht darüber nachgedacht. Ich nehme an, wenn du erführest, daß ich vorhabe zu fliehen und mich den Abtrünnigen anzuschließen, würdest du mich als pflichtgetreue Arbeiterin melden?«

»Natürlich. Ich meine – ich glaube schon. Es wäre jedenfalls eine schreckliche Entscheidung für mich. Aber du darfst nicht an einen so volksschädlichen Plan denken! Halte aus, solange es geht. Du darfst – ich ...« Schluchzend brach sie ab.

»Aber Iroedh!« sagte Antis und legte einen Arm um ihre Schultern. »Du benimmst dich ja wie jemand von den Alten, mit ihrer ›brennenden Liebe‹ und so.«

Iroedh nahm sich zusammen. »Dumm von mir. Und ich bin nicht altmodisch: ich bin eine sterile Arbeiterin und stolz darauf! Trotzdem wäre mein Leben so schrecklich leer ohne dich.«

»Danke.« Er drückte sie freundschaftlich an sich.

»Weißt du, niemand sonst in Elham teilt mein Interesse für Antiquitäten. Manchmal komme ich mir wie eine einsame Abtrünnige vor, die durch die Wälder irrt und herunterschaut auf die Kuppeln ihres Volkes, die sie nie wieder betreten wird.«

Antis lächelte in die zunehmende Dunkelheit. »Eines kann ich dir versichern, meine Liebe: Sollte ich jemals planen, abtrünnig zu werden, dann werde ich gewiß nicht jemanden einweihen, der meinen Plan zunichte machen könnte.«

Sie fröstelte. »Brrr ... wir hätten doch Kleidung mitnehmen sollen. Gehen wir zurück.«

II

Das Himmelsschiff

»Denk immer daran«, sagte Rhodh, »wir haben zwei Ziele: diese Leute und ihr Wissen gegen Tvaarm einzusetzen, und sie davon abzuhalten, irgend etwas gegen uns Verwendbares herauszukriegen.«

Ihr Ueg trottete neben dem Iroedhs die Strecke entlang, wo die Straße nach Tidhem über das Ufer der Scharlachsee verlief. Hinter ihnen holperten die Wagen von Iinoedh, Avpandh und Vardh.

Rhodh fuhr fort: »Also halte Augen und Ohren offen und den Mund zu, soweit dir das möglich ist. Was diese Leute betrifft, so ist uns so vieles neu, daß keine von uns alles auf einmal behalten könnte. Schmeichle ihnen, bring sie zum Prahlen, tu alles, ihre Zungen zu lösen. Aber ermutige sie nicht, uns zu besuchen, sage ihnen nicht, wo Elham liegt, und nichts über unsere politische Lage oder unsere Methoden der Kriegführung. Ich sage das dir im besonderen, Iroedh, da ich ja deine Schwäche kenne. Die Fremden interessieren sich nicht nur für uns, sondern auch für unsere Geschichte, und würden nichts lieber tun, als sich nach Khinam führen zu lassen, um nach Zeugen der Vergangenheit zu suchen. Dann brauchten sie nur noch einen der Türme zu besteigen und könnten die Kuppeln von Elham sehen.«

»Ich werde vorsichtig sein«, sagte Iroedh, die sich bereits schrecklich langweilte, denn Rhodh hatte ihr das alles schon mehrmals erklärt. Sie wünschte nur, Rhodh würde sie endlich in Frieden lassen, damit sie zu ihren goldenen Tagträumen von den alten Zeiten zurückkehren könnte.

»Deine Aufgabe wird es sein, dich um diesen Blok zu kümmern; er spricht mehr oder weniger avtinisch und interessiert sich wie du für verschiedene Weltanschauungen. Wenn du dich deiner Aufgabe gewissenhaft widmest, wirst du bestimmt bald deinen Drohnenfreund vergessen, mit dem du diese unkluge Verbindung pflegst!«

»Warum sollte ich?« fragte Iroedh lauter, als sie beabsichtigt hatte. Dabei hatte sie sich doch vorgenommen, sich von Rhodh nicht provozieren zu lassen!

»Schrei nicht so. Am besten, du befreundest dich gleich mit dem Gedanken, daß Antis nicht mehr da sein wird, wenn wir zurückkommen.«

»Du meinst ...«

Rhodh wandte sich mit einem grausamen Lächeln zu Iroedh. »Wußtest du es nicht? Der Rat wurde heute morgen beschlußfähig, gerade als wir abfuhren, und legte das Datum der nächsten Säuberung fest. Es wurde entschieden, die drei ältesten Drohnen, Antis, Kutanas und Dyos, zu töten, um Platz für die nächstgeborenen zu machen, irgendwann während der kommenden acht Tage. Sie wurden natürlich gefangengesetzt, um einer Flucht vorzubeugen.«

Iroedhs rosige Haut wurde einen Schein blasser. Eunmars Fluch über sie! Darum also hatte Antis ihr nicht adieu gesagt. Erst hatte sie gedacht, er wäre beleidigt, dann hatte sie sich gefragt, ob er es vergessen hatte (was ihm aber gar nicht ähnlich sah), und dann schließlich hatte sie überlegt, ob er versuchte, sie zu schützen, indem er ihre Verbindung herunterspielte. Dabei war er die ganze Zeit ...

»*Weu!*« rief sie mit gepreßter Stimme, »du hättest mir das früher sagen können!«

»Um damit eine Szene heraufzubeschwören, oder eine Befehlsverweigerung, und so unsere Abfahrt aufzuhalten? So dumm bin ich nicht! Du wirst mir später noch einmal dankbar sein!«

»Warum wurde die Säuberung für einen so frühen Zeitpunkt festgesetzt?«

»Wegen der von Tydh zitierten Prophezeiung, eine Drohne betreffend, die ein neues Heim sucht. Ich fürchtete, die Drohnen würden in Massen desertieren, wenn sie davon hörten. Tatsächlich ist es kein so frühes Datum, eine Säuberung ist schon eine Zeitlang fällig gewesen. Und Antis ist kein besonderer Verlust; in einer gutgeführten Gemeinschaft ist kein Platz für seine sinnlosen Streiche.«

Iroedh sank in sich zusammen, ihre Gefühle in Aufruhr. Sie dachte sogar daran, ihren Wagen zu wenden und zurück nach Elham zu jagen – aber lebenslange Disziplin und tiefverwurzelte Ergebenheit dem Volk gegenüber hielten sie zurück. Außerdem, was könnte sie damit gewinnen? Sie würde höchstens bestraft werden.

Was tun? Obgleich Iroedh eine erwachsene Arbeiterin war, hatte sie sich noch nicht damit abgefunden, die Schicksalsschläge dieses Lebens fatalistisch hinzunehmen. Es müßte doch etwas geben ...

Iroedh fragte sich nach dem Grund von Rhodhs Schadenfreude; sie konnte sich nicht vorstellen, warum Rhodh sie hassen sollte. Sie hatte doch nichts getan – außer sie selbst zu sein. Dennoch mußte eben das der Grund sein; Rhodh, die nach außen hin Iroedhs Interesse an den alten Künsten verächtlich machte, beneidete sie im Innersten darum. Vielleicht hatte Rhodh aber auch bloß eine Schwäche für Uniformität, und Iroedhs unorthodoxes Verhalten war ihr ein Dorn im Auge.

Iroedhs Gedanken kehrten zurück zu Antis und ihrer verzweifelten Suche nach einem Ausweg. Es müßte doch eine Möglichkeit geben, ihn zu retten; ihr fiel jedoch nichts ein. Und dennoch gab es gewiß einen Weg, wenn sie nur klug genug war, ihn zu finden! Zumindest in Gedanken sollte man ihn gehen können – aber woher wußte man, daß es ihn überhaupt gab? Es mußte einfach einen geben! Ach, welch erbärmliche Logik, nichts existiert bloß deshalb, weil man seine Existenz erhofft ...

Stundenlang grübelte sie über das Problem nach, während sie weiterfuhren, vorbei an der Stelle, wo die unglückliche Königin Khuar von wilden Tieren gefressen worden war, über die Lhanwaed-Hügel, wo längstvergessene Legenden von einem Riesenei berichteten, groß wie eine königliche Kuppel, das darauf wartete, ausgebrütet zu werden – zu was, das wußte niemand. Sie erreichten die Grenze zu Thidhem, ohne daß Iroedh zu einem Entschluß gekommen wäre.

Hier wurden sie von zwei Wachen aufgehalten, deren Waffen das Emblem der Königin Maiur trugen. Rhodh nannte der älteren der beiden, Gogledh, ihren Namen.

»Ich kenne dich, Rhodh«, sagte Gogledh im Dialekt von Thidhem. »Ich traf dich ja, als du wegen der Gliid-Kolonie hier warst. Ihr seid Landvermesser, oder? Wann werden die ersten Kolonisten kommen?«

Rhodh erwiderte: »Nein, wir wollen das Himmelsschiff untersuchen. Was unternimmt Thidhem deswegen?«

»Nichts. Königin Maiur meint, daß ein Kontakt mit Besuchern, deren Gebräuche von den unseren so verschieden sind, unsere soziale Struktur gefährden könnte. Sie versucht sogar, jede Diskussion des Ereignisses selbst zu unterbinden – was, wie wir beide sehr wohl wissen, einfach unmöglich ist.«

»Hat denn euer Rat nichts zu sagen?«

»Theoretisch ja, aber in der Praxis setzt Maiur gewöhnlich ihren Willen durch. Was aber ist mit eurer Kolonie?«

»Es wird keine geben, nicht bevor über den Krieg mit Tvaarm entschieden ist. Sollte es zu einer Auseinandersetzung kommen, werden wir jede Arbeiterin brauchen, die nur imstande ist, einen Speer zu halten.«

»Aber ihr habt doch eine fast erwachsene Prinzessin, die ihr nach Gliid schicken wollt, nicht?« erwiderte Gogledh.

»Ja, Estir; sie wird in etwa zwei mal acht Tagen geschlechtsreif.«

»Aber wenn ihr sie nicht mit einer neuen Kolonie hinausschickt, wird es zu einem Königinnen-Duell kommen, nicht wahr?« fragte Gogledh sensationslüstern. »Vielleicht gibt es dann auch Pässe für Besucher aus Thidhem!«

»Darüber weiß ich nichts, das wird der Rat entscheiden.«

»Ja natürlich. Haben sich die Arsuuni-Truppen schon in Marsch gesetzt?«

»Die letzten Nachrichten besagten noch nichts dergleichen. Jedenfalls läßt unser General die Grenze bewachen.«

»Armes Elham! Ich wünschte nur, ein Volk der Avtini würde ein arsuunisches besiegen, wenigstens ein einziges Mal!«

Rhodh seufzte. »Wir werden unser Bestes tun, aber was können wir schon ausrichten gegen eine Kaste von Soldaten, die uns an Größe um die Hälfte überragen? Wir würden nicht nur Glück brauchen, sondern auch eine große zahlenmäßige Überlegenheit, die wir natürlich nicht haben.«

»Wie viele erwachsene Arbeiterinnen habt ihr?«

»Etwa 450. Wir wären ja mehr gewesen, hätten wir voriges Jahr nicht diese Seuche gehabt.«

Gogledh erwiderte: »Es ist zu schade, daß es keine Möglichkeit für einen gemeinsamen Kampf unserer und eurer Arbeiterinnen gegen die Arsuuni gibt!«

»Ja, nicht wahr? Aber so ist's eben. Die Arsuuni sind viel zu gewitzt, um unsere beiden Völker gleichzeitig anzugreifen.«

Am Nachmittag des dritten Tages, nachdem Gogledh sie verlassen hatte, bogen die fünf Arbeiterinnen aus Elham in das Tal von Gliid ein.

Iroedh rief: »Oh, schaut nur!«

Unten, fast in der Mitte des Tales, stand ein zylindrisches Objekt, matt glänzend in der Sonne – das konnte nur das Himmelsschiff sein; es stand aufrecht da, wie die Gedächtnissäule von Khinham, nach oben zu schmäler werdend, mit abgerundeter Spitze.

Selbst Rhodh, der sonst jegliche Erregung fremd war, schien irritiert. Sie rief: »Los, vorwärts!« und schnalzte mit der Peitsche.

Die fünf Fahrzeuge rollten hintereinander die kurvenreiche Straße ins Tal hinunter. Vardh sagte: »Ich bin so aufgeregt! Ich bin doch noch nie in Gliid gewesen! Was ist denn das für eine eigenartige Zinne dort drüben über den Klippen?«

Sie zeigte hin. Iroedh erklärte ihr, die Ruine werde ›Zitadelle‹ genannt.

»Was bedeutet dieser Name?«

»Er bezieht sich auf die letzte Zuflucht der Überlebenden der zweigeschlechtlichen Avtini, die dort oben vor etwa 2000 Jahren gehaust haben.«

»Du meinst, das war damals, als Königin Danoakor die Diätvorschriften der Rasse erlassen hat?«

Iroedh bejahte.

Daraufhin fragte Iinoedh: »Was wurde aus den Überlebenden?«

»Sie wurden 64 Tage lang belagert. Die Überlieferung berichtet einer Version nach, daß die Zweigeschlechtlichen alle tot waren, als Danoakors Armee die Feste erstürmte; einer anderen Version zufolge begingen sie Selbstmord, indem sie sich von den Klippen stürzten.«

»Wie schrecklich!« rief Vardh.

»Geschah ihnen recht«, lautete Rhodhs bissiger Kommentar. »Wir sollten nicht mehr an diese wüsten Zeiten zurückdenken. Wenn es nach mir ginge, würde ich jeden historischen Bericht vernichten. Schon allein wegen solch sentimentaler Faulenzer wie Iroedh hätten wir mit all dem Unfug schon längst aufräumen sollen!«

Die drei jüngeren Arbeiterinnen schwiegen demütig, wie es sich für kluge Junioren gehörte, wenn zwischen den Älteren ein Streit entbrannt war. Iroedh ihrerseits sagte nichts, weil sie zu tief in Gedanken versunken war: sie gedachte der Überlebenden und ihres tragischen Schicksals und erging sich in Spekulationen über das bevorstehende Treffen mit den ›Menschen‹, alles überschattet von der stets gegenwärtigen Sorge um den verurteilten Antis.

Als sie dem hoch aufragenden Himmelsschiff näher kamen, war Iroedh bestürzt über die ungeheure Größe dieses Dings. Wäre es leer gewesen, nicht angefüllt mit all den Zaubermaschinen der Menschen, hätte man ein ganzes Volk darin unterbringen können.

Rund um das Schiff herrschte reges Leben. Iroedh dachte, daß die Besatzung wohl den sich nähernden Wagenzug bemerkt hatte. Rhodh, mit Königin Intars Standarte an der Speerspitze, fuhr vorneweg, die überwachsene Straße entlang, zu dem offenen Platz hin, wo das Ding gelandet war. Der Platz selbst sah aus, als wäre er durch die Landung leergefegt worden: In einem weiten Umkreis waren Bäume und Strauchwerk zu Asche verbrannt.

Dort, wo der abgebrannte Platz die Straße berührte, stand einer der Menschen. Rhodh sprang mit einem Satz vom Wagen, und die anderen folgten ihrem Beispiel. Iinoedh nahm die Zügel der fünf Uegs und band sie fest; die anderen drängten nach vorne.

Der Mensch war etwa von Iroedhs Größe und hatte ein nahezu avtinisches Aussehen, obgleich er nicht von dieser Welt stammte. Er war von schlankem Wuchs, wie eine Arbeiterin oder Prinzessin, nicht so stämmig wie eine Drohne oder so dick wie eine Königin. Sein Körper war von irgendeinem Zeug bedeckt, das Iroedh erst für eine lose schlotternde Haut gehalten hatte, das sich aber bei näherem Zusehen als Kleidung erwies, so kompliziert geschnitten und genäht, daß sie sich dem Körper anpaßte: Stiefel, ähnlich denen der Avtini, aber höher; ein Kleidungsstück wie eine Tunika, aber mit kurzen Ärmeln, und noch eins, das Iroedh nur als ›Beintunika‹ bezeichnen konnte, eine Art gegabelter Schurz, der das Wesen von der Mitte bis unten hin bedeckte, wo die Beine des Kleidungsstückes in den Stiefeln steckten. Das Ganze war von einer Reihe von Knöpfen und Schnallen zusammengehalten und erschien Iroedh so kompliziert, daß sie sich fragte, wie dem Menschen zu noch etwas anderem Zeit bleiben mochte, außer zum Anlegen und Ausziehen dieser verzwickten Gewandung.

Obgleich Rhodh ihr die Menschen beschrieben hatte als ›Wesen mit Haaren über die ganze Schädeldecke‹, hatte dieser hier rein gar keine Haare, wenn man von dem schütteren Kranz bräunlichen Flaums absah, der den nackten, rosigen Schädel seitlich und im Nacken umgab, und einem schmalen Haarstreifen auf der Oberlippe. Iroedh war verblüfft über das Blau seiner Augen, da die Augen, die sie zu sehen gewohnt war, meist in freundlichem Gelb strahlten.

Das Wesen hielt in einem Arm ein Ding, das einer großen Flöte ähnelte, wie sie einmal eine in Khinam gefunden hatte: ein hölzerner Griff oder Kolben, aus dem ein dunkles Metallrohr ragte, das ganze Ding etwa so lang wie der Arm des Mannes, und mit mysteriösen Knöpfen und Ausbuchtungen versehen. Da erinnerte sich Iroedh: Das mußte eine der magischen Waffen des Menschen sein! Sie hoffte nur, er würde nicht von einem Drang ergriffen, das Ding auf sie zu richten und damit ein kopfgroßes Loch in ihren Körper zu machen.

Die Wangen des Mannes zogen sich zurück, und Zähne kamen zum Vorschein, die überraschenderweise von gelblich-weißer Färbung waren. Iroedh erinnerte sich dankbar an Rhodhs Warnung, nicht von dieser seltsamen Mimik beunruhigt zu sein. Der Mann fletschte sein Gebiß nicht, um zu beißen, sondern um seiner Freude Ausdruck zu verleihen; es war tatsächlich die terranische Form des Lächelns. Die Avtini lächelten selbstverständlich, indem sie den Mund zu einem O rundeten.

Der Mann sagte: »Hallo, Rhodh! Ich habe dich nicht so schnell zurückerwartet! Eine andere Arbeiterin war eben hier, von einem Ort namens Ledhwid. Ich sehe, du hast Begleitung!«

Er sprach das Avtinische langsam, mit einem schweren

Akzent und vielen Fehlern. Iroedh war leicht belustigt über die Feststellung bezüglich der Begleitung – diese war ja wohl offensichtlich. Doch vielleicht gehörten solche bedeutungslosen Äußerungen zu den zeremoniellen Gesten, deren sich die Menschen bedienten. Etwa so, wie eine Arbeiterin, die einer Königin begegnet, »Viele Eier« sagte.

Rhodh stellte vor: »Das ist meine erste Juniorin, Iroedh«, und nannte dann auch die Namen der anderen.

Der Mann sagte: »Ich heiße Bloch, Winston Bloch, und ich freue mich, euch kennenzulernen!«

»Meinst du, Winston *von* Blok?« fragte Vardh. »Ist Blok der Name eures Volkes?«

»Nein; es ist mein – äh – einer meiner Namen.«

»Bedeutet das, daß du mehrere hast?«

»Ja. Um genau zu sein, drei.«

»Warum das?« fragte Vardh.

»Zu kompliziert, euch das jetzt zu erklären.«

»Aber sag uns wenigstens, wie wir dich korrekt anreden sollen!«

»Auf der Erde nennt man mich Dr. Bloch. Was können wir für euch tun?«

»Das wird dir Iroedh erklären«, sagte Rhodh. »Wir anderen wollen uns in der Nähe ein Lager aufschlagen, wenn ihr nichts dagegen habt!«

»Nicht im geringsten«, erwiderte Bloch ein wenig argwöhnisch. »Meine liebe Iroedh, würdest du so freundlich sein, in – hm – unser Schiff zu kommen?«

»Danke. Ich würde gerne das Schiff besichtigen«, sagte Iroedh, die nicht recht wußte, wie sie sich verhalten sollte, sich aber nichtsdestotrotz in das Abenteuer stürzte.

Bloch schüttelte den Kopf. »Ich fürchte, das wird nicht möglich sein. Wir überholen es gerade für den Rückflug, und du würdest – äh – wie nennt ihr nur Schmierfett? – du würdest deine hübsche rosa Haut schmutzig machen. Aber komm weiter; wir werden uns eine Tasse Kaffee genehmigen.«

»Kaweh?« fragte Iroedh, die neben ihm zum Schiff ging.

»Kaffee, mit ff. Du wirst schon sehen!«

»Hat euer Schiff einen Namen?«

»Na klar; siehst du diese Buchstaben dort? Sie bedeuten

›Paris‹, das ist der Name einer unserer – nun, sagen wir – Gemeinschaften.«

»Bist du wirklich ein funktionsfähiger Mann?« erkundigte sich Iroedh nun.

Bloch sah sie überrascht an. »Aber natürlich doch!«

»Und trotzdem *arbeitest* du?«

»Natürlich. Die männlichen Mitglieder unserer Rasse sind ganz und gar nicht mit euren Drohnen zu vergleichen, die nur zu einem Zweck existieren. Obgleich ich die Behauptung wagen möchte, daß einige unter uns das für gar nicht so schlecht halten würden.« Er wandte sich um und rief in seiner eigenen Sprache: »Ahoi! Laßt den Aufzug runter!«

Obgleich sie die Worte nicht verstand, überkam Iroedh eine plötzliche Panik; es war ihr eben durch den Kopf gegangen, daß diese Wesen sie gefangennehmen konnten – als ein Exemplar ihrer Rasse, um es zu Studienzwecken zu zerlegen. So könnte es ihr ergehen! Und Rhodh war mit ihren Leuten auf der anderen Seite der Lichtung! Sie hatten die Waffen und die lockeren Umhänge abgelegt und waren dabei, das Lager aufzubauen, ohne sich um ihr Schicksal zu kümmern. Und da kam auch schon ein Ding heruntergerasselt, wie ein überdimensionaler Eimer, an einer Kette von grauem Metall. Iroedh war sich bewußt, daß sie ihr Leben wagte, um ihrem Volk zu dienen, hilflos in den Klauen dieser ...

Bloch schwang sich behende über den Rand des Eimers und rief: »Spring rein!« Was soll's, dachte Iroedh, was ist noch wichtig für mich, wenn Antis sterben muß? Sie kletterte hinein, und der Aufzug schnarrte nach oben.

Iroedh guckte über die Kante nach unten, mußte sich aber gleich darauf, in einem Anfall von Panik, am Kabinenrand festhalten. Ihre Augen traten hervor, ihr Magen revoltierte, so daß sie um ihre vor Stunden genossene Mahlzeit fürchtete; sie wollte sprechen, brachte aber nur ein Krächzen zustande. Schließlich sank sie seufzend zu Boden, kauerte sich in eine Ecke und hielt die Hände über die Augen.

Noch nie in ihrem Leben war sie so mitten in der Luft geschwebt, ohne einen Baumstamm oder sonst etwas Festes unter sich – ihr Entsetzen war unbeschreiblich. Je höher der Aufzug stieg, um so lauter dröhnte das Brummen der Maschine in ihren Ohren.

»Kopf hoch«, sagte Bloch, »bisher ist die Kette noch nie gerissen. Übrigens sind wir da!«

Iroedh schämte sich ein bißchen. Sie zwang sich, aufzustehen, klammerte sich an das Geländer und folgte Bloch auf die Plattform neben dem nun stillstehenden Eimer, ohne jedoch einen Blick in die Tiefe zu wagen.

Als sie ins Innere trat, merkte sie, daß das Schiff aus demselben grauen Material bestand wie der Aufzug. Sie fragte: »Woraus ist das Schiff gemacht, Daktablak?«

»Wir nennen's *Stahl* – oder eigentlich *Eisen.* Es ist ein ganz gewöhnliches Metall, härter als Kupfer; Stahl ist eine – wie nennt ihr eine Mischung?«

»Legierung? Wir kennen kein Metall, das härter ist als kaltgeschmiedete Bronze. Wir haben auch Silber und Gold, benützen diese Metalle aber nur für einige wenige besondere Zwecke.«

Schweigend traten sie durch den Gang in eine kleine Messe, die voll anderer Menschen war, männlicher und weiblicher. Iroedh erkannte die weiblichen an ihrer geringeren Größe und ihren Brüsten, obgleich auch sie, ebenso wie die männlichen Wesen, bekleidet waren.

Nun erkannte sie auch, daß Bloch relativ groß war, alle anderen waren kleiner als er. Die Hautfarben reichten von einem blassen Gelblichrosa über alle Tönungen bis hin zu einem dunklen Braun, das fast schwarz wirkte. Sie dachte, daß sich wohl verschiedene Rassen auf dem Schiff befanden, sie verstand aber nicht, wie sie es fertigbrachten, zusammenzuleben, ohne sich gegenseitig umzubringen, wie dies die Rassen auf Niond taten.

Bloch begann die Vorstellung mit einem dunkelbraunen Mann, der fast so groß war wie er selbst, aber viel dicker, und der Messingknöpfe an seiner Tunika hatte: »Kapitän Subbarau; Miß Dulac, meine Assistentin; Mr. O'Mara, unser Fotograf ...«

Er fuhr fort, weitere Namen zu nennen, ohne daß Iroedh sich länger die Mühe machte, sie alle zu behalten. »Norden, Markowicz, el-Jandala, Kang, Lobos, Cody ...« Die meisten davon hätte sie ohnedies nicht aussprechen können, selbst wenn sie sie sich gemerkt hätte.

Doch schließlich gingen sie alle, bis auf Kapitän Subbarau,

O'Mara, Miß Dulac und Bloch. Der Fotograf war kleiner und dicker als Bloch (obgleich nicht so dick wie der Kapitän), er hatte welliges dunkles Haar und derbe Gesichtszüge. Subbarau sah ihn an und sagte: »O'Mara!«

Der Mann zog ein verdrießliches Gesicht und ging. Bloch und das Dulac-Weibchen starrten ihm nach, und Iroedh hatte die Empfindung, es liege eine gewisse Spannung in der Luft.

»Nun«, sagte Subbarau, »wollen wir uns einen Schluck Kaffee und Kuchen genehmigen. Ich nehme an, du, meine liebe Iroedh, wirst das recht gut vertragen, deiner Freundin Rhodh hat's ja auch nicht geschadet! Nimm doch deinen Helm ab, wenn du magst!«

Bloch übersetzte, und die Konversation holperte so dahin, mit vielen Gesten und Suchen nach Wörtern. Iroedh war froh, endlich ihren Helm abnehmen zu können, da sie es satt war, mit dem Federbusch die Decke zu fegen.

Bloch sagte: »Käpten, als ich sie fragte – eigentlich nur, um Konversation zu machen – was wir für sie tun könnten, erklärte uns die Führerin des Trupps, Iroedh würde es uns mitteilen.«

Subbarau verzog ein wenig den Mund, wie um ein terranisches Lächeln anzudeuten. »Na, ich denke, sie wollen was. Wie verschieden sie doch sind, verglichen mit den anderen Bewohnern dieses Systems! Nun, Madame Iroedh, sagen Sie Ihr Sprüchlein auf!«

Also erzählte Iroedh vom Krieg mit den Arsuuni, ein wenig unsicher und besorgt, diese Fremden könnten zu jenen Leuten gehören, die sich immer auf die Seite des Stärkeren schlugen. »So«, endete sie schließlich (sie machte Pausen nach jedem Satz, damit Bloch übersetzen konnte), »wenn ihr also Tvaarm mit euren Zauberwaffen zerstören könntet, würde euch unser Dank für alle Zeiten gewiß sein, und wir würden euch bei allen Völkern Nionds unterstützen.«

Die Menschen tauschten Blicke untereinander. Iroedh, die fühlte, daß irgend etwas nicht so lief, wie sie gehofft hatte, fügte zögernd hinzu: »Wir könnten euch bezahlen. Wir haben große Vorräte an Getreidekörnern, und auch diese Suroelfasern, woraus wir unsere Kleider machen. Wir besitzen auch gewisse Mengen an Gold und Silber, woraus wir die königlichen Insignien und allerlei Ornamente verfertigen.«

Subbarau und Bloch wechselten ein paar Worte, dann wandte sich letzterer an Iroedh. Obgleich sie seinen Ausdruck nicht deuten konnte, schwang in seiner Stimme Sympathie mit.

»Liebe Iroedh, das ist nicht eine Frage der Bezahlung. Wenn wir es tun könnten, täten wir es umsonst – das heißt, wenn alles so ist, wie du uns erzählt hast. Und ohne eure Gefühle verletzen zu wollen, euer Getreide und Gold sind wertlos für uns, vorausgesetzt, daß wir nicht hier infolge eines Versagens unseres Schiffes festsitzen. Der wahre Grund für die Ablehnung ist der, daß uns unsere Vorschriften auf das strengste untersagen, in lokale Angelegenheiten auf fremden Planeten einzugreifen, wie immer auch unsere persönlichen Sympathien liegen!«

»Nicht einmal, um einem friedliebenden Volk zu helfen, sich gegen bösartige und grundlose Angriffe zu verteidigen?«

»Selbst das. Warum greifen denn die Arsuuni euch an?«

»Nun, infolge ihrer natürlichen Vermehrung brauchen sie immer mehr Lebensraum – und es ist ihre Art, ihn sich zu schaffen, indem sie unsere Völker überfallen und unser Land besetzen, anstatt selbst Kolonien zu gründen. Die Arbeiterinnen, die den Kampf überleben, werden zu Sklaven gemacht.«

»Nun, du siehst, wie es ist. Nicht, daß ich deine Worte bezweifle, aber jeder der Gegner hat stets eine passende Rechtfertigung für sein Handeln. Wenn wir auf einem fremden Planeten landen, kann es leicht vorkommen, daß die ersten Bewohner, die uns begegnen, ihre Erbfeinde hinter dem nächsten Berg haben und eine Menge ausgezeichneter Gründe vorbringen, weswegen wir ihnen beistehen sollen, das Pack zu vernichten. Würden wir ihren Bitten Folge leisten, könnte es leicht geschehen, daß wir dann entdecken, den Falschen geholfen zu haben, zumindest von unserem Standpunkt aus, oder daß wir uns die Bewohnerschaft des halben Planeten zum Feind gemacht haben. Die einzige sichere Methode, solch einen *Fauxpas* zu vermeiden, ist, sich auf gar keinen Fall einzumischen.«

Iroedh nippte vorsichtig an ihrem Kaffee. Ein bitteres Getränk, das offenbar nur zum Vergnügen getrunken wurde. Doch wenn es Rhodh nicht vergiftet hatte, würde sie wohl auch nicht daran sterben. Sie mußte versuchen, sich diese Raumfahrer irgendwie zu verpflichten. Nicht nur, daß das Leben des Volkes auf dem Spiel stand, sie hegte auch die vage Hoffnung, daß sie diplomatische Erfolge ausnutzen könnte, um Antis' Befreiung zu erwirken.

»Wenn das so ist«, meinte sie, »warum gebt ihr uns dann nicht ein paar eurer Zauberwaffen? Einige wenige, ja selbst eine einzige könnte das Blatt wenden!«

Subbarau stieß einen Pfiff aus.

»Es brauchte ja kein Geschenk auf Dauer sein«, fügte Iroedh rasch hinzu, die nicht wußte, was dieser eigenartige Laut zu bedeuten hatte, aber argwöhnte, es könnte eine Mißfallensäußerung sein; »eine Leihgabe vielleicht. Ihr braucht nicht zu befürchten, wir würden sie gegen euch benutzen!«

Bloch erwiderte: »Du mißverstehst uns, liebe Iroedh. Dies ist ein Schiff der *Viagens Interplanetarias,* der terranischen Raumfahrtbehörde. Außerhalb der Erde ist es den Gesetzen des Interplanetarischen Rates unterworfen; eines dieser Gesetze verbietet es – äh –, unterentwickelten Planeten Erfindungen oder technische Errungenschaften zu überlassen, die sie noch nicht selbst besitzen.«

»Was bedeutet ›unterentwickelt‹?«

»Das sind Planeten, die noch nicht einen gewissen Standard erreicht haben auf den Gebieten der Naturwissenschaften, Rechtslehre, Ethik und Politik.«

»Und was bezweckt dieses Gesetz?« fragte Iroedh.

»Schwierig zu erklären, aber es läuft im wesentlichen darauf hinaus, zu verhindern, daß irgendeine kriegerische Rasse auf diese Weise von ihrem Heimatplaneten ausbricht und anderswo Unfug stiftet.«

»Und warum gilt unsere Welt nicht als zivilisiert? Wir sind kulturell fortgeschritten, wir kennen eine Schrift, die Metallbearbeitung, haben große Gebäude und ein hohes Maß an sozialer Organisation. Was wollt ihr mehr?«

»Eine der ersten Erfordernisse ist, daß der gesamte Planet unter einer einzigen Regierung steht. Das ist doch bei euch nicht der Fall, oder?«

»Großer Gwyyr, nein! Wer hat je von so etwas gehört?«

»Und ihr verzichtet auch nicht auf kriegerische Auseinandersetzungen, nicht wahr?«

»Welch ein Gedanke, natürlich nicht! Krieg ist ein Naturgesetz!«

»Da hast du's! Doch weil wir gerade beim Thema sind, warum vereinigt sich nicht euer Volk mit einigen seiner Nachbarn und macht Kleinholz aus den Arsuuni, bevor die euch einzeln massakrieren?«

»Jetzt bist du derjenige, der nicht versteht, Daktablak. Ein Volk kann sich nie mit einem anderen vereinigen, denn dann würde der General des einen zugeben müssen, daß die Königin des anderen gleichrangig oder höher im Rang wäre als die eigene. Doch da die nominelle Oberhoheit jeder Königin über ihr Volk das erste Grundgesetz unserer Gesellschaftsordnung ist, kommt ein derartiges Vorgehen gar nicht in Frage.«

»Was bedeutet ›nominelle Oberhoheit‹?«

»Die tatsächliche Regierungsgewalt wird vom Rat ausgeübt, den die Arbeiterinnen wählen. Die Königin herrscht, aber sie regiert nicht.«

»Also eine konstitutionelle Monarchie«, sagte Bloch zu Subbarau; dann wandte er sich wieder an Iroedh: »Tut mir leid, meine Liebe, aber das ist noch der beste Rat, den wir euch geben können. Wenn euch eine unvernünftige Regel eurer Gesellschaft hindert, ihn zu befolgen, so ist das sehr schlecht für eben diese Gesellschaft. Doch lassen wir das. Sieh dich um, was interessiert dich hier? Als Xenologe ...«

»Als was?«

»Xenologe. Ein Experte für fremde Welten: und mich interessiert alles an ihnen: Geologie, Klima, Pflanzen, Tiere, Leute, Wissenschaft, Geschichte, Kunst – einfach alles. Allerdings haben wir schon eine recht ordentliche Sammlung von Pflanzen und Tieren von hier. Es scheint, daß alle eure Landtiere Zweifüßler sind, haarlos, wenn man von gelegentlichen dekorativen Schöpfen absieht, wie dieser Haarstreifen auf deinem Kopf. Wie steht's mit den anderen Kontinenten?«

»Soweit uns bekannt ist, ist es ebenso. Warum auch nicht? Ist es denn auf anderen Welten anders?«

»Oh, gewiß! Auf unserem Planeten, zum Beispiel, gehen die meisten Tiere auf allen vieren und sind über und über behaart, und auf Vishnu sind die meisten Landbewohner Sechsfüßler.«

»Warum?« fragte Iroedh.

»Dafür gibt es verschiedene Gründe, so etwa die Art der Planetenbewegung und die Verteilung von Land und Wasser; dies bedingt größere Klimaschwankungen mit extremen Temperaturunterschieden, so daß die Tiere ein Haarkleid entwickelten, um während der kalten Perioden nicht zu frieren. Doch kommen wir wieder auf uns zurück: Gibt es hier in der Gegend ansässige Völker, die wir besuchen könnten?«

»Ich kann mir nicht vorstellen, daß euch irgendein Volk empfängt, bevor man euch nicht besser kennt – es sei denn, ihr dringt gewaltsam in eine Siedlung ein. Doch ich hoffe sehr, ihr werdet das nicht tun!«

»Dann müssen wir also einen anderen Kontinent aufsuchen, wo die Bevölkerung zugänglicher ist? Wir können jedem Kontinent nur eine bestimmte Zeitspanne widmen.«

»Wir Avtini sind nicht unfreundlich, nur vorsichtig, bis wir mehr über euch wissen.« Unter den schweigenden Blicken der Menschen fuhr sie rasch fort: »Es gibt aber eine Menge andere Sachen, die euch gewiß interessieren. Zum Beispiel die Ruinen der Zitadelle gleich da drüben!«

»Was für eine Zitadelle?« fragte Bloch.

So erzählte Iroedh ihnen die Geschichte der letzten bisexuellen Avtini und fügte hinzu: »Wenn ihr klettern könnt, könnt ihr die Reste der Festung besichtigen!«

»Wir können klettern, wenn auch nicht senkrecht eine Wand hinauf ...«

»Das ist gar nicht nötig. Der alte Weg, der von der Talseite aus hinaufführt, kann noch benützt werden, er ist nur etwas zugewachsen.«

»Und was gibt's da oben?«

»Artefakte aus alten Zeiten. Vor mehr als 50 Jahren ist die Feste umgebaut worden, als sie von einer Bande abtrünniger Drohnen als Stützpunkt benützt wurde.«

»Keine schlechte Idee«, meinte Bloch. »Würdest du einige von uns morgen hinaufführen?«

»Gerne. Welche Zeit würde euch passen?«

»Nun, sagen wir, einige Stunden nach Sonnenaufgang.«

»In Ordnung. Jeder von uns mag sein Essen selbst mitbringen, unsere Ernährungsgewohnheiten sind doch wohl sehr verschieden.«

Nachdem Iroedh die *Paris* verlassen hatte, fragte Bloch Kapitän Subbarau: »Wie hat Ihnen diese kleine Rothaut gefallen?«

»Besser als die andere«, erwiderte Subbarau nachdenklich. »Ein komisches Gefühl, wenn man mit einer intelligenten Ameise oder Biene redet, die über einen quasi-menschlichen Körper verfügt!«

»Treiben Sie die Parallele nicht zu weit! Es ist schließlich nur eine analoge soziale Struktur. Sie sind intelligent, nicht instinktgetrieben, wie diese Kerle auf Sirius Neun. Und Bienen haben auch keine demokratisch gewählten Räte.«

»Stimmt. Wenn sie ein bißchen – ist Iroedh eigentlich eine ›sie‹ oder ein ›es‹?«

»Für mich ist es eine ›sie‹. Schließlich nennt man ein weibliches Baby auch ›sie‹, ungeachtet der sexuellen Entwicklung.«

»Also gut. Wenn sie hier ein bißchen voller wäre« – Subbarau deutete es mit den Händen an – »und richtiges Haar auf dem Kopf hätte anstelle dieses Gefieders, das aussieht wie ein Irokesenschopf, würde sie ein ganz nettes Mädchen abgeben. Vorausgesetzt, man steht auf rosa Riesinnen mit Katzenaugen. Sind sie tatsächlich so rückständig, wie es den Anschein hat? Sie haben wohl noch nicht einmal das Eisen, von Maschinen ganz abgesehen?«

»Sonderbar, ja. Nach allem, was ich in Erfahrung bringen konnte, hatten sie eine fortschrittliche Kultur bis vor etwa 2000 Jahren, Niond-Jahre natürlich; damals wurde dieses Sex-Kasten-System eingeführt, und seit eben diesem Zeitpunkt stagnierte ihre Entwicklung nicht nur, nein, es trat sogar ein Rückgang ein.«

»Vielleicht hatten sie eine materialistische Gesellschaftsform, wie die Westmächte auf der Erde, und das führte zu einer geistigen Rückentwicklung?«

»Fangen Sie doch nicht wieder *damit* an, Chef! Es gibt keine Naturwissenschaften mehr bei ihnen, auch keine Religion, sieht man von Aberglauben und Flüchen ab. Sie sind groß in Omen und Orakeln, aber alle Emotionen, die eigentlich religiösen Vorstellungen gelten sollten, sind ihren ›Völkern‹ gewidmet.«

»Sagen Sie ruhig, dem Bienenstock!« knurrte Subbarau.

Rhodh wandte sich an Iroedh: »Es war wohl ein Fehler, dich zu ihnen zu schicken. Wie ich es sehe, hast du nicht mehr erreicht, als dich von der Arbeit beim Aufschlagen des Lagers zu drücken!«

»Ihre Weigerung, uns zu helfen, hatte doch nichts mit mir zu tun«, erwiderte Iroed ärgerlich. »Wenn ich dir doch sage, es sind die Gesetze ihrer eigenen Regierung, denen sie unterworfen sind.«

»Wie dem auch sei, es wäre besser, ich würde morgen selbst mit ihnen verhandeln. Was hast du vor?«

Iroedh erzählte von dem Plan, die Zitadelle zu besuchen und schloß: »Ich bitte dich, laß mich gehen! Wenn morgen eine andere meinen Platz einnimmt, könnten sie mißtrauisch werden. Außerdem habe ich viel mehr gemeinsame Interessen mit Daktablak als du.«

»Ich glaube nicht ...«

»Gib mir nur noch einen einzigen Tag«, sagte Iroedh, um einen schmeichlerischen Ton bemüht. »Es ist außerdem eine Kletterei von zwei Stunden, und ich kenne den Weg. Bist du je da oben gewesen?«

»Pah! Würde ich wohl meine Zeit, die der Volksgemeinschaft gehört, verschwenden, um so alten Kram zu besichtigen? Welch ein Gedanke! Geh also du, mit diesen dämlichen Menschen! Es ist mir auch ganz recht so, ich kann meine Zeit besser nützen, wenn ich im Lager für Zucht und Ordnung sorge, so daß es Elham Ehre macht.«

In dieser Nacht schlief Iroedh kaum.

III

Die Zitadelle der Überlebenden

Am nächsten Morgen, als Iroedh zur *Paris* hinüberging, erwartete Bloch sie bereits.

Neben ihm standen der weibliche Mensch namens Dulac und der Mann O'Mara, letzterer mit einer rechteckigen Ledertasche über die Schulter gehängt. Bloch trug wieder seine Zauberwaffe.

Auf Iroedhs Frage, was in dem Lederkasten sei, gab O'Mara die lakonische Antwort: »'ne Kamera«, und Iroedh war so klug wie zuvor.

Bloch erklärte ihr: »Eine Zaubermaschine, die Bilder macht. Er begleitet alle unsere Expeditionen und macht solche Bilder.«

»Und was ist das hier? Ornamente?« Iroedh deutete auf eine Reihe von Messingklammern an Blochs Gürtel; jede diese Klammern hielt eine Anzahl von kleinen zylindrischen Messingdingern.

»Die sind dafür.« Bloch zeigte auf die Röhre aus grauem Metall, die, wie Iroedh bereits erfahren hatte, als *pistelh* oder so ähnlich bezeichnet wurde.

»Was redest du da mit ihr, Eierkopf?« fragte O'Mara. »Mach mich nicht schlecht bei der jungen Dame, bloß weil ich ihren albernen Dialekt nicht verstehe!«

Iroedh führte die kleine Gruppe längs der Straße, auf der die Avtini in das Tal gekommen waren. O'Mara machte ein eigenartig schrilles Geräusch mit seinem Mund, ähnlich dem, das Iroedh tags zuvor von Subbarau gehört hatte.

»Was ist das nur?« fragte sie.

»Wir nennen's pfeifen«, erwiderte Bloch und versuchte, ihr zu zeigen, wie es gemacht wurde. Sie spitzte die Lippen und blies, doch alles, was dabei herauskam, war Luft.

Sie gab die Versuche auf und fragte: »Daktablak, du hast uns viele Fragen über die Sex-Kasten gestellt, ich wüßte gerne, wie bei euch auf der Erde das Sex-System ist!«

Als Bloch ihr das irdische System der Monogamie kurz beschrieben hatte, meinte sie: »Glaubst du, das macht euch Menschen glücklicher, als wir es sind?«

»Wie soll ich das wissen? Glück kann man nicht messen und wiegen – und außerdem kenne ich euch Leute noch nicht genug, um das zu beurteilen. Manche von uns schätzen unser System sehr, andere wieder halten es für schlecht.«

»Wieso das?«

»Nimm mal Subbarau. Er ist unglücklich, weil seine Frau sich weigert, weiterhin lange Perioden ihres Lebens in einem Kälteschlaf zuzubringen, während er sich im Raum aufhält; sie verließ ihn um eines anderen willen. Du mußt wissen, unsere Reisen dauern oft viele Jahre. Außerdem stammt er aus Indien, wo man ein solches Tun besonders streng verurteilt.«

»Dann müßt ihr ja während einer solchen Reise beträchtlich altern!«

»Nein. Weißt du, es gibt da den Lorenz-Fitzgerald-Effekt, demzufolge die Zeit langsamer verstreicht, wenn man sich mit nahezu Lichtgeschwindigkeit bewegt – die Leute auf dem Raumschiff altern nur um einen Bruchteil der Zeit, während der sich das Schiff tatsächlich im Raum befindet.«

»Das verstehe ich nicht!«

»Unter uns gesagt, ich auch nicht, aber es funktioniert schon so. Es ist natürlich hart für die Gefährten der Schiffsbesatzung, die zu Hause bleiben müssen; meist schlucken sie eine Medizin, die sie in Tiefschlaf versetzt, wobei sie dann auch nur unwesentlich altern, während ihre Partner fort sind.«

»Und wie ist es mit dir? Hast du so einen Partner, und wenn, ist er auf dem Schiff oder auf der Erde?«

»Nein, ich bin allein, ledig, und ganz zufrieden mit diesem Stand.«

»So wie eine abtrünnige Drohne?«

»Vermutlich; allerdings betätige ich mich nicht als Räuber, wie sie das tun, soviel ich verstanden habe.«

»Und wie steht es mit Dylak?« fragte Iroedh und warf einen Blick zurück, wo Barbe Dulac neben O'Mara dahintrottete; beide hielten die Köpfe starr nach vorne gerichtet. Dank ihrer langen Beine hatten Iroedh und Bloch sie ein ganzes Stück hinter sich gelassen.

»Oh, sie ist auch unglücklich.«

»Wieso?«

»Sie und O' – der Mann neben ihr – nun, sie verliebten sich, wie sagt ihr zu ›verlieben‹?«

Eine Weile suchte sie nach Synonymen, doch schließlich rief Iroedh: »Ich hab's! Es ist unser Wort *oedhurh,* das wir heute gebrauchen, um unsere Liebe und Verehrung unserem Volk gegenüber auszudrücken; im Altertum wurde es jedoch gebraucht, um derlei intensive Gefühle auszudrücken, wie du sie beschreibst. Ich bin dem Wort schon in alten Liedern und Versen begegnet. Sind eigentlich alle Menschen dieser Leidenschaft unterworfen?«

»Manche mehr, manche weniger. In der Kultur meines Volkes, zum Beispiel, ist die Rolle der Liebe eine sehr wesentliche, während Subbaraus Landsleute ihr eher etwas distanziert gegenüberstehen.«

»Aber du sagtest, sie mache ihn unglücklich!«

»Ich glaube, das war eher verletzter Stolz als Liebe.«

»Und was geschah mit den beiden hinter uns?«

»Sie ver – nun, sie schlossen einen Vertrag, sich auf Dauer zu binden.«

»Etwa in der Art, wie eine Drohne anläßlich des Mannbarkeitsritus schwört, ihrer Königin zu dienen?«

»Ja. Wir sagen, sie verlobten sich. Doch dann fand Barbe, daß ihr Mann anders ist, als er schien, er ist ein Grobian, ein ungehobelter ...«

»Ungehobelt? Wie ein Stück Holz, das nicht mit dem Messer geglättet wurde?«

»Eine Redewendung, ein Gleichnis. Er ist ein herrschsüchtiger Bursche, jähzornig, sie wäre ihm nie verfallen ...«

»Du meinst, sie fiel irgendwo herunter, um ihm zu gefallen? Welch ein sonderbarer Brauch!«

»Nein, nein, ich meine, sie hätte sich nie in ihn verliebt, wären die beiden nicht für so lange Zeit in dem Schiff zusammengesperrt gewesen. Sie hat aber nun die Verlobung aufgelöst und ist seitdem in elender Stimmung. Na, und er hat nur darauf bestanden, mitzukommen, um uns anderen den Ausflug zu verderben.«

»Weil er selbst unglücklich ist, will er auch alle anderen unglücklich machen?«

»So etwa.«

»Bei uns gibt's gelegentlich Arbeiterinnen von dieser Art«, meinte Iroedh und dachte an Rhodh.

»Und er ist gräßlich eifersüchtig auf mich«, fuhr Bloch fort, »denn sie arbeitet die ganze Zeit mit mir zusammen, sie präpariert meine Sammlungen und schreibt meine Notizen ins reine.«

»Warum? Bist du denn verliebt in sie?«

»Was? Ich ...« Bloch starrte sie für einen Augenblick verblüfft an und fuhr dann fort: »Nein, nein, nichts dergleichen. Aber er denkt, ich bin's.«

Iroedh fand, daß seine Proteste zu heftig waren, um allzu glaubwürdig zu sein. Sie fragte: »Könnte es nicht sein, daß du sie tatsächlich liebst, Daktablak, es aber nicht zugeben willst, weil du den Zorn dieses starken Mannes fürchtest?«

»Lächerlich. Doch laß uns von etwas anderem reden!«

»Gern, wenn du es wünschst; doch ich fürchte, ich werde euch sonderbare Menschen nie verstehen. Jedenfalls kann eure Art von Liebe nicht viel taugen, wenn sie jedermann unglücklich macht. Hier müssen wir abbiegen!«

Sie führte die Menschen auf einen Pfad, der sich von der Straße weg über den Talboden zog.

Bloch wandte sich wieder an sie: »Iroedh, hast du jemals von einem anderen Raumschiff gehört, das hier gelandet ist, vor der *›Paris‹*?«

»Nein. Ein alter Mythos berichtet zwar von Göttern, die vom Himmel kamen, aber heute glaubt niemand mehr daran.«

»Nein, das liegt nur einige Jahre zurück. Eine gemischte Expedition von Osiris und Thoth ...«

»Von wo?«

»Nun, die Mannschaft des Schiffes bestand aus Leuten von Osiris und Thoth, das sind Planeten des Prokyon-Systems. Prokyon ist der zweithellste Stern hier auf eurem Himmel.«

»Ach, du meinst Ho-olhed?«

»Wie immer ihr ihn nennt. Die Osirianer sind von der Art eurer Uegs, aber ganz mit Schuppen bedeckt, die Thothianer hingegen sind über und über behaart und nur etwa so groß ...« Er hielt seine Hand in Hüfthöhe. »Ihr Schiff scheint auf demselben Kontinent gelandet zu sein, soweit ich das aus ihren Schilderungen und Fotografien entnehmen kann. Sie waren erst einige Tage hier, als ein Erkundungstrupp, den sie ausgesandt hatten, überfallen wurde. Als der einzige Überlebende zum Schiff zurückkam ...«

»Wer hat sie überfallen?« fragte Iroedh.

»Avtini, dem Bericht nach; vielleicht auch eine Bande dieser abtrünnigen Drohnen, von denen du erzählt hast. Wie dem auch sei, der Überlebende erzählte jedenfalls eine so haarsträubende Geschichte, daß der Kapitän, ein Osirier namens Fafashen, von Panik ergriffen wurde und beschloß, augenblicklich zu starten und wieder heimzufahren. Die Osirier sind wirklich zu sehr von Impulsen und Emotionen beherrscht, um Raumerkundung zu betreiben.«

»Ich habe nie von so etwas gehört; allerdings kann es sich auch weit weg von hier abgespielt haben, und Neuigkeiten breiten sich kaum aus; normalerweise weiß ein Volk nicht, was sich bei einem anderen tut und kümmert sich auch nicht um Dinge, die auf fremden Territorien vorgehen. Die wenigen Leute, die sich wie ich für die Rasse als Ganzes interessieren, hält man für verschroben.«

»Davon hab' ich schon einmal gehört«, meinte Bloch.

Der Pfand wand sich nun in Serpentinen den Hang hinauf. Iroedh, die wußte, was sie erwartete, trug nichts weiter als ihre Stiefel und an einem Schulterriemen ihr Proviantpaket und ein bronzenes Beil. Als sie begann, damit an den Büschen herumzuhacken, die den Pfad überwachsen hatten, meinte Bloch: »Komm, laß mich das tun!«

Unter seinen Geräten hatte er ein Ding, wie es Iroedh bisher noch nie gesehen hatte: es sah aus wie ein sehr langes, breites Messer mit einem geraden Rücken und einer gekrümmten Schneide, die ihre breiteste Stelle bei etwa einem Drittel der Strecke zwischen Spitze und Griff hatte. Ein einziger Hieb mit diesem Gerät schaffte gleich einen Armvoll Stauden zur Seite.

Iroedh wollte gerade in Bewunderung ausbrechen, als sie sich selbst zur Ordnung rief. Man durfte nicht den leisesten Vorteil aus der Hand geben! Ihr scharfer Verstand hatte sofort die Möglichkeit erkannt, die dieses Ding als Waffe bot, und sie wunderte sich, warum noch kein Avtini auf die Idee gekommen war ... Bloch schien anzunehmen, daß ihr das Gerät vertraut war, doch wenn sie zuviel Aufhebens davon machte, würde er gleich wissen, wie es tatsächlich stand und, seinen Vorschriften entsprechend, sie davon abzuhalten suchen, mehr darüber zu erfahren.

»Wie nennt ihr das Ding?« fragte sie, scheinbar gleichgültig.

»Eine Machete.«

»Eine *Matselh*«, wiederholte sie, wobei sie unbewußt die avtinische Endung für Werkzeuge und Geräte anhängte.

»Wie heißt das bei euch?«

»Eine *valh*«, erwiderte sie, das avtinische Wort für ›Messer‹ benutzend. »Gebraucht ihr sie als Waffen?«

Bloch dachte einen Augenblick lang nach, bevor er antwortete: »Man könnte wohl, doch ist sie ein bißchen kopflastig für diesen Zweck. Vor vielen hundert Jahren hat man bei uns mit ähnlichen Geräten gekämpft, gefochten – man nannte sie ›Schwerter‹. Die beste Form wäre ein leichteres, längeres, spitz zulaufendes Kampfmesser. Doch heute benützen wir das da« – er deutete auf seine Maschinenpistole – »das heißt, wir würden es tun, wenn wir noch Kriege hätten. Wie ist's damit bei euch?« fragte er, und in seiner Stimme schwang eine Spur Mißtrauen mit.

»Ach, manche Völker benützen so was«, log Iroedh, »doch wir Avtini bevorzugen den Speer. Kann ich einmal probieren?«

»Schneide dich nur nicht«, warnte er und reichte ihr die Machete, den Griff nach vorne.

Nach ein paar mehr oder weniger mißglückten Hieben auf die Büsche hatte Iroedh den Kniff heraus.

Ein avtinisches Lächeln kräuselte ihre Lippen, als sie sich vorstellte, sie köpfte mit jedem Hieb einen Arsuun von Tvaarm.

Während des Gespräches hatten O'Mara und Barbe Dulac aufgeholt, und als sie zu Bloch und Iroedh stießen, rief O'Mara: »He! Laßt mal einen Mann ran! Ich werd' euch zeigen, wie man einen Weg macht!«

Er watete durch das Buschwerk, seine eigene Machete schwingend und die Stauden in großen Ballen zur Seite schlagend.

Nun wechselten sie ab, Barbe ausgenommen, die zu klein war. Bald waren die Hemden der drei Menschen schweißgetränkt, und die beiden Männer zogen sie aus. Fasziniert starrte sie Iroedh an: »Daktablak, du sagtest, du bist ein funktionsfähiger Mann, wie kommt es dann, daß du und O'Mara rudimentäre Brüste habt wie eine avtinische Arbeiterin?«

»Haben denn eure Drohnen keine?«

»Nein. Bist du ganz sicher, daß du ein Mann bist?«

Bloch brach in das bellende terranische Lachen aus: »Ich hab's jedenfalls immer geglaubt!«

»Und warum legt die kleine Barbylac nicht ihre Tunika ab? Ich hätte sie gerne ohne gesehen!«

»Das ist gegen unsere Bräuche.«

Auf Barbe Dulacs Bitte hin übersetzte Bloch den letzten Teil des Gespräches. Iroedh konnte sich nicht erklären, warum Barbe rot wurde und O'Mara in lautes Gelächter ausbrach.

»Diese Heiden haben keine Spur von Schamgefühl«, meinte der Fotograf und unterbrach seine Arbeit, um sich den Schweiß mit seinem haarigen Unterarm von der Stirn zu wischen. »Da, Eierkopf«, sagte er, zu Bloch gewandt, »übernimm du wieder!«

Iroedh verstand zwar nur hie und da ein Wort, doch konnte sie Blochs Miene unschwer entnehmen, daß ihm diese Art der Anrede mißfiel. In grimmigem Schweigen hieb er in das Strauchwerk.

Iroedh blieb nun ein wenig zurück, um sich mit Barbe Dulac zu unterhalten, was mit großen Schwierigkeiten verbunden war, da jede nur ein paar Brocken der Sprache der anderen kannte. Doch mit viel Gestik und Lautmalerei vergrößerten die beiden bald ihren Wortschatz. Eine weitere Schwierigkeit bestand natürlich darin, daß Englisch, die gemeinsame Sprache der Menschen auf dem Schiff, nicht Barbes Muttersprache war. Sie kam aus einem Land, das sie selbst ›Helvetia‹ nannte, die anderen nannten es ›die Schweiz‹.

»Bei uns gibt es auch solche Verschiedenheiten«, meinte Iroedh. »Die Arsuuni, zum Beispiel, nenen sich selbst *Arshuul,* aber da wir kein sh in unserer Sprache haben, und auch andere Endsilben, nennen wir sie eben *Arsuuni.*«

Dann kam Iroedh wieder mit der Machete an die Reihe. Der Weg wurde auch immer steiler, so daß die Gespräche abbrachen. Felsvorsprünge ermöglichten einen weiten Blick über das Tal. Ein Stück des Weges führte durch eine fast senkrechte Wand, an der nur noch einige Ranken unsicheren Halt fanden; zur Zeit seiner Erbauung ein ganz passabler Steig, war er nun durch Wind und Wetter im Laufe der Zeit zu einem kaum handbreiten Band geworden; an der Felsseite hatte sich Sand und Gestein angesammelt, an der Talseite war er zum größten Teil abgebröckelt. Die vier tasteten sich vorsichtig hinüber; bei jedem Schritt löste sich lockeres Gestein von der Kante und prasselte in die Tiefe.

Iroedh zeigte nach vorne: »Die Ruine, seht!«

»Wenn wir dann noch am Leben sind!« knurrte O'Mara und wischte sich mit dem zusammengerollten Hemd den Schweiß von der Stirn.

Nach einer weiteren halben Stunde hatten sie den Felsrükken erreicht, auf dem die Ruine stand, und von hier an war es nur mehr ein Spaziergang. Bloch wies auf die riesigen Steinquader, von denen jeder mehrere Tonnen wiegen mußte: »Wie um alles in der Welt haben eure Vorfahren die da herauf gebracht?«

Achselzuckend erwiderte Iroedh: »Wir wissen es nicht, vielleicht haben sie sie aus der Felswand herausgeschnitten. Die Alten haben vieles zuwege gebracht, das wir heute nicht mehr können.«

»Wann können wir eigentlich essen?« wollte O'Mara wissen.

»Jederzeit!« meinte Bloch.

So packten sie ihren Imbiß aus. Iroedh, die an ihrem Zwieback knabberte, erkundigte sich nach der menschlichen Nahrung, als sie sah, was die anderen alles zu sich nahmen.

»Ist es denn bei euch so«, rief sie, »daß die Männchen Pflanzen essen und die Weibchen Fleisch?«

»Ja, und anders rum«, lachte Bloch. »Versuch doch mal einen Happen Fleisch!«

Entsetzt wehrte sie ab: »Unmöglich! Nicht nur, daß es gegen das Gesetz wäre, aber ein Bissen Fleisch würde eine Arbeiterin glatt vergiften, die ihr Leben lang von pflanzlicher Diät gelebt hat. Und es ist ein schrecklicher Tod! Wenngleich«, fügte sie nachdenklich hinzu, »berichtet wird, daß vor Jahrtausenden, vor der Reformation, die Bevölkerung von solch einer gemischten Diät gelebt hat. Heute würden wir das als Rückfall in die Barbarei ansehen!«

O'Mara brachte eine Flasche zum Vorschein, die mit einer gelblich-braunen Flüssigkeit gefüllt war; er schraubte den Verschluß ab und trank.

»Woher hast du den?« erkundigte sich Bloch.

O'Mara grinste. »Aus Doc Markowicz' Schrank, als er gerade nicht herschaute. Nimm einen Schluck!«

Er reichte die Flasche zu Bloch hinüber, der sie nach kurzem Zögern schließlich nahm und daraus trank.

Auch Barbe Dulac bat um einen Schluck.

»Na, und was ist mit unserer Eingeborenen?« fragte O'Mara. »Das ist einer der menschlichen Gebräuche, den unser Schatz probieren sollte!«

»Vorsicht!« warnte Bloch. »Nur einen kleinen Schluck, wer weiß, wie du das Zeug verträgst.«

Iroedh legte den Kopf zurück, wie sie es die anderen hatte tun sehen. Doch ungewohnt, aus einem solchen Gefäß zu trinken, nahm sie einen großen Mundvoll. Ihr Inneres brannte, als hätte sie glühende Kohlen geschluckt; heftig hustend und würgend spuckte sie die Hälfte dieses gräßlichen Saftes wieder aus.

»Ich – ich bin vergiftet!« japste sie zwischen Husten und Würgen.

»Hoffentlich nicht«, meinte Bloch und klopfte ihr den Rükken.

Als sich Iroedh wieder einigermaßen erholt hatte, sagte sie: »Nun wollen wir aber die Ruinen erforschen!«

O'Mara streckte sich: »Du, Eierkopf, kannst ja forschen, ich brauche eine Verschnaufpause. Außerdem steht die Sonne zu hoch, um einigermaßen brauchbare Bilder hinzukriegen!«

»Ich hätte auch gegen eine Rast nichts einzuwenden«, meinte Barbe Dulac.

»Und wie steht's mit dir, Iroedh?« fragte Bloch.

Iroedh unterdrückte ein Gähnen. »Ich hoffe, es macht euch nichts aus – aber ich kann tatsächlich kaum mehr die Augen offenhalten!«

»Du wirst mir doch nicht weismachen wollen, daß der halbe Schluck Whisky schon jetzt eine solche Wirkung zeigt?«

»Ich glaube, das rührt eher daher, daß ich letzte Nacht kaum geschlafen habe.«

»Das war der Kaffee, den du gestern getrunken hast! Also macht euer Schläfchen, ich werde euch in einer Weile wieder wecken!«

O'Mara genehmigte sich noch einen tüchtigen Schluck aus der Flasche und richtete sich dann aus seinen Sachen eine Art Polster. Barbe Dulac sagte zu ihm: »John, meinst du nicht, du holst dir einen Sonnenbrand, wenn du so mit bloßem Oberkörper schläfst?«

»Ach was, diese elenden Roten Zwerge, diese Sterne produzieren ja kaum Ultraviolettstrahlung!«

Iroedh, die um eine Übersetzung gebeten hatte, fragte dann: »Ist denn eure Sonne so verschieden von der unseren?«

»Das will ich meinen«, erwiderte Barbe. »Sie ist etwa halb so groß und viermal so hell! Für uns sieht eure Sonne wie eine reife Orange aus – das ist eine Frucht, die auf der Erde wächst.«

»Wie nennt ihr unsere Sonne?«

»Lalande 21185. Das ist nur eine Nummer in einem Sternkatalog.«

Iroedh wollte gerade fragen, was ein Sternkatalog sei, als sie merkte, daß Barbe eingeschlafen war. Iroedh, die gewöhnt war, unter primitivsten Bedingungen zu schlafen, nickte sogleich ein, auf dem Schotter ausgestreckt, einen Stein als Kopfkissen.

Einige Zeit später wurde sie durch laute Stimmen geweckt. Sie hätte gerne noch weitergeschlafen und versuchte dies auch, doch ein plötzlich klatschendes Geräusch machte sie im Augenblick hellwach. Es hatte geklungen wie der Schlag einer offenen Hand auf nacktes Fleisch.

Sie riß die Augen auf und sah Barbe halb fallend nach rückwärts stolpern; rote Streifen zogen sich über die eine Wange.

Das Geräusch war tatsächlich ein Schlag gewesen! Barbe schrie, und O'Mara brüllte: »Das wird dich lehren, nicht mit einem Ehrenmann dein Spiel zu treiben!«

Er machte einen eigenartig unsicheren Schritt nach vorne. Iroedh, die nun aufgestanden war, sah die Flasche auf den Steinen liegen. Sie war leer.

Angesichts dieses Streites wußte Iroedh nicht, was sie tun sollte. Sie wußte, daß Unrecht geschah, doch wagte sie, als

Angehörige einer fremden Spezies, nicht, einzugreifen. Im gleichen Augenblick jedoch kam Bloch hinter einem Mauerrest hervor und ging auf O'Mara zu.

»Hör mal, was soll das? Du kannst doch nicht ...«

»Das ist dein Werk!« schrie O'Mara, »du mieser alter Glatzkopf, mir mein Mädchen zu stehlen!«

Bloch blieb stehen, verblüfft, unsicher, sein ganzes Gebaren zeigte, daß er die Wut und Brutalität des anderen fürchtete. Er warf einen Blick auf Barbe, doch Iroedh konnte nicht verstehen, was diese sagte. Immerhin hatte es die Wirkung, daß sich seine Muskeln strafften und er einen Schritt auf O'Mara zuging.

Wumm! O'Maras große Faust schoß vor und traf Blochs Gesicht von der Seite; sein Kopf flog zurück, er stolperte und fiel rücklings auf die Steine.

»Was ist?« schrie O'Mara, »willst du nicht aufstehen und es auskämpfen wie ein Mann, oder muß ich ...«

Bloch kam wieder auf die Beine, schwankend zuerst, doch langsam wieder Sicherheit gewinnend. Iroedh, fasziniert und entsetzt zugleich, wunderte sich, warum keiner der beiden daran dachte, die Pistole oder die Macheten zu benützen, die neben den anderen Sachen an der Mauer lagen. Eine derartige Methode, Differenzen auszutragen, war undenkbar unter der Disziplin eines avtinischen Volkes; Gewalt war unbekannt – Krieg, Königinnenduell und Säuberung ausgenommen.

Mit einem Grunzen senkte O'Mara den Kopf und griff an wie ein wütender *Vakhnag*bulle. Bloch stand den Bruchteil einer Sekunde starr, beide Fäuste ein wenig hilflos vor sich haltend; dann warf er sich plötzlich zur Seite und schob das eine Bein in den Weg seines Angreifers; O'Mara, blind anstürmend, stolperte und machte, schon halb fallend, noch ein paar Schritte gegen den kniehohen Steinwall, der diesen Teil der Feste gegen den Abgrund hin umschloß.

Im nächsten Augenblick sah Iroedh nur mehr ein Paar Stiefel in der Luft – dann war O'Mara verschwunden.

Ein verhallender Schrei, plötzlich abgeschnitten durch das Geräusch eines aufschlagenden Körpers; weitere Aufschläge, begleitet und gefolgt von dem Prasseln lockeren Gesteins.

»*Tonnere de Dieu!*« sagte Barbe.

Die drei rannten zum Steinwall und sahen hinunter. Schließlich entdeckte Iroedh die Andeutung eines Farbflecks tief unten im Grün.

»Ist er das nicht, dort, in den Ästen des *khal?*«

Alle Blicke folgten ihrer ausgestreckten Hand. Bloch holte ein kleines schwarzes Ding hervor und sah durch dessen blanke Glasaugen.

»Er ist's, ja. Tot, wie zu erwarten.«

Er reichte Iroedh das Fernglas. Fast ließ sie es fallen vor Überraschung, als ihr der rötlich-grüne Fleck am Fuß der Klippen entgegenzuspringen schien. Lange sah sie durch das Glas, dann gab sie es zurück.

»Ich bin sicher, daß er tot ist. Sehr tot«, sagte sie leise.

»Ich glaube nicht«, meinte Iroedh, »daß ich eure irdischen Gebräuche verstehen kann. Stürzte sich O'Mara in den Abgrund, weil er Barbylak liebte – oder handelte es sich um eine Art von zeremonieller Hinrichtung?«

Doch Iroedh bekam keine Antwort. Die beiden Menschen waren einander zugewandt und redeten in ihrer eigenen Sprache, Barbe in schluchzenden Lauten, wobei Tränen ihre Wangen herabliefen. Offenbar die terranische Art, Kummer auszudrücken – doch für Iroedh nur schwer zu verstehen. Dieser weibliche Mensch hatte doch O'Mara nicht mehr gemocht, und er hatte sie eindeutig schlecht behandelt. Warum also derlei Emotionen? Es sei denn, O'Mara war ein so wichtiges Mitglied dieses terranischen Volkes, daß sein Tod dessen Existenz gefährdete.

Gelegentlich schnappte sie ein bekanntes Wort auf, wie etwa ›schrecklich‹ und ›Liebe‹. Dann legten die Menschen ihre Arme umeinander, Mund an Mund, worauf Barbe nur noch mehr Tränen vergoß.

Endlich wandte sich Bloch zu Iroedh und sagte: »Du hast gesehen, was geschah, nicht wahr?«

»Ja gewiß, aber ich verstehe es noch immer nicht. Hat sich O'Mara selbst getötet?«

»Nein. Er hat versucht, mich umzubringen oder ganz etwas Ähnliches, und als ich ihm ein Bein stellte, stolperte er darüber. Nun, wenn bei uns einer einen anderen aus persönlichen Gründen tötet ...«

»Du meinst, wie wenn wir überschüssige Drohnen oder unfähige Arbeiterinnen zum Wohle des Volkes töten?«

»Nein. Das wäre so, wie wenn eine Arbeiterin eine andere tötete, bloß, weil sie sie nicht mag, oder weil die andere etwas besitzt ...«

»Völlig ausgeschlossen!« rief Iroedh entsetzt.

»Eure abtrünnigen Drohnen greifen doch auch Arbeiterinnen an, um Essen oder Vorräte zu rauben, nicht?«

»Das ist etwas anderes. Eine Arbeiterin greift *nie* eine andere Arbeiterin ihres Volkes an, außer in Ausführung eines Ratsbefehls.«

»Nun, bei uns ist es anders. Ein solches Vorgehen wird als Mord bezeichnet und bestraft, mit dem Tode oder langem Eingesperrtsein.«

»Bedeutet letzteres, daß man den Verurteilten verhungern läßt? Welch eine seltsame ...«

»Aber nein. Sie haben eine Wohnung und genug zu essen, aber natürlich ohne Luxus.«

»Wo bleibt da die Strafe? Einigen unserer fauleren Arbeiterinnen würde nichts besser passen, als so ...«

Bloch strich sich mit einer fahrigen Bewegung über den Kopf. »Wir kommen vom Thema ab. Unterbrich mich bitte ein paar Sätze lang nicht! Wenn ich zum Schiff zurückkomme und erzähle diesen Vorfall so, wie er sich abgespielt hat, dann werden einige von uns der Ansicht sein, ich habe O'Mara umgebracht, wegen Barbe. Weil ich aber nicht glaube, irgendeine Verurteilung zu verdienen – Barbe kann schließlich bezeugen, daß es Unfall und Notwehr war – würde die ganze Geschichte sehr viel Staub aufwirbeln und meinen Ruf daheim auf der Erde ruinieren ...«

»Wenn der Tod nach euren Gesetzen gerechtfertigt war, warum sollte dir dann irgend jemand Vorwürfe machen?«

»Es ist schon so, du mußt mir glauben, meine Karriere wäre in Gefahr. Und deshalb haben Barbe und ich beschlossen, kein Wort von Kampf oder Streit zu erwähnen. Wir sagen ganz einfach, er war betrunken, von dem medizinischen Whisky, und wollte angeben, indem er auf dem Wall balancierte. Dabei stürzte er ab.«

»Ihr wollt – euer eigenes Volk *belügen?*«

»Nicht gerade das, wir wollen nur nicht alles erzählen. Und

schließlich war er wirklich betrunken und fiel über den Wall.«

»Seltsame Rasse, ihr Menschen. Und was soll ich tun?«

»Unsere Geschichte bestätigen. Kein Wort über den Kampf!«

»Tue ich damit recht?« Zweifel schwang in Iroedhs Stimme.

»Wir glauben, ja. Wir können nicht einsehen, was Verhöre und Gerichtsverfahren brächten, wo es sich doch schließlich nur um Selbstverteidigung handelt.«

»Nun gut, ich will nichts sagen. Doch da ich nun wach bin, soll ich euch durch die Ruinen führen?«

»Herr im Himmel, nein! Wir müssen schnellstens zurück, über O'Maras Absturz berichten und Anstalten treffen, seinen Leichnam zu bergen.«

»Warum denn das? Seine Kleidung und seine Sachen sind durch den Sturz gänzlich unbrauchbar geworden!«

»Das ist so Brauch bei uns«, gab Bloch zur Antwort und sammelte die herumliegenden Geräte ein.

»Eßt ihr die Körper der Toten? Oder macht ihr Seife daraus, wie wir es tun?«

Barbe Dulac gab einen entsetzten Laut von sich, und Bloch sagte: »Gewöhnlich nicht; wir begraben sie mit einer Zeremonie.«

Iroedh seufzte. »Was für Leute ihr seid. Soll ich vielleicht seine Sachen tragen?«

Bloch reichte ihr O'Maras Kamera, die Tasche mit dem Fotomaterial und die Machete; dann machten sie sich an den Abstieg. Der Heimweg ging bedeutend rascher vonstatten, es ging bergab, und der Pfad war schon leidlich vom Buschwerk geräumt.

Iroedh, mit O'Maras Sachen behängt, dachte über die mißliche Lage ihrer Gefährten nach. Sie hatte sie, als Einzelwesen, gern, etwa so, wie man ein freundliches Ueg oder ein anderes zahmes Tier gern hat; ihre Loyalität aber lag auf seiten ihres Volkes. So würde sie gewiß nicht zögern, ihre Schwierigkeiten für eigene Zwecke auszunutzen, so sich eine Gelegenheit dazu bot.

Sie erinnerte sich eines längst vergessenen Epos, die Idhios-Saga, deren letzte Strophen von der Drohne Idhios berichtete, die ihr Wissen um die Verbindung zwischen Königin Vinir und dem Drohnenmann Satius benützt hatte, die Königin zu zwingen, Inimdhads Schatz zu stehlen und zu übergeben. Das lag weit zurück, in jenen barbarischen Zeiten, als die Arbeiterinnen noch Eier legten und die Königin jeweils nur einen einzigen Drohnenmann hatte, den man König nannte; er nahm sich tatsächlich heraus, der Königin vorzuschreiben, von wem sie sich befruchten lassen durfte.

Hatte man es mit Geschöpfen von so primitiver sozialer Organisation zu tun, wie es diese Menschen oder Iroedhs eigene ferne Vorfahren waren, war es wohl möglich, von ihnen Dienste zu erzwingen oder sonstige Vorteile zu erhalten, wenn man ihnen drohte, etwas Nachteiliges über sie publik zu machen. Iroedh überlegte, ob sie wohl Bloch zwingen konnte, Elham gegen Tvaarm beizustehen, wenn sie ihm drohte, Subbarau zu erzählen, was sie wußte. Einen Augenblick lang dachte sie, die Lösung für die Schwierigkeiten ihres Volkes gefunden zu haben, und sie stellte sich vor, wie Bloch mit seiner Zauberwaffe die arsuunischen Riesen niedermähte.

Doch gleich darauf fiel ihr ein, daß ja Bloch nicht der oberste seines Volkes war, darüber also gar nicht entscheiden konnte. Und ihr Wissen konnte nicht die ganze Besatzung der *Paris* zwingen, Elham zu helfen, denn Subbarau war der Führer, und gegen ihn hatte sie nichts in der Hand.

Konnte sie Bloch zwingen, allein nach Elham zu kommen und für die Avtini zu kämpfen? Schwerlich. Selbst Mitglied eines durchorganisierten und disziplinierten Volkes, konnte sie sich vorstellen, daß auch Bloch nicht kommen und gehen konnte, wie es ihm beliebte.

Da hatte sie eine andere Idee. »Barbylak!«

»Ja?« Barbe Dulac wandte sich zu ihr.

»Habt ihr in eurem Himmelsschiff eine dieser Maschinen, die sagen, wann ein Mensch lügt?«

»Soviel ich weiß, ja. Niemand muß sich einem solchen Test unterwerfen, aber wenn es ein Beschuldigter verweigert, so macht das die Offiziere nur noch mißtrauischer.«

Also würde es nicht nötig sein, daß Subbarau Beweise hatte; es würde genügen, sein Mißtrauen zu wecken, und der wahre Sachverhalt über O'Maras Tod würde ans Tageslicht kommen.

Konnte sie vielleicht Bloch zwingen, ihr irgendwelche technischen Geheimnisse mitzuteilen, mit deren Hilfe die Avtini den so bitter nötigen Vorteil über ihre Gegner erlangen konnten? Oder wenn er ihr seine *pistelh* lieh? – Wer weiß, diese *pistelh* war schließlich ein komplizierter Mechanismus, und wenn man sie nicht ganz richtig behandelte, konnte es wohl geschehen, daß sie den Schützen durchlöcherte und nicht das Ziel. Um die Wahrheit zu sagen, Iroedh fürchtete sich vor dieser Waffe. Außerdem benötigte man ja auch einen Vorrat von diesen kleinen Messingdingern, mit denen sie gefüttert wurde.

Aber vielleicht etwas Einfacheres, wie etwa diese Machete, deren Scheide gegen ihren Oberschenkel schlug. Wie sie funktionierte, konnte jeder verstehen.

Dann erinnerte sie sich, wie die Idhios-Saga endete. Idhios, im Triumphgefühl seines Sieges, die Augen auf den gewonnenen Schatz geheftet, wurde von Königin Vinir rücklings erstochen. Sie erzählte den anderen, er habe versucht, sie ohne ihr Einverständnis zu befruchten (völlig ausgeschlossen in einer modern organisierten Volksgemeinschaft!), was, in jenen fernen Tagen, gar nicht so selten vorkam und als schweres Verbrechen angesehen wurde.

Die Lehre, die man aus dieser Geschichte ziehen konnte, war: Willst du ein Geschöpf mit primitiver sozialer Organisation zwingen, etwas für dich zu tun, indem du ihm drohst, ein gefährliches Geheimnis zu lüften, dann sieh zu, daß es dich nicht umbringt, um deinen Mund für immer zu schließen!

Wenn aber die Saga eine solche Warnung enthielt, so zeigte sie auch, wie die Gefahr zu meiden war. Es hatte nämlich Idhios eine Niederschrift über das Verhältnis zwischen Königin Vinir und Santius seinem Freund Gunes übergeben, mit dem Auftrag, diese König Aithles, dem einzigen offiziellen Drohnenmann der Königin, zu übermitteln, falls ihm etwas zustieß. Und so tat Gunes. Das Epos endete mit dem Tod Königin Vinirs und ihres Liebhabers: die Häscher des Königs hielten die beiden über die Zinnen des Schlosses, und der König selbst schlug ihnen die Köpfe ab, so daß diese in den Burggraben fielen.

Obgleich Iroedh, dank ihrer Studien, viel freier in ihrem

Denken war als die meisten avtinischen Arbeiterinnen, konnte selbst sie sich nicht ohne Schaudern vorstellen, wie eine Drohne eine Königin tötete. Kein Wunder, daß die Idhios-Saga bei allen avtinischen Völkern verboten war!

Die Frage war, ob ein so kompliziertes Vorgehen in ihrem Fall überhaupt notwendig war.

Sie hatten mittlerweile den Talboden von Gliid erreicht. Der Weg war breiter geworden, und Bloch ging nun neben Barbe Dulac, die beiden hielten sich an den Händen und kümmerten sich nicht weiter um Iroedh.

War Iroedh zunächst ein wenig gekränkt gewesen, daß man sie so ignorierte, so überlegte sie jetzt, wie sie die Versunkenheit der beiden für ihre Zwecke ausnützen könnte. Sie wog die Machete in ihrer Hand. Vielleicht würde sie in der Aufregung niemand vermissen, wenn Bloch und Barbe ihre Geschichte erzählten und man die Suche nach O'Maras Leichnam organisierte.

Sie sagte: »Daktablak! Wenn es dir recht ist, laufe ich voraus zu unserem Lager und bitte unseren Anführer, ein paar von uns euch zu Hilfe zu schicken, um die Leiche zu bergen.«

»Gute Idee! Vielen Dank auch, Iroedh!« erwiderte Bloch geistesabwesend, um gleich darauf wieder mit Barbe zu sprechen.

So konnte Iroedh die Straße verlassen und O'Maras Besitztümer unbemerkt mit sich nehmen.

IV

Der Hubschrauber

Im Lager der Avtini war Vardh die einzige Arbeiterin, der Iroedh begegnete, und die fragte sie sogleich: »Wo ist Rhodh?«

Vard zeigte hinüber zur *Paris*. »Sie treibt sich schon eine Zeitlang dort herum, in der Hoffnung, irgend etwas Brauchbares zu finden. Wie ist's dir ergangen? Iinoedh hat schon gefürchtet, diese Wesen würden dich auffressen ...«

»Bitte, geh und hole Rhodh!« unterbrach sie Iroedh.

Gehorsam ging Vardh. Iroedh aber wandte sich zu ihrem Wagen, stieg auf und klappte den Sitz zurück. Dieser Sitz war ein Kasten mit aufklappbarem Deckel; in ihm bewahrte Iroedh ihren Umhang und allerlei andere Sachen auf. Sie wickelte die Machete in den Umhang und stopfte das Bündel in eine Ecke, schloß den Deckel und legte die anderen Sachen, auch die Kamera, oben auf den Sitz.

»Also, was ist?« klang Rhodhs ungeduldige Stimme von unten herauf. »Werden sie auf unserer Seite kämpfen?«

Erschrocken fuhr Iroedh herum; sie hatte nicht erwartet, daß Rhodh sie so überfallen werde. Rhodh hatte Küraß und Schutz abgelegt (trug allerdings noch immer ihre hüftlange Haqueton-Tunika), so daß sie sich ohne das übliche Geklirre bewegen konnte. Jetzt, bevor Bloch wieder zurück war, konnte ihr Iroedh die Machete zeigen und ihren Plan unterbreiten, solche Macheten aus Bronze herzustellen und für ihren Kampf zu verwenden.

»Ja, nicht ganz«, erwiderte Iroedh. »Aber ich habe ...«

»Was soll das heißen, nicht ganz? Werden sie jetzt für uns kämpfen oder nicht?«

»Nein, aber ...«

»Also wieder versagt! Ich hätt' es ja wissen sollen, du bist ein Versager! Wieder ein kostbarer Tag verloren, wo doch der Einmarsch der Arsuuni bevorsteht. Ich kann mir vorstellen, wie du in deiner traumverlorenen Art einfach unsere Mission vergessen hast, und mit denen nur die ganze Zeit über irgendwelchen altmodischen Unsinn diskutiert hast. Von allen blöden, unfähigen ... Na, egal, so etwas soll nicht wieder vorkommen. Morgen wirst du das Lager auf Hochglanz bringen, und ich selbst werde mit Blok verhandeln.

Rhodh marschierte ab, ohne die unglückliche und wütende Iroedh noch zu Wort kommen zu lassen. Diese, von verbotenen Gedanken an physische Racheakte durchströmt, biß sich auf die Lippen. Das war zweifelsohne der Einfluß dessen, was sie auf der Zitadelle gesehen hatte, dachte sie, die Gewalt, Gesetzlosigkeit ...

Sie rief: »Rhodh!«

»Was ist noch?«

»Ich wollte dir eigentlich sagen, daß einer dieser Menschen von den Klippen gefallen und tot ist. Sie wollen die Leiche holen, und du könntest einen guten Eindruck machen, wenn du einen Hilfstrupp abkommandierst.«

Zornig erwiderte Rhodh: »Sollen sich doch die Menschen mit ihren eigenen blödsinnigen Bräuchen abplagen, ich hab' meine eigenen Sorgen!«

»Dann werde ich gehen ...«

»Das wirst du nicht! Du wirst im Pferch der Uegs saubermachen und ihnen frisches Futter holen. Fang gleich damit an!«

»Dann mußt du wohl diese Sachen den Menschen zurückgeben.« Iroedh hielt O'Maras Sachen hoch – ausgenommen die verborgene Machete. »Das gehörte dem toten Mann und die anderen werden es suchen.«

»Hm. Laß mal sehen!«

Rhodh nahm die Sachen an sich, drehte sie um und um und probierte Griffe und Knöpfe. Dann ging sie damit zur *Paris* hinüber. Rotgolden schimmerte ihr Helm im Licht der tiefstehenden Sonne.

Wenn die Menschen sich der fehlenden Machete erinnern, dachte Iroedh, sind O'Maras Sachen bereits durch so viele Hände gegangen, daß sich nicht mehr feststellen lassen wird, wo sie geblieben ist.

So besorgte sich Iroedh eine Schaufel und machte sich über die am wenigsten beliebte Arbeit im Lager. Nach dieser Abfuhr würde sie nicht im Schlaf daran denken, Rhodh die Machete zu zeigen. Sie würde sie verborgen halten, bis sie sie einmal für ihre eigenen Zwecke benützen könnte.

»Iroedh, Liebste!« hörte sie die Stimme der jungen Vardh. »Kränke dich nicht wegen Rhodhs unfreundlicher Worte. Ich bin ganz sicher, du hast dein Bestes getan, aber sie ist nun mal in einer elenden Stimmung. Außerdem hat sie heute einen schlechten Tag.«

»Weswegen?«

»Heute morgen nach dem Essen beschloß sie, dem Führer der Menschen einen Besuch abzustatten. Sie legte erst alle Waffen an, obgleich der Tag heiß war und die Menschen nicht viel Wert auf zeremonielles Gehabe legen. Aber sie sagte uns, wir sollten den Mund halten, sie wüßte schon, was sich schickt, wenn ein Führer einen anderen aufsucht, und daß die Menschen aus formalen Gründen die Nacktheit ablehnten.

Dann ging sie hinüber und versuchte, dem ersten Mann, den sie sah, klarzumachen, er solle sie zu diesem Sub –, na, du weißt schon, diesem dicken braunen, dem Anführer, bringen. Als sie der Mann nicht verstand, versuchte sie, ihm ihren Wunsch klarzumachen, indem sie dasselbe einfach lauter sagte. Bald schrien sich die beiden an, und der Lärm lockte den Anführer heraus, der in dem Eimer herunterkam und fragte, was denn los sei. Als er da war, versuchte Rhodh dasselbe mit ihm, aber sie hatte auch keinen Erfolg. Er gab ihr durch Zeichensprache und ein paar Brocken Avtinisch zu verstehen, daß er beschäftigt sei und sie nicht aufs Schiff könne, weil es gerade geputzt würde oder so was Ähnliches, und dann fuhr er mit dem Eimer wieder hinauf.

Eine Weile lungerte sie noch herum und sah den Menschen zu. Einige putzten das Schiff und strichen es an, das konnte sie verstehen, aber andere beschäftigten sich mit Dingen, die ihr überhaupt nichts sagten. Einige setzten dieses riesige Zauberding dort zusammen, mit diesen drei großen Blütenblättern obenauf, wie eine reife Pomuia. Als sie die Menschen fragte, was das sei, gab ihr der eine eine Antwort, die sie natürlich nicht verstand, und er schlug dabei mit den Armen wie ein brünftiger Ueghengst. Also glaubt Rhodh, dieses Ding habe etwas mit Sex zu tun.

Andere brachten ein rundes Ding heraus, etwa so groß« – sie hielt ihre Hände etwa einen halben Meter auseinander – »und sehr leicht, so leicht, daß es in den Himmel flog, als ihm einer der Menschen einen Stoß gab. Ein anderer verfolgte seinen Flug, indem er durch so ein Zauberding schaute. Andere beschäftigten sich damit, verschiedene Kräuter auszureißen und Steine umzudrehen, um die Kriechtiere darunter einzusammeln; Rhodh fand, es sei ein für Erwachsene völlig idiotisches Verhalten, aber Avpandh meint, vielleicht suchen sie Futter.

Einer der Menschen, der mit der fast schwarzen Haut und dem krausen Haar, redete vor einer kleinen Schachtel und drehte an ihren Knöpfen und kümmerte sich überhaupt nicht um Rhodh, auch nicht, als sie ihn anredete. Nachdem sie ihn dreimal erfolglos angesprochen hatte, piekte sie ihn mit dem Speer in die Hinterbacken. Da sprang er mit einem Schrei in die Luft, rief etwas in seiner eigenen Sprache und zeigte mit so einer kleinen *pistelh* auf sie. Sie verstand das so, daß er nicht wünschte, gestört zu werden; sie gab es auf und dachte, die Terraner hätten wohl all ihre Verrückten auf dieses Schiff geladen und es weggeschickt, um sie los zu sein.«

»Sie hätte ihren Unmut nicht an mir auslassen müssen«, meinte Iroedh und fuhr gewissenhaft mit ihrer Arbeit fort. Sie versuchte, das Geräusch zu produzieren, das Bloch ›pfeifen‹ genannt hatte, doch vergeblich.

»Natürlich hast du recht, Liebste«, sagte Vardh. »Komm, laß mich dir helfen! Aber all das ist doch aufregend, nicht wahr? Wie es in diesem Orakelvers heißt:

›Wenn Götter der Sterne auf Niond sind,
wird neue Saat gesät!‹

Du kannst diese Himmelsleute als die Götter ansehen und ihr Wissen um die Magie den Samen. Wenn wir sie nur dazu überreden könnten, ihn auszusäen!«

Iroedh erwiderte: »Du zitierst immer solche Sachen. Wenn ich mich recht erinnere, beginnt der Spruch mit den Worten: ›Wenn abtrünnig wird eine Königin im Glanz einer Strahlenkrone ...‹ was purer Unsinn ist. Eine abtrünnige Königin! Das ist ein Widerspruch in sich.«

»Ach, ich weiß nicht. Vielleicht kann man dieses kleine terranische Weibchen als solche betrachten, zumal sie keinen eigenen Harem von Drohnen zu besitzen scheint.«

Der Lärm, der sich nun bei der *Paris* erhob, lenkte ihre Aufmerksamkeit dorthin. Bloch und Barbe Dulac waren zurückgekehrt. Die Terraner redeten wirr durcheinander, und es war ein Kommen und Gehen in dem rasselnden Lift. Inmitten des Gedränges blitzte Rhodhs Helm auf. Bald darauf sahen sie, wie eine Gruppe Menschen in Richtung der Zitadelle aufbrach.

Iroedh beendete ihr Arbeit und half dann den Jüngeren, das Nachtmahl zu richten. Rhodh kam zum Essen, doch niemand sprach viel. Iroedh dachte, daß die Junioren wohl alle auf ihrer Seite wären, aber nicht wagten, ihre Gefühle zu zeigen, aus Angst vor Rhodhs Zorn. Allein Vardh machte kein Hehl daraus, sie saß eng neben Iroedh und reichte ihr alles zu, ohne darum gebeten zu sein.

Als sie abwuschen, kam der Trupp zurück, der O'Maras Leiche geborgen hatte. Die drei Junioren ließen alles liegen und stehen und rannten hinüber, um zuzusehen.

Rhodh sagte mit leiser Stimme: »Tut mir leid, daß ich so grob war. Du hast wohl Tadel verdient, aber ich habe mich von meinem Ärger hinreißen lassen. Trotzdem bin ich noch immer der Meinung, ich sollte morgen mit Bloch verhandeln.«

»Macht nichts«, erwiderte Iroedh, weit entfernt davon, durch diese Worte beschwichtigt zu sein. Es war Rhodhs Pflichtgefühl, das sie bewog, einen Fehler zuzugeben, doch andererseits konnte sie es damit nicht genug sein lassen. Sie fuhr fort: »Ich will ja nicht zu streng mit dir sein, zumal du ja gelegentlich die Qualitäten einer guten Arbeiterin an den Tag legst. Wenn du dich nur nach mir richten würdest, dann könntest du schon deinen Weg nach oben machen, so wie ich!«

»Danke, aber ich ziehe meinen eigenen Weg vor, so unbedeutend er auch sein mag.«

Iroedh stellte den letzten Teller auf den Stapel und ging, wohl wissend, daß sie sich einen Todfeind geschaffen hatte, indem sie Rhodhs Annäherungsversuch zurückgewiesen hatte. Aber sie konnte sich einfach nicht dazu zwingen, sich jemandem anzubiedern, den sie so verabscheute wie Rhodh. Rhodh an ihrer Stelle würde das sicherlich getan haben.

Iroedh lag unter ihrem Netz und sah die Sterne zwischen

den Maschen schimmern. Ihre Gedanken bewegten sich auf neuen, ungewohnten Bahnen: Wenn das all ihr Lohn war, diese Behandlung, warum sollte sie dann für das Volk ihren Hals riskieren? Konnte sie nicht besser ihre Macht dazu benützen, um Antis zu befreien? Sie würde danach gern ihr Letztes für Elham geben, aber Antis sollte zuerst kommen. Wenn das Volksverrat war, nun, dann mußte man eben das Beste daraus machen.

Aber was konnte Bloch für Antis tun? Konnte er die *Paris* nach Elham fliegen? Nein, nicht ohne Wissen der anderen. Und wenn sie ihn in ihrem Wagen mitnahm, würden darüber mindestens fünf Tage vergehen, das war auch keine Lösung. Und war er einmal dort, was dann? Körperlich schwächer als sie, konnte er ja nicht einmal den Wall überspringen oder das befestigte Tor einrennen. Vielleicht konnte er dazu sein Schießeisen benützen – aber das würde den Tod von Elhamni bedeuten, ein Gedanke, den Iroedh sofort verwarf.

Und was das anging, so erschien ihr Bloch als allzu zaghaft; zwar klug und sympathisch, aber gewiß kein zweiter Idhios. In der Tat war ihre erste Einschätzung der Terraner als Überwesen, unempfindlich gegen körperliche und seelische Unbill, einer fast gegenteiligen Beurteilung gewichen; das war die Folge ihrer Erlebnisse auf der Zitadelle. Vielleicht waren sie, trotz ihres Wissens, in gewisser Hinsicht noch viel weniger gottgleich als die Avtini selbst!

Unbewußt spitzte sie ihre Lippen in einem Versuch, zu pfeifen. Zu ihrem größten Erstaunen erklang ein scharfer kleiner Ton. Sie mußte den Versuch wiederholen, bevor sie sicher war, daß dieser Ton tatsächlich aus ihrem Mund gekommen war.

Nun begann sie zu probieren. Indem sie, wie Bloch es ihr geraten hatte, die Zunge vor und zurück bewegte, gelang es, die Tonhöhe zu variieren. Sie versuchte, eine der wenigen Melodien, die sie kannte, das *Lied von Geyliad,* zu pfeifen. Sie hatte das Lied in einem alten Manuskript entdeckt, wo die Melodie mit kleinen schwarzen Punkten aufgezeichnet war. Mag sein, der Komponist hätte es nicht wiedererkannt – Iroedh jedenfalls gefiel es.

»Was ist das für ein komisches Geräusch?« fragte Avpandh mit schlaftrunkener Stimme.

»Irgendein Kriechtier«, erwiderte Rhodhs tiefere Stimme. »Schlaf weiter!«

Am nächsten Morgen putzte Iroedh das Lager, bis selbst die Grashalme in Reih und Glied standen. Sie ging zu ihrem Wagen und holte aus dem Sitzkasten, in dem die Machete verborgen lag, ihre Schreibtafel aus Vakhvilrinde. Darauf schrieb sie einen genauen Bericht der Geschehnisse des vergangenen Tages, wie es zu O'Maras Tod gekommen war. Dann zog sie die oberste Schicht ab, faltete das Blatt und suchte Vardh. Sie fand sie bei den Terranern, denen sie zusah, wie sie allerlei Maschinenteile reparierten und dabei glänzende Zaubergeräte verwendeten.

»Komm mit!« sagte sie zu ihr. »Kannst du ein Geheimnis bewahren, Liebste?«

»Für dich? Natürlich!«

»Auch Rhodh gegenüber?«

Vardh sah sich ängstlich um, doch Rhodh war nicht zu sehen, offenbar war sie mit Bloch zusammen. »Ja, auch gegenüber Rhodh. Sie ist zwar unsere Anführerin, trotzdem hab' ich nicht viel für sie übrig.«

»Und dem Rat gegenüber?«

Vardh riß die Augen auf, und ihre schmalen Pupillen weiteten sich. »Oh, das muß ja etwas ganz Entsetzliches sein! Aber für dich tu' ich alles!«

»Selbst der Königin gegenüber?«

Vardh zweifelte. »N – ja, auch das. Keine von denen ist so nett wie du. Ich liebe dich, beinahe so sehr wie unser Volk!«

Da übergab ihr Iroedh das zusammengefaltete Blatt. »Du mußt folgendes tun: Diese Botschaft hier mußt du verbergen, ohne sie zu lesen, am besten in deinem Wagen. Geschieht mir irgend etwas, werde ich getötet oder komme ich in Gefangenschaft, dann übergib das Blatt Kapitän Subbarau. Das heißt, wenn das Himmelsschiff noch hier ist und wenn ich das Blatt nicht vorher von dir zurückgefordert habe. Und zu niemandem ein Wort, ist das klar?«

»Ich hab's verstanden, Liebste.«

Als sie gegangen war, wandte sich Iroedh dem Schiff zu, wo mehrere Männer eben darangingen, an die Maschine mit den »Blütenblättern« letzte Hand anzulegen. Barbe Dulac stand in der Nähe, sah zu und warf gelegentlich einen Blick auf etwas an ihrem Finger.

»Kann ich sehen, was du da hast?« fragte Iroedh.

Barbe hielt ihre linke Hand hoch. Zum ersten Mal wurde sich Iroedh der Tatsache voll bewußt, daß die Menschen einen Finger mehr hatten als die Avtini. Am dritten Finger funkelte ein Stein (Iroedhs Vorfahren hatten vor langer Zeit solche geschnitten) an einem schmalen Ring aus grauem Metall.

»Winston gab ihn mir«, sagte Barbe.

»Was?«

Nach kurzem Hin und Her in beiden Sprachen hatte Iroedh verstanden und meinte: »Das war nett von ihm, nicht?«

»Oh, mehr als das! Das bedeutet, wir sind verlobt, wir werden heiraten.«

»Du meinst, ihr werdet einen dieser Partnerkontrakte eingehen, wie es die Terraner tun?«

Barbe seufzte. »Ja. Dieser liebe Narr hat ihn von der Erde mitgebracht und nie etwas gesagt, aus Angst vor O'Mara. Der alte Angsthase! Aber ich liebe ihn, samt seiner Glatze!«

»Das ist schön.«

»Ach, du hast ja nicht die leiseste Ahnung! Ewig schade, daß ihr hier nicht die Liebe kennt wie wir!«

»Danke! Wenn eure Art von Liebe dazu führt, daß Leute sich über die Klippen werfen, dann bin ich mit unserer vollauf zufrieden. Weil wir gerade davon sprechen, wann wird er dich befruchten? Ich wüßte sehr gerne, wie es gemacht wird.«

Barbe konnte einen kleinen Schrei nicht unterdrücken und hustete verlegen; dabei wurde sie rot, fast so rot wie eine erwachsene Avtin. Iroedh, die nicht ahnte, daß sie die Ursache dieser Reaktion sein könnte, nahm an, Barbe hätte etwas in die unrechte Kehle bekommen.

Barbe richtete sich auf und sagte: »Schau nur, Kang wird gleich starten!«

»Was? Ein Wettlauf!«

»Aber nein, den Hubschrauber!«

»Den Up – ups – dieses Ding da? Wozu ist es gut?«

»Es fliegt.«

»Was??«

»Es fliegt durch die Luft!« Barbe machte entsprechende Bewegungen mit den Armen.

»Oh, jetzt verstehe ich, warum Rhodh meinte, es stehe irgendwie mit Sex in Zusammenhang. Können alle eure Männer damit fliegen?«

»Nein. Kang läßt niemand anderen damit fliegen, nur noch Winston.«

Der kleine schwarzhaarige Mann mit dem flachen gelblichen Gesicht kletterte in die Maschine, und die Leute, die daran gearbeitet hatten, sprangen zur Seite.

Iroedh fragte: »Daktablak kann es fliegen?«

»Ja, er ist ein guter Flieger!«

»Dann muß er doch tapfer sein!«

»In gewisser Weise schon. Flugmaschinen, hohe Berge und wilde Tiere, damit wird er gut fertig, aber vor irgendeinem Mann, der ihn anbrüllt, kneift er. Doch was das angeht, da werde schon ich einspringen!«

»Wieso mußt du springen? Kann er nicht ...«

Doch bevor Barbe das Mißverständnis klären konnte, sprang der Motor an, die Rotorblätter drehten sich immer schneller, und die herumgewirbelte Luft warf Staub und Sand in die Gesichter der Zuschauer.

Iroedh und Barbe wichen zurück, bis sie außer Reichweite des Sandsturms waren. Kang brachte die Maschine auf Touren und hantierte am Instrumentenbord. Die beiden sahen zu und gaben sich Mühe, die Sprachbarrieren zu überwinden. Iroedh fand Grammatik und Vokabular leicht erlernbar, nur die Aussprache machte Schwierigkeiten. Ihre Sprechwerkzeuge waren von denen der Menschen eben doch verschieden.

Sie wandte sich wieder Barbe zu. »Wie nennt ihr eigentlich unsere Welt?«

»Wir haben ihr den Namen ›Ormazd‹ gegeben, die beiden unbewohnten Planeten dieses Systems nennen wir ›Mithras‹ und ›Ahriman‹, nach den Göttern einer alten irdischen Religion.«

»Warum benützt ihr nicht unseren Namen?«

»Wie lautet er?« fragte Barbe.

»Niond.«

»Bedeutet das ›Erde‹ oder ›Boden‹?«

»Ja! Woher weißt du denn das?«

»Das ist meistens so. Benützen alle Völker denselben Namen?«

»Nein. Die Arsuuni sagen ›Sveik‹ statt Niond.«

»Da hast du es. Da können wir ebensogut einen eigenen Namen finden, statt unter den bei euch üblichen zu wählen.«

Das Pfeifen der Rotorblätter wurde höher, der Luftstrom kräftiger. Der Helikopter hob sanft ab, schwebte einen Augenblick lang und zog dann rasch hoch und verschwand in einem flachen Bogen jenseits der Hügel.

Iroedh fragte: »Wie schnell fliegt das Ding?«

»Na, vielleicht 200 Kilometer in der Stunde«, erwiderte Barbe achselzuckend. »Aber ich weiß nicht, wie das in euren Maßeinheiten aussieht. Jedenfalls zehn oder zwanzigmal so schnell, wie ihr laufen könnt.«

»Kann es mehr als einen tragen?« Iroedh überlegte, wie lange es wohl bis Elham und zurück brauchen würde.

»Es hat Platz für drei, kann aber wesentlich größere Lasten heben.«

»Glaubst du, ich könnte einmal damit fahren?«

Barbe machte große Augen. »Würdest du dich denn nicht fürchten?«

»Wenn es euch Menschen tragen kann, kann es auch mich tragen. Auf alle Fälle würde es mir großen Spaß machen. Glaubst du, ich darf?«

»Da muß ich erst fragen. Es ist Kang nicht gestattet, mit uns Ausflüge nur so zum Vergnügen zu machen, wir haben schließlich nur begrenzte Treibstoffmengen mit. Aber du, als Bewohner dieser Welt, wirst vielleicht als Ausnahme gelten. Da drüben ist Lobos, unser Verwaltungsbeamter, ich werde ihn fragen!«

Iroedh, nach außen hin ruhig, doch innerlich aufs äußerste gespannt, beobachtete, wie ihre kleine Freundin mit einem dunkelhäutigen Mann sprach und beide dann zu Subbarau gingen, der Augenzeuge der kleinen Szene gewesen war.

Dann kam Barbe zurück. »Sie sind einverstanden, vorausgesetzt, daß Kang kein Sicherheitsrisiko sieht!«

Endlich zeigte sich der Hubschrauber wieder am Himmel; erst nur ein dunkler Punkt, dann ein wirbelnder Fleck, und schließlich konnte man die Maschine selbst klar erkennen.

Kang setzte auf, wo er abgehoben hatte. Als er den Motor abgestellt hatte, lief Barbe zu ihm und redete auf ihn ein. Endlich winkten sie Iroedh heran.

Kangs flaches Gesicht grinste sie einladend an, Iroedh kroch in die Maschine, setzte sich, und Kang half ihr, den Sicherheitsgurt anzulegen.

Und auf ging's! Als Iroedh sah, wie der Boden unter ihnen zurückfiel, klammerte sie sich an ihren Armstützen fest und kämpfte verzweifelt wie damals im Lift. Sie biß die Zähne fest zusammen und hoffte nur, ihr Essen im Magen zu behalten und sich auch sonst möglichst wenig anmerken zu lassen. Diese gräßlichen Fremden sollten doch keinen schlechten Eindruck von ihrer Rasse gewinnen!

»Na, gefällt's dir?« fragte Kang.

Iroedh zwang sich, die Augen aufzumachen und durch das Kuppelglas hinunterzusehen. Langsam schwand die herzbeklemmende Angst, sie sah tief unten die schimmernde Nase der *Paris,* das ganze Himmelsschiff schien kaum größer zu sein als ein *Uintakh*-Kegel. Plötzlich überkam sie die Furcht von neuem, als sie der Gedanke durchzuckte, Kang könnte sie aus der Maschine werfen – unberechenbar wie diese Terraner waren. Doch ihr Verstand sagte ihr, daß, hätten die Menschen sie umbringen wollen, sie das viel einfacher hätten tun können. Also zog sie ihre Lippen zu einem Lächeln auseinander (keinem Lächeln nach ihrer Art, sondern einem terranischen Zähnezeigen, das sie immer an ein bissiges Noag erinnerte).

»E – es gefällt mir.« Nun hatte sie sogar einige Worte gesagt!

Der Erdboden erschien ihr nunmehr wie ein Relief, die Menschen sich bewegende Punkte. Iroedh empfand nun keine Angst mehr. Sie sah den Gipfel des Wisgad, der in der Ferne rauchte.

In ihrem bescheidenen englischen Sprachschatz wühlend, stoppelte sie nun eine Frage zusammen: »Kann man ab – unterlassen Seil, Strick, für Mann, zum Klettern herauf?«

»Na klar! Ich kann drei oder vier zugleich heraufziehen! Das ist eine sehr starke Maschine. Eine Vought-Konstruktion, und das ist eine verdammt gute Firma!«

Stück für Stück schmiedete Iroedh einen Plan, um Antis zu retten.

Iroedh verbrachte den Nachmittag über einem Englischlehrbuch für Anfänger, das Bloch ihr durch Barbe geschickt hatte. Rhodh kam vor dem Abendessen zurück, noch übellauniger als zuvor und niemandem ein Wort gönnend. Als die Sonne unterging, schlüpfte Iroedh aus dem avtinischen Lager und wandte sich zielsicher der *Paris* zu.

Sie fand Bloch neben dem Raumschiff auf und ab gehend, ein seltsames Ding zwischen die Zähne geklemmt: Es sah aus wie ein kleiner, dünnstieliger Schöpfer, aus dem ein Rauchwölkchen stieg.

»Heil, Daktablak!« begrüßte sie ihn, »atmest du Feuer wie der Riesenwurm Igog in der Mantes-Saga?«

»Nein.« Er erklärte ihr, was Tabak war und wozu er diente.

»Hast du einen Streit mit Rhodh gehabt? Sie war heute ganz besonders mißlaunig und wütend!«

»Eigentlich nicht. Aber wir beide sind – wie soll man es nennen? – nun, wir verstehen uns ganz und gar nicht. Schon als sie letztes Mal hier war, konnte ich diese Erfahrung machen.«

»Was geschah heute?«

»Ach, verschiedenes. Zum Beispiel redete sie so schnell, daß ich beim besten Willen nicht folgen konnte, und als ich sie bat, langsam zu sprechen, war sie beleidigt. Und dann schlug sie mir einen Handel vor: Ich sollte in eurem dämlichen Krieg mitmischen, dann würde sie – so der Rat zustimmte – für uns einen Besuch bei ihrem Volk arrangieren. Hast du ihr diesbezüglich irgendwelche Andeutungen gemacht?«

»Gewiß nicht!«

»Jedenfalls wollte sie meine Zustimmung, und als ich ihr erklärte, warum das nicht möglich sei, da fuchtelte sie mit ihrem Speer vor meinem Gesicht herum und hielt mir einen Vortrag. Ich machte ihr schließlich klar, daß ich zu tun hätte. Nebenbei, sie weigerte sich, mir irgendwelche Auskünfte zu geben, wollte aber ihrerseits jede Menge von mir. Na, alles in allem, ein recht unerfreulicher Tag.«

»Ich habe gehört, du kannst die Flugmaschine bedienen.«

»Ja, das stimmt.«

»Und daß die Maschine mit Hilfe eines Seiles mehrere Menschen vom Boden hochheben kann.«

»Ja. Tatsächlich befindet sich eine aufgerollte Strickleiter in einem Behälter im Bauch der Maschine. Auf Knopfdruck öffnet sich dieser, und die Leiter fällt heraus.«

»Es wäre nicht gut für dich, wenn Kapitän Subbarau die wahre Geschichte von O'Maras Tod zu Ohren käme, nicht wahr?«

»Pst! Ich dachte, wir wollten das nicht mehr erwähnen?«

»Nicht, wenn du tust, was ich will!«

»Was soll denn das? Erpressung?«

»Wenn ihr es so nennt, ja. Ich tu's ja nicht gern, aber ich muß meinen Freund Antis retten!«

»Wer ist das? Ein Drohnenmann, nicht?«

Iroedh erzählte Bloch von Antis und fügte zum Schluß hinzu: »Und denke erst nicht daran, mich verschwinden zu lassen, denn ich habe einen Bericht geschrieben und veranlaßt, daß dieser Subbarau übergeben wird, sollte mir etwas zustoßen.«

»Heiliger Himmel! Und ich dachte, ihr Ormazdianer seid zu primitiv und unwissend, um derlei Winkelzüge zu planen. Aber das alles ist doch nicht dein Ernst?«

»Es ist mein voller Ernst!«

Was immer auch Bloch versuchte, alle Appelle an Iroedhs Ehre, Freundschaft und so weiter – alles war erfolglos. Wann immer Iroedh weich zu werden drohte, dachte sie an Antis, der bei der nächsten Säuberung gespeert werden würde wie ein Fisch.

»Man könnte denken, du liebst diesen Antis«, meinte Bloch, »du liebst ihn in terranischem Sinne!«

»Welch ein Gedanke! Liebe zwischen Arbeiterinnen und anderen Geschöpfen hat doch nichts mit Sex zu tun!«

»Was also willst du von mir?«

»Hast du heute nacht Wache?«

»Ja, bis Mitternacht.«

»Dann sollst du mich mit dieser Flugmaschine nach Elham bringen und dort die gefangenen Drohnen befreien, mit Hilfe dieser Strickleiter. Wenn die Maschine wirklich so schnell ist, wie man mir gesagt hat, sind wir bis Mitternacht wieder zurück.«

»Wie stellst du dir das vor? Wenn sie in irgendeinem unterirdischen Gefängnis sind ...«

»Nein, nein! Die Zelle, in der die Drohnen gefangengehalten werden, befindet sich zuoberst in der königlichen Kuppel. Außen herum ist ein Gang für die Wachmannschaft.«

»Und wie willst du von dort aus in die Zelle kommen?«

»Es gibt dort ein Fenster, durch das man sich gerade noch hindurchzwängen kann, mit einem Bronzegitter. Ich bin dort oben mit Speer und Schild oft genug auf Wache gewesen, ich kenne mich aus.«

»Da hast du's. Glaubst du, ich kann die Gitterstäbe mit meinen Zähnen durchnagen?«

»Ihr Menschen habt doch diese magischen Schneidgeräte, die Metall schneiden wie Wasser. Ich sah sie heute in Verwendung.«

»Du scheinst ja an alles zu denken. Und wie können wir den Ort heute nacht finden? Ich kenne mich doch nicht aus!«

»Wir folgen der Küste der Scharlachsee bis zur Khinad-Klippe. Ich kenne die Küste gut.«

»Und die Wache?«

»Die kannst du mir überlassen. In einer Stunde ist es finster, und alle werden schlafen. Ich werde hier auf dich warten, und du bringst eines dieser magischen Schneidgeräte mit. Bis dahin, Daktablak!«

»Miststück!« murmelte Bloch, als sie ging.

V

Die Kuppel der Königin

Als der Hubschrauber über die Khinad-Landspitze hinwegzog, zeigte Iroedh ins Landesinnere, wo bleich die Kuppeln von Elham schimmerten, wie riesige Eier verstreut in Wald und Wiesen.

»Dort müssen wir hin!« sagte sie.

»Du bist ja enorm nachtsichtig«, meinte Bloch; »ich sehe so gut wie nichts. Vermutlich hängt das mit deinen Spaltpupillen zusammen.«

Er steuerte die Maschine in die von ihr angegebene Richtung. Nach wenigen Minuten erkannte Iroedh den Schutzwall, der die Gruppe der Kuppeln wie ein Ring umschloß.

Unter Iroedhs Anleitung ging Bloch tiefer.

»Die große Kuppel in der Mitte ist die der Königin. Siehst du den Kreis in der Spitze? Das ist der Wehrgang für die Wachen. Und der dunkle Fleck oberhalb ist das Fenster im Drohnengefängnis. Siehst du es?«

»Ja.«

»Dann laß die Leiter herunter. Ich werde hinabsteigen.«

»Tu deine Füße da weg! Dort drüben ist ein Haltegriff. Und gib bei der Landung acht, es ist windig!«

Bloch drückte auf einen Knopf. Ein Summen war zu hören, trotz des Brummen des Motors und das Pladderns der der Flügel; eine Falltüre tat sich auf, ebendort wo Iroedh ihre Füße gehabt hatte. Sie neigte sich vor und sah hinaus – hinunter in den dunklen leeren Raum, in dem zwei, drei Sprossen der Strickleiter im Luftstrom schwankten.

Ein Stoßgebet an Gwyyr. Iroedh tastete mit einem Bein in die Tiefe, bis sie die erste Sprosse fühlte; dann das zweite Bein. Und dann wieder das Tasten nach der nächsten Sprosse, Gewichtsverlagerung, das andere Bein – ehe sie sich's versah, war sie unterhalb der Maschine, sie klammerte sich an die Sprossen der schwankenden Leiter, ihr Umhang flatterte und schlug in der von den Rotoren gepeitschten Luft, die Maschine rüttelte in den Windstößen.

Plötzlich ergriff sie die Angst zu stürzen. Sie klammerte

sich fest und wagte nicht, hinunterzusehen oder eine Sprosse tiefer zu steigen. Als sie ihre Nerven wieder unter Kontrolle hatte, sah sie, daß die Maschine rasch tiefer sank und sich der Kuppelspitze unter einem Winkel näherte, der das untere Ende der Leiter auf den Wehrgang treffen ließ.

Nun stieg Iroedh so schnell es ging hinunter bis zur letzten Sprosse. Trotz des Lärms, den der Helikopter machte, hörte sie nun Flötenspiel, und dann eine Stimme:

»Ho! Wer da?«

Die Wache stand auf dem Gang, wenige Schritte von der Stelle entfernt, an der Iroedh landen würde, den Speer in der Hand, den Kopf mit dem schimmernden Helm zurückgeneigt. Obwohl das Sternenlicht nicht ausreichte, etwas deutlich zu sehen, wußte Iroedh, daß die Wache vor Staunen den Mund aufriß.

Obgleich sie wußte, daß es nur Sekunden waren, schien es ihr ein Jahr zu dauern, bis sie endlich eine Stellung erreicht hatte, die ihr ein Abspringen gestattete. Sie ließ los, sprang und landete geschickt in Hockestellung. Blitzschnell griff sie an den Hals, um das Band zu lösen, das ihren Umhang hielt. Weder wollte sie, daß Bloch erfuhr, daß sie O'Maras Machete besaß, noch wollte sie all ihren anderen Untaten einen Mord an einer ihres Volkes hinzufügen, also mußte sie die Wache im *rumdrekh* überwältigen: Der vorstoßende Speer wurde mit dem Umhang abgefangen, aus der Hand des Gegners gerissen, der Umhang wurde fallengelassen, der Speer umgedreht und normal verwendet.

»Wer dort?« schrie die Wache im Heulen des Windes.

Als Iroedh lautlos auf die Füße kam, den Mantel in den Händen, sah sie die Speerhand der Gegnerin sich heben und nach hinten bewegen, um Kraft für den Stoß zu gewinnen. Dann schoß der Speer auf sie zu, und blitzschnell schlang sie den Umhang darum; sie spürte die Spitze durch die Falten. Sie versuchte mit dem nötigen Dreh und Ruck der Wache den Speer zu entreißen, schon griff sie mit der freien Hand nach dem Schaft ...

Aber diese Wache war kein Anfänger, und außerdem eine der stärksten Arbeiterinnen aus Elham. Entsetzt fühlte Iroedh, wie ihr Umhang samt Speer entrissen wurde, als die Wache zurücksprang. Ein weiterer Ruck mit dem Speer, und ihr Umhang flatterte im Wind davon. Die Wache sprang wieder vor, ihre polierten Beinschienen schimmerten im Sternenlicht, ihr Atem holte zu einem neuen Stoß aus. Dieser würde treffen.

Theoretisch hatte eine so angegriffene Arbeiterin nur noch eine winzige Chance: Sie konnte versuchen, den Speerschaft zu fassen und ihn dem Angreifer zu entreißen. Iroedh, die nun nichts mehr weiter besaß als das magische Schneidgerät, das sie umgeschnallt trug, kannte natürlich diese Möglichkeit. Doch sie fühlte, daß sie ihr Glück verlassen hatte. In der Praxis war es doch so: packte man den Speer zu früh, zerschnitt man sich die Finger an seiner Spitze, griff man zu spät, war man bereits getroffen.

Ein letzter Gedanke durchzuckte sie: Einem Toten tut nichts mehr weh. Sie hatte ihr Ziel verfehlt, Antis würde sterben, und ein Leben ohne ihn wäre kein Leben mehr. Als der Speer auf sie schoß, taumelte sie zurück, die Augen geschlossen in Erwartung des Todes.

Doch kein Speer traf sie; als sie die Augen öffnete, sah sie, wie die Wache den Speer fallen ließ und, von Entsetzen gepackt, zum Abstieg floh. Mit brüllenden Motoren schwebte der Helikopter über ihnen, der Luftwirbel fegte sie fast über den Rand des Wehrgangs in die Tiefe.

Gwyyr mußte ihr Gebet erhört haben; der gute Bloch, Segen über ihn, hatte die Maschine in enger Kreisbahn über die Kuppel gezogen und war über die Kämpfenden mit Sturm und Motorengebrüll hinweggeflogen.

Klirrend polterte der Schild der Wächterin auf die Steine; ein prächtiger, überaus dekorativer Schild, eigens für die Wachen angefertigt und viel zu schwer, um in der Schlacht brauchbar zu sein. Die Wächterin erreichte den Abstieg und sauste in panischer Angst die Wendeltreppe hinab.

»Tempo! Tempo!« rief Bloch vom Hubschrauber herunter. Iroedh lief so schnell sie konnte den Wehrgang entlang und suchte nach dem Fenster, während ihre Hand nach dem Schneidgerät tastete. Im Lärm des Hubschraubers und der die Stufen hinunterrasselnden Wache waren ihre Schritte nicht zu hören.

Da war auch das Fenster in der Drohnenzelle. »Antis!« rief sie.

»Um Dhiis willen, das bist doch nicht du, Iroedh!« sagte die vertraute Stimme. »Was ist denn los, wie kommst du hierher? Ich dachte, du bist in Gliid!«

»Keine Zeit für Erklärungen! Seid ihr fluchtbereit?«

»Jederzeit! Aber wie?«

»Überlaßt das nur mir. Weg vom Fenster!«

Mittlerweile hatte Iroedh das Schneidgerät in der Hand und tastete nach dem Einschaltknopf. Da! Ein Druck, und schon erschien am unteren Ende des Gerätes ein dünner Lichtstrahl. Sie richtete ihn auf das obere Ende eines der Gitterstäbe. Eine Funkengarbe stob knisternd aus dem Metall, und schon war es durchschnitten – so als wäre der Stab aus *Tarhail*brei.

Bloch hatte sie gewarnt, nicht den Strahl auf sich selbst zu richten, das ›elektronische Messer‹, wie er es nannte, würde auch sie in Stücke schneiden.

Unten hörte sie die Alarmrufe der Wächterin. *Zzing!* Der nächste Stab, dann der dritte. Nun die unteren Enden: *Zzing, zzing, zzing!* Die Stäbe fielen nach innen, klirrend schlugen sie auf den Zellenboden; nur der dritte fiel mit dumpfem Klang zu Boden, und Iroedh hörte einen Drohnenmann fluchen: »... das verdammte Ding! Ausgerechnet auf meine Zehen!«

Sie steckte das Schneidgerät in sein Futteral. »Los! Könnt ihr nicht heraus?«

»Werden's versuchen«, sagte Antis' Stimme, »wir werden uns gegenseitig helfen.«

Unter Ächzen und Grunzen erschienen Antis' Kopf und Schultern in der schmalen Öffnung.

»Reich mir die Hand, meine Schöne!« sagte er.

Iroedh zog, und kopfüber purzelte er auf den Gang. Er hatte sich kaum aufgerichtet, da kam schon Kutunas, der von den beiden nun ebenfalls herausgezogen wurde.

Unten im Hof erklang Waffengeklirr, und eine aufgeregte Stimme brüllte.

Jede Minute konnte ein Trupp der Wächter den Wehrgang stürmen.

Kutunas und Antis langten nun durch das Fenster in das Dunkel der Zelle hinab, packten Dyos an den Händen und zogen ihn hoch. Halb aus dem Fenster hängend, blieb er stecken.

»Diese Gitterstäbe schlitzen mir den Bauch auf!« jammerte er.

»Sollen wir ihn hierlassen?« Iroedh kümmerte Dyos' Schicksal nur wenig, Hauptsache, Antis war gerettet.

»Nein«, erwiderte Antis. »Weißt du, wir Drohnen müssen zusammenhalten. Dyos, zieh den Bauch ein, stemm dich hoch, und du, Kutunas, unterstütze ihn!«

»Ich hab' ihm noch gesagt, er soll sich nicht so anfressen«, grunzte Kutunas. »Fertig?«

Gemeinsam zogen sie Dyos aus dem Fenster wie einen Zahn aus dem Maul eines Riesen.

»Oweh, oweh«, jammerte Dyos und rieb seine malträtierten Körperteile. »Oh! Tagelang werd' ich nicht sitzen können!«

Von unten hörte man das Stampfen des Sturmtrupps, die klirrenden Waffen und die Stimme eines Offiziers: »Eine nach der anderen, die Speere stoßbereit ...«

»Daktablak!« schrie Iroedh in die Nacht hinaus.

»Hier!« Blochs Stimme antwortete, und der Hubschrauber senkte sich herab.

Dyos fuhr entsetzt zurück und machte Anstalten, wegzulaufen. Antis rief: »Was in Tiwinos Namen ist denn das!«

»Egal, nur weg! Ich klettere die Strickleiter hier hoch, dann folgst du, dann die anderen. Ihr drei bleibt aber auf der Leiter, haltet euch nur fest, die Maschine wird euch über den Wall tragen und draußen wieder absetzen!«

»Ich hab' Angst!« zeterte Dyos.

»Dann bleib da und laß dich abschlachten!« fauchte ihn Iroedh an. Sie ergriff die schwingende Leiter und kletterte hoch so rasch sie konnte.

Durch all den Motorenlärm und das Heulen des Windes hörte sie das Klirren der Wachen; Iroedh, schon hoch hoben auf der Leiter, sah sie die Stiegen heraufstampfen, die Speere kampfbereit gezückt. Unter ihr kletterte Antis, unter ihm die anderen beiden. Sie erreichte die Kabine, zog sich durch die Luke und schwang sich auf den Sitz. Sie war zu aufgeregt, um Furcht zu empfinden.

»Los!« rief sie Bloch zu.

Bloch hantierte mit den Hebeln und Knöpfen, und der Hubschrauber stieg steil in die Höhe. Das Geschrei der Wachen tönte herauf, sie hatten eben die Stelle erreicht, an der

Dyos noch einen Augenblick zuvor gestanden hatte. Sie schleuderten ihre Speere nach ihm, doch er war schon zu hoch; klirrend fielen diese auf den Wehrgang zurück und schepperten über das Kuppeldach in die Tiefe.

Als sich Iroedh an ihrem Sitz angeschnallt hatte, schob Antis seinen Oberkörper durch die Falltür.

»Was jetzt?«

Sie antwortete: »Wir werden euch im *Tarhail*feld außerhalb des Walls absetzen. Trachtet den Wald nördlich davon zu erreichen, dann habt ihr Deckung, fast den ganzen Weg bis zu den Lhanwaed-Hügeln. Beobachte die Straße von Thidhem: wenn ich von Gliid zurückkomme, treffen wir uns in Khinam. Ich werde einen solchen Ton ausstoßen ...«

Sie pfiff eine Zeile aus dem Refrain des Geyliad-Liedes.

»Wie machst du das?« fragte er.

»Ich bring's dir bei, sobald wir Zeit haben. Wir sind schon jenseits des Walls, macht euch bereit!«

Als der Hubschrauber auf das Feld hinuntersank, rief Antis Kutunas unter ihm etwas zu. Einen Atemzug lang dachte Iroedah an das von den dreien zertrampelte reife Getreide. Was würde der zuständige Offizier dazu sagen?

Dyos sprang ab, blieb jedoch stehen, wo er war, so daß Kutunas auf ihm landete und beide in den Schmutz rollten. Antis landete sicher auf den Füßen und sprintete los, dem Waldrand zu, den anderen beiden zurufend, ihm zu folgen. Er winkte nach oben: »Leb wohl, meine Schöne!«

»Und jetzt«, sagte Iroedh aufatmend, »jetzt fahr mich heim!« Doch dann zuckte sie zusammen: »Oh, *prutha!*«

»Was ist los?«

»Mein Umhang! Ich habe ihn auf der Kuppel verloren, und die Wachen werden ihn sicherlich finden!«

»Na und? Ist denn dein Name darin?«

»Nein, obgleich ich ihn jederzeit an den gestopften Stellen erkennen würde. Aber wenn ich ohne ihn zum Lager zurückkehre, und es sich herumspricht, daß einer in der Nähe der Drohnenzelle gefunden wurde, den niemand für sich beansprucht ... nun, dann wird schon jemand so schlau sein und zwei und zwei zusammenzählen. Trotzdem dürfen wir nicht umkehren, das hieße, unser Glück allzusehr zu beanspruchen!«

»Erzähle ihnen doch, daß du ihn Barbe gegeben hast – als Gegengabe. Ich werde ihr sagen, sie soll dir etwas von ihren persönlichen Sachen schenken.«

Rhodh fragte: »Iroedh, weißt du etwas über die nächtlichen Vorkommnisse bei den Menschen? Ich bin sicher, ich habe den Hubschrauber gehört!«

Iroedh, die gerade ihre Zwiebackration zusammenpackte, erwiderte: »Ich habe nicht die leiseste Ahnung, Führerin!«

»Nun, mir gefällt das alles hier gar nicht. Heute bleibt ihr alle im Lager, ich möchte nicht, daß ihr mit diesen unmoralischen und gefährlichen Fremden zusammenkommt!«

Iroedh und die drei Junioren wechselten Blicke. Rhodh hatte Schurz und Küraß angelegt, sie stülpte sich den Helm über, nahm den Speer auf und marschierte los, zur *Paris* hinüber.

Iroedh hatte sich gerade wieder ihrer Hausarbeit zugewandt, als sie sah, daß Barbe Dulac auf sie zu kam. Der weibliche Mensch hielt eine goldglänzende Dose in der Hand und sagte so laut und deutlich, daß es alle hören konnten: »Ah, hier bist du, liebe Iroedh! Und nochmals vielen Dank für den hübschen Umhang.«

»Was ist denn das?« fragte Vardh.

»Oh«, erwiderte Barbe, »Iroedh und ich tauschen Geschenke aus, Erzeugnisse unserer Welten.«

»Dieses kleine Ding für einen Umhang?« fragte Iinoedh verwundert. »Wozu ist es denn *nütze?*«

»Wir terranischen Frauen verwenden es, um uns schönzumachen«, erwiderte Barbe.

»Wie denn?« wollt Avpandh wissen.

Barbe machte die Dose auf. »Da ist zunächst ein – wie sagt ihr zu Spiegel?«

Nachdem dieses Problem geklärt war, drängten sich die Avtini um sie und bestaunten ihre Spiegelbilder. Obgleich Iroedh den Gebrauch eines Spiegels aus poliertem Messing kannte (die Königin benutzte einen solchen, um sich für den Besuch der Drohnen vorzubereiten), war sie überrascht, wie naturgetreu dieses Bild war. Es kam ihr vor, als sähe sie durch ein kleines Fenster in eine andere Welt.

»Und dann das hier«, Barbe zog eine kleine pelzige Scheibe

heraus. »Wir nennen es Puderquaste. Bei uns hält man eine glänzende Nase für häßlich. Halt mal still, Iroedh!«

Barbe nahm das pelzige Ding und tupfte damit auf Iroedhs Nase. Iroedh, die etwas Puder eingeatmet hatte, mußte niesen. Barbe fuhr fort: »Nun der Lippenstift. Mach den Mund ein wenig auf, so! Du brauchtest natürlich einen dunkleren Ton, da deine Haut ja fast schon die Farbe des Stiftes hat.«

Barbe trat zurück und betrachtete ihr Werk. Die drei Junioren staunten Iroedh an und konnten ihr Vergnügen nicht verhehlen. Barbe hob bei den sonderbaren Tönen, die sie ausstießen, überrascht den Kopf. »Was ist das? Klingt ja wie der Ruf einer Eule, das ist ein Tier bei uns auf der Erde.«

Die jungen Avtini erklärten ihr, daß dieser Ton ihr Lachen sei; und Vardh fragte: »Wozu ist das gut, dieses Gesichtanmalen? Ist es die Vorbereitung auf eine Zeremonie?«

»Man könnte es so nennen«, erwiderte Barbe nachdenklich. »Man geht so auf Männerjagd!«

»Ach, so wie wir die überschüssigen Drohnen jagen, die dann bei den Säuberungen getötet werden!«

»O nein! Bei uns ist das eine für beide Seiten sehr angenehme Sache.«

Als die Junioren sich wieder über ihre Arbeiten gemacht hatten, sagte Barbe leise: »Winston hat mir alles erzählt; weißt du, Iroedh, das war gar nicht nett von dir!«

»Ich weiß, aber was hätte ich sonst tun können? Ist er noch immer böse auf mich?«

»Erst war er sehr ärgerlich, schließlich mußte er sein Leben aufs Spiel setzen um einer Sache willen, die nicht die seine war. Aber ich dachte mir, ich hätte wahrscheinlich ebenso gehandelt, wenn er in Gefangenschaft wäre. Eigentlich hätte er genügend Sinn für Romantik haben sollen, um euch beiden zu helfen, ganz ohne Erpressung. Ich sagte ihm, er sei ein herzloser Hasenfuß, der nichts anderes im Sinn hat als seine wissenschaftlichen Berichte und die gute Meinung seiner Vorgesetzten in der Regierung. Jetzt ist er ganz klein.«

»Was bedeutet ›Romantik‹ und ›Gefühl‹? Hat das etwas mit eurer terranischen Form der Liebe zu tun?«

»Großteils ja. Man kann das schwer erklären – aber ich weiß etwas. Kannst du Englisch lesen?«

»Ein bißchen. Ich weiß, für welche Laute die verschiedenen

Buchstaben stehen, und ich kann den Sinn herausbekommen, wenn's einfach ist.«

»Nur gut, daß man vor einigen Jahren die Schreibweise geändert hat, früher war die Orthographie so, daß du rein gar nichts damit hättest anfangen können. Worauf ich hinauswill, ist, daß ich dir ein Buch geben will, das ich von der Erde mitgebracht habe.«

»Wie lieb von dir!« rief Iroedh begeistert.

»Nicht der Rede wert, ich hab's ausgelesen. Außerdem sind Bücher auf dem Schiff nicht gerne gesehen, aus Gewichtsgründen. Die Bibliothek besteht aus Karten mit Texten in so winzigem Druck, daß man, um sie zu lesen, eine Vergrößerungsmaschine braucht. Aber da ich gerne im Bett lese, und das mit dieser Maschine nicht geht, habe ich mir ein richtiges Buch mitgenommen.«

»Was steht in diesem Buch?«

»Nichts Wissenschaftliches, aber du kannst daraus erfahren, was Romantik und Gefühl bedeutet.«

»Und wie ist der Titel des Buches?«

»*A Girl of the Limberlost,* von einem amerikanischen Schriftsteller namens Porter. Es wurde vor vielen Jahrhunderten geschrieben und ist aus irgendwelchen Gründen kürzlich wieder aufgelegt worden. Ich entdeckte zufällig ein gebrauchtes Exemplar in einem Buchladen in Genf. Es ist die sentimentalste Geschichte, die ich je gelesen habe, und deshalb glaube ich, sie wird dir gefallen.«

Als Rhodh am späteren Nachmittag zurückkehrte, warf sie nur einen Blick auf die anderen und schrie: »Was in Eunmars Namen habt ihr mit euren Gesichtern angestellt?«

Als Vardh eine Erklärung stammelte, ereiferte sich Rhodh: »Genug davon! Geht und wascht euch! Ich sehe schon, man kann euch keine Minute allein in der Nähe dieser Menschen lassen, sie korrumpieren euch ja völlig! Wir werden sofort nach Elham aufbrechen!«

»Was?« rief Iroedh. »Wir sind doch noch nicht mit den Menschen fertig – und sie nicht mit uns ...«

»Wir sind sehr wohl mit ihnen fertig. Ich habe heute morgen noch einmal mit ihnen gesprochen, sie denken gar nicht daran, uns zu helfen.«

»Aber sie wollen noch so vieles über unsere Welt erfahren ...«

»Und wozu das? Damit sie uns leichter unterwerfen können? Du warst schon immer eine leichtgläubige Närrin, Iroedh. Wie dem auch sei, sollen sie von einem anderen Volk lernen. Und wir werden dringend daheim gebraucht, schließlich steht der Krieg mit Tvaarm vor der Tür. Brecht das Lager ab und rüstet zum Aufbruch!«

Iroedh machte sich an die Arbeit, ebenso die anderen. Bald waren die Uegs angeschirrt, und in einer knappen Stunde war alles aufbruchbereit.

»Los!« Rhodh knallte mit der Peitsche, und der Zug setzte sich in Bewegung, die Uegs zogen an, die Deichseln mit ihren großen, schwieligen Händen umklammernd.

Doch als sie die Hauptstraße durch das Gliid-Tal erreicht hatten, lenkte Iroedh ihren Wagen nach rechts, auf die *Paris* zu, anstatt nach links, gegen Thidhem.

»He!« schrie Rhodh, »du nimmst die falsche Richtung!«

Iroedh rief zurück: »Nein, ich muß noch mit einem der Menschen reden, fahrt nur weiter, ich hole euch schon ein!«

»Nichts da«, kreischte Rhodh. »Komm sofort zurück!«

Aber Iroedh tat, als hätte sie nichts gehört.

Eine Viertelstunde später hatte sie das Ende des kleinen Zuges wieder erreicht, zufrieden mit dem Erreichten: das kleine Buch von der Erde lag wohlverwahrt unten im Wagenkasten, zusammen mit O'Maras Machete. Rhodh, die den Zug anführte, hielt den Kopf starr geradeaus und tat, als hätte sie Iroedhs Anwesenheit nicht bemerkt.

Als in der Ebene die Straße breiter wurde, lenkte Vardh ihren Wagen neben den Iroedhs und sagte: »Weißt du, Liebste, ich glaube gar nicht, daß sie wegen des Verhaltens der Menschen zum Aufbruch getrieben hat. Wir hätten vielleicht in ein paar Tagen noch etwas erreichen können.«

»Weswegen dann?«

»Sie weiß, daß sie zu viele Fehler gemacht hat und die Menschen sie nicht mögen. Sie kann das aber auch nicht zugeben und dich wieder mit den Verhandlungen beauftragen, denn falls du Erfolg hättest, wäre sie die Blamierte!«

Iroedh erwiderte: »Ich habe gelernt, stets das Wohl des Volkes vor mein eigenes zu setzen. Ich mochte Rhodh, ebenso wie jede andere Arbeiterin, und sie war ebenso nett, doch jetzt ist sie vom Ehrgeiz besessen.«

»Nicht wahr? Man sagt, sie will bei den nächsten Wahlen gegen den Außenminister kandidieren. Warum bewirbst du dich nicht um ihren Posten? Wir würden alle für dich stimmen!«

»Bei Gwyyr, welch eine Idee! Die Ratsmitglieder müssen geschäftige Allerweltsleute sein, bereit, überall mitzumischen, nicht solche unpraktische, altmodische Tagträumer wie ich!«

Es hatte den ganzen Tag geregnet, als die fünf Abgesandten wieder in Elham eintrafen. Iroedh hatte ihr Ueg in den Stall gebracht und ging in ihr Quartier. Auf dem Weg dorthin, im gemeinsamen Aufenthaltsraum, traf sie einige Freunde und fragte sogleich, ob Tvaarm bereits mit der erwarteten Invasion begonnen hätte.

»Noch nicht«, antwortete Tydh, die nun, nach einer Nachtwache, ihren freien Tag hatte. »Aber das Warten ist ebenso nervenaufreibend!«

»Wieso das?«

»Hast du denn nichts von den verschwundenen Drohnen gehört? Ach, natürlich nicht, du warst ja weg. In der Nacht ist ein großes schwarzes Ding durch die Luft gekommen, hat auf dem Dach der königlichen Kuppel das Gitter des Zellenfensters weggerissen und die Gefangenen weggeholt. Die diensthabende Wächterin erzählte, wie sie das Ungeheuer mit dem Speer angriff, dieses sie aber mit einem Fußtritt die Stiege hinunterbeförderte.«

Iroedh stellte befriedigt fest, daß in dem Bericht von menschlicher Mitwirkung keine Rede war; verständlich, daß die arme Wächterin nicht von ihrer Flucht gesprochen hatte.

»Das Sonderbarste aber war, daß man auf dem Kuppeldach den Umhang einer avtinischen Arbeiterin gefunden hat. Die Wachen, die den Wehrgang stürmten, gerade als das Monster wegflog, schworen, sie hätten keinen Umhang getragen und die Drohnen in den Zellen hatten überhaupt keine Kleider an. Niemand kann sich das erklären.«

Iroedh spürte ihr Herz bis zum Hals schlagen.

Tydh fuhr fort: »Es war, wie es in den alten Legenden geschildert wird, als die Götter Tiwinos und Dhiis auf Niond herabkamen, um Unrecht zu rächen und Tote zum Leben zu erwecken. Tatsächlich scheinen die alten Religionen wieder Anhänger gefunden zu haben.«

»Klingt unsinnig. Was sagt denn der Rat dazu?«

»Ach, man sagt uns bloß, wir sollten nicht abergläubisch sein. Aber etwas anderes: Der Rat hat das Königinnen-Duell für heute in fünf Tagen festgesetzt.«

»Tatsächlich?«

»Ja. Wenn du wetten willst, ich setze drei zu eins für Estir. Eiudh versucht, eine Mission nach Ledhwid zusammenzubringen, um vom Orakel den Ausgang des Duells zu erfahren, Gruvadh studiert alle prophetischen Sprüche, um einen zu finden, der auf unseren Fall paßt, und Ythid verbringt all ihre Freizeit auf den Kuppeln, um aus den Flugbahnen von Samen und Laub ein Omen herauszulesen!«

»Und wie verhält sich Intar?«

»Sie ist wütend. Sie sagt, es handle sich um eine Verschwörung gegen sie, und wenn ihre Fruchtbarkeit zurückgegangen ist, so sei nur die schlechte Qualität der Drohnenmänner schuld, die ihr der Rat zugeteilt hat.«

Iroedh spürte Kälte in sich aufsteigen. Es mußte doch einen Weg geben, um den Besitz der Machete und die bevorstehende Machtübernahme durch Estir zu ihren eigenen Gunsten auszunützen, aber sie konnte ihn nicht finden. Dabei wäre es so wichtig, rasch zu handeln, denn wenn Rhodh von dem herrenlosen Umhang erfuhr, würde sie sich vielleicht an den Helikopterflug erinnern, damals in der Nacht, als die Drohnen verschwanden; die Schlüsse lagen dann wohl auf der Hand.

Tydh fragte: »Hast du Lust auf eine Partie Uintakh?«

»Nein danke. Die Terraner liehen mir ein Buch, und ich bin schon sehr neugierig darauf.«

Iroedh entschuldigte sich und ging in ihr Quartier, um das Buch zu holen. Da sie nun bis zum kommenden Morgen arbeitsfrei war, machte sie es sich im Gemeinschaftsraum bequem, um zu lesen. Die Aufforderungen ihrer Freundinnen, bei den Rundtänzen mitzumachen, die bei der kommenden Konferenz der Königinnen aufgeführt werden sollten, lehnte sie ab.

Das Buch jedoch war für sie ungemein schwierig zu lesen, trotz ihres Sprachentalents, für das sie im Volk allgemein bekannt war; ihr Englisch war doch nicht so gut, wie sie geglaubt hatte. Viele unbekannte Wörter erriet sie aus dem Zusammenhang, oder sie behalf sich mit dem Lehrbuch, das ihr Bloch gegeben hatte, doch manches blieb einfach unverständlich, weil ihr die Begriffe fremd waren. Immerhin konnte sie dem Verlauf der Geschichte in großen Zügen folgen, wenn sie die Fremdheit von Kultur und Gebräuchen in Betracht zog.

Völlig gefangengenommen von den Abenteuern, die Elnora Comstock zu bestehen hatte, wurde sie von einer Stimme aufgeschreckt: »Iroedh, Liebste!«

Sie blickte auf und sah die Ackerbaubeauftragte vor sich stehen.

»Schlechte Nachrichten für dich«, sagte diese.

Iroedhs Herz stand einen Moment lang still. Hatte man ihre Mitschuld am Verschwinden der Drohnen schon entdeckt? Sie war wie gelähmt.

Die Ackerbaubeauftragte berichtete: »Rhodh hat unmittelbar nach ihrer Ankunft dem Rat Bericht erstattet. Na, du kennst sie ja. Sie machte viel her mit den Schwierigkeiten, unter denen sie zu arbeiten hatte, der Unfreundlichkeit der Menschen, und der Unfähigkeit und Insubordination der Junioren – insbesondere einer gewissen Iroedh. Sie forderte tatsächlich eine Herabsetzung deiner Leistungseinstufung.

Wir wissen natürlich, wie ehrgeizig Rhodh ist und wie begierig darauf, Außenminister zu werden, so daß ihr jedes Mittel recht ist, ihr Versagen bei den Menschen zu bemänteln. Zumindest ich weiß das alles, konnte aber den Rat nicht überzeugen. Offenbar hat sie hochgestellte Freunde, und man muß wohl auch berücksichtigen, daß sie sich wirklich aufreibt, um dem Wohl des Volkes zu dienen. Wie dem auch sei, man gab ihr schließlich recht und setzte deine Einstufung um fünf Punkte herab. Tut mir leid, Iroedh!«

Iroedh hatte Mühe, ihre Erleichterung nicht zu zeigen. *Das* also war alles! Normalerweise hätte sie so eine ungerechte Behandlung wütend gemacht, doch jetzt atmete sie nur auf.

»Ich hab' Schlimmeres überlebt«, sagte sie. »Immerhin danke ich dir für alles, was du getan hast.«

Müde des Lesens, ging sie in ihre Zelle zurück, um die nächsten Schritte zu planen. Sie hätte Antis gerne gesehen und ihm die Machete gezeigt, die sie unter ihrem Strohsack verborgen hatte. Es war ihr gelungen, die Machete, in ihr Netz gewickelt, in den Wohnbau zu schmuggeln, doch wenn sie nun versuchte, sie auf die gleiche Weise wieder hinauszubringen, mochte sich jemand wundern, wieso sie die Nacht im Freien zubringen wollte; diesen Eindruck mußte sie erwecken, wenn sie das Schlafnetz mitnahm. Was sie also am nötigsten brauchte, war ein neuer Umhang.

Sie füllte einen Bezugsschein für einen neuen Umhang aus und begab sich mit diesem und der Puderdose, die sie von Barbe Dulac bekommen hatte, zu den Gemächern der Königin. Da noch nicht Legezeit war, hatte sie keine Schwierigkeiten, vorgelassen zu werden. Sie zeigte die Dose der Königin und erklärte deren Gebrauch.

»Das ist für mich?« fragte Intar erfreut. »Liebe Iroedh, vielen Dank! Weißt du, du bist die einzige, die daran gedacht hat, mir aus Gliid ein Geschenk mitzubringen.«

»Nicht der Rede wert, Königin. Doch da wäre noch eine Kleinigkeit – ich habe nämlich meinen Mantel im Tausch gegen diese Dose gegeben, und da würde ich dich bitten, diesen Bezugsschein zu unterschreiben, damit ich mir einen neuen besorgen kann.«

»Aber natürlich!« Königin Intar kritzelte ihre Initialen unten auf das Blatt und gab es Iroedh zurück. »Es ist zwar niemand an meiner Meinung in diesen Belangen interessiert, meine Liebe, aber ich muß dir doch sagen, daß ich es beschämend finde, daß der Rat Rhodh recht gegeben und dich verurteilt hat.«

Iroedh ging mit ihrem Bezugsschein ins Lager und besorgte sich einen neuen Umhang; in der Messe ließ sie sich ein Proviantpaket geben, und kurz vor Sonnenuntergang machte sie sich zu Fuß auf den Weg nach Khinam. Die Machete hatte sie in ihren Umhang gewickelt, den sie unter dem Arm trug.

In dem Teil der Ruinen, wo sie so oft gemeinsam mit Antis ihr Picknick gehalten hatte, ließ sie sich nieder. Sie packte ihr Essen aus und pfiff das Geyliad-Lied.

»Hier sind wir, meine Schöne!« rief Antis vergnügt und sprang über eine halb verfallene Mauer.

Einen Augenblick später lagen sich die beiden in den Armen und drückten sich; dann sahen sie einander an. Iroedh bemerkte, daß Antis Gewicht verloren hatte und seine Wangen eingefallen waren. Er trug die Stiefel und den Umhang einer avtinischen Arbeiterin.

»Woher hast du diese Sachen?« fragte sie.

»Stell keine Fragen, dann hörst du keine Lügen. Du hast nicht vielleicht zufällig ein bißchen *Fleisch* mitgebracht?«

»Nein. Ich dachte zwar daran, aber wenn ich in der Messe nach Fleisch gefragt hätte, hätte man sich sehr gewundert, wofür ich es brauche.«

»Vermutlich hast du recht«, erwiderte Antis ohne Begeisterung. »Was gäbe ich für ein hübsches, saftiges Leipag-Steak!«

»Habt ihr denn seit der Befreiung nichts gegessen?«

»So gut wie nichts. Du darfst nicht vergessen, du hast uns in diesem Feld splitternackt wie Frischgeschlüpfte zurückgelassen, wir besaßen nicht einmal Stiefel. Meine Füße sind ja etwas abgehärtet von unseren gemeinsamen Ausflügen, aber Kutanas und Dyos hatten eine böse Zeit.«

»Könntet ihr euch nicht Pfeil und Bogen machen und auf Jagd nach Fleisch gehen?«

»Womit? Man braucht irgendein Werkzeug. Ich habe Kutanas im Wald zurückgelassen; er versucht, mit einem scharfen Stein ein Bäumchen umzuschneiden, das wir als Speer verwenden könnten, doch bei dem Tempo sind wir Greise, bevor er fertig ist. Wir haben auch versucht, in den Leipag-Pferch einzudringen, um eines zu stehlen, aber ohne Erfolg, er war zu gut bewacht. Gestern gelang es mir, eine Hudig mit der bloßen Hand zu fangen, aber das gab für jeden nur einen Bissen.«

»Arme Burschen! Nehmt dann wenigstens das«, sagte sie und reichte ihm ihr Messer. »Damit könnt ihr euch zumindest Bogen und Speer zurechtschneiden.«

»Danke. Die Jagdgründe sind schlecht hier, weil die Arbeiterinnen von Elham und Thidhem fast alles Wild getötet oder vertrieben haben, schon damit Abtrünnige wie wir nichts zu essen finden außer Dhwygs und derlei Kleinzeug.« Hungrig sah er Iroedh zu, die Zwieback und Gemüse futterte. »Ich würde sogar dieses schauerliche Zeug essen, müßte ich nicht fürchten, mich damit zu vergiften.«

»Würdet ihr ins Volk zurückkehren wollen?«

»Ja, vorausgesetzt, wir werden nicht bei der nächsten Säuberungsaktion umgebracht. Ich fürchte, wir sind Versager als Abtrünnige; dieses Leben in der Wildnis ist nichts für uns. Ich vermisse mein Essen, ich vermisse dich, und ich vermisse meine eigentliche Aufgabe.«

Iroedh rümpfte ihre Nase um anzudeuten, wie wenig Verständnis sie seinen Wünschen entgegenbrachte. Sie sagte: »Ich habe etwas mitgebracht, das ich dir zeigen will; und ich habe auch einen Plan, der es euch ermöglichen sollte, zu euren Bedingungen zurückkehren zu können.«

Sie wickelte die Machete aus dem Umhang und zog sie aus der Scheide. Verdutzt betrachtete Antis das Ding. Er nahm es in die Hand und, mit einem plötzlichen Aufblitzen in seinen Augen, hob er es und schlug zu.

»Das ist eine Sache!« schrie er, »hast du es von den Menschen?«

»Ja. Sie nennen es Matselh oder so.« Sie erzählte ihm die Geschichte von O'Maras Tod, und wie sie zu seiner Machete gekommen war. »Aber ich kann dir das nicht geben.«

»Warum denn nicht? Ich kenne da einen alten Abtrünnigen in den Lhanwaed-Hügeln, der das Schmiedehandwerk erlernt hat; er könnte nach diesem Muster viele solche Dinger machen ...«

»Ich habe eine bessere Idee. Wußtest du, daß das Königinnen-Duell in fünf Tagen stattfindet?«

»Nein. Was ist damit?«

»Wenn ich dieses Ding Estir gebe als sicheres Mittel, den Sieg zu erringen, unter der Bedingung, daß sie euch verzeiht und ihren Einfluß im Rat dazu benützt, euch drei auf Dauer von den Säuberungen auszunehmen, dann könntet ihr zurückkommen.«

»Nun ja, hoffentlich. Die Idee ist bestrickend – aber wie gut kennst du eigentlich Estir?«

»So gut wie gar nicht; ich hab' sie nur ein paarmal bei gesellschaftlichen Anlässen getroffen. Man sagt, sie sei ein Hitzkopf.«

»Und du traust ihr?«

»Eine Prinzessin würde doch nicht lügen!«

»Na, hoffen wir das Beste. Mir wäre noch immer lieber, du würdest dieses Ding da mir geben. Es verhilft einem zu mehr Selbstvertrauen und läßt einem Schicksalsschlägen weniger hilflos gegenüberstehen.«

»Du würdest sehen, daß es für die Jagd nicht viel taugt. Ihr braucht ein paar starke Bogen und Speere. Vielleicht ergibt sich die Gelegenheit für euch, welche zu stehlen.«

VI

Das Duell der Königinnen

Der Kuppelbau, in dem Prinzessin Estir von Elham hauste, war schwer bewacht, um Mordversuchen, die die Königin möglicherweise planen würde, von vornherein jede Chance zu nehmen.

Ein von der Ackerbaubeauftragten ausgestellter Passierschein verhalf Iroedh zu einer Audienz.

»Viele Eier, Prinzessin«, sagte sie. »Darf ich fragen, wie du deine Aussichten im Duell beurteilst?«

Hoch aufgerichtet, auf den Fußspitzen wippend wie vor einem Speerwurf, stand Estir vor ihr. Sie war schlank und wendig wie eine Arbeiterin, hatte aber voll entwickelte Brüste.

»Ich weiß nicht«, sagte sie schläfrig; ihre gedehnte Sprechweise erinnerte an die affektierte Rede der Arsuuni. »Jedenfalls sind meine Chancen besser, ich bin in guter Form, und meine Omen sind günstig. Aber natürlich spielt auch das Glück eine Rolle.«

»Vielleicht könnte ich dir den Sieg garantieren.«

Überrascht sah Estir auf, ihre Spaltpupillen erweiterten sich. »Das könntest du?«

»Vielleicht.«

»Ah, du willst etwas dafür, ja?«

»Richtig.«

»Dann sag's!«

»Du kennst die drei verschwundenen Drohnen?«

»Wer kennt sie nicht? Was ist mit ihnen?«

»Sie würden gerne zum Volk zurückkehren.«

»So? Nun, wenn es ihnen nichts ausmacht, auf unsere Speere gespießt zu werden, dann nur zu! Wir hätten sie gerne zurück.«

»Aber Prinzessin, das ist's ja. Sie wollen Pardon und auf alle Zeiten von den Säuberungsaktionen ausgenommen sein.«

»Woher weißt du das? Verkehrst du mit ihnen? Das ist, wie du weißt, ein ernstes Vergehen.«

Iroedh lächelte. »Stell keine Fragen, dann hörst du keine Lügen. Das ist es jedenfalls, was sie wollen.«

»Und was weiter?«

»Wenn du dafür sorgst, daß sie bekommen, was sie wollen, dann werde ich dafür sorgen, daß du dein Duell gewinnst.«

Estir war verblüfft. »Genausogut könntest du den Schatz von Inimdhad verlangen! Das widerspricht unserem ganzen Rechtssystem. Berücksichtigt man, wie viele Drohnen schon als Babys getötet werden, dann sollten sie Gwyyr danken, daß sie so lange leben durften!«

»Es ist zweifelsohne unrecht von ihnen, daß sie länger leben möchten, aber es ist nun einmal so.«

»Und warum machst du dich zu ihrem Sprecher? Eine loyale Arbeiterin sollte eher Jagd auf sie machen und sie töten!«

»Prinzessin, wir wollen hier nicht Recht und Unrecht der Angelegenheit erörtern. Wenn du deinen Kampf gewinnen willst, dann versprich, was sie fordern. Wenn nicht, dann gehe ich eben zur Königin.«

Estir dachte einen Augenblick lang nach. Dann sagte sie: »Also gut. Zeig mir deinen Trick oder dein besonderes Gebet zu Gwyyr oder was es sonst ist, das mich den Sieg erringen läßt, und ich verspreche, daß ich, wenn ich damit gewinne, den Drohnen Pardon gebe und sie von den zukünftigen Säuberungen ausnehme. Du meinst, sie sollen auch noch am Leben bleiben, wenn sie zu alt sind, um ihre Funktion zu erfüllen?«

»Ja.«

»Gut. Das liefert einen gefährlichen Präzedenzfall, aber ich habe keine andere Wahl.«

Iroedh wickelte die Machete aus und erklärte ihren Gebrauch.

Estirs Augen leuchteten. »Das wird den Kampf entscheiden! Einen Dolch in der Rechten, um Speerstöße zu parieren, dann nahe heran und zack ...«

»Man kann damit auch zustechen, nur ist es dafür zu kopflastig!«

»Ewig schade, daß ich nicht länger Zeit habe, damit zu üben, aber die arme alte Intar hat noch nie so ein Ding zu Gesicht bekommen! Ich werde die gewünschten Urkunden für diese Drohnen aufsetzen und nachdatieren, so daß sie in Wirkung treten, sobald Intar stirbt. Ich werde auch mit dem Rat Kontakt aufnehmen. Sag deinen Drohnen, sie sollen zum Duell kommen, niemand wird ihnen etwas tun.«

»Ich danke dir, Prinzessin.« Iroedh kehrte in ihre Zelle und zum ›Girl of the Limberlost‹ zurück.

Am Tag des Duells half Iroedh den ganzen Morgen bei den Vorbereitungen; Sitze wurden aufgestellt, und die Sportgeräte, die sonst auf dem Platz aufgestellt waren, wurden weggeräumt. Alle Arbeiterinnen waren mit Begeisterung bei der Sache, denn ein Königinnen-Duell war einer ihrer wenigen Feiertage.

Eine der Wachen winkte Iroedh zu sich. »Zwei dieser entflohenen Drohnen stehen draußen vor dem Haupttor. Sie behaupten, man habe ihnen Immunität zugesichert und sie wollen das schriftlich haben, bevor sie hereinkommen.«

Iroedh ließ ihre Arbeit im Stich und suchte die Ackerbaubeauftragte, die ihr einen Passierschein für die Drohnen aushändigte. Dann lief sie hinunter zum Haupttor, an dem Antis und Kutunas warteten; beide trugen gestohlene Umhänge. Sie führte die beiden an den finster blickenden Wachen vorbei, die ihr mit gezückten Speeren nachstarrten.

»Wo ist Dyos?« fragte sie.

Antis antwortete: »Er kam nicht mit, er mißtraute Estir. Auch ich traue ihr nicht, aber sie soll nicht denken, daß ich mich vor ihr fürchte.«

»Und wie geht's dir, Liebster?«

»Recht gut. Wir erlegten ein wildes Leipag und hatten ein Festessen.«

»Du siehst fit aus!« sagte sie.

Antis lachte. »Fit, um nicht zu sagen prächtig.« Er klopfte sich auf den Magen, der flach war und Muskeln anstelle des sonst üblichen Drohnenbäuchleins zeigte. »So ein Leben ist gut für die Figur, findest du nicht? Ich weiß zwar nicht, ob's der Königin gefällt – wer immer heute nacht Königin sein wird. Ich bin schon sehr gespannt auf das Duell. Ich war ja noch nicht einmal geschlüpft, als Intar Königin Pligayr besiegte. Was aber geschieht, wenn Intar trotz allem gewinnen sollte?«

»Eure Sicherheit ist auf jeden Fall bis Sonnenuntergang gewährleistet.«

»Und dann heißt's wieder auf in die Wälder. Na ja.«

Als sie zum Sportplatz kamen, waren bereits die meisten Abeiterinnen von Elham versammelt. Weitere strömten aus den Kuppelbauten und von den umliegenden Feldern. Von Thidhem kam eine von Gogledh angeführte Gruppe, die als Lohn für Fleiß und Tüchtigkeit Zuschauerkarten erhalten hatten.

Platzanweiser bemühten sich, Ordnung in die Menge zu bringen und die Zuschauer an den vier Seiten der Arena aufzureihen: die vordersten am Boden sitzend, dahinter welche auf Stühlen und hinter diesen stehende Arbeiterinnen. Die Vorführung begann mit einem militärischen Tanz einer ausgewählten Gruppe.

»Ich habe auch noch nie ein Duell gesehen«, sagte Kutunas. »Hoffentlich hören die bald mit dem Tanz und dem Speergefuchtel auf, ich bin schon auf den Kampf gespannt. Werden die beiden in voller Rüstung sein?«

»O nein«, erwiderte Iroedh. »Nach den Regeln müssen sie nackt kämpfen, ohne Schild und ohne Schutz. Ziel ist ein rascher, sauberer Sieg, wobei die Siegerin möglichst unverletzt sein soll. Alle Angriffswaffen sind erlaubt, ausgenommen Wurfgeschosse. Manchmal halten sie einen Speer mit beiden Händen, dann wieder einen Speer in der einen und Kriegsbeil oder Dolch in der anderen Hand.«

Nun waren die Tänze beendet, und die Gruppe marschierte ab. Zwei Arbeiterinnen unter Anleitung eines Offiziers zogen eine Walze über den zertrampelten Sand.

Eine Platzanweiserin sagte: »Iroedh, diese Drohnen müssen im Drohnenabteil Platz nehmen, denn ... oh!«

»Ja, es sind die geflohenen, aber sie haben eine Sicherheitsgarantie«, erwiderte Iroedh und hielt den Passierschein der Anweiserin unter die Nase. »Und da sie als Besucher gelten, glaube ich, daß sie hier bleiben sollten!«

»Da, sie kommen!« rief Antis.

Unter dem Gemurmel der Menge betraten Intar und Estir den Sportplatz an den gegenüberliegenden Enden, jede begleitet von den Sekundanten. Intars Bemühungen, sich für den Kampf fit zu machen, schienen nicht sehr erfolgreich gewesen zu sein. Estir hingegen bewegte sich mit der Grazie eines Raubtiers.

»Jeder wettet auf Estir«, sagte Kutunas, »aber die alte Königin kennt ein paar Tricks, von denen die junge noch nicht mal gehört hat!«

»Das solltest du wissen«, meinte Antis anzüglich.

Der Außenminister (da der General noch immer abwesend war, war sie das rangälteste Ratsmitglied) verlas die traditionelle Proklamation über den Grund des Duells und die Qualitäten der Gegnerinnen. Das zog sich derart in die Länge, daß die Arbeiterinnen schon ungeduldig wurden.

Endlich kam sie zum Schluß: »... und so, zum Wohle Elhams, mag nun der Streit beginnen, bis daß er mit dem Tode einer Kämpferin endet. Möge die beste siegen! Los!«

Intar, die sich mit all ihren Fettpölsterchen nur schwerfällig bewegte, kam von ihrem Ende der Arena zur Mitte, Estir von der anderen Seite, leichtfüßig und graziös. Die Königin hielt einen Speer, wie ihn die Wachen trugen, in beiden Händen, die Prinzessin trug einen Dolch in der einen Hand und O'Maras Machete in der anderen. Angesichts dieser unbekannten Waffe ging ein Murmeln durch die Menge. Iroedh schnappte Worte auf wie: »Unfair ...«; »Was für ein Ding!« »Der Rat sollte verbieten ...«; »Warum benützen wir so was nicht im Krieg?« »Ich ziehe meine Wette auf Intar zurück!«

»Liebste Iroedh«, sagte Vard, »ich bin trotz allem ganz sicher, daß Intar gewinnen wird. Denke nur an das Orakel von Ledhwid:

›Wenn ein Ueg-Weibchen mit krummem Fang
Pomuia-Blüten will köpfen,
so muß es erst auf eignem Kopf stehn,
in einer reifen Vremoel,
sonst trifft es bald der Tod.‹«

»Du hast denselben Vers voriges Jahr zitiert, als wir die Seuche hatten«, erinnerte sie Iroedh.

Als Estir herankam, nahm die Königin Kampfhaltung an, beide Hände um den Speerschaft gelegt und diesen auf Estir gerichtet. Estir warf sich zur Seite und sprang leichtfüßig vor, die Machete schwingend. Intar parierte mit dem Speer, Metall klirrte.

Nun umkreisten sich die beiden Weibchen lauernd, wagten hie und da eine kurze Attacke. Königin Intar zielte mit dem Speer auf ihre Gegnerin, drehte ihn dann aber plötzlich um und versuchte mit dem unteren Ende Estir am Knöchel zu treffen und zu Fall zu bringen. Estir aber sprang über den Speerschaft und schlug mit der Machete gegen Intars Kopf. Diese wehrte mit dem Speer ab, und die Machete traf nur das Holz.

»Ich glaube«, sagte Antis, »Estir geht so langsam vor, um Intar zu ermüden, dann erst wird sie im Ernst angreifen.«

Wieder umkreisten sich die Kämpferinnen, bluffend, tänzelnd; gelegentlich ein kurzer Ausfall, Schlagwechsel, von den Ausrufen der Menge begleitet.

Einmal war Estir, nachdem sie einen Schlag angebracht hatte, nicht rasch genug zurückgewichen, und die Speerspitze hatte ihre Schulter geritzt. Die rechte, doch da sie in der rechten Hand nur den Dolch hielt, war das nicht allzu schlimm, obgleich ihr das Blut über den Arm lief und von den Fingern in den Sand tropfte.

Ausfall, Zurückweichen, Finte, Parade, Angriff, Abwehr ... der Kampf nahm seinen Fortgang. Plötzlich griff Intar mit überraschender Wendigkeit an und stieß mit dem Speer zu. Estir parierte mit der Machete und stieß gleichzeitig mit dem Dolch zu. Sie traf Intars schlaffe linke Brust; nun blutete auch die Königin.

»Ich bin so sicher, daß Intar gewinnt, daß ich die Kleidungszuteilung eines ganzen Jahres auf sie gewettet habe«, sagte Vardh zu Iroedh. »Ich habe auch ein besonderes Gebet an Eunmar gerichtet; wußtest du, daß ich an die alten Götter glaube? Wenn man sich nur richtig sehr bemüht, kann man eigentlich an alles glauben.«

Nach einer kleinen Pause trieb Intar den Kampf wieder voran, sie jagte Estir mit kurzen Speerstößen vor sich her. Als die Prinzessin einen gegen ihr Gesicht gerichteten Stoß mit dem Dolch parierte, riß Intar den Speer zurück und stieß blitzschnell ein zweites Mal zu, diesmal nach unten. Die Spitze traf Estir am Oberschenkel, nicht voll zwar, aber streifend. Aus einer neuen kleinen Wunde sickerte Blut.

Als Intar den Speer zurückzog, um einen neuen Vorstoß zu machen, ließ Estir den Dolch fallen, sprang seitlich vor, packte den Speerschaft und riß ihn zu sich her. Gleichzeitig schlug sie mit der Machete gegen die rechte Hand der Königin. Diesmal traf sie voll.

Mit einem Aufschrei ließ die Königin los und versuchte zurückweichend mit der anderen Hand Estir den Speer zu entreißen. Estir leistete einen Augenblick lang Widerstand, dann stieß sie den Speer zurück. Intar stolperte nach hinten und fiel in den Sand.

Estir sprang vor, die Machete traf mit voller Wucht die linke Schulter der hilflos am Boden sitzenden Königin. Estir riß den Speer aus der nun lahmenden Hand und schleuderte ihn zur Seite.

Intar warf noch einen letzten Blick auf ihre Gegnerin, die hoch aufgerichtet vor ihr stand. Dann schloß sie die Augen und neigte den Kopf. Die Machete pfiff durch die Luft und traf den fettgepolsterten Nacken der alten Königin. Blutüberströmt sank ihr enthaupteter Körper zu Boden und blieb zukkend im Sand liegen.

Estir ging zu dem Tisch, an dem der Außenminister saß, stieß unterwegs den Kopf der toten Königin zur Seite und rief: »Ich, Estir von Elham, ein fruchtbares und funktionstüchtiges Weibchen reinster elhamischer Abstammung, ich habe meine Vorgängerin Intar in fairem Kampf, den Gesetzen und Gebräuchen von Elham getreu gehorchend, besiegt und verkünde nun: Ich bin die neue Königin von Elham!«

Der Außenminister schrie: »Huldigt der neuen Königin von Elham!«

Alle Arbeiterinnen und Drohnen fielen auf die Knie und riefen: »Heil der Königin! *Kwa Estir!* Langes Leben und viele Eier!«

Vardh sagte zu Iroedh: »Ist sie nicht das schönste Wesen, das man sich vorstellen kann? Ein zum Leben erweckter Orakelspruch! Ich kann ihr verzeihen, daß ich durch sie meine Wetten verloren habe.«

Iroedh mußte zugeben, daß Estir, obgleich noch immer Blut aus ihren Wunden sickerte, eine stolze, prächtige Erscheinung war. Zu schade, dachte sie, daß es heute keine Künstler mehr gibt wie in alten Zeiten, die von dieser Szene ein Bild malen konnten.

Vardh fuhr fort: »Wir sollten versuchen, beim nächsten Königinnentreffen in ihrer Eskorte zu sein, Liebste. Die Rundtänze, die dann aufgeführt werden, machen doch so viel Spaß!«

Bevor Iroedh noch antworten konnte (der Lärm war mittlerweile abgeebbt), schrie Estir: »Als erste Handlung meiner Herrschaft ziehe ich die den abtrünnigen Drohnen Antis und Kutunas gegebene Sicherheitsgarantie zurück. Wachen, schlagt sie nieder und setzt die Arbeiterin Iroedh wegen Hochverrats fest!«

Entsetzt starrte Iroedh die neue Königin, den Außenminister und die Drohnen an; letztere waren wie gelähmt von diesem Blitz aus heiterem Himmel. Iroedh rief: »Königin, du hast doch versprochen ...«

»Ich habe gar nichts versprochen! Wachen, gehorcht meinen Befehlen!«

Als die Wachen ihre Speere zückten und gegen sie vorgingen, kam endlich Bewegung in Antis und Kutunas. Unter ihren Umhängen zogen sie Macheten hervor, grobe Abbilder der von Estir benützten Waffe, aus rötlicher Bronze statt grauem Stahl und offenbar mit geringerer Kunstfertigkeit hergestellt.

»Zurück!« brüllte Antis und schwang seine Machete.

Die unbewaffneten Arbeiterinnen stoben auseinander. Antis zog eine dritte Machete unter seinem Umhang hervor und reichte sie Iroedh.

»Nimm sie!« rief er ihr zu.

»Aber ...«

»Los! Nimm endlich!«

Obgleich es für sie mehr als ungewohnt war, dem Kommando einer Drohne zu gehorchen, nahm sie die Machete, gerade im rechten Augenblick, um eine Speerspitze zur Seite schlagen zu können.

»Auf zum Haupttor!« rief Antis und bahnte sich mit wilden Schwüngen der Machete einen Weg.

Einer seiner Hiebe schlug einer Wächterin den Helm vom Kopf, ein weiterer durchschnitt den Schaft eines Speers, ein dritter traf den Arm einer Wache, die blutend zurückwich. Kutunas war ebenso eifrig; einer seiner Schläge schlitzte einer allzu tapferen Wache den Bauch auf, ihre Gedärme quollen in den Sand.

Auch Iroedh schlug sich durch, metallisch klang die Machete auf die Messingschilde der Wachen. Plötzlich lag der Fluchtweg frei vor ihnen. Antis packte Iroedhs freie Hand und riß sie vorwärts, dem Tor zu, quer über die Blumenbeete. Hinter ihnen ertönten die gellenden Schreie der Königin Estir durch das aufbrandende Lärmen der Volksmenge.

»Aufmachen!« brüllte Antis, als sie sich dem Tor näherten. »Auf! Notstand!«

Was immer auch die Torwachen gedacht haben mochten, in sprachlosem Nichtbegreifen starrten sie die Flüchtenden an, die die Torbalken zurückschoben und die Tore aufstießen. Endlich sagte eine Wache: »Kommt zurück! Das ist ungesetzlich! Warum werdet ihr überhaupt verfolgt?«

»Fragt die doch!« rief Antis und wies nach hinten. Dann zog er Iroedh durchs Tor, und beide liefen um ihr Leben.

Sie erreichten das Tarhail-Feld, in dem Iroedh die Drohnen vom Helikopter aus abgesetzt hatte. Hinter sich hörten sie das Geschrei der Verfolger, das aber bald leiser wurde. Kein Wunder: Während die unbewaffneten Arbeiterinnen es nicht wagten, vor den Wachen den Flüchtlingen nachzusetzen, waren die Wachen selbst durch ihre schwere Rüstung so behindert, daß ein rascher Lauf praktisch unmöglich war.

Die Flucht führte die beiden wiederum quer durch das Getreidefeld. Iroedh dachte beschämt an die Ackerbaubeauftragte, ihre einzige Freundin im Rat, der sie nun indirekt wiederum einen Schaden zufügte. Doch die Umstände und Ereignisse hatten Iroedh irgendwie härter gemacht, die Volksgemeinschaft bedeutete ihr längst nicht mehr so viel, und sie verschwendete keinen zweiten Gedanken daran.

Antis führte sie kreuz und quer die Waldpfade entlang. »Alte Wildwechsel«, erklärte er. »Jetzt können wir rasten. Es würde Stunden dauern, bis uns hier in dem Dickicht jemand findet!«

Als Iroedh wieder zu Atem gekommen war, fragte sie: »Wo ist Kutunas?«

»Tot. Hast du nicht gesehen, wie die Wachen über ihn hergefallen sind?«

»Nein. Ich hatte genug mit mir selbst zu tun.«

»Er sah aus wie ein stacheliger Dhug, nachdem alle ihre Speere in ihn gebohrt hatten. Schade um ihn, er wäre ein besserer Freischärler geworden als Dyos, dieser Fettsack, der immerzu jammert und sich vor seinem eigenen Schatten fürchtet.«

»Und der Fettsack lebt, der tapfere Kutunas hingegen ist tot. *Weu!* Für mich ist es schrecklich, daran zu denken, daß ich gegen meine Arbeitskameradinnen gekämpft habe; vielleicht hab' ich sogar eine erschlagen! Und Estir ist eine heimtückische Verräterin; wenn man nicht einmal mehr seiner eigenen Königin trauen kann, wem denn dann?«

»Sich selbst. Kopf hoch, so ist eben das Leben!«

»Woher hast du die Matselhi?«

»Der alte Schmied, von dem ich dir erzählt habe, Umwys, der hat sie uns gemacht, nach meiner Beschreibung. Wir schleppten die Statue des flötenspielenden Dhiis, die wir einmal in Khinam gefunden hatten – erinnerst du dich? – den ganzen weiten Weg zu ihm hinaus, um ihm das Metall zu liefern.«

»Nein!« rief Iroedh entsetzt.

»Aber gewiß doch! Was blieb uns anderes übrig?«

»Aber ihr könnt doch nicht unersetzliche Altertümer ...«

»Nun, feststeht, daß wir ohne diese Bronze alle tot wären. Da wir nichts besaßen, um Umwys zu bezahlen, schenkten wir ihm die Bronze, die von der Statue noch übrig war, nachdem er die Matselhi gemacht hatte. Im übrigen hat er Tag und Nacht daran gearbeitet, seitdem wir uns das letzte Mal in Khinam getroffen haben. Hast du genug gerastet? Können wir weiter?«

»Ich denke, ja.«

»Dann komm, wir wollen zum Treffpunkt mit Dyos!«

Er führte sie immer tiefer in die Wälder, bis sie nicht mehr wußte, wo sie war; jahrelang war sie nicht mehr zur Jagd abkommandiert gewesen, so daß ihr die Gebiete jenseits der Wiesen, Weiden und Felder fremd waren. Endlich erreichten sie die Kuppe eines kleinen Hügels.

»Prutha!« rief Antis. »Der elende Schuft ist abgehauen und hat Pfeil und Bogen, die ich gemacht habe, mitgenommen!«

»Na, wennschon. Was unternehmen wir?«

»Ich denke, wir sollten Umwys aufsuchen. Vielleicht hat er etwas zu essen übrig, und wir bekommen etwas in unsere Mägen.«

Er führte Iroedh weiter. Das Vorankommen wurde immer beschwerlicher, das Unterholz immer dichter, als sie in die Lhanwaed-Hügel vordrangen. Iroedh war schon sehr müde, als Antis plötzlich die Hände an den Mund legte und einen sonderbaren Ruf ausstieß. Der Ruf wurde erwidert. Nun führte Antis seine Gefährtin zu einer Stelle, wo das Buschwerk undurchdringlich zu sein schien.

Antis schob einen Armvoll Gestrüpp zur Seite, so daß ein Loch im Hügel frei wurde. Die beiden krochen in den Tunnel, der sich, nach einem scharfen Knick, plötzlich erweiterte und in eine hell erleuchtete Höhle führte, in der man aufrecht stehen konnte. Die Decke der Höhle war mit grob zugehauenen Brettern verkleidet, die von Stützpfosten getragen wurden. Nach verschiedenen Richtungen waren an den Seiten Öffnungen angebracht.

Eine verrunzelte alte Drohne stand ihnen gegenüber, offenbar der Schmied. Als sein Blick auf Iroedh fiel, stieß er einen Schrei aus, faßte seinen Speer und schleuderte ihn blitzschnell auf sie.

Doch ebensoschnell hatte Antis den fliegenden Speer mit seiner Machete nach oben geschlagen. Zitternd steckte er in den Deckenbrettern.

»Was fällt dir denn ein, alter Narr!« schrie Antis empört.

»Ich dachte, du hast mich an die Arbeiterinnen verraten«, sagte Umwys in seinem raunzigen nördlichen Tonfall. »Jede Arbeiterin ist gegen mich, und ich bin gegen jede von ihnen!«

»Iroedh ist keine Arbeiterin mehr, sondern eine Abtrünnige wie du und ich. Jetzt entschuldige dich für deinen Mordversuch!«

»Nie von einer abtrünnigen Arbeiterin gehört«, sagte Umwys eigensinnig. »Aber wenn's so ist, wie du sagst, dann wird's wohl stimmen. Doch wenn sie uns nun ganz Elham auf den Hals hetzt, dann ist das deine Schuld, Antis! Was wollt ihr eigentlich von mir? Wollt ihr noch Waffen kaufen?«

»Nein. Ich möchte wissen, was aus Dyos geworden ist. Wir

haben ihn nicht, wie verabredet, getroffen. Ich fürchte, er ist weggerannt.«

»Sehr wahrscheinlich. Er war bei mir und fragte nach den Banden der Abtrünnigen oben im Norden!«

»Da haben wir's. Kannst du uns für die Nacht unterbringen?«

»Ihr könnt hier schlafen, und für dich wird sich auch ein bißchen Fleisch finden. Aber sie muß sich selbst was besorgen, ich hab' kein Arbeiterinnenfutter. Am Abhang gibt es einige Khalbäume mit eßbaren Samen!«

Iroedh kroch hinaus, um sich ihr Essen zu suchen; mühsam war es und lohnte nicht. Als es dunkel wurde, hatte sie kaum genug Nüsse gesammelt, um auch nur halbwegs satt zu werden. Als sie zurückkehrte, hatte Umwys einen Großteil seiner Feindseligkeit abgelegt.

»Eigentlich bist du ganz nett«, sagte er zu ihr, »gar nicht wie eine Arbeiterin.«

Iroedh wußte nicht recht, wie das gemeint war, und knabberte ihre Samen, ohne etwas zu antworten.

»Ich, an deiner Stelle«, sagte Umwys zu Antis und sog geräuschvoll das Mark aus einem Knochen, »ich würde mich nordwärts halten und das Orakel um Rat fragen.«

»Was?« Iroedh schüttelte den Kopf. »Du redest ja wie meine bigotte Freundin Vardh. All diese Orakelsprüche von Ledhwid können doch auf jede nur denkbare Art ausgelegt werden!«

»Nein, denn abgesehen von diesen dämlichen Versen gibt das Orakel gelegentlich auch brauchbare Ratschläge. Nichts Mystisches, sondern logische Schlußfolgerungen, gezogen aus den Nachrichten, die die Priesterinnen zusammentragen. Außerdem weiß ich keinen anderen Rat. Vom Land selbst könnt ihr nicht leben, es gibt zu wenig Wild und zu wenig Früchte, und wenn ihr die Völker beraubt, ihr zwei gegen Hunderte von denen, dann werden sie euch jagen und erwischen.«

»Und warum sollen wir uns nicht einer dieser Banden im Norden anschließen?« fragte Antis.

»Du könntest ja, aber sie würde augenblicklich erschlagen. Ihre Devise, was Arbeiterinnen betrifft, ist: Erst zuschlagen, dann fragen.«

»Klingt unvernünftig«, meinte Iroedh.

»Na, wenn schon; die denken, man hat sie lange genug unvernünftig behandelt. Die Bande von Wythias ist schon so groß geworden, daß sie sogar eine befestigte Volkssiedlung angreifen könnte, wie die Arsuuni es tun. Ich habe Aufträge von Wythias für Speerspitzen, daran habe ich gut ein halbes Jahr zu arbeiten.«

»Wenn die Banden der Abtrünnigen den Arsuuni im Kampf beistehen«, meinte Iroedh, »können sie gemeinsam alle Völker der Avtini vernichten. Und was würde dann aus all den Drohnen? Die ganze Rasse wäre doch dann ausgelöscht.«

»Das solltest du Wythias fragen. Oder besser das Orakel, denn Wythias läßt dich nicht lange genug am Leben, um eine solche Frage überhaupt zu ermöglichen. Wenn dem Orakel nichts anderes einfällt, könnt ihr vielleicht in seine Dienste treten.«

»Dienst beim Orakel?« fragte Iroedh.

»Ja. Es beschäftigt solche – äh – verwaisten Arbeiterinnern, wie dich.«

»Ich weiß, ich habe schon diese sogenannten Priesterinnen gesehen. Aber was geschieht mit Antis?«

»Wie soll ich das wissen? Ich glaube nicht, daß das Orakel Drohnen beschäftigt; vielleicht kann er sich einer Bande anschließen?«

»Wir wollen uns aber nicht trennen«, meinte Antis.

Umwys hob die Schultern. »Ach Kinder, es ist euer Leben. Vielleicht kriegt er von seiner Bande alle acht Tage einmal Urlaub, um dich zu besuchen. Obgleich ich sagen muß, daß ich eure unnatürliche Zuneigung zueinander nicht begreifen kann.«

»Also dann, auf nach Ledhwid«, meinte Antis.

»Sie wird einen Umhang brauchen«, sagte Umwys. »Wenn ihr im Freien schlafen müßt, wird ihr ohne Kleidung zu kalt werden. Und sammelt pflanzliche Nahrung für sie. Manche Pflanzen haben eßbare Wurzeln und Beeren und so Zeug, aber da ich mit Arbeiterinnen nichts zu tun habe, kenne ich mich damit nicht aus.«

Am nächsten Tag sagte Antis: »Wir besorgen einen Umhang für dich auf dieselbe Art, wie ich zu meinem gekommen bin. Komm!«

Sie wanderten zurück, auf Elham zu. Nach einigen Stunden mahnte Antis zu Vorsicht. Sie näherten sich den bebauten Feldern.

»Da unten!« flüsterte er.

›Da unten‹ arbeitete eine Gruppe in einem Tarhail-Feld, demselben übrigens, das sie auf ihrer Flucht am Vortag zertrampelt hatten. Offenbar rechnete die Ackerbaubeauftragte nicht mit weiteren Verwüstungen.

Am Waldrand stand eine Arbeiterin Wache, neben ihr die Umhänge, Essen, Wasser und Gerätschaften. Sie war bewaffnet mit Speer, Schild und Helm, trug aber keine Rüstung, denn normalerweise war ihr Dienst ja ungefährlich.

»Was tun wir jetzt?« fragte Iroedh.

»Warten.«

»Wie lange?«

»Einen Tag wenn's sein muß. Man braucht sehr viel Geduld, will man als Dieb erfolgreich sein.«

In der Tat warteten sie stundenlang. Unter dem Buschwerk, das die Hügelkuppe bedeckte, lagen sie auf dem Bauch und sahen hinunter. Endlich gähnte die Wächterin und setzte sich nieder, den Rücken gegen einen Baum gelehnt.

Antis grinste. »Langeweile macht schläfrig. Jetzt gib acht!«

Das Warten dauerte eine weitere Stunde. Die Wächterin kaute an einem Grashalm, gähnte, drehte einen Stein um und beobachtete die kleinen Tiere darunter.

»Da geht sie hin!« murmelte Antis.

Sie war in der Tat noch weiter am Stamm heruntergerutscht, so daß sie eher lag als saß, den Helm hatte sie über's Gesicht gezogen. Iroedh erschien sie wie eine gegabelte rötliche Gemüsewurzel, eine Nußschale über das obere Ende gestülpt.

Antis erhob sich, winkte ihr zu und schlich den Pfad hinunter zum Feldrand. Unterwegs hob er einen dürren Ast auf, der länger war als er selbst. Jedes Rascheln vermeidend, ging er vorsichtig weiter, Iroedh folgte. Dann, als Iroedh wieder das Rot der Haut der Wächterin durch das Grün der Blätter schimmern sah, bedeutete Antis ihr, stehenzubleiben. Dann versteckte er sich hinter einem Baum und schob den Ast hinaus, immer weiter, bis er mit der Astspitze einen Umhang erreicht hatte.

Die Wächterin bewegte sich und grunzte im Schlaf.

Antis erstarrte. Doch dann schob er lautlos den Ast unter den Kragen des Umhangs und hob ihn vorsichtig von dem Zweigstummel, an dem er aufgehängt gewesen war. Dann zog er den Ast mitsamt dem Umhang zurück, löste das Kleidungsstück, rollte es zusammen und legte den Ast unter den Baum. Er warf Iroedh einen triumphierenden Blick zu.

Als Iroedh sich umblickte, um den Rückzug anzutreten, blieb ihr Auge an einem großen, länglichen Ding hängen, das, gleich den Mänteln, an einem Aststumpf baumelte. Vorsichtig tastete sie sich näher, machte um einen im Weg liegenden toten Stamm einen Bogen. Das, was da hing, war ein bis obenhin gefüllter Sack. Behutsam nahm sie ihn herunter und sah hinein. Er enthielt eine große Menge Zwieback und ein Blatt Vakhwil-Rinde.

Sie kehrte zu Antis zurück, und gemeinsam schlichen sie zurück. Erst als sie jenseits des Hügels in Sicherheit waren, fragte Antis: »Was ist das?«

Iroedh brachte das Rindenblatt ans Licht. Es war beschrieben, und der Text lautete:

Von einer, die zurückbleibt, an eine, die fortgegangen ist.
Hier, meine Liebe, sende ich dir etwas, was du in den kommenden Tagen wirst brauchen können; es wird nicht leicht sein für dich, unter all den fleischfressenden Abtrünnigen die rechte Nahrung zu finden. Denke gut von deiner Freundin, die dich liebt und bewundert. Ich bin noch immer der Meinung, du hättest einen wunderbaren Außenminister abgegeben. Und, egal ob die alten Götter existieren oder nicht, ich bete zu ihnen, sie mögen dich beschützen. Wenn du einmal den Mut verlieren solltest, dann denke an das, was das Orakel von Ledhwid über die Königin sagt, die zwei Köpfe hat und auf einem blauen Vakhnag reitet.

»Ein Schreiben von Vardh«, sagte Iroed. »Das liebe Kind!«

Obgleich es keine Unterschrift trug, wußte Iroedh sofort, von wem es stammte. Der Gedanke an die treue Freundin schnürte ihr die Kehle zu, und sie schluchzte auf.

Antis legte beruhigend den Arm um sie. »Ein wahrer Freund ist das größte Glück – so sagte das Orakel einmal. Nun sind wir bereit für den Weg!«

Hand in Hand machten sie sich auf. Vor ihnen lag eine lange Strecke, die über Umwys' Höhle, Gliid und Ledhwid führte. Leise pfiff Iroedh das Lied von Geyliad.

VII

Die abtrünnigen Drohnen

Als die beiden, fünf Tage später, vor der *Paris* standen, zeigte sich Antis sichtlich beunruhigt.

»Bist du sicher«, fragte er, »daß diese Wesen uns nichts zuleide tun, oder das Himmelsschiff umfällt und uns erdrückt? Es sieht so instabil aus!«

»Ich bin ganz sicher. Was ist denn nur los mit meinem Helden, meinem zweiten Idhios, der den Suchtrupps von Elham so geschickt entwischt ist und der ein umherstreifendes Noag mit einem Stück Feuerholz vertrieben hat? Wo ist dein Mut geblieben?«

»Arbeiterinnen und Noags sind Geschöpfe, die ich kenne«, erwiderte er unwillig. »Aber nur Narren stolpern in unbekannte Gefahren.«

Iroedh hatte schon eine spöttische Antwort auf der Zunge, hielt aber dann doch den Mund. Es hatte keinen Sinn, einen Streit vom Zaun zu brechen. Antis hatte bisher, auf dem langen und gefahrvollen Fußmarsch, Mut und Charakterstärke gezeigt, genug für drei normale Drohnen. Es war schon fast so, daß sie von ihm abhing, statt er von ihr, wie es von normalen Avtini zu erwarten war.

Zu Iroedhs Überraschung standen auf der Lichtung, an der Stelle, wo Rhodhs Trupp kampiert hatte, eine Reihe von Wagen, und etwa die gleiche Anzahl Uegs waren in der Nähe angebunden. Ein Mensch war dabei, die Tiere zu füttern.

Iroedh, von dem unsicheren Antis gefolgt, näherte sich dem Mann und fragte: »Bitte, wo kann ich Dr. Bloch finden?« Aus ihrem Munde klang das etwa so: »Biide, wogani Daktablak fiin?« Und sie mußte es mehrmals wiederholen, bevor der Mann verstand. »Da drüben, auf der anderen Seite vom Schiff!« gab er dann Auskunft.

Nach einigen weiteren Fragen hatten sie Dr. Bloch gefunden. Zusammen mit Barbe Dulac und einem anderen Mann arbeitete er an einem toten Leipag, das auf dem Boden lag. Man hatte es sorgfältig in seine Teile zerlegt; die abgezogene

Haut lag daneben, die Innenseite nach oben, und der andere Mann beschäftigte sich damit auf geheimnisvolle Weise. Bloch war dabei, die Muskeln und Organe von den Knochen zu entfernen, und er war beinahe fertig damit. Alle paar Minuten unterbrach er seine Tätigkeit, um Barbe etwas zu diktieren, ihr zu sagen, sie solle eine Skizze anfertigen oder eine Kamera hierhin und dahin richten. Gelegentlich warf er irgendein Organ in einen Krug mit einer farblosen, aber stark riechenden Flüssigkeit. Die beiden männlichen Menschen waren von Blut besudelt und stanken.

Iroedh hatte schon eine ganze Weile zugesehen, als Bloch ihre Anwesenheit bemerkte. »Hallo! Das ist doch Iroedh von Elham, nicht wahr?«

»Gewiß«, erwiderte diese, ein bißchen überrascht, daß er so tat, als hätte er sie nicht sofort erkannt. »Und dies ist Antis von Elham«, stellte sie vor.

»Verzeiht, wenn ich euch nicht die Hand gebe«, sagte Bloch und spreizte seine klebrigen Finger. »Aber ...«

»Was sagt er?« fragte Antis.

»Unsere Form des Grüßens«, erklärte Bloch, der nun das Avtinische wesentlich fließender sprach als beim letzten Mal. »Und was macht eine Drohne so weit weg vom Harem? Ach, ich weiß schon, du bist einer der Drohnenmänner, die wir aus dem Gefängnis geholt haben! Was geschah dann mit euch?«

»Ich schulde dir mehr als Dank«, sagte Antis mit steifer Würde. »Wenn ich dir einmal zu Gefallen sein kann, sage es!«

Dann erzählte Iroedh, was sie alles erlebt hatten. »Und so«, schloß sie, »sind wir jetzt auf dem Weg nach Ledhwid und dem Orakel. Habt ihr auch schon einmal daran gedacht, dieses Orakel zu besuchen? Es würde euch gewiß interessieren!«

»Das ist schon ein merkwürdiges Zusammentreffen«, meinte Bloch. »Gestern ist eine Arbeiterin namens Yaedh von Yeym hier gewesen; sie sagte, sie käme vom Orakel und lud uns ein!«

»Das wird eine der Priesterinnen gewesen sein«, erwiderte Iroedh. »Yeym ist von den Arsuuni zerstört worden, und sie wird wohl eine der wenigen Überlebenden sein. Werdet ihr die Einladung annehmen?«

»Ja. Wir haben noch zu keiner einzigen Volkssiedlung Zutritt erhalten, und wir können nicht mehr viel länger hier bleiben ...«

»Warum denn nicht? Wohin wollt ihr?«

»Die *Paris* hat die Aufgabe, jedem Kontinent eures Planeten einen Besuch abzustatten, das bedeutet zehn bis zwölf Aufenthalte, um Studien durchzuführen. Aber da Barbe gerne – ach, wie sagt man das nur auf avtinisch? – einen Flitterwochenausflug machen würde ...«

Nach einigen erklärenden Sätzen rief Iroedh: »Oh, ich verstehe! Du bist jetzt ihr offizieller Drohnenmann. Ich muß dir da ein paar Fragen stellen ...«

»Nicht jetzt, bitte!« unterbrach sie Bloch. »Wir dachten also daran, eine Fahrt zum Orakel als eine Art Hochzeitsreise zu betrachten. Die einzige Schwierigkeit war, daß wir nicht genügend Männer von der *Paris* entbehren können, um eine sichere Gruppe zusammenzubringen. So seid ihr beide sehr willkommen, denn ich nehme an, ihr wollt lieber fahren als gehen, nicht?«

»Natürlich!« rief Iroedh erfreut. »Ist diese Yaedh von Yeym hier in Gliid und kommt sie mit uns?«

»Ja. Sie muß hier irgendwo sein.«

»Ist euer Schiff von anderen Avtini besucht worden, seit wir weg sind?«

»Von mehreren. Von Khwiem ist auch eine Delegation hier gewesen, sie wollten unsere Unterstützung in irgendeiner Streiterei mit einer Nachbargemeinde. Das mußten wir natürlich ablehnen.«

»Wieso lehnen? Ich ...«

»Zurückweisen, verweigern, verstehst du? Etliche andere kamen hier an, bloß um uns zu beobachten. Und dann kam so eine große, kräftige Person, eine Arshuul – ihr nennt sie Arsuuni, nicht? – und brachte uns eine Warnung von Königin Omförs von Tvaar – ich nehme an, es ist dieselbe, die ihr Omvyr von Tvaarm nennt –, wir sollten nur ja nicht wagen, in ihr Eroberungsprogramm einzugreifen, sonst würden sie uns mit Speeren spicken!«

Bloch schien diese Drohung zu amüsieren, was Iroedh verblüffte (die eine gesunde Angst vor den Arsuuni empfand), zumal sie sich der Stärke dieser Leute bewußt war. Wenn es ihr nur gelänge, die Arsuuni dazu zu bringen, diese Terranerexpedition anzugreifen ...

Sie fragte: »Wie wollt ihr nach Ledhwid kommen?«

»Auf dieselbe Art, wie ihr reist, mit Uegwagen. Wir haben diese da von Thidhem gekauft.«

»Warum wollt ihr den ganzen weiten Weg fahren, wenn ihr doch in wenigen Stunden hinfliegen könnt?«

»Zwei Gründe: Wir wissen nicht, ob es in Ledhwid einen geeigneten Landeplatz für den Hubschrauber gibt, und wenn wir fahren, sehen wir so viel mehr von dem Planeten, als wenn wir nur über alles hinwegfliegen. Außerdem, wenn wir die Wagen benützen, können wir eher Kontakt mit der Bevölkerung aufnehmen; wenn wir fliegen, laufen die Bewohner weg und verstecken sich, bis wir wieder fort sind. Wir haben derlei Erfahrungen schon auf anderen Planeten gemacht.«

»Und was ist, wenn ihr in Gefahr kommt oder sonst ernstliche Schwierigkeiten habt?«

»Wir bleiben mit der *Paris* in Verbindung, so daß wir, wenn nötig, die Hilfe des Hubschraubers anfordern können.«

»Wie das? Wie könnt ihr mit dem Schiff sprechen, wenn ihr viele Tagereisen entfernt seid?«

Bloch lächelte. »Terranischer Zauber. Apropos Zauber, weißt du, wer oder was dieses Orakel ist? Yaedh wollte nichts darüber sagen!«

»Ich weiß auch nichts weiter, als daß es ein lebendes Wesen ist; aber ich habe keine Ahnung, ob es eine Arbeiterin ist, eine Königin oder eine Drohne; ich weiß nicht einmal, ob es ein Avtin oder ein Arsuun ist; es zeigt sich niemandem von Angesicht zu Angesicht. Wann brechen wir auf?«

»Morgen früh, nun, da ihr beide hier seid. Kann Antis so einen Wagen lenken?«

Iroedh wechselte einen Blick mit Antis, der erwiderte: »Ich bin nicht besonders gut darin, da Drohnen im allgemeinen diese Kunst nicht beherrschen. Aber Iroedh hat's mir beigebracht, und so sollte es schon klappen.«

Am folgenden Morgen, noch vor Sonnenaufgang, waren fünf Uegs angeschirrt und standen bereit.

Yaedh von Yeym war am vergangenen Abend mit einem

Sack voll Pilze, die die Uegs besonders gern hatten, aufgetaucht, sie hatte sie in den umliegenden Wäldern gesammelt, als Iroedh und Antis angekommen waren. Dank dieser Lekkerbissen besaß sie nun die Zuneigung der Tiere, die jedem ihrer Kommandos aufs Wort folgten. Sie war eine magere, ältliche Arbeiterin mit einem runzeligen Gesicht; ihr Haarschopf war von Scharlachrot zu einem fahlen Rosa verblaßt. Sie gab sich ziemlich wortkarg.

Der erste Tag ihrer Reise verlief ohne besondere Ereignisse. Der Weg schlängelte sich am Talboden dahin, den riesigen Steinblöcken ausweichend, die ihn im nördlichen, tieferliegenden Teil bedeckten. Gegen Sonnenuntergang hielten sie und richteten das Nachtlager. Bloch holte eine kleine flache Schachtel aus der Tasche, drehte an einigen Knöpfen und sprach hinein.

»Was tust du da, Daktablak?« fragte Iroedh.

»Ich gebe der *Paris* Nachricht.«

»Du kannst tatsächlich durch dieses winzige Ding mit dem Himmelsschiff reden?«

»Aber gewiß doch. Möchtest du Subbarau begrüßen?«

Zweifelnd nahm Iroedh die kleine Schachtel und sagte mit dünner Stimme: »Heil, Kapitän Subbarau!«

»Wie geht's Ihnen, Madame Iroedh?« kam Subbaraus nasale Stimme aus dem Kästchen.

Hastig reichte Iroedh das Zauberding wieder an Bloch zurück. Nach dem Essen, als Bloch seine Pfeife paffte und Antis auf seiner Flöte spielte, wandte sich Iroedh an Barbe: »Barbylak, ich hätte dir gerne ein paar Fragen über dich und Daktablak gestellt. Zunächst ...«

»He!« rief Bloch, als er die erste Frage vernahm. »Das wird ein Kinsey-Report!«

»Was ist ein kyndhi-reb ...?«

»Eine Art der Befragung, die nach dem Namen ihres Erfinders benannt wurde. Uralt. Aber man kann nicht jedermann solche Fragen stellen, das widerspricht unseren Gebräuchen.«

»Aber wie erfährt man dann, was man wissen muß, um zu ...«

»Du kannst mir diese Fragen stellen, unter vier Augen.«

Barbe wandte sich wieder an Iroedh. »Ich will nicht gerade

das Thema wechseln, aber was wurde aus dem Buch, das ich dir gab?«

»Ich hatte schon mehr als die Hälfte gelesen, bevor ich fliehen mußte. Das ist einer der Gründe, warum ich zu meinem Volk zurückkehren möchte.«

»Wo bist du jetzt?«

»Dort, wo die beiden weiblichen Menschen, Elnora und Edith, den Drohnenmann Philip umwerben und von ihm befruchtet werden wollen. Zumindest glaube ich, es bedeutet das – aber man kann da nie sicher sein, denn was die Fortpflanzung angeht, sagen die Terraner nie etwas geradeheraus ...«

»Aber ich kann dir erzählen, wie es ...«, begann Barbe, doch Iroedh unterbrach sie. »Bitte nicht! Ich hoffe immer noch, das Buch eines Tages wiederzubekommen.«

Bloch fragte, was das für ein Buch sei, und als Barbe es ihm gesagt hatte, schüttelte er entsetzt den Kopf. »Mein Gott, da haben wir Tolstoi und Lewis und Balzac und Conrad und Silberstein und Hemingway und McNaughton und hundert andere *gute* Schriftsteller an Bord, und du führst sie in die terranische Literatur ein, indem du ihr diesen miesen sentimentalen Käse zu lesen gibst!«

»Das stimmt doch gar nicht«, erwiderte Barbe, »aber du bist ja so ein vertrockneter Eigenbrötler, du hast gar keine Ahnung, wie andere Menschen ...«

»Was ist ein Eigenbrötler?« fragte Iroedh.

Niemand schenkte ihr Beachtung. Barbe hatte in ihrer Aufregung zum Französischen übergewechselt, und da ihr Bloch in derselben Sprache antwortete, war Iroedh ganz und gar verloren. Die Menschen fuchtelten mit den Händen und redeten in wahnwitzigem Tempo; das Ende waren gegenseitige Entschuldigungen, Umarmungen und die sonderbaren Gesten das Mund-an-Mund-Legens. Sie sprachen wieder Englisch, und ›love‹ war ein Wot, das sehr oft in ihren Sätzen vorkam.

»Diese Liebe bei euch«, sagte Ioedh, »scheint eine große Rolle in Barbes Buch zu spielen. Wenn ich alles recht verstanden habe, spielt bei euch die Liebe zwischen Einzelwesen eine größere Rolle als die Liebe zu eurem Volk. Wenn das stimmt, wie kann dann eure Volksgemeinschaft gut geführt werden?«

»Meistens nicht sehr gut«, grinste Bloch und zündete seine Pfeife wieder an. »Aber wir haben eine Menge Spaß im Leben!«

»Ach geh«, meinte Barbe, »wir lieben doch unsere Völker auch. Neben Winston liebe ich meine Heimatstadt Genf, mich selbst, mein Land ...«

»Das ist nicht dasselbe«, sagte Bloch, »das hängt mit der Sprache zusammen. Barbes Sprache hat nur das eine Wort *aimer,* das für alle Grade der Zuneigung verwendet wird. Wir aber haben viele Bezeichnungen, lieben, mögen, gern haben ... Wir sprechen von Liebe im wesentlichen, um die tiefste Zuneigung zu beschreiben, so wie sie Barbe und ich füreinander empfinden; gern haben ist schon etwas oberflächlicher ...«

Barbe unterbrach ihn: »Nun erzähl mir doch nicht, daß du deine Heimat und dein Land nicht liebst. Ich kenne deine Lobpreisungen an die Heimat, dein Amerika, dein Pennsylvanien ...«

»Ja, ja, ich gebe mich geschlagen«, erwiderte Bloch und sog an seiner Pfeife. »Tatsächlich bräuchten wir vielleicht sechs Begriffe für die Grade der Liebe; erstens, die Liebe zu unseren Lebensgefährten, dann die Liebe zu Eltern und Kindern, dann die zu nahen Verwandten und Freunden, zur Heimat, und so fort.«

Barbe erwiderte: »Du willst doch damit nicht sagen, daß du deine Arbeit bloß gern hast? Oh, Winston, oft meine ich, du liebst sie mehr als mich ...«

»Das kann man überhaupt nicht vergleichen«, sagte Bloch. »Iroedh, bei euch ist es doch so, daß das Volk zuerst kommt, nicht wahr?«

»Normalerweise ja.«

»Bei uns auf der Erde«, fuhr Bloch fort, »gab's einmal einen Kult oder eine Sekte, die ebenfalls der Ansicht waren, daß die Liebe zur Volksgemeinschaft Vorrang habe; sie nannten sich Kommunisten. Doch es schien, als ob ihre kollektivistische Liebe untrennbar mit einem fanatischen Haß auf alle Andersdenkenden verbunden war und mit einem missionarischen Eifer, ihr System der ganzen restlichen Welt aufzuzwingen. Aber du, Iroedh, bist wohl ein Spezialfall, da du deinem Volk untreu geworden bist!«

Iroedh seufzte.

»Ja, ich bin völlig verwirrt und kann nicht sagen, wen ich mehr liebe, Antis oder mein Volk.«

Da mischte sich Antis ins Gespräch: »Ich, für meine Person, habe da nicht den geringsten Zweifel; ich liebe Iroedh und pfeife auf das ganze Volk! Seit ich weg bin, bin ich ein selbstbewußtes Individuum und nicht länger ein Zuchttier.«

»Ich danke dir, Antis«, sagte Iroedh. »Allerdings glaube ich nicht, daß wir jemals Liebe in dieser starken Form empfinden können wie die Menschen, denn diese Form scheint mit Sex verbunden zu sein.«

»Und das ist für euch unmöglich, oder?« fragte Barbe.

»Gewiß. Ich bin geschlechtslos. Aber selbst wenn ich niemals wieder nach Elham zurückkehren könnte, würde mein Leben erfüllt sein, solange ich Antis habe und vielleicht auch meine Antiquitäten.«

»Die sind für dich das, was mir meine Arbeit bedeutet«, meinte Bloch; zu Antis gewandt, fuhr er fort: »Hast du denn nie diese große, brennende Liebe zur Königin empfunden, wenn du sie ... hm ...«

»Wenn ich sie befruchtete? Bei Eunmar, nein! Das war die pure Schwerstarbeit. Ich kann zwar nicht sagen, daß ich die alte Intar nicht gemocht habe, sie war ganz nett. Wenn sie ...« Antis unterbrach sich. »Wie dem auch sei, es ist vielleicht ganz gut, daß es zwischen Iroedh und mir so etwas wie Sex erst gar nicht geben kann. Je mehr ich von euch Menschen höre, um so mehr bin ich der Meinung, daß unsere Liebe ohne Sex besser ist.«

»Das denkst *du*«, sagte Barbe. »Ich könnte dir etwas ganz anderes erzählen; aber da ihr von einer anderen Spezies seid, würde euch das wahrscheinlich gar nichts sagen.« Sie wandte sich zu Yaedh. »Du hast bisher noch gar nichts gesagt, Schwester. Was oder wen liebst du, und warum?«

Yaedh zeichnete ein Muster in den Staub. »Wie jede normale Arbeiterin habe ich mein Volk geliebt«, sagte sie und warf Iroedh einen vorwurfsvollen Blick zu. »Als mein Volk vernichtet war, blieb mir nichts mehr. Nichts. Jetzt liebe ich nur noch die Tiere. Deshalb verwöhne ich die Uegs mit Leckerbissen und halte mir in Ledhwid ein zahmes Neinog.«

»Und deine Priester-Kolleginnen liebst du nicht?« fragte Iroedh.

Yaedh hob die Schultern. »Die stammen von vielen verschiedenen Völkern, bilden aber selbst kein Volk. Obgleich ich die meisten recht gern habe, ist mein Gefühl doch in keiner Weise mit dem zu vergleichen, das man für sein Volk empfindet. Es ist wie der Unterschied zwischen ›lieben‹ und ›gern haben‹, den Daktablak vorhin beschrieb.«

»Und das Orakel selbst«, fragte Bloch, »wird er, sie oder es geliebt?«

»Es ist uns verboten, über das Orakel zu sprechen. Ich kann euch aber versichern, daß es weder männlich noch weiblich in unserem Sinne ist.« Nach einer kleinen Pause fuhr sie fort: »Der einzige Rat, den ich euch geben kann, ist der: Je mehr Dinge und Personen ihr liebt, um so weniger wird es euch schmerzen, wenn ihr ein Objekt eurer Liebe verliert. Mein einziger Trost liegt in dem alten Orakelspruch:

›Wenn die letzte Sonne untergeht,
und alle Sterne erkalten,
wird neues Leben auf Niond entstehn,
wenn erst vergangen das alte
im Tod, den die Kälte bringt.‹«

»Wenig tröstlich«, meinte Bloch. »Wie alle Orakelsprüche voll dunkler Andeutungen und ohne konkrete Hinweise. Aber ich will dir keineswegs deine einzige Freude rauben.«

Antis und Iroedh waren schlafen gegangen. Eng umschlungen lagen sie auf den Luftmatratzen der *Viagens Interplanetarias,* mit ihren Umhängen zugedeckt, einer bei dem anderen Schutz und Wärme suchend. Lächelnd sah Bloch auf sie herab.

»Vielleicht seid ihr zwei großen Kinder körperlich nicht in der Lage, unsere Art Liebe zu empfinden«, murmelte er. »Aber ihr macht das Beste daraus und seid's zufrieden.«

Drei Tage lang setzten sie ihre Fahrt nach Norden fort, ohne daß etwas Erwähnenswertes geschah; hie und da fiel leichter Regen. Iroedh, die sich nun nicht länger ihrem Volk verpflichtet fühlte, erzählte Bloch alles, was sie von der avtinischen Geschichte und Kultur wußte, und das war gar nicht so wenig. Barbe stenografierte mit.

Bloch sagte: »Ich würde gerne die Ruinenstadt Khinam sehen. Glaubst du, die Elhamni würden uns vertreiben, wenn wir ihr vor unserer Abreise einen Besuch abstatten?«

»Sie werden's nicht gerne sehen«, meinte Iroedh, »aber ich glaube nicht, daß sie ernsthaft Widerstand leisten, schließlich wissen sie von euren Schußwaffen.«

»Dann werden wir einen Besuch ... ho, was ist denn das da vorne?«

›Das‹ – das war eine hüfthohe Straßensperre, ein Stapel aus Ästen und Felsbrocken. Aus dem Augenwinkel sah Iroedh das Aufblitzen eines Messinghelms.

»Abtrünnige!« schrie sie. »Daktablak, schnell, deine pistelh!«

Mit einem energischen ›*Branio*‹ brachte Bloch sein Ueg zum Stehen. Irritiert sah er sich um, während er die Pistole aus dem Halfter zog. »Könnten wir nicht umdrehen und davonfahren?«

»Zu spät«, erwiderte Antis und holte seine bronzene Machete hervor. »Schau zurück!«

Eine Gruppe avtinischer Drohnen war hinter ihnen auf der Straße erschienen und stürmte vor; zwei oder drei trugen Schilde und Helme, einer war mit einem Küraß bekleidet, doch die meisten waren nackt und trugen Speere in den Händen. Ein einziger war mit Pfeil und Bogen bewaffnet und blieb eben stehen, um zu zielen. Antis hieb mit der Machete durch die Luft. »Wenn Daktablak die mit den Rüstungen tötet, könnten wir sie uns holen ...«

Yaedh von Yeym rief mit lauter Stimme: »Eine Priesterin des Orakels von Ledhwid! Ich beanspruche Immunität ...«

Zischend fuhr ein Pfeil zwischen sie, und Yaedh und Antis suchten Deckung.

»Da vorne!« rief Yaedh.

Eine weitere Gruppe der wilden Gestalten bog eben um eine Kurve und blockierte die Straße von vorne.

»Antis, komm zurück!« rief Iroedh. »Wir sollten beisammen bleiben und, solange der Feind noch weiter weg ist, den Kampf den Menschen überlassen. Erst wenn er näherrückt ...«, sie schwang ihre Klinge.

Der plötzliche scharfe Knall von Barbes Pistole ließ sie verstummen. Der kleine weibliche Mensch war zu Yaedhs Wagen zurückgelaufen und hatte, hinter diesem gedeckt, auf die anstürmenden Drohnen geschossen. Ihr Anführer fiel getroffen zu Boden.

Barbe schrie: »Nimm du die vorne, ich ...«

Ratatatatat! bellte Blochs Maschinenpistole, ein weiterer Knall von Barbes kleiner Waffe folgte. Eines der Uegs bäumte sich verschreckt auf und kippte den Wagen um. In dem Kampflärm war Iroedh wie gelähmt; obgleich sie ein qualifizierter Soldat ihres Volkes war, erschien ihr dieses Gefecht mit den Zauberwaffen fast ebenso schlimm wie ihr erster Flug mit dem Helikopter.

Ratatatatat! Peng!

Als Iroedh wieder die Augen öffnete, hatten sich die Drohnen an beiden Fronten schon zum Großteil zurückgezogen, um im Wald Schutz zu suchen; am rückwärtigen Teil der Straße waren zwei Tote zurückgeblieben, vorne lagen drei. Eben kletterten die letzten über die Barrikade, einem, der nicht schnell genug war, half ein letzter Schuß aus Blochs Waffe hinüber.

Die erschreckten Uegs hatten versucht, auszubrechen, aber Yaedhs beruhigende Zusprache brachte sie wieder zur Vernunft. Iroedh schüttelte den Kopf, um ihre von der Knallerei betäubten Ohren wieder frei zu bekommen.

»Ein kurzer Kampf«, sagte Antis. »Ich hatte nicht einmal Gelegenheit, zu zeigen, was ich kann!«

»Dieses Pack!« schimpfte Yaedh. »Ich kann ja noch verstehen, daß sie euch andere angegriffen haben, aber eine Priesterin des Orakels nicht zu achten, ist unerhört. Es muß die Bande von Wythias gewesen sein, er ist der einzige, der es wagt, eine solche Ungeheuerlichkeit ...«

»Bist du verletzt, Liebling?« fragte Barbe ihren Gatten.

»N-nein, bloß ein bißchen durchgeschüttelt«, erwiderte Bloch und hantierte an seiner Waffe. Seine Stirn war schweißbedeckt, als wäre er gelaufen. »Etwas dieser Art dürfte wohl den Leuten vom osirischen Schiff passiert sein.«

»Großer Eunmar!« rief Antis, der eine der toten Drohnen untersucht hatte. »Völlig zerschmettert von der magischen Waffe, vom Kopf ist ja fast nichts mehr übrig.«

»Richten wir den Wagen auf und räumen wir das Zeug von der Straße«, sagte Bloch. »Wir müssen weiter.«

Doch Antis war noch nicht bereit. »Erst will ich mir eine Rüstung besorgen«, meinte er und löste den Kinngurt eines Helmes. »Iroedh, hilf mir!« Endlich hatte er der Leiche den Helm abgezogen, und sogleich probierte er ihn selbst an. »Bißchen weit, aber ich werde ihn unterlegen. Ein gutes Stück, ich erkenne Umwys' Arbeit. Zu schade, daß Barbylak ein Loch in den Brustpanzer gemacht hat, aber ich werde es mit einem Stein aushämmern, und später kann es ein Schmied einmal flicken.«

Iroedh war nicht ganz einverstanden. »Was plagen wir uns mit dem schweren Zeug, wo doch die Waffen der Terraner so leicht Löcher hinein machen, als wäre es Vakhwilrinde?«

»Es werden uns nicht immer Terraner zur Seite stehen. Probiere diesen Helm! Na, sehe ich nicht aus wie ein Krieger aus einem der alten Epen?«

Mit stolzgeschwellter Brust stand Antis da, mit Küraß und Schild, einen schimmernden Helm auf dem Kopf, in der Hand den Speer einer toten Drohne. Iroedh fand seine Erscheinung in der Tat beeindruckend. Barbe jedoch stieß ein sonderbares, schniefendes Geräusch aus und hielt sich die Hände vor den Mund.

Antis sah sie fragend an.

»Ich hab' nur etwas in die Nase bekommen«, meinte Barbe. »Du siehst wunderbar aus, Antis; aber sag, sollte nicht – ich meine, brauchtest du nicht noch eines dieser Dinger, um dich auch unten zu schützen?«

»Einen Militärschurz?« fragte Antis ernst. »Ja, der gehörte zu einer vollständigen Ausrüstung, doch hat keiner der toten Feinde einen besessen; bei Gelegenheit werde ich wohl einen auftreiben.«

Er half Bloch, den Wagen wieder auf die Räder zu stellen und die Barrikade wegzuräumen. Iroedh war überrascht, mit welcher Leichtigkeit er Baumstämme hochhob und sie in die Büsche warf.

»Wie stark du geworden bist!« sagte sie bewundernd.

»Ja, das gute einfache Leben!« Er hob einen Stein (der für zwei Arbeiterinnen zu schwer gewesen wäre, dachte Iroedh) bis in Brusthöhe, seine kräftigen Armmuskeln traten hervor, als er ihn hochstemmte und zur Seite schleuderte.

»Gib nicht so an, sonst wirst du dich noch verletzen«, sagte Bloch unbeeindruckt.

Schon wollte Antis etwas erwidern, als mit einem scharfen Zischen ein Pfeil hart neben Barbes Gesicht vorbeiflog.

»Sie greifen schon wieder an«, schrie sie. »Iroedh, hast du gesehen, woher der Pfeil kam?«

Barbe richtete ihre Pistole gegen den schweigenden Wald.

»Nein, keine Ahnung«, erwiderte Iroedh. »Daktablak, komm hier herüber und decke uns mit deiner Pistole. Ich werde Antis helfen!«

»Aber – das ist doch keine Frauenarbeit!« protestierte Bloch.

»Tu doch, was sie sagt!« rief Barbe. »Sie versteht das besser.«

»Von mir aus, ich komme ja schon«, brummte Bloch und kletterte wieder auf seinen Wagen; mit dem Zielfernrohr bestrich er beide Seiten des Waldes, ohne etwas zu entdecken. Iroedh arbeitete an der Barriere und zerrte die Stämme auseinander.

In diesem Augenblick zischte ein neuer Pfeil heran und traf Bloch mitten in der Brust. Mit einem dumpfen *plop* blieb er stecken.

Bloch taumelte zurück und wäre fast vom Wagen gefallen. Er schickte zwei Feuerstöße in den Teil des Waldes, aus dem der Pfeil gekommen war. Antis und Iroedh hatten gerade den letzten Stamm von der Straße gezerrt und ließen ihn fallen. Sie wandten sich um, als sie Barbes Schrei hörten. Barbe zog ihre Pistole und feuerte mehrmals in den Wald hinein, dann sprang sie auf und wollte offenbar Bloch helfen.

Iroedh lief zurück. Bloch stand aufrecht in seinem Wagen und schien mit Barbe zu raufen; der Pfeil steckte noch immer in seiner Brust.

»Nein, nein!« protestierte er. »Es geht mir prima. Schau, daß du in deinen Wagen kommst, und dann nichts wie weg!«

»Bist du nicht verletzt?« Barbe war noch nicht überzeugt.

»Ich hab' nicht mal einen Kratzer. Fahren wir weiter oder kehren wir um? Ich bin fast für letzteres ...«

»Wo wir bereits drei Viertel des Weges hinter uns haben?«

fragte Barbe. »Du bist ja nicht ganz bei Trost, mein Lieber. Natürlich fahren wir weiter!«

»Egal in welche Richtung, bloß rasch. Ihr beide, steigt doch auf!«

Iroedh und Antis sprangen in ihre Wagen und schnalzten mit den Peitschen. Die Uegs, die das Warten ungeduldig und die Schießerei nervös gemacht hatte, sprangen in großen Sätzen davon, die Wagen hüpften und holperten hinter ihnen her und kamen fast zum Kippen, als sie über die Leichen rollten, die niemand von der Straße geräumt hatte. Iroedh glaubte, aus den Wäldern beiderseits der Straße Rufe zu hören, doch wenn dem so war, blieben die Rufer bald weit zurück.

Yaedh, die als letzte fuhr, rief: »Nur schnell weiter! Dieser Wythias ist ein hartnäckiger Bursche, ich fürchte, er wird uns folgen.«

»Was ist mit dir?« fragte Iroedh an Bloch gewendet. »Seid ihr Menschen unverwundbar, oder trägst du einen Panzer unter deiner Tunika?«

Bloch zog den Pfeil heraus und warf ihn weg. »Das verdammte Ding hat mein Radio getroffen. Wenn es hin ist, wie ich annehme, ist das fast so schlimm, wie wenn ... Ich wußte gar nicht, daß ihr Avtini Bogenschützen seid.«

»Normalerweise benützen wir Pfeil und Bogen nur zur Jagd«, sagte Iroedh, »denn die Pfeile durchdringen unsere Rüstungen nicht. Aber die Drohnen haben gesehen, daß wir keine tragen, so versuchten sie ihre Jagdwaffen an uns.«

Barbe meinte: »Ich bin sicher, daß ein starker terranischer Bogen durch dieses dünne Messing hindurchschießen könnte, zumindest auf kurze Entfernungen.«

»Vielleicht haben sie nicht das richtige Holz, zumindest nicht auf diesem Kontinent«, meinte Bloch.

Iroedh überlegte, ob sie nicht mit dem Volk von Khwiem, das sich mit Überseehandel beschäftigte, ein Abkommen treffen könnte, um eine Ladung gutes Bogenholz von einem anderen Kontinent für Elham zu besorgen.

Dann erst fiel ihr ein, daß der von den Arsuuni angezettelte Krieg schon lange beendet sein würde, bevor eine solche Transaktion auch nur angelaufen wäre. Außerdem war sie doch jetzt eine Verstoßene, eine Waise, wie Yaedh. Der Gedanke, daß sie nun zu keinem Volk mehr gehörte, machte ihr weh ums Herz. Sie hatte zwar Antis, aber man konnte doch nicht einer einzigen Drohne so angehören, wie man mit ganzer Seele einem Volk angehörte. Wäre man ein Terraner, könnte man einen Gefährten des anderen Geschlechts wählen und ihm seine *Oedhurh* schenken, aber ihr als Arbeiterin war dieser Ausweg verschlossen …

Vorbei ging es an der Einmündung der Straße nach Khwiem; in der Ferne sahen sie den rauchenden Kegel des Wisgad. Der Himmel hatte sich bewölkt, die Sonne war schon lange untergegangen. Die Uegs schnauften und stolperten vor Müdigkeit. Bloch bestand darauf, daß sie weitab der Straße kampierten, und so fuhren sie zwischen Büschen und Bäumen hindurch, bis sie endlich einen offenen Platz gefunden hatten, am Fuße eines steinigen Hügels, von dem aus man die Umgebung gut beobachten konnte, der von der Straße aus jedoch nicht so leicht eingesehen wurde.

Bloch zog das Radio aus der Tasche, öffnete es und untersuchte es kurz mit Hilfe eines anderen Zaubergerätes (einem Stab, an dessen einem Ende ein Licht brannte) und warf es dann weg.

»Hoffnungslos«, sagte er. »Aber trotzdem nicht so schlimm, denn wenn das Schiff heute abend von uns keinen Bericht erhält, wird Subbarau den Hubschrauber schicken, um uns zu suchen. He, Antis, hör auf mit dieser Musik!«

Antis hatte eben ein paar Takte auf seiner Flöte gespielt. Bloch wandte sich zu Yaedh. »Glaubst du, daß unser Vorsprung groß genug ist, so daß wir sicher sind?«

»Ich weiß nicht recht«, erwiderte Yaedh. »Es gibt eine Abkürzung über die Flanke des Wisgad; wenn sie die ganze Nacht marschieren, könnten sie uns gegen Morgen erreichen.«

»Dann werden wir schon bei Anbruch der Dämmerung aufbrechen. Wie weit ist es noch bei Ledhwid?«

»Wenn wir früh aufbrechen und rasch fahren, sollten wir morgen am späten Abend ankommen.«

»Würde wohl dieser brutale Kerl von Wythias so weit gehen, das Orakel selbst anzugreifen?«

Yaedh zögerte. »Hättest du mir gestern diese Frage gestellt, würde ich den Gedanken für absurd gehalten haben. Alle verehren das Orakel oder respektieren es zumindest, schon wegen seines praktischen Nutzens. Arbeiterinnen aller Völker, selbst wenn diese sich im Krieg miteinander befinden, können sich dort frei und friedlich begegnen, sogar die Arsuuni. Sie tauschen Neuigkeiten aus und verhandeln miteinander. Jetzt aber hat dieser Wythias (wenn er es wirklich war) meine Immunität nicht respektiert, so daß ich nicht sicher sein kann, was er noch alles tun wird.«

Bloch sagte: »Auf alle Fälle werden wir doppelte Wachen aufstellen.« Er schraubte ein Rohr auf seine Waffe. »Barbe und ich werden jeweils mit einem von euch Wache halten.«

»Was ist das für ein Ding auf deiner *pistelh?*« fragte Iroedh.

»Damit können wir in der Dunkelheit ebenso gut sehen wie ihr. Jetzt wollen wir unsere Sachen in einem Kreis anordnen, so daß wir eine Art Barrikade bekommen, und dann gehen wir wohl lieber schlafen.«

Iroedh und Barbe hatten die zweite Wache. Barbe sagte: »Eure Nächte hier sind so schrecklich dunkel. Ich glaube nicht, daß ich auf Ormazd leben möchte, so ganz ohne Mondschein!«

Iroedh mußte zugeben, daß es sehr dunkel war, doch da sie nie einen Mond gesehen hatte, konnte sie nicht die Nächte ihrer Welt mit denen einer anderen vergleichen. Nichts war zu hören als die regelmäßigen Schnarchtöne, die Bloch ausstieß, und ein leises Zirpen und Summen nächtlicher Insekten.

Plötzlich blieb Iroedh stehen und wandte lauschend ihren Kopf in alle Richtungen, so daß ihre kleinen runden Ohren das leiseste Geräusch auffangen konnten. Sie hätte bei Gwyyr schwören mögen, daß sie einen leisen Ton gehört hatte, so wie wenn Metall an Metall schlägt.

»Iroedh?« fragte Barbe, »was ist?«

»Ruhig! Jemand kommt.«

»Dann wollen wir die anderen wecken ...«, begann Barbe, doch dann schrie eine Stimme: *»Kwa, Wythias!«*

Gleich darauf ertönte dieser Ruf rundum: »Kwa, Wythias! Kwa, Wythias!« Dunkle Körper bewegten sich durch die Büsche.

Barbe blieb auf halbem Weg zu Bloch hin stehen und nahm die Maschinenpistole von der Schulter. Iroedh zog ihre Machete. »Dort drüben kommen sie!« rief Iroedh und zeigte hinüber zum Wald, wo sie einen Klumpen von sich bewegenden Gestalten ausmachen konnte.

Ratatatatat! bellte die Maschinenpistole. In der darauffolgenden Stille hörte Iroedh Laute aus einer anderen Richtung und wirbelte herum. Drei Kerle kamen mit gezückten Speeren von rechts her auf das Lager zu. Iroedh sprang vor, um diesen Angriff abzuwehren, obgleich sie wußte, wie gering ihre Chancen gegen drei kampfgestählte Drohnen waren.

Ein Pistolenschuß bellte auf – es war Bloch, der von seinem Lager mit einem einzigen Sprung zu Barbe hinüberschnellte, ihr die Maschinenpistole entriß und in die Angreifer hineinfeuerte. Im Aufblitzen der Schüsse hatte Iroedh den flüchtigen Eindruck zu Boden stürzender oder zurücktaumelnder Körper.

Dann steckte Bloch eines dieser Messingdinger auf die Waffe, das es ihm ermöglichte, auch nachts zu sehen. »Sie lernen schnell, in Deckung zu gehen«, murmelte er, »keiner mehr zu sehen, außer den Toten.«

Man hörte Stimmen in der Dunkelheit, viele Stimmen, die sich nicht die geringste Mühe gaben, ihre Anwesenheit geheimzuhalten. Irgendwo jammerte ein Verwundeter.

Auch Antis und Yaedh waren jetzt auf, und ersterer hatte seine Machete in der Hand. Alle drängten sich in der Mitte des notdürftig befestigten Lagers.

»Ich glaube nicht, daß sie es noch einmal versuchen«, meinte Bloch.

Yaedh war anderer Meinung. »Wythias ist unnachgiebig; seine Leute fürchten ihn noch mehr als unsere Zauberwaffen.«

»Aber wie kann er sie nur zum Angriff zwingen, wenn sie nicht wollen? Was ist denn das?«

Lärm drang von unten herauf, wo die Uegs angebunden waren, ein Stampfen, Rasseln, Schleifen. Yaedh schrie: »Sie holen unsere Tiere! Sie treiben sie weg!«

»Gott sei meiner Seele gnädig!« sagte Bloch. »Was tun wir dagegen?«

»Du kannst ja versuchen, in die Richtung des Weideplatzes zu schießen«, meinte Antis, »vielleicht erwischt du ein paar von denen.« Er schärfte die Klinge seiner Machete mit einem Wetzstein.

»Aber damit könnte ich geradesogut die Uegs treffen, und das wäre ebenso schlimm, als wenn sie sie wegtreiben.«

»Dann könntest du hinuntergehen und sie mit deiner *pistelh* aus der Nähe angreifen!«

»Ich? Eh – ich sehe aber so schlecht in der Dunkelheit, und da unten müssen ja Hunderte von den Kerlen sein!«

»Fürchtest du dich? Dann werde ich gehen, allein, mit nichts als meiner *matselh* ...«

»Sie fahren weg!« schrie Yaedh, und in der Tat hörte man Peitschenknallen und anfeuernde Rufe, Räderrollen und das Klirren des Geschirrs.

»Zu spät«, ärgerte sich Bloch. »Jetzt haben wir die Bescherung! Unsere Reservemunition und das Essen waren doch in den Wagen.«

»Und mein Zwieback!« rief Iroedh.

»Und mein Notizheft!« rief Barbe.

Bloch hatte eine Idee: »Yaedh, du sprichst doch ihren Dialekt, frag sie doch, was sie von uns wollen!«

Yaedh legte die Hände an den Mund und rief: »Wythias von Hawardem!«

Sie mußte den Ruf mehrmals wiederholen, bevor Antwort kam: »Hier bin ich!«

»Was wollt ihr von uns?«

»Wir wollen die Zauberwaffen der Terraner. Wenn sie sie uns geben, lassen wir euch ziehen!«

Yaedh übersetzte, und Bloch fragte: »Inwieweit kann man diesem Wythias trauen?«

»Gar nicht; schließlich hat er es gewagt, seine Hand gegen eine Priesterin des Orakels zu erheben!«

Bloch war unsicher und knackte nervös mit seinen Fingerknöcheln. Schließlich sagte er: »Sag ihm, das geht nicht. Ich kann meinem Chef nicht unter die Augen treten, wenn ich diesem Burschen erlaube, unsere Waffen zu stehlen.«

Yaedh gab das Nein an Wythias weiter. Eine Weile herrschte Stille ringsum, dann hörte man das Zischen eines Pfeiles.

Bloch sagte: »Legt euch alle innerhalb des Gepäckwalles nieder!«

Immer mehr Pfeile kamen angeschwirrt, einer blieb mit einem dumpfen Plop in einem Gepäckstück stecken.

»Kannst du nicht einen der Schützen in deinem Zauberrohr sehen?« fragte Antis.

Bloch, der dieses eben versucht hatte, erwiderte: »Ich sehe nicht genug für einen Schuß. Außerdem befinden sich die Schützen jenseits des Hügels und lassen die Pfeile über diesen hinwegfliegen.«

»Auf diese Art werden sie nicht viel treffen«, meinte Iroedh.

»Hoffen wir's. Bleibt unten.«

»Warum kriechst du nicht hier heraus und greifst an?« fragte Antis. »Wenn du mit deiner Zauberwaffe unter sie kommst, kannst du ein Blutbad anrichten!«

Bloch zögerte. »Ich weiß nicht recht ... Yaedh, was meinst du, wie viele es sind?«

»Wenn die ganze Bande hier ist, sind es mehr als zweihundert«, erwiderte die Priesterin.

Immer mehr Pfeile fielen.

Bloch schüttelte den Kopf. »Da sie unsere Wagen geraubt haben, ist unser Munitionsvorrat zu klein. Ich habe noch achtzig Schuß für meine Waffe und zwanzig bis dreißig für Barbes kleine Pistole. Mit vollautomatischem Feuer könnte man alle binnen Sekunden wegputzen, aber so ... Selbst wenn jeder Schuß träfe, sind da weit mehr von den Kerlen, als ich Patronen habe!«

Iroedh kam es vor, als suchte Bloch nach Ausreden, um nicht näher an die Angreifer heranzumüssen. Antis vertrat beharrlich seine Ansicht: »Wenn du ein paar von ihnen tötest, wird der Rest davonlaufen. Ich begleite dich mit meiner *matselh* ...«

Yaedh stieß einen Schrei aus und stöhnte. Iroedh, ihren Schild als Schutz auf den Rücken gebunden, kroch zu ihr hinüber. Da lag die Priesterin, einen Pfeil in der Brust; mit leiser Stimme sagte sie: »Hätte ich nur eine einzige wahre Liebe gehabt in diesem Leben ...«

Ihr Kopf fiel zur Seite.

»Sie ist tot, das arme Ding. Daktablak, Antis hat recht, es hat keinen Sinn, hier zu liegen und darauf zu warten, von einem Pfeil getroffen zu werden.«

»Was sonst?«

»Ich bezweifle, daß sie uns völlig eingekreist haben. Wenn

wir nur das mitnehmen, was wir unbedingt brauchen, sollte es uns gelingen, auszubrechen. Wir schleichen uns weg, ohne daß sie es merken.«

Bloch war nicht überzeugt. »Ich weiß nicht recht ...«

»Sie hat recht.« Barbe begann, ihre Sachen zusammenzusuchen.

»Ich hasse es, wegzulaufen«, meinte Antis, aber Barbe fuhr fort: »Wir können uns von der Straße weg bewegen, in dieser Richtung werden sie's am wenigsten erwarten, und dann einen großen Bogen schlagen, so daß wir weit im Norden wieder auf die Straße treffen; wir müßten dann schon in der Nähe von Ledhwid sein.«

Weitere Pfeile fielen.

»Also gut«, sagte Bloch endlich. »Jeder macht ein Bündel aus den Dingen, die er am nötigsten braucht. Ich nehme an, Barbe und ich werden vorneweg mit den Feuerwaffen gehen, und ihr beiden Avtini werdet die Sachen tragen ...«

»Nein«, sagte Antis. »Wenn du schießt, dann wissen alle Bescheid, wo wir sind. Ihr tragt die Sachen, Iroedh und ich werden vorangehen und ...« Er hieb mit seiner Machete demonstrativ durch die Luft.

Iroedh fand, daß sie kaum etwas besaß, was sie unbedingt brauchte. Das einzige, was sie wirklich vermißte, war ihr Zwieback, ohne den sie eine hungrige Zeit auf sich zukommen sah. Sie stopfte ihre Habseligkeiten in ihren Umhang und band dessen Ecken zusammen, ebenso wie Antis es tat.

»Alles fertig?« fragte Bloch. »Dann los, und leise!«

Hintereinander krochen sie geduckt aus dem Lager, das ringförmig aufgebaute Gepäck blieb zurück. Sie wandten sich dem Freiland zu, weg von der Straße und den dort lauernden Angreifern.

VIII

Gelee Royal

Antis machte den Führer, Schild in der einen, Machete in der anderen Hand; Iroedh ging unmittelbar hinter ihm, über seine Schulter nach vorne spähend.

Sie hörten die Pfeile, die hinter ihnen auf das verlassene Lager fielen, das nächtliche Konzert von Millionen kleiner Tiere, und in der Ferne Wortfetzen und Zweigeknacken: die Drohnen.

Als sie den der Straße abgewandten Hügel erklommen, hörte Iroedh das Schnaufen der Terraner hinter sich; kein Wunder, daß sie bei den Lasten, die sie schleppten, atemlos waren.

Antis wandte plötzlich den Kopf ein wenig zur Seite und stieß ein kaum hörbares Zischen aus. Iroedh duckte sich und schlich noch vorsichtiger bergan, die Machete bereit zum Zuschlagen.

»Wer da?«

Eine knarrende Stimme. Eine plumpe dunkle Gestalt tauchte vor ihnen auf, und Antis schlug blitzschnell zu, kaum daß er ihrer gewahr geworden war. Iroedh war seitlich vorgesprungen, so daß sie neben Antis stand, und schwang ebenfalls ihre Waffe. Sie sah ihr Ziel kaum, spürte aber, daß sie getroffen hatte.

Die dunkle Gestalt fiel in sich zusammen. Als Bloch mit schußbereiter Pistole ankam, sah er nur mehr einen toten Drohnenmann am Boden liegen.

»Weiter!« flüsterte Antis.

Sie überschritten die Hügelkuppe und stiegen auf der anderen Seite wieder ab; diese Seite war jedoch bewaldet, so daß sie nur sehr langsam vorankamen.

»Antis, kannst du sehen, wo du gehst?« fragte Bloch. »Bist du sicher, daß du uns nicht in einem Kreis führst?«

»Sicher nicht, aber ich versuche, den Lärm, den die Drohnen machen, im Rücken zu behalten.«

»Wir könnten größere Abstände zwischen uns lassen, so daß ich dich nur gerade noch erkennen kann, dann kann ich vielleicht erkennen, ob du nach der einen oder anderen Seite abweichst.«

Sie versuchten es so, doch der Erfolg war gering, denn unter den Bäumen war es so dunkel, daß man nur ein paar Meter weit sehen konnte. Also versuchten sie es mit einer anderen Methode: Bloch blieb zurück, beobachtete die anderen durch sein Infrarotglas und rief ihnen zu, ob sie sich mehr rechts oder mehr links zu halten hatten. Dann blieben sie stehen, und er kam nach. War das Buschwerk zu dicht, gingen Antis oder Iroedh voraus, um mit einer Machete den Weg freizumachen. Doch Iroedh mußte nur zu bald erfahren, daß die aus Bronze nachgemachte Machete eine bei weitem schlechtere Klinge besaß. Nach wenigen Stunden war sie so stumpf, daß sie nicht mehr Wirkung zeigte, als hätte man versucht, die Zweige mit einem Stock abzuschlagen.

Langsam wurde es über den Baumspitzen heller. Iroedh konnte sich nicht erinnern, je in ihrem Leben so müde gewesen zu sein. Hatte sie auch bei ihrem Volk oft schwer arbeiten müssen, so war doch alles so organisiert gewesen, daß sich niemand bis zur völligen Erschöpfung abplacken mußte.

Im blassen Grau der ersten Dämmerung kamen sie aus dem Wald heraus und sahen eine Hügelkette vor sich, nackter Fels, der sich in welligen Bändern über dem Buschwerk erhob. Sie schleppten sich wieder bergan, erklommen die Höhe und ließen sich endlich, knapp unterhalb der Kuppe, nieder. Die schmerzenden Füße ließen sie baumeln.

»Was haben wir eigentlich an Eßbarem?« fragte Bloch.

Antis knotete die Ecken seines Umhanges auseinander. »Von dem Zeug, das wir letzte Nacht aus dem Wagen geholt haben, sind noch drei Behälter hier, ich glaube, sie enthalten dieses weiche, ölige Fleisch, das ihr eßt.«

Er hielt drei Thunfischdosen in der Hand.

Barbe fragte: »Und was ist mit der armen Iroedh?«

Achselzuckend erwiderte Bloch: »Wenn sie terranischen Fisch versuchen will, kann sie's gerne tun; wenn nicht – gibt es hier in den Wäldern keine wilden Früchte?«

Während er eine der Dosen öffnete, erwiderte Antis: »Es ist hier nicht leicht, vom Land zu leben. Hätte ich deine Waffe und verstünde, damit umzugehen, könnte ich wohl gelegentlich ein wildes Tier töten; aber ich habe keine Ahnung, was es für eine Arbeiterin zu essen gibt!«

»Ich habe mich umgesehen«, sagte nun Iroedh, »aber die paar eßbaren Beeren und Samen, die es in Elhams Umgebung gibt, scheinen so hoch im Norden nicht mehr zu gedeihen. Danke, ich will nichts von dem Thunfisch. Wenn wir nur bald zur Straße zurückfinden: ich bin sicher, ich kann es bis Ledhwid aushalten.«

»Wenn wir die Straße wiederfinden«, sagte Barbe. »Winston, gib doch einmal Karte und Kompaß heraus!«

Bloch zog die Landkarte aus seinem Rucksack und faltete sie auseinander, dann begann er, nach dem Kompaß zu suchen. Er leerte den Rucksack, dann seine Taschen; seine Miene wurde immer betretener.

»Ich bin sicher, ich habe ihn«, murmelte er.

Antis sagte: »Das kleine runde glänzende Ding, das du letzte Nacht benützt hast? Du hast es, als du auf die Karte sahst, auf den Boden gelegt – vielleicht hast du vergessen, es wieder aufzuheben?«

Bloch durchsuchte noch einmal alles, dann rief er: »Das hat gerade noch gefehlt! Barbe, warum hast du mich nicht erinnert? Es ist doch deine Aufgabe, zu sehen, daß ich nichts vergesse!«

»Das ist es nicht! Wie ich dich das letzte Mal erinnert habe, bist du mir über den Mund gefahren.« Barbe wandte sich an Iroedh. »Es ist schon komisch mit den Menschen – wann immer die Männer etwas falsch machen, geben sie ihren Frauen die Schuld daran.«

»Ogottogott«, sagte Bloch, »jetzt haben wir die Bescherung! Wenn wenigstens die Sonne schiene, dann könnte ich meine Uhr benützen, um herauszubekommen, wo Norden ist. Oder wenn ich mein Radio hätte, dann könnte ich die *Paris* anpeilen. Aber so! Ich habe nicht die leiseste Idee, wo wir sind und wohin wir gehen!«

»Kannst du nicht die Landkarte zu Hilfe nehmen?« fragte Iroedh.

»Schon, aber schau sie dir an!« Er hielt sie hoch. »Es ist eine Luftbildkarte, aus den von Kang fotografierten Streifen zusammengesetzt. Sie zeigt die Straßen, Flüsse und die Sitze einiger Völker. Aber da wir nicht wissen, wo auf der Karte wir uns befinden, nützt sie gar nichts. Wir können nur sagen, daß wir irgendo östlich der Hauptstraße sind.«

»Wenn wir auf einen Fluß stießen«, meinte Antis, »könnten wir ihm doch folgen.«

Barbe hob plötzlich den Arm. »Da unten, seht!«

Jenseits des Tales, auf der tieferliegenden Hügelkuppe, waren Gestalten aufgetaucht, eine weit auseinandergezogene Linie, teils durch das Buschwerk verdeckt, teils sichtbar. Obwohl sie noch weit entfernt waren, konnte Iroedh erkennen, daß sie Speere trugen.

»Drauf auf sie!« rief Antis.

»Nein!« Bloch schüttelte den Kopf. »Wenn wir ganz still sitzen, sehen sie uns vielleicht nicht.«

Sie rührten sich nicht. Der erste Drohnentrupp verschwand im Dickicht des Talbodens, doch weitere tauchten auf der Hügelkette auf.

Barbe sagte: »Wenn sie so vorgehen, werden die ersten uns schon erreicht haben, bevor noch die letzten die Kuppe überschritten haben.«

Plötzlich brach bei einem Teil der heranrückenden Drohnen ein Tumult aus, Schreien, Herumfuchteln, Waffengeklirre.

»Sie haben uns entdeckt!« rief Iroedh.

Die Drohnen näherten sich nun im Laufschritt, und Bloch schrie: »Los! Nichts wie weg! Und schneid kein Buschwerk ab, Antis, sie haben's sonst gar zu einfach, unserer Spur zu folgen!«

Die vier waren aufgesprungen, hetzten den Hang hinauf und drangen von neuem in den Wald ein.

»Ich frage mich«, japste Barbe, »wie sie – uns diesmal – entdeckt haben!«

Antis antwortete: »Sie sind Jäger – und haben – gute Spurenleser. Und wir haben – viel Buschwerk – ausgehackt.«

Iroedh sagte nichts. Sie hatte lange nichts gegessen und spürte die Schwäche in allen Gliedern, so sparte sie ihren Atem. Wenn es das Terrain erlaubte, liefen sie, sonst gingen sie so rasch als möglich. Einfach vorwärts, weg von der Bedrohung, ohne auf die Richtung zu achten. Manchmal ging Bloch voran, manchmal Antis. Sie trachteten nur, einen möglichst großen Zwischenraum zwischen sich und die Bande zu legen.

Iroedh hatte ihren Helm und Schild weggeworfen (tags zuvor hatte sie sie den toten Drohnen abgenommen), was Antis sehr bekümmerte; während seines Aufenthaltes bei Umwys, so schien es, war er ein Waffen- und Rüstungsexperte geworden, und er bedauerte den Verlust jedes guten Stückes.

Endlich sagte Barbe: »Ich muß – einen Augenblick verschnaufen.«

Doch sie waren noch nicht wieder zu Atem gekommen, als das Geschrei der Verfolger von neuem aufbrandete. Wieder rannten sie los.

Bloch sagte: »Yaedh hat recht gehabt; dieser Wythias hat einen Riesenappetit auf unsere Schießeisen!«

»Klar«, erwiderte Antis, »mit ihnen regiert er den Planeten!«

»Nicht ohne Munition, aber vermutlich weiß er das nicht. Was ist, Barbe, geht's wieder?«

Weiter, immer nur weiter! Iroedh erschien diese Flucht ein nicht enden wollender Alptraum: Laufen, gehen, klettern, stolpern, fallen, wieder aufstehen, Baumstämme, Felsen, Dickicht – und wieder laufen, weiterstolpern, nur weiter ... So ging's den ganzen Tag und den größten Teil der Nacht.

Am Nachmittag des nächsten Tages kamen sie an einen Fluß. Bloch schlug vor, ein Stück durch das Wasser zu waten, und so die Spur zu verwischen.

So geschah es auch; sie wateten durch das nicht sehr tiefe Wasser, bis der Fluß eine Krümmung machte, die sie wieder in Richtung ihrer Verfolger gebracht hätte. Bloch, der voranging, wandte sich zu den anderen um: »Ich denke, jetzt sollten wir wieder in den Wald – oh!«

Er schien ganz plötzlich zu versinken, der Boden unter ihm gab nach.

»Treibsand!« schrie er gellend. »Schnell, einen Ast oder Stock!« Er riß den Rucksack herunter und warf ihn ans Ufer, dann ließ er seine Waffe folgen.

Iroedh war so erschöpft, daß sie bloß dastand und stumpf zusah, wie Antis ans Ufer watete und nach einem Bäumchen Ausschau hielt, das er umschlagen konnte. Doch hier schien es nur alte Baumriesen zu geben. Antis suchte noch immer, als Barbe auf Händen und Knien über den Sand kroch und sich Bloch vorsichtig näherte. Schon war er bis zur Brust eingesunken.

»Da, fang!« Sie warf ihm ihre Jacke zu, behielt aber einen Ärmel in der Hand. Nach einigen Versuchen konnte Bloch den anderen Ärmel fassen.

Iroedh nahm sich zusammen. Sie kam Barbe zu Hilfe, hielt sie an den Füßen, um zu verhindern, daß sie bei dem Rettungsversuch selbst hineingezogen wurde. Langsam arbeitete sich Bloch heraus, zuerst die Jacke, später Barbes Hand als Halt benützend. Als Antis mit einem Stämmchen auftauchte, war Bloch bereits am Ufer. Er saß auf einem Felsbrocken, kratzte den Schlamm aus seinen Ohren und ließ sich von Barbe küssen und erzählen, wie großartig er gewesen sei.

Iroedh konnte, so sehr sie sich auch anstrengte, nichts mehr von den Verfolgern hören. Bloch meinte: »Wir dürften sie doch abgeschüttelt haben. Wollen sehen, daß wir weiter unten an klares Wasser kommen, so daß wir uns säubern können. Dann wollen wir wieder in den Wald hinein!«

Dem Treibsand ausweichend, fanden sie stromabwärts tatsächlich einen klaren Tümpel, in dem sie sich und ihre Sachen waschen konnten. Iroedh konnte feststellen, daß das sonderbare Tabu der Terraner, sich nicht unbekleidet zu zeigen, hier nicht mehr galt. Oder es galt nur nicht für Gatten. Der eine Terraner wusch sich, der andere hielt Wache. Iroedh konnte nun ihr physiologisches Interesse ungeniert befriedigen; sie sah, was gleich und was verschieden von den Avtini war, und dachte über die Bedeutung dessen nach. Da aber die Ähnlichkeiten überwogen, kam sie zu dem Schluß, daß beide Arten auf denselben Grundlagen basierten.

Und wieder ging's weiter, hinein in die Wälder. Bei Einbruch der Nacht waren alle überzeugt, die Verfolger endlich los zu sein. Der einzige Nachteil war nur, daß sie sich selbst hoffnungslos verirrt hatten.

»Wenn nur endlich einmal die Sonne herauskäme«, meinte Bloch, »dann könnten wir erst nach Norden, dann nach Westen wandern und hätten in einigen Tagen wieder die Straße erreicht ... *O nein!* Es fängt an zu regnen!«

Man hörte die fallenden Tropfen auf dem Blätterdach. »Wie lange regnet es hierzulande?«

Achselzuckend erwiderte Antis: »Vielleicht eine Stunde, vielleicht drei oder vier Tage.«

»Wir haben aber auch *nur* Pech«, meinte Bloch. »Das einzige, was uns noch fehlt, wäre eines eurer Noags, das Appetit auf uns verspürt.«

»Sag das nicht«, erwiderte Antis. »Es gibt Leute, die glauben, daß etwas, über das man so spricht, tatsächlich eintrifft! Außerdem sind hier im Norden die Noags wesentlich größer als in der Umgebung von Elham.«

»Auf alle Fälle wollen wir uns ein Dach bauen«, schlug Bloch vor. »Iroedh, könntest du ein paar Bäumchen umschneiden?«

Iroedh wollte aufstehen, doch zu ihrem Entsetzen versagten ihr die Beine den Dienst.

»Ich kann nicht auf«, sagte sie, »ich bin zu schwach.«

»Dann leih mir deine Machete«, sagte Bloch und begab sich mit Antis in den Wald. Iroedh hörte die Schläge und das Prasseln fallender Bäume, aber sie war so erschöpft, daß es ihr gleichgültig war, ob sie vor dem Regen Schutz fand oder nicht.

Barbe neigte sich über sie. »Das wird langsam ernst, Kleine! Selbst wenn der Regen aufhört, brauchen wir zwei bis drei Tage, bis wir die Straße wieder erreichen – wie willst du da ohne Nahrung durchhalten?«

»Es – es wird schon besser, wenn ich ein bißchen rasten kann. Ich kann bald aufstehen.«

Nach und nach war das Schutzdach fertig geworden; dennoch ließ das Gestrüpp allenthalben Regen durch, und Iroedh fand, daß dieses Dach nur wenig besser war als gar keins. Bloch, Barbe und Antis teilten den restlichen Thunfisch untereinander auf. Da sie noch immer fürchteten, von den Verfolgern entdeckt zu werden, wagten sie es nicht, ein Feuer zu machen. So verbrachten sie eine lange, kühle und feuchte Nacht.

Es regnete und regnete. Einmal, als Antis seine Flöte zum Vorschein brachte und zu spielen begann, meinte Bloch überrascht: »Du hast doch nicht tatsächlich dieses Ding da mitgeschleppt, während wir um unser Leben rannten?«

Würdevoll erwiderte Antis: »Daktablak, habe ich vielleicht etwas gesagt, als du deinen Mundofen und den ganzen Vorrat an Unkraut mitnahmst, mit dem du ihn heizt?«

Angesichts seiner eben erst frisch in Brand gesetzten Pfeife blieb Bloch nichts übrig, als das Thema zu wechseln.

Es regnete. Es regnete noch einen Tag, noch eine Nacht, noch einen Tag und noch eine Nacht. Dann endlich hob sich ein kühler Wind, strich durch das nasse Laub und ließ die Wolkendecke zerreißen. Bloch stürzte sich auf den ersten Sonnenfleck und begann magische Riten mit Uhr und Messer zu veranstalten. Dann rief er: »Dort ist Norden! Auf geht's!«

Iroedh dachte, die beiden Rasttage müßten ihr neue Kräfte verliehen haben, zumindest auf einige Zeit. Doch das Gehen fiel ihr schwerer, als sie geglaubt hatte, zumal Bloch, jetzt, da er die Richtung kannte, darauf bestand, diese auch genau einzuhalten; das bedeutete, daß man über steile Felsen kletterte und durch schwarze Schlammtümpel watete, in denen allerhand Viehzeug biß und stach, anstatt wie bisher der Richtung des geringsten Widerstandes zu folgen. Sie marschierten den ganzen Tag, kampierten und brachen am nächsten Tag wieder auf.

Den Morgen verbrachten sie damit, eine sumpfige Niederung und eine steile Bergflanke zu überwinden. Oberhalb eines Felssimses fanden sie ein überhängendes Felsenband, das eine zwar niedere, aber große Höhle bildete; in schweigender Übereinkunft ließen sich alle vier erschöpft nieder. Antis nutzte wie immer die Pause dazu, seine und Iroedhs Macheten zu wetzen; Bloch suchte den Himmel mit seinem Fernglas nach dem Hubschrauber ab.

Bloch, dessen untere Gesichtshälfte mittlerweile von einem gelb-braunen Haarpelz bedeckt war, sagte: »Das hier wäre ein besserer Platz gewesen, um die beiden Regentage zu verbringen, aber ich vermute ...« Er unterbrach sich und wies nach unten: »Was ist denn das?«

Ein Tier war aus dem Wald getreten: Ein zweibeiniger Pflanzenfresser, ähnlich einem Ueg, nur größer. Mit seinen Händen brach es Zweige von den Bäumen und knabberte friedlich die Blätter und Spitzen.

»Das ist ein Pandre-eg, ein wilder Verwandter der Uegs«, sagte Antis. »Töte es, schnell!«

»Ist es gefährlich?« flüsterte Barbe.

»Nein, aber ich bin halb verhungert.«

Der Knall des Schusses ließ Iroedh erschrocken auffahren. Als das Dröhnen in ihren Ohren nachgelassen hatte, sah sie, daß das Pandre-eg zuckend am Boden lag. Bloch sprang den Abhang hinunter; als er die Beute erreicht hatte, lag sie bereits still.

»Mittagessen!« rief er.

Die anderen drei waren ebenfalls abgestiegen und betrachteten das tote Tier.

Bloch sagte: »Es wäre zwar ein schönes Exemplar für meine Sammlung, doch fürchte ich ...«

»Ach, du!« rief Barbe, »du bist mit deiner Sammlung ja ebenso schlimm wie Antis mit seinen Waffen.«

»Antis, kannst du das Vieh zerlegen?« fragte Bloch.

»Mit Vergnügen. Ich hab's ja bei Umwys gelernt. Es wird uns aber Zeit sparen, wenn du mir das Messer aus dem terranischen Metall borgst. Auch Iroedh, da fällt mir eben ein – weißt du, wie dieser Jägertanz geht, wenn man sein Glück zum Guten wenden will?«

»Ja. Man steckt den Kopf eines Beutetieres auf eine Stange und tanzt nackt achtmal herum, rückwärts schreitend in der Richtung der Sonnenbahn. Fällt man oder sieht man einen Khalbaum, ist der Zauber verdorben, und man muß neu anfangen.«

»Hier scheint's keine Khalbäume zu geben«, meinte Antis. »Also zieht eure Stiefel aus, wir wollen es versuchen!«

Während Antis den Kopf des Wildes löste, plagte sich Iroedh mit ihren Stiefeln. Sie mußte all ihre Kräfte aufbieten, um sie von den Füßen zu bekommen. Außerdem fühlte sie nicht die geringste Lust, acht Mal um irgend etwas herumzutanzen, zumal sie nicht recht an einen Erfolg glauben konnte. Andererseits wollte sie Antis nur ungern widersprechen.

Bloch hatte ein Tuch auf den Steinen ausgebreitet und war dabei, seine Waffe zu zerlegen. Jeden Teil reinigte er sorgfältig, fettete ihn ein und legte ihn in eine Reihe mit den anderen. Barbe ging Wasser holen, wobei sie Antis' Helm als Eimer benützte.

»Da!« Antis spießte den Kopf des Pandre-eg auf einen Pfahl, den er zurechtgeschnitten hatte. Blut tropfte und lief am Holz entlang.

Bloch sagte: »Euer Ritus scheint mir unlogisch zu sein. Man

muß doch annehmen, daß er aus Unglück Glück machen soll, das heißt, er soll den Jäger ein Stück Wild erlegen lassen. Braucht man dazu aber bereits den Kopf eines erlegten Wildes – nun, dann hat der Jäger ja bereits Glück gehabt!«

»Du verstehst eben nichts davon, Daktablak«, meinte Antis. »Es funktioniert immer. Bist du bereit, meine Schöne?«

Mühsam erhob sie Iroedh. »Ich bin so müde, Antis ...«

»Es dauert doch nur eine Minute. Geh auf diese Seite, ich gehe auf die andere. Bereit?«

Er klatschte in die Hände und hüpfte rückwärts um den Pfahl. Iroedh tat desgleichen. Doch bei der dritten Runde stolperte sie und fiel zu Boden.

»Iroedh!« schrie Antis ärgerlich. »Jetzt hast du's verdorben, und wir müssen von neuem beginnen. Versuche doch, über deine Schulter nach hinten zu gucken. Nimm dich zusammen!«

Sechsmal hatten sie den blutigen Schädel umtanzt, als zwei Pistolenschüsse sie stocken ließen. Barbe kam atemlos angerannt, verfolgt von einem Noag, einem Riesentier, anderthalbmal so groß wie ein Mensch. Den langen Hals vorgestreckt, das Maul halb offen, die klauenbewehrten Hände gespreizt, so stürmte es heran. Sein langer Schwanz war steil aufgerichtet.

»Lauft!« schrie Barbe, als sie die anderen sah.

Bloch war aufgesprungen, die halbzerlegte, nutzlose Waffe in den Händen.

»Hier herauf!« schrie er, »hier können wir uns halten!«

Iroedh versuchte mit letzter Kraft das kurze Stück des felsigen Abhangs zu überwinden. Antis war vor ihr; als er sie taumeln sah, packte er ihren Arm und zog sie hinauf.

Barbes entsetzter Aufschrei ließ Iroedh herumfahren. Der weibliche Mensch hatte den Fuß des Abhanges beinahe erreicht, als sie stolperte und der Länge nach hinfiel. Die Pistole, die sie in der Hand gehalten hatte, polterte über die Steine. In großen Sprüngen kam das Noag heran.

Etwas Braunes flog an Iroedh vorbei. Es war Bloch, Antis' Machete über seinem Kopf schwingend und ein Terranerwort brüllend, das wie ›Mis-bestii! Mis-bestii!‹ klang.

Das Noag war stehengeblieben, um die hilflos am Boden liegende Barbe zu packen; ärgerlich und verblüfft wandte es sich mit einem Knurren nun dem Angreifer entgegen. Die Machete wirbelte in blitzenden Kreisen, die Bestie brüllte auf, als die Klinge zwei ihrer klauenbewehrten Finger kappte und sie am Maul traf. Antis hob Iroedhs Machete vom Boden auf und sprang hinunter, um Bloch zu Hilfe zu kommen. Doch noch bevor er unten war, hatte sich das verletzte, blutende Tier zur Flucht gewandt. Mit einem letzten Hieb schlug ihm Bloch die Schwanzspitze ab. Das Noag verschwand im Wald, sein Heulen wurde immer leiser und verstummte schließlich ganz.

Bloch und Barbe umarmten einander und tauschten terranische Zärtlichkeiten aus. Antis, der die beiden beobachtete, meinte zu Iroedh: »Ich habe Daktablak unterschätzt, als ich dachte, er habe keinen Mut. Eben hat er blitzschnell und gewiß mutig reagiert, meinst du nicht auch?«

Iroedh, die nicht vergessen hatte, wie unsicher, furchtsam und zögernd Bloch in den Auseinandersetzungen mit den Drohnen gewesen war, erwiderte: »Ich glaube, das hängt mit ihrer Art von Liebe zusammen. Erinnerst du dich an den Treibsand? Ihre Liebe läßt sie füreinander Wagnisse eingehen, ungeachtet der Folgen, die sie für andere kaum eingingen.«

Bloch, Barbe und Antis aßen vom Fleisch des Pandre-eg, bis sie nicht mehr konnten. Dann sagte Bloch: »Sollen wir noch eine Weile in der Höhle bleiben, um uns zu erholen, oder wollen wir gleich aufbrechen, damit wir vor Einbruch der Dunkelheit noch möglichst weit kommen?«

Antis war für sofortigen Aufbruch, Barbe wollte noch ein wenig bleiben und rasten. Als sie Iroedh um ihre Meinung fragten, meinte diese: »Mir ist's egal, denn ich kann auf gar keinen Fall weiter!«

»Warum nicht?« fragte Bloch.

Barbe antwortete: »Das arme Ding ist am Verhungern, deshalb! Schau nur ihre Rippen; sie hat sechs Tage nichts gegessen und mußte dabei den größten Teil dieser Zeit hier herumklettern.«

»So leid es mir tut«, bekannte Iroedh, »aber so ist es. Ihr anderen marschiert los, wann immer ihr wollt. Ich bin erledigt.«

»Unsinn!« rief Barbe. »Du glaubst doch nicht, wir lassen dich einfach hier liegen und verhungern?«

»Kein Grund, warum ihr mit mir sterben solltet!«

»Ich werde dich auf gar keinen Fall verlassen, meine Schöne«, sagte Antis. »Du bist alles, was ich auf dieser Welt liebe.«

»Wenn du mich liebst, mußt du sehen, dich selbst zu retten. Ich kann nicht weiter, damit müssen wir uns abfinden.«

»Wir könnten dich tragen«, meinte Antis.

»Nein, nicht in dieser wilden Gegend. Vielleicht bin ich tot, bevor ihr die Straße erreicht, und was wäre dann damit gewonnen? Denke, ich bin schon tot, vom Noag getötet zum Beispiel. Und mach uns den Abschied nicht schwerer als nötig.«

Antis schüttelte den Kopf. »Selbst wenn ich wüßte, daß du sterben mußt, bliebe ich bis zum Ende bei dir.«

»Und wartest darauf, daß dich die Drohnenbande erwischt? Sei nicht unvernünftig. Bevor ich's so weit kommen ließe, würde ich mich lieber selbst töten.«

»Wir werden schon aufpassen, daß du nichts Scharfes zur Hand hast!«

»Es gibt andere Mittel. Aber wozu das alles? Du hast um die arme Yaedh kein solches Theater gemacht.«

»Das war etwas anderes«, mischte sich Barbe ins Gespräch. »Sie war gleich tot, und außerdem haben wir für sie nicht das empfunden, was wir für dich empfinden. Du bist wie eine von uns, von uns Terranern, meine ich.«

Bloch sagte: »Es ist doch gar kein Grund vorhanden, Iroedh schon aufzugeben! Sie braucht nichts als ein paar ordentliche Mahlzeiten.«

»Und woher soll ich die bekommen?« fragte nun Iroedh; selbst diese wenigen Worte machten ihr Mühe.

Bloch deutete auf die Reste des Pandre-eg.

»Du weißt doch, daß ich kein Fleisch essen kann«, sagte Iroedh. »Es würde mich vergiften.«

»Hast du je Fleisch gegessen?« fragte Bloch.

»Nein, nie.«

»Hast du je eine avtinische Arbeiterin gekannt, die welches gegessen hat?«

»Nein. Sie hätte nicht so lange gelebt, daß ich sie hätte kennenlernen können.«

»Na also. Wenn du glaubst, du stirbst auf alle Fälle, warum versuchst du es dann nicht? Schlimmstenfalls stirbst du ein wenig eher, im günstigsten Fall aber wird es dir Kraft geben, durchzuhalten.«

»Aber es ist ein so qualvoller Tod!«

»Ich will dir etwas versprechen. Du ißt ein Steak. Und wenn ich sehe, daß du in Todeskrämpfe verfällst, dann töte ich dich mit der Pistole. So rasch, daß du es gar nicht merkst.«

Als Iroedh, von Zweifeln geplagt, diesen Vorschlag überdachte, fuhr Bloch fort: »Schau, du hast doch nichts zu verlieren. Es ist auf alle Fälle besser, meinem Rat zu folgen, als zu warten, bis dich der Teufel holt!«

»Der was?«

»Ach, eine terranische Sagengestalt, so etwas Ähnliches wie dieses Noag. Doch was hältst du von einem Steak?«

Antis sagte: »Ich weiß nicht recht. Eigentlich wäre ich dafür, daß sie das Fleisch versucht – andererseits kann ich gewiß nicht zusehen, wenn du sie kaltblütig umbringst.«

»Nein, Antis«, sagte nun Iroedh mit schwacher Stimme. »Der Terraner hat recht. Bratet mir ein Stück, ich will's versuchen.«

Einige Minuten später hielt Iroedh eine Scheibe Fleisch zwischen den Fingern und blies darauf, da es heiß war. Zweifelnd drehte sie es um und um.

»Nur Mut!« redete Bloch ihr zu. »Einen ordentlichen Happen!«

Iroedh machte den Mund auf und wieder zu. Es ging nicht, man konnte doch nicht Gift ... Doch dann nahm sie allen Mut zusammen, schloß die Augen, hielt den Atem an und biß zu.

Die Gewohnheit eines ganzen Lebens ließ sie würgen und stöhnen, aber ihr geschrumpfter Magen enthielt nichts, das sie erbrechen konnte. Sie hielt die Kiefer fest zusammengepreßt, bis sich ihre Kehle beruhigt hatte; dann zwang sie sich, zu kauen.

Erst fand sie den Geschmack abscheulich. Dann war sie sich nicht sicher, ob es ihr schmeckte oder nicht. Es war so ganz *anders* als alles, was sie bisher gegessen hatte. Sie schluckte den ersten Bissen und nahm einen zweiten.

»Gut so!« ermunterte sie Bloch. »Keine Schmerzen?«

»Nein, aber dazu ist's noch zu früh. Es ist nicht so schlecht, wie ich dachte.«

Schweigend sahen sie ihr zu, wie sie das Stück zu Ende aß.

»Wißt ihr«, meinte sie, »ich glaube, ich könnte ein zweites vertragen. Nicht, daß es mir schmeckt, aber ich bin noch immer hungrig und wenn ich sterben muß, kann ich ebensogut mit vollem Magen sterben.«

»Warte ein bißchen«, meinte Bloch. »Wenn du nach dieser langen Hungerperiode zu viel auf einmal ißt, könnte dich das sehr wohl umbringen. Außerdem ist es schon spät geworden, wir können genausogut noch eine Nacht hier verbringen.«

Sie bereiteten das Lager, so gut es ging, und zerlegten das Pandre-eg; die Eingeweide vergruben sie, die eßbaren Teile spießten sie auf Stangen. Antis zeigte auf den Kopf des Tieres, der auf dem Pfosten stak und zu grinsen schien: »Wir haben unseren Glückstanz noch immer nicht beendet, was meinst du?«

Iroedh hob eine Hand. »Liebster, selbst wenn es um Sein oder Nichtsein unserer gesamten Rasse ginge, ich könnte keinen einzigen Schritt tanzen. Wenn du den Tanz schon haben willst, warum fragst du nicht die Terraner?«

»Na gut. Was ist damit, Barbe?«

»Was ist womit?«

Antis erklärte ihr den Glückstanz. Barbe brach in Lachen aus, was Antis sehr verblüffte. Dann sagte sie: »Nun – ich möchte schon, aber ich weiß nicht ...«

Auf ihren fragenden Blick antwortete Bloch: »Nur zu, mein Schatz! Es gehört doch zu unseren Aufgaben, an ormazdinischen Bräuchen teilzunehmen, wenn sich die Gelegenheit ergibt. Außerdem weiß Antis gewiß nicht, was ein *Voyeur* ist!«

»Was ist das schon wieder?« fragte Antis.

»Ein Terraner mit ganz besonders scharfen Augen. Los jetzt, seine Tanzkunst kann gar nicht schlechter sein als meine.«

Während des Glückstanzes stolperte Barbe zweimal über ihre eigenen Füße und fiel, so daß sich die erschöpft zusehende Iroedh am Ende gar nicht mehr so ungeschickt vorkam.

Bei Sonnenuntergang aßen sie wieder. Iroedh, die die ganze Zeit nach ihrem verbotenen Mahl ihr Innenleben beobachtet hatte, sagte: »Bis jetzt spüre ich noch nichts. Mit mir ist vielleicht etwas nicht in Ordnung, denn sonst müßte ich mich jetzt in Todeskrämpfen winden.«

»Oder etwas ist mit euren Tabus nicht in Ordnung«, gab Bloch zu bedenken. »Willst du noch etwas?«

»Bei Gwyyr, ja!«

Als sie am nächsten Morgen aufbrachen, trugen sie so viel Fleisch, wie sie nur konnten, auf eine lange Stange gespießt mit sich. Iroedh fühlte sich körperlich besser, doch seelisch war sie völlig verwirrt. Konnten alle Arbeiterinnen straflos Fleisch essen? Warum war dann dieses Verbot überhaupt aufgestellt worden?

Sie wanderten bergab, dem Wald zu; Antis und Bloch trugen die Stange mit den Fleischstücken auf den Schultern, Iroedh machte die Spitze des kleinen Zuges. Ein Schrei und das Geräusch eines Falles ließ sie herumfahren. Barbe war gestürzt, mit blassem Gesicht lag sie da und hielt ihren Fußknöchel umklammert.

»Verstaucht!« sagte sie.

Bloch eilte sofort zu ihr und half ihr, den Schuh auszuziehen. Er betastete den Knöchel, und Barbe schrie »Au!«

Bloch seufzte. »Wir werden wohl noch einen Tag hier verbringen müssen, wenn nicht mehr. Sie kann nicht gehen. Bei unserem nächsten Aufbruch wird sich vermutlich Antis mit seiner Machete schneiden oder ich werde mir die große Zehe wegschießen. Das verdanken wir wohl deinem Glückstanz, Antis!«

»Wer weiß«, erwiderte Antis, »was ohne diesen Tanz alles hätte geschehen können? Sie hätte sich das Bein brechen können, zum Beispiel! Anstatt es bloß zu verstauchen.«

»Bloß verstauchen!« knurrte Barbe mit zusammengebissenen Zähnen.

»Das, mein Freund«, meinte Bloch, »ist eine Frage, die niemand beantworten kann. Nimm doch ihren anderen Arm!«

Sie halfen Barbe den Hang hinauf, zurück zur Höhle, wo sie sich niederließen. Um die Zeit dennoch irgendwie zu nützen, bat Bloch Iroedh, ihm von ihrer Welt zu erzählen. Barbe stenografierte mit, und als ihr Notizblock voll war, fand Antis einen Vakhvilbaum, der ihm so viel Rinde lieferte, daß Barbe auf lange Zeit hinaus mit Schreibmaterial versorgt war. Iroedh, die nun regelmäßige Mahlzeiten zu sich nahm, wurde rasch kräftiger.

Barbes Verstauchung war jedoch schlimmer als erwartet. Ihr Knöchel war auf das Doppelte angeschwollen und spielte in allen Farben von Grün bis Purpur. Bloch sagte: »Kann sein, wir müssen eine ganze Woche hier bleiben; das Pandre-eg wird aber demnächst anfangen zu stinken. Wir sollten wieder auf die Jagd gehen!«

Gemeinsam mit Antis brach er auf.

Sechs Tage später. Iroedh saß vor der Höhle und sah Barbe zu, die vorsichtig ihren verletzten Fuß aufzusetzen versuchte. Die Männer waren auf der Jagd. Iroedh hätte gerne jemand um Rat gefragt, wußte aber nicht, wen und wie. Der Offizier für persönliche Angelegenheiten in Elham, die geeignete Person in ihrem Fall, war weit weg. Da waren zunächst einmal diese sonderbaren Träume, die sie hatte, zum Beispiel von der Gedenksäule in den Ruinen von Khinam, die ihr ganz und gar nicht wie eine Säule vorgekommen war – man konnte das doch niemandem erzählen! Und dann hatte sie immer so ein sonderbares Gefühl – war es Ärger? – wenn Antis damit prahlte, wie perfekt und sachverständig er seine Funktion als Königin Intars Drohne erfüllt hatte. Und schließlich bemerkte sie noch anderes, an ihr selbst, das völlig unglaublich war.

Barbe, die ein paar Schritte gehumpelt war, sagte: »Ich hoffe, wenn ich noch ein bißchen übe, können wir vielleicht morgen aufbrechen. Oder übermorgen.«

»Die Schwellung ist kaum mehr zu sehen.« Iroedh schluckte. »Und da wir von Schwellung reden ...«

»Ja, Liebes?«

»Ach, ich weiß nicht, wo ich anfangen soll, aber als weibliches Wesen wirst du es vielleicht verstehen ...«

»Was verstehen?«

»Nun, seitdem ich Fleisch esse, habe ich die sonderbarsten Empfindungen.«

»Welche denn?«

»Ach – zum Beispiel habe ich so eine Spannung, einen Druck auf der Brust, und wenn ich mich ansehe, könnte ich schwören, meine Brüste sind gewachsen, wie die eines funktionsfähigen Weibchens. Bilde ich mir das nur ein?«

Barbe sah sie scharf an. »Nein, keine Einbildung. Du bist tatsächlich voller geworden!«

»Und ich habe auch in meinem Innern so sonderbare Gefühle, als würden auch andere Organe wachsen.«

»Bitte, dreh dich mal um! Ich kann zwar nicht in dich hineinsehen, aber deine Hüften scheinen tatsächlich breiter geworden zu sein.«

»Was soll ich denn nur tun?«

»Was meinst du damit? Es ist doch alles in Ordnung so!«

»Aber ich kann mich doch nicht in ein Weibchen verwandeln!«

»Und warum nicht?«

»Man hat nie von so etwas gehört! Ich wäre ein Monster!«

»Wenn es dein Schicksal ist, ein Monster zu werden, dann finde dich doch damit ab und genieße es!«

»Es muß das Fleisch sein. Aber wenn ich aufhöre, zu essen, sterbe ich doch!«

»Eben. Und das wäre gewiß die schlimmere Möglichkeit. Glaube mir, es ist alles in bester Ordnung, und wir haben dich alle gern, so oder so.«

Als Bloch und Antis mit einem erlegten Leipag zur Höhle zurückkehrten, berichtete Barbe von ihrem Gespräch mit Iroedh.

Bloch lachte. »Tolle Sache! Das Tollste, seit sich Antis auf das Dhug gesetzt hat und wir die Stacheln aus seinem Hinterteil zupfen mußten!«

»Weißt du, Liebste«, sagte Antis, »ich fühlte, daß etwas mit dir vorging. Was aber ist schuld an dieser Änderung, Daktablak?«

Bloch zündete seine Pfeife an, bevor er antwortete: »Ihr wißt wohl nichts von Hormonen; nun, das sind Stoffe in eurem Blut, die bewirken, daß ihr wachst und euch in verschiedenen Richtungen entwickelt. Zumindest nehme ich an, daß ihr sie ebenso wie wir in euch habt; die Körperchemie scheint bei unseren Rassen ziemlich ähnlich zu sein.

Eine Gruppe von Hormonen kontrolliert die Entwicklung

der Geschlechtsmerkmale, und es scheint, daß bei den Avtini die Drüsen, die diese Hormone produzieren, eine Fleischdiät brauchen, um zu funktionieren. So verfüttern die Arbeiterinnen Fleisch an die Drohnen und Königinnen und keines an jene, die sich zu Arbeiterinnen entwickeln sollen. Es ist wie bei den Bienen auf der Erde, die gewisse Larven ...« – er mußte unterbrechen, um zu erklären, was Bienen und Larven waren –, »die also gewisse Larven mit einem eigenen Futter ernähren, man nennt es Gelee Royal, und dieses Futter bewirkt, daß sich die Larven zu Königinnen entwickeln.«

Antis fragte: »Bedeutet das, daß eine rein pflanzlich ernährte Drohne sich auch zu einer geschlechtsneutralen Arbeiterin entwickeln würde?«

»Ich weiß es nicht«, sagte Bloch, doch Barbe warf ein: »Erinnerst du dich nicht an diesen Besucher von Khwiem, der uns erzählte, das Volk der Arsuuni würde neutral-männliche avtinische Sklaven den neutral-weiblichen vorziehen? Wir dachten, sie würden Drohnen kastrieren, aber es kann doch auch so sein, daß sie einfach Drohnenbabys mit fleischloser Diät großziehen!«

»Vermutlich, ja.«

Antis fragte: »*Müssen* also Drohnen und Königinnen eine rein fleischliche Nahrung zu sich nehmen? Oder könnten sie auch, wie ihr es tut, gemischte Kost essen?«

»Das kannst du ja selbst versuchen, indem du auch pflanzliche Nahrung zu dir nimmst – ich habe keine Ahnung, wie das Ergebnis sein wird. Wenn ich aber bedenke, wie abnorm viele Eier eure Königinnen legen, nehme ich an, sie sind infolge der einseitigen Fleischkost sexuell überentwickelt. Was die Herren betrifft, bin ich überfragt, ich kann nicht mal raten!«

»Aber was wird mit mir geschehen?« jammerte Iroedh.

Bloch blies einen Rauchring. »Nun,meine Liebe, du wirst von Tag zu Tag hübscher werden und neue Erfahrungen sammeln und dich ihrer freuen!«

»Dann wird auf Niond kein Platz mehr für mich sein. Glaubst du, Kapitän Subbarau würde Antis und mich in seine Besatzung aufnehmen?«

»Nein, ausgeschlossen. Die I.C.-Vorschriften untersagen es, Bewohner von Planeten der Klasse H von ihren Heimatwelten wegzubringen. Aber du wirst sehen, es wird auch hier alles gut gehen. Komisch, ich erinnere mich, vor langer Zeit die Geschichte einer jungen Dame namens Alice gelesen zu haben; sie sprang über einen Bach und wurde dadurch zur Königin. Nun erlebe ich den einmaligen Fall, daß eine zur Königin wird, indem sie dreimal am Tag Steak ißt!«

IX

Das Orakel

Wieder waren sie unterwegs. Sie kampierten an einem kleinen Fluß und aßen von dem Fleisch, das sie von der Höhle mitgebracht hatten.

»Ich frage mich«, sagte Bloch, »wie eine so große Bande wie die des Wythias es mit der Ernährung hält. Die Jagd scheint mir in diesen Landesteilen nicht ergiebig genug zu sein, um so viele Leute zu verpflegen.«

»Ich habe gehört«, erwiderte Antis, »daß Wythias nordwestlich von Ledhwid eigenes Land besitzt und dort Nahrung für die Bande produziert.«

»Wenn er all seine Briganten mit Steaks füttert, dann braucht er eine verdammt große Ranch. Ob er nicht am Ende, ungeachtet aller Tabus, seine Truppe mit gemischter Kost verpflegt?«

»Warum glaubst du das?«

»Weil man von einer gegebenen Fläche wesentlich mehr Kalorien ernten kann, wenn man die Feldfrüchte selbst ißt, anstatt sie an Tiere zu verfüttern und dann die Tiere zu essen ...« Iroedh, die an den letzten Bissen ihres Bratens kaute, hörte kaum, was die anderen sprachen. Sie hatte genug mit ihren eigenen Problemen zu tun.

Da war zunächst ihr Körper, dessen sichtbare Veränderungen ihr ganz und gar nicht paßten. Wenn sie lief, hüpften ihre Brüste, und sie war überzeugt, daß die Verbreiterung der Hüften ihre Beweglichkeit beeinträchtigte. Erst hatte sie geglaubt, diese Verbreiterung sei nur eine Fettanlagerung, doch nun schien es ihr, als ob sich die Knochen irgendwie auseinanderschöben. Der neutral-weibliche Körper einer avtinischen Arbeiterin war auf optimale Funktion ausgelegt, mit einem Minimum an verletzlichen Teilen; und nun hatte sie diesen schrecklichen Busen ...

Dann war da auch Antis mit seinem sonderbaren Benehmen. Wenn er sich unbeobachtet glaubte, starrte er sie an, so eigenartig ... Von Zeit zu Zeit ertappte sie ihn dabei, dann sah er sogleich woanders hin und gab vor, die ganze Zeit etwas anderes beobachtet zu haben. Andererseits legte er eine sonderbare Zurückhaltung an den Tag: so etwa wollte er nicht mehr mit ihr zusammen schlafen, mit der fadenscheinigen Begründung, er schliefe sonst zu wenig ...

Was um alles auf Niond war in den armen Kerl gefahren? Iroedh selbst liebte ihn mehr denn je und wollte ihm immer nahe sein. Sie beobachtete an sich die Entwicklung einer besitzergreifenden gefühlsbetonten Zärtlichkeit, in deren Mittelpunkt Antis stand; es war fast so, wie in der Geschichte vom ›*Girl of the Limberlost*‹ beschrieben wurde.

Alles war so sonderbar. Warum geschah dies mit ihr, ausgerechnet mit ihr? In den alten Zeiten hatte man einem neidischen oder eifersüchtigen Gott die Schuld gegeben, wenn einen unverdientes Pech verfolgte, aber schon seit vielen Generationen hatte niemand mehr die Götter ernst genommen. Man sprach vom Zufall, von den Launen des Glücks. Doch was war denn, genaugenommen, der blinde Zufall anderes als ein Ersatz für einen Gott, dem man die Schuld geben konnte, wenn einem die Schicksalsschläge zu hart vorkamen?

»He, Iroedh!« rief Bloch, »du solltest jetzt schlafen gehen, du hast die dritte Wache!«

Iroedh nahm sich zusammen. »Antis ...?«

Antis machte ein finsteres Gesicht. »Wenn du nichts dagegen hast ...«, murmelte er und deutete aufs offene Land hinaus.

»Aber warum denn? Es ist kalt und einsam. Bist du böse auf mich? Was habe ich denn getan?«

»Ganz im Gegenteil ...« Antis wand sich vor Verlegenheit, schließlich brach es aus ihm heraus: »Du vergißt, daß du jetzt eine Königin bist, Iroedh!«

»O nein, noch nicht!«

»Nun, dann eine Prinzessin. Ein funktionstüchtiges Weibchen. Wir sollten dich ja jetzt ›Iroer‹ nennen, wären wir an deinen alten Namen nicht schon so gewöhnt.«

»Und was macht das aus? Liebst du mich deswegen nicht mehr?«

»Unsinn. Aber siehst du denn nicht, daß ich ein funktionstüchtiger Mann bin? Und wenn ich nicht wie ein Mann ...«

»Warum denn nicht?« fragte sie unschuldig.

»Du meinst ... du meinst mit *dir?*«

»Natürlich, du Dummer. Du prahlst ja genug herum über dich und die blöde alte Intar. Bin ich weniger anziehend als sie?«

»Ach Liebste, da ist doch gar kein Vergleich möglich. Aber, damals ... nun, ich handelte auf Befehl. Ich weiß gar nicht, wie man in so einem Fall die Initiative ergreift. Ich weiß nicht, was ich tun soll. Wenn du bloß irgendeine alte Königin wärst, dann ... Aber du bist Iroedh, zu dir habe ich immer aufgesehen wie zu einer der alten Göttinnen. Du bist viel intelligenter als ich ...«

»Aber nein, ich ...«

»Widersprich nicht!« knurrte er.

Iroedh war überrascht durch seine Heftigkeit und die Tatsache, daß es ihr kaum etwas ausmachte, bevormundet zu werden; wie ganz anders hätte sie vorher darauf reagiert (die verwünschte Diät!).

Antis sah sie scharf an und fuhr fort: »Bedeutet das also, daß du dir nun einen Harem von Drohnen zulegen wirst wie die anderen Königinnen?«

»Ich weiß nicht, daran hab' ich noch gar nicht gedacht. Vielleicht. Warum, hast du etwas dagegen?«

»Und ob ich etwas dagegen habe! Du gehörst mir, weil ... weil ich dich entdeckt habe. Ich hab' genug davon, meine Königin mit einem Dutzend anderer zu teilen. Erwische ich einen anderen Drohnenmann dabei, daß er dich auch nur ansieht, komme ich über ihn wie König Aithles in der Idhios-Saga!«

»Bist du sicher, die Bedürfnisse eines geschlechtsreifen Weibchens befriedigen zu können? Ganz allein? Normalerweise teilen sich doch zwölf oder sechzehn Drohnen in die Aufgabe!«

»Ich bin sicher. Ich könnte nicht nur dich allein befriedigen, sondern zwei oder drei Weibchen. Wenn ein paar zur Hand wären ...«

»Das mag ich! Auf der einen Seite willst du, daß ich außer dir keinen anderen Drohnenmann ansehe, aber du möchtest jede Königin, die dir unterkommt, befruchten!«

»Meinst du, ich sollte nicht?«

»Ich weiß nicht, ob du sollst oder nicht, ich weiß nur, daß es mich unglücklich machen würde. Ebenso, wie es dich kränken würde, wenn ich mir andere Drohnen hielte!«

Antis kaute an einem Grashalm und starrte ins Feuer. Nach einer Weile sagte er: »Ich denke, wir sollten ein festes Übereinkommen treffen, so etwas vielleicht wie das Gelübde, das wir Drohnen ablegen, wenn wir erwachsen geworden sind. Die Terraner haben auch so etwas für ihre männlich-weibliche Paarbildung; es scheint zu funktionieren, und sie haben vermutlich lange Erfahrung damit. Und nach dem, was du mir erzähltest, hatten unsere Vorfahren dereinst auch so ein System, vor den Reformen von Danoakor und den anderen. Aber das ist vergangen und vergessen, und wir müssen von vorne beginnen. Vielleicht können uns unsere Terranerfreunde einen Rat geben!«

»Ich wollte gerade denselben Vorschlag machen. – Daktablak!«

»Ja, was ist?«

Nun erklärten ihm Antis und Iroedh ihre Pläne und Schwierigkeiten. Bloch fuhr sich mit den Fingern durch sein Bartgestrüpp.

»Mein Gott, ihr zwei wollt mir doch nicht erzählen, daß ihr euch liebt, daß ihr die wunderbare, schreckliche, terranische Art der Liebe kennengelernt habt?«

»Es sieht ganz so aus«, meinte Antis, »soweit wir dies beurteilen können. Mir jedenfalls kommt's vor, als würde ich inwendig brennen.«

»Dich hat's erwischt«, lachte Bloch. »Wenn nur Mrs. Porter wüßte, was ihr sentimentaler Schinken für eine Wirkung auf eine Kultur hat, die acht Lichtjahre entfernt und drei Jahrhunderte nach ihrer Zeit ...«

»Aber was sollen wir *tun?*«

»Nun ja, ihr werdet natürlich ... das heißt ... wie soll ich das denn wissen? Was wollt ihr denn tun?«

Nun ergriff Iroedh das Wort: »Wir möchten so sein wie du und Barbe!«

»Und was hindert euch daran? Ich meine, ihr wißt doch, wie das ...«

Antis unterbrach: »Daktablak, du verstehst nicht. Eure terranische Art der Paarbildung ist doch nicht nur ein rein animalischer Akt, sondern eine Institution. Wir haben aber keine solche auf Niond, doch wir hätten gern eine. Wenn wir mit einer neuen Form des Zusammenlebens beginnen wollen, dann möchten wir es richtig machen, und da wir kein besseres Modell kennen als das eure, wollen wir euer System übernehmen.«

»Euer Vertrauen in terranische Einrichtungen ist zwar schmeichelhaft, meine Freunde, aber ich kann nur hoffen, daß ihr da keinen zu großen Fehler macht. Wenn ich recht verstanden habe, wollt ihr, daß ich für euch die Institution der Ehe, für die ganze Rasse gültig, festlege. Ein Wahnsinn, aber bitte. Habt ihr euch aber auch überlegt, daß eure Spezies von der unseren verschieden ist, daß eure Kultur sehr stark abweicht, und auch sonst viele Unterschiede bestehen? Daß also ein System, das bei uns so leidlich funktioniert, bei euch vielleicht ganz anders aussehen sollte?«

Iroedh erwiderte:

»Wir müssen doch irgendwie anfangen, und wenn wir Fehler machen, können wir sie korrigieren, wenn es soweit ist!«

»Sollten wir vielleicht nicht noch ein paar Tage warten, bis wir das Orakel befragen können? Vielleicht habt ihr dann auch klarere Vorstellungen ...«

Nun mischte sich Barbe ins Gespräch: »Winston, hör doch endlich auf, nach Ausreden zu suchen. Du weißt nur zu gut, daß du selbst dieses alte Orakel nicht ernst nimmst. Außerdem können wir in ein paar Tagen alle tot sein.«

»Ich wollte nur sicher sein, daß die beiden ...«

»Ils y ont mûrement réfléchi. Los, traue sie schon!«

Bloch seufzte. »Offensichtlich bin ich also zum Friedensrichter des Planeten Ormazd gewählt. Es mag gesetzlich ungültig und soziologisch falsch sein, aber ihr drei habt mich überstimmt. Also, Antis, wie schwört ihr Avtini, wenn ihr einer Beteuerung Gewicht verleihen wollt?«

»Man schwört auf sein Volk, aber wir haben keins ...«

»Warte«, sagte Iroedh, »es gibt noch eine altes Eidesformel, man schwor damals bei den Göttern Dhiis und Tiwinos und Eunmar und Gwyyr und allen übrigen. Es gab bis vor ein paar Jahren noch etliche konservative Völker, die auf die Götter schworen, obgleich niemand mehr an sie glaubte.«

»Wir können diese Formel benützen«, sagte Bloch. »Auf der Erde ist das Eheversprechen so, daß es ausschließlich für den jeweiligen Partner und (zumindest theoretisch) für das ganze Leben gilt. Manchmal wird allerdings ...«

»Ach, wir wollen es für das ganze Leben«, rief Antis. »Nicht wahr, Liebste?«

»J-ja«, erwiderte Iroedh, »obwohl – vielleicht – vielleicht mit dem Vorbehalt, daß, wenn die Fruchtbarkeit des Drohnenmannes oder andere ...«

»Hör zu«, knurrte Bloch. »Wenn ich schon, keinesfalls freiwillig, ein Ehesystem für euch schaffen soll, dann will ich verdammt sein, wenn ich mich auch noch dazu breitschlagen lasse, ein Scheidungsrecht zu formulieren. Das macht euch gefälligst selber. Barbe, was sagst du dazu? Erinnerst du dich noch an die Formel, mit der Subbarau uns beide traute?«

Iroedh sagte nichts mehr, ihre Zweifel waren allerdings noch nicht behoben.

Nach einer Weile hatten die Terraner die Eidesformel beisammen, und Bloch sagte: »Sprecht mir nach: Ich, Antis von Elham, ein funktionstüchtiger Mann, nehme dich, Iroedh von Elham, eine funktionstüchtige Frau, zur alleinigen Gattin für alle Zeit ...«

»... das Komische ist«, sagte Iroedh zu Barbe einige Tage später, »daß jetzt Antis alle Entscheidungen trifft, wo ich doch früher diese Rolle innehatte. Natürlich weiß ich mehr von der Welt als er, und er ist sich dessen auch bewußt, so daß wir eine Art Spiel machen. Ich schlage etwas vor, aber nur so beiläufig, daß es nicht nach Kommandieren klingt – worauf er brummt, er wird sich's überlegen. Am nächsten Tag kommt er damit heraus: ›Liebste, ich habe eine wunderbare Idee!‹ und wiederholt meinen Vorschlag, meist sogar in den Worten, die ich tags zuvor gebraucht habe. Ist das nicht lustig?«

»Mir kommt's nicht ganz so lustig vor wie dir«, erwiderte Barbe. »Aber so im großen und ganzen gefällt dir unser Partnersystem?«

Iroedh machte ein paar Schritte des Rundtanzes. »Gefallen? Ich find's wunderbar! Ich habe sogar schon den Gedanken an einen Drohnenharem aufgegeben, obwohl man noch nicht viel über Antis' Fruchtbarkeit sagen kann, aber ich bin sicher, daß es keinen anderen gibt, mit dem es mir so viel Spaß macht.«

»Winston würde sagen, das sei zwar kein wissenschaftlicher Standpunkt, aber oft ist ein unwissenschaftlicher besser.«

»Natürlich«, fuhr Iroedh fort, »jetzt, da ich Antis besser kenne, weiß ich, daß er neben seinen Vorzügen auch Fehler hat. Er ist eigensinnig, reizbar, manchmal auch rücksichtslos, und oft wichtigtuerisch, wenn er seine Würde in Gefahr glaubt. Aber er ist ehrlich, tapfer und hat Humor, und so bewundere ich ihn.«

»Ach, alle Männer haben Fehler. Der meine, zum Beispiel, ist gescheit wie nur irgendwer, aber im Grunde schwach und hat gelegentlich Depressionen, dann ist er zu nichts zu gebrauchen.«

»Tatsächlich? Das ist mir noch gar nicht aufgefallen.«

»Andere bemerken so etwas auch nicht. Die Männer verbergen ihre Schwächen vor allen, außer vor ihren Frauen. Aber wenn wir auf den vollkommenen Mann warten wollten, wären wir alt und grau, bevor ... *Allô,* was ist denn das?«

Unvermittelt hatten sie die Straße nach Ledhwid erreicht, zwar einen Tag später als erwartet, aber immerhin. Sie marschierten nun nach Norden, viele Stunden lang; die Reste ihrer Habe trugen sie zu Bündeln verschnürt an Stöcken über der Schulter. Obgleich es nur eine Schotterstraße war, schien es Iroedh doch eine große Erleichterung, verglichen mit dem Querfeldeinmarsch durch das wilde Land. Die Hügel waren steiler geworden und schienen weniger dicht bewaldet. Nun mündete die Straße in eine Schlucht, es mußte die Schlucht von Hwead sein, von der Iroedh schon gehört hatte; nun konnte es nicht mehr weit bis Ledhwid sein.

Der Grund für Barbes Ausruf war eine neben der Straße liegende Leiche, besser gesagt, ein Skelett. Aber es war nicht das einzige, da lagen noch mehr, hinter den Büschen und Felsbrocken. Sie mußten schon ziemlich lange hier gelegen haben, denn die Aasfresser hatten genug Zeit gehabt, um die Gerippe abzunagen, so daß kaum mehr ein Verwesungsgeruch wahrzunehmen war; aber sie lagen auch noch nicht zu lange hier, so daß sich noch Haut- und Stoffetzen fanden und gelegentlich eine zerbrochene Waffe.

»Iroedh!« rief Bloch. »Bitte komm einmal her und schau, ob du dies da erkennst!«

Zwischen den Felstrümmern lagen Küraß und Helm unter den verstreuten Knochen; beide waren verbeult und matt, aber noch nicht so stark korrodiert, daß man die Embleme nicht mehr erkannt hätte. Iroedh untersuchte diese und die Schädelknochen.

»An den Zähnen sieht man's: das hier ist eine avtinische Arbeiterin, der Helm weist auf eine aus Khwiem hin.« Sie ging von einem Skelett zum anderen. »Scheinen lauter avtinische Arbeiterinnen gewesen zu sein, von nördlichen Völkern; hier eine Drohne, auch ein Avtin. Ich dachte erst, das könnte ein Massaker durch ein arsuunisches Kriegskorps gewesen sein, doch nach den Überresten und Waffen zu urteilen, war's ein Überfall avtinischer abtrünniger Drohnen auf Arbeiterinnen aus verschiedenen Völkern. Vielleicht war's die Wythias-Bande. Als ich Elham verließ, hatte uns noch keine Nachricht von diesem Kampf erreicht, aber hierzulande verbreiten sich Neuigkeiten langsam.«

Bloch erwiderte: »Eure Art zu leben ist schuld daran: diese abgeschlossenen Zellen. Ich würde zu gerne eines dieser Skelette mitnehmen, hab' schon immer eines haben wollen!«

Barbe schrie auf. »Nein! Du wirst doch jetzt nicht anfangen, Knochen zu sammeln!«

»N-nein, ich meine, ich würde, wenn wir ein Transportmittel hätten. Ich will nur diesen einen Schädel da mitnehmen, ich kann ihn unterwegs studieren.«

Er sprang von Felsblock zu Felsblock zur Straße zurück, in der einen Hand den grinsenden Totenschädel. Dann brachen alle wieder auf.

»Was willst du nur mit diesen alten Knochen anfangen?« fragte Iroedh.

Bloch antwortete: »Ich möchte herausbekommen, wie die Lebensformen auf Niond beschaffen sind und wie sie sich entwickelten.«

»Wie sie *was* taten?«

»Sich entwickeln.« Bloch gab einen kurzen Überblick über die Evolutionstheorie.

»Bei Gwyyr, im Kinderhort lernten wir etwas ganz anderes! Man sagte uns, die Welt wäre aus einem Ei ausgebrütet worden.«

»Du kannst glauben, was du willst«, sagte Bloch. »Aber

kennst du vielleicht eine Stelle, wo man Knochen in Fels oder Erde finden kann?«

»Ja; in Thidhem gibt's einen von Wind und Wetter halb abgetragenen Steinbruch, dort sind solche Knochen. Willst du solche Sachen haben?«

»Gewiß, gerne. Wir brauchen solche Knochen, Fossilien sagen wir dazu, um herauszubekommen, wie sich eine Rasse von eierlegenden Säugetieren zu Organismen entwickeln konnte, die uns so sehr ähneln.«

Barbe bemerkte: »Mir erscheint das nicht so seltsam, wir haben doch auf Krishna etwas Ähnliches entdeckt, und auf der Erde haben wir das Schnabeltier ... Diese Straße hier scheint aber sehr selten benützt zu werden; wir haben niemanden gesehen, außer diesen einen Wagen, der uns vor einer Stunde überholt hat.«

»Wythias' Bande ist schuld daran«, erklärte Antis. »Solange die sich herumtreiben, bleiben alle anderen zu Hause.«

Im Inneren der Schlucht von Hwead, wo sich die Felswände beiderseits der Straße auftürmten, waren alle ein wenig nervös. Bloch meinte, es sei ein guter Platz, um von oben Steine auf die unten Wandernden zu werfen. Plötzlich blieb er lauschend stehen. »Was ist das? Es klingt wie Glocken!«

Iroedh horchte auch. »Es sind Glocken, die Glocken von Ledhwid! Sie hängen an den Ästen am heiligen Hain, und der Wind läutet sie. Das Orakel weissagt aus dem Geläut.«

Die Schlucht verbreiterte und öffnete sich und gab den Blick frei auf den Hügel von Ledhwid, auf dessen Kuppe riesige, uralte Bäume standen: der heilige Hain. Vor den Bäumen, am Ende des sich steil hinaufwindenden Weges lag ein Tempel aus durchscheinenden blauen Steinen; er wirkte massiv und zart zugleich.

»Mein Gott!« rief Bloch. »Wer immer das gebaut hat, hat sein Handwerk verstanden. Wenn wir bloß nicht unsere Kamera diesem Wythias überlassen hätten.«

»Unsere Vorfahren haben solche Dinge gebaut«, meinte Iroedh. »Vielleicht können wir es wieder lernen, wenn es Antis und mir gelingt, ein Volk zu gründen, das so lebt wie die Leute damals.« Von dem Klingen der Glocken begleitet, stiegen sie den Weg hinauf; die Steigung ließ sie rascher atmen. Iroedh sah schnaufend an sich hinunter und empfand Abscheu vor ihrer Gestalt und dem Gewicht, das sie nun wohl hatte. Doch dann dachte sie daran, daß ohne all das sie und Antis niemals vereint worden wären, und das war jede Menge an hinderlichen weiblichen Organen wert.

Die gesamte Hügelkuppe war von einer Steinmauer umschlossen; ein Tor an der Frontseite gestattete den Besuchern den Eintritt. Vor dem Tempel stand eine einzige avtinische Arbeiterin Wache; sie war prächtig geschmückt, Iroedh hatte solchen Glanz nicht einmal an einer Königin gesehen. Küraß und Helm schienen aus Gold zu sein, den unteren Rand des Helms bildete ein Ring aus funkelnden Edelsteinen, mit einem großen geschliffenen Stein in der Mitte, ähnlich dem Stein an Barbes Verlobungsring.

»Ich grüße dich, Schwester«, begann Bloch, »ich wüßte gerne, ob ...«

»Ihr werdet erwartet«, sagte die Wache. »Garnedh! Begleite diese beiden Besucher einer anderen Rasse zum Orakel. Sofort! Ihr beiden« – sie wies auf die Avtini – »müßt eure Fragen auf die übliche Art übermitteln.«

»Aber sie gehören zu mir ...«, versuchte Bloch zu verhandeln.

»Tut mir leid, ich habe meine Befehle. Garnedh wird euch führen.«

Die andere Wache, die aus dem Schatten des Tempelinneren getreten war, führte Bloch und Barbe hinein. Iroedh, die sich recht verloren vorkam, setzte sich auf die Stufen; Antis lehnte sich an eine Säule und begann auf seiner Flöte ein altes terranisches Lied zu spielen, das Bloch ihn gelehrt hatte.

»Antis«, sagte Iroedh, »was ist die ›übliche Form‹, in der Fragen gestellt werden sollen?«

»Ich kann dir das sagen«, meinte die Wächterin. »Schreibe deine Frage auf diesen Block hier, gib Namen und Volk an und dein Angebot; wir leiten es dann weiter.«

»Mein Angebot?«

»Gewiß. Du glaubst doch nicht, daß eine Institution wie diese von Luft leben kann, nicht wahr?«

Iroedh sah Antis fragend an. »Ich habe nichts zu bieten, Liebster.«

»Ich auch nicht.«

»Und was ist mit deiner schönen Rüstung?« Iroedh wandte

sich der Wächterin zu. »Würde sein Helm angenommen werden?«

»Gewiß«, erwiderte diese.

Doch Antis war nicht einverstanden. »He, was denkt ihr denn, ich kann auf meine Rüstung nicht verzichten! Es kann doch zu einem Kampf kommen!«

»Und wie sollen wir dann eine Frage stellen?«

»Wir brauchen keine. Wir wissen ebensogut wie das Orakel, was für uns gut ist.«

Nun mischte sich wieder die Wache ins Gespräch. »Es gibt noch eine andere Möglichkeit; ihr schreibt einen Bericht über euer Volk als Gegengabe. In einigen tausend Wörtern erzählt ihr von allen Ereignissen und berichtet auch Neuigkeiten, die ihr unterwegs erfahren habt, vielleicht akzeptiert es der Meister.« Die Wächterin senkte die Stimme zu vertraulichem Flüstern: »Meine Liebe, ich will ja nicht neugierig sein, aber du bist doch eine Königin, nicht?«

»Gewissermaßen, ja.«

»Solange ich hier im Dienst bin, habe ich so etwas nicht erlebt. Bist du vor der Zerstörung durch die Arsuuni geflohen, oder was?«

»Nein. Ich war früher eine Arbeiterin.«

»Unmöglich! Oder soll ich sagen, ein Wunder? Darf ich deine Bekanntschaft machen, Königin? Ich bin Ystalverdh von Thidhem.«

»Und ich bin Iroedh von Elham – oder war es. Und das ist Antis von Elham.«

»Wie bist du ein Weibchen geworden? Und was sind diese Fremden von Gliid – sind die Götter auf Niond zurückgekehrt? Und wo ist Yaedh?«

Iroedh berichtete gerade über Yaedhs Tod, als eine andere Priesterin in ihrem Wagen die Straße heraufgehetzt kam und hinter dem Tempel verschwand. Wenige Sekunden danach kam die Priesterin zurück.

»Ystalverdh!« schrie sie, »rasch, verständige den Meister! Wythias marschiert auf Ledhwid zu, er sucht nach zwei Fremden einer anderen Rasse!«

»Das müssen die beiden sein, die eben angekommen sind«, sagte Ystalverdh, »Yaedh war ausgesandt worden, sie zu holen. Garnedh!«

Die andere Wächterin kam eben heraus. Die Priesterin übermittelte auch ihr die Botschaft, und die andere sagte: »Der Meister wünscht die beiden Avtini zu sehen!«

»Eine Überraschung nach der anderen! Er läßt doch *nie* sein Angesicht von gewöhnlichen Besuchern sehen.« Ystalverdh schüttelte den Kopf. »Aber geht nur hinein!«

Garnedh führte die beiden in eine Vorhalle, dann in das Tempelinnere; in der Mitte stand ein rauchender Altar, an den Wänden goldene Statuen der alten Götter. Von dort aus führte sie sie durch ein von einem Vorhang verdecktes Portal auf die andere Seite. Als Iroedh den Vorhang passierte, roch sie den vertrauten Duft von Blochs Pfeifentabak.

Sie kamen in einen stark überheizten kleinen Raum. Bloch saß auf einem Kissen am Boden, den Rücken zum Eingang gekehrt; als er die Schritte hörte, sprang er auf. Barbe blieb auf ihrem Kissen sitzen, ebenso der dritte in diesem Raum.

Dieser dritte war ein rundliches Wesen (stehend hätte es Iroedh kaum bis zur Hüfte gereicht), das über und über mit einem grauen Pelz bedeckt war. Es hatte sieben Finger an jeder Hand. Iroedh hätte es für eine Art Schoßtier gehalten, hätte sie nicht gewußt, daß dieses Wesen das Orakel sein *mußte!*

Es sprach fließend Avtinisch, wenn auch mit hoher, quäkender Stimme: »Kommt herein und macht es euch bequem, Iroedh und Antis. Ihr wärt draußen nicht erst aufgehalten worden, hätte ich die ganze Geschichte gekannt. Was ist, Lhuidh?«

Die Priesterin, die eben in dem Wagen angekommen war, lieferte ihren Bericht. Als sie geendet hatte, sagte das Orakel: »Bei Dhiis, es kann doch nichts ungestört verlaufen. Dabei komme ich ohnedies mit den Drohnenbanden relativ gut zurecht, nur dieser Wythias ist ein unmöglicher Kerl.«

Er gab den beiden Priesterinnen eine Reihe von Befehlen, um den Tempel in Verteidigungsbereitschaft zu versetzen und die in der Nachbarschaft wohnenden Priesterinnen herbeizuholen. Bloch zeigte zunehmend Zeichen erhöhter Nervosität und Unruhe; schließlich hielt er es nicht länger aus: »Gildakk, alter Junge, glaubst du nicht, es wäre besser, auf und davon zu gehen? Mit ein paar Stunden Vorsprung könnten wir uns irgendwo in den Hügeln verbergen ...«

»Und uns von der Bande auf dem offenen Land aufstöbern lassen, wo wir doch hier die besten Verteidigungsmöglichkeiten diesseits des Tvaar haben? Außerdem bin ich schon viel zu alt und zu dick, um bergauf und bergab zu rennen. Wir haben eine gute starke Mauer und Vorräte für eine lange Belagerung; mein einziger Kummer ist, daß ich kaum mehr als zwanzig oder dreißig meiner Schwestern aufbieten kann. Die anderen sind auf Mission unterwegs; aber eure Schußwaffen sollten den Unterschied wettmachen.«

Bloch sagte: »Ich habe aber nur wenig Munition, etwa siebzig Schuß, einschließlich der Pistole.«

Das Orakel verschränkte seine vielen Finger. »Mehr wäre besser, aber wenn jeder Schuß ein Treffer ist, werden wir uns schon halten können.«

All diese Vorschläge waren nicht nach Antis' Geschmack. »Wir sollten die Wagen des Tempels bemannen und auf der Straße nach Gliid vorstoßen. Wir könnten uns gewiß durchschießen.«

»Nein!« rief Bloch erschrocken, »das wäre Wahnsinn! Sie können die Straße blockieren oder uns in der Schlucht einschließen und Gestein auf uns herunterlassen ...«

»Ich fürchte, mein terranischer Kollege hat recht«, meinte Gildakk, »wenn ich mein Alter und meine Gebrechlichkeit berücksichtige. Wenn die Aussichten ein bißchen besser wären, würde ich's wagen.«

Iroedh machte sich schüchtern bemerkbar, und das Orakel wandte sich an sie: »Ich weiß, du kennst mich nicht; ich bin Gildakk, vom Planeten Thoth im Prokyonsystem. Ich hatte gerade begonnen, diesen Terranern zu erzählen, wie es kam, daß ich ein Orakel wurde. Ein Erkundungstrupp meines Schiffes wurde durch eine Straßensperre aufgehalten, ich fuhr geradewegs darüber weg, aber der nächste hielt, und so wurden alle anderen ein Opfer einer Drohnenbande. Ich kam hierher und sah, daß dieser Tempel eine Art öffentliches Gebäude war; ich verbarg mein Ueg und beobachtete, was hier vorging. Nach ein paar Tagen wußte ich's, war aber schon halb verhungert. Also ging ich zu der Wache und verlangte, den Hohen Priester oder was immer sonst hier drinnen war, zu sehen. Es schien mir nur zwei Möglichkeiten zu geben – und jede war gleich wahrscheinlich: entweder sie opferten mich einem Gott, oder sie machten einen Gott aus mir.«

»Die Thothianer«, warf Bloch ein, »sind die ärgsten Hasardeure der Milchstraße!«

»Danke. Nun, das Orakel entpuppte sich als ein neutralmännliches Wesen namens Enroys, das als Kind von den Arsuuni von Denüp gestohlen und mit fleischloser Nahrung als Sklave großgezogen worden war. Es gelang ihm zu fliehen, er kam nach Ledhwid und wurde Assistent des vorherigen Orakels; nach dessen Tod nahm er seine Stelle ein.

Ich sprach damals noch nicht Avtinisch, und die Wachen hielten mich für eine Art Schoßtier. Ihr Interesse für mich äußerte sich bestenfalls darin, daß sie mich streichelten. Also ging ich zu meinem Wagen, auf dem ich wenig mehr als die Signalraketen unseres Trupps hatte. Nun, ich ließ ein paar von den buntesten vor dem Tempel hochgehen, und bei all dem Gekrache, Funkensprühen und den hübschen Lichteffekten rannten die entsetzten Wachen in allen Himmelsrichtungen davon; ich spazierte ungehindert in den Tempel und unterhielt mich mit Enroys in der Zeichensprache. So wurde ich sein Assistent und schließlich sein Nachfolger. Ich habe das Orakel auf eine gesunde wirtschaftliche Basis gestellt und führe es rein geschäftlich. Aus den Priesterinnen habe ich perfekte Spioninnen gemacht. Die Prophezeiungen sind säuberlich in Aktenordnern mit Index und Gegenindex gesammelt, das solltet ihr sehen! Alle Sprüche aufgeschrieben und ...«

»Sollten wir nicht vielleicht ...«, unterbrach Bloch, der schon eine Weile unsicher und nervös war.

»Nein, nein! Ich habe schon alles veranlaßt, was nötig war. Falls nicht noch dieser Helikopter auftaucht, dann nehmen wir ihn natürlich.«

Bloch war skeptisch. »Ich habe Kang schon mehr oder weniger aufgegeben. Jeden Tag hielt ich nach ihm Ausschau, aber nichts. Ich habe einen Signalspiegel, kann mich also bemerkbar machen. Vielleicht ist er abgestürzt, vielleicht haben sie uns auch aufgegeben und sind ohne uns abgeflogen.«

»Winston!« schrie Barbe, »was für ein schrecklicher Gedanke!«

»Kopf hoch!« sagte Gildakk. »Wenn das der Fall ist, könnt

ihr doch nach meinem Tod das Orakel weiter betreiben. Und da ihr ein Paar seid, wird es euch nicht langweilig werden. Ich gebe zu, ich würde gerne noch einmal die grauen Meere von Thoth sehen. Dieses Wetter hier ist trostlos.«

»Du solltest mal das Wetter auf seinem Planeten erleben«, meinte Bloch zu Iroedh gewendet. »Dauernd Sturm. Deshalb hat er auch so viele Finger, damit er sich immer festhalten kann, um nicht weggeweht zu werden.«

»Gildakk«, sagte Iroedh, »entschuldige, aber bist du ein Er oder eine Sie?«

»Beides.«

»Also neutral?«

»Keineswegs. Ich bin gleichzeitig Er und Sie, voll funktionstüchtig, ich begatte und trage die Frucht, vorausgesetzt, ein anderer Thothianer ist zugegen, der mitmacht. Wir gebären lebende Junge, sind aber keine Säuger. Nebenbei bemerkt, Bloch hat mir von deiner Metamorphose erzählt. Enroys hat auch die Fleischdiät entdeckt, doch leider zu spät. Er war schon zu alt, und so hat sich der arme Bursche nicht mehr entwickeln können.«

»Stimmt es, daß dieser Wythias seine Bande mit gemischter Kost ernährt?«

»Das ist sein Geheimnis, und ich hab's respektiert, in der Hoffnung, er respektiert das Orakel auch. Doch die Antwort ist: ja. Er hoffte, damit den Planeten zu erobern, doch jetzt, da er von Blochs Waffen weiß, glaubt er wohl, damit ging es rascher.« Gildakk schnalzte mit mehreren Fingern gleichzeitig. »Das bringt mich auf eine Idee. Anstatt hier zu sitzen, während Wythias uns belagert, könnten wir doch die Offensive ergreifen!«

Antis sprang auf. »Wie, sag's!«

»Mit Iroedhs Hilfe! Wir werden schon eine auf sie passende Prophezeiung in meinen Ordnern finden. Wir müssen sie nur passend auslegen, dann könnten wir einen Keil zwischen Wythias und seine Bande schieben. Dann könntet ihr durch das avtinische Land marschieren, die Königinnen von ihren Thrönchen kippen und bisexuelle Gemeinden gründen!«

Iroedh protestierte: »Aber ich will keine Eroberin sein! Ich will nichts weiter als mit Antis zusammenleben, Eier legen und Antiquitäten sammeln. Wenn jemand freiwillig zu uns stößt ...«

»Aber du hast keine Wahl«, erwiderte Gildakk. »Das ist der einzige Weg, um Wythias zu schlagen – und dann wirst du schon noch draufkommen, daß jemand, der das Noag reitet, nicht so einfach absteigen kann! Außerdem wird das eurer Rasse helfen, sich wieder weiterzuentwickeln, zu Zivilisation und Kultur ...«

»Ja schon, aber ...«

»Nun ja, dieses ganze Getue um Sex kommt mir selbst völlig irr vor, ich bin schließlich ein vollständiges Individuum und nicht so ein Halb-Wesen wie ihr. Ich versuche ja nur, euch zu helfen. Wollen mal sehen, welche Orakelsprüche am besten passen könnten ...«

Der Thothianer rollte auf die Beine und hinkte zu einem Aktenschrank hinüber. Er zog eine Lade heraus und suchte in dem Index herum, eine Melodie summend.

Er zog eines der Rindenkärtchen heraus. »Vielleicht etwas von dieser Art:

›Den glänzenden Wagen der Königin
muß ziehen eine Prinzessin,
dann werden in Panik die Krieger fliehn,
das Hasenpanier ergreifen,
das werden die Arsuuni.‹«

»Was bedeutet das?« fragte Iroedh, die Gildakk über die Schulter guckte.

»Ach, es *bedeutet* gar nichts. Oder, besser gesagt, es bedeutet das, was man gerne hören möchte – irgend etwas! Ich hab's vor ein paar Jahren veröffentlicht, für die Abgesandten von Yeym, als die Arsuuni ihre Volkssiedlung angriffen.«

»Aber Yeym wurde doch zerstört!«

»Natürlich; aber es ist doch nichts Böses, wenn man den armen Dingern, die um ihr Leben kämpften, etwas Mut machte.«

»Und warum wählst du so komische Wörter?«

»Ach, bloß dem Versmaß zuliebe. Da wäre noch ein Spruch, der gefällt mir:

›Wenn abtrünnig wird eine Königin
im Glanz einer Strahlenkrone,
wenn Götter der Sterne auf Niond sind,
dann bricht das goldene Lager,
und neuer Samen geht auf.‹

Siehst du? Du bist die Königin der Abtrünnigen. Das goldene Lager bezieht sich auf das herrschende Sex-Kasten-System mit den sexuell überzüchteten Königinnen und den geschlechtslosen Arbeiterinnen. Bloch und die anderen Terraner sind die Götter, und der Samen ist der der Drohnen, die wir für uns gewinnen wollen. Ha, das könnte gar nicht besser sein, selbst wenn ich's eigens für diese Gelegenheit gedichtet hätte. Ich hab's zwar schon einige Male für ganz andere Fälle verwendet, aber wer wird sich schon daran erinnern?«

»Und was ist mit der ›Strahlenkrone‹?«

»Hm, Strahlenkrone ... ja, was ... hab's schon. Garnedh! Geh doch in den Keller und hole die Kiste Nummer Vier herauf! Eine Schwester mag dir helfen!«

»Dann war also alles ein Schwindel?« fragte Iroedh etwas enttäuscht. »Kein echtes prophetisches Wissen? Das Orakel fällt nicht in mystische Trance und deutet den Klang der Glocken?«

»Natürlich ist alles ein Betrug. Aber da ich hoffe, bald von hier wegzukönnen, sehe ich keinen Grund, dich zu beschwindeln. Je eher du und Antis lernt, euch nur auf euch selbst zu verlassen und nicht auf irgendwelchen Mummenschanz, um so besser für euch. Ah, danke, Schwestern! Na, wollen einmal sehen ...«

Gildakk öffnete den Kasten, der mit sonderbaren, rohrähnlichen Dingern gefüllt war.

»Signalraketen«, sagte er, »hoffentlich haben sie all diese Jahre unbeschadet überstanden!«

X

Der Tempelhain

Gegen Abend sah Iroedh vom Säulengang des Tempels aus eine Staubwolke über der Schlucht von Hwead aufziehen. Die Verteidigungsvorbereitungen wurden beschleunigt. Aus dem Tempelhof hörte man das Sirren eines Schleifsteins, an dem Speerspitzen geschliffen wurden, und unter das allgegenwärtige Läuten der Glocken von Ledhwid mischte sich der Klang von Hämmern und Sägen.

Einige Priesterinnen hatten am Hang oberhalb des Tores Baumstämme aufgestapelt, die nur von zwei Stöcken gehalten wurden. Entfernte man diese, so würden die Stämme gegen das Tor rollen und es von innen her befestigen. Andere schäfteten Speere und Pfeile oder stellten geflochtene Schilde her als Schutz gegen Pfeilbeschuß. Zum zwanzigsten Mal prüfte Iroedh die Klinge ihrer Machete. Sie war so scharf, wie sie durch Wetzen nur werden konnte; mit der prächtigen Rüstung des Tempels angetan, bot sie das Bild einer Kriegerin.

Trotzdem sah es für die Verteidiger nicht gerade gut aus; Gildakk hatte eine Truppe von nur achtzehn Priesterinnen, von denen jedoch zwei oder drei schon so alt waren, daß sie im Kampf nutzlos waren. So waren es, zusammen mit den Besuchern, höchstens zwanzig vollwertige Kämpfer. Kein Zweifel, daß das Feuer aus den terranischen Waffen die ersten Angreifer treffen und den Rest entmutigen würde, aber wenn Wythias den Angriff ohne Rücksicht auf Verluste vorantrieb ...

Es schien Iroedh, daß sie die schlechteste der drei möglichen Varianten gewählt hatten – zu fliehen, sich den Weg freizuschießen, oder zu bleiben und sich zu verteidigen. Warum hatte sie ihre Argumente eigentlich nicht vorgebracht?

Offensichtlich war sie von ihrer Liebe zu Antis so erfüllt, daß sie ihm nur mehr blind folgte, anstatt eigene Entscheidungen zu treffen.

Wythias' Bande kam nun in Sicht, eine Masse dunkler Punkte, die sich die Straße heraufschob – wie Kriechtiere hinter einer Süßigkeit her. Als sie näher kamen, konnten Iroedhs scharfe Augen etliche von Uegs gezogene Wagen an der Spitze der Kolonne ausmachen. Das waren offenbar die Wagen, die man ihnen gestohlen hatte.

Die Drohnen kamen immer näher. Am Fuße des Hügels von Ledhwid strömten sie auseinander, wie ein Rinnsal schmutzigen Wassers, das auf ein Hindernis stößt. Aus dem Tempelinneren ertönte ein Trompetensignal, und Iroedh begab sich auf den ihr zugeteilten Platz neben dem Tor.

Eine Drohne in voller Rüstung kam den Weg zum Tor herauf; oben angekommen, warf der Bote den Kopf zurück und schrie: »O Orakel!«

»Ja?« quietschte Gildakk, der, einen Schal um den Kopf gewickelt, mit seinen kleinen, flinken Äuglein über das Tor guckte.

»Bist du tatsächlich das Orakel von Ledhwid?« fragte der Bote mit erstaunt aufgerissenen Augen.

»Und ob! Erinnerst du dich nicht an die Prophezeiung:

›Wenn Schurken den Ledhwid-Tempel bedrohn,
mit frevelhaften Händen,
so wird sie in alle Winde zerstreun,
ein Orakel mit Pelz aus der Fremde,
so klein wie keines zuvor.‹«

»Diese kannte ich noch nicht«, sagte der Drohnenmann. »Aber laß uns zur Sache kommen: Unser Führer verlangt, daß du ihm die Leute vom Himmelsschiff auslieferst, die bei dir Schutz gesucht haben. Wir wollen sie mitsamt ihren Zauberwaffen.«

»Welche Leute denn?«

»Lügen hat keinen Sinn, Orakel. Eine Arbeiterin von Khwiem ist ihnen heute morgen auf der Straße begegnet und erzählte uns alles, bevor wir sie erschlugen; und unser Beobachter an der Schlucht berichtete ebenfalls von dieser Gruppe, die gegen Mittag durch die Schlucht kam und anschließend den Tempel betrat. Also gib sie heraus, oder du wirst es bereuen.«

»Und warum sollte ich das tun – und vor allem, wie?«

»Ich verstehe nicht.«

»Diese Fremden haben die Macht von Göttern. Sie können dich mit Blitz und Donner vernichten, ebensoleicht, wie sie dich anschauen können.«

»Das wissen wir!«

»Wie soll ich sie dann zu etwas zwingen – selbst, wenn ich wollte?«

»Das ist dein Problem«, sagte der Bote.

»Nun, dann müßt ihr sie euch selber holen. Ich kann nichts tun.«

»So mußt du mit deinen Leuten den Tempelbezirk verlassen; wir kommen dann herein und holen uns das Himmelsvolk.«

Als Iroedh das hörte, war sie einen Augenblick lang von Zweifeln geplagt; für Gildakk wäre es so leicht, ihre Freiheit gegen seine Sicherheit einzutauschen.

»Nein«, sagte Gildakk. »Dieser heilige Bezirk darf nicht von bewaffneten Eindringlingen entweiht werden.«

»Das bedeutet sicheres Verderben für dich und die Deinen.«

»Warte, Bote!« sagte Gildakk. »Wenn Wythias verhandeln will, dann habe ich einen Gegenvorschlag ...«

»Keine Verhandlung! Mein Führer weiß, wie schlau du bist, und will nichts riskieren. Entweder du gibst die Flüchtlinge heraus, oder du gehst uns aus dem Weg, wenn wir sie uns holen!«

»Wir nehmen es schon auf mit euch. Ihr werdet sehen, daß der Tempel nie von solchem Gesindel eingenommen werden kann – das wäre, als versuchte ein frisch geschlüpftes Baby, eine Dairtelnuß mit seinem Zahnfleisch zu knacken!«

Der Bote war gegangen. Die Eingeschlossenen wappneten sich für den erwarteten Angriff.

Die Sonne ging groß und rot hinter den Hügeln unter. Iroedh wußte, daß nun keine Hilfe mehr von der *Paris* zu erwarten war, denn Bloch hatte ihr gesagt, daß die Terraner niemals versuchten, den Hubschrauber nachts auf unbekannten Plätzen zu landen.

Obgleich die Bande mehr als zweihundert Drohnen zählte, war die Kette um die Hügel von Ledhwid nur dünn. Ein Trompetensignal gab das Zeichen zum Angriff. Sobald einige zu schnell vordrangen, wurden sie von den Offizieren zurückgehalten, so daß sich der Ring gleichmäßig zusammenzog. Dabei verringerten sich die Abstände zwischen den Angreifern zusehends. So kamen sie den Hügel herauf, erst gehend, dann kriechend, als der Hang steiler wurde.

Nun erklang auch vom Tempel her ein Trompetensignal. Priesterinnen wuchteten große runde Steine über die Mauer und ließen sie den Hügel hinunterrollen.

»Iroedh, wirf deine Steine!« rief eine Stimme hinter ihr.

Iroedh nahm sich zusammen. Sie hob einen Stein, groß wie ihr Kopf, über die Mauer und ließ ihn fallen. Er sprang den Abhang hinunter, genau über den Kopf einer heranrückenden Drohne hinweg. Ein zweiter rollte zwischen den Angreifern durch, doch dann gab's einen Treffer. Der Drohnenkörper rollte mit weiteren Steinen den Hang hinunter, die anderen Drohnen waren stehengeblieben und sahen zu, so daß die Linie der Angreifer in Unordnung kam. Doch bald hatten die Offiziere die Lücken geschlossen und trieben den Angriff weiter vor; die meisten Drohnen gehorchten.

Eine kleine Gruppe drang zu der Stelle vor, wo Iroedh stand. Wieder warf sie einen großen Stein; die Drohnen stoppten, starrten den Stein an, wichen zurück – und da fiel der Stein mitten unter sie; einige fielen zu Boden, rollten hinunter, viele liefen verwirrt hin und her. Als sich der Tumult gelegt hatte, lag eine Drohne reglos am Boden, eine andere schleppte sich verletzt fort, der Rest lief talwärts.

Ein Trompetensignal rief zum Sammeln, und nun zogen sich alle Drohnen wieder ins Tal zurück.

»Na, Iroedh, wie geht's?« Bloch kam auf seinem Rundgang, die Maschinenpistole unter dem Arm, an ihr vorbei.

»Haben wir gesiegt?«

»Keine Spur! Die kommen wieder. Wenn sie nur nahe genug kommen, daß ich sichere Schüsse anbringen kann; je dunkler es wird, desto schlechter kann ich zielen, da hilft auch das Infrarotgerät nicht. Ich wollte, ich hätte deine Nachtsichtigkeit!«

»Diese Mauer gibt nicht viel Schutz.«

Bloch schüttelte den Kopf. »Leider nein, an vielen Stellen ist sie nur brusthoch und kann leicht überwunden werden. Wie Gildakk mir sagte, ist sie einst auch nicht als Schutz gegen Angriffe errichtet worden, sondern um das Eindringen wilder Tiere in den Hain zu verhindern und gleichzeitig den zahmen Tieren das Weglaufen unmöglich zu machen.«

Wieder ertönte die Posaune der Angreifer; sie versammelten sich alle auf der Ebene zu Füßen des Hügels – eine große, schwarze, wimmelnde Masse. Kommandos und Instruktionen erschallten, einzelne Worte drangen bis an Iroedhs Ohren.

Die Drohnen hatten eine rechteckige Phalanx gebildet, die nun geschlossen gegen das Tor vorrückte, alle zweihundert gleichzeitig. Da die hinter der Frontreihe Marschierenden ihre Schilde über die Köpfe hielten, wirkte das Ganze wie der Rücken eines schuppenbedeckten Kriechtieres.

Iroedh schrie: »Daktablak, bring deine Waffe! Und die anderen sollen mehr Steine bringen!«

Das schuppige Ungeheuer kroch den Hang herauf, um so langsamer, je steiler es wurde. Im Inneren der Tempelmauer plagten sich die Priesterinnen mit schweren Steinen.

Und dann begannen erneut Steine auf die Angreifer herunterzuprasseln. Manche trafen nicht, doch die meisten fielen auf die Schilde. Einige Drohnen gingen zu Boden, der Rest schloß sich zusammen und rückte weiter vor. Einige Priesterinnen begannen die Front mit Pfeilen zu beschießen. Ein großer Stein krachte in die vorderste Reihe und riß ein Loch in den massiven Block der Leiber, doch auch dieses wurde von den Unverletzten rasch wieder geschlossen.

»Daktablak!« schrie Iroedh, »sie sind an der Mauer!«

Sie warf ihren letzten Stein und zog die Machete. Doch da bellte die Maschinenpistole auf, orangefarbene Blitze zuckten durch die Dunkelheit und brachten den Angriff abrupt zum Stehen. Im nächsten Augenblick zerfiel der Block in seine Teile, die Drohnen liefen auseinander, brachten sich in Sicherheit. Bloch schob ein neues Magazin in seine Waffe und sagte: »Wenn sie so dichtgedrängt anstürmen, kann ich mit einem Schuß zwei oder drei erledigen! Wie viele hab' ich erwischt?«

»Da draußen liegen mehr als zwanzig, aber ich weiß nicht, wie viele davon du getroffen hast«, erwiderte Iroedh. »Wo ist Antis?«

»Auf der anderen Seite des Hains. Es würde mich wundern, wenn Wythias seine Leute noch einmal zu einem Angriff ermutigen kann!« Bloch stopfte seine Pfeife und zündete sie an.

Unten im Tal hielten die Drohnen eine neuerliche Besprechung ab. Man hörte die Stimmen bis herauf, so laut war die Debatte. Es dauerte lange, bis sie sich wieder in Bewegung setzten – und wieder verteilten sie sich rund um den Hügel, wie das erstemal, nun aber in kleineren Gruppen zu etwa fünfzehn Mann. Ein neuerliches Trompetensignal ließ alle zugleich anstürmen, fast mit demselben Elan wie zuvor.

»Herrgott noch mal, die Kerle haben Nerven«, sagte Bloch. »Noch einmal anzugreifen, nach diesem Rückschlag, ich kann mir nicht vorstellen, daß Primitive auf der Erde so etwas wagten!«

»Wahrscheinlich fürchten sie Wythias noch mehr als dich«, erwiderte Iroedh und hob einen Stein über die Mauer.

In dem schwindenden Licht konnte man nicht mehr sagen, ob die Steine trafen oder nicht.

»Daktablak! Daktablak! Schnell!«

Aus den Augenwinkeln sah Iroedh Blochs Kahlkopf in Richtung des Rufes verschwinden; wenige Augenblicke später hörte sie seine Waffe bellen. Und gleich darauf von einer anderen Stelle erneut der Ruf: »Daktablak! Schnell!«

Zu ihrer Linken vernahm Iroedh Waffenlärm; da, an der Mauer, ein dunkles Knäuel kämpfender Gestalten! Sie zog ihre Machete, stürmte los; doch bevor sie noch ankam, hörte sie Barbes hohe Stimme: »Zurück, ihr Narren!«

Da sprangen die Verteidiger auseinander, und Barbe trat in die Öffnung. Ihre Pistole krachte mehrmals, und die Drohnen, die über die Mauer vorgedrungen waren, fielen zu Boden.

Eine Priestern rief Iroedh zu: »Da! Gib acht!«

Iroedh fuhr herum und sah eben den Kopf einer Drohne über der Mauer neben sich auftauchen. Blitzschnell schlug sie zu, traf den Eindringling im Nacken, sah den Kopf hinunterrollen und den Körper folgen. Auf der anderen Seite des Tempels hörte sie wieder den Klang der großen Waffe Blochs. Und dort, unter den riesigen Bäumen des heiligen Hains, focht eine eingedrungene Drohne gegen Priesterinnen. Iroedh eilte zu Hilfe, doch als sie ankam, war der Eindringling schon tot.

Dann ebbte der Lärm ab, man hörte nur noch das Trampeln

der davonlaufenden Drohnen. Bloch und Antis kamen, erster hantierte an seiner Waffe, letzterer wischte mit dem Handrücken über eine kleine Wunde an seiner Wange.

»Ich hoffe, das war die letzte Attacke«, sagte Bloch. »Wir haben zwar nur drei oder vier Opfer zu beklagen, aber auch nur mehr sechs Magazine für meine Waffe und zwei für Barbes Pistole. Nicht einmal Steine haben wir noch genug.«

Die Drohnen versammelten sich wieder auf der Ebene. Antis meinte: »Wythias muß mehr als ein Fünftel seiner Bande verloren haben. Er kann sich so etwas nicht noch oft leisten!«

»Noch einmal genügt«, knurrte Bloch düster. »Ich frage mich, warum ich nur auf xenologische Expeditionen ausziehen mußte; ich hätte daheim bleiben sollen und meine Vorlesungen halten.«

Unten im Tal waren die versammelten Drohnen wiederum in heftige Diskussionen verstrickt; Verletzte schleppten sich von allen Seiten herbei, einige hatten Feuer entzündet oder wanderten mit Fackeln in der Hand umher.

Schließlich kam ein Drohnenmann den Weg herauf, eine Fackel über seinem Kopf schwingend. Iroedh erkannte den Boten, der schon einmal hier gewesen war. Er rief: »O Orakel!«

»Habt ihr genug?« fragte Gildakk mit quäkender Stimme von der Mauer herab.

»Wir haben noch nicht aufgegeben, wenn du das meinst. Denn wenn wir den Tempel nicht stürmen können, so können wir euch allemal aushungern.«

»Das wird aber sehr lange dauern!«

»Wir können warten. Da wir alle aber Besseres zu tun haben, bietet unser Führer großzügigerweise Verhandlungen an, um zu sehen, was du für Vorschläge zu machen hast; vielleicht kannst du etwas bieten, was ebenso interessant ist wie die Waffen der Himmelsleute.«

»Sehr gut«, sagte der Thothianer. »Auf meiner Seite werden wir zu fünft an der Besprechung teilnehmen: ich, die Himmelsleute und ihre beiden Begleiter. Wythias darf nicht mehr als vier seiner Offiziere mitbringen, unbewaffnet; sie bleiben zwei Speerlängen unterhalb von uns stehen, wir werden hier vor dem Tor auf euch warten!«

»Wir brauchen die Avtini nicht dabei!«

»Aber ich, mein Vorschlag betrifft nämlich sie.«

»Also gut, dann bring sie mit. Aber ihr müßt ebenfalls unbewaffnet sein, insbesondere dürfen die Himmelsleute ihre Zauberwaffen nicht mitbringen.«

»Einverstanden«, sagte Gildakk. »Und da unser Vorschlag eure Bande als Ganzes betrifft, ist es nur gerecht, wenn sie auch zuhören. Sie mögen sich also am Hang unterhalb von euch versammeln, aber mindestens drei Speerlängen entfernt von Wythias, und sie sollen sich mit Fackeln ausrüsten ...«

Nachdem einige weitere Einzelheiten besprochen worden waren, die geeignet schienen, einen Verrat unmöglich zu machen, stimmte der Bote zu und ging. Gildakk sagte zu Iroedh: »Schnell, leg deine Rüstung ab und nimm deinen alten Umhang!«

Als sich die Drohnen mit Fackeln in den Händen am Hang versammelt hatten, und die Stämme von der Innenseite des Tores entfernt worden waren, schlüpften Iroedh und die anderen hinaus: Gildakk, Bloch, Barbe und Antis. Iroedh, mit ihrem Umhang angetan, fühlte sich unsicher ohne ihre Machete; immer wieder blickte sie nach hinten, um sich zu überzeugen, daß das Tor noch offenstand. Antis war ebenfalls unbewaffnet, und Bloch und Barbe hielten ihre Hände hoch, um zu zeigen, daß diese leer waren. Barbe hatte sogar ihre Pistolentasche zurückgelassen.

Zwei Priesterinnen brachten brennende Öllampen und stellten sie draußen beiderseits des Weges nieder, um zusätzliche Beleuchtung zu geben. Iroedh beobachtete die im zukkenden Licht der Fackeln heranrückenden Drohnen; vornweg die Offiziere, an der Spitze Wythias' riesige Gestalt mit dem verfilzten Haarschopf über den stechenden Augen.

Gildakk, der neben Antis stand, flüsterte: »Frag, wer Wythias ist!« Sie hatten ausgemacht, daß Antis, der die lauteste Stimme hatte, den Sprecher machen sollte.

»Ich bin Wythias«, sagte der Riese. »Sprich!«

Iroedh dachte bei sich, es sei nur gut, daß die Waffen der Drohnen, Pfeile und Speere, nicht gut unter Umhängen verborgen werden konnten.

Was Gildakk in leise quiekenden Tönen zu Antis sagte, wiederholte dieser, Satz für Satz, mit seiner weittönenden Stimme. Die kleinen Pausen zwischen jedem Satz schienen

Iroedh durchaus eindrucksvoll zu sein, sie gaben dem Gesagten besondere Bedeutung.

»Wythias, Offiziere und Mannschaft!« begann Gildakk via Antis. »Ihr wollt doch die Waffen der Himmelsleute, um die Welt zu erobern, nicht wahr?«

»Ja!« rief Wythias, und wie ein Echo erklang das Ja seiner Leute.

»Aber das ist es ja gar nicht, was ihr *wirklich* wollt. Ihr glaubt vielleicht, ihr führt ein angenehmes Leben; ihr habt Essen und Trinken und Spiele, prächtige Rüstungen und keine Langeweile. Aber es gibt etwas, was ihr *nicht* habt. Ihr wißt, was ich meine?«

»Ja!« brüllten die Drohnen.

Wythias sagte: »Was wollt ihr denn? Uns vielleicht allen eine Königin geben, oder sonst so eine phantastische Idee?«

»Nichts Phantastisches, mein lieber Wythias. Hört mir zu, hört mir alle genau zu: Jeder von euch kann – nicht etwa eine fette alte Königin haben, die euch herumkommandiert und die ihr mit sechzehn anderen Drohnen teilen müßt – nein, jeder kann eine hübsche, junge und funktionstüchtige Königin für sich allein haben! Ganz allein für sich! Die er lieben kann und mit der er gemeinsam sein Leben verbringen kann, wie es unsere Vorfahren vor Jahrtausenden taten. Sie wird euch Eier legen, und die Kinder, die ausschlüpfen, werden eure eigenen Kinder sein, die ihr selbst großzieht. Was haltet ihr *davon?*«

Ein Murmeln ging durch die Reihen der Drohnen. Wythias sagte: »Eine Geschichte, mehr nicht. Du könntest uns genausogut den Schatz von Inimdhad anbieten! Wo ist dein Beweis?«

»Hier ist mein Beweis! Iroedh, zeige dich ihnen!«

Iroedh trat vor, warf ihren Umhang ab und stand nackt vor ihnen im Licht der Fackeln.

»Seht sie euch an!« fuhr Gildakk-Antis fort. »Eine vollkommene, funktionstüchtige Königin, früher eine unfruchtbare Arbeiterin, ohne Geschlechtsmerkmale. Ich kann aus Arbeiterinnen Königinnen machen!«

Ein Drohnenmann drängte sich vor: »Wie sollen wir wissen, daß sie verwandelt wurde? Vielleicht ist sie eine weggelaufene Prinzessin?«

»Ist hier keine Drohne aus Elham?«
»Ja, hier!« sagte eine Stimme.
»Dyos, elender Schurke!« brüllte Antis. »Du kennst Iroedh von Elham, die dich aus dem Gefängnis befreit hat, oder?«
»J-ja.«
»Dann tritt vor und identifiziere sie!«
Dyos kam zögernd näher, schaute und sagte: »Das ist Iroedh. Aber ich sollte mich überzeugen, daß diese Dinger nicht bloß angeklebt ...«
»Au!« rief Iroedh, »du mieser ...«
»Sie ist wirklich echt, eine Königin! Es ist wahr, Leute!«
»Aber«, sagte Wythias, »woher wissen wir, daß die Arbeiterinnen damit einverstanden sind, von dir umgewandelt zu werden?«
»Iroedh war's, und sie ist nun mit Antis durch einen Vertrag verbunden, nicht wahr?«
»Ja«, rief Iroedh, »und es ist wunderbar!«
»Natürlich«, fuhr Gildakk fort, »wird es gewisse Änderungen geben müssen. Wollt ihr bei unserem Projekt mitmachen, müßt ihr unsere Führung anerkennen. Ihr dürft keine Arbeiterinnen mehr töten – jede Arbeiterin ist eine potentielle Königin! Und ihr müßt ...«
»Lächerlich!« schrie Wythias. »Nie werde ich meine Führerschaft abtreten. Wir werden hier an der Nase herumgeführt, bloß, um diese Himmelsleute freizukaufen, wir werden das Nachsehen haben, glaubt ihnen nicht ...«
»Bitte, ich bin noch nicht fertig!« Gildakk ließ Antis über die Herrlichkeiten des Ehelebens berichten und fuhr schließlich fort: »Der Hauptgrund aber, warum wir euch zureden, zu uns zu kommen, ist die Tatsache, daß eine solche Revolution schon vor langer Zeit vom göttlichen, unfehlbaren Orakel von Ledhwid geweissagt wurde. Noch zur Amtszeit meines Vorgängers Enroys, geheiligt sei sein Andenken, erschien das folgende göttliche Versprechen:

›*Wenn abtrünnig wird eine Königin*
im Glanz einer Strahlenkrone,
wenn Götter der Sterne auf Niond sind,
dann bricht das goldene Lager,
und neuer Samen geht auf.‹

Die Interpretation ist die folgende: Die Königin der Abtrünnigen ist niemand anderes als Iroedh. Das goldene Lager ist das gegenwärtige Sex-Kasten-System mit seinen Königinnen. Die Himmelsleute sind die Götter, der Samen ist der eure. Und die Strahlenkrone ...« Über die Schulter quiekte Gildakk: »Anzünden!«

Es gab Geräusche und Murmeln hinter der Mauer, und jemand wisperte: »Die erste brennt nicht an!«

»Dann versuch's mit der nächsten!«

Die Zuhörerschaft wurde schon unruhig angesichts der langen Pause.

»Und die Strahlenkrone ...«, wiederholte Antis.

Doch dann kam's: Ein Zischen, Fauchen, eine Flamme fuhr hoch in den Himmel, zerplatzte und übergoß die nächtliche Landschaft mit blendend hellem Magnesiumlicht. Noch eine Flamme zischte in den Nachthimmel und zersprang in Milliarden grüne Funken, denen ein greller Lichtblitz und ein ohrenzerreißender Knall folgte.

»Da seht ihr's!« rief Antis. »Nieder mit Königin Danoakors sogenannten Reformen! Zurück zu den glücklichen Tagen des Goldenen Zeitalters! Zerbrecht das goldene Lager, wie euch geweissagt wurde!«

Das Feuerwerk hatte Überraschungsschreie und Unruhe bei den Drohnen hervorgerufen. Eine schrie: »Das war Igog mit seinem feurigen Atem!«

Bei der letzten Explosion hatten sich viele aus den äußeren Reihen zur Flucht gewandt. Gildakk sagte: »Schnell, die Musik!«

Antis setzte seine Flöte an die Lippen, Iroedh und die beiden Terraner sangen ein Lied, das Bloch sie gelehrt hatte.

Die Drohnen beruhigten sich, diejenigen, die weggerannt waren, kehrten zurück. Eine Drohne rief: »Ich kenne dich, Antis. Du bist keine Drohne, sondern der Gott Dhiis, der auf Niond zurückgekehrt ist. Ich kenne dich an diesem alten Instrument, das du spielst!«

Gildakk sprach wieder durch Antis: »Ihr Drohnen, wer von euch ist mit uns? Wer will es versuchen?«

Iroedh, noch etwas durcheinander von dem pyrotechnischen Zauber, sah, wie die Drohnen die Köpfe zusammensteckten und hörte das Murmeln. Dann hoben sich da und dort Hände: »Ich!« »Ich bin dabei!« »Ich!« »Ich auch!« »*Kwa* Königin Iroedh!«

Nun hoben sich auch die übrigen Hände, der Aufruhr hatte alle erfaßt. Wythias brüllte: »Es ist ein Trick! Ein mieser, feiger, verräterischer Trick! Ihr spracht von Verhandlungen, statt dessen lügt ihr uns was vor und singt Lieder, um meine Leute gegen mich aufzuhetzen!«

»Aber keineswegs! Du wirst genauso willkommen sein wie ...«

»Ich werde all deinen Lügen ein Ende machen, und das für immer!« Wythias schlug seinen Umhang zurück, und Iroedh sah voll Entsetzen, daß er darunter einen Speer verborgen hielt, dessen Schaft auf die Hälfte gekürzt war. Sein Arm zuckte zurück und schnellte vor; der Speer flog heran.

Mit einem Aufschrei griff Iroedh nach ihrer Machete – aber die war ja nicht da. Aus den Augenwinkeln sah sie, wie Barbe in ihre Bluse griff.

Der Speer traf Gildakk in den Bauch und drang am Rücken wieder heraus, die Spitze grün vom Blut des Thothianers. Barbes Hand hielt plötzlich die kleine Pistole, und diese bellte auf und schoß einmal, zweimal eine Flamme aus dem Rohr.

Wythias stolperte rückwärts und fiel lautlos in sich zusammen.

Iroedh wollte gerade auf das Tor zuspringen, als Barbe, noch immer die Pistole in der Hand, mit lauter hoher Stimme rief: »Bleibt ruhig, jeder einzelne von euch! Ihr alle seid Zeugen dieses verräterischen Mordes. Beruhigt euch, Kinder, und bedenkt eure Lage. Euer Anführer ist tot, und unser Angebot steht noch immer. Vereinigt euch mit uns und vergeßt die unselige Vergangenheit. Wie euch das Orakel gesagt hat, die Änderung wird kommen! Stellt ihr euch ihr entgegen, wird sie euch zermalmen. Doch wenn ihr Bedenkzeit braucht ...«

»Ich hab's schon bedacht«, rief ein Drohnenmann, »ich bin mit euch!«

»Ich auch!« rief ein anderer. »Wythias hätte uns alle in den Tod geschickt, um seinen Ehrgeiz zu befriedigen.«

Auch die anderen stimmten zu, alle bis auf einige wenige, die schweigend in der Dunkelheit verschwanden.

Iroedh hörte, wie Barbe zu Bloch sagte: »Hilf mir, Winston!

Mir ist ganz elend. Weißt du, das waren meine letzten Kugeln!«

»Wirklich, Barbe«, meinte Bloch, »du hättest die Waffe nicht mitbringen sollen. Wir haben versprochen ...«

»Was für ein Unsinn! Hatte er einen Speer bei sich oder nicht?«

Iroedh neigte sich über Gildakk. Die kleinen runden Augen des Thothianers sahen zu ihr auf, und seine Stimme quiekte leise: »Iroedh!«

»Ja, was kann ich für dich tun?«

»Nichts; ich bin am Ende. Ich hätte so gerne noch einmal die grauen Meere gesehen, aber dieses Glück war mir nicht beschieden. Ich habe nur noch einen Rat für dich.«

»Ja?«

»Wenn eure Revolution dieses – dieses System der Kasten und Völker zerstört, dann erwecke die alte Religion wieder zum Leben.«

»Warum? Ich glaube nicht wirklich an sie, und ich weiß, du tust es auch nicht!«

»Die Avtini brauchen etwas – ein emotionales Ventil –, die Religion kann die Stelle der Volksgemeinschaft einnehmen, sie kann auch als einigende Kraft wirken. Nur so könnt ihr über die Arsuuni siegen und ...«

Die Stimme wurde unhörbar, die strahlenden Augen brachen. Gildakk der Thothianer war tot.

XI

Der Kampf

Am nächsten Morgen landete Kang mit dem Helikopter. »War letzte Nacht auf Übungsflug«, sagte er, »sah die Signale.«

In seiner abgehackten Sprechweise erzählte er, daß wegen einer technischen Panne die Maschine etliche Tage flugunfähig gewesen war und anschließend, infolge des Schlechtwettereinbruchs, wieder nicht aufsteigen konnte. Da Blochs Radionachrichten ausgeblieben waren, war auf der *Paris* Alarm ausgelöst worden, doch auch die nach Wetterbesserung durchgeführten Suchflüge längs der Straße nach Ledhwid waren ohne Erfolg geblieben. Nun war ein wohlbewaffneter Suchtrupp unterwegs.

Nun wandte sich Bloch an Antis und Iroedh: »Wir sind damit mehr oder weniger am Ende unseres Weges angelangt, ihr beide aber steht am Beginn. Was sind eure Pläne für die nächste Zeit?«

Iroedh und Antis sahen einander unsicher an. Sie begriffen, daß sie nun zum ersten Mal auf sich selbst gestellt sein würden, daß sie sich nun nicht länger auf die Klugheit und Macht dieser Terraner verlassen könnten. Wie Gildakk gesagt hatte, sie und Antis würden lernen müssen, auf eigenen Beinen zu stehen, ungeachtet aller Schwierigkeiten und Gefahren. Iroedh sagte: »Ich glaube, wir sollten mit den anderen Drohnenbanden Kontakt aufnehmen und versuchen, sie zu überreden, mit uns gemeinsame Sache zu machen. Dann müßten wir trachten, die benachbarten Volksgemeinschaften für uns zu gewinnen, entweder als Ganzes oder indem wir einzelne Arbeiterinnen weglocken.«

Bloch machte einen Vorschlag: »Ihr könntet Botschaften schreiben, um Pfeile wickeln und diese dann über die Mauer schießen.«

»Großartig! Und dann können wir ... Aber wer kommt denn dort?«

Ein Wagen kam von der Schlucht von Hwead die Straße herauf. Als er heranfuhr, erkannte Iroedh, daß er von einer

Priesterin des Orakels gelenkt wurde. Angesichts der überall lagernden Drohnen wollte sie eben ihr Fahrzeug wenden, um zu fliehen. Iroedh rief ihr zu, daß sie in Sicherheit sei, und lief zu ihrem Wagen hinunter. So kurz es ging, schilderte sie ihr die neue Lage der Dinge und bewog sie, zu bleiben.

»Aber wo ist unser Meister?« fragte die Priesterin.

»Er ist tot. Wythias tötete ihn und wurde dann selbst getötet.«

»Großer Eunmar! Und wen wählte er als Nachfolger?«

»Niemanden, er hatte keine Zeit dazu. Willst du nicht weiterkommen?«

»Wenn ich sicher bin, ja. Aber Wythias' Drohnen töten sofort!«

»Nun nicht mehr. Du kannst sehen, wie sich einige deiner Kolleginnen unter ihnen aufhalten, ohne belästigt zu werden.«

Die Priesterin kam furchtsam näher und sagte: »Ich habe gewisse wichtige Nachrichten für den Meister, aber da er tot ist, weiß ich nicht, wem ich sie übermitteln soll.«

»Warum nicht mir? Ich habe hier eine gewisse Autorität und bin auch ...«

»Oh, das wird dich alles kaum interessieren, Königin! Die Arsuuni von Tvaarm haben die vordersten Linien der Truppen von Elham in die Flucht geschlagen und dringen bereits in das Gebiet von Elham ein ...«

»*Was?* Antis! Antis!«

»Ja?« Als Antis die Neuigkeiten erfuhr, war er zunächst betroffen, doch dann nahm sein Gesicht einen verschlossenen Ausdruck an. »Na und?« knurrte er. »Was hat Elham je für uns getan, außer uns verjagt und versucht, uns zu töten? Sollen die Arsuuni doch über sie kommen!«

»Antis, denk doch nach! Wir selbst haben das Problem der Arsuuni früher oder später zu lösen. Wenn wir sie nicht niederschlagen, werden sie uns auslöschen. Unsere einzige Hoffnung ist, alle Volksgemeinschaften – oder was immer deren Rolle in Zukunft übernehmen wird – zu vereinigen und gemeinsam die Arsuunivölker nach und nach zu vernichten. Und womit können wir besser beginnen, als mit unserem eigenen Volk? Lassen wir zu, daß es vernichtet wird, verlieren wir nicht nur einen Teil unserer eigenen Stärke, die anderen werden auch sagen: Die kümmern sich nur um sich selbst, warum sollten wir ihnen trauen?«

»Hm«, brummte Antis, »ich werde es mir überlegen ...«

»Diesmal nicht«, sagte Iroedh, die wußte, das würde bedeuten, daß Antis am nächsten Tag die Sache als seine eigene Idee vorbringen würde. »Diesmal nicht, Antis, jeder Tag zählt!«

»Was schlägst du vor?«

»Ich will selbst nach Elham gehen und ihnen die Sachlage klarmachen. Wenn sie überleben wollen, müssen sie sich mit deinen Drohnen vereinigen und gemeinsam gegen die Arsuuni kämpfen.«

»Die bringen dich um, noch bevor du auch nur den Mund aufgemacht hast!«

»Du vergißt, daß ich jetzt eine Königin bin!« Stolz reckte sie ihre Brüste. »Eine Königin kann unter gar keinen Umständen von einer Arbeiterin angegriffen werden, höchstens von einer anderen Königin. Als Königin Rhuar den Verstand verlor und begann, die Arbeiterinnen von Elham zu töten und keine erwachsene Prinzessin da war, die sie hätte überwältigen können, tat ihr niemand etwas an. Sie packten sie mit bloßen Händen (und das kostete einigen von ihnen das Leben) und trugen sie vorsichtig hinaus vor die Mauer, wo sie sie liegen ließen.«

»Was geschah dann mit ihr?«

»Sie fanden sie später halb aufgefressen; aber man erfuhr nie, ob sie von wilden Tieren getötet wurde, oder erst verhungerte und dann gefressen wurde.«

»Na ja, das klingt ja hoffnungsvoll. Trotzdem kannst du noch nicht weg.«

»Und warum nicht?«

»Weil es mich Tage kosten wird, bis ich meine Leute organisiert habe, und es ist sinnlos, wenn du wesentlich früher als ich nach Elham kommst. Die Arsuuni könnten dich töten. Wenn du durch dieses Stadttor gehst, möchte ich mit meinen Drohnen in der Nähe sein.«

Antis war durch nichts von seiner Ansicht abzubringen, obgleich er schließlich mit einem verschämten Grinsen zugab: »Um die Wahrheit zu gestehen, sind da nicht nur taktische Gründe maßgebend.«

»Was sonst?«

»Wenn du's schon wissen mußt, ich kann's nicht ertragen, länger als unbedingt notwendig von dir getrennt zu sein, verstehst du?«

»Aber Antis! Wie kannst du nur deine persönlichen Wünsche vor das Wohl und die Zukunft deiner Rasse ...«

»Rede doch nicht so geschwollen. Es waren ebensolche persönlichen Interessen, die dich damals bewogen, mich zu befreien, wodurch all diese Ereignisse erst ins Rollen kamen.«

Als sie Bloch ihre Pläne mitgeteilt hatten, meinte dieser: »Ihr dürft nicht überrascht sein, wenn ich euch vom Helikopter aus zusehe, insbesondere, wenn es zu einem Kampf kommt. Subbarau wird seinen Termin für unseren Weiterflug gern eine Woche verschieben, wenn er Kampfszenen filmen kann!«

»Und ihr würdet uns nicht helfen?«

»Nein, tut mir leid, aber ich hab's dir doch schon erklärt. Bist du fertig, Barbe?«

Barbe küßte Iroedh und schüttelte Antis die Hand (der durch diese Geste ganz verwirrt war) und kletterte in den Hubschrauber. Sie lächelten, winkten und flogen davon.

Ein Drohnenkrieger, an seinem Speer lehnend, meinte: »Sie sind zweifelsohne Götter. Ich werde meinen Kindern, falls ich einmal welche habe, erzählen können, daß ich sie mit eigenen Augen gesehen habe.«

Etwa vierzehn Tage später näherte sich Iroedh mit ihrer Eskorte den Toren von Elham. Obgleich sie Antis versprochen hatte, seiner Armee nicht zu weit vorauszueilen, konnte sie nicht umhin, schneller zu fahren, als sie in der Nähe der Heimatsiedlung war. Sie hatte mehr oder weniger befürchtet, die Arsuuni könnten sie bereits verwüstet haben, obgleich ihr, als sie durch Gliid gekommen war, die Freunde von der *Paris* versichert hatten, daß noch keine Kunde von solch einer Katastrophe zu ihnen gedrungen sei.

Heimlich wandte sich Bloch an sie: »Ich sollte das ja nicht sagen, denn man könnte es als Einmischung ansehen, aber als ich gestern auf dem Wege nach Khinam euer Städtchen überflog, habe ich noch nichts von einem feindlichen Anmarsch sehen können.«

Auf ihrer Weiterfahrt nach Elham nahm sie die Versicherung der Terraner, sie würden ihnen moralische Unterstützung gewähren, mit sich. Moralische Unterstützung, dachte sie, war ja gut und schön, aber eine dieser Feuerwaffen wäre ihr lieber gewesen.

Auf der Fahrt mußte sie sich die prahlerischen Erzählungen eines ehemaligen Offiziers aus Wythias' Truppe, einem geschwätzigen Burschen namens Tregaros, über all seine Kämpfe anhören.

»... dort, Königin, siehst du die Felszacke? Wythias hat uns einmal hier herunter geschickt, um von Umwys, dem Schmied, einen Posten Speerspitzen abzuholen, und die Leute von Thidhem haben uns einen Hinterhalt gelegt. Aber ich habe das spitzgekriegt, hab' meine Lehre bei Wythias nicht umsonst gemacht. Der alte Wythias war ja ein Gauner, aber als Soldat stellte er alles in den Schatten, kein Avtini machte ihm da was vor. Und ich hab' auch an den Orakelspruch vom Noag und Leipag gedacht – na, und als ich dann diese Felsen sah, sagte ich zu mir, Tregaros, sagte ich, wäre das nicht ein guter Platz für einen Hinterhalt? Langsam, Kinder, ich will mir das doch anschauen. Und tatsächlich, da kamen sie schon, wie die Irren hinter unserem Vortrupp herjagend. Die dummen Kerle, hatten nicht Hirn genug, ihn ungeschoren zu lassen und unseren Haupttrupp anzugreifen. So haben wir dann ihnen aufgelauert und haben sie gekriegt, statt sie uns ...«

Iroedh versuchte zwar pflichtgetreu zuzuhören, doch gingen ihre Gedanken immer wieder eigene Wege, sie malte sich aus, wie ihre Wiedervereinigung mit Antis sein würde und dachte daran, was er als erstes von ihr wollen würde ...

An der Grenze von Elham wurden sie von den Wachen der Königinnen Maiur und Estir angestarrt wie Wundertiere. Die Wache des Thidhem-Volkes sagte: »Wir haben Befehl bekommen, euch durchzulassen, aber wir verstehen nicht, warum! Also fahrt weiter!«

Iroedh hätte ihnen den Grund sagen können – Antis hatte Königin Maiur ein Ultimatum gestellt: Wenn er ungehindert mit seinem Heer durch das Territorium von Thidhem marschieren dürfte, dann würden seine Drohnen in diesem Lande keinen Schaden anrichten. Die Wachen auf der anderen Seite waren vielleicht noch verblüffter, als Iroedh sagte: »Ich bin Königin Iroedh und komme auf offiziellen Besuch nach Elham; diese Drohnen sind meine Eskorte!«

»Bist du die Iroedh, die einmal Arbeiterin von Elham war?«

»Das stimmt!«

»Großer Eunmar! Ich habe dich mit diesen Schwellungen gar nicht erkannt!«

»Ich bin froh, daß du mich jetzt erkennst. Wie geht es unserem Volk unter Estir?«

Die Elhamer Wachen sahen einander an und wußten nicht recht, was sie sagen sollten, zumal Iroedh nicht länger eine der ihren war. Doch eine Wächterin von Thidhem sprach.

»Ach, die Armen haben eine schwere Zeit. Estir hat sich als noch schwieriger und rechthaberischer erwiesen als selbst unsere Maiur. Vor acht Tagen hatten wir die Königinnenkonferenz in Thidhem, wie du weißt, und anstatt daß sie sich mit der einer neuen Königin geziemenden Bescheidenheit verhalten und versucht hätte, von den älteren etwas zu lernen, hielt sie den anderen Vorträge darüber, wie man regiert! Als ob die anderen das nicht schon jahrelang getan hätten. Sie hat die Königin von Hawardem beleidigt und wird in Zukunft gewiß nicht mehr eingeladen werden.«

Eine der Wächterinnen von Elham nickte. »Du wirst es ja sowieso erfahren, Iroedh. Ja, wir müssen zugeben, daß sie recht hat. Estir ist eine wahre Heimsuchung. Viele von uns sympathisierten mit dir, damals – nicht, daß du dich nicht auch falsch verhalten hättest, aber Estir übte Verrat. Und die Ehre der Königin ist die Ehre ihres Volkes!«

Eine andere sagte: »Ist ja jetzt alles egal, wo doch die Arsuuni im Anmarsch sind. Nanntest du dich Königin?«

»Ja, gewiß.«

»Aber – *wovon* bist du Königin?«

»Von König Antis, wenn du's wissen willst.«

»Wie ist das möglich? Antis hieß eine Drohne in Elham, die einer Säuberungsaktion entkam; wenn es nicht einen anderen mit diesem Namen gibt – aber ›König‹ ist außerdem ein veralteter Begriff ...«

»Schwestern, ich habe keine Zeit, alles zu erklären, es wird besser sein, ihr laßt uns durch. Und seid nicht beunruhigt, wenn eine ganze Armee von Drohnen hinter mir nachkommt.«

Von Zweifeln geplagt, ließen die Wächterinnen Iroedh und ihre Drohnen ziehen. Sie fuhren über die Lhanwaed-Hügel, am Ufer der Scharlachsee entlang, an der Khinad-Klippe vorbei und die breite Straße bis nach Elham selbst. Iroedh schnürte es ganz sonderbar die Kehle zu, als sie die vertrauten Mauern und Kuppeln hinter den Bäumen auftauchen sah. Sie wünschte sich so sehr, Antis könnte bei ihr sein; was immer auch seine Fehler waren, an Mut fehlte es ihm gewiß nicht.

Iroedh wandte sich an Tregaros: »Wartet hier, so daß man euch vom Tor aus nicht sehen kann. Wenn es Schwierigkeiten gibt, dann sieh zu, daß Antis davon erfährt!«

Sie fuhr weiter. Als sie in die Nähe der Felder kam, beobachtete sie, wie die Doppelposten hin und her liefen und dann doch den Alarm abbliesen, als sie merkten, daß da nicht die Arsuuni die Straße heraufkamen, sondern eine einzelne Avtin in ihrem Wagen.

Am Haupttor fand ein ähnlicher Wortwechsel wie an der Grenze statt. Während eine Wache vorauslief, um die Offiziere zu informieren, begleiteten die anderen Iroedh hinein.

Als sie die Hauptstraße entlang fuhr, kamen von allen Seiten Arbeiterinnen herbeigeströmt und versammelten sich auf dem Platz vor der Großen Kuppel, wo die Straße endete. Auf den Stufen standen die Ratsmitglieder, die Amtsinsignien um den Hals.

Aus der Menge ertönte die rauhe Stimme Rhodhs: »Es ist Iroedh, die Verräterin! Ich wußte immer, daß es mit ihr ein schlimmes Ende nehmen würde!«

Rhodh hatte sich offensichtlich nicht geändert. Iroedh hob eine Hand und sprach:

»Ich grüße euch, Arbeiterinnen von Elham. Wisset, daß ich Königin Iroedh bin, die ihr früher als Arbeiterin gekannt habt; ich bin die Lebensgefährtin von König Antis, den ihr als Drohne gekannt habt. Wir regieren nicht über einen Flecken Land, sondern über ein Heer von Drohnen mit tapferen Herzen und starken Muskeln, die ihr als Abtrünnige gekannt habt ...«

»Und warum sind sie nicht mehr Abtrünnige?« fragte der General.

»Weil sie mit uns ein neues Leben begonnen haben. Um

euch das aber verständlich machen zu können, muß ich euch meine Geschichte erzählen ...«

Iroedh begann zu erzählen, was ihr widerfahren war, wie sie, um nicht zu verhungern, begonnen hatte, Fleisch zu essen, und wie sie dadurch zur Königin geworden war. Sie wurde unterbrochen durch einen Tumult in der Menge, als Königin Estir sich durchdrängte, die Stahlmachete an ihrer Seite, die Iroedh einst von den Terranern gestohlen hatte.

»Was soll das? Eine andere Königin in meinem Reich? Sie wird keine zehn Sekunden mehr zu leben haben ...«

»Bitte, Königin, laß sie fertig reden«, sagte der Außenminister. »Das alles ist wichtig!«

So beendete Iroedh ihre Erzählung, berichtete auch von ihrer Vermählung mit Antis. Der Außenminister unterbrach nun mit der Frage: »Was schlägst du vor, was sollen wir tun?«

»Zunächst muß sich Elham mit meinem Heer gegen die Arsuuni verbünden. Wir können euch alle mit *matselhi* ausrüsten, die im Nahkampf viel wirksamer ...«

»Niemals!« schrie Estir. »Ich habe die *matselhi* zu königlichen Waffen erklärt, die ausschließlich von Königinnen benutzt werden dürfen!«

»Ich glaube ohnedies nicht, daß wir so neumodisches Zeug haben wollen«, sagte der General. »Seit undenklichen Zeiten hat uns der Speer gute Dienste geleistet, und dieses Ding sieht so unzivilisiert aus. Aber fahre fort!«

»Dann, einmal angenommen, wir haben die Arsuuni schlagen können, könnten diejenigen von euch, die funktionstüchtige Weibchen werden wollen, sich mit unseren Drohnen vermählen.«

»Aber Königin Iroedh«, begann die Ackerbaubeauftragte, »was geschieht denn, wenn ...«

»*Königin* Iroedh!« schrie Estir mit gellender Stimme. »Du bist nichts anderes als die Arbeiterin Iroedh, die weggerannt ist, die die verurteilten Drohnen aus ihrer Zelle befreite!«

»Ich habe es schon gesagt, ich ...«

»Ach, du wagst nicht nur, unerlaubt in mein Reich einzudringen, du willst auch noch meine Arbeiterinnen weglocken mit deinen monströsen, perversen, unnatürlichen Vorschlägen! Du willst unsere Gesellschaftsordnung untergraben! Wenn jede Arbeiterin eine Königin würde, welche Bestimmung hätte dann noch eine wahre Königin? Wachen, erschlagt diese revoltierende Monstrosität!«

Als einige der Wachen (Iroedh hatte unter ihnen ihre lte Freundin Vardh erkannt) ihre Speere hoben, rief Iroedh: »Wartet! Ich bin trotz allem eine Königin, und niemand darf gegen mich eine Hand erheben!«

Die Wachen zogen sich zurück und wechselten bestürzte Blicke. Ein weiterer Uegwagen stürmte durch das Haupttor, und die ihn lenkende Arbeiterin sprang ab, noch bevor das Fahrzeug zum Halten gekommen war, und lief die Stufen hinauf.

»Königin Estir ...«

»Ruhe! Ich bin beschäftigt!«

»Aber ...«

»Ich sagte Ruhe! Verschwinde! Also, Wachen, was ist? Warum tötet ihr diese obszöne Person nicht? Habt ihr meinen Befehl nicht gehört?«

»Ja, Königin, aber das Grundgesetz besagt, daß keiner von uns ein funktionstüchtiges Weibchen ...«

»Dann werde ich es euch zeigen!« kreischte Estir und zog ihre Machete. Wütend drang sie auf Iroedh ein.

Iroedh hatte in keiner Weise mit einem Duell gerechnet, ja, sie hatte gar nicht mehr an die Originalmachete gedacht, bis sie diese an Estirs Hüfte hatte baumeln sehen. Nun war keine Zeit mehr, eine Rüstung anzulegen. Als sie sich dem Kampf stellte, war ihr einziger Gedanke, daß Antis auf sie böse sein würde, weil sie ein solches Wagnis eingegangen war. Sie empfand eigentlich keine Furcht vor Estir, die ebenfalls nackt war, denn die vielen Tage in der Wildnis hatten sie hart gemacht.

Die Klingen trafen aufeinander und sprangen mit hellem Klingen wieder voneinander ab. Estir schlug zu, von oben, von unten, seitlich – Iroedh wehrte ab, brachte selbst einen Schlag an, der aber spielend abgewehrt wurde, und blitzschnell schlug Estir wieder und wieder zu. Iroedh erinnerte sich, wie fanatisch Estir als Prinzessin geübt hatte, mit den Waffen umzugehen; heute war ihre Kondition ebenso blendend wie damals.

Estir umkreiste sie, sprang behende vor und zurück, fintete, schlug zu, parierte und fintete wieder. Iroedh erkannte, daß die Stahlklinge viele Vorteile besaß, sie war leichter, stärker und schärfer. Ihre eigene Klinge war schon etwas verbogen und zeigte genug Scharten, um als Säge dienen zu können. Estirs Klinge hingegen schien keinen Schaden gelitten zu haben.

Iroedh versuchte sich zu erinnern, was Bloch über den Gebrauch von Schwertern gesagt hatte: die Terraner hatten sie auch zum Stoß verwendet ... Sie änderte ihren Griff ein wenig, um zu versuchen, nach Estirs vorgestrecktem Knie zu stoßen.

In diesem Augenblick schlug Estir mit aller Kraft zu, und Iroedhs Machete flog ihr aus der Hand; sie schlitterte über das Pflaster und landete weit weg auf einem Rasenplatz.

»Und jetzt!« schrie Estir, auf den Zehenspitzen balancierend.

Iroedh wußte, daß ihr Ende gekommen war. Estir konnte rennen wie der Blitz, und wenn sich Iroedh umwandte, um zu fliehen oder ihre Machete zu holen, würde sie keine drei Schritte weit kommen, bevor sie die Stahlklinge im Rücken hatte.

Estir kam heran, schwang die Machete über ihrem Kopf und holte zum vernichtenden Schlag aus. Iroedh hatte die Vision, wie ihr Kopf über den Boden rollte, wie einst der von Königin Intar. Mit dem Schlag sprang Estir vor, Sonnenlicht blitzte in der Stahlklinge auf – Iroedh starrte wie gebannt auf diese Klinge. Armer Antis!

Hinter Estir schimmerte eine bronzene Speerspitze auf und traf Estir im Sprung; sie durchdrang ihren Brustkasten und kam unterhalb ihrer rechten Brust wieder heraus. Die stählerne Machete hatte Iroedh nicht getroffen; Estir lag vor ihr auf dem Boden, auf Händen und Knien, der Speerschaft stak in ihrem Rücken wie eine Fahnenstange. Ihre Hände gaben nach, sie fiel auf das Pflaster. Blut sprudelte aus ihrem Mund.

Iroedh sah sich um; wer hatte den Speer geschleudert? Sie sah, wie sich alle mit Ausrufen des Entsetzens von einer Arbeiterin abwandten – sie trug die Rüstung einer Wache, hatte aber keinen Speer in der Hand.

»Vardh!« rief Iroedh. »Du hast mir das Leben gerettet!«

Die Menge zeigte auf sie und rief: »Sie hat eine Königin getötet!« »Eine Königin getötet!« »Erschlagt sie!« »Verbrennt sie!« »Zerreißt sie!«

»Nichts dergleichen werdet ihr tun!« rief Iroedh. »Laßt sie zufrieden, hört ihr?«

Vardh sagte mit zitternder Stimme: »Liebste Iroedh, ich weiß, es war falsch, aber ich liebe dich immer noch mehr als jede andere und ich konnte es einfach nicht mitansehen, wie sie dich umbrachte. *Weu,* Ich nehme an, ich muß mich jetzt selbst töten.«

»Unsinn! Ich bin jetzt Königin von Elham!«

»O nein«, sagte der General. »Du hast Estir nicht in fairem Kampf getötet!«

»Aber ich bin von reinem elhamischen Blut, und auch wenn das Duell nicht nach den Regeln ... Was ist denn los?«

Die Arbeiterin, die vorhin in dem Wagen gekommen war, versuchte, Iroedhs Aufmerksamkeit auf sie zu lenken. Sie sagte nun:

»Königin Iroedh, die Arsuuni kommen! Sie haben unseren Spähtrupp eingekreist, alle sind tot, nur ich konnte entkommen!«

»Guter Gwyyr!« Eine Menge Arbeiterinnen strömten durch das Haupttor, sie kamen offenbar von den Feldern. Iroedh wandte sich an den General: »Wir wollen ein andermal über Elhams Zukunft diskutieren. Du bereitest dich wohl jetzt besser auf den Kampf vor!«

Hunderte von Arbeiterinnen wimmelten durcheinander und versuchten, den Anordnungen des Generals Folge zu leisten. Iroedh legte die Rüstung, die sie in Ledhwid bekommen hatte, an und begab sich hinunter zum Haupttor; dort bestieg sie einen der Wachtürme. Tregaros und sein Trupp waren nicht zu sehen, und sie überlegte, ob sie nicht zu den Drohnen gehen sollte; doch die waren vielleicht schon umgekehrt, um Antis' Armee zu suchen – und wenn sie *jetzt* ihr Volk im Stich ließ, würde sie sich nie mehr hier sehen lassen können; außerdem würde die Kampfmoral darunter leiden.

Ein Geräusch ließ sie in die andere Richtung blicken; von dort näherte sich doch tatsächlich der Hubschrauber der *Paris*. Jetzt schwebte er über der Stelle, wo die Straße nach Südost durch den Vremoelgarten führte. Das war sicher Bloch mit seiner Bildmaschine. Was aber war diese Staubwolke über dem Obstgarten? Sie erkannte die Messingrüstungen, die in der Sonne aufblitzten – und sie verstand, daß Bloch auf seine Weise versuchte, ihr zu helfen, indem er unmittelbar über dem herannahenden Heer der Arsuuni schwebte.

Iroedh ging zurück zur Hauptkuppel und hob die Stahlmachete auf, die immer noch dort lag. Sie berichtete dem General vom Anmarsch des Feindes und fragte: »Wo kann ich diese Waffe schärfen? Sie ist nicht ...«

»Aber du kannst doch nicht kämpfen! Du bist eine Königin!«

»Vor fünf Minuten hast du gesagt, ich könnte nicht Königin von Elham sein!«

»Du bist ein funktionstüchtiges Weibchen, und die Arbeiterinnen bestehen darauf, daß der Anstand gewahrt bleibt. Geh in die königliche Kuppel und erwarte den Ausgang des Kampfes!«

»Lächerlich!« Iroedh wandte sich ab, um einen Schleifstein aufzutreiben. Sie fand einen und stellte sich hinten an der Schlange an, die die Arbeiterinnen bildeten, um ihre Speerspitzen zu schärfen.

Ein Getöse von jenseits der Mauer lenkte ihre Aufmerksamkeit ab. Bewaffnete Arbeiterinnen liefen hin und her; an der Mauerkrone erschienen die Spitzen von Leitern, die die Arsuuni angelegt hatten; sie versäumten wirklich keine Zeit. Und gleich darauf zeigten sich unter den vielen kleinen Gestalten auf der Mauer die wesentlich größeren der Arsuuni, die die Leitern hochgeklettert waren und nun versuchten, die Mauerkrone zu erobern. Die Arbeiterinnen, die eben noch angestanden waren, um ihre Waffen zu schärfen, liefen auf ihre Plätze an der Mauer.

Die Arsuuni waren in einer Weise die nächste logische Entwicklungsstufe, zu der das von Königin Danoakor den Avtini auferlegte Sex-Kasten-System geführt hatte. Früher waren die Arsuuni nur eine andere Rasse derselben Spezies gewesen, die sich kaum von den Avtini unterschied. Durch Ernährungskontrolle und spezielle Diätvorschriften war es ihnen jedoch gelungen, nicht nur eine Kaste von neutral-weiblichen Arbeiterinnen zu schaffen, sondern auch eine von neutral-weiblichen Kriegern, bei denen Riesenwuchs auftrat. Sie überragten die normalen Arbeiterinnen um mehr als

Haupteslänge und wirkten mit ihren klobigen Händen und breiten Mäulern wie Monster. An der Spitze der arsuunischen Hierarchie stand die Königin, danach kamen gleich die Soldaten (die in Wirklichkeit regierten), und dann die Arbeiterinnen; schließlich gab es unter diesen noch eine Kaste: die große Masse der avtinischen Sklaven, die die meiste Arbeit verrichteten.

Nachdem sie hastig die Klinge gewetzt hatte, kam Iroedh den Arbeiterinnen an einer Stelle der Mauer zu Hilfe, wo der Druck des Feindes am stärksten zu sein schien. Gerade als sie an der Mauer ankam, stürzte eine Verteidigerin herab, von einem arsuunischen Speer durch den Kopf getroffen. Sie war schon tot, als sie mit klirrender Rüstung am Boden aufschlug. Iroedh lief zu den nächstgelegenen Stufen, sprang hinauf und blickte über die Mauer.

Die Arsuuni hatten vorsorglich große Wagen voll mit Sturmleitern mitgebracht, die von zahmen Vakghnags gezogen wurden. Reihenweise lehnten diese Leitern bereits an der Mauer, etliche hatten die Avtini aber schon nach rückwärts gekippt, und die heruntergefallenen Arsuuni lagen wimmernd am Boden. Infolge ihrer Größe war ein Sturz aus der Höhe für sie viel gefährlicher als für die leichteren Avtini.

Draußen ging ein Riese in vergoldeter Rüstung hin und her und gab Befehle; das war wohl General Omvem von Tvaarm. Über ihnen dröhnte der Hubschrauber.

Jetzt hätte Antis kommen sollen, um mit seinem Drohnenheer den Arsuuni in den Rücken zu fallen! Aber noch war nichts von ihm zu sehen, nicht einmal der Schimmer eines Staubwölkchens auf der Straße von Khinam.

»Hierher! Hierher!« riefen Stimmen zu Iroedhs Rechten, und die Avtini eilten hinüber, wo eben ein neuer Angriff die Verteidiger in Schwierigkeiten brachte. An dieser nur schwach besetzten Stelle war eine ganze Reihe von Leitern aufgestellt worden, und mit dem Schrei: *»Künnef! Künnef!«* stürmten die Riesen auf die Mauer.

Iroedh entdeckte eine Leiter, die der Aufmerksamkeit der anderen entgangen war, und sie versuchte, sie umzustürzen. Instinktiv und im letzten Augenblick warf sie sich zur Seite und entging so dem riesigen Speer, der auf ihren Kopf zugeflogen kam. Bevor sie noch einmal die Leiter packen konnte, kamen schon Kopf und Schultern eines Arsuun über den Mauerrand.

Die langmäulige Riesin faßte ihren Speer fester und wollte auf Iroedh einstechen. Diese schlug jedoch die Speerspitze mit ihrem Schild zur Seite und versuchte gleichzeitig, die Angreiferin mit der Kante des Schildes ins Gesicht zu stoßen. Die jedoch hob ihren eigenen Schild, und sekundenlang mahlten die Schilde gegeneinander, als die beiden Kämpferinnen versuchten, einander auszumanövrieren. Iroedh spürte die unglaubliche Kraft ihrer Gegnerin; es war, als kämpfe sie gegen eine riesige Bronzestatue.

Dann sah sie, als die Schilde sich gegeneinander verschoben, das Gesicht ihrer Gegnerin – blitzschnell schlug sie mit der Machete zu. Sie spürte, daß sie getroffen hatte, riß die Machete zurück und schlug noch einmal und noch einmal in das verhaßte Gesicht. Dann war plötzlich kein Feind mehr da; mit Klirren und Krachen stürzte der mit schwerer Rüstung bewehrte Leichnam über die Leiter zu Boden.

»Komm, Königin!« rief eine Arbeiterin. »Es wird zum Rückzug geblasen!«

Iroedh war zu beschäftigt gewesen, um das Trompetensignal gehört zu haben. Jetzt sah sie, daß auf allen Seiten die Avtini von der Mauer sprangen und in Richtung des Hauptplatzes liefen. In einem Sektor war es den Arsuuni gelungen, die Mauer in ihre Gewalt zu bringen, und der General zog nun seine Truppen zurück, um zu verhindern, daß die äußeren Verteidigungslinien abgeschnitten und einzeln vernichtet wurden.

Iroedh rannte mit den anderen die Stufen hinunter; hinter ihnen schwärmen die Arsuuni über die Mauer und brüllten ihr *»Künnef!«*

Als der General sah, daß Iroedh angerannt kam, schrie er: »Habe ich dir nicht verboten, zu kämpfen! Weißt du nicht, daß in Kriegszeiten auch Königinnen meinem Befehl unterstehen? Jetzt geh in die Mitte des Platzes. Du kannst mit diesem überdimensionalen Obstmesser ohnedies nichts anfangen, wir brauchen dich hier als Symbol!«

»So, ich kann nichts damit anfangen?« schrie Iroedh wütend und hielt dem General ihre blutige Machete unter die Nase; doch er faßte sie bei den Schultern und schob sie auf ihren Platz. Um sie herum bildeten die Arbeiterinnen einen massiven, quadratischen Schutzwall, mit Speeren und Schildern nach außen hin bewehrt, so daß selbst die Arsuuni Schwierigkeiten haben würden, hier durchzubrechen. Aus den umliegenden Kuppelbauten kamen weitere Arbeiterinnen, die Möbel und allerhand Gerätschaften angeschleppt brachten. Aus diesen Dingen wurde eine Art Barrikade um den Platz herum angefertigt.

»Wir sind ihnen noch immer zahlenmäßig überlegen«, hörte Iroedh den General eben sagen. Sie aber wußte nur zu gut, daß ein Arsuun zwei Avtini entsprach, schon allein der Gewichtsüberlegenheit zufolge.

Zwischen den helmgeschmückten Köpfen der Arbeiterreihen hindurch sah Iroedh den Anmarsch des Feindes. General Omvem von Tvaarm kam gemächlich angerückt; sie hatte ihre Soldaten zu einem Keil formiert, der in einem letzten Angriff die Avtini zerschmettern sollte.

Die arsuunische Trompete gab einen tiefen, fast grunzenden Ton von sich, und der Keil stieß zu. Schilde klirrten, Speere zischten. Der Soldat an der Spitze des Keiles fiel, von einem Dutzend Speeren durchbohrt, noch ehe er die Barrikade überklettert hatte; im Fallen riß die Arsuun zwei Avtini mit. Doch die Nachkommenden drängten vorwärts und trampelten nieder, was ihnen in den Weg kam. Die quadratische Aufstellung der Avtini verlor ihre Form, schmolz zu einem wogenden Klumpen zusammen, der sich um die stumpf gewordene Spitze des arsuunischen Keiles legte. Diejenigen, die hinter der Frontreihe standen, versuchten, über die Toten und Verwundeten hinweg an ihre Gegner zu gelangen.

Die überragende Größe der Arsuuni gab den Ausschlag; der General, der neben Iroedh gestanden hatte, lag, von einem Speer durchbohrt, am Boden. Iroedh selbst wurde im Kampfgetümmel hin und her gestoßen, man trat ihr auf die Füße und rammte ihr Ellbogen in die Rippen. Eine Arsuun beugte sich über sie, ihren abgebrochenen Speerschaft wie eine Keule schwingend. Obwohl Iroedh den Schlag mit ihrem Schild auffing, hatte sie danach ein Gefühl, als sei ihr Arm gebrochen.

Dann ließ der Druck des Feindes nach, doch der Lärm wurde noch lauter. Als Iroedh sich umsah, bemerkte sie Gestalten an der Mauer, glänzende Rüstungen ... das Drohnenheer war gekommen! Zu Hunderten kamen sie über die Mauer, stürzten sich auf die schon siegessicheren Arsuuni; die vordersten Reihen waren mit Macheten ausgerüstet. Sie unterliefen die Speere und schlugen ihre Macheten in die Beine der arsuunischen Riesinnen, dort, wo sich zwischen Schurz und Beinschiene ein handbreites Stück des Oberschenkels ungeschützt darbot. Die Arsuuni fielen wie Bäume, auch General Omvem, von vier Drohnen zugleich angegriffen.

Die führerlosen, eingeschlossenen Arsuuni rannten ziellos umher und versuchten, irgendwo durchzubrechen. Doch kaum hatte sich eine vom Getümmel abgesetzt, fielen die Drohnen über sie her und hieben ihr in die Beine, bis sie stürzte.

Und dann waren plötzlich keine Arsuuni mehr auf den Beinen, einige Hunderte lagen am Boden, und die Avtini schnitten jenen, die sich noch rührten, die Kehlen durch.

Iroedh, die sich auch daran beteiligte, fühlte sich plötzlich von einem Paar blutiger Hände gepackt, hochgehoben und gedrückt, bis ihr die Luft ausging. Es war Antis! Nachem er seine Umarmung gelöst hatte, gab er ihr einen Klaps auf das Hinterteil. Vom ihm ließ sie es sich gerne gefallen.

»Hab' ich dir nicht gesagt, du sollst nicht so weit voraus«, knurrte er. »Wir rannten uns die Beine ab, um dich einzuholen, und wären doch fast zu spät gekommen. Aber wir hatten dreimal Glück, Gwyyr sei's gedankt! Erst begegneten wir einer andern Drohnenbande, die sich uns anschloß. Dann, als wir zu den Lhanwaed-Hügeln kamen, sahen wir, daß der gute alte Umwys die ganze Zeit nichts als matselhi geschmiedet hatte, fast hundert Stück hatte er fertig. Ich kaufte alle und konnte so meine Leute besser bewaffnen; besser, als ich es mir je zu erhoffen gewagt hätte. Und der letzte Glücksfall: Die Arsuuni waren so freundlich gewesen, ihre Leitern an der Mauer lehnen zu lassen, so daß wir es leicht hatten, darüberzukommen. Aber wie geht's dir?«

Iroedh sah, daß kaum die Hälfte der Arbeiterinnen von Elham überlebt hatte; Rhodh, eine der mutigsten Kämpferinnen, war gefallen, ebenso Tydh und Iinoedh und viele ihrer alten Freundinnen. Nur zwei Offiziere hatten überlebt. Die

Verluste der Drohnen waren unbedeutend, die Arsuuni aber waren alle ausgelöscht, keine einzige der Riesinnen hatte die Schlacht überlebt.

Iroedh erzählte Antis, was geschehen war, seit sie sich getrennt hatten.

»Jetzt«, endete sie, »da Estir und die konservativen Offiziere tot sind, hoffe ich, daß die Überlebenden unseren Vorschlag annehmen und sich mit den Drohnen vermählen werden.«

»Sie würden gut daran tun! Wir alle sind voll Sehnsucht nach den Seligkeiten des Ehelebens, und jeder von uns möchte lieber heute als morgen eine Arbeiterin packen und sie mit Steaks füttern. Apropos Steaks ...«

Antis warf ihr einen Blick zu, den sie nur allzugut kannte. Doch da landete eben der Hubschrauber, von den Avtini, die ihn noch nicht kannten, neugierig bestaunt, und Bloch kletterte heraus.

»Meine Glückwünsche zu eurem Sieg!« rief er.

»Nun, dir verdanken wir ihn nicht!« meinte Antis mit säuerlicher Miene.

»Aber Antis«, lachte Iroedh, »du vergißt das hier!« Und sie schwang ihre Machete.

Bloch schnappte nach Luft. »Du meinst, ihr hattet nichts dergleichen, bevor wir kamen? Und ihr habt sie kopiert?«

»Ja.«

»Ogottogott, jetzt sitz ich in der Tinte! Aber du hast mir doch erzählt ...«

»Ja, ich weiß, aber ich habe eben die Wahrheit ein bißchen ausgeschmückt, nur um mein Volk zu retten. Wir werden den anderen Terranern nichts davon erzählen, und wahrscheinlich erfahren sie es nie!«

Bloch schüttelte den Kopf. »Hoffen wir, daß es so ist. Ich hätte daran denken sollen, wie die Schwerter der spanischen Konquistadoren unter den armen ... aber davon wißt ihr ja nichts. Ich möchte noch ein paar Aufnahmen machen und ein paar von den toten Arsuuni mitnehmen. Sie wären wertvoll für meine Sammlung eingeborener Fauna.«

»Nur zu«, meinte Iroedh und legte ihre blutbefleckte Kleidung ab. »Ach, da ist ja Vardh!«

Vardh hatte einen verwundeten Arm und machte einen

niedergeschlagenen Eindruck. Der Königliche Offizier sagte: »Man wird Vardh hier nicht leben lassen: selbst wenn alle euer neues System akzeptieren, bleibt doch immer noch die Tatsache des Königinnenmordes bestehen ...«

Vardh blickte auf. »Ich weiß. Und da du jetzt Antis hast, brauchst du mich nicht mehr, und so wird es für uns alle leichter sein ...«

Sie hob einen Speer auf, hielt ihn mit der Spitze gegen ihre Brust und lief auf die Mauer zu.

»Nein, halt sie auf!« schrie Iroedh.

Antis warf Iroedh einen überraschten Blick zu, sprang aber dann Vardh nach, packte sie beim Schopf und entwand ihr den Speer.

»Närrin«, grunzte er. »Als wenn unser Volk nicht schon genug Leute verloren hätte!«

Iroedh sagte: »Es gibt keinen Grund für dich, dir das Leben nehmen zu wollen. Ich weiß etwas Besseres.«

»Was denn? Vielleicht so ein geschwollenes Weibchen zu werden und mich den gräßlichen Umarmungen eines lüsternen Drohnenmannes zu unterwerfen? Nein, danke!«

»Wie gefiele es dir, das neue Orakel von Ledhwid zu werden?«

»Ich, ein Orakel?«

»Ja, warum denn nicht? Das alte starb, ohne einen Nachfolger zu hinterlassen, also könnte dieser Posten von dem ersten, der kommt, eingenommen werden. Und ich kann mir dich gut als Orakel vorstellen!«

»Ich werd's mir überlegen«, meinte Vardh. »Entschuldige, daß ich so unfreundlich bin. Ich habe dich noch immer gern, aber alles ist so verwirrend.«

Tregaros sagte: »Königin Iroedh, du solltest sofort einen Angriff auf Tvaarm starten. Sie haben dort nur noch eine Handvoll Soldaten und erwarten natürlich keinen Angriff. Die avtinischen Sklaven werden ihnen gewiß nicht helfen. Ein rascher Marsch und ein überraschender Nachtangriff, hm? Wir könnten ihre eigenen Leitern nehmen ...«

Der Bursche hat sicher recht, dachte Iroedh, aber nach all dem Blutvergießen konnte sie gar nicht daran denken. Auch wollte sie nicht, daß Antis sich noch einmal in einen Kampf stürzte, in all seiner närrischen Tapferkeit könnte er womöglich selbst getötet werden. So sagte sie zum Königlichen Offizier: »Haben die Überlebenden des Rates meinen Vorschlag angenommen?«

»O Königin, wir sind alle so verwirrt, wir wissen nicht, was wir sagen sollen. Ich werde mit meinem Kollegen darüber sprechen.«

Bald darauf kamen die beiden Offiziere zurück. Der Königliche Offizier ergriff das Wort: »Königin Iroedh, wir akzeptieren dich und stimmen zu, dein Programm einer gemischten Ernährung durchzuführen, wenn du uns versprichst, unsere verfassungsmäßigen Rechte unangetastet zu lassen. Willst du das?«

»Gewiß.«

Die Offiziere gingen wieder, um für ein Massenbegräbnis zu sorgen. Es gab viel zu viele Leichen, als daß sie hätten von den Seifenfabriken verarbeitet werden können. Die überlebenden Arbeiterinnen gingen schweigend und niedergeschlagen ans Werk; alle hatten zu viele Freunde verloren, um sich des Sieges richtig freuen zu können. Während die Toten weggeschafft wurden, wandte sich Bloch wieder an die beiden Avtini.

»Iroedh, Antis! Habe ich euch schon gesagt, daß Subbarau für euch einen Posten hätte?«

»Was?« fragte Antis.

»Er kann euch nicht mit auf die Erde nehmen, aber er würde euch gerne zu Repräsentanten der *Viagens Interplanetarias* machen, hier auf Ormazd. Wir versuchen immer, einen verläßlichen Eingeborenen sozusagen als Mittelsmann auf den verschiedenen Planeten einzusetzen. Das würde bedeuten, ihr müßtet uns zunächst einmal auf unserer Fahrt zu den einzelnen Kontinenten begleiten und euch mit den dort herrschenden Kulturen und Sprachen vertraut machen.«

»Das klingt gut«, erwiderte Iroedh, »ich muß es aber zuerst mit Antis besprechen.« Sie nahm ihn beiseite und fragte: »Was hältst du davon? Ich bin dafür.«

Antis sah sie zweifelnd an. »Wir haben hier eine Aufgabe als König und Königin einer neuen bisexuellen Volksgemeinschaft, nicht? Was sollen wir da herumfliegen, Gwyyr weiß wohin!«

»Und was ist ein König und eine Königin unter den neuen

Bedingungen? Früher war die Königin dazu da, die Eier zu legen, aber wenn alle Arbeiterinnen funktionstüchtige Weibchen sind, wozu ist da noch eine Königin gut? Wir hätten keinerlei politische Macht, insbesondere, da sie mich gewarnt haben, an ihre konstitutionellen Rechte zu rühren.«

»Ich weiß nicht ...«, sagte Antis.

Iroedh fragte sanft: »Fürchtest du dich denn vor dem Himmelsschiff?«

»Ich?« Sein Gesichtsausdruck änderte sich augenblicklich. »Warum sollte ich? Wenn wir hier blieben, wären wir doch nichts als dekorative Schaustücke, verehrt, aber unfähig, etwas zu *tun?*«

»Genau. Aber wenn wir das Angebot der Terraner akzeptieren ...«

»Dann haben wir auch keinen Augenblick Langeweile. Wie ich schon immer gesagt habe, unsere Zukunft liegt bei den Terranern. Wir wollen Daktablak rasch zusagen, bevor er sich's anders überlegen kann.«

Der Königliche Offizier tauchte wieder an Iroedhs Seite auf. »Tregaros möchte eine Strafexpedition nach Tvaarm rüsten, und wenn du nichts dagegen hast, könnten wir morgen aufbrechen. Wir sind jedoch übereingekommen, daß du und Antis hier bleiben; ihr dürft euch nicht wieder den Gefahren eines Kampfes aussetzen.«

»Macht nur, wie ihr wollt«, entgegnete Iroedh. »Die Himmelsleute haben uns einen viel bedeutenderen Posten angeboten als die Regentschaft über ein Volk.«

»Und was ist das?«

Iroedh erzählte dem Offizier vom Angebot der Terraner. Antis fügte hinzu: »Sie hat ganz recht. Nachdem ich den größten Teil meines Lebens eingesperrt im Drohnenharem verbracht habe, ist nicht einmal ein ganzer Kontinent groß genug für mich.«

»Großer Eunmar«, sagte der Offizier. »Ist das eine Überraschung! Aber ich hoffe, wir dürfen dich weiterhin ›Königin‹ nennen, als Ehrentitel!«

»Natürlich. Ich werde auch die königlichen Insignien tragen, wenn ich euch besuche, aber ihr müßt für Antis einen gleichen Schmuck anfertigen lassen.«

»Gerne. Wir brauchen doch ein Symbol, das unsere Loyalität gegeneinander und dem Volk gegenüber manifestiert, etwas, das unser Gefühl anspricht ...«

»Gefühl!« rief Iroedh, »natürlich, das erinnert mich an Elnora, nie habe ich erfahren, was mit ihr geschah!«

»Wer oder was ist Elnora?« fragte der Königliche Offizier.

»Eine Gestalt aus einem Buch, das mir Daktablaks Gemahlin einmal gegeben hat. Und wenn ich sonst gar nichts von Elham mitnehme, diese Buch hätte ich gerne. Was wohl aus ihm geworden ist, als ich vertrieben wurde?«

Vardh mischte sich ein: »Ich habe es damals aus deiner Zelle geholt und in meiner eigenen verborgen, falls du irgendwann einmal zurückkehren solltest. Du findest es unter meinem Strohsack.«

»Ich danke dir, Liebste! Ich bin gleich wieder da!«

Sie sprang durch das Portal. »Warte doch, meine Schöne«, rief Antis, »ich komme mit!« Und hinter den beiden fiel die Tür ins Schloß.

GLOSSAR ORMAZDINISCHER NAMEN UND WÖRTER

Aithles – der König in der Idhigos-Saga.
Antis – ein Drohnenmann von Elham und Iroedhs bester Freund.
Arsuuni – eine den Avtini feindliche Rasse (*Arshuul* in ihrer eigenen Sprache)
Arsuunyk – die Sprache der Arsuuni.
Avpandh – eine Arbeiterin von Elham.
Avtini – die höchstentwickelte Rasse von Ormazd (Singular *Avtin*).
Avtinid – das Land der Avtini.
Avtiny – Adjektiv zu Avtini.
Avtinyk – avtinisch, die Sprache der Avtini.

Baorthus – ein Drohnenmann von Elham.
borb – eine der Meile vergleichbare Entfernungseinheit.
branio – ›halt‹ auf avtinisch.

dairtel – eine Pflanze mit nußartigen Früchten.
Danoakor – eine einstige Königin der Avtini, Urheberin der Ernährungsreform.
Denüp – ein Volk der Arsuuni.
Dhiis – ein Gott der alten avtinischen Religion.
dhug – ein kleines Stacheltier.
dhwyg – ein vielbeiniges Kriechtier.
Dyos – ein Drohnenmann von Elham.

Eiudh – eine Arbeiterin von Elham.
Elham – das Avtini-Volk, dem die Heldin angehört.
Elhamni – die Angehörigen von Elham.
Enroys – ein früherer Orakelmeister von Ledhwid.
Estir – Kronprinzessin von Elham.
Eunmar – eine Göttin der alten avtinischen Religion.

Garnedh – eine Priesterin von Ledhwid.
Geyliad – Schauplatz des *Liedes von Geyliad.*
Gliid – ein unbewohntes Tal in der Nähe von Thidhem.

Gogledh – eine Arbeiterin von Thidhem.
Gruvadh – eine Arbeiterin von Elham.
Gunes – ein Drohnenmann in der *Idhios-Saga.*
Gwyyr – die alte avtinische Göttin des Glücks.

Hawardem – avtinische Volksgemeinschaft im Norden.
Ho-olhed – der Stern Prokyon.
hudig – ein kleiner, eßbarer Pflanzenfresser.
huusg – ein quallenähnliches Seetier (und ein Sternbild).
Hwead – eine Schlucht in der Nähe von Ledhwid.

Idhios – Held der *Idhios-Saga.*
Igog – ein feuerspeiendes Ungeheuer im *Märchen von Mantes.*
Iinoedh – eine Arbeiterin von Elham.
Inimdhad – ein in der *Idhios-Saga* erwähnter Ort.
Intar – Königin von Elham.
Iroedh – Arbeiterin von Elham, die Heldin.
Ithodh – eine Arbeiterin von Yeym.

khal – ein Baum mit eßbaren Samen.
Khinad-Klippe – ein Ort in der Nähe von Elham.
Khinam – eine Ruinenstadt auf der *Khinad-Klippe.*
Khwiem – eine avtinische Volksgemeinschaft.
künnef – der Kriegsruf der Arsuuni.
Kutanas – ein Drohnenmann von Elham.
kwa – ›Hurra!‹ auf avtinisch.

Ledhwid – Sitz eines berühmten Orakels.
leipag – ein mittelgroßer, eßbarer Pflanzenfresser.
Lhanwaed – eine Hügelkette in der Nähe von Elham.
Lhuid – eine Priesterin von Ledhwid.

Maiur – Königin von Thidhem.
Mantes – Held des *Märchens von Mantes.*
matselh – ›Machete‹ auf avtinisch.

neiriog – ein kleines, oft als Schoßtier gezähmtes Geschöpf.
Niond – avtinisch für ›Erde‹, ›Boden‹ oder ›Welt‹.
noag – ein großer Fleischfresser

oedhurh – ›Liebe‹ auf avtinisch.
Omvem – General von Tvaarm.
Omvyr – Königin von Tvaarm (in ihrer eigenen Sprache *Omförs*)

pandre-eg – ein großer, wilder Pflanzenfresser, verwandt mit dem ueg.
Pligayr – Intars Vorgängerin als Königin von Elham.
pomuia – eine Blüten und Früchte tragende Pflanze.
prutha – ein Ausruf des Ärgers.

Rhodh – Arbeiterin von Elham.
Rhuar – eine ehemalige Königin von Elham.
rumdrekh – ein Selbstverteidigungssystem.

Santius – ein Drohnenmann in der *Idhios-Saga*.
suroel – eine Pflanze, deren Fasern für Textilien verwendet werden.
Sveik – ›Erde‹ auf Arsuunyk.

tarhail – ein kultiviertes Getreidegras.
telh – eine Flöte.
Thidhem – eine benachbarte avtinische Volksgemeinschaft von Elham.
Tiwinos – ein Gott der alten avtinischen Religion.
Tregaros – ein Drohnenmann, Offizier von Wythias.
Tvaarm – eine Volksgemeinschaft der Arsuuni (in ihrer eigenen Sprache: *Tvaar*).
Tydh – eine Arbeiterin von Elham.

ueg – ein großes, zweibeiniges, domestiziertes Zugtier.
uintakh – ein dem Kegeln ähnliches Spiel.
umdhag – ein kleines Tier.
Umwys – ein abtrünniger Drohnenmann, ein Schmied.

vakhnag – ein sehr großer, pflanzenfressender Vierbeiner.
vakhwil – ein Baum, dessen Rinde als Schreibmaterial verwendet wird.
valh – avtinisch für ›Messer‹.
Vardh – eine Arbeiterin von Elham, Iroedhs beste Freundin.

Vinir – die Königin in der *Idhios-Saga.*
vremoel – eine Frucht.

weu – ein Ausruf der Bestürzung.
Wisgad – ein Vulkan in der Nähe von Gliid.
Wythias – der Anführer einer Bande von abtrünnigen Drohnen.

Yaedh – eine Priesterin von Ledhwid.
Yeym – eine von den Arsuuni vernichtete Volksgemeinschaft der Avtini.
Ystalverdh – eine Priesterin von Ledhwid.
Ytidh – eine Arbeiterin von Elham.

John D.
MacDonald

HERRSCHER DER GALAXIS

Von John D. MacDonald erschienen in der Reihe
HEYNE SCIENCE FICTION & FANTASY:

Herrscher der Galaxis · 06/3092, auch ↗ 06/4336
Planet der Träumer · 06/3166, auch ↗ 06/1009

HEYNE BLAUE KRIMI:
Das John D. MacDonald Krimi-Lesebuch · 02/2092

HERRSCHER DER GALAXIS
erschien ursprünglich als HEYNE-BUCH Nr. 06/3092
Titel der amerikanischen Originalausgabe:
BALLROOM OF THE SKIES
Deutsche Übersetzung: Wulf H. Bergner

1

Die Welt, überlegte er sich, gleicht jenem Zirkusakt aus der längst vergangenen Kindheit, als das Zelt über der Manege noch bis zu dem blauen Sonnenhimmel aufzuragen schien.

Er erinnerte sich an den Clown auf dem Drahtseil, der sich so unbeholfen bewegte, daß er jeden Augenblick abzustürzen drohte, obwohl er sich doch immer wieder rechtzeitig fing. Der arme Clown hatte solche Angst vor der schwindelnden Höhe und versuchte trotzdem die Menge zu unterhalten, indem er einige Teller aus seiner weiten Jacke holte und irgendwie mit ihnen jonglierte. Wie das weiße Porzellan im Scheinwerferlicht geglänzt hatte!

Man stellte sich bereits vor, wie der unbeholfene Clown abstürzen und hart auf dem Boden aufschlagen würde, konnte aber trotzdem nicht den Blick von ihm wenden. Und dann war plötzlich alle Unsicherheit verflogen. Er streifte seinen alten Anzug ab, enthüllte einen muskulösen Athletenkörper in dem silbernen Trikot und verbeugte sich leicht, als der Beifall aufrauschte. Und die Kinder lachten begeistert, weil sie wußten, daß sie vorher fast geweint hatten.

Jetzt beobachteten alle Menschen den armen Clown auf dem Drahtseil. Er jonglierte Atombomben, Napalm und die unzähligen anderen Waffen, die zur Vernichtung menschlichen Lebens erfunden worden waren. Alle Zuschauer wußten, daß sein Fall das Ende bedeuten würde – für das Zelt und die Kapelle und die Akrobaten und alle anderen. Der Clown stand schon zu lange dort oben; die Nerven der Menschen waren zum Zerreißen gespannt. Sie warteten darauf, daß er den alten Anzug ablegte und sich verbeugte, um nun den Applaus entgegenzunehmen. Aber das tat er nicht, sondern blieb weiter im Scheinwerferlicht.

Vor vielen Jahren hatte er im Museum für Moderne Kunst einen Stummfilm mit Harald Lloyd gesehen; der Film war damals bereits dreißig Jahre alt gewesen. Der Hauptdarsteller hatte eine schwarze Binde vor den Augen und wanderte ziellos über das Stahlgerüst eines Wolkenkratzers, der sich noch im Bau befand. Damals strebten die Menschen noch der Sonne entgegen, anstatt sich wie jetzt in der Erde zu vergraben.

Der Mann hatte nicht gewußt, daß er sich hoch über der Erde in schwindelnder Höhe befand. Er war mit ausgestreckten Armen ziellos umhergeirrt. Wenn er in den leeren Raum hinaustrat, wurde im richtigen Augenblick ein neuer Träger heraufgezogen, auf dem sein Fuß wieder Halt fand.

Vielleicht traf diese Analogie eher zu, denn der Clown war sich über die Gefahr im klaren, während der Mann in dem Stummfilm nicht wußte, was ihm drohte.

Jetzt stand das Museum für Moderne Kunst schon lange nicht mehr. Die Strahlungsmenge in diesem Gebiet war so gering, daß die Schutzvorrichtungen an den Bussen eher dazu dienten, die Touristen zu beeindrucken.

Damals hatte die Menschheit schon sicher geglaubt, daß der Clown abstürzen, daß der Stahlträger nicht rechtzeitig heraufgezogen würde. Die Großstädte waren in Flammen aufgegangen, bevor die Bevölkerung gewarnt werden konnte. Der Krieg war ein drittes- und letztesmal über Europa hinweggezogen und hatte eine Wüste hinterlassen, in der nur noch einige Millionen Menschen vegetierten.

Aber irgendwie hatte die Welt noch einmal das Gleichgewicht gewonnen – der drohende Sturz war im letzten Augenblick verhindert worden. Als einzige Großmacht hatte Pak-India sich behaupten können, denn dieser Staatenbund aus Pakistan und Indien hatte einen erstaunlichen Aufschwung genommen, als die Geburtenkontrolle rücksichtslos erzwungen wurde. Pak-India hatte Burma, Siam, Ceylon, Malaysia und Südchina annektiert und verfügte seitdem über Bodenschätze, die sonst nur Brasilien zur Verfügung standen, das erst letztes Jahr den Regierungssitz nach Buenos Aires verlegt hatte.

Diese Entwicklung war unerwartet gekommen, überlegte Branson, denn vor dem Krieg hätte niemand daran gedacht. Der Kommunismus als Religion und politische Theorie hatte versagt, als sich herausstellte, daß die Menschen sich auf die Dauer keiner Reglementierung unterwerfen wollten, die alle Lebensbereiche erfaßte.

Die Welt schien das Gleichgewicht verloren zu haben, fing sich aber doch wieder. Pak-India war die stärkste Demokratie geworden, während die Vereinigten Staaten versuchten, sich selbst zu beweisen, daß sie ein vollwertiger Partner waren, obwohl jeder wußte, daß sie eine untergeordnete Rolle spielten. Alle Staaten Europas außer Spanien – soweit man dabei überhaupt noch von Staaten sprechen konnte – waren von Indien abhängig geworden. Australien und Kanada befanden sich in der gleichen Lage.

Aber die Uhren der Weltgeschichte waren rückwärts gedreht worden, so daß der alte Feind wieder der neue war. Ein faschistischer Dreierbund bedrohte die Welt – Brasilien hatte drei Viertel von Südamerika erobert und marschierte und sang unter den silbernen Bannern Garvas, Nordchina sang die gleichen Lieder unter der Führung eines gewissen Stephen Chu und Irania, zu dem außer Ägypten und Arabien auch Nordfrika gehörte, marschierte unter dem Befehl des Anglo-Ägypters George Fahdi.

Die schlimmsten Nachwirkungen des Krieges waren in der Zwischenzeit überwunden. Jetzt wurden überall wieder deutliche Grenzen gezogen. Niemand überschreitet diese Linie. Seht euch meine Armeen, meine Bomberflotten und meine Raketenbasen an. Bleibt gefälligst auf eurer Seite.

Malthus hätte den Krieg wahrscheinlich als sinnlos bezeichnet, denn er hatte zu keiner entscheidenden Reduzierung der Bevölkerung geführt. Branson wußte sogar, daß die Weltbevölkerung sich jeden Tag um achtzigtausend hungrige Münder vermehrte. Fast dreißig Millionen im Jahr. Und gleichzeitig schien der Vierte Weltkrieg immer näher zu rükken, der das Ende der Menschheit bedeuten würde. Aber irgendwie wurde eine Krise nach der anderen überwunden, ohne daß es zu der Explosion gekommen wäre.

Der Clown kämpfte um das Gleichgewicht. Der Filmschauspieler trat ins Leere.

Branson stand von seinem Schreibtisch auf und ging an das Fenster hinüber. Wenn man ein billiges Büro mietete, hatte man ein Fenster, aus dem man hinaussehen konnte. Ein teurer Raum hätte an der gleichen Stelle ein phantasievolles Diorama. Bei dieser unterirdischen Architektur spielten die Psychologen eine große Rolle. Wenn der Mensch schon unter der Erde arbeiten und leben muß, verschafft man ihm wenigstens Illusionen, denn der Mensch ist kein Maulwurf.

Auf dem New Times Square, der zehn Stockwerke tiefer lag, herrschte reger Verkehr. Amerikanische Autos keuchten und ratterten durch die Straßen, während ihre Turbinen stinkende Rauchwolken ausstießen, die auf den schlechten Treibstoff zurückzuführen waren. Hier und dort war ein chromblitzender Taj oder Brahma zu sehen, den sich kein Gehaltsempfänger leisten konnte. Die besten Autos der Welt wurden in Indien gebaut. Tata Automotive konstruierte riesige Straßenkreuzer, während die Autofabriken in Detroit Standardmodelle herausbrachten, die aus Ersatzmaterialien bestanden und vor allem weniger Treibstoff verbrauchten.

Branson wußte, daß in einigen der ausländischen Wagen Touristen aus Pak-India saßen. Er hatte sich nie mit ihrer Arroganz abfinden können, ihrer oft geäußerten Überzeugung, daß in Indien alles besser als in Amerika sei. Viel besser. Aber Indien war ein neuer Gigant, der von Tag zu Tag stärker zu werden schien. Deshalb wurden die Touristen entgegenkommend behandelt, denn Amerika war auf ihre Rupien angewiesen. Und die Botschaften und Konsulate verfügten über großen Einfluß. Aber die Inder waren so arrogant, daß sie glaubten, sich überall verständlich machen zu können, selbst wenn ihr Gesprächspartner weder Hindi noch Tamil sprach, indem sie ihn laut anbrüllten. Auch ihr Präsident Gondohl Lahl schien ähnlich zu denken, wenn es um die Beziehungen zu anderen Staaten ging.

Darwin Branson lächelte vor sich hin, als er daran dachte, daß er jetzt vielleicht dazu beitragen konnte, daß der drohende Krieg nicht ausbrach. Robert Enfield, der Präsident der Vereinigten Staaten, hatte ihm einen Geheimauftrag anvertraut. Enfield hatte erkannt, daß die Welt keinen weiteren Krieg überstehen würde. Indien konnte seine Forderungen nicht mit Gewalt durchsetzen, wollte aber auch nicht verhandeln. Der Dreierbund hatte von Anfang an Gespräche mit Indien abgelehnt. Aber die Vereinigten Staaten wurden zu einem ehrlichen Makler, der einen Interessenausgleich herbeiführen wollte.

Während seiner Besuche in Buenos Aires, Alexandrien, Schanghai und Bombay hatte Branson feststellen können, daß überall Kräfte am Werk waren, die Frieden wünschten. Die Menschheit fürchtete im Grunde genommen nichts mehr als einen neuen Krieg – und deshalb war jetzt die Zeit für den Abschluß eines allgemeinen Beistandspaktes gekommen.

Branson warf einen Blick auf seine Uhr. Noch zwanzig Minuten, dann kamen die beiden Männer in sein Büro. Dake Lorin, sein junger Assistent, und der merkwürdige Engländer Smith, dem sein Führer George Fahdi Vollmacht erteilt hatte, den Handel abzuschließen. Sowie alle Angebote eingegangen waren, würde Branson sich mit Präsident Gondohl Lahl in Verbindung setzen. Sehen Sie, welche Konzessionen die anderen machen wollen? Und nur das hier erwarten wir von Ihnen. Als Endergebnis kann die Welt erleichtert aufatmen und in Zukunft besser leben. Branson wußte, daß Gondohl Lahl sich vernünftigen Argumenten nicht verschließen würde, und er war davon überzeugt, daß Smith auf seine Vorschläge eingehen würde.

Noch eine Viertelstunde. Er hörte Schritte im Flur. Waren die beiden früher als erwartet gekommen? Branson öffnete die Tür. Die beiden jungen Leute wirkten harmlos. Sie sahen gut aus und traten selbstsicher auf.

»Offenbar haben Sie sich in der Tür geirrt«, sagte Darwin Branson lächelnd.

»Leider nicht, Sir«, antwortete der junge Mann fast traurig. Es gab immer Fanatiker, die Attentate auf wichtige Männer ausführten. Aber diese beiden jungen Menschen verfügten nicht über den fanatischen Blick, der unverkennbar war.

Darwin Branson dachte noch immer über diese Tatsache nach, als der junge Mann ihn so rasch ermordete, mit so erstaunlicher Geschwindigkeit, daß Branson nicht einmal wahrnahm, daß plötzlich die große endgültige Dunkelheit für ihn begonnen hatte.

Die junge Frau fing die Leiche in beiden Armen auf und trug sie ohne die geringste Anstrengung zu der Couch hinüber. Dann sah sie mit unbewegter Miene zu, wie ihr Begleiter rasch einige Vorbereitungen traf. Die kleine Maschine summte leise. Die junge Frau drehte sich um, ging an die Tür und öffnete sie. Draußen stand Darwin Branson; er war leichenblaß. Branson kam herein und setzte sich an den Schreibtisch. Der Mann lehnte sich zu ihm hinüber und flüsterte ihm etwas ins Ohr. Dann nickte er der jungen Frau zu und verließ gemeinsam mit ihr den Raum.

»Dreißig Sekunden«, sagte die junge Frau. Der Mann klopfte an die Tür. Darwin Branson öffnete sie.

»Offenbar haben Sie sich in der Tür geirrt«, sagte Darwin Branson lächelnd.

»Tut mir leid, Sir«, entschuldigte sich der junge Mann. »Verzeihen Sie die Störung.«

»Schon gut«, antwortete Branson. Die beiden jungen Leute gingen auf die Treppe zu. Im fünften Stock blieben sie stehen und warteten. Sie hörten den Fahrstuhl summen und dann halten. Die Tür wurde geöffnet. Zwei Männer gingen auf Bransons Büro zu.

Der Mann nickte der Frau zu. Sie lächelte rasch. Er öffnete ein Fenster, dann traten sie beide auf den schmalen Sims hinaus. Einen Augenblick später standen sie nebeneinander auf dem Dach eines Gebäudes, von wo aus sie das beleuchtete Büro sehen konnten, in dem sich drei Männer unterhielten. Die beiden jungen Leute faßten sich an den Händen, tauchten nochmals am Sockel der zertrümmerten Freiheitsstatue auf und verschwanden dann endgültig.

Darwin Branson saß Smith in seinem Büro gegenüber. Der Mann war ihm sofort unsympathisch gewesen, er traute ihm nicht. Smith wirkte ... zu ölig, zu gerissen. Vielleicht informierte er ihn doch lieber nicht über alle Pläne. Smith machte den Eindruck, als finde er überall einen Ausweg, um alles zu seinen Gunsten zu verdrehen.

Dake Lorin schien sehr von diesem Smith eingenommen zu sein. Branson lächelte überlegen und fast verächtlich. Der junge Mann war so unglaublich ... edel, so naiv und gutgläubig. Lorin war davon überzeugt, daß die Erde sich eines Tages wieder in einen Garten Eden verwandeln würde. Dieser junge Riese mit seinen fast zwei Metern war zwar körperlich recht gut entwickelt, aber seine geistigen Fähigkeiten schienen nicht die gleiche Stufe erreicht zu haben. Nein, Lorin war genau der Typ, der auf diesen öligen Smith hereinfiel.

Branson fragte sich, wozu er eigentlich ein Jahr seines Lebens auf diese Weise vergeudet hatte. Selbst einige Kompromisse würden nichts mehr ändern. Die Welt steuerte auf den nächsten Krieg zu, und Robert Enfield brauchte sich nicht einzubilden, daß die Vereinigten Staaten diese Entwicklung aufhalten konnten. Im Augenblick war es viel wichtiger, sich rechtzeitig auf die Seite des Siegers zu schlagen, solange noch eine Möglichkeit dazu bestand.

Er sah, daß Smith seine Verachtung spürte, und lächelte amüsiert darüber.

2

Smith war von Anfang an skeptisch und mißtrauisch gewesen. Er war ein kleiner rundlicher Mann mit fetten Händen und einem Mondgesicht, in dem aber zwei eiskalte Augen blitzten. Dake Lorin hatte sich große Mühe gegeben, diesen Mann für sich zu gewinnen. Das war sehr schwierig gewesen. Er versuchte sich vorzustellen, daß Smith eine komplizierte Puppe sei. Und wenn man auf den falschen Knopf drückte, hörte man die Standardantworten. Irania ist mächtig. Irania ist furchtlos. Irania ist tapfer. Unser Führer George Fahdi ist groß.

Der Trick bestand darin, diese automatischen pseudopatriotischen Reflexe zu überwinden, um zu dem Mann selbst vorzudringen.

»Ich habe gehört, daß Ihr Führer von Mister Branson beeindruckt gewesen ist«, sagte Lorin zu Smith, der neben ihm saß. Die beiden Männer waren im Auto zu Bransons Büro unterwegs, nachdem sie sich am Flughafen getroffen hatten, wo Smith mit einem falschen Paß eingereist war.

Smith zuckte mit den Schultern. »Er hat mir gesagt, daß er Mister Branson für eine seltene Ausnahme hält. Für einen guten Menschen. Es gibt nicht mehr viele gute Menschen.«

»Ich arbeite seit einem Jahr mit ihm zusammen.«

Smith drehte sich auf dem Sitz um. »Wirklich? Sind Sie von Beruf Regierungsbeamter?«

»Nein, nicht von Beruf. Eigentlich bin ich Journalist. Vor einigen Jahren mußte ich Branson für eine Zeitung interviewen. Seitdem bin ich nicht wieder von ihm losgekommen. Er verfügt über eine sehr starke Anziehungskraft.«

»Wie eindrucksvoll«, murmelte Smith.

Dake überlegte sich, daß er mehr aus sich herausgehen mußte, wenn er diesen Mann für sich gewinnen wollte. »Ich bin mit der Vorstellung aufgewachsen, daß die Welt viel schöner sein könnte, wenn die Menschen etwas verträglicher und rücksichtsvoller wären. Aber dann mußte ich erkennen, daß man die Welt nicht einfach dadurch verändern kann, daß man seine Ideen mit Gewalt durchzusetzen versucht. Deshalb wollte ich sie statt dessen belehren und schrieb in Zeitungen. Aber auch das hat keinen Sinn, denn was die Leute dienstags lesen, haben sie am Mittwoch schon wieder vergessen.

Und dann hatte ich Branson zu interviewen, obwohl ich nachträglich nicht einmal mehr weiß, wer von uns beiden die meisten Fragen gestellt hat. Ich hatte zum erstenmal einen Menschen gefunden, der wie ich davon überzeugt war, daß die Menschheit im Grunde genommen doch gut und anständig ist. Später unterhielt ich mich oft mit ihm darüber.

Als ich dann hörte, daß er pensioniert werden sollte, kam ich mir irgendwie verloren vor. Ich hatte das Gefühl, der einzige vernünftige Mensch der Welt habe vorzeitig aufgegeben. Aber Branson erhielt einen neuen Auftrag und machte mich zu seinem Assistenten, nachdem ich meinen Posten aufgegeben hatte. Und seitdem arbeiten wir gemeinsam.«

»Ist Ihr Traum unterdessen wahr geworden, Mister Lorin?« erkundigte Smith sich.

»Darüber müssen Sie mit Branson sprechen.«

»Meiner Erfahrung nach passen visionäre Ideale nur schlecht zu den Erfordernissen der internationalen Politik, Mister Lorin.«

»Sie werden mir immerhin zustimmen müssen, wenn ich behaupte, daß die gegenwärtigen Spannungen vor allem auf der Angst beruhen, die eine Nation vor der anderen hat. Jede Machtgruppe stellt Ansprüche, die keinerlei Aussicht auf Verwirklichung haben, und ...«

»Wir verlangen, daß Pak-India die Aggression an unserer Südostgrenze aufgibt«, unterbrach Smith ihn.

»Richtig. Aber ich glaube, daß diese Ansprüche gegeneinander aufgerechnet werden können. Auf diese Art und Weise würde endlich wieder Ruhe herrschen – und das Ergebnis wäre wahrscheinlich verblüffend. Die Methode ist auch praktisch durchführbar, Mister Smith.«

»Wir machen keine Konzessionen«, stellte der andere fest.

»Sprechen Sie doch nicht nur immer wie Ihr Führer, Mister Smith. Entschuldigen Sie, daß ich mich so offen ausdrücke. Sprechen Sie lieber wie ein Mann, wie ein lebender, denkender Organismus. Sie sind ehrgeizig, sonst hätten Sie Ihre jetzige Stellung nie erreicht. Was würden Sie dafür geben, zehn Jahre in die Zukunft blicken zu können und dort zu sehen, daß Sie noch immer einen wichtigen Vertrauensposten innehaben und daß Sie noch immer ungefährdet leben?«

»Das kann kein Mensch garantieren.«

»Aber trotzdem haben wir alle den Wunsch danach. Als Einzelmenschen streben wir eine glücklichere Zukunft an, aber als Staaten tun wir alles, um zu verhindern, daß es dazu kommt. Wir scheinen unter dem gleichen Zwang wie Lemminge zu stehen, die zum Meer wandern, um sich dort zu ertränken. Branson ist davon überzeugt, daß die gutwilligen Menschen sich nur zusammenschließen brauchen, um die Welt wieder in den Zustand zurückzuversetzen, der vor dem Ersten Weltkrieg geherrscht haben muß.

Auch Ihr Führer ist ein Mann, Mister Smith. Wie Sie und ich. Er ist nicht auf eine Aggression angewiesen, um seine Position zu stärken. Statt dessen muß er dafür sorgen, daß der Lebensstandard der Massen ständig steigt, damit das Volk nicht unruhig wird. Das kann er aber nur erreichen, wenn geeignete Verträge abgeschlossen werden, durch die alle Rohstoffe auf geeignete Weise verteilt und genützt werden.«

»Sie sprechen wie ein Freiheitsapostel aus einem Geschichtsbuch.«

»Vielleicht. Ich kann mich nicht so überzeugend wie Branson ausdrücken.«

»Der Krieg ist aber ein zyklisch auftretendes Phänomen, Mister Lorin.«

»Das ist nur die traditionelle Entschuldigung. Wer kann schon einen Zyklus aufhalten? Er wird auch mit dem Auftreten der Sonnenflecken verglichen. Wer kann die Zustände in der Sonne ändern? Mister Branson bezeichnet das als statistische Rationalisierung.«

»Ihr Mister Branson scheint recht eindrucksvoll zu sein.«

»Das ist er auch. Ganz bestimmt.«

Lorin stellte den Wagen in einer Garage am New Times Square ab und ging neben Smith her auf das Bürogebäude zu. Er war sich völlig darüber im klaren, daß Smith allen Anlaß hatte, wieder einmal den Ausdruck ›dekadente Demokratie‹ zu gebrauchen, wenn er nur nach den Straßen urteilte, durch die sie jetzt gehen mußten. Er machte sich nicht einmal die Mühe, dem Mann aus Irania zu erklären, daß hier nur zwielichtige Existenzen ihr Unwesen trieben, während die Mehrzahl der Amerikaner in Laboratorien, auf Feldern und in Bergwerken daran arbeitete, die verlorenen Reichtümer des Landes durch andere zu ersetzen.

Die menschliche Natur brauchte nicht geändert zu werden, behauptete Branson immer wieder. Ihre Grundzüge sind gut. Das Böse wird nur durch Angst, Unsicherheit und Ungewißheit erzeugt. Und hier in diesen Straßen mit ihren Bars, Lasterhöhlen, Bordellen und Rauschgifthöhlen zeigten sich die Auswirkungen der drei Faktoren mit erschreckender Deutlichkeit.

Überall in Amerika hatten sich Sekten gebildet, die den Sittenverfall in den Großstädten durch strenge religiöse Vorschriften zu bekämpfen versuchten. Dazu gehörte auch das Zölibat, denn die Mitglieder mußten sich verpflichten, keine Kinder in die Welt zu setzen. Eine dieser Gruppen stand auf der Straße und sang Choräle, ohne sich um das Gelächter der Passanten zu kümmern. Im Rinnstein lag ein totes Mädchen. Ein hochmütiger Inder stand neben seinem blitzenden Taj und beantwortete die Fragen eines unterwürfigen Polizisten gelangweilt und ungeduldig.

»Hier herein, Mister Smith«, sagte Lorin und war froh, daß er endlich die Straße verlassen konnte.

Sie fuhren in dem quietschenden Fahrstuhl nach oben und gingen den Korridor entlang. Darwin Branson stand rasch von seinem Sessel hinter dem Schreibtisch auf. Lorin spürte, daß seine eigenen Zweifel in diesem Augenblick verschwanden.

Die Besprechung begann. Lorin hörte zunächst kaum zu, weil er zu sehr mit seinen Gedanken beschäftigt war. Aber dann schrak er doch auf, als er Branson sagen hörte: »Falls Ihr Führer mit unseren Vorschlägen einverstanden ist, wäre Präsident Enfield ihm dankbar, wenn er uns – äh – in freundlicher Erinnerung behalten würde.«

»Darwin!« rief Lorin erschrocken. »Großer Gott, das heißt doch, daß wir ...«

»Bitte!« wehrte Branson ab. Lorin schwieg widerwillig und überlegte sich, daß Branson seine guten Gründe dafür haben mußte, daß er dieses Gespräch anders als die früheren aufzog.

Smith lächelte. »Nachdem ich mich mit Ihrem jungen Freund unterhalten hatte, Mister Branson, hatte ich schon Angst, hier nur einen weltfremden Heiligen anzutreffen. Ich freue mich, daß Sie die Dinge offenbar vom praktischen Standpunkt aus sehen.«

»Amerika kann es sich nicht leisten, *keine* Freunde zu haben – und ganz besonders dann nicht, wenn es sich um eine so starke Koalition wie Ihre handelt.«

»Vermute ich also richtig, Mister Branson, wenn ich annehme, daß unsere Konzessionen zwar ins Auge fallen sollen, aber nicht unbedingt sehr wirksam sein müssen?«

Lorin hatte dieses Lächeln noch nie auf Bransons Gesicht gesehen. »Bitte, Mister Smith, Sie müssen immer daran denken, daß wir ehrlich und unvoreingenommen miteinander sprechen wollen. Überlegen Sie nur, wie verärgert Präsident Lahl bestimmt wäre, wenn er glauben müßte, Ihre Konzessionen seien auf eine bestimmte Wirkung berechnet, während er selbst ehrliche Zugeständnisse machen will.«

Smith nickte zustimmend. »Ja, das sehe ich ein. Wir müssen vor allem ehrlich miteinander sprechen. Ich frage mich allerdings, ob Ihre Verhandlungen mit Garva und Chu in einer ähnlich offenen Atmosphäre geführt worden sind. Das ist eine faire Fragen, finden Sie nicht auch?«

»Selbstverständlich, Mister Smith. Ich kann allerdings nur sagen, daß auch die anderen hoffen, daß die augenblickliche Entwicklung sich nicht als ... zu gut, um wahr zu sein, erweist.«

»Unter diesen Umständen möchte ich Ihnen ein Gegenangbot unterbreiten«, sagte Smith. »Irania ist bereit, Spanien Gibraltar abzutreten.«

»Unsinn«, warf Lorin aufgebracht ein. »Das bedeutet gar nichts. Sie können ganz Gibraltar von Nordafrika aus jederzeit zerstören, wenn Ihnen danach zumute ist.«

Smith sah zu Branson hinüber und zog die Augenbrauen in die Höhe. »Unterschätzen Sie das Angebot nicht, Dake«, sagte Branson.

»Aber Sie haben doch selbst immer wieder betont, daß jede Konzession wirklich und ehrlich sein muß, Darwin, damit nicht alles sinnlos bleibt. Wenn die anderen sehen, daß Irania nur eine leere Geste macht, ziehen sie ihre Zusagen zurück – und dann sind wir wieder dort, wo wir vorher waren.«

»Ihr junger Mann scheint sich seinen Kinderglauben bewahrt zu haben, Mister Branson.«

»Das ist eine für junge Menschen typische Eigenschaft, fürchte ich. Ich werde Ihr Angebot weitergeben, Mister Smith.«

»Und dadurch die Arbeit eines ganzen Jahres zerstören«, warf Lorin ein. »Das verstehe ich einfach nicht ...«

Branson stand auf. »Können wir Ihnen sonst noch irgendwie behilflich sein, Mister Smith?«

»Nein, vielen Dank. Ich fliege sofort wieder nach Alexandria zurück. Sie dürfen versichert sein, daß mein Führer Ihre ... wertvolle Unterstützung würdigen wird.«

Smith verbeugte sich vor Branson und nickte Lorin mit einem spöttischen Lächeln zu. Dann ging er wortlos.

Als die Tür sich hinter ihm geschlossen hatte, warf Lorin dem anderen vor: »Sie haben alles zunichte gemacht, Darwin. Jetzt besteht keine Hoffnung mehr!«

Branson lehnte sich in seinen Sessel zurück. Er sah müde, aber zufrieden aus. »Ich glaube, daß das der einzig mögliche Weg war, Dake. Mir ist längst klar geworden, daß wir nicht auf eine Einigung hoffen dürfen.«

»Aber gestern haben Sie noch gesagt ...«

»Seit gestern hat sich einiges ereignet, obwohl ich Ihnen nichts davon mitteilen darf. Wir müssen anders vorgehen und dürfen nicht mehr so vertrauensselig sein, Dake. Dieser Smith wirkt irgendwie ölig, finden Sie nicht auch? Aber er vertritt Irania. Ölfelder, Dake, aber nicht genügend Facharbeiter, über die wir verfügen. Und großen Einfluß in ganz Afrika mit seinen Bodenschätzen. Das sind wertvolle Freunde, Dake, die wir an uns binden müssen.«

»Genau diese Gedankengänge haben wir aber bisher in aller Öffentlichkeit verdammt, Darwin. Und jetzt treten wir dem Verein bei, der am stärksten zu sein scheint. Diese Kehrtwendung finde ich völlig unverständlich!«

»Wenn ein Plan zu versagen droht, verwirklicht man wenigstens den zweiten, der fast genauso gut ist. Das beweist, daß man erwachsen denkt, Dake.«

»Unsinn!« protestierte Lorin. »Das beweist nur, daß man an Selbstmord denkt. Ausgerechnet Sie schwenken plötzlich um und ...«

»Vorsichtig, Dake!«

»Dazu habe ich jetzt keinen Anlaß mehr. Ich habe ein ganzes Jahr für die idealen Vorstellungen geopfert, die Sie angeblich unterstützen wollten. Aber Sie haben mich auf gemeine Weise hereingelegt und mir nie gesagt, daß Sie ein neues Bündnis anstreben.«

»Ein Bündnis dieser Art ist der einzige Ausweg, der Amerika im Augenblick bleibt, junger Freund. Wir müssen uns den Leuten anschließen, die am schnellsten und am härtesten zuschlagen können. Und das haben wir jetzt erreicht, glaube ich.«

»Sie haben es geschafft. Ich will nichts damit zu tun haben, Darwin. Sie haben Ihr Bestes getan, um mich irrezuführen, und haben mich für Ihre Zwecke ausgenützt. Aber für mich war das alles mehr als ein bloßer Traum, falls Sie das noch nicht gemerkt haben sollten!«

»Erinnern Sie sich noch daran, auf welche Weise die Engländer so lange überlebt haben, obwohl sie alle militärische Stärke eingebüßt hatten? Sie haben ein Gleichgewicht der Kräfte hergestellt und ...«

»Aber schließlich haben sie doch verloren, Darwin, als die Inder sie auf den Fidji-Inseln besiegt haben und als der Aufstand auf den Salomon-Inseln mit einem Blutbad endete. Sie scheinen gar nicht zu verstehen, was ich meine. Schließlich haben wir diesen Vermittlungsversuch nicht für uns allein unternommen. Wir wollten der ganzen *Welt* helfen, Darwin!«

»Manchmal ist es besser, sich mit dem Spatz in der Hand zufriedenzugeben.«

Dake Lorin spürte, daß seine Muskeln sich unwillkürlich verkrampften, als das Blut ihm in den Kopf schoß. Plötzlich stand er vor Bransons Schreibtisch, hatte den kleinen Mann mit beiden Fäusten an den Aufschlägen seiner Jacke gefaßt und schüttelte ihn heftig.

»Dake!« rief der Mann entsetzt. »Dake!«

Die Wut legte sich langsam wieder. Er ließ Branson in den Sessel fallen. Dann fuhr er sich mit dem Handrücken über die Stirn.

»Tut mir leid«, murmelte er.

»Sind Sie verrückt geworden, Lorin?«

»Und Sie sind ein billiger Schuft, Branson. Aber warten Sie nur – ich habe das Gefühl, daß einige Leute erkennen werden, wie Sie die Menschheit betrogen haben. Ich habe die Absicht, Sie öffentlich anzuprangern. Ich werde den Fall in aller Öffentlichkeit darlegen – und dann sitzt die Welt über Sie zu Gericht, Branson.«

»Langsam, junger Mann. Diese Verhandlung berührt die Sicherheit Amerikas. Ich kann Sie als potentiell subversiv klassifizieren lassen und dafür sorgen, daß Sie in ein Arbeitslager eingewiesen werden, bis Sie sich wieder beruhigt haben. Das wissen Sie ebensogut wie ich, Lorin.«

»Damit können Sie mich nicht aufhalten.«

»Sie haben an Geheimverhandlungen teilgenommen. Wenn Sie darüber sprechen oder schreiben, beweisen Sie nur Ihre Illoyalität.«

Lorin lächelte spöttisch. »Und Sie sind der Mann, der diese Gesetze und die Arbeitslager einen Rückfall in barbarische Zeiten und ein Verbrechen an der Menschheit genannt hat. Sie haben sich über Nacht verändert, Darwin. Sie sind nicht mehr der Mann, den ich früher gekannt habe. Ich tue, was ich kann, und Sie können von mir aus zum Teufel gehen.«

»Wenn Sie das wirklich vorhaben, überlegen Sie vielleicht auch, was Sie dazu gebracht hat, Dake. Ich habe den Verdacht, daß Sie nur die Gelegenheit ergreifen wollen, auf billige Weise zum Märtyrer zu werden.«

»Das ist unfair!«

»Sie sind zu aufgeregt, Dake. In gewisser Beziehung habe ich sogar Verständnis dafür. Ihre Enttäuschung ist begreiflich. Aber Sie sind mein Freund. Ich möchte vermeiden, daß Sie sich selbst ins Unglück stürzen.«

Dake starrte ihm lange in die Augen. Er hatte nichts mehr zu sagen. Deshalb drehte er sich jetzt wortlos um und verließ das Büro. Dabei knallte er die Tür hinter sich zu und fand sogar ein gewisses Vergnügen daran, Branson zu erschrecken.

3

Am folgenden Morgen erschien Dake Lorin frühzeitig in dem Redaktionsgebäude der ehrwürdigen *Times-Tribune* und arbeitete sich langsam über ein halbes Dutzend Zwischenstationen bis zu dem Herausgeber vor. Jetzt saß er endlich in dem letzten Vorzimmer und wartete ungeduldig darauf, endlich vorgelassen zu werden. Hier herrschte nicht die Atmosphäre, an die er von früher her gewöhnt war. Während des Krieges hatten die beiden größten Tageszeitungen sich zusammengeschlossen und waren wegen der allgemeinen Papierknappheit nur noch auf vier halben Blättern erschienen.

Jetzt hatte die *Times-Tribune* wieder die alte Größe und den früheren Umfang erreicht, wurde jedoch im Fotodruck auf dem bräunlichen Papier hergestellt, das aus Gräsern und Schilf bestand. Aber hier fehlte das dumpfe Geräusch der Pressen und der Geruch nach Druckerschwärze völlig. Statt dessen herrschte eine heilige Stille, die bedrückend wirkte.

»Sie können jetzt hineingehen, Mister Lorin«, sagte die überschlanke Vorzimmerdame.

Dake betrat das Arbeitszimmer des Herausgebers. Das Diorama vor den Fenstern zeigte bewaldete Hügel und dunkelblaue Bergseen. Der Herausgeber war ein kleiner dicklicher Mann mit einem rosigen Babygesicht und einem Grübchen im Kinn.

»Setzen Sie sich doch, Mister Lorin«, sagte er. Er hielt eine Karteikarte zwischen Daumen und Zeigefinger, betrachtete sie jetzt nachdenklich und runzelte dabei die Stirn.

»Ich habe mich noch einmal kurz informieren lassen, Mister Lorin. Wie Sie sehen, hat das Personalbüro mir Ihre Karteikarte geschickt. Selbstverständlich habe ich mich sofort wieder an Sie erinnert, als ich Ihren Namen hörte. Hmm, lassen Sie mich sehen, was auf der Karte steht ...

Kriegsberichterstatter. Einmal verwundet. Verheiratet; Frau während eines Bombenangriffs auf Buffalo umgekommen. Nach dem Krieg als Reporter bei dem *Philadelphia Bulletin.* Ausgezeichnete Arbeit während der ersten beiden Präsidentschaftswahlen nach dem Kriege, dann Kolumnist für Politik. Kolumne bereits ein Jahr später von zweiundsechzig Zeitungen übernommen. Ziemlicher Einfluß, aber oft als ›Träumer‹ und ›idealistischer Weltverbesserer‹ angegriffen.

Kolumnen in zwei Bänden gesammelt, mäßig erfolgreich. Zweite UNO-Gründung unterstützt, bis der Plan illusorisch wurde, als Indien die Beteiligung daran ablehnte. Vor einem Jahr plötzlich unbezahlten Urlaub genommen. Tätigkeit seit diesem Zeitpunkt nicht bekannt. Arbeitet vermutlich inoffiziell für eine Stelle im Außenministerium.«

»Zweiunddreißig Jahre, einsachtundneunzig, schwarze Haare, blaue Augen. Besondere Kennzeichen: sichelförmige Narbe auf dem ... äh ... verlängerten Rücken. Keine sehr dekorative Verwundung, wissen Sie.«

»Was?«

»Lassen wir das lieber. Haben Sie gehört, weshalb ich mit Ihnen sprechen möchte?«

»Mister Lorin, ich fürchte, daß die politischen Theorien, die Sie in der Vergangenheit vertreten haben, sich nicht ganz mit dem vereinbaren lassen, was die *Times-Tribune* ...«

»Ich will keine Stellung bei Ihnen. Ich habe einen Exklusivbericht, den ich Ihnen überlassen möchte. Ich will ihn schreiben und hoffe, daß Sie ihn so groß wie irgend möglich herausbringen. Ich bin zu Ihnen gekommen, weil Sie die größte Auflage von allen amerikanischen Zeitungen haben.«

»Einen Exklusivbericht? Unsere Reporter arbeiten sehr sorgfältig, Mister Lorin. Darauf legen wir großen Wert. Ich bezweifle wirklich, daß es eine neue Entwicklung auf ... äh ... Ihrem Gebiet gibt, die wir nicht bereits ...«

Dake unterbrach ihn mit einer ungeduldigen Handbewegung. Er rückte seinen Stuhl näher an den Schreibtisch heran und senkte gleichzeitig die Stimme zu einem heiseren Flüstern. »Was halten Sie von folgendem Exklusivbericht, Mister Haggins? Darwin Branson ist nicht pensioniert worden. Statt dessen hat Präsident Enfield ihm eine Spezialaufgabe übertragen. Ich habe ein Jahr lang gemeinsam mit ihm gearbeitet.

Branson sollte als ehrlicher Makler auftreten und die augenblicklichen Spannungen dadurch verringern, daß alle Seiten auf einen Tauschhandel eingingen. Die Verhandlungen sollten unter größter Geheimhaltung und vor allem völlig ehrlich geführt werden. Alle Seiten bis auf Irania hatten sich bereit erklärt, wirkliche Konzessionen zu machen. Hätte

Branson mit Irania fest und ehrlich verhandelt, wäre der Frieden für mindestens fünf Jahre gesichert gewesen.

Aber ich habe erlebt, wie Branson die ganze Sache zum Platzen gebracht hat, weil er versuchte, dem Mann aus Irania ein Geheimabkommen vorzuschlagen. Irania will jetzt eine symbolische Konzession machen, die völlig wertlos ist. Dann verwässern die übrigen natürlich ebenfalls ihre Zugeständnisse, bis die augenblicklichen Spannungen nicht verringert, sondern im Gegenteil verschärft werden.

Ich bezweifle, daß Ihre fleißigen und sorgfältig arbeitenden Reporter diese Angelegenheit aufgedeckt haben, Mister Haggins. Deshalb möchte ich, daß Sie den Artikel möglichst groß herausbringen, damit die Welt sieht, wie nahe sie bereits einem zeitlich begrenzten Frieden war. Vielleicht hilft das. Vielleicht ist das der frische Wind, der überall in den Parlamenten wehen müßte, damit die Herren Volksvertreter endlich aufwachen. Ihr Blatt hat großen Einfluß. Ich glaube, daß Sie der Öffentlichkeit einen echten Dienst erweisen würden, wenn Sie den Artikel bringen.«

Haggins schien verwirrt zu sein. Er stand auf und ging zu dem Diorama hinüber, als wolle er aus dem Fenster blicken. Jetzt blieb er stehen und legte die Hände auf dem Rücken übereinander.

»Sie ... äh ... drücken uns da eine sehr heiße Kastanie in die Hand, Mister Lorin.«

»Aber das ist doch eigentlich jede gute Story, finden Sie nicht auch?«

»Wie Sie vermutlich wissen, schrecken wir nie davor zurück, ausführlich über Bestechungsaffären und ähnliche Dinge zu berichten.«

»Richtig«, stimmte Dake trocken zu.

»Andererseits bleibt ein Gesichtspunkt zu berücksichtigen, der in diesem Fall eine ... äh ... besonders wichtige Rolle spielen kann.

»Welcher?«

»Die Möglichkeit, daß unsere Beweggründe falsch ausgelegt werden, Mister Lorin. Sie haben selbst betont, daß es sich um geheime Verhandlungen mit Vertretern anderer Mächte dreht. In diesem Zusammenhang darf ich Sie an das ›Gesetz über öffentliche Illoyalität‹ erinnern. Uns bliebe kein Rechtsmittel, wir dürften nicht einmal unsere Gründe darlegen, wenn die Kommission entscheidet, daß die Veröffentlichung des Artikels eine illoyale Handlung darstellt, die den Staat schädigt. Und Sie wissen auch, was uns dann als Strafe droht.«

»Meiner Meinung nach ist das Risiko gerechtfertigt.«

Haggins zuckte mit den Schultern. »Aber das Risiko steht doch im Verhältnis zu dem jeweiligen Einsatz, nicht wahr?«

»Das Gesetz ist aus Angst entstanden, Mister Haggins. Gäbe es weniger Angst auf der Welt, würde vielleicht auch dieses Gesetz außer Kraft gesetzt.«

Haggins kam an den Schreibtisch zurück. Dake wußte, daß der andere sich zu einer Entscheidung durchgerungen hatte. Er wirkte tatsächlich erleichtert, als er sagte: »Ist das nicht ein bißchen zu visionär, Mister Lorin?« Er lächelte gewinnend. »Wir tun unser Bestes, Mister Lorin. Wir hoffen, daß es uns gelingt, die Welt und unsere Umgebung durch unzählige kleinere Anstrengungen zu verbessern. Viele kleine Schritte sind manchmal besser als ein großer, Mister Lorin.

Sie haben uns einen Vorschlag gemacht, der an ein Glücksspiel erinnert. Selbst wenn wir gewinnen, bleibt der Erfolg sehr fraglich. Verlieren wir jedoch, ist der Verlust endgültig und durchaus greifbar. Aber in diesem Fall würden wir die Möglichkeit verlieren, auf unsere Weise Gutes zu tun.«

»Sie haben also nicht genügend Mut, Mister Haggins?«

Haggins wurde rot, stand auf und streckte die Hand aus. »Ich wünsche Ihnen viel Glück, Sir. Vermutlich finden Sie irgendwo einen Verleger, der etwas ... härter ist, um es einmal so auszudrücken.« Er hüstelte. »Selbstverständlich bleibt dieses Gespräch unter uns, nicht wahr? Ich behalte es jedenfalls für mich, weil ich vermeiden möchte, daß jemand an meiner Loyalität zweifelt. Ich bin schon zu alt, um Vergnügen an der Arbeit in einem Bergwerk zu finden.«

Dake betrachtete nachdenklich die ausgestreckte manikürte Hand. Eine Sekunde später zog Haggins sie verlegen zurück und steckte sie rasch in die Hosentasche. Dake nickte kurz und verließ wortlos das Büro. Er fuhr mit dem Aufzug an die Oberfläche hinauf.

Die Angst beherrschte alle Menschen und beeinflußte alle Entscheidungen. Angst in der Regierung, im Geschäftsleben, im privaten Bereich. Jeder lebte so unauffällig wie möglich und hoffte auf das Beste. Nur Verrückte gingen ein Risiko ein. Die Menschen wagten sich nachts nur noch bewaffnet auf die Straßen. Dake hatte das nicht nötig, denn seine imponierende Körpergröße schreckte potentielle Angreifer ab.

Er aß ein Sojabohnen-Steak in einem winzigen Restaurant und setzte dann seine Suche fort. In den Redaktionen des *Union Record* und des *News-Mirror* wurde er weniger umständlich, aber ebenso wirksam abgewiesen.

In der Abenddämmerung betrat er ein halb zerfallenes Gebäude in Jersey City und führte dort ein Gespräch mit einem dicken Iren, der eine deutliche Whiskyfahne hatte, die auch seine rote Gesichtsfarbe erklärte.

Der Ire unterbrach ihn schon nach kurzer Zeit. »Lassen Sie doch die Theorien, Lorin. Der ganze Unsinn hält uns nur auf. Sprechen wir lieber klar und deutlich miteinander. Sie wollen Menschen erreichen. Ich verfüge über die nötige Auflage. Darüber sind wir bereits einig. Aber wie steht es mit dem Kies, mit dem Moos, mit den Kohlen, mit den guten alten Dollars?«

»Was soll das heißen?«

»Ich bin Kummer gewöhnt. Schließlich bringt meine Zeitung mehr Pornographie als jedes andere amerikanische Blatt. Die Aufsichtsbehörde versucht immer wieder, mir endgültig die Lizenz zu entziehen. Aber das ist nicht so einfach, weil meine Auflage fast eine halbe Million beträgt.

Ich kann Ihnen gleich sagen, wie die Sache läuft – unter einer kleinen Überschrift ›Anzeige. Nicht die Auffassung des Herausgebers oder der Redaktion.‹ Sie bekommen die zweite Seite, schreiben den Artikel selbst und setzen Ihren Namen darunter. Das kostet Sie dreißigtausend Rupien. Sechzigtausend Dollar, wenn Ihnen das lieber ist.

Sowie Sie das Geld hier abgeliefert haben, können Sie mit der Seite anfangen, was Ihnen Spaß macht. Von mir aus fordern Sie Gondohl Lahl zu einem Boxkampf heraus, wenn Sie wollen. Selbstverständlich landen Sie für einige Zeit in einem Arbeitslager, wenn die Regierung nicht mit Ihrem Artikel einverstanden ist, aber der alte Kelly bleibt weiterhin an seinem Schreibtisch. Sie brauchen sich nur zu überlegen, ob Sie das Angebot annehmen oder nicht.«

»Wieviel muß ich anzahlen?«

»Alles. Ihr Eigentum wird beschlagnahmt, bevor Sie in das Lager eingewiesen werden. Das Risiko dabei ist mir zu hoch.«

»Das ist eine Menge Geld, Kelly.«

»Sie sehen aber wie ein Mann aus, der eine Menge Geld hat.«

»Ich muß erst noch mit ein paar Freunden sprechen. Wenn ich mir die Sache überlegt habe, komme ich morgen noch einmal zu Ihnen.«

»Sie können sich den Weg sparen, wenn die Antwort nein heißt. Ich feilsche nicht; der Preis steht fest. Haben Sie heute abend etwas vor? Oder wollen Sie mit mir ...«

»Nein, danke. Ich komme morgen wieder.«

»Nicht zu früh. Wahrscheinlich habe ich einen Kater.«

Dake fuhr in die Stadt zurück und kaufte ein Flugticket nach Philadelphia auf einer der Zubringerlinien, die von den Calcutta International Jetways unterhalten wurden. CIJ flog im internationalen Verkehr nur mit indischem Personal, aber die Zubringerlinien mit ihren völlig veralteten Flugzeugen hatten amerikanische Piloten und Stewardessen. Früher war die Luftfahrt von US-Fluggesellschaften beherrscht worden, aber seit dem Krieg waren diese Gesellschaften trotz hoher staatlicher Zuschüsse nie wieder aus den roten Zahlen herausgekommen. Als die CIJ damals angeboten hatte, sämtliche Linien und Landerechte zu einem vernünftigen Preis aufzukaufen, waren die Aktionäre der Gesellschaften sofort damit einverstanden gewesen.

Die Bedienung an Bord der Maschinen der CIJ war rasch, unpersönlich und zuverlässig. Auf den sechzig Plätzen saßen nur drei Passagiere. Dake wußte, daß die CIJ auf der Strecke New York–Philadelphia mit hohen Verlusten arbeitete, aber trotzdem verkehrten häufig Maschinen, weil es genügend Inder gab, die in beiden Städten Geld angelegt hatten. Die beiden anderen Passagiere unterhielten sich laut und ungeniert. Dake beherrschte genügend Hindi, um zu wissen, daß die beiden Herren aus Madras über die Filiale der Bank of India in Philadelphia sprachen.

Er konnte sich nie ganz damit abfinden, von den Indern als

Mensch zweiter Klasse angesehen zu werden. Die Diskriminierung war subtil, aber trotzdem deutlich. In allen Großstädten bestanden jetzt indische Klubs. Amerikaner waren als Gäste willkommen, konnten jedoch nicht Mitglied werden. Vor einigen Jahren waren plötzlich Saris in Mode gekommen, bis der pak-indische Botschafter Protest eingelegt hatte. Dann verschwanden die Saris ebenso rasch wieder aus den Schaufenstern, und die Modezeitschriften mußten sich etwas anderes einfallen lassen.

Einige Jahre lang war sogar eine Auswanderung nach Indien möglich gewesen – in das neue Land der unbegrenzten Möglichkeiten. Aber so viele hatten sich darum bemüht, daß Jahresquoten eingerichtet wurden; die Auswanderungsbestimmungen waren strenger geworden und verlangten jetzt unter anderem auch einen Kapitalnachweis von neuen Einwanderern.

Als Indien zur beherrschenden Großmacht wurde, hatte ein Teil der amerikanischen Neger laut gejubelt, weil jetzt endlich eine dunkelhäutige Rasse eine Vorrangstellung in der Welt errungen hatte. Aber dieser Jubel verflog rasch wieder, als die Neger bekümmert feststellen mußten, daß sie ebenfalls als minderwertig angesehen wurden. Die Pak-Inder waren sich völlig darüber im klaren, daß sie einer arischen Rasse angehörten, und hatten keineswegs die Absicht, die Auseinandersetzungen zwischen Negern und Indern zu vergessen, die es überall in Afrika gegeben hatte.

Inder behandelten Amerikaner durchaus höflich und unterhielten sich sogar liebenswürdig mit ihnen, aber trotzdem ließen sie sich immer wieder anmerken, was sie von ihnen hielten. Durch jedes Gespräch lief wie ein roter Faden die Überzeugung, daß Amerika eine dekadente Nation war, daß Amerika seinen früheren Einfluß völlig eingebüßt hatte und daß Amerika vermutlich noch tiefer sinken werde, bis es zu einem Vasallenstaat geworden war.

Wir haben alles besessen, überlegte Dake, aber wir haben es vergeudet. Wir haben unsere Bodenschätze dazu verbraucht, unsere Feinde zu besiegen, aber als der Sieg errungen war, blieb uns nichts mehr übrig. Wie hätte sich das verhindern lasen? Was hätten wir anders machen sollen? Hätten wir damals nach dem Zweiten Weltkrieg nicht aufhören, sondern gleich die Welt für uns erobern sollen? Hätten wir das Schwert aus der Hand legen und unsere Reserven bewahren sollen, ohne uns gegen den Druck von außen zur Wehr zu setzen?

Oder vielleicht waren wir einfach zu dumm. Und auf rätselhafte Weise blind. Wir erkannten und verstanden das Offensichtliche nicht. Vielleicht sind wir alle wie Darwin Branson. Wir können unsere Umgebung selbst für längere Zeit gut beeinflussen, aber im entscheidenden Augenblick versagen wir doch. Wie Branson versagt hatte, als er plötzlich wie mit Blindheit geschlagen zu sein schien.

Dake fragte sich, was Patrice sagen würde. Er hatte vor der Begegnung mit ihr fast ein wenig Angst. Ihre Liebe enthielt einen merkwürdigen Widerspruch. Patrice liebte ihn aufrichtig, brachte jedoch keinerlei Verständnis für seine Überzeugungen auf.

Das Flugzeug schwebte über Philadelphia zur Landung ein. Die Stadt war während des Krieges eigenartigerweise nicht bombardiert worden, obwohl zahlreiche Ministerien dort Unterschlupf gefunden hatten, als Washington in Trümmern lag. Boshafte Zungen behaupteten, der Feind habe damals klar erkannt, daß er Amerika helfe, wenn er die Bürokratie ausrottete. Die Stadt hatte ihr früheres Gesicht bewahrt, denn hier war es nicht notwendig gewesen, nach dem Krieg in die Tiefe zu bauen.

Zehn Minuten später saß Dake in einem klappernden Taxi und war zu Patrices bescheidenem Heim in Upper Darby unterwegs. Ihr Vater war damals neun Tage vor der Verabschiedung des Gesetzes gestorben, das die Erbschaftssteuer auf hundert Prozent heraufsetzte. Sein Vermögen stammte noch aus der Zeit, in der Gunnar Togelson durch Ölbohrungen reich geworden war. Seither hatte jeder Togelson trotz ständig wachsender Belastung durch Steuern und andere Abgaben das Familienvermögen erhöht, so daß Patrice nach Abzug der Erbschaftssteuer etwa fünfeinhalb Millionen Dollar behielt. Dadurch war sie mit Abstand die reichste Frau Amerikas, denn der Staat hatte im Laufe der Zeit alle anderen großen Vermögen durch die hohe Besteuerung an sich gebracht.

Patrice Togelson war groß, blond, blauäugig, aber auch

warmherzig und großzügig. Dake wußte jedoch, daß sie ihre geschäftlichen Angelegenheiten eiskalt und ohne Rücksicht auf andere verfolgte; sie hatte die Gerissenheit ihres Vaters geerbt und nützte jede Gelegenheit aus, um sich geschäftliche Vorteile zu verschaffen. Dake hatte sie kennengelernt, nachdem er sie in seiner Kolumne getadelt hatte, weil sie mit indischen Partnern arbeitete, um die Steuervorteile auszunützen, die Inder in Amerika genossen.

Der Artikel war kaum erschienen, als Patrice bereits in Dakes Büro im Redaktionsgebäude des *Bulletin* auftauchte. Ihre blauen Augen glitzerten, als sie mit der Faust auf den Schreibtisch schlug.

»Diesmal haben Sie in Ihrer dämlichen Kolumne über ein Thema geschrieben, das Sie wirklich nichts angeht, mein Freund«, stellte sie fest.

»Und Sie, meine junge Dame, sind ein lebender Anachronismus. Sie sind ein weiblicher Pirat. Sie sind eine gerissene Verschwörerin.«

»Ihr Artikel hat mich mehr Geld gekostet, als Sie in den nächsten zwanzig Jahren verdienen.«

»Dann muß ich Sie wenigstens zum Mittagessen einladen.«

Von diesem Tag an waren sie Freunde und wurden später ein Liebespaar, ohne diese Freundschaft ganz aufzugeben. Patrice war fast einsachtzig, aber trotzdem durchaus weiblich. Sie lachten beide darüber, daß die Welt für sie zu klein gebaut war. Sie sprachen nicht über ›Liebe‹ miteinander und vermieden jede Erwähnung des Wortes ›Ehe‹. Sie waren einander treu, ohne sich besondere Mühe geben zu müssen. Sie waren in einer Zeit diskret, da jede Art von Diskretion lächerlich machte.

Gemeinsam eigneten sie sich fast einen sechsten Sinn an, der sie vor Gesprächsthemen warnte, die dem anderen mißfallen konnten. Sie wußten, daß sie zwei stolze, unabhängige Menschen waren, die zufällig verschiedene Ideale hatten. Es gab zu viele Gegensätze zwischen ihnen, über die sie sich hätten streiten können. Dake war damit zufrieden, einen Menschen gefunden zu haben, bei dem er von Zeit zu Zeit vergessen konnte, was ihn bedrückte. Und Patrice war glücklich darüber, daß er sie um ihrer selbst willen liebte, ohne auf finanzielle Vorteile aus zu sein.

Der unvermeidliche Krach kam, als er ihr erzählte, daß er sich ohne Bezüge hatte beurlauben lassen. Damals war es zu einem unerfreulichen Auftritt gekommen, denn keiner von ihnen wollte auch nur im geringsten nachgeben, obwohl beide wußten, wie schwer die Trennung für sie sein würde.

Der Taxifahrer warf einen Blick auf das Trinkgeld, murmelte irgend etwas vor sich hin, das ebenso gut ein Fluch sein konnte, und ratterte davon. Dake ging die Auffahrt entlang und wußte, daß dieses kleine hübsche Haus besser als jede Festung verteidigt wurde – indem er die Infrarot-Abschirmung durchbrochen hatte, war er zu einem beweglichen Ziel für die eingebauten Waffen geworden. Er blieb vor der Tür stehen und wartete, bis das hübsche japanische Dienstmädchen sie öffnete. Das Mädchen lächelte und sagte, als sei er erst gestern hier gewesen: »Guten Abend, Mister Lorin.«

»Guten Abend. Ist ...«

»Sie weiß, daß Sie hier sind, Sir. Sie kommt gleich herunter. Ein Whisky, Sir? Ich bringe ihn in die Bibliothek.«

Dake grinste. Die Bibliothek diente zu Geschäftsverhandlungen. Der große Wohnraum war für Freunde reserviert. Er fragte sich, ob Patrice hellseherisch begabt war. Aber vielleicht war die Erklärung doch einfacher. Sie kannte ihn gut und wußte, wie hartnäckig und eigensinnig er sein konnte. Und deshalb mußte sie ahnen, daß er ihr nicht nur einen Privatbesuch abstatten wollte.

Er ließ sich in einen der ledernen Klubsessel fallen. Das Dienstmädchen brachte eine Flasche schottischen Whisky und zwei Gläser auf einem Silbertablett. Sie stellte das Tablett auf den Tisch neben Dake und verließ wortlos den Raum.

Als er Patrice herunterkommen hörte, stand er rasch auf und lächelte ihr entgegen. Ihr Lächeln war freundlicher als erwartet. Sie sah wie immer blendend aus und trug dunkelrote Hosen mit einem dazu passenden Bolero.

»Wo hast du die Sonnenbräune her?« fragte Dake.

»Ich bin erst gestern aus Acapulco zurückgekommen.«

»Ein Vergnügungsausflug?« erkundigte er sich, während er ihr die Hand gab.

Patrice machte ein Gesicht. »Ein guter Kauf. Zwei große Hotels.«

»Mit deinen Freunden aus Indien?«

»Nein, diesmal mit Freunden aus Brasilien.«

»Noch immer fleißig, Patrice?«

»Selbstverständlich. Wovon soll ich denn sonst leben?« Sie legte den Kopf schief und betrachtete ihn aufmerksam. »Du bist abgemagert, Liebling, und hast Schatten unter den Augen. Ich möchte wetten, daß deine Rippen hervorstehen.«

»Das kommt davon, wenn man so brav wie ich lebt.«

»Sind wir nicht beide ein bißchen zu böse miteinander?« Sie hielt Daumen und Zeigefinger etwa drei Zentimeter weit auseinander. »Nur soviel Whisky, bitte. Stört es dich, wenn ich mich an den Schreibtisch setze?«

»Nur dann nicht, wenn du dort dein Scheckbuch aufbewahrst.«

Patrice biß sich auf die Unterlippe. »Das kann noch interessant werden, nicht wahr?« Sie ließ sich in dem Sessel hinter dem Schreibtisch nieder. Dake brachte ihr den Whisky und ging dann selbst zu dem Klubsessel zurück.

Sie trank einen Schluck und betrachtete ihn dabei nachdenklich. Dann setzte sie das Glas ab und sagte: »Ich habe das Gefühl, daß wir uns streiten werden, deshalb möchte ich gleich etwas sagen, bevor wir uns gegenseitig die Laune verderben. Immerhin habe ich ein Jahr lang Zeit gehabt, mir genau zu überlegen, was ich sagen wollte. Dake, ich habe dich vermißt, du hast mir schrecklich gefehlt. Ich habe dich zu kaufen versucht und wollte dich für mich allein haben. Das hat nicht geklappt. Ich habe mir einzureden versucht, daß ich dich nicht einmal haben möchte, *falls* du dich kaufen ließest. Aber das stimmt nicht. Ich wünschte, du ließest dich kaufen. Ich wünschte, du wärst vernünftig genug dazu. Das Leben ist auch ohne dich schön, aber mit dir war es noch schöner. Mir fehlt diese kleine Steigerung sehr. Deshalb möchte ich jede Möglichkeit nützen, dich für immer zu erwerben.«

»Einverstanden, Patrice. Ein offenes Wort ist ein anderes wert. Du hast mir sehr gefehlt. Ich habe mir oft gewünscht, einer von uns beiden könnte ein bißchen nachgeben, ohne sich selbst verleugnen zu müssen. Aber ich weiß, daß das unmöglich ist. Wir waren glücklich und zufrieden, bis wir über Grundsätze zu diskutieren begannen. Dinge wie Egoismus und menschliche Würde.«

»Meine Welt gleicht einem großen Schweinestall, Dake. Das schlaueste, gierigste Schwein bekommt das meiste Futter.«

»Und in meiner Welt gibt es noch Hoffnung.«

»Aber wir leben doch beide in meiner Welt, nicht wahr? Jetzt mußt du mir erzählen, warum du so elend und ... verzweifelt aussiehst, Dake.«

Er erzählte, was sich in dem vergangenen Jahr ereignet hatte. Patrice war eine gute Zuhörerin, denn sie unterbrach ihn nicht ein einziges Mal. Er berichtete auch von seinem Besuch bei Kelly.

»Und dann bist du zu mir gekommen.«

»Um dich um sechzigtausend Dollar zu bitten. Vielleicht kannst du den Betrag als wohltätige Spende absetzen.«

»Ich halte nichts von deinem Plan.«

»Das habe ich nie erwartet. Deshalb bitte ich auch, anstatt überzeugen zu wollen.«

»Aus alter Freundschaft. Ist das nicht die lächerlichste Redewendung der Welt?« Patrice zog eine Schreibtischschublade auf, wählte ein Scheckbuch aus, schrieb den Scheck aus und trennte ihn ab. Dann stützte sie das Kinn in die Hand und hielt den Scheck hoch.

»Ich mache keine Geschenke, Dake. Ich mache nur Geschäfte.«

»Ich habe mir gleich gedacht, daß die Sache nicht so einfach sein würde.«

»Du kannst den Scheck haben. Aber sowie der Artikel erscheint, wirst du glauben, ein Wolkenkratzer sei über dir zusammengebrochen. Dann muß ich mindestens die zweifache Summe aufwenden, um dich vor dem Arbeitslager zu bewahren. Und dann gebe ich dir vier Wochen lang Zeit, auf die Wirkung des Artikels zu warten. Wenn sich nichts ereignet – und ich bin davon überzeugt, daß nichts geschieht –, bist du an der Reihe und mußt ein kleines Zugeständnis machen. Dann mußt du die Welt so akzeptieren, wie sie ist. Und mich dazu, Dake.«

»Du kaufst mich also doch?«

»Willst du mir nicht einmal das kleinste bißchen Stolz lassen?«

»Wieviel Stolz läßt du mir?« fragte Dake aufgebracht. »Gut,

einverstanden. Ich bin eben zu sehr auf meine Idee versessen. Wenn sie versagt, mache ich einen Versuch mit der anderen Seite.«

»Du erinnerst mich an den kleinen Jungen mit der Trompete, der alle Guten dieser Welt aufwecken will. Wacht auf, ihr Leute, die Kühe sind im Klee, die Schafe im Getreide ...«

»Ich kann dir nicht erklären, warum ich das alles tue. Aber ein Mann versucht eben das zu erreichen, was er für richtig hält.«

»Selbst wenn es sich dabei um eine verrückte Idee handelt? Ein Hirngespinst, das er selbst nicht völlig begreift? Muß er auch dann noch an seiner Vernichtung arbeiten? Oder sollte er nicht lieber den Ausweg benützen, der sich ihm bietet?«

»Branson hat ganz ähnlich argumentiert.«

»Du hast mir selbst gesagt, daß du ihn geradezu als einen Heiligen ansiehst. Aber das hat sich offenbar geändert, seit er dir Vorwürfe gemacht hat. Und jetzt ist er plötzlich ein Ungeheuer. Ich bin sehr damit einverstanden, daß Amerika sein Verhältnis zu Irania verbessern will. In letzter Zeit ist Indien zu dominierend geworden. Auf diese Weise wird das Gleichgewicht wiederhergestellt.«

»Aber die Spannung wird nicht verringert, sondern wir haben mehr als vorher zu befürchten.«

»Vielleicht trifft das auf die Menschheit zu. Aber nicht auf mich – ich lebe allein und sorge selbst für mich. Darauf bin ich sogar stolz.«

»Anarchie?«

»Warum denn nicht? Ist das ein schlechter Zustand, wenn man anderen ohnehin überlegen ist?

»Wir können nicht miteinander sprechen. Wir haben es nie gekonnt. Wir werden es nie können.«

Patrice lächelte. »Wir *haben* aber miteinander gesprochen, Dake. Sogar sehr viel.«

Er seufzte. »Ich weiß. Manchmal überlege ich mir auch, daß wir beide uns viel besser verstehen könnten, wenn wir etwas nachgiebiger wären.«

Sie legte den Scheck auf die Schreibtischplatte, wo er ihn erreichen konnte. »Er ist auf der hiesigen Filiale der Bank of India ausgestellt. Soll ich ihn morgen früh bestätigen lassen?«

»Danke, das ist überflüssig, ich löse ihn selbst ein. Also kein Geschäft? Kein Gelegenheitskauf?«

Sie sah auf ihre Hände. »Kein Geschäft, Dake. Nur aus alter Freundschaft ...«

Er steckte den Scheck ein. »Vielen Dank, Patrice. Ich hätte allerdings gedacht, daß du sehr viel hartnäckiger sein würdest.«

Sie hob den Kopf. »Das wollte ich eigentlich sein, Dake.«

»Jedenfalls bin ich dir ehrlich dankbar.«

Sie stand rasch auf, kam auf ihn zu und legte ihm den Arm um die Schultern, nachdem sie sich auf die Armlehne seines Sessels gesetzt hatte. »In gewisser Beziehung bin ich wie dein Darwin Branson«, flüsterte sie lächelnd.

Er sah zu ihr auf. »Was soll das heißen?« erkundigte er sich.

Patrice wandte sich halbwegs ab und zuckte mit den Schultern. »Ich bin eben praktisch veranlagt. Deshalb gebe ich mich notfalls auch mit kleinen Erfolgen zufrieden, wenn die großen unerreichbar sind.«

Dake erhob sich. »Komm«, sagte er, »als alte Freunde brauchen wir uns eigentlich nicht in deinem Arbeitszimmer zu unterhalten. Gehen wir lieber in den Wohnraum hinüber.«

4

Kelly machte noch einmal Daumen und Zeigefinger naß, zwinkerte Dake zu und zählte weiter: »Siebenundzwanzig, achtundzwanzig, neunundzwanzig, dreißig. Dreißigtausend schöne Rupien. Die Seite gehört Ihnen. Haben Sie den Artikel mitgebracht?«

»Ich möchte mir von Ihnen ein Zimmer und eine Schreibmaschine leihen, Kelly. Dann kann ich gleich heute mit der Arbeit anfangen und Ihnen den Artikel irgendwann morgen nachmittag geben.«

»Also für die Donnerstagausgabe.«

»Aber bevor der Druck beginnt, möchte ich die Fahnen noch einmal sehen.«

»Im Augenblick sind Sie mein bester Kunde, Lorin. Ihr Wunsch ist mir Befehl.«

»Und ich möchte eine Quittung, Kelly.«

Der große Ire fuhr sich nachdenklich mit der Hand über das Kinn. »Das ist ein interessanter Punkt, mein Junge. Wirklich sehr interessant. Aber wir sind doch beide Männer von Welt, nicht wahr? Was halten Sie von einer Quittung über fünfzehntausend? Das sieht dem Finanzamt gegenüber besser aus.«

»Dreißigtausend.«

»Teilen wir uns den Unterschied. Ich gebe Ihnen ... zweitausend zurück und eine Quittung über zwanzigtausend. Auf diese Weise profitieren wir beide.«

»Von mir aus«, antwortete Dake. »Zeigen Sie mir nur noch, wo ich arbeiten kann.«

»Ich habe gleich gewußt, daß man mit Ihnen vernünftig sprechen kann. Hmm, wo können Sie arbeiten? Bestimmt nicht in Carters Büro. Seine Bilder fördern die Konzentrationsfähigkeit nicht gerade. Kommen Sie, Lorin. Mir ist eben etwas eingefallen.«

Der Raum war winzig klein und ziemlich verstaubt. Aber die Schreibmaschine schien in Ordnung zu sein. Dake probierte sie aus und nickte zufrieden. Kelly verschwand pfeifend. Dake zog sich die Jacke aus, legte seine Zigaretten neben die Maschine und dachte über eine gute Einleitung nach. Er schrieb ein paar Zeilen, überlegte kurz und riß das Blatt wieder aus der Maschine. Nach mehreren Versuchen fand er endlich eine, die ihn zufriedenstellte:

»Wieder einmal hat die Menschheit den Ball und damit eine große Chance verspielt. Es war ein Abseitsfehler. Lange Schatten liegen über dem Spielfeld. Der Tod ist am Ball. Präsident Enfield fängt einen Paß ab. Enfields Steilvorlage kommt zu Darwin Branson. Er hat eine sichere Torchance, aber in diesem Augenblick kommt der Piff des Schiedsrichters. ›Abseits!‹ lautet die Entscheidung des himmlischen Unparteiischen. Das lange Spiel nähert sich seinem Ende.

Jetzt warten wir auf eine weitere Entscheidung. Wir warten darauf, ob jetzt bald der Schlußpfiff ertönt, der unsere Niederlage besiegelt. Wir stehen in den langen Schatten des leeren Stadions und warten ab, ob das Spiel zu Ende ist. Vielleicht erfahren wir nur, daß es wegen Anbruch der Dunkelheit vorzeitig abgebrochen werden muß.«

Dake starrte die Zeilen an. Er spürte, daß er den richtigen Ton getroffen hatte. Einmal in jedem Jahrhundert befindet sich der richtige Mann zur richtigen Zeit am richtigen Ort. Und dieser Mann verfügt über die Gabe, die Welt zu entflammen, sie im letzten Augenblick vor der drohenden Katastrophe zurückzureißen. In dem verstaubten Raum klapperte eine Schreibmaschine. Dake arbeitete rasch weiter und wußte instinktiv, daß er die richtigen Worte fand, um die Menschheit aufzurütteln und mit neuer Hoffnung zu erfüllen. Das vergangene Jahr schien seine Fähigkeiten gesteigert zu haben. Er brauchte nicht mehr lange zu überlegen, wie er den nächsten Satz anknüpfen sollte.

Er riß das Blatt aus der Maschine und spannte einen neuen Bogen ein. Er betätigte den Tabulator und ... blieb erschrokken am Rand der staubigen Landstraße stehen. Er sah die Wiesen und Wälder deutlich vor sich, hörte sogar das Vieh brüllen. Und trotzdem erkannte er dahinter noch die Tasten der Schreibmaschine. Er schien in zwei Wirklichkeiten gleichzeitig zu existieren, die einander überlagerten. In der einen saß er vor der Schreibmaschine, in der anderen stand er am Rand der Straße. Er schob den Stuhl zurück und stolperte blindlings zum Fenster hinüber. Die Landschaft wurde undeutlicher und verschwand.

Er blieb einige Minuten lang am Fenster stehen und starrte hinaus. Dann schüttelte er ungeduldig den Kopf und überlegte, wie schlimm es wäre, wenn seine Nerven ihn ausgerechnet jetzt im Stich ließen. Ausgerechnet jetzt, wo er endlich Gelegenheit hatte, die große Chance zu verwirklichen.

Er wollte alles schonungslos aufdecken, alles sagen, was er in dem vergangenen Jahr erfahren hatte. Daten, Namen, Orte und Verhandlungsthemen. Alle Menschen sollten erkennen, wie nahe sie dem Himmel auf Erden gewesen waren. Vielleicht ertönte dann der alte Schlachtruf »Schmeißt die Kerle raus!« – aber diesmal in jedem Land der Welt. Hoffentlich wurde der Artikel überall verbreitet, in jedem Land durch die engen Maschen der Zensur geschmuggelt. Patrice mit ihrer egoistischen Lebensphilosophie würde nie einsehen, daß ein Mann alles auf eine Karte setzen konnte, wenn die Karte gut war. Und Dake glaubte an seine Karte. Deshalb durfte er sich nicht von einer Fata Morgana abhalten lassen, durfte nicht nachgeben, wenn seine überreizten Nerven ihm einen Streich spielten.

Er ging an die Maschine zurück, las die Einleitung nochmals durch und fand sie gut. Dann hob er die Hände über die Tasten, hielt sie unbeweglich und schloß fest die Augen. Auf jeder Taste war plötzlich Patrices Gesicht erschienen. Er legte die Finger mit geschlossenen Augen darauf und spürte deutlich die weichen kleinen Gesichter. Dann öffnete er die Augen, starrte nur das Papier an und begann zu schreiben. Sekunden später hörte er wieder auf und starrte entsetzt seine Fingerspitzen an. Sie waren mit Blut beschmiert, die kleinen Gesichter waren zerschmettert, und er hatte deutlich leise Schreie gehört. Dake wischte sich die Finger an der Hose ab und stand so rasch auf, daß der Stuhl umfiel.

Er stand mit dem Rücken zu der Maschine und spannte die Schultermuskeln an, bis sie schmerzten. Dann sah er vorsichtig auf seine Fingerspitzen. Das Blut war verschwunden. Also nur eine Halluzination. Er dachte nüchtern darüber nach. Vermutlich wollte sein Körper verhindern, daß er in Gefahr geriet. Eine Revolution des Unterbewußtseins gegen die drohende Vernichtung. Er sah über die Schulter. Die Schreibmaschine wirkte völlig normal.

Er setzte sich wieder und begann zu schreiben. Diesmal überstürzten die Gedanken sich fast. Seine Finger kamen kaum noch nach. Er riß den zweiten Bogen aus der Maschine und las ihn.

»Und so ist es ein Spiel und Spiel und niemals das über der Gegenwart und dem dann und Vergangenen. Zart und matte und die Eigenschaft der Unterseite neben da wo Firmament Wachs die Tod und das der die Leben. Alle Kaufhaus, Leichenhaus, Bankhaus, Wohnhaus, Leihhaus, Schulhaus, Gasthaus ...«

Die ganze Seite war ähnlich. Unsinn. Verrücktheit. Das Geschwätz eines Idioten, der sich an Wörter erinnert, obwohl er ihre Bedeutung vergessen hat.

Dake unternahm einen neuen Versuch und schrieb diesmal bewußt langsam. Vergebens. Er schob die Schreibmaschine beiseite und schrieb mit der Hand weiter. Der Bleistift wurde so heiß, daß er ihn nicht mehr halten konnte. Die Blasen an seinen Fingern verschwanden, als er sie ansah. Das Papier rollte sich zusammen und begann zu brennen. Er schlug die Flammen aus. Einen Augenblick später war es wieder weiß und unversehrt. Dake konnte sich nicht länger beherrschen, sondern verließ den Raum so rasch wie möglich.

Erst auf der Straße beruhigte er sich wieder einigermaßen. Und dann kam er sich plötzlich wie ein völliger Trottel vor. Wahrscheinlich brauchte er nur eine kleine Pause, bevor er weiterschrieb. Er betrat ein Restaurant, setzte sich an die lange Theke und bestellte Kaffee. Die Kellnerin war mürrisch und hatte offensichtlich einen schweren Kater. Das winzige Radio kläffte wie ein Terrier. Er hörte kaum zu.

»Gestern nacht wurde Darwin Branson, der im Ruhestand lebende Diplomat und politische Philosoph, plötzlich in die Nervenklinik Bronx eingeliefert. Sein Zustand ...« Die Kellnerin stellte das Gerät ab, als sie daran vorbeiging.

»Würden Sie es bitte wieder einschalten, Miß?«

»Nein. Paßt Ihnen das vielleicht nicht?«

Die Kellnerin stemmte die Hände in die Hüften und starrte Dake herausfordernd an. Aber er hatte keine Lust, sich mit ihr zu streiten. Statt dessen bezahlte er den Kaffee, ließ die Tasse unberührt stehen und ging hinaus. An der nächsten Straßenecke mußte er fast eine Viertelstunde warten, bevor er ein Taxi fand, dessen Chauffeur die lange Fahrt unternehmen wollte.

Kurz nach zwölf Uhr kam er in der Klinik an. Die Dame am Empfang hielt ihn zuerst für einen Reporter und wollte ihn nicht einlassen. Dake wies den Sonderausweis vor, den Branson ihm verschafft hatte. Daraufhin wurde er äußerst widerwillig zu dem Arzt begleitet, der für den Fall zuständig war.

Der Arzt war jung, phantasielos und von dem Fall begeistert.

»Lorin, haben Sie gesagt? Sie haben für ihn gearbeitet, wie? Natürlich können Sie ihn sehen. Wir haben ihn den ganzen Morgen über untersucht. Kommen Sie mit.«

Branson lag in einem Einzelzimmer. Neben seinem Bett saß eine Krankenschwester. Sie stand auf, als der Arzt hereinkam. »Atmung zehn, Herr Doktor. Puls vierundvierzig. Temperatur einunddreißigvier.«

»So einen komischen Fall habe ich noch nie erlebt«, stellte

der Arzt zufrieden fest. »Die Polizei hat ihn gestern nach Mitternacht eingeliefert. Sie hat ihn auf der Straße aufgelesen und hielt ihn zunächst für betrunken. Wir haben ihn gleich untersucht. Offenbar war er bei vollem Bewußtsein, reagierte aber auf gar nichts. Nicht einmal die Pupillen zogen sich zusammen. Wir haben keinen einzigen Reflex feststellen können.«

Dake starrte das wachsbleiche Gesicht auf dem Kissen an.

Der Arzt wies auf das Diagramm am Fußende des Bettes. »Sehen Sie sich das an«, forderte er Dake auf. »Ich wette schon jetzt mit Ihnen, daß dieser Fall in die Annalen der Medizin eingeht. Puls, Atmung, Temperatur – alle drei Kurven sinken so geradlinig ab, als sei die Kurve mit dem Lineal gezogen. Der Mann hier gleicht einer Maschine, die langsam abläuft.«

»Puls zweiundvierzig, Herr Doktor«, sagte die Krankenschwester und ließ den schlaffen Arm sinken.

»Dabei haben wir es mit allen Mitteln versucht, Mister Lorin. Aber immer ohne Erfolg.«

»Wie lautet Ihre Diagnose?«

»Er reagiert einfach nicht. Zuerst habe ich natürlich an einen Gehirnschlag gedacht. Aber dieser Verdacht trifft nicht zu. Offenbar werden alle Körperfunktionen immer langsamer ... und hören irgendwann ganz auf. Aber wir haben keinen Schlüssel, mit dem wir ihn wieder aufziehen können. Das ist nicht gerade wissenschaftlich ausgedrückt, schätze ich, aber anders läßt sich der Fall nicht beschreiben. Jeder Arzt hier hat ihn bereits untersucht und Vorschläge zur Behandlung gemacht. Aber bisher hat noch nichts gewirkt.«

»Haben Sie etwas dagegen einzuwenden, wenn ich bei ihm bleibe?«

»Wie steht es mit der Familie? Hat er überhaupt eine? Bisher hat sich noch niemand gemeldet.«

»Branson hat keine nahen Verwandten oder Kinder.«

»Sie können ruhig hierbleiben, wenn Sie unbedingt wollen. Ich lasse Ihnen einen Stuhl bringen. Seinem Aussehen nach brauchen Sie nicht mehr lange zu warten.«

»Sie haben noch nie einen ähnlichen Fall gesehen – oder davon gehört?«

Der junge Arzt runzelte die Stirn. »Gesehen habe ich selbst

noch keinen, aber von anderen habe ich schon gehört. Eigenartigerweise handelt es sich dabei immer um wichtige Leute, wenn ich es mir recht überlege. Sie werden irgendwie ... müde.«

Der Arzt verließ das Zimmer. Dann kam ein Krankenwärter und brachte den Stuhl. Dake setzte sich an die andere Seite des Bettes – links von Darwin Branson. Er betrachtete die schlaffe Hand auf dem weißen Bettuch. Jetzt wollte er den Streit vergessen und sich an die guten Dinge erinnern – die langen Gespräche mit Branson, die überlegene Intelligenz des anderen und seine Ruhe, die auch auf andere begütigend wirkte. Er dachte an ein Gespräch mit Darwin zurück:

»In meiner leichtgläubigen Jugendzeit, Dake, als ich noch an Statistiken aller Art glaubte, untersuchte ich einmal die Umstände aller bisher getroffenen wichtigen Entscheidungen und stellte sie graphisch dar. Selbstverständlich war die Qualität der Untersuchung nicht gerade eindrucksvoll, obwohl ich schließlich ein Diagramm in der Hand hielt, das mich einigermaßen beunruhigte. Wichtige Männer, Männer in höchsten Positionen treffen weise Entscheidungen, die der ganzen Welt zugute kommen. Aber dann läßt plötzlich ihre Urteilskraft nach – und die Welt leidet darunter. Sie handeln überstürzt und unbedacht, als seien sie Lemminge, die ihr Selbstmördertrieb erfaßt hat.

Das war damals eine schreckliche Erkenntnis für mich, Dake. Ich hatte festgestellt, daß Entscheidungen einem bestimmten Zyklus unterlagen. Sozusagen Sonnenflecken in den Gehirnen der Verantwortlichen. Irgendein Virus in der Luft. Oder vielleicht sogar Gott, der seinen Kindern die Hölle auf Erden bereiten wollte.«

»Haben Sie später eine andere Antwort gefunden?«

»Nur in mir selbst, wo vielleicht jeder Mensch seine Antwort suchen muß. Damals habe ich mich auf eine bestimmte Linie festgelegt, die ich seitdem nie wieder verlassen habe, selbst wenn ich in Gefahr war, meiner eigenen Philosophie untreu werden zu müssen, weil die Ereignisse es zu erfordern schienen. Mit dieser Methode bin ich immer sehr zufrieden gewesen, denn sie hat mich weitgehend vor dem vorher erwähnten Zyklus bewahrt.«

Und trotzdem, überlegte Dake, hast du gestern deine innersten Überzeugungen verraten. Du hast die Arbeit eines ganzen Jahres zunichte gemacht. Der Zeitpunkt war falsch gewählt. Du hättest schon vorgestern krank werden sollen, Darwin.

Keine langen Gespräche mehr mit dem Mann, der sein ganzes Leben lang ununterbrochen für das Wohl der Menschheit gearbeitet hatte.

»Dake, manchmal kommt es mir fast so vor, als versorgten wir uns selbst mit Träumen, die nur Schaden anrichten können. Am schlimmsten ist der Traum von der Eroberung des Alls, der folgendermaßen lautet: Wir haben unsere Welt in ein solches Chaos gestürzt, daß es gar keinen Sinn mehr hat, nach einem Ausweg zu suchen. Statt dessen sparen wir unsere Kräfte lieber für den nächsten grünen Planeten auf. Morgen der Mond, nächste Woche die Planeten, nächstes Jahr die Galaxis. Wir breiten uns durch das All aus, und unsere kühnen Pioniere mit ihren tapferen Frauen schaffen uns irgendwo am Himmel ein grünes Märchenland.

Dieser Traum besänftigt das schlechte Gewissen der Menschen, die sich nicht genügend Mühe geben, Dake. Und dadurch kostet er wertvolle Kraft. Wir leben aber auf diesem Planeten und müssen mit dem auskommen, was wir daraus machen. Ich wünschte nur, ich könnte alle Menschen davon überzeugen. Und wenn wir es dann vielleicht in einigen hundert Jahren doch schaffen, sind wir andere Menschen geworden – dann können wir stolz in unseren blitzenden Schiffen zu anderen Sternen fliegen, weil wir bewiesen haben, daß wir unsere eigenen Probleme lösen können, anstatt vor ihnen zu fliehen.«

Dake dachte darüber nach, wie unwahrscheinlich es war, daß Darwin Branson sich am letzten Tag seines Lebens in einen Opportunisten verwandelt haben sollte, der er früher nie gewesen war.

Sein Blick fiel zufällig auf die linke Hand des Sterbenden. Dann holte er tief Luft und beugte sich nach vorn. Er erinnerte sich daran, daß Branson sich vorgestern an der Aufzugtür einen Teil des Fingernagels des Mittelfingers der linken Hand abgerissen hatte, bevor Dake ihn verließ, um Smith abzuholen. Branson hatte den Nagel sehr kurz abschneiden müssen. Das war vorgestern gewesen. Aber jetzt war der

Nagel wieder so lang wie alle anderen. Er konnte unmöglich so rasch gewachsen sein. Dake wußte, daß er sich den Vorfall nicht nur einbildete. Es *war* die linke Hand gewesen. Er griff danach.

»Bitte den Patienten nicht berühren«, sagte die Krankenschwester.

Dake ließ die Hand wieder los, stand auf und beugte sich über Branson. Er betrachtete das wachsbleiche Gesicht aufmerksam.

»Was ist los?« wollte die Schwester wissen.

Dake zuckte mit den Schultern. Er wußte, was geschehen würde, wenn er ihr zu erklären versuchte, daß dieser Mann nicht Darwin Branson war. Er würde im Nebenzimmer landen und eine Beruhigungsspritze erhalten. Deshalb setzte er sich langsam wieder und hoffte, daß sie nicht aus seinem Gesichtsausdruck erriet, was in ihm vorging.

»Dake, ein weiser Mann hat einmal gesagt, daß die einzig mögliche Lösung übrigbleiben muß, wenn man alles ausschließt, was unwahrscheinlich ist. Bleibt aber gar nichts übrig, hat man sich nur in der Klassifizierung geirrt. In diesem Fall hat man eine Möglichkeit übersehen, weil man sie als unwahrscheinlich bezeichnet hat. Das erinnert mich an den Mann mit dem Feuerzeug, der von den Eingeborenen gefangengenommen wurde. Der Medizinmann behauptete, es sei unmöglich, daß dieser silberne Behälter Feuer enthalte. Er behauptete, es sei ausgeschlossen, daß sich in ihm ein kleiner Mann befinde, der zwei Stöcke aneinanderreibt. Er ist weiterhin davon überzeugt, daß man nur mit diesen beiden Methoden Feuer machen kann. Folglich sinkt er in die Knie und betet den Weißen Gott an, weil das Unmögliche vor seinen Augen wahr geworden zu sein scheint. Dabei hat er nur eine Möglichkeit falsch klassifiziert.«

»Aber wie steht es mit der Möglichkeit, daß unwahrscheinliche Ereignisse als wahrscheinlich klassifiziert werden, Darwin?«

»Seit Jahrhunderten wird die Quadratur des Kreises versucht, weil es sich dabei um eine Unmöglichkeit handelt, die möglich *aussieht*. Im Gegensatz dazu hat bisher noch kein Mensch ernsthaft die Teleportation versucht. Woher wollen wir wissen, daß es sich nicht dabei um eine Möglichkeit handelt, die zufällig unmöglich *erscheint,* obwohl sie vielleicht einen entschlossenen Versuch wert wäre?«

»Puls achtunddreißig«, sagte die Schwester leise.

Dake starrte das wachsbleiche Gesicht an. Wenn ich den Fall nur so nüchtern analysieren könnte, wie Sie es getan hätten, Darwin, sagte er zu sich selbst.

Er hatte Bransons Sinneswandel als ›möglich‹ klassifiziert. Aber bei näherer Überlegung mußte er dieses Urteil revidieren und zugeben, daß der plötzliche Umschwung ›unmöglich‹ war. Branson hatte sich von ihm verabschiedet, als er fortfuhr, um Smith abzuholen. Folglich war der Mann, zu dem er mit Smith zurückgekommen war, nicht Branson. Und wenn das Krankenblatt den körperlichen Verfall richtig wiedergab, war er nicht einmal ein Mensch, sondern eine Puppe – ein mechanisches Spielzeug. Eine aufgezogene Marionette, die im richtigen Augenblick in Bewegung gesetzt worden war, um zu verhindern, daß das gegenwärtige Chaos auf Erden dem Frieden weichen mußte.

Der nächste Schritt: Gab es eine Weltmacht, die imstande war, diese Menschenpuppe herzustellen?

Nein. Begründung: Bestünde diese Möglichkeit, wäre sie bereits anderswo mit größeren Gewinnaussichten angewandt worden; handelt es sich jedoch um den ersten Versuch, war es höchst unwahrscheinlich, daß Branson zu diesem Zweck ausgewählt worden war.

Wenn die menschlichen Fähigkeiten nicht ausreichen, um eine komplizierte Marionette dieser Art herzustellen, kann sie nicht von der Erde, sondern muß von einem anderen Planeten stammen.

Trifft diese Annahme jedoch zu, muß man gleichzeitig annehmen, daß es seinen stichhaltigen Grund dafür gibt, die Unordnung auf der Welt aufrechtzuerhalten. Dake sah ein, daß seine Logik an dieser Stelle falsch war. Er versuchte den außerirdischen Lebewesen menschliche Motive unterzuschieben.

Gut, dann muß es einen anderen Grund geben. Nehmen wir also an, daß die Beeinflussung nicht durch ein riesiges Raumschiff erfolgt, das irgendwo im Hinterhof landet. Nehmen wir statt dessen an, daß es sich um eine fast unmerkliche Lenkung von außen handelt. So unauffällig, daß sie noch niemand aufgefallen ist. Wie steht es mit ihrer Dauer? Erst seit kurzem – oder schon immer?

Auf diese Frage fand er sofort eine Antwort, die allerdings so intuitiv gekommen war, daß er sie nicht logisch begründen konnte. Trotzdem mußte sie wahr sein, denn sie beantwortete gleichzeitig die Frage, weshalb der Mensch, der doch im Grunde genommen ein friedliebendes Wesen war, nie ruhig und zufrieden auf seiner Welt gelebt hatte.

Darwin Branson hatte sich stets gegen Theorien verwahrt, in denen behauptet wurde, der Mensch sei von Grund auf schlecht und verdorben. Er hatte auch nie zu den Menschen gehört, die daran glaubten, daß die Menschheit ein vorbestimmtes Schicksal zu ertragen habe.

Dake glaubte die leise Stimme zu hören: »Das Böse steckt nicht etwa in dem Menschen, ist ihm nicht etwa angeboren. Nein, das Böse ist nur die Reaktion der Menschen auf äußere Einflüsse – Hunger, Krankheit, Schmerzen, Angst, Neid, Haß. Vielleicht reagiert er nur aus Unsicherheit so. Sie brauchen nur zu überlegen, welche Begriffe für gut oder schön stehen – Singvögel, Blumen, Mutterschaft. Allen Menschen aller Länder waren diese Begriffe als Symbole für das Gute zu allen Zeiten geläufig. Wir scheinen uns verirrt zu haben. Aber ich kann trotzdem nicht glauben, daß wir Gott, Buddha, Mohammed und Wischnu endgültig den Rücken gekehrt haben. Sie alle sind uns nur auf eigenartige Weise entfremdet worden.«

Die Antwort auf das größte Rätsel dieser Welt – sie lag hier in diesem Bett. Wenn sich das nur beweisen ließe. Dann konnte man zum Himmel hinaufrufen: »Wir sind in die Irre geführt worden! Wir sind ständig gegeneinander aufgehetzt worden! Die Menschheit gleicht einer Bakterienkultur, in die irgend jemand immer wieder Salzsäure schüttet – nicht genug, um uns zu sterilisieren, aber genug, um uns Schmerzen zu bereiten.«

Aber wie konnte dieser Beweis erbracht werden? Autopsie? Dake starrte die Haut, die Fingernägel und die Bartstoppeln an. Zu schlau, zu gerissen. Man konnte den Körper sezieren und würde doch nie eine Seele finden. Andrerseits war noch nie eine gefunden worden, so daß ihr Fehlen nicht bemerkt werden konnte.

Dake begann allmählich zu ahnen, daß sein Wissen äußerst gefährlich war. Die geheimnisvolle Macht, die Darwin Branson durch ein kompliziertes mechanisches Spielzeug ersetzt hatte, würde rasch und entschlossen gegen einen Menschen vorgehen, der Verdacht geschöpft und darüber mit anderen gesprochen hatte.

Wo steckte übrigens der echte Darwin Branson?

»Puls zweiunddreißig«, sagte die Krankenschwester.

Der junge Arzt kam wieder herein, warf einen kurzen Blick auf das Krankenblatt und sprach leise mit der Schwester. Er schob ein Augenlid zurück und richtete einen scharf gebündelten Lichtstrahl auf die Pupille. Eine zweite Krankenschwester kam mit einem Tablett herein. Der Arzt öffnete Bransons Schlafanzugjacke und betupfte eine Stelle über seinem Herzen mit einem Wattebausch, den er in Alkohol getaucht hatte. Dann nahm er die Injektionsspritze aus der Hand der Schwester entgegen, stieß die Nadel tief hinein und drückte den Kolben nach unten. Er griff nach dem schlaffen Arm und zählte den Puls.

»Nicht ein einziger Schlag mehr«, stellte er laut fest. Er zuckte mit den Schultern.

Dake hörte kaum zu. Er hockte auf seinem Stuhl und dachte über sein eigenes Dilemma nach. Hatte er vielleicht doch eine Alternative übersehen? Seine Reaktionen in dem Büro, das Kelly ihm zur Verfügung gestellt hatte, waren völlig irrational gewesen. Die ersten Anzeichen eines bevorstehenden Nervenzusammenbruchs. Und diese neuen Überlegungen konnten weitere Auswirkungen der gleichen Krankheit sein. Kein eingerissener Fingernagel. Keine Täuschung durch eine Puppe. Keine außerirdischen Lebewesen.

Bevor er daran denken konnte, der Welt etwas beweisen zu wollen, mußte er selbst völlig überzeugt sein. Entweder waren die Ereignisse in dem Büro weitere Anzeichen für eine Beeinflussung von außen, wie es schon Bransons Ersatz durch eine Puppe gewesen war, oder beide Faktoren waren die Vorläufer eines bevorstehenden Zusammenbruchs aus Überarbeitung und nervöser Erschöpfung.

Dake fuhr sich mit der Hand über den Nacken. Dort spürte er seit etwa einer Woche eine eigenartige Spannung. Er hatte fast das Gefühl, ständig beobachtet zu werden. Gelegentlich verschwand es, kam aber oft wieder. Er glaubte manchmal, von einem riesigen Auge angestarrt zu werden. Oder von einem großen Objektiv – und er selbst war der Käfer auf dem Objektträger.

Um fünfzehn Uhr vier war es soweit. Darwin Branson starb entweder, oder das mechanische Spielzeug hörte zu funktionieren auf, weil es seinen Zweck erfüllt hatte. Dake verließ die Klinik. In der Eingangshalle wurde er von Reportern bestürmt. Er starrte sie nur wütend an und drängte sich durch die Menge. Die Reporter schimpften hinter ihm her. Er hatte keine Lust mehr, wieder zu Kelly zu fahren. Der Artikel, den er hatte schreiben wollen, war längst nicht mehr wichtig. Entweder konnte er später einen viel größeren Artikel schreiben – oder überhaupt keinen. Dake dachte daran, daß er die achtundzwanzigtausend von Kelly zurückverlangen mußte, und überlegte sich dann, daß er morgen noch genügend Zeit dazu hatte. Er wanderte ziellos durch die Straßen und stieg schließlich in einen Bus, der nach Manhattan fuhr. Ein braunhaariges Mädchen mit eigenartig hellgrauen Augen setzte sich neben ihn.

5

Die junge Frau mit den braunen Haaren und den hellgrauen Augen hatte Dake Lorin beobachtet, als er in den Bus stieg. Sie stand an der Straßenecke, wo der Bus halten würde, nachdem er an drei weiteren Haltestellen Fahrgäste aufgenommen hatte. Jetzt zog sie eine Zigarette aus der Tasche ihrer Bluse, zündete sie mit einem billigen Feuerzeug an und stieß den Rauch durch die Nase aus. Sie wirkte in ihrer ganzen Aufmachung wie ein Flittchen. Aber das war die beste Tarnung, die Miguel Larner für sie hatte ausfindig machen können.

Und er hatte wieder einmal die bewährte Methode angewandt, die daraus bestand, daß er die Betreffenden hypnotisierte, während sie alle vier Abschirmungen zurückgezogen hatten. Du bist Karen Voss. Du bist vierundzwanzig.

Miguel hatte die nötigen Informationen aus dem Gehirn der wirklichen Karen Voss bezogen, als sie im Sterben lag. Miguel war eben pedantisch genau und sehr, sehr gründlich.

Vor einem Jahr hatte er einen Job als Krankenpfleger in einem der großen Krankenhäuser angenommen und hatte die nötigen Geräte eingeschmuggelt, um die Lebensläufe von Sterbenden aufzuzeichnen. Das war besser als jede erfundene Story, sagte er immer wieder. Und das stimmt auch, denn auf diese Weise brauchte man nicht mehr zu lernen, wie man sich in der neuen Rolle zu benehmen hatte, sondern lebte vom ersten Augenblick an entsprechend. Auf diese Weise hatte Miguel auch jederzeit genügend Lebensläufe zur Verfügung, die bei Bedarf angewandt werden konnten. Miguel arbeitete so gut, daß er mit sehr wenig Personal auskam. Aber diese wenigen Leute mußten um so mehr schuften, überlegte sie aufgebracht.

Sie warf einem Passanten einen kalten Blick zu und rümpfte die Nase, als sie die Alkoholfahne roch, die er hinter sich herzog. Dann beobachtete sie wieder aufmerksam die Straße und fand nur drei Wahrscheinliche. Vermutlich war auf diesen Fall nur ein Agent der Klasse II angesetzt worden. Und wenn die Ärzte in der Klinik auf einer Autopsie bestanden, würde er alle Hände voll zu tun haben, um ihnen etwas vorzutäuschen. Lorin befand sich vorläufig in Sicherheit, bis die anderen seine Spur wieder aufnehmen konnten.

Karen Voss machte alle vier Abschirmungen dicht und sondierte rasch die Wahrscheinlichen. Zuerst die alte Dame, die immer wieder vor Schaufenstern stehenblieb. Die Sonde drang tief ein, ohne auf die Abschirmung eines Agenten zu treffen. Die alte Dame zuckte zusammen und rieb sich die Schläfen. Auch der Taxifahrer, der an dem Motor seines Wagens herumbastelte, griff sich plötzlich an den Kopf. Wieder nichts. Sie machte einen Versuch bei dem Mann, der an einem Zeitungskiosk die Illustrierten durchblätterte. Endlich etwas mehr Widerstand, aber auch hier keine Abschirmung. Der Mann nahm seine Brille ab, hielt sie gegen das Licht und setzte sie wieder auf.

Der nächste Schritt war Karen Voss unangenehm, denn jetzt kam der Augenblick, in dem sie alle vier Abschirmungen zurückziehen mußte, um völlig aufnahmebereit zu sein. Und dann konnte es passieren, daß die anderen die Gelegenheit ausnützten, um einen in diesem Augenblick in einen Epileptiker zu verwandeln, der sich mit Schaum vor dem Mund auf der Straße wälzte. Eins ... zwei ... drei ... vier. Alle zurückgezogen. Sie suchte langsam die einzelnen Bereiche ab und begann im mittleren zu empfangen. Eine Klasse II, wie sie es erwartet hatte. Aber noch weit entfernt – fast dreihundert Meter. Und nur einer. Sie konzentrierte sich auf ihn, aber so vorsichtig, daß er nichts davon merkte. Er hatte ohnehin alle Hände voll zu tun. Aus dem Rhythmus erkannte sie, daß er Illusionen für drei oder sogar vier Erdlinge produzierte. Falls noch andere dazukamen, würde er vermutlich um Hilfe rufen – und diese Hilfe konnte eine Klasse III sein. Karen überlegte sich, daß eine kleine Ortsveränderung nicht schaden konnte.

Vierdreizweieins. Klack. Alles wieder in bester Ordnung. Jetzt der Bus. Drei Blocks weit entfernt. Vier. Sie trat ihre Zigarette mit dem Absatz aus und schlenderte an die nächste Straßenecke. Das Gerät B steckte hinter ihrem breiten Gürtel, weil es sich dort leicht und rasch bedienen ließ. Karen Voss brauchte nur einen Finger oder den Daumen hinter den Gürtel zu stecken und die drei winzigen Knöpfe zu bedienen. Das Gerät basierte auf einer Erfindung, die vor Jahrtausenden auf Senaria gemacht worden war. Aber selbst die Senarier wußten nicht, wie es eigentlich funktionierte – sie wußten nicht einmal, wie der gigantische Elektronenrechner arbeitete, der ihren Planeten seit Jahrhunderten umkreiste.

Sie erinnerte sich an das Handbuch, das jeder Teilnehmer an dem Training T erhalten hatte. »Das Gerät B bewirkt eine Verstärkung und Konzentrierung der Gedankenimpulse. Voraussetzung für seine richtige Anwendung ist in jedem Fall ein gutes Visualisierungsvermögen. Der erste Knopf – in der Darstellung mit (1) bezeichnet – reduziert das Körpergewicht auf einen Minuswert. Der zweite Knopf (2) wird auf die gewünschte Entfernung eingestellt. Zuerst den zweiten Knopf betätigen. Visualisieren. Den ersten Knopf eine halbe Umdrehung nach links. Dann den dritten (3) einrasten lassen. Ist die Visualisierung stark genug gewesen, bewirkt der dritte Knopf, daß der Körper sich an dem betreffenden Punkt wieder materialisiert. Bei genügender Übung dauert der ganze Vorgang nicht länger als zwei Sekunden. Die Reichweite des Geräts B beträgt etwa zehntausend Meter; größere Geräte verfügen dementsprechend über fast unbegrenzte Reichweiten.«

Aber selbstverständlich durfte man nicht einfach verschwinden und irgendwo wieder auftauchen. Die Menschen waren zu leicht erregbar. Miguel machte einem Vorwürfe, wenn man nicht sehr vorsichtig war. Nur dann springen, wenn ihr nicht beobachtet werdet. Nach der Ankunft dauert es zwei Sekunden, bis ihr sichtbar werdet. Seht euch um, ob ihr beobachtet worden seid. Ist das der Fall, müßt ihr zum Ausgangspunkt zurück und einen neuen Versuch unternehmen.

Karen Voss beachtete diese Vorschriften genau und stand einen Augenblick später an einer weit entfernten Bushaltestelle. Sie sah sich rasch um. Nur ein Mann in ihrer Nähe. Vorsichtigerweise blieb sie hinter ihm stehen, bis sie ihr altes Körpergewicht zurück hatte. Dann starrte sie den Mann abschätzend von oben bis unten an. Miguel wäre wahrscheinlich mit dieser lebensnahen Vorstellung nicht sehr begeistert gewesen. Der Mann schüttelte den Kopf; wahrscheinlich wunderte er sich darüber, daß sie ihm nicht schon vorher aufgefallen war.

Der Bus hielt mit quietschenden Bremsen. Karen kletterte hinein, warf die Münzen in den Behälter und ging nach hinten, wo Lorin allein saß. Sie setzte sich neben ihn. Armer verwirrter Erdling. Ein guter Kopf mit klaren Gesichtszügen. Sie sondierte rasch und leicht, stieß aber nicht auf eine Abschirmung.

Illusionen für den schwarzhaarigen Riesen neben ihr. Sie mußte Illusionen erzeugen, wenn sie ihn zu Miguel zurückbringen wollte, ohne unterwegs aufgehalten zu werden. Wirklich schade, daß jede direkte Kontrolle so leicht festzustellen war. Selbst ein Klasse I nahm sie bereits aus einigen Kilometern Entfernung wahr.

Das Dumme an Illusionen war allerdings, daß viele Erdlinge ihnen kaum gewachsen waren, sondern allzu rasch einen Nervenzusammenbruch erlitten. Und Miguel wollte Lorin unbeschädigt bei sich sehen. Aus den Lautsprechern des Busses erklangen die unvermeidbaren Werbetexte. Allein dadurch wurde Lorin bereits mit Illusionen übersättigt.

Karen Voss suchte nach einer praktischen Idee, die sich verwirklichen ließ, ohne die anderen Fahrgäste aufzuregen. Dann sah sie den Dicken einsteigen, der an der nächsten Haltestelle gewartet htte. Der unerwartete Vorstoß gegen ihre äußere Abschirmung erschreckte sie fast. Sie sondierte rasch, stieß auf die undurchdringliche geistige Barriere und griff sofort nach dem Verschluß ihrer Handtasche. Zu spät ... der andere hatte bereits ein Störsignal ausgesandt. Sie revanchierte sich sofort. Unentschieden. Keiner von ihnen konnte jetzt andere Agenten zu Hilfe rufen. Karen wandte sich um. Der Mann saß direkt hinter ihr.

Diesmal war der Plan fehlgeschlagen, stellte sie betroffen fest. Miguel Larner hatte nichts aus dem Fiasko mit Branson gelernt, sondern hatte sich eingebildet, daß zwei Klasse-II-Agenten genügen würden, um den angerichteten Schaden wiedergutzumachen. Aber bisher hatte sie bereits fünf gezählt, die Shard für diesen einen Auftrag eingeteilt hatte.

Der Dicke versuchte es noch einmal mit der Sonde. Offenbar hielt er sie für eine Agentin der Klasse I, deren Abschirmung er durchbrechen konnte. Karen wollte schon mitleidig lächeln, als ihr auffiel, daß der andere sie nur von der Illusion ablenken wollte, die er eben erzeugte. Eine recht gute Illusion. Ein Polizist stand mitten auf der Straße und wies den Bus in eine Seitenstraße ein. Die Illusion war so perfekt, daß sie sich fast hätte täuschen lassen. Karen überlegte rasch. Die Seitenstraße mußte irgendwie gesperrt werden.

Der Schlag traf sie am Hinterkopf. Als sie nach der schmerzenden Stelle griff, verfluchte sie ihre eigene Dummheit, weil sie nicht rechtzeitig daran gedacht hatte, daß der tätliche Angriff noch immer zu den wirksamsten Methoden gehörte, wenn alle anderen Mittel versagt hatten. Obwohl sie fast das Bewußtsein verloren hätte, hielt sie die Abschirmung aufrecht und erholte sich rasch wieder. Lorin hielt sie am Arm fest.

»Der fette Kerl hat mich geschlagen, Mister!«

Lorin drehte sich um. »Was soll der Unsinn, Freund?«

Diesmal hatte Karen Voss eine Illusion bereit. Die Faust des anderen traf Dake Lorins Gesicht so rasch, daß Dake nicht gesehen haben konnte, daß der Dicke sich gar nicht bewegt hatte. Karen stellte zufrieden fest, daß Lorin ausgezeichnet reagierte. Der Dicke sank in sich zusammen. Sie drang tief in ihn ein und wußte zuletzt, daß Shard ein halbes Jahr lang warten mußte, bis er diesen Agenten wieder einsetzen konnte. Sie hatte die beiden ersten Abschirmungen durchbrochen.

Dann erkannte sie plötzlich, wie sich ihre Aufgabe vereinfachen ließ. Ihre Illusion bewirkte, daß der Kopf des Dicken eigenartig schief hing. Dann ertönte eine laute Männerstimme. »He, Sie haben ihn umgebracht!«

Sie faßte den verblüfften Lorin am Arm. »Kommen Sie, wir steigen aus. Warten Sie lieber nicht ab, was aus der Sache wird.«

Als der Busfahrer anhielt, nachdem sie ihm einen winkenden Polizisten vorgespiegelt hatte, betätigte Karen die Tür und zog Lorin hinter sich her. Sie wurden nicht verfolgt. Die Fahrgäste hatten sich bereits wieder beruhigt, weil sie sahen, daß der Mann doch noch lebte. Aber Lorin wußte nichts davon.

Karen bog rasch um die nächste Straßenecke und blieb erst dort stehen, um sich eine Zigarette anzuzünden. Lorin holte sein Feuerzeug aus der Tasche und gab ihr mit zitternder Hand Feuer. Sie wußte, was er dachte. Er verabscheute sie, war über seine Lage wütend und schämte sich, weil er fortgelaufen war. Aber das war noch nicht alles, denn er war auch völlig durcheinander. Eigentlich kein Wunder, nachdem Shards Agent ihn mit Illusionen gefüttert hatte, um zu verhindern, daß er den Artikel für die Zeitung schrieb.

Trotzdem war ihr nicht ganz wohl bei der Sache. Sie hatte Branson und Lorin studiert. Sie kannte beide sehr gut. Und jetzt schien Lorin *zu* aufgeregt. Am liebsten hätte sie ihn völlig kontrolliert. Vielleicht war er nicht leicht zu beeinflussen.

»Vielen Dank auch, Mister.«

»Bitte, nichts zu danken. Hoffentlich habe ich uns nicht in Schwierigkeiten gebracht, Miß.«

»Karen. Karen Voss. Ich möchte wetten, daß ich Sie kenne. Ich wette, Sie sind Dake Lorin. Früher habe ich Ihr Bild immer neben Ihren Artikeln gesehen.«

Er schien sich darüber zu freuen. »Sagen Sie nur nicht, daß Sie das Zeug auch gelesen haben.«

»Natürlich. Vielleicht sehe ich nicht danach aus, aber ich interessiere mich wirklich für solche Dinge. Politik, Wirtschaft, internationale Beziehungen. Ich habe einen Freund. Er hat Geld. Einen Haufen Geld. Erst neulich hat er wieder davon gesprochen, daß er sich freuen würde, wenn Sie wieder Ihre Artikel schreiben würden. Er war immer sehr mit Ihnen einverstanden. Vielleicht könnte er etwas für Sie tun – Ihnen ein paar Spalten in einer Zeitung kaufen oder irgend etwas anderes.«

»Das Gesetz gegen Illoyalität in der Öffentlichkeit verhindert zuverlässig, daß man sich kritisch äußert, Miß Voss. Ich kann mir nicht vorstellen, daß Ihr Freund neben mir in einem Bergwerk arbeiten möchte.«

Sie schüttelte verächtlich den Kopf. »Er braucht sich nicht vor dem Arbeitslager zu fürchten, weil kein Mensch sich an ihn heranwagt. Wahrscheinlich haben Sie schon von ihm gehört. Miguel Larner.«

»Der Gangsterboß? Selbstverständlich habe ich von ihm gehört. Er hat seine Hände in jedem schmutzigen ...«

»Lassen Sie die frommen Sprüche, Mister Lorin. Mig hat ... nun, zwei Seiten wie jeder andere Mensch auch. Vielleicht kann er Ihnen helfen.« Sie mußte fast über ihre eigenen Worte lachen. »Ich bin gut mit ihm befreundet. Wollen Sie mit ihm sprechen?«

»Nein, danke.«

»Vielleicht stecken Sie irgendwie in der Klemme. Er hilft gern anderen Menschen. Das klingt wahrscheinlich ein bißchen komisch, stimmt aber.«

»Ich kann mir nicht vorstellen, daß er mir irgendwie helfen könnte.«

»Haben Sie es eilig? Müssen Sie zu einer Besprechung oder einem wichtigen Termin? Es ist nicht weit.«

Sie spürte seine Unentschlossenheit und beeinflußte ihn unmerklich, bis er widerstrebend zustimmte. Dann trennte sie die Verbindung, indem sie den Verschluß ihrer Handtasche zuschnappen ließ. Miguel mußte gehört haben, daß Lorin zugestimmt hatte. Er war also vorbereitet. Sie ging neben dem großgewachsenen Mann her und war auf etwaige Eingriffe von allen Seiten gewappnet. Dann rief sie ein Taxi heran, lehnte sich behaglich in den Sitz neben Lorin und schlug die Beine übereinander.

Wenige Minuten später stiegen sie aus. Lorin bezahlte den Fahrer. Karen sah, daß er einen neugierigen Blick auf den flachen Pavillon warf, in dem sich der Eingang zu dem unterirdischen Gebäude befand. Karen spürte, daß die Barriere zur Seite wich und sich wieder hinter ihnen schloß. Sie atmete erleichtert auf. Jetzt befand sie sich endlich wieder völlig in Sicherheit. Nichts und niemand konnte die eiförmige Barriere durchdringen. Eine Spitze des Eis wölbte sich über dem Eingang, der Rest schützte die unterirdischen Stockwerke.

Von hier aus leitete Miguel Larner, Klasse III, die Einsätze der Agententeams, bereitete Operationen vor und hielt die Verbindung zu einzelnen Agenten aufrecht. Sonst schlüpfte sie sofort aus der Haut dieser Karen Voss, sowie sie den Pavillon betreten hatte, und nahm wieder ihre eigene Persönlichkeit an. Aber diesmal hatte sie Lorin mitgebracht und mußte ihre Rolle deshalb weiterspielen.

Der Klasse I am Empfang war bereits verständigt worden.

»Wir möchten zu Mister Larner hinunter, Johnny.« *Wie habe ich das gemacht?*

»Sie können gleich hinunterfahren, Miß Voss.« *Gute Arbeit, junge Frau.*

»Danke, Johnny.« *Du kannst gleich einen Klasse II streichen.*

»Bitte, gern geschehen, Miß Voss. *Sieh dich vor, damit du nicht allzu viele Gutschriften bekommst. Wir möchten dich noch länger bei uns haben.*

Sie ging neben Lorin her auf den Lift zu. Als der Fahrstuhl nach unten sank, zog sie auch die übrigen Abschirmungen zurück. Sie hatte die erste zurückziehen müssen, um mit dem Klasse I Verbindung aufnehmen zu können. Sie war stolz auf sich, weil sie wieder eine Aufgabe erfolgreich gelöst hatte. Diese neue Gutschrift bedeutete einen weiteren Schritt auf dem langen Weg zu den Inneren Planeten. Nur noch einige Gutschriften, dann kam das Training T zur Ausbildung als Klasse III, eine kurze Zeit in leitender Funktion – und dann konnte sie endlich richtig arbeiten. Aber nächstes Mal mußte Miguel sich etwas Besseres als diese Tarnung einfallen lassen. Die Versuchung war fast zu groß, diese Rolle wirklich zu spielen. In Lorins Gegenwart mußte sie auf ihre Reflexe achten.

»Kennen Sie Larner schon lange?«

»Ja, ziemlich. Hier herein.« Als die Tür zur Seite glitt, betraten sie Larners Appartement, das mit den teuersten Möbeln der besten Einrichtungshäuser von Bombay ausgestattet war. Eine Wand war ganz für ein riesiges Diorama reserviert, das eine weite Landschaft darstellte. Miguel war stolz auf seine Spezialanfertigung, deren Beleuchtung sich von Stunde zu Stunde veränderte, so daß man den Eindruck hatte, wolkenlose Tage und Vollmondnächte zu erleben.

Miguel saß in der Nachmittagssonne an dem Schwimmbecken. Er war klein, hatte eine zurückweichende, niedrige Stirn und stechende Augen. Er trug eine zitronengelbe Badehose.

Er hob grüßend die Hand. »Wie geht es immer, Karen? Und wer ist dein Freund?«

Die beiden Besucher kamen näher. »Erkennst du ihn nicht, Mig? Er ist Dake Lorin.« *Bekomme ich eine oder zwei Gutschriften? Ich habe einen Klasse II erledigt.*

Miguel streckte die Hand aus. »Freut mich, Mister Lorin.« *Wahrscheinlich hast du vor lauter Eigenlob ganz vergessen, richtig zu sondieren. Vielleicht überzeugst du dich selbst davon, warum du nur eine Gutschrift erhältst.*

»Ich habe Dake erzählt, daß du seine Artikel immer gern gelesen hast, Mig.« *Richtig, das habe ich übersehen. Aber wenn du nur zwei einteilst, während die anderen fünf einsetzen, hat man alle Hände voll zu tun. Jetzt erkenne ich es auch. Reiner Leichtsinn. Irgend etwas mit einem Fingernagel.*

»Ihre Kolumne hat mir wirklich gut gefallen, Mister Lorin. Ich habe etwas für Leute übrig, die offen ihre Meinung sagen.« *Ja, sie hätten jemand mit einer Illusion hinschicken müssen, der darauf achtet, ob Lorin etwa den Schwindel mit der Puppe durchschaut.* »Setzt euch doch. Wie wäre es mit einem Drink?«

Sie ließen sich in den Liegestühlen am Rande des Schwimmbeckens nieder. »Ich möchte einen Tom Collins. Und Sie, Dake?« *Spürst du das auch, Miguel? Er weiß nicht, was er davon halten soll, und zweifelt sogar an seinen geistigen Fähigkeiten.*

Miguel drückte auf einen Knopf. Der livrierte Diener erschien fast augenblicklich. Er bestellte die Drinks. *Deshalb müssen wir vorsichtiger sein, damit er nicht etwa überschnappt. Vielleicht können wir seine Eignung später überprüfen. Sein Typ ist allerdings nur selten richtig veranlagt. Von der Wirklichkeit zu abhängig.*

»Gefällt Ihnen Migs Appartement, Dake?« *Vergiß die Quote nicht. Vielleicht eignet er sich doch.*

Dake wollte irgendeine Antwort murmeln, aber Miguel winkte ab. »Wo arbeiten Sie jetzt, Mister Lorin?« erkundigte er sich.

»Eigentlich bin ich arbeitslos«, antwortete Dake. »Ich habe ein Jahr lang für die Regierung gearbeitet. Aber heute ist mein Vorgesetzter gestorben. Das kam sehr überraschend. Ich habe nie einen Vertrag unterschrieben, deshalb habe ich kaum Aussichten auf Weiterbeschäftigung.«

»Waren Sie nicht für Branson tätig?« wollte Miguel wissen.

»Richtig! Wie haben Sie das erfahren?«

»Ich habe meine Quellen. Schließlich muß man als Geschäftsmann auf dem laufenden bleiben. Bransons Tätigkeit konnte sich auf Exporte und Importe auswirken. Und was diese Gebiete betrifft, hat Einfluß auf mein Einkommen. Haben Sie schon Zukunftspläne gemacht, Mister Lorin?«

»Ich schreibe einen Zeitungsartikel, der am Donnerstag erscheinen soll.«

»Heiß?«

»Er wäre heißer geworden, wenn Branson nicht gestorben wäre. Trotzdem wird er vermutlich als illoyal eingestuft.«

»Sie stecken also den Kopf freiwillig in die Schlinge, wie?«

»So könnte man es auch nennen. Aber der Artikel ist mir im Augenblick wichtiger als mein eigenes Wohlergehen. Nur schade, daß Darwin Branson darin kritisiert wird. Er ist tot und kann sich nicht mehr dagegen zur Wehr setzen.«

»Brauchen Sie ein Arbeitszimmer?«

»Danke, nein. Ich habe schon eines.«

»Falls es damit nicht klappt, können Sie auch bei mir arbeiten. Ich habe hier genügend leere Räume.« *Kümmerst du dich um Kelly, Mädchen? Wenn er schon einmal hier ist, möchte ich ihn nicht wieder laufen lassen.*

»Das wäre doch keine schlechte Idee, Dake«, stimmte Karen zu. *Dake soll es lieber selbst tun. Ich bin zu lange draußen gewesen. Meine Nerven sind am Ende, Miguel. Siehst du, wie unruhig er geworden ist? Er will wieder fort.*

»Ich habe mir die Sache anders überlegt, Karen«, sagte Miguel. »So ist alles einfacher. Ich kontrolliere ihn seit zwei Sekunden.«

Sie sah zu Lorin hinüber und erkannte an seinem starren Blick, daß er sich in Trance befand. *Aber wie kannst du …*

»Laut, bitte. Wenn wir allein sind, können wir auf die Para-Stimme verzichten – man gibt sich sonst unter Umständen in der Öffentlichkeit zu leicht eine Blöße. Wenn wir ihn hierbehalten wollen, kontrollieren wir ihn am besten völlig. Er soll glauben, daß er nochmals bei Kelly gewesen ist, daß Kelly sich die Sache anders überlegt und ihm das Geld zurückgegeben hat.

Später lassen wir ihn in der Eingangshalle allein und suggerieren ihm, daß er zurückgekommen ist, um von meinem Angebot Gebrauch zu machen. Damit ist der Fall auf einfachste Weise aus der Welt geschafft.

Ich überlasse ihn jetzt dir. Du bringst ihn irgendwo unter und gibst ihm die Erinnerung an Kelly und den Rückweg hierher – sagen wir um neun Uhr abends. Wenn er ruhig schläft, kannst du dich selbst ausruhen und ihn später wieder zu mir bringen.«

Karen wartete. Als Miguel Lorin aus seiner Kontrolle entließ, übernahm sie ihn sofort. Lorin bewegte sich eine Sekunde lang und seufzte leise. Dann hatte sie ihn fest in ihrer Gewalt. Sie ging voraus, öffnete die Fahrstuhltür und sah sich nach ihm um. Er folgte ihr gehorsam wie eine Marionette. In diesem Zustand taten ihr die Kontrollierten fast leid. Ganz besonders dann, wenn es sich um einen wahren Riesen handelte, der trotz seiner Stärke willig jeden Befehl ausführen mußte.

Sie fuhr zwei Stockwerke weit nach oben und ging neben Lorin her zu einem leerstehenden Zimmer. Lorin setzte sich steif auf die Bettkante, hob die Füße und legte sich auf den Rücken. Seine Augen starrten blicklos an die Decke.

Karen zog einen Stuhl heran und machte sich rasch daran, ihm eine perfekte Illusion zu vermitteln. Er kehrte nach New Jersey zurück, sprach mit Kelly, hörte dessen Einwände, nahm das Geld entgegen und fuhr in die Stadt zurück. Dort irrte er ziellos durch die Straßen, aß allein in einem Restaurant und entschloß sich dann, Miguels Angebot doch anzunehmen. Dann kam er wieder zurück. Karen hörte in dem Augenblick auf, in dem er die Eingangshalle betrat. Der ganze Vorgang hatte nur fünf Minuten gedauert; jetzt brauchte sie noch einige Sekunden, um Lorin in einen Tiefschlaf zu versetzen, aus dem er erst wieder erwachen würde, wenn sie ihn abends abholte.

Dann beugte sie sich impulsiv über ihn und gab ihm einen leichten Kuß. Armer Kerl, verwirrter Erdling, der nicht mehr wußte, was er tun oder denken sollte. Ein Stein in einem Spiel, das er nie durchschauen würde. Sie lächelte noch einmal, verließ den Raum und schloß die Tür leise hinter sich, obwohl er nicht einmal aufgewacht wäre, wenn sie die Tür mit aller Kraft ins Schloß geworfen hätte.

6

Kelly schob die Scheine über die Schreibtischplatte. »Nehmen Sie es endlich zurück, Mister Lorin«, drängte er. »Ich habe Ihnen doch schon gesagt, daß ich mir die Sache inzwischen anders überlegt habe. Meiner Meinung nach genügt es einfach nicht, daß ich nur erkläre, mit dem Inhalt des Artikels nicht einverstanden zu sein. Was soll ich antworten, wenn ich gefragt werde, warum ich ihn dann überhaupt angenommen habe?«

Dake steckte das Geld ein und erhob sich langsam. »Schön, dann muß ich mich eben nach einem anderen Verleger umsehen.«

Kelly lehnte sich in seinen Sessel zurück. »Tut mir leid, daß Sie nicht schon vorher für etwas mehr Unterstützung gesorgt haben. Wären Sie zum Beispiel mit einer Empfehlung von Miguel Larner zu mir gekommen und hätten ...«

»Wie kommen Sie auf Larner?«

»Ich habe ihn nur als Beispiel benützt. Wenn Mig sagt, daß Sie keine Schwierigkeiten bekommen, haben Sie nichts mehr zu befürchten. Mig weiß nämlich, welche Räder geschmiert werden müssen, damit alles reibungslos läuft.«

Dake verließ das Redaktionsgebäude. Es war bereits nach sechs Uhr abends. Er mußte lange nach einem Taxi suchen. In Manhattan stieg er am New Times Square aus. Wirklich ein merkwürdiger Tag. Darwin – oder das Ding, das Darwin darstellte – war gestorben. Und er selbst fühlte sich eigenartig, fast unwirklich. Sein Sehvermögen schien auf seltsame

Weise beeinträchtigt; er konnte nur geradeaus sehen und nahm alles andere schattenhaft und verschwommen wahr. Auch die Geräusche klangen anders als sonst. Er hörte immer wieder einzelne Stimmen und Laute, aber der sonst so deutliche Straßenlärm fehlte völlig. Alle seine Sinne schienen auf ähnliche Weise beeinträchtigt zu sein. Aber trotzdem konnte er nicht stehenbleiben, um die Ursache dieser Beeinträchtigung zu ergründen – er konnte nicht einmal den Kopf drehen und bewußt auf den Straßenlärm lauschen. Und die Menschen, die ihm begegneten, hatten sich ebenfalls verändert. Alle Farben wirkten anders. Selbst seine instinktiven und automatischen Reaktionen schienen gestört.

Er sah ein ausgesprochen hübsches Mädchen, das die Kleider aus billigen Ersatzstoffen in einem Schaufenster betrachtete. Dabei fiel ihm auf, daß er das Mädchen fast neidisch anstarrte. Und er nahm plötzlich wahr, daß der Mann neben dem Mädchen gut gebräunt war – mit breiten Schultern und schmaler Taille. Die Umwelt hatte sich völlig verändert. Er schien zu träumen und wollte diese Tatsache doch nicht erkennen, obwohl ein Teil seines Unterbewußtseins fest davon überzeugt war.

Dake fand ein abgelegenes Restaurant, in dem er noch nie gegessen hatte. Dort bestellte er sich ein Milchmixgetränk, das er sonst nie über die Lippen gebracht hätte. Aber heute schmeckte es ausgesprochen gut. Er aß sehr wenig, schien aber trotzdem völlig satt zu sein. Die Welt wirkte irgendwie unscharf und verzerrt, aber Dake konnte sich nicht dazu überwinden, die Ursache dieser Verzerrung nüchtern zu analysieren.

Nachdem er gegessen hatte, überlegte er sich, daß er jetzt nochmals Miguel Larner aufsuchen mußte. Aber diesmal wollte er anders vorgehen. Er mußte zuerst den Artikel schreiben und dann eine Zeitung suchen, die ihn brachte – unentgeltlich oder für Geld. Der Artikel konnte für sich selbst sprechen. Die Öffentlichkeit sollte erfahren, zu welchen Zugeständnissen Stephen Chu und Garva bereit gewesen waren. Sie sollte erfahren, welche Handelserleichterungen Gondohl Lahl versprochen hatte. Sie sollte erfahren, daß die angeblich verfeindeten Mächte trotz der harten Haltung ihrer Führer im Grunde genommen einen Kompromiß anstrebten, der eine

Stabilisierungsperiode einleiten würde. Und die Öffentlichkeit sollte auch erfahren, wie das Gespräch mit Smith diese Chance zerstört hatte.

Er war überrascht, als er auf die Uhr sah und erkannte, wie schnell die Zeit vergangen war. Um neun Uhr abends stieg er vor Larners Hauptquartier aus dem Taxi, bezahlte den Fahrer und betrat die Eingangshalle. Er überschritt die Schwelle, stolperte aus keinem ersichtlichen Grund auf dem dicken Teppich und fing sich ebenso rasch wieder. Plötzlich konnte er im Gegensatz zu vorher wie gewohnt sehen und hören; auch die Farben wirkten weniger verschwommen und unecht.

Die eigenartige junge Frau aus dem Bus lehnte an dem Empfangstisch. Voss. Karen Voss. Dake fragte sich, weshalb er den ganzen Tag nicht mehr an den Mann gedacht hatte, seit er nachmittags mit Larner gesprochen hatte. Eigentlich verdammt hartherzig, wenn man einen Menschen umbrachte und dann keinen Gedanken mehr an ihn verschwendete ...

»Hallo, Dake«, sagte Karen. »Ich habe eben mit Johnny über Sie gesprochen. Erinnern Sie sich an den Dicken aus dem Bus?«

»Selbstverständlich.«

»Die Sache hat schlimmer ausgesehen, als sie wirklich war. Sie haben ihn nur bewußtlos geschlagen. Ihm fehlt sonst nichts. Mig hat ein bißchen herumfragen lassen.«

»Ich verstehe noch immer nicht, warum er Sie geschlagen hat. Aber trotzdem bin ich froh, daß er wieder auf den Beinen ist.«

»Vielleicht habe ich ihn an ein Mädchen erinnert, das ihm einmal die Brieftasche geklaut hat. Und vielleicht stimmt das sogar. Ich habe ein schrecklich unzuverlässiges Gedächtnis. Wie gefällt Ihnen das Kleid?« Sie drehte sich so rasch, daß der weite Rock flog.

»Hmm, gar nicht schlecht«, meinte Dake unsicher. »Allerdings ein bißchen gewagt. Aber diese Mode ist schon älter, als Sie vielleicht denken. Die Frauen auf Kreta haben damit angefangen.«

»Ich weiß nur, daß Mig das Kleid in Madras gekauft hat.« Sie nahm seinen Arm. »Mig ist wirklich der reinste Hellseher. Er hat gleich gesagt, daß Sie zurückkommen würden. Kommen Sie, ich begleite Sie hinunter. Wiedersehen, Johnny.« *Der Kerl wird mir immer sympathischer. Hast du gesehen, wie er rot geworden ist? Das kann heutzutage fast keiner mehr.*

»Kommen Sie bald wieder, Miß Voss.« *Laß dich lieber nicht mit einem Erdling ein, Kleine. Das hat keine Zukunft.*

Puh.

Als sie im Lift nach unten fuhren, sah Dake seine Begleiterin neugierig an. »Sind Sie ... äh ... eng mit Mister Larner befreundet?«

Sie drückte seinen Arm fester. »Er sieht mich gern in seiner Nähe. Aber das ist auch schon alles.«

Er war verlegen, weil er so offensichtlich Interesse an ihr gezeigt hatte. Diese Karen Voss beeindruckte ihn mehr, als er zunächst wahrhaben wollte, aber er wußte auch, daß sie ein gerissenes kleines Biest war. Sie gehörte zu den kleinen Mädchen, die zu viel zu schnell gelernt hatten.

»Geht Mister Larner eigentlich nie aus?«

»Warum fragen Sie danach?«

»Das war nur ein Verdacht von mir. Irgendwo spüre ich, daß er draußen nicht sicher wäre.«

Er sah in ihre leuchtenden grauen Augen hinab. Sie stand so dicht vor ihm, daß er die bernsteingelben Flecken in der Iris deutlich erkannte. Er überlegte sich, daß die Augen viel zu intelligent wirkten, um zu dem aufdringlichen Benehmen und dem gewagten Kleid zu passen.

»Nicht ganz so schlau«, sagte sie plötzlich.

Er starrte sie an. »Woher haben Sie gewußt, was ich eben gedacht habe?«

Einen Augenblick lang schien sie ernstlich besorgt. Aber dann warf sie den Kopf zurück und lachte schallend. »Meine Güte, jetzt bin ich auch schon hellseherisch begabt! Oder vielleicht sind unsere Seelen nur verwandt. Wäre das nicht auch eine Möglichkeit?«

Miguel Larner saß wieder in seinem Dioramagarten und genoß den milden Sommerabend, der in einem eigenartigen Gegensatz zu der kalten Oktobernacht stand, die draußen herrschte. Versteckt angebrachte Lautsprecher erfüllten den Raum mit Vogelgezwitscher und dem Quaken der Frösche an einem weit entfernten Tümpel.

»He, Mig! Er ist zurückgekommen, wie du vorhergesagt

hast.« *Und er hat mich im Lift beinahe ertappt. Ich könnte schwören, daß er die Para-Stimme beherrscht. Sogar ausgezeichnet.*

»Setzt euch, Leute. Ich freue mich, daß Sie wiedergekommen sind, Lorin. Sie wissen ja, daß ich Ihnen gerne behilflich bin.« *Ich habe schon heute nachmittag gemerkt, wie deutlich er zu hören ist. Vielleicht eine latente Begabung.*

Dake ließ sich in einen Sessel fallen, nachdem Karen sich gesetzt hatte. »Der Mann, der ursprünglich meinen Artikel veröffentlichen wollte, hat kalte Füße bekommen. Und er hat mir sogar das Geld zurückgegeben, obwohl das nicht zu seiner sonstigen Art paßt. Ich habe es hier. Vielleicht können Sie ... Das ist aber komisch! Ich habe es doch in der Tasche hier gehabt.«

Mädchen, du wirst immer unvorsichtiger mit diesem Lorin.

Karen lachte. »Nur eine kleine Demonstration meiner Fähigkeiten, Drake. Ich wollte Ihnen zeigen, wie ein guter Taschendieb arbeitet. Deshalb habe ich Ihnen das Geld im Lift geklaut.« *Zufrieden, Miguel?*

Achtundzwanzigtausend Rupien, Mädchen. Jetzt möchte ich eine schöne Illusion sehen.

Dake nahm die Scheine aus Karens Hand entgegen und gab sie Miguel. »Insgesamt dreißigtausend Rupien«, sagte er, nachdem er zwei weitere Banknoten aus einer anderen Tasche geholt hatte. »Glauben Sie, daß Sie damit erreichen können, daß mein Artikel in einer Zeitung erscheint, die keine allzu kleine Auflage hat, Mister Larner?«

Wäre eine latente Begabung nicht sogar vorteilhaft, Miguel?

Meiner Meinung nach interessierst du dich persönlich zu sehr für diesen Fall.

Soll ich einen starken Primärimpuls ausstrahlen, damit wir sehen, ob er auch latent empfängt?

Das hat alles Zeit, bis wir ihn gegen Shard eingesetzt haben. Wenn du nicht endlich den Mund hältst, werde ich ungeduldig, Mädchen.

Miguel nahm das Geld und steckte es nachlässig in die Hemdtasche. »Lorin, damit haben Sie mich nicht gekauft. Ich bewahre es nur für Sie auf. Schreiben Sie den Artikel und überlassen Sie es mir, einen geeigneten Platz dafür ausfindig zu machen. Später bekommen Sie dann das Wechselgeld zurück. Warum bleiben Sie nicht gleich hier? Einer meiner

Assistenten macht gerade Urlaub. Sein Appartement steht leer.«

»Wäre ich Ihnen nicht im Weg?«

»Ganz und gar nicht. Geben Sie mir Ihre Adresse, dann schicke ich jemand los, der Ihre Sachen holt.«

»Nur ein Hotelzimmer. Seit Beginn meiner Tätigkeit für Branson habe ich nur in Hotels gewohnt.«

»Dann schicke ich einen Mann hin, der Ihren Kram holt und dem Portier sagt, daß Sie abgereist sind.«

Dake nannte den Namen eines zweitklassigen Hotels in der Innenstadt. »Zeig ihm, wo er seinen Hut aufhängen kann, Karen. Einen Stock höher, Dake. Das vorletzte Appartement rechts im Flur. Du kannst gleich Johnny anrufen, Karen, und ihm sagen, daß Mister Lorin in 7 C einzieht – für vorläufig unbegrenzte Zeit.«

Sie verließen den Dioramagarten. Karen führte Dake zu dem angegebenen Appartement. Die Tür war nicht abgeschlossen. Sie ging zuerst hinein, schaltete das Licht an und setzte das Diorama in Betrieb. Es zeigte einen langen Strand im Mondschein; die Wellen brachen sich leise plätschernd am Ufer.

»Sehr luxuriös«, stellte Dake fest.

»Was?«

»Sehr luxuriös, habe ich gesagt.« Er warf ihr einen fragenden Blick zu und versuchte ihren Gesichtsausdruck zu deuten. Sie wirkte sehr zufrieden, als habe sie sich eben selbst etwas bewiesen.

»Zu der Einrichtung gehört auch eine gut aussortierte Hausbar, Dake. Soll ich uns einen Drink machen?«

»Bitte, gern. Ich kann einen brauchen. Heute war der verrückteste Tag meines Lebens.«

Sie drehte ihm den Rücken zu und faßte eine Flasche nach der anderen an. *Wie wäre es mit einem Schluck Scotch?*

»Sind Sie im Nebenberuf Bauchrednerin oder dergleichen, Karen?«

Sie drehte sich erstaunt um. »Wieso?«

»Ihre Stimme hat eben so komisch geklungen. Als ob sie gleichzeitig von allen Seiten käme.«

»Früher habe ich gern gesungen. Vielleicht kommt es daher. Warum ist der heutige Tag verrückt gewesen, Dake?«

»Ich muß mich aussprechen. Lassen Sie mich einfach reden, selbst wenn Sie nicht verstehen, was ich sage. Das war ziemlich arrogant, nicht wahr?«

»Nicht allzu sehr. Schließlich können Sie nicht erwarten, daß ich alles erfasse, was Sie sagen wollen.«

Sie brachte ihm ein großes Glas. »Kashmiri Dew. Garantiert zwölf Jahre alt.« Sie setzte sich auf die Armlehne seines Sessels und lehnte sich leicht gegen ihn. »Stört Sie das?«

»N-Nein. Was mir im Augenblick am meisten Sorgen macht, ist die Frage, ob ich allmählich überschnappe oder nicht.«

»Heißt es nicht, daß man völlig normal ist, solange man noch über diese Frage nachdenken kann?«

»Daran glaube ich nicht recht. Ich bin zeit meines Lebens Pragmatiker gewesen.«

»Bitte keine zu gelehrten Ausdrücke, Professor.«

»Wenn ich etwas sehen, fühlen, berühren, riechen oder auch nur hören konnte, existierte es für mich. Alle meine Reaktionen beruhten auf Überlegungen, die wiederum auf Tatsachen basierten.«

»Bisher habe ich alles einigermaßen verstanden, mein Lieber.«

»Aber heute hat die Realität erstmals verrückt gespielt. Die Tasten einer Schreibmaschine können nicht bluten. Ein menschlicher Fingernagel wächst in zwei Tagen nicht fast einen halben Zentimeter. Und seit ich heute nachmittag von hier fortgegangen bin, war bis zu meiner Rückkehr alles anders als sonst. Ich schien alles wie in einem Traum zu erleben. Als ich dann das Geld nicht finden konnte, begann ich ernsthaft an den Traum zu glauben.«

»Was haben Sie vorher von Schreibmaschinen und Fingernägeln erzählt?«

»Das waren nur Beispiele dafür, wie meine Sinne dem Gehirn falsche Nachrichten übermitteln. Als ob ich Sie plötzlich mit dem Kopf nach unten über die Zimmerdecke gehen sähe.«

»Soll ich?«

»Sehen Sie mich nicht so an. Allmählich glaube ich fast, daß Sie es könnten. Woran soll man sich noch halten, wenn selbst die Realität unzuverlässig geworden ist?«

»Gut gebrüllt, Löwe. Aber jetzt möchte ich eine Gegenfrage stellen. Ich stelle folgende Dinge zur Diskussion: Glaube, Hoffnung, Liebe und Ehre. Kann man sie fühlen, riechen oder hören?«

»Diese Begriffe sind aber das Ergebnis der Betrachtungsweise konkreter Dinge, deren Eindrücke uns die Sinne übermitteln.«

Sie beugte sich zu ihm herab und gab ihm plötzlich einen Kuß. Ihre Augen blitzten. »Allmählich verstehe ich alles, Professor. Das haben Sie gespürt, nicht wahr? Aber wenn dieser Kuß später dazu führen würde, daß Sie mich lieben, stellt diese Erkenntnis nur das Resultat einer logischen Überlegung dar.«

»Ich habe irgendwie das komische Gefühl, daß Sie mir zu weit voraus sind. Und tun Sie das nicht wieder.«

»Wenn Sie es nicht gern haben, lasse ich es in Zukunft. Aber die Diskussion ist noch nicht zu Ende, Professor. Nehmen wir einfach etwas an. Denken Sie an den alten Midas – was er berührte, wurde unter seinen Händen zu Gold. Einverstanden? Ihrer Meinung nach hätte er verrückt werden müssen. Aber das ist er nicht. Statt dessen ist er verhungert. Weshalb? Weil er geistig zu sehr auf der Höhe war? Oder betrachten wir einen ganz normalen Menschen wie Sie. Seine Welt spielt plötzlich verrückt. Wäre er nicht stolz genug, sich immer wieder einzureden, daß alles in bester Ordnung ist? Daß die Veränderungen irgendwie absichtlich hervorgerufen werden?«

»Verfolgungswahn, wie? Dann ist er also doch übergeschnappt.«

»Nehmen wir noch etwas anderes an. Nehmen wir an, daß Ihre angebliche Realität, auf die Sie sich bisher verlassen haben, nur eine Erfindung ist. Wenn Sie dann verrückte Dinge sehen, haben Sie eigentlich nur die echte Realität vor sich.«

»Ihre Logik ist wirklich einmalig, Karen.«

»Diesen Ausdruck habe ich schon oft gehört. Allerdings in anderem Zusammenhang, Süßer.«

»Sie hätten wirklich mehr aus sich machen sollen. Mit Ihrer Phantasie hätten Sie es weit gebracht.«

»Wissen Sie eigentlich, daß das eben nicht nett war, Dake?

Vielleicht bin ich ganz zufrieden mit dem, was ich bisher erreicht habe. Was halten Sie davon?«

Er grinste. »Ich bin eben ein Weltverbesserer, Karen. Entschuldigen Sie.«

»Sie haben vorher gesagt, daß heute nachmittag alles irgendwie anders war. In welcher Beziehung?«

»Die Farben waren komisch. Die Menschen waren komisch. Ich hatte das Gefühl, weniger als sonst zu hören und zu sehen.«

»Aha, diese Mode ist also auf Kreta erfunden worden. Wie interessant!«

Dake senkte rasch den Kopf und wurde nochmals rot. Karen lachte ihn aus. »Manchmal ist es wirklich ganz leicht, Ihre Gedanken zu lesen, Professor.«

»Hören Sie, ich bin kein vertrockneter alter Moralprediger, aber ...«

»Ich kann mir vorstellen, daß Patrice nicht gerade begeistert wäre.«

Dake runzelte die Stirn. »Jetzt reicht es aber! Ich weiß ganz bestimmt, daß ich Ihnen nicht von ihr erzählt habe. Anscheinend besitzen Sie eine Art sechsten Sinn oder etwas Ähnliches.«

»Nein, aber ich lese regelmäßig die Gesellschaftsnachrichten in der Zeitung. Sie ist ein bißchen kalt, nicht wahr?«

»Miß Voss, meine Privatangelegenheiten gehen Sie wirklich nichts an. Lassen Sie mich jetzt bitte allein. Ich möchte arbeiten.«

Sie stand auf und zwinkerte ihm zu. »Schon gut, Süßer. Sie brauchen nur zu telefonieren, wenn Sie Hunger haben. Hier wird im Zimmer serviert. Der Arbeitsraum liegt hinter der Tür dort drüben. Ihre Sachen müssen jeden Augenblick kommen.«

Sie ging zur Tür, winkte ihm noch einmal fröhlich zu und verschwand dann. Drake trank nachdenklich einen Schluck Whisky und rief sich ins Gedächtnis zurück, was sie über die Realität gesagt hatte. Was war, wenn alle ›normalen‹ Dinge nur Illusionen darstellten, während die verschwommenen Träume Teile der echten Wirklichkeit waren? Er zuckte mit den Schultern. Vielleicht besteht ein Tisch *wirklich* nur aus energiegeladenen Teilchen, die durcheinanderwirbeln. Vielleicht bleibt von einem Mann *wirklich* nicht mehr als ein Stecknadelkopf übrig, wenn man die Abstände zwischen Kern und Schalen seiner Körperatome beseitigt. Aber man kann mit der Faust auf den Tisch schlagen, und die Hand schmerzt davon. Und man kann einen Mann bewußtlos schlagen, und er sackt zusammen.

Er stellte fest, daß das kleine Arbeitszimmer hervorragend ausgestattet und peinlich sauber war. Er arbeitete an dem Artikel und merkte, daß ihm jetzt alles leichter als bei Kelly fiel. Er benützte wieder die gleiche Einleitung, straffte sie allerdings ein wenig und erwähnte auch Bransons Tod.

Nach einer Stunde Arbeit ging er an das Telefon und bestellte sich ein zweites Abendessen. Er war völlig ausgehungert. Seine Koffer waren unterdessen gebracht und im Schlafzimmer ausgepackt worden. Das Abendessen war reichlich und ausgezeichnet zubereitet. Dake arbeitete noch eine Stunde an dem Artikel und ging dann zu Bett. Als er im Schlafanzug auf der Bettkante saß und eben die Füße hob, fiel ihm plötzlich ein, daß er die gleiche Szene schon einmal gesehen hatte. Alles kam ihm so vertraut vor, als sei er bereits früher einmal in diesem Raum gewesen. Oder in einem sehr ähnlichen Zimmer. Mit Karen. Sie hatte auf einem Stuhl neben dem Bett gesessen. Später hatte sie ihn geküßt. Sie hatte ihm etwas erzählt. Irgend etwas von Kelly. Aber die Erinnerung daran war so ...

Dake schlief rasch ein. Der Traum war so verrückt wie der vorhergegangene Tag. Unzählige Stimmen erklangen in seinem Kopf. Er konnte sie nicht wieder vertreiben. Sie glichen Zwergen, die dort rumorten. Sie nagten an seinem Gehirn. Sie riefen sich gegenseitig etwas zu. Sie sprachen alle gleichzeitig. Sie urteilten über ihn. He, seht euch das an! Und das hier drüben! Wer hätte das gedacht? Wieder das Knabbern und Nagen und die vielen Stimmen gleichzeitig. Ganz entschieden latent begabt. Und noch dazu latent empfänglich. Aber hier liegt ein Fehler, dort eine Unzulänglichkeit. Genügt nicht. Genügt keineswegs. Aber seht euch das an!

Er wachte auf und war mit kaltem Schweiß bedeckt, obwohl die Klimaanlage einwandfrei funktionierte. Er fror und zog sich die Decke über die Schultern. Von irgendwoher erklang leise Musik. Sehr eigenartige Musik, wahrscheinlich die neueste Masche aus Indien. Zu dumm, daß er Miguel Larners Gastfreundschaft angenommen hatte. Andererseits war jedes Mittel recht, wenn er dadurch sein Ziel erreichen konnte – der Zweck heiligt die Mittel. Aber das war eine gefährliche Philosophie, wenn man nicht vorsichtig war. Die große Frage – wer nützte wen für seine Zwecke aus?

7

... Irgendwo auf Manarr, an einem schönen Sommermorgen. Die Sonne brannte heiß auf die weiten Seen und die bewaldeten Hügel herab. Überall herrschte freudige Erregung. Heute war Picknick-Tag. Picknick-Tag! Aus den kleinen Häusern, die wie Spielzeug auf der Ebene verstreut lagen, kamen festlich gekleidete Gestalten. Hurra, heute war Picknick-Tag. Die Allerkleinsten stellten ihre Springstöcke auf größte Entfernung ein und segelten weit durch die laue Sommerluft. Die älteren Mädchen hatten ein Ballett einstudiert und probten die Formationen jetzt ein letztesmal am Rande des Spielfeldes. Die jungen Männer auf ihren Springstöcken führten alle möglichen Tricks vor. Picknick-Tag. Heute gab es Wasserspiele, Himmelstänze und Clowns. Ein Tag des Lachens, ein Abend der Lieder, eine Nacht der Liebe. Morgen begann wieder die Arbeit. Die harte Arbeit unter den unerbittlichen Augen des Erdlings. Irgend jemand hatte behauptet, daß der Erdling heute selbst die Wasserspiele beurteilen und den Himmelstanz anführen würde. Aber nur wenige glaubten daran.

... Das gigantische Raumschiff lag zehn Parsek von dem äußersten Sternensystem entfernt. Es war im Raum zusammengebaut worden. Keine Planetenkruste war dicht genug, um sein Gewicht zu tragen, deshalb hatte es noch nie die Schwerkraft eines Planeten aus nächster Nähe aushalten müssen. Es war das Flaggschiff einer ganzen Division. Auf der dreidimensionalen Darstellung der Galaxis, die über dem Kontrollpunkt installiert war, zeigten rote Punkte die Position der anderen Schiffe der Division an. An Bord des Schiffes herrschte große Nervosität. Die Offiziere warfen einander besorgte Blicke zu. Einer fuhr sich mit der Zunge über die trokkenen Lippen. Schweigen. Die Barkasse hatte vor einer Stunde angelegt. Endlich ertönte das Signal, auf das die Offiziere gewartet hatten. Sie versammelten sich rasch in dem großen Konferenzsaal und nahmen dort Aufstellung.

Fünf Minuten später betrat der Erdling den Raum und ließ seine kalten Augen, die aus einem unbeweglichen Gesicht blitzten, über die Versammlung schweifen. Er brauchte keine Rangabzeichen, denn jeder wußte, welche Stellung er bekleidete. Der Häftling wurde vorgeführt und stand jetzt in der Mitte des offenen Vierecks.

Angeblich genügte ein Blick, um einen bewußtlos zu machen. Angeblich war kein Gedanke vor ihm geheim. Angeblich wurde jede Verfehlung grausam bestraft. Die Offiziere standen wie aus Erz gegossen.

Die harte Stimme des Erdlings erfüllte den Raum. »Offiziere, seht euch den Häftling an. Er war Kommandant eines Schiffes. Er hat seine Pflicht vernachlässigt. Er hat vergessen, daß wir zu steter Wachsamkeit verpflichtet sind.« Der Häftling war leichenblaß geworden.

»Der Feind ist einmal gekommen. Er ist aus der unendlichen Nacht des Alls gekommen. Eine Verbindung ließ sich nicht herstellen. Die feindliche Streitmacht umfaßte nur wenige Schiffe. Aber trotzdem war eine gewaltige Anstrengung aller Kräfte erforderlich, um den Vorstoß zurückzuwerfen. Der Feind kommt eines Tages wieder. Wir sind unterdessen stärker, aber noch nicht stark genug. Der Häftling fand die ständige Wachsamkeit ermüdend. Seit zweitausend Jahren darf unsere Aufmerksamkeit nicht eine Sekunde nachlassen. Wir müssen weiterhin Wache halten, bis der unvermeidliche Angriff erfolgt. Abführen!«

Der Häftling senkte den Kopf, als er hinausgeführt wurde.

Der Erdling sprach ruhig weiter. »Unsere Verteidigungsmaßnahmen müssen ständig verbessert werden. Jedes Schiff dieser Division ist veraltet.« Die Offiziere begannen zu murmeln, schwiegen aber, als der Erdling wieder das Wort ergriff.

»Das erste Schiff der neuen Klasse befindet sich bereits im Bau. Es verfügt über bessere Abschirmungen, schwerere Waffen und einen neuen Hyperantrieb. Die Besatzung dieses

Schiffes nimmt an dem ersten Einweisungslehrgang teil. Eines der anderen Schiffe dient bis dahin als Flaggschiff. Sobald das neue Schiff in Dienst gestellt worden ist, übernehme ich es wieder als Flaggschiff der Division. Innerhalb der nächsten Jahre werden alle Schiffe ausgewechselt und in die Reserveflotte eingereiht. Von diesem Zeitpunkt an verdoppelt sich auch der Bereich, den jedes Schiff zu überwachen hat. Ich habe angeordnet, daß die Offiziere und Mannschaften einen kurzen Heimaturlaub erhalten. Sie können gehen, meine Herren.«

... Die Wissenschaftler in dem bionomischen Laboratorium hatten sich nur schlecht damit abfinden können, daß der freundliche alte The'dran durch einen jungen Erdling ersetzt worden war. Aber im Laufe der Zeit gewöhnten sie sich sogar daran, daß der neue Leiter ständig durch die Gebäude wanderte. Sie bereiteten die langen Lochstreifen vor, die eine unendliche Anzahl ökologischer Fakten unausgeglichener Planeten enthielten, gaben sie den leise summenden Elektronenrechnern ein und registrierten die Ergebnisse, die oft so unsinnig erschienen. Die Arbeit ging langsam voran, aber wer hätte sie beschleunigen können? Schließlich veränderte sich die Natur ebenfalls nur langsam. Wie konnte man den Vorgang beschleunigen, wenn der Computer errechnete, daß diese oder jene Pflanze ausgerottet werden mußte, damit das Gleichgewicht auf einem bestimmten Planeten wiederhergestellt wurde? Es dauerte vielleicht fünfzig Jahre, bis das Fehlen dieser Pflanze bewirkte, daß eine Insektenart ausstarb, von der wiederum eine Echsenart gelebt hatte, die den natürlichen Wasserkreislauf störte, weil sie allzu viele Gänge unter Bäumen und Unterholz ausgrub.

Die Forscher akzeptierten den Erdling als Symbol und machten sich weiter keine Sorgen.

Bis er sie eines Tages mit kalter Stimme Parasiten, Zeitverschwender und Narren nannte. Er reorganisierte die Arbeitsmethoden, bildete Arbeitsteams, wies jedem Team eine bestimmte Aufgabe zu und verlangte, daß sie bis zu einem bestimmten Zeitpunkt abgeschlossen waren. Die gute alte Zeit war endgültig vorüber. Jetzt mußte alles so rasch wie möglich erledigt werden. Die Planeten mußten bionomisch ausgeglichen werden, so daß ihr natürlicher Reichtum eine möglichst dichte Besiedlung gestattete. Die Beförderung lebensnotwendiger Rohstoffe von einem Planeten zum anderen ist reine Verschwendung. Schneller, schneller, schneller. Alles hätte schon gestern fertig sein sollen, vielleicht schon vorgestern. Sucht dem Erdling mit eurer Energie zu gefallen, sonst wird plötzlich eure Qualifikation widerrufen. Und dann werdet ihr nur noch als Arbeiter angestellt.

... Auf dem Planeten ohne Namen, auf dem das Training T stattfand, weinte ein Klasse II. Sein ausgebildeter Verstand, der zuvor so flexibel und elastisch gewesen war, hatte die Belastungen der Klasse III nicht ertragen. Eine bisher verborgen gebliebene schwache Stelle hatte sich plötzlich deutlich gezeigt. Die Ausbildung wurde abgebrochen, denn der nächste Versuch konnte bedeuten, daß der Mann den Verstand verlor. Er war groß und stark und hatte seine Jugend in den Slums von New Orleans verbracht. Er hatte sich den Weg nach oben mit größtem Einsatz erkämpft. Und jetzt weinte er, weil er erkennen mußte, daß er das Ende seines Weges erreicht hatte, ohne an das Ziel zu gelangen. Aber das junge Mädchen – Linguistin, Träumerin, Dichterin – hatte es geschafft und wußte, welche Aufgaben sie später zu erfüllen hatte.

... In Madrid saß Shard hinter der eiförmigen Barriere, die sein Schloß vor unerwünschten Eindringlingen bewahrte, und überprüfte die Gutschriften seiner Agenten, um einen neuen Stellenplan entwerfen zu können. Vierzig der Klasse I, sechzehn Klasse II und zwei Klasse III. Kein Klasse II wußte selbst, wie viele Gutschriften er bereits besaß. Shard überlegte, daß er eigentlich selbst nicht wußte, wie gut oder wie schlecht er gearbeitet hatte. Aber er hoffte, daß er trotzdem nicht mehr lange auf diesem Posten aushalten mußte. Diese Milliarden Menschen mit ihrer Angst und ihrem Haß aufeinander waren kaum noch zu ertragen. Ein endloser Kampf um einen einzigen Planeten, auf dem es ständig gärte und brodelte.

Er klingelte und ließ das Zigeunermädchen hereinbringen.

Die junge Frau war tapfer und unerschrocken. Das gefiel ihm, denn ihr Mut war stärker als ihre Angst vor ihm. Er produzierte Illusionen für sie, beobachtete sie dabei aufmerksam und paßte die Illusionen immer mehr ihren geheimsten Ängsten an. Messer und Würmer und krallenbewehrte Kriechtiere. Sie war erst neunzehn, herrschte aber trotzdem seit fast zwei Jahren über einen ganzen Stamm, den sie mit eiserner Energie führte.

Er ließ Würmer und Spinnen auf sie herabregnen, und sie verlor das Bewußtsein. Aber als sie wieder erwachte, spuckte sie Shard ins Gesicht und verfluchte ihn. Sie war gut geeignet. Sie gehörte zu denen, die nie zusammenbrechen. Sie war eine der seltenen Ausnahmen.

Shard führte sie durch den schräg nach unten geneigten Gang, der zu dem kleinen Transmitter führte. Er begleitete sie persönlich. Das war eine bedeutungsvolle Ehrung. Er drückte auf den Knopf und schob die Zigeunerin durch die Öffnung in dem Würfel. Dann betätigte er den Schalter, über dem TRAINING T stand, und trat zurück. Der Würfel schimmerte durchsichtig, veränderte seine Farbe von grau über rosa zu grün. Dann war er verschwunden, aber die Luft schlug mit einem leichten Knall über dem entstandenen Vakuum zusammen.

Shard runzelte die Stirn und wünschte sich, er wäre damals auch mit neunzehn, anstatt erst mit vierzig Jahren angeworben worden. Aber mit neunzehn war er nicht so weit wie sie gewesen. Mit neunzehn wäre er sofort zusammengebrochen. Vielleicht brach auch die Zigeunerin während des Trainings T zusammen. Shard bezweifelte es allerdings. Er hatte schon zu viele ähnliche Fälle erlebt. Während er langsam den Gang hinaufschritt, ohne sich den Weg durch Benutzung des Geräts B zu erleichtern, versuchte er zu erraten, was Larner vorhatte, und entwarf bereits in Gedanken einen detaillierten Gegenplan.

8

Miguel Larner saß am Rand seines Schwimmbeckens und ließ die Beine ins Wasser hängen. Der Klasse III, der ihn später ablösen sollte, saß neben ihm in einem Liegestuhl. Er hieß Martin Merman, wirkte jung und harmlos und war früher ein außerordentlich erfolgreicher Guerillaführer gewesen. Diesem Erfolg verdankte er es auch, daß einer von Larners Vorgängern auf ihn aufmerksam geworden war.

Die beiden Männer hatten ein sehr herzliches Verhältnis zueinander, das vor allem auf der erzwungenen Einsamkeit aller Agenten der Klasse III beruhte. Miguel achtete darauf, daß Martin Merman stets darüber informiert war, welche Projekte im Augenblick durchgeführt wurden. Das war nicht nur für seine Weiterbildung wertvoll, sondern Merman machte gelegentlich auch Vorschläge, die sich als nützlich erwiesen. Die beiden Männer machten absichtlich nicht von der Para-Stimme Gebrauch, wenn sie genügend Zeit für ein längeres Gespräch hatten.

»Der Fall Branson mußte von Anfang an geheimgehalten werden«, sagte Miguel eben. »Wir konnten nicht offen vorgehen, weil immer die Möglichkeit bestand, daß Shard eingriff. Deswegen habe ich vor einem Jahr dafür gesorgt, daß Enfield Branson einen Geheimauftrag erteilte. Auf diese Art und Weise bestand eher die Möglichkeit, daß alles vorüber war, bevor Shard darauf aufmerksam wurde.«

»Wie hat er überhaupt etwas davon gemerkt? Hast du einen bestimmten Verdacht?«

»Nachdem er das Attentat auf George Fahdi verhindert hatte – ich bin übrigens noch immer der Meinung, daß das nicht unsere Schuld war –, ließ er Smith von einem seiner Agenten überwachen. Leider ausgerechnet von einem Klasse II, der natürlich bald herausbrachte, daß Smith nach New York kommen wollte, um Branson zu besuchen. Dadurch wußte Shard, was hier gespielt werden sollte. Seine Leute konnten Branson offenbar nicht kontrollieren, deshalb haben sie ihn ersetzt. Lorin hätte auch diesen Plan zunichte machen können, aber sie haben ihn mit Illusionen in die Irre geführt. Wir hatten seine Spur verloren, bis er wieder in der Klinik auftauchte. Karen hat ihn hierher gebracht. Ich überlege mir seitdem, ob ich seinen Artikel veröffentlichen soll. Fahdi sitzt bereits in der Klemme. Die allgemeine Entrüstung der Weltöffentlichkeit könnte ausreichen, um seinen Sturz zu bewirken.«

»Sind Shards Leute nicht hinter diesem Lorin her?«

»Natürlich, aber ich vermute, daß sie wissen, wo er steckt – und hier können sie ihm nichts anhaben.«

»Was hast du mit ihm vor, Miguel?«

»Er hat den Artikel bereits zu Ende geschrieben. Ausgezeichnete Arbeit. Sobald er veröffentlicht ist, lasse ich Lorin wieder laufen.«

»Damit Shards Leute ihn schnappen und einen Widerruf erzwingen?«

»Genau.«

»Welchen Zweck hat dann das ganze Manöver? Was gewinnst du dadurch?«

»Das alles ist nur eine Täuschung, Martin. Im Grunde genommen habe ich es auf Smith abgesehen.«

Merman runzelte die Stirn und grinste dann. »Aha, jetzt verstehe ich, was du meinst. Smith soll seine Chance sehen. Nachdem Branson tot ist, kann er George Fahdi ganz anders von der Besprechung berichten und sein Wissen dazu benützen, unmerklich mehr Macht und Einfluß zu gewinnen, bis er ...«

»Er hat Fahdi bereits falsch informiert. Er hat die Chance sofort erfaßt, nachdem wir ihm leise diese Möglichkeit suggeriert hatten. Nur schade, daß er psychopathisch veranlagt ist. Sonst wäre er nämlich ausgezeichnetes Material. Zäh und ehrgeizig genug. Wenn Shard sich noch länger auf Lorin konzentriert, endet Fahdi vielleicht wie die meisten anderen Diktatoren. Falls er gestürzt wird, verhalten Stephen Chu und Garva sich einige Zeit sehr ruhig, dafür garantiere ich dir. Der Wille des Volkes und so weiter.«

»Dieser Lorin ist also unser Trojanisches Pferd.«

»Richtig, obwohl die liebe Karen bestimmt nicht davon begeistert ist. Ich fürchte fast, daß ihre Gefühle mit ihrem Verstand durchgegangen sind.«

»Wirklich? Das kommt allerdings manchmal vor. Ich erinnere mich noch an ein Mädchen, das ich gekannt habe, als ich noch Klasse II war. Damals habe ich mir tatsächlich eingeredet, sie sei geeignet. Natürlich hat sie nicht einmal die ersten Tests überstanden.«

»Lorin verfügt über eine gute latente Begabung. Aber Shards Leuten ist er selbstverständlich nicht gewachsen. Er hat ohnehin schon fast mehr als genug mit ihnen erlebt. Aber obwohl er gemerkt hat, daß irgend etwas mit dem angeblichen Branson nicht in Ordnung war, sieht er die Interferenzen als Hirngespinste an.«

»Fahdi ist also das eigentliche Ziel?«

»Wie Kenter, als ich noch ein Klasse I war, Martin. Das war eine aufregende Jagd. Der verantwortliche Klasse III plante ein Attentat nach dem anderen, aber alle wurden knapp verhindert. Großer Gott, das ist jetzt schon fast dreißig Jahre her – oder drei nach unserer Zeitrechnung.«

»Was hast du sonst noch vor?« erkundigte Martin sich.

»Fahdi ist wichtiger als alles andere. Drei meiner Leute bereiten Studentenunruhen in Argentinien vor, einige beeinflussen die Wirtschaftsverhandlungen in New Delhi und einer bringt Garva bei, daß Rauschgift und Alkohol der ideale Zeitvertreib sind. Bis auf den Fall Branson sind das die bedeutendsten Operationen. Shard scheint einen neuen Plan auszuarbeiten, aber ich habe für alles vorgesorgt.«

»Das hört man gern, aber wie soll der Trick aussehen?«

»Ich beschäftige mich in letzter Zeit wieder mehr mit Afrika, Martin. Dort entwickelt sich meiner Auffassung nach eine neue Großmacht, die in vierzig oder fünfzig Jahren – also nach unserer Rechnung in vier oder fünf Jahren – einen beherrschenden Einfluß ausüben kann. Wir sorgen für Unruhe und wecken die Menschen auf, wie wir es früher in Indien gemacht haben.«

Martin runzelte nachdenklich die Stirn. »Aber was passiert, Miguel, wenn eine Seite einen so gewaltigen Siegeszug beginnt, daß er sich nicht wieder aufhalten läßt?«

»Du fürchtest also, daß der Topf überkochen kann? Keine Angst, das ist ausgeschlossen.«

Die Eiswürfel klirrten leise, als Miguel einen Drink für Dake Lorin mixte. Er reichte ihm das Glas über den Tisch.

»Trinken Sie einen Schluck auf Ihr Wohl, Dake. Der Artikel erscheint auf der ersten Seite der *Times-Tribune*. Mit Schlagzeile. Verbreitung durch sämtliche Nachrichtenagenturen.«

Dake starrte ihn verblüfft an. »Aber der Herausgeber wollte nichts davon wissen, als ich ihm den Artikel angeboten habe.«

»Sie konnten ihm aber auch nicht dafür garantieren, daß er deswegen keine Schwierigkeiten bekommt. Ich kann es. Schließlich habe ich genügend Freunde in Washington sitzen. Hier haben Sie Ihr Geld wieder. Ich habe es nicht gebraucht.«

»Weshalb helfen Sie mir, Mister Larner?«

Miguel zuckte mit den Schultern. »Das ist eben meine Methode. Heute tue ich Ihnen einen Gefallen, morgen tun Sie mir einen. Auf diese Weise hat jeder seinen Vorteil. Schon Zukunftspläne gemacht?«

»Noch nicht. Vielleicht versuche ich, wieder für die Regierung zu arbeiten. Aber zunächst muß ich mich um ein Gespräch mit Enfield bemühen.«

»Soll ich einen Termin für Sie arrangieren?«

Dake lächelte. »Wahrscheinlich könnten Sie das sogar. Vermutlich bringen Sie fast alles fertig. Aber diesmal möchte ich es lieber allein versuchen.«

»Enfield ist bestimmt nicht gerade glücklich, wenn der Artikel erscheint. Und das ist in ... ungefähr zwei Stunden.«

»Glauben Sie, daß der Artikel etwas nützt, Mister Larner?«

»Das kann ich nicht beurteilen, Dake. Das ist einfach zu hoch für mich. Aber ich kann Ihnen sagen, was passieren wird. Der Artikel wird nach Brasilien, Nordchina und Irania eingeschmuggelt. Selbstverständlich versucht niemand zu verhindern, daß er nach Pak-India gelangt. Folglich erfährt die ganze Welt, daß die hohen Herren fast zu einer Einigung gelangt wären – aber eben doch nicht ganz. Wenn das Volk laut genug murrt, kommt es vielleicht doch noch dazu, weil die jeweiligen Machthaber den Volkszorn fürchten. Dann hätten wir wieder den freien Meinungsaustausch, keine Beschränkungen für den internationalen Flugverkehr, gemeinsame Benutzung aller Kanäle und Beendigung der jahrzehntelangen Grenzstreitigkeiten. Meiner Meinung nach könnte das alles klappen. Lloyds in Kalkutta nimmt sieben zu eins

Wetten an, daß es innerhalb des nächsten Jahres zu einem Krieg kommt. Vielleicht verändert Ihr Artikel dieses Verhältnis entscheidend.«

»Ich bezweifle, daß er wirklich zu hoch für Sie gewesen ist.«

»Ich bleibe lieber bei meinen Leisten, Dake. Warum soll ich mir auch über andere Dinge den Kopf zerbrechen, solange ich noch gut verdiene? Vielleicht lebe ich gar nicht lange genug, um den Erfolg meiner Bemühungen zu sehen. Ich freue mich, daß es Ihnen bei mir gefallen hat, Dake. Rufen Sie mich gelegentlich einmal an, ob Sie Erfolg gehabt haben.«

»Sie sprechen wie eine meiner Bekannten. Sie hat ungefähr die gleiche Lebensphilosophie. Deshalb nennt sie mich auch einen Tunichtgut. Patrice Togelson.«

»Ich habe schon einiges von ihr gehört. Sie und ich würden ein gutes Team abgeben. Bringen Sie sie einmal mit.«

»Sie hält sich aber selbst für ein vollständiges Team. Ich muß ihr das Geld zurückbringen. Sie hat es mir geliehen, damit ich einen Narren aus mir machen kann.«

»Viel Glück, mein Junge. Lassen Sie sich nicht für dumm verkaufen.«

Dake ging in sein Appartement zurück, holte seinen Koffer und fuhr in die Eingangshalle hinauf. Er nickte Johnny zu und teilte ihm mit, daß er jetzt endgültig gehe. Als er sich zur Tür wandte, hörte er eine Stimme hinter sich, die seinen Namen rief.

Er wandte sich um. Karen kam rasch auf ihn zu. Sie starrte ihn erschrocken an. »Sie gehen doch nicht etwa schon?«

»Doch, doch. Und vielen Dank für alles.«

»Aber Sie sind bestimmt nicht bei Miguel gewesen! Er weiß wahrscheinlich gar nicht, daß Sie fortwollen.«

»Ich habe mich eben von ihm verabschiedet, Karen.«

Sie drehte den Kopf zur Seite und schien auf eine Stimme zu hören, die von irgendwoher kam. Dann veränderte sich ihr Gesichtsausdruck – sie wirkte jetzt wie ein Kind, das kurz vor dem Weinen steht.

»Auf Wiedersehen, Dake«, sagte sie und streckte die Hand aus.

Er griff danach. »Auf Wiedersehen, Karen.«

Als er die Tür hinter sich gelassen hatte, sah er noch einmal zurück. Sie stand noch immer unbeweglich an der gleichen Stelle und beobachtete ihn durch das Glas. Aber sie hielt sich nicht leger wie Karen Voss, sondern stand hoch aufgerichtet und würdevoll. Dake ging bis an die nächste Ecke und winkte ihr von dort aus zu. Sie reagierte nicht darauf.

Ein uraltes Taxi mit Holzvergaser nahm ihn auf und brachte ihn zum Flugplatz. Dort mußte er zwanzig Minuten warten, bis die nächste Jet nach Philadelphia flog. Die Abendausgabe der *Times-Tribune* wurde gerade noch rechtzeitig ausgerufen. Dake kaufte eine und nahm sie mit in das Flugzeug. Wenn man von zwei Druckfehlern absah, war der Artikel unverändert übernommen worden. Die Schlagzeile lautete: GEHEIMABKOMMEN ENTHÜLLT, während die eigentliche Überschrift des Artikels etwas länger war: BRANSONS ASSISTENT BEI DEN VIERMÄCHTEVERHANDLUNGEN DECKT IRANISCHES STÖRMANÖVER AUF.

Die Münze flog bereits durch die Luft, überlegte er sich. Sie konnte so landen, daß Kopf oder Zahl oben lag. Kopf bedeutete eine neue internationale Vereinbarung, durch die alle Spannungen verringert wurden. Zahl beschleunigte nur den Ausbruch eines neuen Krieges, den fast jeder unterdessen als ›unvermeidbar‹ betrachtete.

Er las den Artikel zweimal durch und wandte sich dann den übrigen Meldungen zu. Blutbad während der Versammlung einer Sekte in Iowa. Stillgelegte Fabrik von General Motors bis auf die Grundmauern abgebrannt. Indische Luftwaffe errichtet neuen Stützpunkt in Florida. Entführung einer Maharani verhindert. Steigende Kriminalität durch Rauschgifte, Lobby spricht sich gegen Gesetz zur Beschränkung der Anbaufläche aus. Bigamie in Kalifornien zugelassen, Urteil des Obersten Gerichtshofes heute veröffentlicht. FIlmstar tot im Bett aufgefunden. Nordchina weist Diplomaten aus. Brasilien entwickelt neue biologische Kampfstoffe. Enfield nach Key West abgeflogen.

Dake runzelte die Stirn, als er die letzte Meldung las. Seitdem er den Artikel veröffentlicht hatte, würde kein Regierungsbeamter mehr etwas mit ihm zu tun haben wollen – vielleicht auch Enfield nicht, aber das stand nicht sicher fest. Immerhin war das seine einzige Chance. In den vergangenen beiden Tagen hatte er versucht, möglichst wenig über seine eigene Lage nachzudenken. Statt dessen hatte er alles mögliche unternommen, um sich abzulenken.

Heutzutage war auf der Welt kein Platz mehr für konstruktive Idealisten, überlegte er sich. Dabei hatte der Traum sich nie wesentlich verändert. Man tat, was in seinen Kräften stand, und hoffte, dadurch die Welt ein wenig verbessert zu haben. Und wenn jeder Mann das Seine tut ... Vielleicht war dieser Traum im achtzehnten oder neunzehnten Jahrhundert gerechtfertigt gewesen. Damals konnte man noch darauf vertrauen, daß die Welt tatsächlich von Jahr zu Jahr besser wurde. Aber seit den drei Weltkriegen hatte sich die Lage entscheidend verändert. Jetzt glaubten die Menschen, die Welt werde ständig schlechter. Kein Wunder, daß die Nihilisten unter diesen Umständen größeren Zulauf als je zuvor hatten.

Menschen wie Patrice oder Miguel waren das typische Ergebnis dieser materiell ausgerichteten Kultur. Und wie einfach war es doch, sich ihrer Lebensweise anzuschließen. Ich will alles, aber meine Enkel kann der Teufel holen. Was schert es mich, wie die Welt nach meinem Tode aussieht ...

Patrice wollte ihm den Weg in diese Welt ebnen. Sie hatte immer wieder versucht, ihn zu ihrer Auffassung zu bekehren. »Du könntest eine viel bessere Stellung haben, Liebling. Ich brauche jemand, der mich bei Verhandlungen mit einigen meiner Partner vertritt, die sich lieber mit einem Mann über geschäftliche Dinge unterhalten. Einige dieser Inder sehen mich an, als könnten sie gar nicht begreifen, daß eine Frau auch Geld verdienen kann. Ich würde dir ein gutes Gehalt bezahlen, aber nicht aus Mitleid oder um dir ein Geschenk zu machen, sondern weil ich dich wirklich brauche.«

Noch nicht, Patrice. Erst muß ich einsehen, daß ich wirklich eine endgültige Niederlage erlitten habe. Und vielleicht sehe ich das nie ein.

Als das Flugzeug über Philadelphia zur Landung ansetzte, sah Dake, daß wieder einmal der Strom ausgefallen war, was in den letzten Jahren immer häufiger passierte. Ganze Stadtteile lagen völlig dunkel. Aber niemand würde sich deswegen besonders aufregen. Wenn Techniker, Notstromaggregate und die nötigen Geldmittel für Reparaturen fehlten, mußte es eben zu Stromausfällen kommen. Und Philadelphia befand sich in der gleichen Lage wie alle amerikanischen

Großstädte. Als einzige Gegenmaßnahme wurde in solchen Fällen die Einsetzung einer Kommission beschlossen, die das überprüft, was eine andere Kommission vor ihr bereits festgestellt hatte. Die Antwort lautete immer gleich. Wir haben zu wenig Öl und Kohle und Eisen und Kupfer und Zinn und Bauxit und Holz und Arbeitskräfte.

Dake nahm sich ein Taxi und mußte schon bald nach einem anderen Ausschau halten, als der Motor des ersten mitten auf der Straße versagte. Er fühlte sich in den dunklen Straßen nicht ganz wohl, weil er dreißigtausend Rupien mit sich herumtrug. Philadelphia war wegen seiner Banden berüchtigt, die zum größten Teil aus Jugendlichen bestanden. Der Guerillakrieg hatte ganz Amerika mit Waffen aller Art überschwemmt, die jetzt benutzt wurden, um blutige Straßenschlachten auszutragen und nachts Überfälle auszuführen.

Er stieg vor Patrices Haus aus dem Taxi, sah die beleuchtete Auffahrt und fühlte sich wieder sicher. Der Wagen fuhr weiter, als er den Fahrer bezahlt hatte. Dake glaubte eine rasche Bewegung aus dem Augenwinkel heraus erkannt zu haben. Aber als er sich rasch umdrehte, war nichts zu sehen. Das hübsche japanische Dienstmädchen öffnete die Tür und lächelte wie üblich strahlend. Es hieß eigenartigerweise Molly.

»Guten Abend, Mister Lo ...«

Er war über die Schwelle getreten. Sie starrte ihn an, dann veränderte sich ihr Gesichtsausdruck auf erschreckende Weise. Sie hielt sich eine Hand vor den Mund, ihre Augen schienen aus den Höhlen quellen zu wollen. Dann wich sie einige Schritte weit zurück.

»Was ist denn los?« fragte Dake.

Das Mädchen stolperte und brach zusammen. Dake beugte sich über die leblose Gestalt. Patrice kam aus dem Wohnraum.

»Dake! Was ist mit Molly los?«

»Keine Ahnung. Sie hat mich nur erschrocken angestarrt und ist ohnmächtig geworden. Ich nehme jedenfalls an, daß sie das Bewußtsein verloren hat.«

Patrice beugte sich zu Molly herab und schüttelte sie an der Schulter. »Molly! Molly, was ist denn?«

Sie runzelte die Stirn und sah zu Dake auf. »Ich kann mir nicht vorstellen, was ...« Ihre Stimme brach plötzlich ab. Sie war kreidebleich geworden und starrte ihn mit weit aufgerissenen Augen an. »Mein Gott«, flüsterte sie. »Mein Gott!« Sie schloß die Augen und schlug die Hände vor das Gesicht. Ihr Körper schwankte, als sei sie dicht davor, ebenfalls das Bewußtsein zu verlieren.

»Was ist los?« fragte Dake erschrocken. »Was habt ihr denn plötzlich?«

Patrice hielt die Augen geschlossen. »Ich kann es nicht ... mehr sehen. Dein ... Gesicht ...«

Dake hob unwillkürlich die Hand und berührte sein Gesicht. Er fuhr sich mit der rechten Hand über die linke Wange. Sie fühlte sich normal an. Aber als er die andere Gesichtshälfte berührte, schrak er zusammen. Seine Finger glitten über bloßliegende Knochen und griffen dann in eine leere Augenhöhle.

Er erreichte den großen Spiegel mit drei langen Schritten und starrte sein Spiegelbild an. Selbst ein grinsender Totenschädel wäre nicht so grauenerregend wie dieser Kopf gewesen, der Leben und Tod gleichzeitig aufwies. Eine Gesichtshälfte war völlig normal, aber die andere wies blanke Knochen, gebleckte Zähne und eine leere Augenhöhle auf.

Unmöglich!

Alle logischen Antworten schieden sofort aus. Ein Mensch, der die Hälfte seines Gesichts verliert, verblutet innerhalb kürzester Zeit. Dake kannte die Tatsachen und wußte auch, daß er nicht weit von der Grenze entfernt war, die normale Menschen von Wahnsinnigen trennt. Er blieb vor Patrice stehen und sah auf sie herab.

Seine Stimme klang heiser. »Würdest du jemals einem anderen Menschen davon erzählen?«

»Nein. Nein!«

»Wie viele von uns haben vielleicht schon ähnliche Erlebnisse gehabt, von denen sie nicht zu sprechen wagen, Patrice?«

»Was soll das heißen?«

»Träumen wir nur? Ist das alles wirklich? Bist du die Patrice meiner Träume?«

»Du gehörst zu einem Traum, Dake. Zu einem schrecklichen Alptraum.«

»Was müssen wir tun, um wieder aufzuwachen?«

»Du weißt, daß wir nicht träumen«, flüsterte sie.

»Was ... bist du?«

»Ein Ungeheuer? Ein Dämon? Ich bin Dake. Und ich begreife das alles nicht besser als du. Sieh mich an.«

»Nein.«

Er griff nach ihren Haaren und riß ihren Kopf hoch. Patrice setzte sich verzweifelt zur Wehr, öffnete dabei unwillkürlich die Augen und sah ihm ins Gesicht. Dann schrie sie auf. Der Schrei zerrte an seinen überreizten Nerven. Er ließ sie los und wich zurück.

Patrice sprang auf, schrie weiter und begann dann plötzlich schrill zu lachen. Sie rannte lachend zur Tür, riß sie nach mehreren vergeblichen Versuchen auf und stolperte auf der Schwelle. Sie stürzte, aber ihre Beine bewegten sich noch immer, als wolle sie weiterlaufen, während sie von Lachkrämpfen geschüttelt wurde.

Dake verstand plötzlich alles. Patrice hatte geglaubt, sie sei den Realitäten ihrer Welt völlig gewachsen, sie brauche nichts und niemand zu fürchten. Und als sie mit dieser grauenerregenden Wirklichkeit konfrontiert wurde, hatte ihr Verstand diese Tatsache nicht erfassen können. Statt dessen war er daran zerbrochen. Ihr Beispiel machte ihm klar, wie nahe er der gleichen Grenze bereits gewesen war, verstärkte die Energie, mit der er den Ansturm abwehrte, der ihn selbst zu überwältigen drohte.

Er wußte, daß sie vielleicht sogar schon bald wieder einigermaßen geheilt werden würde. Aber der angerichtete Schaden ließ sich nie wieder völlig heilen. Patrice würde nie wieder ihre frühere Selbstsicherheit zurückgewinnen, weil sie mit der Ungewißheit durchs Leben gehen mußte, daß hinter jeder Ecke ein neuer Schrecken auf sie warten konnte.

Der Fall des japanischen Dienstmädchens lag anders. Molly besaß keinen scharfen Verstand, der auf erklärbare Realitäten angewiesen war. Sie akzeptierte auch das Unbekannte als Tatsache, wenn sie es mit eigenen Augen sah. Vielleicht verbrachte sie deswegen einige schlaflose Nächte und hatte später Alpträume, aber sie brach bestimmt nicht zusammen, weil sie eine Erklärung für das Unerklärliche finden mußte.

Dann kamen sie, die gepflegten und manikürten Ärzte der

sehr Reichen, murmelten Worte des Bedauerns, fühlten den Puls und hielten flüsternd eine Konsultation ab. Dann wurde telefonisch das beste Krankenzimmer, die erfahrenste Pflegerin und der luxuriöseste Krankenwagen bestellt. Patrice erhielt eine Beruhigungsspritze und wurde in den riesigen Taj geladen, der unterdessen fast lautlos vorgefahren war.

Einer der beiden Ärzte begleitete sie. Der andere sprach mit Dake und Molly, wobei er immer wieder nervös auf die Uhr sah. Dake hatte bereits aus dem Benehmen der beiden Ärzte geschlossen, daß sein Gesicht nicht mehr grauenhaft entstellt war. Als er sich jetzt an die Backe griff, spürte er nur die weiche Haut, unter der sich die harten Knochen verbargen.

Molly saß aufrecht in einem Sessel, hatte die Hände im Schoß gefaltet. Sie blickte nur gelegentlich zu Dake hinüber und sah dann rasch wieder fort.

»Das Ganze scheint eine Art Hysterie zu sein«, stellte der Arzt fest. »Sie würden uns die Diagnose sehr erleichtern, Mister Lorin, wenn Sie uns die Ursache dafür angeben könnten.«

»Ich war erst seit einigen Minuten hier, als alles passierte, Doktor. Ich bin mit dem Flugzeug aus New York gekommen und gleich mit dem Taxi hierher gefahren.«

»Wirkte Miß Togelson irgendwie aufgeregt oder hatte sie sich sonstwie verändert?«

Dake lachte innerlich. Es war ein häßliches Lachen. Wenn er diesem kleinen Mann die Wahrheit zu erzählen versuchte, würde er ihn in eine Irrenanstalt einliefern lassen, obwohl die wenigen vorhandenen hoffnungslos überbelegt waren.

»Nein, sie war eigentlich nicht aufgeregt«, antwortete er deshalb ruhig. Alles ist ziemlich überraschend gekommen.«

Der Arzt wandte sich an Molly. »Ihnen ist in letzter Zeit auch keine Veränderung aufgefallen?«

»Nein, Sir.« Die leise Stimme zitterte fast unmerklich.

Dake warf der Japanerin einen Blick zu und wußte, daß sie nie mehr als das erzählen würde. Der Arzt seufzte und sah nochmals auf die Uhr. »Mit diesen Auskünften ist uns natürlich nicht viel geholfen. Andererseits habe ich immer den Eindruck gehabt, daß Miß Togelson eine sehr starke Persönlichkeit war. Deshalb kann ich mir nicht erklären, was diesen plötzlichen Zusammenbruch hervorgerufen haben könnte. Sie wissen auch nicht, was sie mit den Totenköpfen gemeint haben kann, von denen sie immer wieder gesprochen hat?«

Dake sah, daß Molly zusammenzuckte. »Nein, tut mir leid«, antwortete er rasch.

»Schön, dann kann ich wieder fahren.«

»Nehmen Sie mich mit, Doktor, wenn Sie zufällig in die Stadt unterwegs sind?«

»Kommen Sie.«

Als sie die Auffahrt hinuntergingen, hörte Dake, daß Molly die Tür hinter ihnen abschloß und die schweren Riegel vorschob. Dann leuchteten nacheinander in sämtlichen Räumen die Lampen auf. Molly versuchte offenbar die Nacht taghell zu machen, weil sie sich vor der Dunkelheit fürchtete.

Der Arzt fuhr rasch durch die menschenleeren Straßen. »Wohin wollen Sie, Mister Lorin?«

»Mein Gepäck steht noch im Stadtbüro der CIJ.«

»Am besten fahre ich dort vorbei.«

»Kann ich Sie morgen anrufen und fragen, wie es Miß Togelson geht?«

»Aber erst nachmittags.«

Der Arzt ließ ihn aussteigen und fuhr sofort weiter, nachdem Dake die Tür ins Schloß gedrückt hatte. Er betrat die Niederlassung der CIJ, in der selbst um diese Zeit noch reger Betrieb herrschte. Eine Touristengruppe aus Indien unterhielt sich lärmend. Die Frauen trugen lange Saris, die mit Gold und Silber durchwirkt waren. Sie sahen Dake neugierig an und wandten sich dann wieder ab. Es gehörte zum guten Ton, zumindest einmal die Länder des Westens und natürlich auch Amerika bereist zu haben.

So eigenartig, meine Liebe. Aber die Menschen! So unglaublich lethargisch. Und so aufregend vulgär. Natürlich stehen wir eigentlich in ihrer Schuld – schließlich sind dort die modernen Produktionsmethoden erfunden worden, wissen Sie. Früher haben wir tatsächlich ihre Techniker importiert und unsere jungen Leute auf ihre Ingenieurschulen geschickt. Stellen Sie sich das vor! Aber selbstverständlich haben wir ihre Methoden unterdessen wesentlich verbessert. Tata hat das erste vollautomatische Stahlwerk gebaut. Ich nehme an, daß der Krieg diese Leute wirklich sehr mitgenommen hat. Wir wissen vielleicht gar nicht, wie froh wir darüber sein können, daß Pak-India nie bombardiert worden ist. Und wir sind stark genug, um das auch in Zukunft zu verhindern. Natürlich haben Sie Präsident Lahls letzte Rede gehört. Jede feindselige Handlung wird tausendfach heimgezahlt. Seitdem wissen Garva und Chu und Fahdi, daß mit uns nicht zu spaßen ist.

9

Dake ging mit seinem Koffer in das nächste Hotel, nahm sich ein Zimmer, bestellte sich in der Bar einen Drink und ging anschließend in sein Zimmer hinauf. Als er seine Toilettensachen auspackte, klopfte der Page an die Tür und brachte die Schreibmaschine.

»Sie ist ein bißchen alt, Sir, aber der Portier sagt, daß sie noch immer gut schreibt.« Der Page stellte die Maschine auf den Tisch am Fenster.

»Ich brauche keine Schreibmaschine.«

Der Page war ein junger Mann mit fliehendem Kinn und einer hartnäckigen Art, die Dake irgendwie an einen Biber erinnerte. Jetzt grinste er Dake unsicher an. »Das ist doch nur ein Witz, nicht wahr, Mister Lorin? Ich muß allerdings ehrlich sagen, daß ich ihn nicht ganz verstehe.«

»Was soll das heißen?«

»Vor zehn Minuten haben Sie nach einem Pagen geklingelt und mir dann gesagt, daß Sie eine Schreibmaschine brauchen. Ich meine, wenn das ein Scherz gewesen sein soll, komme ich nicht ganz mit.«

Dake wußte, daß er vor dem Erlebnis mit Patrice lautstark gegen diese Unterstellung protestiert hätte. Er hätte den Empfangschef angerufen und sich bei ihm erkundigt, ob das die neueste Methode sei, harmlose Gäste übers Ohr zu hauen. Er hätte verlangt, daß die Schreibmaschine sofort wieder entfernt wurde.

Aber die Welt hatte sich irgendwie verändert. Eine junge Frau hatte phantasievoll von der Illusion der Realität gesprochen. Ein halber Totenkopf im Spiegel. Eine andere Frau, die vor Angst wahnsinnig geworden war. Ein Fingernagel. Dake war von Grund auf neugierig; er war Reporter durch und durch. Deshalb konnte er die objektiven Fragen nicht ignorieren, die sich aus seinen subjektiven Erfahrungen ergaben.

Er gab dem Pagen ein Trinkgeld. »Der Witz war doch nicht so gut, schätze ich.«

Der Page grinste. »Vielen Dank, Sir. Sie hätten mir beinahe Angst eingejagt. Ich habe mich schon gefragt, ob ich jetzt plötzlich übergeschnappt bin. Gute Nacht, Sir.«

Der junge Mann schloß die Tür hinter sich. Dake blieb in der Mitte des Raumes stehen und fuhr sich nachdenklich mit den Fingerknöcheln über das Kinn. Auch diese verdammte Sache hatte wie alle anderen Ereignisse der letzten Zeit zwei Seiten. Die andere Seite der Münze bedeutete, daß er *wirklich* eine Schreibmaschine verlangt hatte. Wahnsinn. Illusion. Aber Patrice und Molly hatten etwas gesehen. War das ein objektiver Beweis? Nur dann, überlegte er sich, wenn er sich selbst beweisen konnte, daß er in ihrem Haus gewesen war, daß sich dort alles so abgespielt hatte, wie er es sich jetzt einbildete. Er ging rasch zu dem Telefon hinüber. Erst zwanzig Minuten später hatte er endlich Verbindung mit der Privatklinik.

Die Telefonistin der Privatklinik meldete sich.

»Ist bei Ihnen vor etwa einer Stunde eine neue Patientin eingeliefert worden? Eine Miß Patrice Togelson?«

»Augenblick, Sir. Ich sehe sofort nach.«

Er wartete ungeduldig. Sie kam wieder zurück und sagte: »Ja, Sir, Miß Togelson ist bei uns. Sie schläft ruhig, Sir.«

»Danke für die Auskunft.«

Er legte auf, setzte sich auf die Bettkante und zündete sich eine Zigarette an. Gut, aber jetzt kam der nächste Schritt. Wie beweise ich mir, daß ich dieses Telefongespräch geführt habe, daß ich mit der Telefonistin der Privatklinik gesprochen habe? Natürlich erscheint das Gespräch auf meiner Zimmerrechnung. Aber woher weiß ich, daß ich mir das nicht nur einbilde, wenn ich den Vermerk auf der Rechnung sehe?

Ein kurzer Schmerz durchzuckte sein Gehirn und machte ihn einen Augenblick lang fast blind. Er schloß unwillkürlich die Augen. Als er sie wieder öffnete, stellte er verblüfft fest, daß sich inzwischen einiges verändert hatte. Er saß nicht mehr auf der Bettkante, sondern auf einem Stuhl vor dem

Tisch am Fenster. Ein Blatt Papier mit dem Briefkopf des Hotels war in die Schreibmaschine eingespannt. Die Seite war bereits fast vollgeschrieben. Dake schüttelte den Kopf und las, was dort stand.

»An alle, die es angeht! Als Darwin Branson im Sterben lag, erkannte ich, daß ich seinen Tod zu meinem Vorteil ausnützen konnte. Ich sah, daß ich auf diese Weise wieder die Öffentlichkeit auf mich aufmerksam machen konnte. Ich habe ein ganzes Jahr lang für Darwin Branson gearbeitet, aber seine Aufgabe bestand aus einer detaillierten Analyse der Politik des Außenministeriums in den vergangenen zehn Jahren. Er war niemals mit Geheimverhandlungen irgendwelcher Art betraut worden.

Der Artikel, den ich für die *Times-Tribune* verfaßt habe, war nur eine List. Die darin erwähnten Vereinbarungen sind nie getroffen worden. Ich wollte den Artikel ursprünglich schreiben, um die verantwortlichen Staatsmänner aller Nationen zur Einigkeit zu zwingen. Heute erkenne ich, daß ich einer Art Größenwahn erlegen bin. Mir ist jetzt klar, daß der Artikel das Gegenteil von dem bewirken wird, was ich eigentlich vorhatte. Ich glaube, daß ich den Artikel in einem Anfall geistiger Verwirrung geschrieben habe.

Ich kann den einmal begangenen Fehler nur dadurch wiedergutmachen, daß ich diese Beichte niederschreibe und mir dann ...«

An dieser Stelle hatte er nicht weitergeschrieben. Das plötzliche Erwachen aus einem unerklärlichen Traum hatte ihn völlig verwirrt und seine Aufnahmefähigkeit beeinträchtigt. Die Sätze hatten keine Bedeutung für ihn. Er las sie nochmals durch und bewegte dabei langsam die Lippen wie ein Kind, das einen unbekannten Text buchstabiert.

»Nein!« flüsterte er heiser.

Der Schmerz kam wieder, war aber weniger stechend als zuvor. Dake hatte fast das Gefühl, jetzt hinter einer Art Abschirmung zu sitzen. Diesmal verschwamm alles vor seinen Augen, aber er konnte noch sehen und wurde nicht wieder blind. Der Schmerz nahm zu, klang ab und nahm wieder zu, als werde die Abschirmung abwechselnd schwächer und stärker.

Dake versuchte seine Hände in die Hosentaschen zu stekken, aber sie näherten sich unwiderstehlich den Tasten der Schreibmaschine. Ein neues Wort.

»... selbst ...«

Er spannte die Armmuskeln an. Auf seiner Stirn bildeten sich dicke Schweißperlen. Die Tasten klickten dreimal, als er sie anschlug.

»... das ...«

Dake spürte deutlich, daß zwei Mächte miteinander um die Herrschaft über seinen Verstand rangen. Aber er spürte auch, daß er selbst nicht den geringsten Widerstand leistete. Er war nur ein schlaffes, willenloses Ding, das alles tat, was ihm von irgendwoher befohlen wurde.

»... Leben ...«

Seine Hände verkrampften sich so sehr, daß die Finger schmerzten.

»... nehme.«

Und dann hatte er plötzlich seinen Füllfederhalter in der Hand, hatte bereits mit Dake T. Lorin unterschrieben und das Blatt neben die Schreibmaschine gelegt. Wieder ein blitzschneller Übergang, dann saß er zwischen den geöffneten Flügeln des Fensters auf dem Fensterbrett, hatte ein Bein nach draußen geschwungen, atmete die kalte Herbstluft ein und starrte in den dunklen Hinterhof hinab. Die wenigen beleuchteten Fenster der umliegenden Gebäude schienen ihn wie wachsame Augen zu beobachten.

Der Konflikt der beiden Mächte erreichte seinen Höhepunkt und ebbte plötzlich wieder ab. Tiefes Schweigen. Dake blieb bewegungslos auf dem Fensterbrett sitzen. Jetzt fühlte er sich nicht mehr schlaff und willenlos. Vielleicht ließ er lieber los. Das war einfacher als der endlose Kampf mit der angeblichen Realität. Das war besser als der Kampf gegen den Wahnsinn. Er brauchte nur loszulassen und schweigend durch die Nacht zu fallen, bis er dort unten in der Tiefe die endgültige Antwort fand.

Er hörte, daß er leise lachte. Er spürte, daß sein Verstand der Belastung bald nicht mehr gewachsen sein würde. Sein Kopf schien zu zerspringen. Er umklammerte die Fensterbank. Kommt, Götter der Dunkelheit, und breitet eure Arme für euer müdes Kind aus, das dieses Leben nicht länger ertragen kann.

Aber ... WARUM?

Sollte er die Frage unbeantwortet lassen? Sollte er sich aus dem Fenster im vierzehnten Stock eines schäbigen Hotels stürzen, ohne jemals zu wissen, was ihn dazu getrieben hatte?

Seine Gedanken wirbelten durcheinander und kreisten schließlich nur noch um das WARUM. Riesige flammende Buchstaben, die sich deutlich von dem Nachthimmel abhoben. Die Unwissenheit war schlimmer als die Fortsetzung des Kampfes, als die Verzerrung der Wirklichkeit.

Dake löste seinen Griff, ließ sich in das Zimmer zurücksinken und blieb auf dem Teppich liegen. Über ihm bewegten sich die Vorhänge leise im Wind. Und dieser Wind trocknete auch den Schweiß auf seinem Gesicht. Er hörte die undeutlichen Geräusche der Stadt, die so tief unter ihm lag. Nicht das Gelächter fröhlicher Nachtschwärmer wie in der guten alten Zeit. Die Städte waren nachts weniger laut, aber dafür gehörte der gellende Hilferuf, der nie beantwortet wurde, zu der allnächtlichen Geräuschkulisse.

Dake richtete sich langsam auf und hatte das Gefühl, eine Halluzination habe ihn betäubt und erschöpft zurückgelassen. Er bewegte sich auf das Fenster zu und wollte es schließen. Vom Boden aus konnte er die beiden Flügel nicht erreichen, deshalb richtete er sich vorsichtig in eine kniende Position auf und knallte sie von dort aus zu. Dann betätigte er die Verriegelung und blieb schwer atemend an der Wand gelehnt stehen.

Vor seinen Augen erschien ein silberglänzender Schimmer. Dake glaubte fast einen menschlichen Umriß zu erkennen.

Und dann stand Karen Voss vor ihm und starrte ihn aus eigenartig leuchtenden grauen Augen besorgt an. Ihr braunes Haar war zerzaust. Sie trug noch immer den breiten Gürtel und hatte auch jetzt wieder den rechten Daumen dahinter gehakt. Dake fuhr zusammen und streckte rasch die Hand aus, um sich davon zu überzeugen, daß er nur eine Vision vor sich hatte. Aber statt auf Luft trafen seine Finger auf ihre Schulter.

»Jetzt haben wir keine Zeit für Erklärungen. Das kann bis später warten«, sagte sie rasch. Ihre Stimme klang erregt.

»Ich muß dich vor allem hier herausholen.« Sie trat an den Tisch, griff nach dem beschriebenen Blatt und zerriß es. Dann wandte sie sich wieder an Dake. »Ich mag mir gar nicht vorstellen, wie viele Gutschriften mir dafür abgezogen werden. Wenn du jetzt Unsinn zu reden beginnst, weiß ich wenigstens, daß ich mich in dir getäuscht habe.«

Dake richtete sich auf und nahm die Schultern zurück. »Geh zum Teufel«, sagte er heiser.

Karen sah ihn einen Augenblick lang nachdenklich an und legte dabei den Kopf zur Seite. Dann griff sie nach seinem Arm und zog ihn hinter sich her. «Ich weiß, wie dir zumute ist. Nachdem ich schon einmal damit angefangen habe, kann ich gleich noch ein paar Regeln mehr durchbrechen. Du sollst verrückt werden, Dake. Daran mußt du immer denken. Und es einfach nicht werden.«

An der Tür blieb sie noch einmal stehen. »Jetzt tust du alles, was ich sage. Ohne Fragen zu stellen. Ich habe dich zurückgehalten, als du dich aus dem Fenster stürzen wolltest.«

»Was willst du von mir?«

»Wir müssen so schnell wie möglich fliehen. Die Konkurrenz ist vorerst ... außer Gefecht gesetzt. Falls wir getrennt werden, fährst du zu Miguel. Verstanden? So schnell du kannst.«

Dake nickte wortlos und ging hinter ihr her die endlosen Treppen hinab. Dann standen sie endlich auf der Straße. »Wir müssen uns beeilen«, sagte Karen.

»Was sollen wir ...«

»Still!« Sie blieb stehen. Dake erkannte, daß ihre Augen halb geschlossen waren.

Plötzlich seufzte sie. »Die Konkurrenz ist wieder da, Dake. Sie kennt unsere Fluchtrichtung.«

Ein uraltes Auto keuchte die Straße entlang, wobei die Federung bei jedem Schlagloch quietschte. Dann machte es plötzlich einen Bogen, fuhr an den Randstein und hielt an. Ein kräftig gebauter Mann stieg aus und bewegte sich wie eine Marionette, deren Drähte ein Laie in der Hand hat. Er ging langsam die Straße hinunter und hob bei jedem Schritt die Füße übertrieben hoch.

»Los, steig ein! Du mußt fahren«, sagte Karen ungeduldig. Dake verstaute seine langen Beine unter dem Steuerrad. Sie saß neben ihm. Als der Wagen sich in Bewegung setzte, hörten sie hinter sich die lauten Hilferufe des enteigneten Besitzers.

Karen zeigte ihm den Weg. Nach einiger Zeit hatten sie einen Stadtteil erreicht, in dem der Strom ausgefallen war. Die Straßen und Häuser waren so düster und verlassen wie in einer unbewohnten Stadt.

»Halt, wir lassen den Wagen hier stehen«, entschied Karen.

Sie gingen nebeneinander durch die dunklen Straßen. Karen blieb plötzlich stehen und betrat einen dunklen Hauseingang. »Warte hier«, sagte sie.

Nach einer Minute hörte er sie erleichtert aufatmen. »Nichts innerhalb meiner Reichweite, Dake. Komm, wir müssen weiter. Die Chestnut Street ist nicht weit von hier. Viel Licht und viele Menschen. Das ist fast ideal.«

»Aber nicht für einen Mann in Damenbegleitung.«

»Uns passiert nichts, Dake.«

»Was hast du mit dem Autofahrer angestellt?«

Karen antwortete nicht. Ihre hohen Absätze klapperten rasch, als sie mit ihm Schritt zu halten versuchte. Vor ihnen leuchteten wieder Straßenlaternen auf.

»Was habt ihr mit Branson angestellt?«

Wieder keine Antwort.

»Hoffentlich seid ihr überhaupt Menschen«, sagte Dake plötzlich. »Eure Motive sind mir völlig egal. Und ich vergesse nie, was ihr Patrice angetan habt.«

»Bitte, halt den Mund.«

Zwei Männer tauchten plötzlich aus den Schatten auf. Sie waren nur noch ein Dutzend Schritte weit entfernt. Dake blieb sofort stehen, sah sich um, erkannte die anderen hinter sich und hörte das seltsame Kichern der Rauschgiftsüchtigen, die wieder neue Opfer gefunden zu haben glaubten. Karen war weitergegangen. Er holte sie rasch ein und riß sie an den Schultern zurück.

Sie schüttelte seine Hände ab. Dake holte tief Luft und starrte die beiden Männer an, die sich plötzlich in Puppen verwandelt hatten, die einen grotesken Tanz aufführten, wobei sie vor Angst und Schmerzen laut brüllten. Einer prallte von der nächsten Hauswand ab, verlor fast das Gleichgewicht und rannte sofort wieder gegen die Mauer. Der andere war zu Boden gestürzt und krümmte sich jetzt im Rinnstein.

Dake fühlte sich an Insekten erinnert, die in den Lichtstrahl eines starken Scheinwerfers geraten sind, aus dem sie nicht mehr fliehen können, obwohl Hitze und Schmerzen fast unerträglich sind. Hinter ihnen benahmen die anderen Männer sich ähnlich. Karen war nicht einmal stehengeblieben. Er holte sie rasch ein. Sie lächelte spöttisch.

»Wie gefällt dir das Ballett?« fragte sie.

»Vermutlich ist es sinnlos, nach dem Grund dafür zu fragen.«

»Warum nicht? Einfach Kopfschmerzen, aber ziemlich heftige. Ich kann dir eine kurze Demonstration geben.«

Dake zuckte zusammen und hielt sich die Hände an die Schläfen. Aber der Schmerz verschwand sofort wieder. Nur die Erinnerung daran blieb zurück und war fast ebenso schlimm wie der Schmerz selbst.

Karen griff nach seiner Hand. »Bei dir wäre das viel schwieriger, Dake. Aber die Rauschgiftsüchtigen leisten keinen Widerstand mehr. Sie leiden alle an einer Art Gehirnerweichung. Komm, wir gehen in das Kellerlokal dort drüben. Vielleicht finden wir einen Augenblick Ruhe. Ich muß überlegen, wie wir am besten nach New York zurückkommen.«

Sie stiegen die düster beleuchtete Treppe hinab, drängten sich durch die Tanzenden und fanden schließlich sogar einen freien Tisch in einer Nische. Nachdem sie einige Betrunkene abgewehrt und ihre Bestellung aufgegeben hatten, wandte Karen sich flüsternd an Dake.

»Wir müssen uns jetzt trennen, Dake. Das ist die beste Methode. Ich könnte dir helfen, damit du rascher zu Miguel zurückkommst, aber ich bin leichter zu finden als du. Deshalb würde ich dich eher behindern als dir helfen.«

»Und wenn ich nicht zu Miguel will?«

»Benimm dich nicht wie ein Narr. Hier handelt es sich nicht darum, was du willst. Wenn du dieses Ziel nicht erreichst, stirbst du. Vielleicht willst du das. Aber wenn du sterben willst, habe ich mich sehr in dir getäuscht.«

Dake sah ihr ins Gesicht und bemerkte eine plötzliche Veränderung. Obwohl Karen nicht einmal die Lippen bewegte, hörte er deutlich, was sie rasch zu ihm sagte.

»Ich habe doch nicht so gut gearbeitet, wie ich dachte. Ein Klasse III hat unsere Spur aufgenommen. Er kommt dort drüben durch die Tür. Der Mann mit den langen roten Haaren. Ich versuche ihn jetzt abzulenken. Du mußt so schnell wie möglich verschwinden und darfst dich um nichts kümmern. Verstanden? Um nichts! Vielleicht kommt dir alles verrückt vor, aber das ist nicht deine Sorge. Du mußt auf dem schnellsten Weg zu Miguel fahren ... und sehr vorsichtig sein, wenn du erst dort bist. Sobald du die Eingangshalle betreten hast, befindest du dich in Sicherheit. Aber auf der Straße ist es gefährlich. Sei vorsichtig. Und jetzt mußt du dich beeilen!«

Dake stand auf und bewegte sich auf die Tür zu. Ein kleiner Mann mit unbeweglichem Gesicht kletterte auf den nächsten Tisch und sprang von dort aus dem Rothaarigen auf den Rücken. Eine Frau kreischte laut und warf sich ebenfalls auf ihn. Dake empfand plötzlich Angst und wußte, daß Karen sie ihm irgendwie suggerierte, um seine Flucht zu beschleunigen.

Der Rothaarige stieg über die Angreifer hinweg, die mit einemmal alles Interesse an ihm verloren zu haben schienen. Dake stürmte auf die Straße hinaus und rannte davon. Aber nicht allein. Hinter und neben ihm tauchten andere Männer auf. Und er sah, daß sie alle die gleichen Gesichter hatten. Dake Lorin rannte in dutzendfacher Ausführung nach allen Richtungen davon. Er drehte sich noch einmal um, sah den Rothaarigen in der Tür stehen und zu Boden gehen, als sich jemand gegen seine Beine warf. Dann rannte er weiter, bis er nicht mehr konnte, weil er keine Luft mehr bekam. Erst dann ging er langsamer weiter und gönnte sich sogar eine kurze Pause, um wieder zu Atem zu kommen.

Der Taxifahrer wollte zuerst nicht recht. Er unternehme nie solche weiten Fahrten, behauptete er. Aber dann ließ er sich doch von zwei Argumenten überzeugen – Dakes Arm um seinen Hals und der Tausendrupienschein vor seinen Augen. Dake nahm ihm die Pistole ab und steckte sie in die Jackentasche. Im Osten dämmerte es bereits, als sie durch den einzigen Tunnel nach Manhattan fuhren, der im Laufe der Jahre nicht wegen mangelhafter Reparaturen unpassierbar geworden war. Weiße Polizeifahrzeuge fuhren durch die Straßen und sammelten die Leichen der Männer und Frauen ein, die in der vergangenen Nacht eines gewaltsamen Todes gestorben waren. Sonst war kaum ein Mensch zu sehen, denn die Stadt schlief noch ... unruhig.

10

Dake erinnerte sich an Karens Wahrnehmung und ließ das Taxi zwei Blocks vor dem Gebäude anhalten, in dem Miguel sein Hauptquartier aufgeschlagen hatte. Er gab dem Fahrer den Geldschein und seine Pistole zurück. Der Mann nickte mißmutig und fuhr den gleichen Weg zurück. Ein Schlußlicht blinkte in unregelmäßigen Abständen auf, als der holperige Fahrbelag einen Wackelkontakt öffnete und schloß.

Dake bewegte sich vorsichtig weiter, blieb möglichst im Schatten und ging rascher, wenn eine heller beleuchtete Stelle zu überwinden war. Der Empfangspavillon war wie immer strahlend hell. Er sah Johnnys Kopf, der über das hohe Pult gebeugt war. Die Leuchtstofflampen über dem Eingang zeichneten einen Lichtkreis auf die dunkle Straße.

Dake wartete einige Zeit im Schatten und ging dann schließlich doch geradewegs über die Straße auf den Lichtschein zu. Seine Schritte klangen unnatürlich laut auf dem Asphalt. Dann hörte er ein leises Geräusch hinter sich. Aber er drehte sich nicht danach um, sondern ging statt dessen rascher. Nur noch zwei Schritte, dann hatte er den Lichtkreis erreicht. Er machte einen weiteren langen Schritt und blieb bewegungslos stehen. Irgend etwas hielt ihn zurück und behinderte ihn so wirksam, als ob er sich eben in einen Stein verwandelt hätte. Er konnte nicht einmal den Kopf drehen. Der junge Mann am Empfang befand sich fast außerhalb seines Gesichtskreises. Trotzdem erkannte Dake, daß der andere plötzlich den Kopf hob. Dann bewegte er sich endlich wieder – und trat vorsichtig einen Schritt weit zurück. Noch einen Schritt.

Plötzlich tauchte Miguel Larner im Innern des Gebäudes an der Tür auf. Dake hatte nicht gesehen, woher er gekommen war. Larner trug einen bunten Schlafanzug. Er stand sehr ruhig. Ein Unbekannter erschien neben ihm, ein anderer dahinter, und eine großgewachsene Frau stand neben dem Pult. Die fünf Menschen standen in dem hell erleuchteten Raum und beobachteten ihn. Er war nicht mehr als fünfzehn Meter von ihnen entfernt. Er sah keinen Ausdruck auf ihren Gesichtern, aber ihre Augen schienen zu glühen. Wieder einmal fiel ihm auf, wie fremdartig sie eigentlich waren.

Irgend etwas hinter ihm hatte plötzlich Angst. Dake spürte, daß dort etwas nachgab, und wurde im gleichen Augenblick von einer unwiderstehlichen Gewalt vorwärtsgezogen. Er setzte sich in Bewegung, rannte geradewegs auf die Eingangstür zu, die sich knapp vor ihm öffnete, rutschte auf dem glatten Fußboden aus und knallte gegen das Pult. Die großgewachsene Frau war rechtzeitig zur Seite getreten.

Dake richtete sich langsam wieder auf. Die anderen waren durch die Tür gegangen und standen nebeneinander auf dem Gehsteig. Irgendwo in der Dunkelheit auf der anderen Straßenseite ertönte ein langgezogener Aufschrei. Dann kamen die fünf wieder langsam herein. Miguel Larner ging auf Dake zu. Seine schwarzen Augen schienen immer größer zu werden, bis die ganze Welt schließlich nur noch aus Miguels Augen zu bestehen schien. Dake glitt in eine endlose Dunkelheit hinüber.

Ein wolkenloser Frühlingstag an Miguels Schwimmbekken. Dake schloß wieder die Augen. Er erinnerte sich an ein lange zurückliegendes Erlebnis. Damals war er acht Jahre alt gewesen. Über sich hatte er die grellen Leuchten des Operationssaals gesehen. Und dann hatte die hohle Stimme in seinem Kopf dröhnend gesagt: »Mehr Gas! Mehr *Gas!* Mehr GAS!«

Und später war er in einem Bett aufgewacht, hatte die besorgten Gesichter seiner Eltern über sich gesehen – unnatürlich große Gesichter aus dieser geringen Entfernung. »Wie fühlst du dich?« Eine Stimme wie aus einem langen Tunnel.

Er öffnete die Augen ein zweitesmal. Er lag in einem Liegestuhl vor dem Schwimmbecken. Miguel und ein Unbekannter beobachteten ihn mit dem gleichen Ausdruck, den er bereits in der Eingangshalle gesehen hatte – aber wie lange war das schon her? Ein Jahr oder eine Minute?

Miguels Lippen bewegten sich. »Mister Lorin. Mister Merman.«

»Freut mich, Sie kennenzulernen.« Dake hätte am liebsten über diese Formalitäten gelacht. Dann beherrschte er sich jedoch mühsam.

Merman hatte ein jugendliches Gesicht, aber die Augen eines alten Mannes.

»Zum Glück sind Sie bis in Johnnys Reichweite vorgedrungen«, sagte Miguel. »Sonst wäre Karens hartnäckiger Versuch wirkungslos geblieben. Wir haben sie bereits abgeholt. Sie möchte Sie sehen. Ich rufe sie jetzt. Sprechen Sie nicht mit ihr.«

Eine Antwort schien nicht erforderlich. Miguel warf Merman einen fragenden Blick zu, der mit einem Kopfnicken beantwortet wurde. Dake glaubte zu wissen, daß die beiden sich irgendwie miteinander verständigt hatten. Karen kam herein, blieb in der Nähe der Tür stehen und sah zu Dake hinüber.

Er war über die Veränderung erschrocken, die in ihr vorgegangen war. Ihr Gesicht war blaß, so daß die grauen Augen dunkler als früher wirkten. Der Mund hätte eher zu einer alten Frau gepaßt, denn die Lippen zitterten unkontrolliert. Ihre Hände bewegten sich unruhig. Der Ausdruck ihrer Augen erinnerte Dake an einen Hund, der schwer mißhandelt worden war, obwohl er gleichzeitig erkannte, daß sich in ihnen auch Karens Interesse an seinem persönlichen Wohlergehen widerspiegelte.

Miguel nickte ihr zu. Karen drehte sich um, verschwand durch die Tür und murmelte dabei irgend etwas Unverständliches vor sich hin.

»Was ist mit ihr passiert?« wollte Dake wissen.

»Ich sage es Ihnen, aber Sie müssen es sich vorläufig nur merken, weil Sie es nicht verstehen. Später – falls mehr in Ihnen steckt, als ich glaube – kommt das Verständnis von selbst. Denken Sie immer daran. Zwei Abschirmungen durchbrochen. Die dritte angeschlagen. Sie braucht mindestens ein halbes Jahr, bis sie wieder einsatzbereit ist. Und das alles Ihretwegen, Dake Lorin.«

»Was heißt das?« fragte Dake. Er stellte die Frage, obwohl er wußte, daß er keine Antwort zu erwarten hatte. Miguel

Larner setzte sich auf den Rand des Schwimmbeckens und ließ die Beine ins Wasser hängen. Dake sah in das jung-alte Gesicht Martin Mermans und wurde plötzlich auf eine Bewegung zu seinen Füßen aufmerksam. Eine ganze Horde winziger nackter Gestalten marschierte auf ihn zu. Zehn Zentimeter große Menschen mit Tiergesichtern. Ihre leisen Schreie klangen wie Grillengezirp. Dake zog instinktiv die Füße auf den Stuhl zurück. Sie kletterten an den Stuhlbeinen empor.

Dake erinnerte sich an Karens Stimme, als sie gesagt hatte: »Du sollst verrückt werden, Dake. Daran mußt du immer denken. Und es nicht werden.«

Er schloß die Augen und stellte die Füße wieder auf den Boden. Er spürte, daß die winzigen Gestalten an ihm emporkletterten. Dann öffnete er die Augen und fand sich in der Dunkelheit wieder. Er war nackt. Ein langes, kaltes Etwas schlängelte sich langsam über seine Füße. Er biß die Zähne zusammen und blieb unbeweglich liegen, ohne einen erschrockenen Schrei auszustoßen. Plötzlich hatte er heißen Sand unter sich. Riesige Spinnen krochen darüber hinweg. Als er sie aufmerksamer betrachtete, sah er, daß es keine Spinnen, sondern abgetrennte Menschenhände waren, die sich rasch auf den Fingern fortbewegten. Zwei von ihnen schleppten etwas hinter sich her – Karens Kopf. Die Spinnenfinger konnten ihn kaum von der Stelle bewegen. Ein Schatten fiel über sein Gesicht. Er drehte sich auf den Rücken und sah nach oben. Dort hing irgend etwas. Eine riesige Gestalt, im Vergleich zu der er zwergenhaft klein wirkte. Um ihren Hals war ein Strick gelegt, der irgendwo im Himmel verschwand. Die Gestalt drehte sich langsam. Er sah zu dem entstellten Gesicht seines Vaters auf, der Selbstmord durch Erhängen begangen hatte. Er wandte sich entsetzt ab und wollte schon davonrennen. Statt dessen fiel er im Sand auf die Knie und bedeckte die Augen mit den Händen. Er spürte deutlich, daß die alte Wunde sich langsam schloß. Dann stand er auf und sah zu dem Gesicht hinauf, das plötzlich verblaßte. Die Spinnen krochen davon und verloren sich irgendwo im Sand.

Dann erschien plötzlich wieder Miguels sonnengebräunter Rücken vor Dake. Larner saß wie zuvor am Rand des

Schwimmbeckens in der Frühlingssonne und ließ die Beine ins Wasser hängen.

Miguel wandte sich um und lächelte Dake zu. »Ich gebe zu, daß ich mich in Ihnen getäuscht habe. Aber ich bin eben nicht unfehlbar.«

»Ich breche nie zusammen«, antwortete Dake und wußte selbst nicht, weshalb er diesen Ausdruck gewählt hatte.

»Merman zeigt Ihnen den Weg.«

Er ging hinter Merman her. Die Felswand öffnete sich vor ihnen, dann wurde ein langer Gang sichtbar, der schräg nach unten führte. Drei Würfel leuchteten silberfarben in einer Nische.

Merman wandte sich an Dake. Seine Lippen bewegten sich nicht, als er sprach. »Sie weren jetzt an den Ort transportiert, wo das Training stattfindet. Sie lassen sich bereitwillig ausbilden, weil Sie die erworbenen Kenntnisse im Kampf gegen uns einsetzen wollen. Das wissen wir. Sie fragen sich, was wir sind. Das erfahren Sie erst, wenn Sie mehr gelernt haben.«

Einer der Würfel öffnete sich langsam. Dake betrat ihn. Das Innere des Würfels enthielt nur einen Hebel. Merman griff danach, zog ihn nach unten und trat rasch wieder zurück. Die Öffnung schloß sich wieder. Dake erkannte Merman nur noch undeutlich, als befinde er sich unter Wasser. Vor vielen, vielen Jahren hatte er in der Küche seiner Mutter mit einem Eierschneider gespielt. Das hartgekochte Ei wurde in die Mulde gelegt, dann drückte man auf den Hebel. Die dünnen Drähte schnitten durch das Ei.

Dieser Würfel glich einem Eierschneider, der in unvorstellbar kurzer Zeit arbeitete. Und mit einer Milliarde Drähten. Jeder schnitt durch Dakes Körper. Der kurze Schmerz, den Karen in seinem Kopf erzeugt hatte, war im Vergleich dazu fast eine Liebkosung gewesen.

Dann war der Schmerz verflogen; der Würfel stand offen. Dake stolperte hinaus und glaubte zunächst, noch immer in der Felshöhle zu sein. Aber dann sah er den hellblauen Himmel über sich und erkannte, daß er auf einer weiten Ebene stand. Rings um ihn erhoben sich andere Würfel, die zusammen ein streng geometrisches Muster bildeten. An einigen Stellen fehlten Würfel, und Dake fand diese Tatsache ebenso störend wie den Anblick einer schönen Frau, der einige Vorderzähne fehlen.

Dicht über dem Horizont hingen zwei ungleich große Monde. Die Sonne im Zenit glühte dunkelrot. In weiter Ferne standen riesige Bäume, an die Dake sich aus den Märchenbüchern seiner Kindheit erinnerte. In ihrem Schatten lagen niedrige schwarze Gebäude, die aus dieser Entfernung winzig klein wirkten.

Er wußte, daß er dorthin gehen mußte. Er wußte nicht, weshalb er das wußte. Aber er zweifelte nicht im geringsten daran und lehnte sich auch nicht dagegen auf. Dies war nicht die Erde. Dies war weder sein Heimatplanet noch sein System. Er wußte, daß er hier nachts fremde Sternenbilder sehen würde.

Dake bewegte sich auf die schwarzen Gebäude zu. Er wollte rasch gehen, stellte aber fest, daß er sich nicht anzustrengen brauchte, um schnell voranzukommen. Zum erstenmal seit langer Zeit zweifelte er nicht mehr an der Wirklichkeit. Er war *hier,* mußte unbedingt die niedrigen Gebäude erreichen, mußte dort lernen, was zu lernen war, und sich die Fähigkeiten aneignen, die notwendig waren. Er hatte nur diese eine Chance.

Sie kamen aus den Gebäuden, und er nahm nur undeutlich wahr, daß er sich kaum Gedanken über sie machte. Er hatte das Gefühl, daß einige lernten, wie er jetzt lernen würde, daß andere lehrten, während wieder andere die Maschinen warteten.

Aber sie alle – Männer, Frauen und die eigenartigen Nicht-Menschen – trugen sackartige Gewänder, die kaum bis an die Knie reichten. Sie unterhielten sich angeregt miteinander; einige sprachen schlechtes Englisch, andere sehr gutes. Dake wurde in einen Raum geführt, erhielt eines der sackähnlichen Gewänder, wurde mit einer antiseptischen Lösung eingesprüht und in den Nebenraum geschickt. Dort warteten zwei Nicht-Menschen auf ihn. Er mußte sich in einen hohen Stuhl setzen. Er wehrte sich nicht dagegen, sondern blieb ruhig sitzen, als sie ihm die kalten Elektroden anlegten.

Dann durfte er wieder aufstehen und ging allein den Korridor entlang. Er schritt durch eine offene Tür und wußte, daß es die richtige war. Als die schwere Tür hinter ihm ins Schloß fiel, fühlte er sich so unsicher und ängstlich wie zuvor.

Die junge Frau starrte ihn an. Sie hatte schwarze Haare, abgebrochene Fingernägel und blitzende Augen. Ihr Gewand war orangerot und paßte gut zu der braunen Haut. Die Wände des Zimmers waren dunkelgrün, an den Ecken abgerundet und ohne Vorsprünge oder Verzierungen. Von irgendwoher kam Licht.

Sie sprach ihn an und hob die Stimme am Ende des Satzes, als stelle sie eine Frage.

Er schüttelte den Kopf. »Tut mir leid, aber ich habe nichts verstanden.« Sie unternahm einen zweiten Versuch und sprach diesmal langsamer. Dake zuckte mit den Schultern. Sie machte eine wegwerfende Handbewegung, spuckte ihm vor die Füße und kehrte ihm den Rücken zu.

Dake starrte die nüchterne Einrichtung des Raumes an – zwei Feldbetten, zwei Stühle, ein Tisch.

»Ihr befindet euch in dem gleichen Zimmer, weil keiner die Sprache des anderen versteht.«

Die Stimme schien aus dem Innern seines Kopfes zu kommen. Er sah, daß die junge Frau sich umdrehte und nach der Stimme zu suchen schien. Also hatte sie das Gesagte ebenfalls verstanden.

»Dieser Raum ist so konstruiert, daß er die Projektion und den Empfang von Gedanken erleichtert. Wenn ihr gelernt habt, wie ihr euch durch Gedankenübertragungen verständigen könnt, werdet ihr feststellen, daß die Tür sich durch eine gemeinsame Anstrengung öffnen läßt.«

Die Stimme schwieg. Die beiden starrten sich nachdenklich an. Dake sah in ihre Augen und versuchte sie dazu zu bringen, daß sie sich auf einem der Stühle niederließ. Er wiederholte den Befehl immer deutlicher. Sie zuckte plötzlich mit den Schultern und wandte sich enttäuscht ab. Dake schloß daraus, daß sie einen ähnlichen Versuch unternommen hatte. Aber er hatte keinen Befehl erhalten. Das Unternehmen war offenbar viel schwerer als erwartet. Er suchte nach einer Methode, mit deren Hilfe sie Versuche anstellen konnten.

Schließlich griff er nach dem Arm der jungen Frau und zog sie an den Tisch hinüber. Sie machte ein böses Gesicht, weil ihr die Berührung unangenehm war, setzte sich aber auf einen der Stühle. Dake ließ sich auf dem anderen nieder, so daß der Tisch zwischen ihnen stand. Er zog einen kurzen Faden aus seinem Gewand und zeigte ihn ihr. Sie nickte verwirrt. Er hielt beide Hände hinter dem Rücken versteckt, nahm den Faden in die linke Hand und legte dann beide Fäuste nebeneinander auf den Tisch.

»Links«, dachte er. »In der linken Hand.«

Sie streckte zögernd den Arm aus und berührte die linke Hand mit den Fingerspitzen. Als Dake ihr den Faden zeigte, lachte sie und klatschte begeistert die Hände zusammen. Aber nach zahlreichen weiteren Versuchen waren sie beide tief enttäuscht. Sie riet in sechs von zehn Malen richtig, dann in sieben von zwölf und elf von zwanzig. Dake versuchte ihr seine Gedanken mit aller Energie zu vermitteln. Er kam sich wie ein Schwimmer vor, der einen schweren Felsbrocken unter Wasser bewegen will. Er konnte zwar mit den Beinen strampeln, fand aber keine Stelle, wo er seine Füße einstemmen konnte. Die Anstrengung mußte vergeblich bleiben, solange er keinen Halt unter den Füßen hatte.

Immerhin war es erfreulich, daß sie das gemeinsame Ziel mit der gleichen Zähigkeit zu erreichen versuchte. Jetzt nahm sie ihm den Faden aus der Hand und ließ ihn raten. Dake versuchte ihre Gedanken zu hören, mußte aber feststellen, daß er sich immer wieder auf einen Verdacht verließ, wenn er eine ihrer Hände berührte.

Sie ließen beide nicht locker, bis sie von der Anstrengung erschöpft waren. Seine Verzweiflung verwandelte sich allmählich in Zorn auf die junge Frau. Er konnte keinen Erfolg haben, weil sie ihn gemeinsam mit dieser dummen Gans eingesperrt hatten. Jede andere wäre besser gewesen als dieses Zigeunerweib.

Dake starrte in ihre schwarzen Augen und runzelte die Stirn. Dann zog er sich langsam in sich selbst zurück, bis er eine Stelle gefunden hatte, wo er seine Füße einstemmen konnte. Das schien eine dünne Membrane dicht hinter seinen Augen zu sein.

Du bist dumm.

Eine harte braune Hand fuhr blitzschnell durch die Luft und klatschte auf seine Backe. Sie war halbwegs aufgestanden und setzte sich jetzt langsam wieder. Dann schüttelte sie verwirrt den Kopf.

Dake suchte nochmals nach der gleichen Stelle, fand sie und unternahm einen neuen Versuch. Diesmal kräftiger, aber ohne Zorn. *Nicke mit dem Kopf, wenn du mich verstehst.*

Sie nickte heftig. Ihre weißen Zähne blitzten aus dem braunen Gesicht.

Steh auf und setz dich wieder. Sie gehorchte wie ein folgsames Kind. Dake stellte befriedigt fest, daß er schon jetzt weniger Mühe hatte, seine Gedanken zu projizieren.

Du mußt es auch lernen. Ich bin nur zufällig darauf gestoßen. Er berührte seine Schläfe. *Stell dir eine Wand vor, die sich irgendwo hier befindet. Du mußt dich dagegenstemmen und deine Gedanken von dort aus zu mir schicken.*

Sie runzelte die Stirn. Dann zog sie fragend die Augenbrauen in die Höhe.

Ich habe nichts gehört. Noch einmal.

Ihre Augen blitzten wütend. *Du bist ein eingebildeter Affe.*

Das war deutlich genug. Noch einmal.

Sie wurde rot. *Ich war nur wütend. Dann ging es plötzlich ganz leicht.*

Das hätte ich dir sagen müssen. Wie bist du hierher gekommen?

Ein Mann hat mich in ein Schloß geführt. Dort waren viele andere Männer. Ich habe schreckliche Visionen gesehen. Sie haben mich gequält und dann in einen silbernen Kasten gesteckt. Seitdem bin ich hier.

Weißt du, was du hier sollst?

Ich bin mir darüber im klaren, daß wir viel lernen müssen. Das hier gehört ebenfalls dazu. Aber es gibt auch andere Dinge. Diese Sprechweise macht mich müde. Wir müssen über die Tür nachdenken. Die Stimme hat gesagt, daß wir sie gemeinsam öffnen können. Aber sie hat keine Klinke.

Wenn ich mit dem Kopf nicke, sprechen wir beide gemeinsam die Tür so laut wie möglich an – aber auf diese neue Art und Weise. Und wir sagen nur ein Wort. Offen!

Sie starrten beide die Tür an. Dake nickte kurz. Er spürte, daß ihre projizierten Gedanken parallel zu seinen verliefen. Die Tür schwang geräuschlos auf.

Sie erreichte die Tür vor ihm, rannte über die Schwelle und ging dann langsamer den Korridor hinab. Dake folgte ihr und schlug wie von selbst die entgegengesetzte Richtung ein.

Ein wahrer Riese, der ihn an die Braunbären im Zoo erinnerte, trat aus einem Zimmer und versperrte Dake den Weg.

Herzlichen Glückwunsch. Das war sehr schnell. Du besitzt eine latente Begabung. Andere haben schon mehr als tausend Stunden in dem Raum zugebracht. Du mußt projizieren, wenn du mit mir sprechen willst. Diese Erscheinung heißt Para-Stimme.

Dake mußte sich diesmal mehr Mühe als zuvor geben. Der Widerstand, an dem er sich bisher abgestützt hatte, war weniger hart und unnachgiebig.

In dem Zimmer war es leichter.

»Das ist immer so. Aber ich habe dich deutlich genug empfangen. Jetzt können wir wieder normal miteinander sprechen. Die Para-Stimme ermüdet zu sehr. Später hast du noch genügend Übungsmöglichkeiten.«

Der große Mann nahm Dakes Arm. Dake unternahm eine bewußte Anstrengung und wollte sich losreißen. Aber statt dessen folgte er willig.

»Hier findet das Training T statt. Ich bin seit sechzig deiner Jahre hier. Diese Arbeit gefällt mir am besten. Jetzt steht dir eine kleine Überraschung bevor. Die Techniker haben festgestellt, was deine schönste Erinnerung ist, mein Junge. Sie ist für dich bereit. Du hast seit Jahren nicht mehr richtig geschlafen, weißt du. Nicht wirklich geschlafen, weil du zu viele Sorgen hattest. Aber hier mußt du schlafen. Ein Schlafmittel allein genügt nicht. Nur wirklicher Schlaf kann dich heilen, mein Junge.«

Sie blieben vor der großen Tür stehen, die Dake schwach an längst vergangene Zeiten erinnerte.

Der große Mann drehte den altmodischen Türknopf. Die Tür schwang nach innen auf, wie Dake es erwartet hatte. Er betrat sein Zimmer, und der große Mann schloß leise die Tür hinter ihm.

Es war sein Zimmer. Sein Bett. Die Lampe über dem Bett brannte. Früher hatte sie nur einen einfachen Pergamentschirm ohne Verzierungen gehabt, aber eines Tages hatte er in einer Illustrierten die Silhouette eines Segelschiffs gefunden. Seine Mutter hatte ihm geholfen, die schwierigen Teile auszuschneiden. Die Einrichtung stand im richtigen Verhältnis zu seiner Körpergröße; sie paßte genau zu einem Achtjährigen.

Selbst der Teppich hatte sich nicht verändert. Dort drüben war der Fleck, wo er Orangensaft verschüttet hatte. An der Wand war deutlich zu sehen, wo er als Baby mit einem Bleistift gekritzelt hatte. Das Kinderbett stand jetzt im Keller. Die Bettdecke war zurückgeschlagen, und sein Schlafanzug lag auf dem gestärkten Kopfkissen. Ein blauer Schlafanzug mit weißen Streifen. Die Hausschuhe waren abgetreten und nicht mehr so flauschig wie früher.

Er zog sich aus, legte die Kleidungsstücke auf den gleichen Stuhl wie immer und zog den Schlafanzug an. Dann steckte er die Füße in die warmen Hausschuhe und ging durch die zweite Tür in das Badezimmer. Er mußte sich auf die Zehenspitzen stellen, um die rosa Zahnbürste in dem Glas erreichen zu können. Die große Badewanne hatte komische weiße Füße wie Krallen. Diese Füße faszinierten ihn immer wieder.

Er wusch sich sorgfältig die Hände, weil er morgen früh vor der Schule kaum noch Zeit dazu haben würde. Der Spiegel war viel zu hoch angebracht. Er konnte sein Gesicht nur dann sehen, wenn er den Hocker vor das Waschbecken stellte und hinaufkletterte. Aber heute war er zu müde, um noch vor dem Spiegel Fratzen zu schneiden. Die schlimmste Grimasse entstand, wenn man die Zeigefinger in die Mundwinkel steckte und gleichzeitig schielte.

Er ging in sein Zimmer und schloß die Tür hinter sich. Er sah seine Bücher an und fuhr mit dem Finger über ihre Rükken. Er öffnete eine Zigarrenkiste und betrachtete die Muscheln, die er letzten Sommer in Marblehead gesammelt hatte. Dann schaltete er die Lampe aus, ging an das Fenster und öffnete es. Er kniete einige Minuten lang auf dem Fensterbrett und sah hinaus. Der Nachthimmel über Boston war hell erleuchtet. Er sah eine Straßenlaterne unter sich. Die war an der Oberseite dick mit Schnee bedeckt. Der Schnee fiel noch immer in großen Flocken und blieb auf der Straße liegen.

Irgend jemand im Nachbarhaus spielte Weihnachtslieder auf dem Klavier. Er fragte sich, ob er das rote Fahrrad bekommen würde. Seine Eltern hatten gesagt, die Straße sei zu gefährlich. Und die Polizei jagte einen angeblich vom Gehsteig herunter. Aber schließlich konnte man doch vorsichtig sein, oder vielleicht nicht?

Er ging durch das dunkle Zimmer zu seinem Bett, kuschelte sich unter der Decke zusammen und dachte nochmals an Weihnachten. Ein rotes Fahrrad. Joeys war blau.

Er gähnte, drehte sich auf die Seite und wußte, daß seine Mutter später noch einmal hereinkommen würde, um die Decke festzustecken und ihm einen Kuß zu geben. Er hörte Daddy und seine Freunde in der Küche lachen, bis der fröhliche Lärm plötzlich abklang. Mutter mußte ihnen gesagt haben, daß sie um diese Zeit nicht mehr so laut sein durften.

Als sie nach einiger Zeit hereinkam, wachte er noch einmal halbwegs auf. »Glaubst du, daß ich es bekomme?«

»Was meinst du?«

Er ärgerte sich, weil sie nicht verstanden hatte. »Das Fahrrad. Das rote Fahrrad.«

»Da müssen wir einfach abwarten, nicht wahr? Schlaf gut.«

Feste Hände, die seine Decke feststeckten. Er sah verschlafen zu ihr auf und schloß dann wieder die Augen. Der Fußboden knarrte leise, als sie zum Fenster ging, um es etwas weiter zu schließen. Irgendwo lachten Menschen. Sie zog die Tür hinter sich zu, als sie das Zimmer verließ. Während sie die Treppe hinunterging, summte sie leise ein Weihnachtslied vor sich hin.

11

Der Unterricht wurde wirklich von Tag zu Tag schwerer. Diese verflixte Miß Crowe. Ausgerechnet wenige Tage vor Ferienbeginn bekam sie immer einen Rappel und nahm die schwierigsten Sachen durch. Die Kinder waren alle aufgeregt, weil die Chinesen Alaska angegriffen hatten. Er wünschte sich, er wäre in Alaska gewesen. Wumm! Peng! Schießt sie ab!

Diese verflixte Miß Crowe. »Kinder, heute sprechen wir über die Projektion.« Sie schrieb das Wort an die Tafel. »Ihr wißt alle, was Elektrizität ist.« Sie ging an die erste Reihe und klopfte auf Joeys Kopf. Dann lächelte sie, wie sie es immer tat, wenn sie einen ihrer schwachen Witze machte, und fuhr fort: »Josephs Kopf steckt voller Elektrizität. Damit denkt er nämlich.« Die ganze Klasse lachte, aber Joey wurde feuerrot.

»Aber sein elektrisches Feld ist wirr und ungeordnet. Ihr erinnert euch doch alle an die großen Lichtreklamen auf den Kaufhäusern. Die vielen Glühbirnen leuchten alle gleichzeitig auf und bilden dadurch ein Wort. Aber wenn sie einfach durcheinander leuchten würden, könnten wir kein Wort erkennen, nicht wahr?

Joseph bringt es manchmal aus Zufall fertig, daß alle Birnen zu gleicher Zeit aufleuchten – meistens dann, wenn er aufgeregt oder wütend ist. Und dann erkennen wir, was er gerade denkt, obwohl wir diesen Vorgang nicht als echte Projektion ansehen, weil er sich so selten ereignet.

Wir wollen hier zunächst nur lernen, einzelne Wörter klar zu projizieren. Und nachdem wir die Wörter beherrschen, können wir uns an schwierigere Dinge wagen – zum Beispiel Hunde und Katzen und Spielsachen und was uns sonst noch einfällt.«

»Auch ein rotes Fahrrad?« fragte Dake sofort.

Miß Crowe sah zu ihm hinüber. »Ja, auch ein rotes Fahrrad, Dake. Aber ich möchte dir nicht raten, etwa darauf fahren zu wollen.« Die anderen lachten, als er so rot wie Joey wurde.

Maralyn, die immer so dämliche Fragen stellte, um sich damit bei Miß Crowe beliebt zu machen, hob die Hand.

»Ja?«

»Miß Crowe, wie kann man das alles sehen, wenn es doch im Kopf eines anderen Menschen vor sich geht?«

»Wir sehen es nicht tatsächlich, Maralyn. Joseph verfügt in seinem Gehirn über eine bestimmte Energie. Projektion bedeutet nur, daß diese Energie in eine bestimmte Richtung gelenkt wird. Und weil jeder von uns mit der gleichen Elektrizität denkt, kann Joseph sich so stark darauf konzentrieren, daß er gewissermaßen für uns denkt.«

»Und was ist, wenn ich nicht möchte, daß *er* für mich denkt?« Maralyn lächelte verächtlich.

»Während wir lernen, wie man projiziert, befassen wir uns auch mit den Methoden, die uns davor schützen.«

Maralyn setzte sich wieder und warf die Haare zurück. Dake konnte sie nicht ausstehen.

Miß Crowe ging wieder an ihr Pult. Joey war offensichtlich froh, daß sie nicht mehr auf seinem Kopf herumklopfte. Das schien ihn nervös gemacht zu haben.

»Jetzt kommt eine kleine Demonstration, Kinder, die euch zeigen soll, was ihr bis zu den Sommerferien lernen werdet.«

Dieser Teil gefiel Dake. Miß Crowe sah einfach über ihre Köpfe hinweg. Und dann hörte man plötzlich Musik oder ein Gedicht, sah eine Menge junger Hunde, die durch die geschlossene Tür hereingekommen waren, und beobachtete die bunten Vögel, die vor den Fenstern kreischten. Das war wirklich eine prima Vorstellung.

Aber es wurde nie wieder so schön wie am ersten Tag. Statt dessen war der Unterricht anstrengend und langweilig. Man mußte wie ein Trottel vor der Klasse stehen und den anderen irgendein Wort beizubringen versuchen. Miß Crowe schrieb eine Menge Wörter auf kleine Zettel. Und dann mußte man einen ziehen, aber es war immer ein blödes Wort. Haus, Kuh, Muschel, Straße, Lampe oder Schule. Nie vernünftige Wörter wie Fahrrad, Pirat, Segelschiff, Räuber oder Pistole.

Auch zu Hause sollte man immer üben, aber Mutter und Daddy konnten es viel leichter und besser, so daß man sich wirklich dumm vorkam. Natürlich war die Sache wichtig, schätzte er. Miß Crowe ließ jetzt alle anderen Fächer ausfallen und sprach den lieben langen Tag nur noch von Projektion. Anscheinend mußte man diese Fähigkeit entwickeln, solange man jung war. Oder jedenfalls so ähnlich.

Dann kam endlich Weihnachten, aber leider kein rotes Fahrrad, weil es zu gefährlich war. Statt dessen ein Paar Schlittschuhe, die auch nicht übel waren. Nur wurde es leider warm, so daß überall das Eis davonlief. Er trieb sich jeden Tag mit Joey herum. Sie projizierten sich gegenseitig alle möglichen Dinge, und er versuchte ein Fahrrad zu machen, das er sehen konnte, selbst wenn er nicht darauf fahren konnte, wie Miß Crowe gesagt hatte.

Im Lauf der Zeit brachte er einige Sachen zuwege, aber kein richtiges Fahrrad. An einem Nachmittag machte er ein schönes rotes Fahrrad in seinem Zimmer, konnte es aber nicht anfassen. Es löste sich einfach in Luft auf und blieb verschwunden.

Als der Unterricht nach den Ferien wieder begann, konnten alle bereits einzelne Wörter laut und deutlich projizieren. Jetzt waren kurze Sätze an der Reihe. Lauter Kinderkram. Ich sehe das Pferd. Das Pferd sieht mich. Mein Onkel hat eine Katze. Sie schläft in der Scheune. Sie hat vier Junge. Diese Maralyn war wirklich unerträglich. Sie projizierte ihre Wörter so klar und deutlich, daß man fast Kopfschmerzen bekam und sich am liebsten die Finger in die Ohren gesteckt hätte, um den Lärm etwas erträglicher zu machen.

Dann waren die schweren Begriffe an der Reihe. Wenn man ›Katze‹ projizieren wollte, brauchte man sich nur eine Katze vorzustellen, aber Wörter wie ›Gedanken‹ oder ›Religion‹ oder ›Zweifel‹ – dabei mußte man schon mehr nachdenken. Aber schließlich hatten sie alle auch diese Hürde überwunden. Und dann mußten sie abwechselnd in den Flur hinaus und dabei schwere Sätze projizieren. Maralyn war die einzige, die bis auf den Hof gehen konnte, ohne daß die Verbindung zu ihr abriß. Ihre Gedanken kamen schwach an, waren aber noch immer deutlich zu verstehen.

Anschließend lernten sie, wie man die projizierten Gedanken anderer ausschloß. Um das zu erreichen, mußte man sich gegen eine imaginäre Wand im Gehirn stützen. Miß Crowe nannte das ›die erste Abschirmung‹. Kurze Zeit später hatten sie alle begriffen, wie man diese Wand um seine Gedanken legen konnte. Dake war froh, als er endlich nicht mehr hören mußte, was Maralyn projizierte.

Miß Crowe erklärte ihnen, daß sie durch diese Abschirmung hindurch projizieren könne, weil ihr Verstand besser ausgebildet sei. Wenn sie sich wirklich Mühe gab, konnte sie die Abschirmung durchdringen, aber das tat weh. Und dann mußte die Abschirmung erst wieder heilen, bis man wieder projizieren oder empfangen konnte.

Sie erzählte ihnen auch, daß sie selbst vier Abschirmungen hintereinander hatte. Wenn sie auf alle verzichtete und sie zurückzog, konnte sie die Gedanken anderer Menschen aufnehmen, die nicht einmal absichtlich projiziert wurden. Die Kinder erfuhren, daß sie sich als Klasse I bezeichnen durften, sowie sie gelernt hatten, wie man selektiv projiziert und empfing und außerdem die zweite Abschirmung um seine Gedanken legte. Um ein Klasse II wie Miß Crowe zu werden, mußte man alle vier Abschirmungen beherrschen und wirklich hart an sich arbeiten. Offenbar sollte die Schule ein Leben lang dauern.

Aber der Unterricht wurde abwechslungsreicher, als sie Bilder machen durften. Illusionen, sagte Miß Crowe dazu. Schon nach kurzer Zeit stellte sich heraus, daß Joey auf diesem Gebiet besser als Maralyn war – und das ärgerte Maralyn entsetzlich. Joey hatte zu Hause ein Biologiebuch und erschreckte Miß Crowe eines Tages mit einer armdicken Riesenschlange, die plötzlich über der Tür hing.

Dake arbeitete an dem roten Fahrrad, bis er es ohne Schwierigkeiten machen konnte. Aber nach einiger Zeit wurde das zu langweilig, deshalb wandte er sich anderen Sachen zu. Trotzdem hatte er viel dadurch gelernt und war jetzt fast so gut wie Joey.

Joey verdarb es sich fast mit Miß Crowe. Er hatte irgendwo ein medizinisches Lehrbuch mit Illustrationen gefunden und machte jetzt dauernd kleine nackte Frauen, wenn Miß Crowe ihm den Rücken zukehrte. Miß Crowe verwarnte Joey und sagte ihm, sie werde seine erste Abschirmung durchbrechen und ihm eine lange Ruhepause verschaffen, wenn er nicht augenblicklich mit diesem Unsinn aufhöre. Ihre Nasenspitze wurde immer ganz weiß, wenn sie wütend war.

Dake machte einen großen Hund, der ihm auf Schritt und Tritt folgte und erst wieder verschwand, als er nicht mehr daran dachte. Einmal machte er in seinem Zimmer einen Jungen, der ihm aufs Haar glich, und das erschreckte ihn fast. Aber es brachte ihn auch auf eine gute Idee. Als er am nächsten Tag auf dem Nachhauseweg mit Joey an Maralyn vorbeiging, machte er ein Duplikat von ihr. Aber die zweite Maralyn stand mitten auf der Straße und hatte den Kopf unter dem Arm. Maralyn lief schreiend zu Miß Crowe, die Dake ebenfalls ermahnte. Dann mußte die ganze Klasse sich einen langen Vortrag anhören, in dem von einem Mißbrauch der Begabung die Rede war. Dake und Joey konnten sich gut mit ihrer Para-Stimme unterhalten, aber irgendwie war es netter, die Wörter tatsächlich auszusprechen.

Vor den Sommerferien kam noch die große Abschlußprüfung. Sie mußten nacheinander in das Zimmer des Rektors gehen. Dort saßen eine Menge komischer Leute. Dake war ziemlich nervös. Zuerst mußte er sie alle mit seiner Para-Stimme ansprechen, dann einzeln und schließlich paarweise. Nachdem er das hinter sich hatte, sollte er sich abschirmen, während die anderen die Abschirmung zu durchbrechen versuchten. Das tat ziemlich weh, aber Dake beherrschte sich und zuckte nicht einmal zusammen. Er hatte das Gefühl, daß die anderen ihn nur auf die Probe stellen wollten. Bestimmt konnten sie seine Abschirmung jederzeit durchbrechen.

Dann mußte er die erste Abschirmung zurückziehen, so daß die zweite freilag. Wieder die gleichen Versuche. Diesmal waren die Schmerzen weniger deutlich, aber trotzdem fast schlimmer. Schließlich sollte er eine Menge Zeug machen, das auf einer Liste stand. Das war ziemlich schwer. Einen kleinen apfelgroßen Vollmond und einen Ford Modell A in Originalgröße, seinen Vater und seine Mutter. Wenn die Illusionen nicht ganz richtig wirkten, durfte er sie verbessern. Der Ford war am schlimmsten, weil er sich nicht an den Kühler erinnern konnte. Der vordere Teil blieb verschwommen, bis er endlich einen Chevroletkühler dazumachte.

Dake hörte, daß er bestanden hatte. Der große Mann, der wie ein Braunbär aussah, schüttelte ihm die Hand. Dann verließ er das Zimmer, um zu den anderen zurückzugehen. Aber statt dessen stand er plötzlich in einem langen Korridor, den er noch nie zuvor gesehen hatte.

In seinem Gehirn klickte etwas. Dake wußte wieder, wo er sich befand. Sein Zimmer, die Muschelsammlung und das rote Fahrrad, das er nie bekommen hatte. Das alles lag sechsundzwanzig Jahre zurück. Joey war seit langem tot. Maralyn hatte Vic Hudson geheiratet und war mit ihm nach Australien übersiedelt. Dake wehrte sich innerlich gegen diesen plötzlichen Übergang, der ihm die schönste Zeit seines Lebens geraubt hatte.

Der große Mann tauchte neben ihm auf.

»Du hast so gut abgeschnitten, wie ich es von dir erwartet habe, Dake.«

»War das alles ...«

»Illusion? Selbstverständlich. Wir haben festgestellt, daß unsere Schüler sehr viel schneller lernen, wenn wir sie in die glücklichste Zeit ihres Lebens zurückversetzen, in der die Welt sie noch nicht enttäuscht hat. Du hast einige Wochen in

Gesellschaft unserer besten Lehrer und Illusionisten verbracht.«

Dake hatte das Gefühl, als habe die Illusion der längst vergangenen Jahre ihn irgendwie geheilt, als habe sie ihn stärker und selbstsicherer gemacht.

»Und jetzt besitze ich die Fähigkeiten eines Klasse I?«

»Nur die geistigen Fähigkeiten. Du mußt noch einiges an Körperbeherrschung dazulernen.«

»Irgendwie ist das alles ein verrückter Widerspruch. Ich habe hier etwas gelernt, das der Erde endlich Frieden bringen könnte. Dann gäbe es keine Konflikte mehr.«

Der große Mann ging neben ihm her den Korridor entlang. »Ganz richtig«, stimmte er zu.

»Warum wird dieses Wissen dann nicht angewandt, um den Menschen zu helfen, um Gutes zu tun?«

»Meine Antwort kommt dir vielleicht wie eine Ausrede vor. Aber es ist eine Antwort. Ich bin ein Versager. Zu weichherzig. Zu mitleidig. Ich lasse mich von Gefühlen hinreißen, Dake. Deshalb bin ich hier besser aufgehoben.«

»Ausrede? Das heißt gar nichts!«

»Du darfst nicht ungeduldig werden. Von jetzt ab bewohnst du eine Hütte am Rand des Spielfeldes. Wir sehen uns nicht wieder – bis zum nächstenmal.«

»Wohin muß ich gehen?«

»Nur zu der Tür dort drüben. Ab dort kannst du gar nicht mehr in die falsche Richtung gehen.«

Dake spürte das weiche Gras unter seinen Füßen. Er wandte sich nochmals um, sah die gigantischen Bäume, die niedrigen Gebäude und die geometrisch angeordneten Würfel. Der Mann war in der Tür stehengeblieben.

Viel Glück!

Dake hob grüßend den Arm und ging weiter. Er wußte instinktiv, daß er die Richtung eingeschlagen hatte, die er wählen sollte.

Die Hütten standen am Rand des riesigen Spielfeldes verteilt. Sie bestanden aus dem gleichen schwarzen Material wie die Gebäude unter den hohen Bäumen, die jetzt kaum noch am Horizont sichtbar waren. Zwischen ihnen erhob sich ein etwas größeres Gemeinschaftshaus, auf das Dake jetzt zuging. Auf der gegenüberliegenden Seite des Spielfeldes sah er eine kleine Gruppe stehen, konnte aber nicht erkennen, womit sie beschäftigt war. In dem Gemeinschaftsgebäude wurde er von zwei Nicht-Menschen empfangen. Ihre Haltung hatte sich im Vergleich zu dem ersten Zusammensein sehr verändert. Jetzt waren sie diensteifrig, bescheiden und überhöflich, als sie ihm einige kleinere Gegenstände gaben.

Wir möchten dich bitten, diese Gegenstände mit in deine Hütte zu nehmen. Wir können uns ihnen nicht nähern, sonst würden wir sie dir tragen.

Welche Hütte?

Die beiden zuckten zusammen und stießen leise Schmerzensschreie aus.

Zu stark, zu stark. Dake konnte kaum verstehen, was sie sagten. Einer der beiden machte einen weiten Bogen um ihn, ging an die Tür und wies hinaus. *Die dort drüben, Erdling. Dann mußt du zu den anderen gehen.*

Dake ging auf die Hütte zu und trug die seltsamen Gegenstände in der rechten Hand. Das Innere war kahl. Bett, Tisch und Stuhl. Er legte die Gegenstände auf den Tisch, starrte sie noch einmal neugierig an und schlenderte über das Feld auf die Gruppe zu.

Er zählte sie, während er sich ihr näherte. Elf. Einige drehten sich nach ihm um und sahen ihm entgegen. Er blieb überrascht stehen, als plötzlich eine ältere Frau unmittelbar vor ihm auftauchte. Ihr Gesichtsausdruck zeigte, daß sie seine Überraschung amüsant fand.

»Aha, da sind Sie endlich, Lorin. Weshalb kommen Sie allein? Die Organisation wird von Tag zu Tag schlechter. Wo steckt das Zigeunermädchen?«

»Keine Ahnung.«

»Hier, das sind Ihre Mitschüler.«

Dake wandte sich der Gruppe zu, während sie rasch die Namen herunterrasselte. Sein Blick fiel auf einen hageren Mann mit harten Gesichtszügen. »Tommy! Großer Gott, ich ...«

Er wollte schon auf den Mann zugehen, blieb aber doch mißtrauisch stehen. Er warf der Frau, die sich als Marina vorgestellt hatte, einen fragenden Blick zu.

»Nein, ich bin keine Illusion«, warf Tommy rasch ein. Er

kam heran und drückte Dake kräftig die Hand. »Zufrieden, alter Knabe?«

»Sie können eine Pause einlegen, Watkins«, sagte Marina. »Suchen Sie sich einen ruhigen Platz, wo Sie mit Ihrem wiedergefundenen Dake Lorin reden können.«

Sie gingen nebeneinander her. Dake versuchte seine Verblüffung zu verbergen, indem er sagte: »Wie lange ist das alles schon her? Zuletzt haben wir uns vor dem Krieg gesehen, nicht wahr? Damals wolltest du nach Florida gehen und für irgendeine kleine Zeitung arbeiten. Ich habe dich fast beneidet, Tommy. Das schien eine gute Lösung zu sein.«

Bildest du dir etwa ein, daß ich dir alles erklären kann?

Dake starrte ihn an. *Ich habe es gehofft.*

Und ich hoffe, daß du einige Antworten weißt. Mir ist nicht klar, wo wir sind, was wir hier sollen und ob ich mir nicht nur einbilde, daß du vor mir stehst.

Tommy warf sich ins Gras und sprach mit normaler Stimme weiter. »Unsere anderen ... äh ... Klassenkameraden haben ebenfalls keine Ahnung. Dazu gehören ein paar Chinesen, ein Malaie und zwei Österreicher. Und trotzdem gibt es keine Verständigungsschwierigkeiten, weil alle die Para-Stimme beherrschen. Nur die Satzkonstruktionen sind gelegentlich etwas merkwürdig. Wir unterhielten uns oft. Deshalb weiß ich auch, was dir zugestoßen ist, Dake. Du hast so viele komische Dinge gehört und gesehen, daß du schließlich selbst nicht mehr wußtest, ob du noch bei Verstand warst. Und dann bist du plötzlich in New York oder Madrid gewesen, wo sie dich in einen grauen Würfel gesteckt und hierher transportiert haben. Seitdem hast du eine Menge Zeug gelernt, das eigentlich gar nicht nötig ist. Oh, wir diskutieren oft lange miteinander. Meistens über die Realität. Das ist die große Frage, die uns am Herzen liegt. Sind wir wirklich hier?«

Dake ließ sich neben ihm nieder. »Wie bist du hierher gekommen?«

»Die Sache hat mit einem Artikel über einen Forscher angefangen, der geradezu unwahrscheinliche Erfolge in der Samenzucht hatte. Ich kam irgendwie auf die Idee, daß jemand hinter dem Mann stehen mußte. Er wurde offenbar in eine bestimmte Richtung gelenkt. Die Spur führte zu einem

Gangsterboß namens Miguel Larner in New York. Er hat mich fast verrückt gemacht. Aber eben doch nicht ganz. Seitdem bin ich hier.«

»Meine Geschichte klingt ganz ähnlich. Vielleicht erzähle ich sie dir später. Was wissen wir eigentlich, Tommy? Irgendwie sind wir auf einem anderen Planeten gelandet. Die Technik, die wir hier kennengelernt haben, ist unserer weit überlegen. Wir werden ausgebildet, um später auf der Erde Angst und Schrecken zu verbreiten.«

»Richtig, Dake. An der Oberfläche liegt scheinbar eine böse Absicht. Aber darunter ... das kann ich noch nicht beurteilen. Es ist bestimmt sehr wichtig, aber wir haben vorläufig nichts davon erfahren. Wenn wir es wissen, ist plötzlich alles klar. Hast du schon einmal von der einzig richtigen Antwort auf alle Probleme geträumt und bist du dann aufgewacht, ohne dich daran erinnern zu können?«

»Was spielt sich eigentlich hier ab?«

»Jeder bewohnt eine eigene Hütte und nimmt an den gemeinsamen Veranstaltungen teil. Alles ist so ähnlich wie in einem CVJM-Sommerlager. Tut dies, tut das, tut jenes. Ein paar Übungen zur Körperertüchtigung. Aber meistens geistiges Training. Dabei mußt du deinen Gehirnkasten ganz schön in den Schraubstock nehmen. Gedächtnisübungen, Analysen und so weiter. Das kann wirklich verblüffend sein. Ich kann jetzt aus dem Gedächtnis jeden Schachzug wiederholen und jede Bridgekarte angeben, die ich in meinem Leben ausgespielt habe. Noch vor einem Jahr wäre mir das als vollkommen verrückte Idee erschienen. Im Augenblick kämpfen wir mit dem sogenannten Gerät B.«

»Was ist das?«

»Das merkst du noch früh genug, Kleiner. Noch etwas. Ist dir schon aufgefallen, daß du dich hier viel wohler als jemals zuvor in deinem Leben fühlst?«

»Ich habe noch nicht darüber nachgedacht. Wahrscheinlich hast du recht.«

»War die Luft jemals so würzig, hat das Essen je so gut geschmeckt? Jeder Tag ist wie Sonntag.«

»Dir scheint es hier gut zu gefallen. Was ist mit dir, Tommy? Fühlst du dich hier wie zu Hause?«

Tommy warf ihm einen verständnislosen Blick zu. »Vielleicht. Ich warte auf die große Enthüllung. Das tun wir alle.« Er stand auf und starrte nachdenklich auf Dake hinab. »Nur ein kleiner Hinweis, über den du vielleicht auch schon gestolpert bist. Hier arbeiten einige Leute, die offensichtlich nicht von der Erde stammen. Sie sind durchaus menschenähnlich, unterscheiden sich aber in Details von uns. Und alle behandeln uns so ehrfürchtig, als seien wir kleine Halbgötter. Komm jetzt, wir müssen zu den anderen zurück, sonst regt Marina sich wieder auf.«

Sie mußten sich im Kreis aufstellen. Diesmal waren kooperative Illusionen an der Reihe, erklärte Marina ihnen. Marina erzeugte die Illusion – ein ausnehmend hübsches Mädchen, das durch den Kreis spazierte. Irgendwann hörte die Illusion auf, und dann mußte der Schüler, vor dem das Mädchen gestanden hatte, es so schnell wie möglich wieder hervorbringen. Im Idealfall war keine Unterbrechung wahrnehmbar.

Beim erstenmal war Dake noch ziemlich unbeholfen. Aber dann sah er, daß er versuchen mußte, die unterbrochene Bewegung fortzusetzen. Beim zweitenmal gelang ihm der Trick bereits besser. Marina ließ zwei Mädchen Hand in Hand gehen. Dann sogar drei. Ihre Kleider wurden immer verschiedener. Die Mädchen gingen rascher. Nach einer Stunde hatte Dake solche Kopfschmerzen, daß er sich kaum noch konzentrieren konnte.

Dann kam eine kurze Pause, der eine weitere Übung folgte. Diesmal war eine Massenillusion verlangt. Jeder Schüler mußte so viele Menschen wie irgend möglich erzeugen und dabei berücksichtigen, daß kein Detail vergessen werden durfte, um die Illusion nicht hinfällig werden zu lassen. Zu Anfang beherrschte Dake nicht mehr als sechs gleichzeitig. Aber nach einer Stunde hatte er diese Zahl mehr als verdoppelt und wurde von Marina mit einem anerkennenden Lächeln belohnt.

Diese Spiele wiederholten sich mit unzähligen Variationen Tag für Tag. Nachts standen fremde Sterne am Himmel. Dake verbrachte seine Freizeit fast ausschließlich mit seinem Freund Tommy Watkins. Sie diskutierten endlos miteinander.

Menschenähnliche Wesen wurden auf das Spielfeld gebracht. Allerdings waren sie doch nicht sehr menschenähnlich, wenn man sie aus der Nähe betrachtete. Sie dienten als Versuchsobjekte und schienen diese Rolle sogar gern zu spielen. Marina demonstrierte, wie sie sich kontrollieren ließen. Das war schwieriger als alle vorher geübten Aufgaben, denn selbst Marina hatte alle Mühe, sie einigermaßen aufrecht und natürlich gehen zu lassen.

Als die Schüler nach einiger Zeit zufriedenstellend gelernt hatten, wie man die menschenähnlichen Wesen aus größerer Entfernung kontrollierte, durften sie sich gegenseitig als Versuchsobjekte benützen. Allerdings mußten sie zuvor beide Abschirmungen zurückziehen. Dake stellte fest, daß ihm dieses Gefühl der geistigen Nacktheit äußerst unbehaglich war. Als er Tommy eines Tages geradewegs gegen die nächste Hütte marschieren ließ, hatte sein Freund sich die Nase gerieben und festgestellt: »Als Supermann bist du eine ziemliche Niete, Kleiner.«

Das war die richtige Definition ihrer Fähigkeiten. Die Supermänner. Die Begabten. Die Halbgötter, die eines Tages – das hofften sie wenigstens – über die Erde schreiten würden. Sie stellten sich oft vor, was sie mit diesen Fähigkeiten tun würden.

»Bisher hat es noch kein Mensch fertiggebracht, meinem Schwager den Suff abzugewöhnen«, sagte Tommy. »Aber wenn ich zurückkomme, setze ich ihm so mit Schlangen und rosa Elefanten zu, daß er sich übergeben muß, wenn er nur eine Whiskyanzeige sieht.«

»Ich kontrolliere jeden Pak-Indier, der mir über den Weg läuft«, versprach Dake. »Sie sollen alle vor Lorin dem Großen auf die Knie fallen.«

»Und was fangen wir wirklich mit allen diesen Talenten an, Dake?«

»Jedenfalls brauchen wir nicht mehr zu arbeiten. Wir können den Bankkassier kontrollieren und uns das Geld geben lassen. Oder vielleicht machen wir ihm einfach vor, daß wir zehntausend Rupien eingezahlt haben. Dann trägt er es in das Bankbuch ein, aber wenn wir das Gebäude verlassen, ist das Geld verschwunden.«

»Du bist ein alter Gauner.«

»Tommy, ich muß immer wieder an Karen Voss denken. Jetzt weiß ich, daß sie hier ausgebildet worden ist. Die Tricks, mit denen sie mich verblüfft hat, beherrsche ich jetzt auch. Aber sie hat mir aus der Klemme geholfen, als ich es sehr nötig hatte, und ein anderer hat ihre Abschirmungen durchbrochen.«

»Allein bei dem Gedanken daran bekomme ich schon Kopfschmerzen.«

»Überlege dir nur, was daraus folgt. Ist der andere, der sie verletzt hat, irgendwo anders ausgebildet worden? Gibt es zwei Gruppen, die sich gegenseitig bekämpfen? Ist die Erde ein Schlachtfeld? Wenn das stimmt, sind wir nur ganz normale Rekruten.«

»Ich denke nicht daran, für andere Leute Krieg zu führen«, stellte Tommy fest. »Mir reicht der eine, den ich mitgemacht habe.«

Am nächsten Tag begann die Unterweisung an dem Gerät B. Dake begriff rasch, in welcher Reihenfolge und wie die einzelnen Knöpfe bedient werden mußten. Aber die Visualisierung war wesentlich schwieriger. Er versuchte es immer wieder. Hunderte von Malen nahm er einen neuen Anlauf, um eine Entfernung von vier oder fünf Metern zu überwinden, spürte jedesmal deutlich den Übergang zur negativen Körpermasse und erschien doch immer wieder an seinem Ausgangspunkt.

Marina erklärte ihren Schülern, daß die Visualisierung des Zielpunktes wesentlich stärker als die Visualisierung einer Illusion sein mußte. Dake versuchte sich jeden Grashalm und jede Unregelmäßigkeit des Bodens zu seinen Füßen einzuprägen, trat einige Meter weit zurück und nahm einen neuen Anlauf. Tommy hatte den Trick plötzlich begriffen. Er bewegte sich blitzschnell von einem Punkt zum anderen und hielt nur gelegentlich an, um Dake spöttisch zuzuwinken.

Dake versuchte es wieder und wieder und wieder. Trotzdem mißlang jeder Versuch. Er wollte bereits entmutigt aufgeben, als ihm auffiel, daß er diesmal die Entfernung zurückgelegt hatte. Er ging einige Schritte weit zurück und probierte es noch einmal. Allmählich erkannte er, daß die Stärke des Visualisierung wichtiger als übergroße Genauigkeit war. Dann folgte er Tommy und verbesserte sich von Mal zu Mal.

An den nun folgenden Tagen verließ die Gruppe das Spielfeld, auf dem sie bisher geübt hatte, und unternahm Wettrennen über die weiten Ebenen. Dabei durften die Schüler erstmals die volle Reichweite des Geräts B ausnützen. Sie lernten, daß man sich nur das Gesicht eines Freundes vorzustellen brauchte, um vor ihm auftauchen zu können, falls er sich innerhalb der Reichweite des Geräts B aufhielt.

Als Marina eines Tages ausnahmsweise in guter und vor allem gesprächiger Stimmung war, sagte sie zu ihren Schülern: »Unser Auswahlsystem erfüllt einen wichtigen Zweck. Die Schwachen zerbrechen daran. Keiner von euch ist daran zerbrochen. Deshalb sind wir davon überzeugt, daß ihr auch in anderer Beziehung nicht schwach werdet – daß ihr euch nicht einbildet, eure neuen Fähigkeiten machten euch besser als andere Menschen. Wir wissen, daß ihr sie nicht zu eurem persönlichen Vorteil ausnützen werdet. Wir werden Erdlinge genannt. Das ist ein stolzer Titel.«

Dann folgte ein Tag mit öffentlichen Wettkämpfen. Tausende von Zuschauern hatten sich versammelt und klatschten begeistert Beifall.

Später erklärte Marina ihnen: »Ich kann euch nichts mehr beibringen. Was ihr jetzt noch lernen müßt, erfahrt ihr von denen, die bereits Dienst tun. Aber ihr kehrt noch zweimal hierher zurück, bevor ihr endgültig bereit seid ...«

Sie kehrten zu den niedrigen schwarzen Gebäuden unter den riesigen Bäumen zurück. Aber diesmal marschierten sie nicht zu Fuß über die weite Ebene. Statt dessen legten sie mit einem Sprung Kilometer zurück, verschwanden und tauchten sofort wieder auf. Sie unterhielten sich miteinander, indem sie ihre Gedanken projizierten.

Ihre Zimmer standen bereit. Dake wurde mitten in der Nacht aufgeweckt, mußte sich anziehen und wurde zu den Würfeln begleitet. Wieder der Schmerz, als Milliarden von Drähten durch seinen Körper schnitten. Er stand in der Felshöhle und hatte den langen Gang vor sich, der steil nach oben führte. Er ging hinauf und betrat Miguel Larners dioramischen Garten. Karen erwartete ihn lächelnd.

Er ging rasch auf sie zu. Er versuchte zu projizieren, um sie zu fragen, ob sie sich wieder erholt hatte. Aber der Gedanke stieß auf eine stahlharte Abschirmung und prallte ab. Dake ärgerte sich über diese Zurückweisung.

»Wahrscheinlich melde ich mich bei Miguel«, sagte er.

»Er ist nicht mehr hier, Dake. Die Bestattung war sehr eindrucksvoll.«

»Tot!«

»Wir haben nur eine Illusion begraben. Miguel mußte fort. Er hat seine Aufgabe erfüllt. Martin Merman ist sein Nachfolger.«

»Muß ich mich bei ihm melden?«

»Er ist nicht hier. Wie kommst du auf die Idee, daß du dich bei jemand melden mußt?«

»Ich dachte ...«

»Du hast das gleiche Appartement wie früher. Dort bleibst du, bis du gerufen wirst.«

12

Dake ging in das Appartement. Dort fand er einige Anzüge, die genau paßten. Er stellte das Diorama so ein, daß Tag und Nacht entstand. Morgens, mittags und abends wurden Mahlzeiten gebracht. Er hatte einen Projektor, Bücher und Schallplatten zur Verfügung. Gelegentlich machte er Gymnastik, um sich in Form zu halten.

Bleib dort, bis du gerufen wirst.

Früher war Karen freundlich und hilfsbereit gewesen. Das alles war jetzt anders. Dake fühlte sich vernachlässigt. Und er war wütend.

Von Zeit zu Zeit zog er beide Abschirmungen zurück und lauschte aufmerksam. Aber er spürte nur die Anwesenheit der anderen irgendwo in seiner Nähe. Niemals einen Gedanken, der für ihn bestimmt war.

Eines Abends klopfte sie leise an die Tür, kam ohne Aufforderung herein und setzte sich in einen der Sessel.

»Wirst du ungeduldig?«

»Ich langweile mich.«

»Neulich hast du eine detaillierte Illusion von mir gemacht und hast mich freundlich mit dir sprechen lassen. Ich fühle mich geschmeichelt, Dake.«

»Ich habe nicht gewußt, daß ich hier bespitzelt werde.«

»Wir interessieren uns alle sehr für dich. Wir interessieren uns für jeden neuen Klasse I.«

»Du hast dich verändert, Karen.«

»Karen Voss? Das war nur eine gute Tarnung. Aber du kannst mich ruhig Karen nennen, wenn dir das lieber ist.«

»Vielen Dank«, antwortete Dake ernsthaft.

Sie lachte, bis er rot wurde. »Ich habe unterdessen genug gelernt, um zu wissen, daß du ein großes Opfer für mich gebracht hast«, sagte er dann.

Karen machte eine wegwerfende Handbewegung. »Jeder von uns muß neue Rekruten anwerben. Die Auswahl ist nicht allzu groß, weißt du. Das war schon immer so. Ich habe dich angeworben, deshalb hat Merman mich zu deiner Hausmutter gemacht. Ziemlich unfair, finde ich. Alle Klasse I sind langweilig.«

»Ich habe einen alten Freund im Training T wiedergetroffen. Wir haben uns oft über die endgültige Antwort unterhalten. Gehört es auch zu dem Aufgabenbereich einer Hausmutter, endgültige Antworten zu erteilen?«

»Du hast dich zu deinem Vorteil verändert, Dake. Nicht mehr ganz so ernst und langweilig.«

»Ich habe diese Geheimnistuerei allmählich satt.«

»Komm, wir machen einen kleinen Spaziergang. Ich zeige dir die große Welt außerhalb deines Zimmers. Kannst du dich noch gut genug an die Eingangshalle erinnern, um dich dorthin zu versetzen? Warte einen Augenblick. Ich muß erst Johnny fragen, ob etwa Besucher von draußen da sind.« Sie machte eine Pause. »Alles in Ordnung.«

Dake erschien so rasch wie möglich in der Halle. Trotzdem war Karen vor ihm angekommen. Sie lächelte ihm entgegen.

»Siehst du den jungen Mann hier, Johnny?« fragte sie und nahm Dakes Arm.

»Trotz aller düsteren Vorahnungen«, sagte Johnny grinsend. *Herzlich willkommen, Dake.*

Danke.

»Manchmal glaube ich wirklich, daß die Einser die schlimmsten Snobs sind«, meinte Karen. »Ich muß dir noch erzählen, was sich während deiner Abwesenheit ereignet hat, Dake. Du bist fast ein Jahr lang fortgewesen. Dein Artikel hat einiges Aufsehen erregt, aber du hast ihn widerrufen. Die Aufregung hat sich bald wieder gelegt, als George Fahdi ermordet wurde. Du bist wegen Illoyalität verhaftet und zu zehn Jahren Arbeitslager verurteilt worden. Die schöne Patrice befindet sich in einem Privatsanatorium und konnte dir nicht helfen. Ein armer kleiner Klasse I mußte sich alle Mühe geben, um die Illusion aufrecht zu erhalten, daß du wirklich verurteilt und in das Arbeitslager geschickt worden warst. Nachdem du dort angekommen warst, hat er natürlich mit der Illusion aufgehört, so daß du jetzt als Ausbrecher giltst. Aber die Verfolgung wird keineswegs mit großer Energie betrieben, weil Martin die richtigen Leute bestochen hat.«

»Das war ein bißchen zu schnell, Karen. Ich verstehe nicht ...«

»Das hat Zeit bis später. Komm, wir machen einen kleinen Spaziergang.«

Dake achtete darauf, daß beide Abschirmungen an Ort und Stelle waren, damit Karen nichts von seinem Plan merkte. Er steckte eine Hand in die Hosentasche, visualisierte das Hotelzimmer, in dem er bei seinem letzten Aufenthalt in New York gewohnt hatte, und bediente die winzigen Knöpfe mit dem Daumen. Augenblicke später stand er bereits in dem Hotelzimmer. Ein weißhaariger älterer Herr im Morgenrock starrte ihn verblüfft an. »Wo kommen Sie plötzlich her, Sir?« wollte er wissen. In der Badezimmertür erschien ein Mädchen, das kaum etwas anhatte, und warf Dake einen neugierigen Blick zu.

»Ich habe mich in der Zimmernummer geirrt«, antwortete Dake. »Tut mir leid.«

»Hätten Sie nicht wenigstens anklopfen können, junger Mann? Los, verschwinden Sie gefälligst!«

»Tut mir leid«, wiederholte Dake. Er ging zur Tür, schloß sie auf und eilte in den Flur hinaus.

Er fuhr mit dem Lift nach unten, durchquerte die Hotelhalle und ging in den warmen Sommerabend hinaus. Zum erstenmal fiel ihm auf, daß er seit dem Training T alles viel deutlicher wahrnahm. Geräusche waren zu laut, Eindrücke zu lebhaft. Er mußte einen ruhigen Ort finden, wo er in Ruhe nachdenken und Pläne machen konnte.

Er betrat ein anderes Hotel, gab dem Portier einen illusionären Geldschein, steckte das echte Wechselgeld ein und drückte einen Teil davon dem Pagen in die Hand. Das Zimmer war winzig klein und deprimierend schmutzig. Er schaltete das Licht aus, rückte den einzigen Stuhl ans Fenster und sah auf die Wolkenkratzer hinaus.

Angeblich war er hier zu Hause, aber trotzdem fühlte er sich fremd. Als ob er nicht mehr wie früher dazugehöre. Er erinnerte sich an seinen ursprünglichen Entschluß, der sich nie geändert hatte – er hatte alles lernen wollen, um es später gegen seine Lehrer anzuwenden. Der kleine Mann auf der Straße sollte erfahren, daß sein Schicksal von außen her beeinflußt wurde.

Und der kleine Mann auf der Straße würde fragen WARUM?

Dake hätte diese Frage nicht beantworten können. Alles schien ohne einen bestimmten Plan abgewickelt zu werden. Als ob die Erde nur eine Vergrößerung des Spielfeldes sei.

Aber gerade deshalb mußte er methodisch vorgehen. Er mußte Informationen sammeln, sie miteinander in Verbindung bringen und einen Operationsplan entwerfen. Vielleicht erzeugte er die Illusion eines Raumschiffs, das mitten auf dem New Times Square landete und glotzäugige Marsianer ausspuckte, die den Broadway entlangmarschierten. Vielleicht dachten die Menschen dann über eine Einflußnahme nach – aber von draußen.

»Du bist schwer zu finden«, sagte Karen hinter ihm.

Dake drehte sich rasch um und war fast erleichtert, weil er im Augenblick keine Pläne mehr zu machen brauchte.

»Die Illusion mit dem Geld hat dich verraten«, erklärte sie ihm. »Daraus habe ich die Richtung erkannt. Du mußt immer daran denken, daß deine neuen Fähigkeiten dich verraten, wenn du sie anwendest, Dake.«

Ihre Augen schienen in der Dunkelheit zu glühen. Dake fühlte sich an einen Entomologen erinnert, der beobachtet, wie ein Schmetterling aus seinem Kokon schlüpft.

Er versuchte zu projizieren, wollte ihre Gedanken erkennen. Die Sonde stieß auf eine stahlharte Abschirmung.

»Eure ganzen Tricks«, murmelte er wütend. »Eure schmutzigen Tricks, mit denen ihr die Menschheit betrügt. Sie ...«

»*Unsere* Tricks, Dake.«

»Nicht meine. Ich habe mich nicht danach gedrängt. Ich hatte nur keine andere Wahl.« Er stand auf und starrte sie wütend an. »Aber jetzt schäme ich mich wegen dieser Tricks. Seit ich sie beherrsche, bin ich kein richtiger Mensch mehr.«

»Wie edel!«

»Aber ihr könnt mich nicht aufspüren, wenn ich sie nicht anwende, nicht wahr?«

»Kann ein Mensch sich dazu zwingen, seine Arme nicht mehr zu gebrauchen?«

Er wandte sich halb ab, um zu verbergen, daß er die Hand in die Hosentasche steckte. Dann fiel ihm eine List ein. Telefonzellen sehen einander so ähnlich wie ein Schraubenzieher dem anderen. Er visualisierte blitzschnell, bediente die Knöpfe und hatte plötzlich einen schwarzen Apparat vor den Augen. Als er aus der Telefonzelle trat, sah er, daß das Gerät B ihn in die Hotelhalle versetzt hatte, weil dort die nächste Telefonzelle stand.

Dake ging auf die Straße hinaus. Als er in der Menge unterzutauchen versuchte, hörte er eine leise Stimme. *Dake! Wenn du fliehst, wirst du umgebracht. Wir müssen dich töten. Komm zurück, wenn du mich eben gehört hast.*

Er blieb einen Augenblick lang stehen und tauchte dann in der Menge unter. Dabei ließ er absichtlich die Schultern hängen und ging mit gebeugten Knien, um weniger auffällig groß zu sein.

Er hatte gelernt, was er lernen konnte. Jetzt mußte er dieses Wissen gegen seine Lehrer anwenden. Das Problem war eindeutig und logisch gelöst. Wenn *sie* über die Fähigkeiten verfügten, die er von ihnen gelernt hatte, konnten sie die ewigen Konflikte auf der Erde endgültig beenden. Aber sie taten es nicht. Folglich waren sie den Menschen feindlich gesonnen. Das mußten die Menschen erfahren, damit sie den Feind innerhalb der Mauern erkannten.

Dake erinnerte sich an den einen, der Karen verletzt hatte – die frühere Karen, die viel leichter zu verstehen gewesen war. Offenbar kämpften sie also auch untereinander, aber in einer Art Freistil, der keine festen Regeln kannte. Die Erde war tatsächlich nicht mehr als ein Ausläufer des Spielfeldes, das er im Training T kennengelernt hatte. Hier konnte man seine eigene Überlegenheit ausspielen. Und die komischen kleinen Lebewesen mußten tanzen. Sie hatten ihn tanzen lassen, hatten Branson umgebracht und Patrice zum Wahnsinn getrieben. Sie glichen bösartigen kleinen Kindern, die man auf den Hühnerhof geschickt und ihnen Gewehre in die Hand gedrückt hatte.

Ein langsam fahrender Streifenwagen hielt kurz in seiner Nähe an und fuhr dann weiter. Dake hörte die Stimme aus dem Sprechfunkgerät, die eine Meldung durchgab. Die Gefahr drohte ihm von zwei Seiten. Martin Merman hatte zwar dafür gesorgt, daß die Verfolgung des angeblichen Ausbrechers nicht mehr energisch betrieben wurde. Aber Merman konnte auch veranlassen, daß jeder Polizist nach einem gewissen Dake Lorin Ausschau hielt. Allein seine auffällige Größe erleichterte seine Identifizierung.

Er wußte, daß er sich ohne Mühe gegen eine Verhaftung zur Wehr setzen konnte. Aber das bedeutete gleichzeitig, daß er seinen Aufenthaltsort verriet. Solange er seine neuerworbenen Fähigkeiten nicht anwandte, konnte er nur aus Zufall erkannt werden. Mermans Leute hatten zudem den Vorteil, daß sie nur gegen seine erste Abschirmung zu projizieren brauchten, um sich davon zu überzeugen, ob sie den Gesuchten entdeckt hatten.

Die Menschen auf den Straßen deprimierten Dake. Er spürte ihre Verzweiflung, ihre Hoffnungslosigkeit und ihre ziellose Unzufriedenheit. Kalte Gesichter, leere Augen und ausdruckslose Münder. Dake ging durch sie hindurch und ließ sich fast von der allgemeinen Lethargie anstecken. Aber dann begann er langsam andere Dinge zu sehen. Kleine Dinge, die weniger auffällig waren. Ein Junge, der mit echter Begeisterung zu den turmhohen Gebäuden aufsah, die noch vor dem Krieg entstanden waren. Ein junges Paar, das Hand in Hand ging und auf der belebtesten Straße der Welt allein gewesen wäre. Ein alter Mann, der langsam über die Straße schlurfte – die nächste Laterne beleuchtete ein Gesicht, das ein glückliches und zufriedenes Leben widerspiegelte. Dake war plötzlich wieder stolz darauf, ein Mensch zu sein. Niemand konnte sie völlig vernichten, denn aus den Ruinen blühte immer wieder neues Leben. Diese Gabe hatte die Menschheit bisher vor der Zerstörung bewahrt und würde sie auch in Zukunft schützen.

Als er sich fragte, wo er ein Versteck finden würde, erinnerte er sich plötzlich an einen Mann, den er vor Jahren für eine Zeitung interviewt hatte. Dr. Oliver Krindle, der bekannte Psychiater, dessen Hobby psychische Forschungen waren. Krindle gehörte zu den wenigen Menschen, die viel über die menschliche Seele wußten und trotzdem warmherzig und freundlich geblieben waren. Das Interview hatte damals Krindles endlosen und kritischen Bemühungen gegolten, bestimmte psychische Erscheinungen zu deuten, die der Wissenschaft bis dahin unerklärlich geblieben waren – wenn man nicht einfach von der Annahme ausging, die Versuchspersonen hätten gelogen.

Dake schlug Krindles Adresse in einem Telefonbuch nach und machte sich auf den Weg zu der angegebenen Straße. Er erinnerte sich daran, daß Krindle allein über seinen Praxisräumen wohnte. Und er erinnerte sich auch an den guten alten Cognac, den Krindle feierlich serviert hatte. Alter Cognac in einem Raum voller Bücher – als habe Krindle eine Methode gefunden, die guten Dinge in einer Welt zu bewahren, in der gute Dinge überall auf Verständnislosigkeit stießen.

Über dem Eingang brannte eine Lampe. Dake drückte auf den Klingelknopf und wartete. Auf der gegenüberliegenden Seite saßen hemdsärmelige Männer und müde Frauen auf den Stufen der Häuser. Ihre Stimmen drangen durch die warme Abendluft, aber ihr Lachen klang humorlos.

Dr. Oliver Krindle kam die Treppe herab. Dake sah die dicken nackten Knöchel, die ausgetretenen Hausschuhe, den schäbigen Morgenrock und das rundliche Gesicht unter dem weißen Haarkranz. Krindle spähte vorsichtig durch das vergitterte Fenster und schloß dann umständlich die schwere Türe auf.

»Kommen Sie herein, Lorin. Kommen Sie! Heutzutage muß man leider vorsichtig sein. Landstreicher und Verrückte. Gewalt um der Gewalt willen. Das ist die Art, die einen wirklich erschrecken kann. Aus Gewinnsucht wäre sie noch eher zu verstehen. Zu viele Menschen freuen sich, wenn sie Blut sehen. Vielleicht war das schon immer so. Kommen Sie herauf. Ich höre gerade Musik. Heute sind Choräle an der Reihe. Sie haben sich über die Stimmen gewundert, wie?«

Dake folgte dem Mann die Treppe hinauf und betrat den behaglich eingerichteten Wohnraum, an den er sich von früher erinnerte. Dr. Krindle bot ihm einen Sessel an und sagte dabei: »Ich lege die Platte noch einmal auf, damit Sie sie von Anfang an hören. Dazu muß man immer Zeit haben, Lorin.« Er wandte sich dem Plattenspieler zu.

Dake lehnte sich in den Sessel zurück und ließ sich von der Musik überfluten. Krindle bewegte sich gemächlich, mixte zwei Drinks und stellte einen auf den Tisch neben Dake. Die Musik verstärkte Dakes wiedergefundenen Glauben an die Menschheit und half ihm, die Dinge zu vergessen, die er gelernt hatte.

Als die Platte zu Ende war, stellte Krindle das Gerät ab. Die beiden Männer saßen sich einige Minuten lang schweigend gegenüber. Das Eis in Dakes Glas klirrte leise, als er es an den Mund hob.

»Ich habe einiges über Sie gelesen, Lorin. Sie haben viel zu tun gehabt. Illoyalität, Verurteilung, Flucht. Ich habe schon immer geahnt, daß Sie eines Tages ein Ausbrecher werden würden. Aber ich konnte mir nicht recht vorstellen, wann Sie wovor fliehen würden.«

»Trotzdem war Ihnen der Grund dafür klar?«

»Selbstverständlich. Sie nehmen zu wenig Rücksicht auf Ihre Umgebung. Folglich fühlt sich Ihre Umwelt bloßgestellt. Sie will sich aber ihre eigenen Fehler und ihr Versagen nicht vorhalten lassen. Deshalb sollen Sie vernichtet werden.«

»Märtyrer?«

»Ja, aber sinnlos. Ihre Niederlage spornt keine Bewegung oder Gruppe zu neuen Taten an. Der tapfere Individualist. Der Fehler liegt vermutlich darin, daß Sie zuviel Selbstvertrauen besitzen. Wenn das überhaupt ein Fehler ist. Ich weiß es nicht. Vor vielen Jahren habe ich mir geschworen, nie einen Kompromiß zu schließen. Oh, damals war ich noch jung und zuversichtlich und unerschrocken. Jetzt sehe ich auf mein Leben zurück. Womit habe ich es zugebracht? Ich habe mir die Träume neurotischer Damen der Gesellschaft angehört. Kleine Geister, die so seicht sind, daß sie nur eine Oberfläche zu besitzen scheinen, Lorin.«

»Was ist normal, Oliver? Die Stabilität?«

»Sie existiert gar nicht. Nur eine Linie, die irgendwo gezogen wird, um einen Anhalt zu haben. Jeder von uns bewegt sich teilweise auf dieser Linie und weicht an anderen Stellen weit von ihr ab. Addiert man alle Aspekte eines menschlichen Wesens, kann man es schließlich nur als genau das klassifizieren – als menschliches Einzelwesen. Es gibt keine zwei Menschen, die auf die gleiche Weise geistig krank oder gesund sind – die einzige Ausnahme stellen die physiologischen Geisteskrankheiten dar. Leider Gottes sind wir alle einzigartig. Wie einfach wäre doch mein Beruf, wenn man die Menschen genau und sicher klassifizieren und in ein Schema bringen könnte!«

»Nehmen wir einmal an, Sie hätten die Aufgabe erhalten, einen Mann zum Wahnsinn zu treiben. Wie würden Sie das anstellen?«

»Zuerst würde ich Ihre Ausdrucksweise korrigieren. Wie würde ich es anstellen, eine Geisteskrankheit hervorzurufen? Die klassische Methode besteht darin, ihm ein unlösbares Problem vorzulegen, das er lösen muß, wenn er überleben will. Die Ratte in dem Irrgarten ohne Ausgang.«

»Nehmen wir weiterhin an, Sie könnten veranlassen, daß seine Sinne ihm falsche Wahrnehmungen melden.«

»Wäre das nicht einfach ein weiterer Aspekt des gleichen klassischen Problems, Lorin? Um überleben zu können, muß man seinen Augen und Ohren trauen dürfen, muß sich darauf verlassen können, was man fühlt oder riecht. Sind die Informationen, die diese Sinne dem Gehirn zugänglich machen, offenbar unmöglich, steht die Versuchsperson vor dem klassischen Problem. Ich muß meinen Sinnen glauben können, wenn ich überleben will. Ich kann meinen Sinnen nicht trauen. Was tue ich jetzt? Aber ich glaube, daß Sie eher an das Ergebnis als an die Ursache denken, Lorin. Der Patient bekommt Halluzinationen, wenn er die Informationen nicht mehr ertragen kann, die ihm seine Sinne liefern. Seine Frau ist ihm untreu geworden. Deshalb hört er eine Stimme aus dem Kamin. Sie befiehlt ihm, ihr den Schädel einzuschlagen.«

»Was geschieht, wenn der Karren vor das Pferd gespannt ist?«

»Bringt er sie auch dann um, meinen Sie? Das hängt ganz davon ab, wie sehr er sich auf seine Sinne verläßt. Ich kann Ihnen aus Erfahrung sagen, daß der Patient den angeblichen Befehl um so eher befolgt, je niedriger seine Intelligenz ist. Welche falschen Befehle haben Sie gehört?«

Dake sah auf seine Hände hinab. »Ich habe in einen Spiegel gesehen. Die linke Gesichtshälfte war ein Totenschädel. Ich habe ihn berührt. Er war hart und kalt. Zwei andere Menschen haben diese Erscheinung ebenfalls beobachtet. Zwei Frauen. Eine ist wahnsinnig geworden, die andere nur ohnmächtig.«

»Ich würde sagen, daß Sie unbewußt den Zwiespalt Ihres Lebens gesehen haben, daß Sie einen Todeswunsch erkannt haben.«

»Obwohl doch die beiden anderen es ebenfalls gesehen haben?«

»Einmal habe ich einen Patienten erlebt, der sich darüber ärgerte, daß die Leute auf der Straße stehenblieben, um seinen purpurroten Hund mit drei Köpfen zu streicheln. Der Hund war sehr anhänglich.«

»Was halten Sie davon, Oliver, wenn ich Ihnen sage, daß ich Sie gegen Ihren Willen dazu bringen kann, daß Sie die Schallplatte dort drüben nehmen und über dem Knie zerbrechen?«

»Das könnten Sie vielleicht, wenn ich mich freiwillig hypnotisieren ließe.«

»Nehmen wir einmal an, ich könnte einen purpurroten Hund mit drei Köpfen vor Ihren Augen erzeugen, so daß Sie ihn deutlich sehen. Oder ich projiziere meine Gedanken direkt in Ihr Gehirn, so daß Sie mich verstehen, ohne daß ich ein Wort sage.«

Oliver Krindle trank langsam einen Schluck. »Angesichts dieser Behauptungen würde ich antworten, daß Sie in letzter Zeit zuviel durchgemacht haben. Sie wollten der Welt helfen. Aber die Welt hat Ihre Anstrengungen nicht ernst genommen. Sie wollen sich nicht eingestehen, daß Sie versagt haben. Der Kampf ist Ihnen zu wichtig. Deshalb kompensieren Sie Ihren Minderwertigkeitskomplex, indem Sie sich einbilden, überragende psychische Begabungen zu besitzen, die beweisen könnten, daß Sie doch kein Versager sind.«

»Weshalb haben Sie sich mit psychischen Forschungen befaßt?«

»Aus dem gleichen Grund, aus dem ein Mann, der einen Obstgarten anlegt, sich für den großen dunklen Wald hinter dem Gartenzaun interessiert.«

»Sie sind sich also darüber im klaren, Oliver, daß Sie vieles nicht wissen?«

»Sehe ich arrogant aus? Selbstverständlich weiß ich längst nicht alles.«

»Haben Sie sich schon einmal gefragt, ob alle geheimnisvollen Erscheinungen unserer Welt eine gemeinsame Ursache haben?«

»Gott, Marsmenschen oder Visionen?«

»Wäre es nicht möglich, daß unsere Welt nur ein Reagenzglas ist? Oder eine Glasschale, in der Bakterien gezüchtet werden?«

Oliver lehnte sich in seinen Sessel zurück. »Ein interessantes Problem, aber durchaus nicht neu. Zeigen Sie mir, wer uns von außen beeinflußt.«

»Ich gehöre zu ihnen.«

Oliver richtete sich auf. »Sagen Sie das noch einmal, Lorin.«

»Ich gehöre zu ihnen, aber ich will nichts mehr mit ihnen zu tun haben. Sie sind hinter mir her. Sie wollen mich ermorden – und dann erfährt die Menschheit nie, mit welchem Gegner sie es eigentlich zu tun hat. Ich kann meine Fähigkeiten nicht demonstrieren, weil ich dadurch meinen Aufenthaltsort verraten würde. Dann wären sie sofort hier.«

»Lorin, ich ...«

Dake beugte sich vor. »Halten Sie eine Minute lang den Mund. Ich riskiere es einfach. Aber ich muß mich sehr beeilen. Sie müssen mit einer Vorstellung zufrieden sein, die nur wenige Sekunden dauert.«

»Haben Sie schon einmal darüber nachgedacht, was sich zwingend ergibt, wenn Ihre geheimnisvollen Kräfte versagen?«

»Deswegen bin ich zu Ihnen gekommen. Wenn sie versagen, bin ich seit zwei Monaten verrückt. Aber sie versagen bestimmt nicht. Sehen Sie den Tisch dort drüben unter der Lampe? Auf der Platte steht nichts. Habe ich recht, Oliver?«

»Natürlich nicht, aber ...«

»Und Sie setzen sich gegen jeden Hypnotisierungsversuch zur Wehr, nicht wahr?«

»Ja, aber ...«

»Behalten Sie den Tisch im Auge«, forderte Dake ihn auf.

Er erzeugte die einfachste Illusion, die er sich vorstellen konnte. Einen weißen Würfel mit etwa zehn Zentimeter Seitenlänge. Er ließ ihn zwei Sekunden lang stehen und dann wieder verschwinden.

Er hatte den Würfel beobachtet. Jetzt wandte er sich wieder Oliver Krindle zu. Der Psychiater war kreidebleich geworden. Seine Hand zitterte heftig, als er das Glas an die Lippen hob. Er verschüttete einen Teil seines Drinks und schien gar nichts davon zu merken.

»Ich habe vielleicht nicht mehr viel Zeit, Oliver. Vielleicht tauchen meine Verfolger schon bald auf. Deshalb möchte ich Ihnen erklären, was ...«

»Das war die verblüffendste Demonstration einer Hypnose, die ich je gesehen habe«, sagte Krindle etwas zu laut.

»Ich bin zu Ihnen gekommen, weil Sie der einzige meiner Bekannten sind, die genügend von solchen Dingen verstehen, um vernünftig zu reagieren.«

Krindle machte eine wegwerfende Handbewegung. »Der kranke Geist ist manchmal zu verblüffenden Tricks fähig, Lorin. Sie brauchen zum Beispiel nur an die kataleptische Trance zu denken. Oder an den geradezu klassischen Fall der Wundmale Christi an anderen Menschen, die auf Autohypnose beruhen. Ihre Vorstellung hat mich einen Augenblick lang verblüfft, aber ich weiß, daß es sich dabei um eine Manifestation handelt, die ...«

Dake spürte instinktiv, daß er nicht länger bleiben durfte. Er stand rasch auf. »Die Zeit ist um, Oliver. Beobachten Sie meinen Mund.« *Ich spreche nicht, aber Sie können meine Worte hören.*

Dann bediente er rasch die winzigen Knöpfe. Bevor er verschwand, sah er, daß Oliver ihn mit glasigen Augen anstarrte. Die Telefonzelle war dunkel. Dake trat rasch in die Eingangshalle eines verschlossenen Bürogebäudes hinaus. Draußen ratterte ein Auto vorüber. Er blieb stehen, hielt den Atem an und wartete auf die Warnung aus seinem Innern. Sie kam nicht.

Dake stieg langsam die dunkle Treppe in den ersten Stock hinauf. Dort fand er die Praxisräume eines Arztes. Die Tür war abgeschlossen. Er warf sich mit der Schulter dagegen, brach sie auf und betrat den Untersuchungsraum. Dort fand er eine Couch, streckte sich darauf aus und schlief vor Erschöpfung ein, bevor er Pläne für den kommenden Tag machen konnte.

13

Am nächsten Morgen verließ Dake sein Nachtquartier, bevor die Putzfrauen das Gebäude betraten. Der Himmel war grau und wolkenverhangen. Er hatte keinen Cent in der Tasche, aber wenn er sich unter Anwendung seiner Fähigkeiten Geld verschaffte, verriet er sich unweigerlich. Deshalb riskierte er es statt dessen, nochmals in die Arztpraxis zurückzugehen. In dem Schreibtisch der Sprechstundenhilfe fand er eine Stahlkassette, deren Schlüssel steckte. Dake öffnete sie und steckte die wenigen Dollar ein, die sie enthielt.

Jetzt besaß er mehr als genug Geld, um sich ein Frühstück zu leisten. Er fand ein schmuddeliges Selbstbedienungsrestaurant und kaufte an der Kasse eine Zeitung.

Dr. Oliver Krindles Tod wurde auf der vorletzten Seite in einem einzigen Abschnitt erwähnt: »Dr. Oliver Krindle, der bekannte Psychiater, verständigte gestern abend die Polizei von einem bevorstehenden Selbstmordversuch. Als die Beamten eintrafen, hatte er jedoch bereits eine größere Dosis Gift genommen. In einem Abschiedsbrief steht, daß die lebenslängliche Beschäftigung mit Geisteskranken schließlich auch seinen Geist hoffnungslos verwirrt habe. Die Polizei meldet, daß Dr. Krindle kurz vor seinem Tode noch einen Besucher empfangen hat, dessen Identität allerdings noch nicht festgestellt werden konnte.«

Dake aß mechanisch, ohne zu merken, was er auf dem Teller hatte. Wer würde ihm die Wahrheit abnehmen, wenn selbst der vernünftigste Mensch, den er kannte, an seinem Verstand gezweifelt hatte, als er mit der Wahrheit konfrontiert wurde? Was würden andere dazu sagen, die keine Ausbildung als Psychiater genossen hatten? Würden sie ihn auslachen und hinter seinen Demonstrationen nur Tricks vermuten?

Er erinnerte sich an einen sehr alten Film, den er gemeinsam mit Darwin Branson gesehen hatte. Darwin hatte für alte

Filme geschwärmt. Er erinnerte sich an einen, in dem ein Landstreicher einen Scheck über eine Million Dollar geschenkt bekam. Er hatte ein Vermögen in der Hand, aber niemand konnte sich mit der Wirklichkeit abfinden. Er war nur ein Landstreicher mit Größenwahn. Schließlich zerriß er den Scheck, weil er sonst verrückt geworden wäre.

Und er erinnerte sich an ein Erlebnis aus seiner eigenen Jugend. Während der Ferien in Marblehead war er eines Tages ganz allein an die Felsküste zum Angeln gegangen. Er hatte sich die nötigste Ausrüstung geliehen und benützte eine schwere Leine. Plötzlich zerrte etwas so stark daran, daß ihm die Angelrute fast aus der Hand gerissen wurde. Er verlor das Gleichgewicht, hielt aber trotzdem eisern fest, weil er daran dachte, was es kosten würde, das Angelzeug zu ersetzen.

Er lag im Wasser und suchte nach einem festen Halt unter den Füßen, um die Leine mit einem Ruck abreißen zu können. Der Aufspulmechanismus hatte sich irgendwie verklemmt, so daß er nicht einfach mehr Leine nachlassen konnte. Er wurde ins offene Wasser hinausgezogen und erkannte, daß er die Angelrute verlorengeben und zurückschwimmen mußte, um nicht hier draußen zu ertrinken. Dann entdeckte er, weshalb das Aufspulrad sich verklemmt hatte. Sein nasser Pullover hatte sich darin verfangen.

Er versuchte sich loszureißen, aber die schwere Wolle gab nicht nach. Er schrie nach Hilfe, obwohl er wußte, daß kein Mensch in seiner Nähe war. Er bewegte sich rascher fort, als er allein hätte schwimmen können. Das Ungeheuer am anderen Ende der Leine bewegte sich plötzlich wie durch ein Wunder landeinwärts. Dake wurde gegen die Felsen geworfen, aber in diesem Augenblick brach die Leine. Er kroch ans Ufer und blieb erschöpft auf dem Rücken liegen.

Das war ein aufregendes Erlebnis gewesen ... bis er davon zu erzählen versuchte und nur ungläubiges Lachen erntete. Er hatte keine Beweise. Nur nasse Kleidung und aufgeschürfte Hände. Du bist von den Felsen ins Wasser gerutscht und hast dir eingebildet, ein Fisch habe dich hineingezogen, Junge. Hier gibt es keine Ungeheuer, die einem so übel mitspielen könnten.

Niemand hatte ihm geglaubt.

Niemand hatte dem Landstreicher geglaubt, als er seinen Scheck über eine Million Dollar vorwies.

Niemand würde an die Fähigkeiten glauben, die er sich erworben hatte.

Und er durfte sie nicht anwenden, wenn er am Leben bleiben wollte. Es sei denn, er ...

Am Spätnachmittag fand er endlich, wonach er gesucht hatte. Einen uralten Trampdampfer, der unter der Flagge von Panama fuhr, was natürlich bedeutete, daß er einer brasilianischen Reederei gehörte. Er konnte ohne Schwierigkeiten anheuern, denn der Kapitän interessierte sich nur für seine Muskeln, nicht aber für den fehlenden Ausweis. In der Abenddämmerung dampfte das Schiff langsam an der zertrümmerten Freiheitsstatue vorbei und nahm Kurs auf Jacksonville, Havanna, Port au Prince und Rio.

Dake wußte, daß die größte Reichweite des Gerätes B zehntausend Meter betrug. Er glaubte zu wissen, daß seine Verfolger nicht aus unbegrenzt großer Entfernung feststellen konnten, ob er von seinen neuen Fähigkeiten Gebrauch machte. Aber er zweifelte nicht daran, daß sie ihn ermorden würden, wenn sie konnten. Zunächst brauchte er vor allem Ruhe und Abgeschiedenheit, um nachdenken und planen zu können.

Der Kapitän des Schiffes war ein unscheinbarer kleiner Mann, dem an der linken Hand zwei Finger fehlten. Er hieß Ryeson. Der Erste Offizier hatte ihn und das Schiff völlig in der Hand. Er war ein kräftig gebauter Holländer mit strohblonden Haaren, Strahlungsnarben an Hals und Unterkiefer und Säbelbeinen. Er hieß Hagger. Die Besatzung arbeitete unter seiner Leitung bis tief in die Nacht hinein, um die Lukendeckel zu verschließen und riesige Planen darüber festzuzurren.

Am nächsten Morgen wurde Dake von Hagger auf das Oberdeck geschickt und mußte dort Farbe klopfen. Er arbeitete ohne Hemd und ließ sich von der Sonne den Rücken bräunen. Während der Arbeit überlegte er seine Zukunftspläne. Immerhin blieb ihm eine Alternative – er konnte sich für den Rest seines Lebens verborgen halten und seine Fähigkeiten nie gebrauchen. Er konnte irgendwo an einem abgelegenen Ort arbeiten, unauffällig leben und sein Wissen mit ins

Grab nehmen. Aber diese Lösung befriedigte ihn ganz und gar nicht. Er fragte sich, wie Tommy Watkins seine Rückkehr zur Erde aufgenommen haben mochte. Tommy würde vermutlich tun, was von ihm verlangt wurde, ohne viele Fragen zu stellen. Tommy schien sich nicht mehr gegen sein unvermeidbares Schicksal auflehnen zu wollen.

Dake war so tief in Gedanken versunken, daß er nicht mehr arbeitete, sondern auf das Meer hinausstarrte. Der Fußtritt traf ihn an der Schulter und warf ihn auf das schmutzige Deck. Er sprang auf und stand dem wütenden Ersten Offizier gegenüber.

»Du legst nur dann eine Pause ein, wenn ich dir eine Pause bewilligt habe, verstanden? Und wenn ich dir keine erlaubt habe, möchte ich dich bei der Arbeit sehen!«

»Ich arbeite ja schon. Versuchen Sie das nicht wieder, Hagger.«

Der Erste Offizier stand dicht vor Dake. Er warf einen Blick auf den Hammer, zuckte mit den Schultern und wandte sich langsam ab. Dann warf er sich blitzschnell herum, holte gleichzeitig aus und schlug Dake nieder. Als Dake sich aufraffen wollte, erhielt er einen Tritt in den Magen. Über sich sah er das grinsende Gesicht des Ersten Offiziers. Er wußte, daß der nächste Tritt ihn in das Gesicht treffen würde.

Dake kontrollierte den Mann und ließ ihn einige Schritte weit zurückweichen. Dann stand er mühsam auf und rang nach Luft. Die Augen des Ersten Offiziers wirkten glasig.

»Was geht dort unten vor, Mister Hagger?« fragte der Kapitän von der Brücke aus. Seine Stimme klang verwundert.

Dake sah zu ihm auf und entließ den Ersten Offizier rasch wieder aus seiner Kontrolle. Hagger taumelte, richtete sich mühsam auf und stürzte sich sofort wieder auf Dake, der die Hartnäckigkeit des anderen bewunderte.

Dake kontrollierte ihn nochmals und machte einen entscheidenden Fehler, weil er noch immer heftige Schmerzen von den Fußtritten hatte. Er ließ Hagger geradewegs auf die Reling zumarschieren und hielt nicht rechtzeitig an. Der Erste Offizier prallte gegen die Reling, verlor das Gleichgewicht und fiel ins Wasser. In diesem Augenblick entließ Dake ihn wieder aus seiner Kontrolle. Einer der Matrosen warf sofort einen Rettungsring ins Wasser, als der Kapitän mit überraschend lauter Stimme »Mann über Bord!« rief.

Ein Boot wurde bemannt, zu Wasser gelassen und Haggers Rettung eingesetzt. Der Mann wirkte eigenartig bedrückt, als er wieder an Bord kam. Dake arbeitete ruhig weiter. Er sah, daß der Erste Offizier sich auf der Brücke mit dem Kapitän unterhielt. Die beiden sahen gelegentlich zu ihm herab.

»Aufstehen!« befahl die Stimme des Kapitäns dicht hinter Dake. Er erhob sich und drehte sich um. Ryeson stand drei Meter hinter ihm und hielt eine Pistole in der Hand, deren Mündung auf Dakes Magen zeigte. Die restliche Besatzung hatte sich in einiger Entfernung auf dem Bootsdeck versammelt. Der Erste Offizier stand hinter dem Kapitän.

»Mister Hagger verpaßt dir jetzt eine kleine Abreibung«, sagte Kapitän Ryeson. »Ich möchte sehen, was dann passiert. Er behauptet, daß du ihn dazu gezwungen hast, über die Reling zu springen. Wenn du das noch einmal versuchst, hast du ein Loch im Bauch.«

»Vergessen Sie die ganze Sache lieber, Käpten«, antwortete Dake ruhig.

»Nein, ich möchte wissen, was hier vorgeht. Fangen Sie an, Mister Hagger. Die gesamte Besatzung ist anwesend.«

Hagger ballte die Fäuste, fuhr sich mit der Zunge über die trockenen Lippen und ging langsam auf Dake zu.

»Lassen Sie das, Käpten«, wiederholte Dake. »Wenn er mich angreift, muß ich mich auf meine Weise zur Wehr setzen.«

»Ich muß wissen, was ich an Bord habe«, erwiderte Kapitän Ryeson fest.

Hagger machte einen weiteren Schritt und hob die Fäuste. Der Erste Offizier war verblüfft, weil Dake keine Anstalten machte, sich zu verteidigen.

Der Kapitän drehte sich rasch um und wich erschrocken vor der Klapperschlange zurück, die sich hinter ihm aufrichtete. Sein Schuß verfehlte das Ziel, das bereits wieder verschwunden war. Er warf die Pistole über Bord, als Dake ihm den Befehl dazu erteilte. An der Steuerbordreling tauchte plötzlich ein Seeungeheuer auf. Selbst Dake wäre fast davor erschrocken. Er trat zwei oder drei Meter zurück und bevölkerte das Deck mit Gestalten aus den Abenteuerbüchern seiner Jugend. Long John Silver stapfte mit seinem Holzbein über das Deck. Captain Bly starrte die Männer aus eiskalten Augen an. Ein toter Matrose wischte sich das Seegras von den Schultern. Um der Sache die richtige Würze zu geben, erzeugte Dake eine Illusion des Kapitäns, der unter jedem Arm den grinsenden Kopf des Ersten Offiziers trug.

Dake drehte sich um. Hagger war wieder über Bord gesprungen, aber diesmal an Backbord, wo kein Seeungeheuer drohte. Der Kapitän stand wie erstarrt und hatte die Augen fest geschlossen. Dake hörte die Matrosen ins Wasser springen. Einige versuchten ein Boot klarzumachen, verhedderten die Leinen und sprangen ebenfalls über Bord.

Er ließ die Illusionen verschwinden, weil er merkte, daß er zu weit gegangen war. Die Männer schwammen auf die am Horizont als grauer Streifen sichtbare Küste zu. Er konnte sie noch kontrollieren, mußte sie aber rasch wieder aus der Kontrolle entlassen, als sie zu ertrinken drohten. Sie schwammen weiter in die gleiche Richtung, wo Dake sie nicht mehr beeinflussen konnte.

Der Kapitän war zusammengesunken. Sein Gesicht lief blau an. Er starb, als Dake ihm helfen wollte. Dann setzten plötzlich die Maschinen aus. Das Schiff trieb nur noch. Die Köpfe der Schwimmer waren achteraus verschwunden. Dake griff nach dem Glas des Kapitäns und beobachtete hilflos, wie einer nach dem anderen unterging. Der Erste Offizier hielt sich am längsten über Wasser.

Dake durchsuchte das Schiff, ohne eine lebende Seele zu finden. Nur die Schiffskatze saß in der Messe und putzte sich. Er fand den Safe in der Kapitänskabine offen und stopfte sich die Taschen mit Geld voll. Dann ließ er mühsam ein Boot zu Wasser, kletterte hinein und brachte endlich den Motor in Gang. Er bewegte sich wie erstarrt, weil er wußte, daß er zweiundzwanzig Menschenleben auf dem Gewissen hatte.

Er landete an einer einsamen Stelle, ging den Strand entlang und stieß schließlich auf eine Straße, die landeinwärts führte. Als er die asphaltierte Landstraße erreichte, wandte er sich nach Norden. Gelegentlich wurde er von einzelnen Autos überholt. Er stellte fest, daß er in der Nähe von Wildwood an Land gegangen war. Nachmittags hatte er Atlantic City erreicht, wo er seine schlechtsitzende Arbeitskleidung mit einem billigen Anzug vertauschte. Abends saß er in dem überfüllten Bus, der in Philadelphia einfuhr.

Dake erkannte, daß er instinktiv nach Philadelphia zurückgekehrt war, weil Patrice dort lebte. Das Unerklärliche hatte sie zum Wahnsinn getrieben. Vielleicht konnte er sie heilen, indem er alles erklärte. Sie hatte sich immer auf ihre eigene Stärke verlassen und war erst zusammengebrochen, als sich erwies, daß sich allein damit nicht alles überwinden ließ.

Er wußte, daß die große Gefahr darin bestand, daß ›sie‹ seinen Besuch bei Patrice voraussahen und dort auf ihn warteten. Obwohl er die Gefahr erkannte, wußte er gleichzeitig, daß ›sie‹ keine persönliche Aversion gegen ihn hatten. Vielleicht wußten sie aus Erfahrung, daß es Menschen gab, die sich nicht mit den Aufgaben abfinden konnten, die sie erfüllen sollten. Im Grunde genommen handelte es sich dabei um ein Spiel, in dem alle bis auf die Agenten selbst eine schwarze Binde vor den Augen trugen.

Dake ging allein durch die nächtlichen Straßen. Einige Stadtteile hatten schon wieder keinen Strom. Er versuchte Patrice anzurufen und mußte eine halbe Stunde lang warten, bis er die richtige Nummer bekam. Er hörte das Telefon klingeln und legte nach dem zehntenmal enttäuscht auf. Dann erinnerte er sich an den Namen ihres Rechtsanwalts und rief ihn zu Hause an.

Der Anwalt wollte ihm zuerst nicht ihre Adresse geben. Dake hatte sich als ein Mr. Ronson aus Acapulco vorgestellt, der mit Miß Togelson wegen eines Hotelverkaufs sprechen wollte.

»Selbstverständlich können Sie mit ihr sprechen, Mister Ronson. Aber sie hat in letzter Zeit alles Interesse an geschäftlichen Angelegenheiten verloren. Meine Partner und ich erledigen das alles für sie.«

»Aber an diesem Hotel war sie sehr interessiert.«

»Wir würden uns freuen, wenn sie noch immer Interesse hätte. Es ist sehr schwierig, eine Klientin zufriedenzustellen, die uns nicht einmal andeutungsweise mitteilt, was sie wünscht. Sie hält sich in Glendon Farms auf, Mister Ronson. Das ist ein privates Erholungsheim in der Nähe von Wilmington. Aber heute abend ist sie dort nicht mehr zu erreichen.

Besuche sind nur nachmittags zwischen drei und fünf gestattet.«

Dake bedankte sich und legte auf. Er aß aus Pflichtgefühl und suchte sich ein billiges Hotel. Als er in dem dunklen Zimmer auf dem Bett lag, überlegte er, weshalb er Patrice wiedersehen wollte. Er mußte einen einzigen Menschen finden, der ihm Glauben schenkte, dem er begreiflich machen konnte, wie der Feind wirklich aussah ...

14

Die Krankenschwester mit dem freundlichen runden Gesicht trat ihm in der Tür zu Patrices Bungalow entgegen, der am Rande des umzäunten Parks von Glendon Farms lag. Sie nahm seine Besucherkarte, murmelte halblaut seinen Namen und bat ihn herein. Ihre gestärkte Uniform raschelte laut, als sie voranging.

Hinter dem Bungalow fiel der Rasen sanft ab und ging dann in ein riesiges Blumenbeet über. Patrice lag auf einer blauen Decke im Halbschatten unter den Bäumen. Sie trug einen korallenroten Badeanzug.

Die Krankenschwester blieb außer Hörweite stehen und wandte sich halblaut an Dake. »Sagen Sie bitte nichts, was sie beunruhigen oder aufregen könnte, Sir. Wenn sie nervös wird, brauchen Sie mich nur zu rufen. Ich warte hier oben.«

Dake ging über den weichen Rasen hinab. Patrice ließ sich die Sonne auf den Rücken scheinen, der bereits goldbraun war. Er kniete sich auf die Decke und sagte: »Patrice?«

Sie drehte sich rasch um, richtete sich auf dem Ellbogen auf und warf die Haare zurück, um besser sehen zu können.

»Dake, Liebling«, antwortete sie. »Wie schön, daß du gekommen bist!«

»Du siehst gut aus, Patrice.«

»Mir geht es auch gut, Liebling.«

Dake beobachtete sie neugierig. Ihr Gesichtsausdruck war irgendwie nicht richtig. Ein entscheidender Zug fehlte. Dann erkannte er, was diesem Gesicht fehlte. Es schien alle Entschlossenheit verloren zu haben, die früher so charakteristisch für Patrice gewesen war.

»Patrice«, begann er vorsichtig, »erinnerst du dich noch an ... das letztemal, als wir uns gesehen haben?«

»An dem Abend, an dem ich krank geworden bin? Ich habe gehört, daß du bei mir warst, Liebling. War es sehr schlimm?«

»Nein. Ich meine, du warst nicht wirklich krank, Patrice. Du hast nur etwas gesehen, das du dir nicht erklären konntest. Aber ich kann es dir erklären.«

Sie sah zu der Krankenschwester hinauf, die zwanzig Meter von ihnen entfernt in einem Liegestuhl saß.

»Du darfst ihr nicht sagen, daß ich nicht richtig krank gewesen bin«, flüsterte sie. »Sie sind alle hinter dem Geld her.«

»Was soll das heißen?«

Patrice lächelte strahlend. »Du bist doch sonst nicht so begriffsstutzig, Liebling. Wenn sie merken, daß ich hinter ihre Schliche gekommen bin, bringen sie mich um. Das weißt du so gut wie ich.« Ihre Stimme klang ruhig und gelassen, als spreche sie von Tatsachen.

»Was ... was hast du vor?«

»Oh, die anderen sind zu viele! Ich kann nichts gegen sie unternehmen. Das weißt du doch! Aber sie müssen alle glauben, daß ich völlig ahnungslos bin. Sie haben mich schon gewarnt, weißt du. Sie schicken Elektrizität in meinen Kopf und sagen, daß mir das hilft, aber es ist nur eine Warnung, daß sie mich ermorden wollen, wenn ich nicht tue, was sie sagen. Jetzt bist du hier, und sie lassen dich nicht wieder hinaus. Weil du alles weißt und sie verraten könntest. Wie dumm von dir, daß du gekommen bist, Liebling. Schrecklich dumm. Es sind so viele.«

»Patrice, ich ...«

Sie richtete sich auf und rief mit schriller Stimme: »Du mußt fliehen, Dake! Schnell, bevor die Männer kommen!«

Die Krankenschwester kam rasch über den Rasen. Dake stand auf und wich vor Patrice zurück. »So, jetzt legen wir uns wieder schön hin und sonnen uns weiter, Patrice«, sagte die Schwester. »Das ist schon wieder viel besser.«

Patrice lächelte ihr zu und streckte sich gehorsam auf der Decke aus. Sie gähnte, schloß die Augen und murmelte schläfrig: »Wiedersehen, Dake, Liebling.«

Er ging neben der Krankenschwester her auf den Bungalow zu. »Wie geht es ihr?«

Die Schwester zuckte mit den Schultern. »Manchmal macht sie gute Fortschritte und hat dann plötzlich wieder Rückfälle. Anscheinend kommt sie nicht von irgendeiner Erinnerung los. Bisher ist sie zweimal mit Elektroschocks behandelt worden. Sie helfen jeweils für kurze Zeit, aber die Besserung hält nicht an.

Miß Togelson ist wirklich eine gute Patientin – immer ruhig und zufrieden. Wir haben nie Schwierigkeiten mit ihr, aber wenn sie merkt, daß eine neue Elektroschockbehandlung bevorsteht, ist sie kaum noch zu halten. Offenbar bildet sie sich ein, hier gefangengehalten zu werden. Das kommt oft vor, wissen Sie.«

»Sie war immer so lebhaft und ... energiegeladen.«

»Aber jetzt scheint sie damit zufrieden zu sein, vegetieren zu können, Sir. Auch das ist durchaus nicht ungewöhnlich. Sie scheut vor jeder Verantwortung zurück und trifft möglichst keine Entscheidungen.«

Dake fuhr traurig nach Philadelphia zurück. Branson hätte vielleicht alles verstanden. Er war tot. Patrice war tot – nicht körperlich, aber geistig. Oliver Krindle hatte Selbstmord begangen. Und in gewisser Beziehung war auch Karen verschwunden.

Er saß in seinem schäbigen Hotelzimmer und versuchte für die Zukunft zu planen. ›Sie‹ konnten unmöglich überall gleichzeitig sein. Es mußte viele Städte auf der Erde, viele Landstriche in Amerika geben, wo er sich nicht innerhalb ihrer Reichweite befand. Dort konnte er frei leben und sich überlegen, was er für den Rest seines Lebens tun wollte.

Irgend jemand mußte ihm glauben! Wie seltsam, daß das plötzlich so wichtig war. Er konnte sich nicht auf die Menschen verlassen, die er früher gekannt hatte. Statt dessen mußte es ein Unbekannter sein, den er sorgfältig ausgewählt hatte. Und die Demonstration seiner Fähigkeiten mußte irgendwo erfolgen, wo er nicht entdeckt werden konnte.

Dake begann einen langen Spaziergang durch die abendlichen Straßen. Er suchte nach einem Menschen, dem er sich anvertrauen konnte, und fand nur ängstliche, hoffnungslose und verzweifelte Gesichter. Viele Stunden später ging er über die dunkle Brücke, die über den Delaware River führte, und fragte sich, ob er jemals einen Menschen finden würde, dem er instinktiv trauen konnte.

Die junge Frau war nur ein dunkler Schatten, der eine Sekunde lang auf dem Brückengeländer stand und dann an dem nächsten Stahlträger hinaufzuklettern begann. Dake rannte so schnell und so leise wie möglich. Sie hörte ihn trotzdem und versuchte noch rascher zu sein. Er umklammerte ein schmales Handgelenk, zog die junge Frau daran zu sich herab und hielt sie fest. Sie stand sehr ruhig, senkte den Kopf und zitterte leicht.

»Weißt du sicher, daß du das tun willst?«

»Ja.« Das Flüstern war kaum hörbar.

Dake nahm sein Feuerzeug aus der Tasche, hielt die linke Hand schützend um die Flammen und betrachtete das Gesicht der jungen Frau. Sie wandte den Kopf ab.

»Ich tue es trotzdem«, sagte sie. »Früher oder später.«

»Der Grund ist gut?«

»Selbstverständlich.«

»Ich frage absichtlich nicht danach. Ich glaube es einfach. Du hast einen guten Grund dafür. Wie heißt du?«

»Mary.«

»Nehmen wir einmal an, du hättest eine Chance, etwas ... Konstruktives zu tun. Und später könntest du Selbstmord begehen. Würde dich das interessieren?«

»Konstruktiv. Ein merkwürdiges Wort, das gar nicht in unsere Welt paßt.« Ihre Stimme war tief, die Aussprache knapp und präzis.

»Du müßtest mir allerdings blind vertrauen. Ich kann vorläufig noch nichts erklären.«

»Darf ich einen Augenblick das Feuerzeug haben? Ich möchte dein Gesicht sehen.«

Er gab es ihr. Sie sah zu ihm auf. »Alle Sorgen dieser Welt«, sagte sie leise.

»Was soll das heißen?«

»In deinem Gesicht. In deinen Augen. Ich arbeite ... ich habe mit Holz, Stein, Ton und allen anderen Materialien gearbeitet, die sich formen lassen.« Bei diesen Worten sah sie auf ihre Hände hinab. »Dein Gesicht würde zu einer Heldengestalt passen. Solche Gesichter gibt es heute kaum noch. Es ist ein gutes Gesicht. Wie heißt du?«

»Dake.«

»Ich nehme deinen Vorschlag an. Aber du darfst mich nicht aufregen. Dauert es lange?«

»Eine Woche, vielleicht auch weniger. Ich weiß es nicht.«

»Ich habe nicht gewußt, daß es so lange dauern würde.«

»Noch etwas, Mary. Ich kann nur einen Menschen brauchen, der ... sehr wenig zu verlieren hat.«

»Handelt es sich um ein Verbrechen?«

»Nein.«

»Gut, einverstanden. Aber zuerst muß ich etwas essen. Ich bin ziemlich zittrig auf den Beinen, Dake.«

In dem kleinen Restaurant hatte er zum erstenmal Gelegenheit, sie bei Licht zu betrachten. Sie trug ihre langen schwarzen Haare in einem lockeren Knoten. Das graue Kostüm und die weiße Bluse waren aus gutem Stoff, aber ziemlich zerknittert. Sie benutzte kein Make-up. Dake spürte, daß sie weder eitel noch eingebildet war. Ihre Hände interessierten ihn mehr als alles andere. Es waren kräftige Hände, denen man ansah, daß sie zupacken konnten.

Mary aß langsam, obwohl sie sehr hungrig zu sein schien. Dake trank eine Tasse Kaffee und beobachtete sie.

»Ich will dich keineswegs ausfragen«, sagte er schließlich, »aber wenn ich dir meine Position erklären soll, muß ich mich an deinen Begriffen orientieren. Sonst verstehst du vielleicht gar nicht, wovon ich spreche. Was hältst du zum Beispiel von dem Verhältnis des Menschen zu seiner Umwelt?«

Mary verzog das Gesicht und nahm einen Schluck Kaffee. »Der Mensch ist angeblich frei, kann sich aber trotzdem nie von seiner Umwelt lösen. Er treibt von einem Kollektivismus zum anderen. Die Tabus verändern sich – der Mangel an Ausdrucksfreiheit bleibt konstant.«

»Was ist daran schuld?«

Sie zuckte mit den Schultern. »Unwissenheit, nehme ich an. Aberglaube. Machtgier auf der einen, fehlendes Selbstbewußtsein auf der anderen Seite. Oder vielleicht nur primitiver Neid. Wenn ein Mensch als Einzelwesen aus der Masse hervorragt, wird er von den anderen heruntergeholt und zertrampelt.«

»Fortschritt?«

»Wir bewegen uns in einer Rille hin und her – wie der Saphir eines Plattenspielers. Aber auf einer Ebene.«

»Könnte das nicht einem Plan entsprechen?«

»Bist du Mystiker?«

»Nein, durchaus nicht. Nehmen wir einmal an, es handle sich dabei um einen bestimmten Plan, eine absichtliche Unterdrückung aus unbekannten Gründen.«

»Vermutlich durch ein bestimmtes Wesen – einen denkenden kosmischen Nebel oder neunbeinige Venusianer?«

»Durch Menschen, die Fähigkeiten besitzen, die dir unglaublich vorkommen würden.«

Mary klatschte begeistert in die Hände. »Endlich eine gute Entschuldigung für jeden Defätismus! Wir können einfach nichts erreichen, weil wir ... Zuchtmaterial oder etwas Ähnliches sind. Aber die Züchtung erfolgt nicht gerade nach allen Regeln der Kunst, möchte ich hinzufügen.«

»Ich bin auf einem anderen Planeten ausgebildet worden.«

Mary starrte ihn entgeistert an. Sie spielte mit einem Löffel. »Jetzt müßte ich eigentlich behaupten, Mary, die Königin der Schotten zu sein, nicht wahr?«

»Wenn es dir Spaß macht.«

»Angeblich gibt es über hundert verschiedene Arten der Verrücktheit. Als potentielle Selbstmörderin gehöre ich zu einer dieser Arten. Weißt du übrigens, daß auch andere Lebewesen Selbstmord begehen? Ganz oben auf der Liste stehen natürlich die Lemminge, das weiß jeder. Und die Menschen, Gott segne sie. Skorpione, die keinen anderen Ausweg mehr sehen, stechen sich selbst. Und es gibt eine Schmetterlingsart, die geradewegs aufs Meer hinausfliegt. Das alles sind echte Selbstmorde im Gegensatz zu dem Tod der Spinnenmännchen oder der geflügelten Ameisen. Und trotzdem ... irgendwie kann ich nicht recht daran glauben, daß wir verrückt sein sollen.« Sie lächelte, nahm eine glänzende Fotografie aus ihrer Tasche und schob sie über den Tisch.

Dake nahm sie in die Hand. Die Fotografie zeigte eine Statue aus dunklem Holz, die ein hungerndes Kind darstellte. Spindeldürre Gliedmaßen, ein aufgetriebener Bauch und große, flehende Augen.

»Eigentlich wollte ich dir nichts davon erzählen«, sprach

Mary ruhig weiter. »Ich habe zuviel gearbeitet. Ich habe zu viele Statuen modelliert, die mein Publikum beunruhigen. Offenbar bin ich zu kritisch gewesen. Und Kritik ist Illoyalität. Gestern sind sie mit einer Verfügung gekommen. Sie haben meine Arbeiten zertrümmert. Jedes einzelne Stück. Dann wurden sogar die Trümmer fortgeschafft. Für heute nachmittag hatte ich eine Vorladung zum Gericht. Ich bin nicht hingegangen. Selbstmord ist kein Protest; jedenfalls nicht für mich, Dake. Er ist eine einfache Feststellung. Ich will nicht länger in dieser Umwelt leben. Bin ich deshalb verrückt?«

»Nein, ich glaube nicht.«

»Ich habe keine Angst vor dem Arbeitslager. Ich habe keine Angst vor einer Verurteilung. Das mußt du mir glauben.«

»Das tue ich.«

Sie hob stolz den Kopf. »Ich habe nie vor etwas Angst gehabt, das geht, fliegt, schwimmt oder kriecht.«

»In meinem Fall müßte das anders heißen.«

»Wie?«

»Ich habe mich gelegentlich vor etwas gefürchtet, aber nie Angst davor gehabt.«

Mary legte den Kopf auf die Seite. »Das gefällt mir, Dake«, sagte sie. »Aber was tust du mit deiner Ausbildung? Breitest du deine grünen Schwingen aus und fliegst durch die Nacht? Du mußt entschuldigen, wenn ich mich so leichtfertig ausdrücke. Wahrscheinlich ist das Essen daran schuld. Nach so langer Zeit wirkt es fast betäubend. Ich habe gestern gegessen, bevor sie gekommen sind. Das war das letztemal.«

Dake lehnte sich nach vorn. »Ich muß erreichen, daß jemand an mich glaubt, weißt du.«

»Weil du sonst nicht mehr an dich selbst glauben kannst? Vielleicht mußt du daran glauben, um leben zu können.«

»Hältst du mich noch immer für verrückt?«

»Ist das so abwegig?«

»Nein. Aber ich möchte, daß du meine Beweise objektiv betrachtest.«

»Am besten fängst du gleich damit an.«

»Das kann ich nicht. Jedenfalls nicht hier. Ich darf dir nicht einmal erklären, weshalb das ausgeschlossen ist. Wahrscheinlich glaubst du dann, daß ich an einem Verfolgungswahn in höchster Potenz leide. Wenn du fertig bist, gehen wir. Wir fliegen nach Westen.«

»Indem wir mit den Armen wedeln? Entschuldigung! Ich kann es hier drinnen nicht mehr aushalten. Gehen wir.«

Sie saßen nebeneinander in den bequemen Sesseln einer Jet der CIJ. Dake sah zu seiner Verblüffung, daß die Fluggasttreppe nochmals herangeschoben wurde. Zwei Männer gingen an Bord und kamen langsam den Mittelgang herunter auf Dake und Mary zu. Dake starrte die Kriminalbeamten an und beobachtete, daß sie erstaunt die Augen aufrissen, als sie Mary und ihn vor sich sahen. Er überlegte blitzschnell. Der Start war bereits um einige Minuten verschoben worden. Die indischen Piloten würden nicht mehr länger warten wollen.

Dake griff nach Marys Hand. »Jetzt muß ich meine Fähigkeiten früher als geplant demonstrieren«, flüsterte er.

Die anderen Passagiere hätten sich vermutlich gewundert, wenn die beiden Männer, denen ihr Beruf so deutlich ins Gesicht geschrieben stand, das Flugzeug wortlos wieder verlassen hätten. Dake suchte sich deshalb einen Mann aus, der seiner Kleidung nach ein Gauner oder Schieber zu sein schien. Dann kontrollierte er die beiden Kriminalbeamten, ließ sie den Mann an den Schultern packen und aus dem Sessel ziehen.

»He!« beschwerte sich der Mann. »He, was soll das?«

Dake ließ sie den Verhafteten abführen. Der Mann setzte sich zur Wehr, so daß Dake sich alle Mühe geben mußte, um das Gleichgewicht zu bewahren. Schließlich fielen die drei doch die Treppe hinunter. Dann rafften die Beamten sich wieder auf, griffen nach ihrem Opfer und marschierten über das Rollfeld davon.

Die Tür wurde zugeknallt und verriegelt. Die Triebwerke röhrten auf. Der Jet raste die Startbahn entlang, hob ab und beschrieb eine weite Kurve über der Stadt. Dake merkte erst jetzt, daß er noch immer Marys Hand umklammert hielt. Er ließ sie los. Sie sah mit großen Augen zu ihm auf.

»Sie waren hinter uns her, nicht wahr?«

»Ja.«

»Auch hinter dir. Ich habe es gleich an ihren Augen gesehen.«

»Ja.«

»Du hast sie hypnotisiert. Deshalb sind sie so komisch gegangen. Hält die Wirkung lange an?«

»Sobald sie außer Reichweite waren, sind sie wieder normal geworden.«

»Glaubst du nicht, daß sie das Flugzeug zurückrufen lassen?«

»Nein, denn das würde eine geharnischte Beschwerde der CIJ nach sich ziehen. Und ich weiß, wie diese Leute arbeiten. Sie können sich natürlich nicht erklären, weshalb sie den Mann verhaftet haben. Deshalb werden sie sich alle Mühe geben, um etwas in seiner Vergangenheit zu finden, das als Illoyalität ausgelegt werden kann. Ich wette, daß in ihrem Bericht steht, du seist nicht an Bord gewesen. Und sie erwähnen mich selbstverständlich erst recht nicht.«

»Dann befinden wir uns also in Sicherheit?«

»Nein, denn vor ... einer anderen Gruppe sind wir noch lange nicht sicher.«

»Um wen handelt es sich dabei?«

Glaubst du mir, wenn ich behaupte, daß ich auf einem anderen Planeten ausgebildet worden bin?

»Ja, Dake, ich ... Wie hast du das gemacht?«

Ein weiterer Beweis meiner Fähigkeiten, Mary.

»Nimm noch einmal meine Hand, Dake. Du mußt sie drükken, bis sie schmerzt.«

»Warum?«

»Sonst glaube ich, daß ich doch von der Brücke gesprungen bin. Sonst glaube ich, daß ich mich in dem grauen Niemandsland zwischen dem irdischen und einem anderen Leben befinde.«

Er hielt ihre Hand fest. Sie lächelte. »Das ist schon ein wenig besser.«

»Die andere Gruppe ... sie besteht aus Menschen, die über die gleichen Fähigkeiten verfügen. Ich glaube, daß sie die Erde beherrschen. Ich habe kein Vertrauen zu ihren Motiven. Ich halte sie für böse und schlecht. Aber wer nicht zu ihrem Kreis gehören will, obwohl er von ihnen ausgebildet worden ist, wird ermordet.«

»Gibt es in der griechischen Sage nicht einen Gott, der den Olymp verlassen hat, um bei den Menschen zu leben?«

»Die Menschen hassen Götter und fürchten sich vor ihnen. Das habe ich bereits gelernt.«

»Ich fürchte mich nicht vor dir. Ich hasse dich nicht. Ich habe eher ... Ehrfurcht vor dir. Können die anderen dich finden?«

»Vielleicht warten sie auf mich, wenn das Flugzeug landet. Die erste Zwischenlandung ist Denver. Wir haben also nicht mehr viel Zeit.«

»Was kannst du noch?«

»Was haben wir getan, als wir auf das Flugzeug warten mußten?«

Sie runzelte die Stirn. »Wir haben miteinander gesprochen.«

»Wirklich?«

Dake kontrollierte sie und gab ihr eine schönere Erinnerung, die aus der Zeit vor dem Krieg stammte. Eine Tanzfläche inmitten eines großen Parks. Ein Orchester, das nur für sie beide spielte. Ein langes Abendkleid, das mit silbernen Pailletten besetzt war. Ein Walzer unter dem sternenübersäten Himmel.

Dann entließ er sie wieder aus der Kontrolle. Mary sah lächelnd zu ihm auf. »Wunderbar, Dake. Aber der Tanz war wie ein Traum. Leicht und graziös. In Wirklichkeit hätte ich dir auf den Füßen herumgetrampelt.«

»Aber die Erinnerung ist wirklich, Mary. Du bist davon überzeugt, daß alles so war. Deshalb ist es so gewesen.«

Sie nickte ernsthaft. »Es ist so gewesen.«

»Möchtest du mehr sehen?«

»Ja, bitte.«

»Sieh deine Hände an.«

Er hatte ihre Finger mit riesigen Ringen bedeckt, mit Gold und Edelsteinen, die im Licht glitzerten. Sie berührte die Steine.

»Sie ... sie sind wirklich.«

»Selbstverständlich. Aber nicht alle Zauberkunststücke sind schön.« Dake ließ alle Ringe bis auf einen verschwinden. Er verwandelte ihn in eine grüne Schlange, die sich um den Finger wand und ihre Zunge spielen ließ, während sie den Kopf hob.

Mary schrak zurück und starrte dann ruhig ihre Hand an.

»Zauberkunststücke brauchen nicht schön zu sein. Sie brauchen nur ... zauberhaft zu sein.«

»Glaubst du mir jetzt?«

»Wenn man den Legenden glauben will, mußt du deine Seele dem Teufel verkauft haben, um das alles zu können, Dake.«

»Nein, ich habe mich nicht verkauft. Deshalb soll ich das Leben verlieren.«

Mary schüttelte energisch den Kopf. »Ich bin wie ein Kind, das ein neues Spielzeug bekommen hat. Ich lasse es mir nicht mehr wegnehmen. Wie steht es mit den beiden Kriminalbeamten von vorhin – erinnern sie sich noch an das, was sich abgespielt hat?«

»Sie wissen nicht, daß sie kontrolliert worden sind, sondern erinnern sich nur an die Ereignisse vorher und nachher.«

»Würde die Besatzung eines Flugzeuges der CIJ zugeben, irgendwo ohne Genehmigung zwischengelandet zu sein?«

»Wahrscheinlich nicht, aber ...«

»Kannst du alle Passagiere kontrollieren?«

»Nicht alle gleichzeitig. Aber ich kann sie nacheinander einschlafen lassen und ihnen suggerieren, daß sie fest schlafen. Trotzdem kann ich die Maschine nicht fliegen. Folglich darf ich den Mann nicht kontrollieren, der sie fliegt.«

»Könntest du ihm nicht suggerieren, er habe die Anweisung erhalten, irgendwo zu landen?«

Dake dachte über den Vorschlag nach. »Das wäre möglich. Allerdings muß ich dafür sorgen, daß er sich später nicht mehr an diesen Befehl erinnert.«

In der Nähe von Cheyenne Wells hatte sich früher ein riesiger Bomberstützpunkt befunden. Eine der Landebahnbefeuerungen befand sich auch jetzt noch in Betrieb, denn der Platz stand als Ausweichflughafen zur Verfügung. Der riesige Jet rollte langsam aus. Auf Dakes Stirn standen Schweißperlen, weil er sich gleichzeitig auf so viele verschiedene Dinge konzentrieren mußte.

Er öffnete die Tür. Der harte Beton lag fast zehn Meter tiefer. Die Passagiere schliefen friedlich. Die Besatzung schlief noch fester. Dake ließ die für Notfälle vorgesehene Strickleiter nach unten, kletterte hinab und hielt sie fest, als Mary langsamer folgte.

Ein Jeep kam herangebraust. Der Fahrer schwang sich aus dem Sitz. »Was geht hier vor?« fragte er.

Dake verlor keine Zeit, sondern kontrollierte den anderen sofort und ließ ihn mit glasigen Augen neben dem Fahrzeug stehen. Dann griff er nach Marys Hand und zog sie hinter sich her über die Landebahn. Als er sich noch einmal nach dem Flugzeug umdrehte, sah er, daß die Piloten sich bereits wieder in dem hell beleuchteten Cockpit zu bewegen begannen.

Dake und Mary rannten nebeneinander auf die Umzäunung des Flugplatzes zu. Dort versteckten sie sich unter den Büschen und beobachteten aufmerksam. Wenige Minuten später beschrieb das Flugzeug eine enge Kurve auf der Landebahn, startete in die entgegengesetzte Richtung und verschwand in der Nacht.

15

Dake und Mary hatten in einer Hütte Zuflucht gefunden, die ein Goldgräber gebaut hatte, bevor sein Claim sich als unergiebig erwiesen hatte. Sie führten ein abgeschiedenes Leben und fuhren nur einmal in der Woche in die nächste kleine Stadt, die fünfzehn Kilometer weit entfernt lag. Dake hatte ein uraltes Auto gekauft, obwohl er eigentlich mit Geld sparen mußte.

Aber jeder Tag war ein Idyll, jede Nacht sternenklar. Sie unternahmen weite Wanderungen und sprachen über alles mögliche. Gelegentlich sah Dake zu den Sternen auf und fragte sich, wo er gewesen war – in welchem Teil dieses Lichtermeeres.

Mary konnte sich immer wieder für die Kunststücke begeistern, die Dake ihr vorführte. Das winzige Gerät B faszinierte sie geradezu. Dake zeigte ihr, in welcher Reihenfolge die Knöpfe bedient wurden, und wollte ihr den Gebrauch des Geräts beibringen. Sie gab sich alle Mühe, brach aber schließlich fast in Tränen aus und sagte: »Ich kann einfach das Gefühl nicht überwinden, daß es unmöglich ist. Wenn ich es nur völlig akzeptieren könnte ... Noch einmal, Dake. Ich möchte es noch einmal erleben.«

Und später wollte sie es nicht einmal mehr versuchen. Sie wandte sich schulterzuckend ab, als Dake sie überreden wollte.

Dann erfanden sie ein anderes Spiel. Mary sagte zum Beispiel: »Ich habe ihn kennengelernt, als ich nach dem Krieg in Sarasota studiert habe. Ungefähr einsachtzig und fünfundsiebzig Kilo schwer, würde ich sagen. Schütteres, sehr weiches blondes Haar. Riesige blaue Augen, Stupsnase, Sommersprossen, kleiner Mund und Doppelkinn. Sehr gerade Körperhaltung mit übertriebenem Hohlkreuz. Er trug immer weiße Sommerhosen, einen bestickten Gürtel und kurzärmelige Hemden – meistens dunkelgrün oder blau.«

»So ähnlich?«

Und Mary klatschte entweder vor Begeisterung in die Hände, oder sie runzelte die Stirn und sagte: »Irgend etwas stimmt nicht ganz. Augenblick, jetzt habe ich es gleich. Es liegt an der Stirn.«

Daraufhin veränderte Dake die Illusion, bis sie zufrieden war, und behielt alle Einzelheiten im Gedächtnis, so daß er sie jederzeit wiederholen konnte. Einmal gaben sie sogar eine Party. Er erzeugte eine Illusion, die etwa ein Dutzend Menschen umfaßte, die Mary ihm geschildert hatte. Das erforderte eine gewaltige Anstrengung, weil er sich auf alle Details konzentrieren mußte. Und Mary ging zwischen ihnen hin und her, spielte die besorgte Gastgeberin und machte sich über die Leute lustig.

Plötzlich begann sie zu lachen, setzte sich in den Sand, legte den Kopf auf die Knie und brach in Tränen aus. Dake ließ die Illusionen abklingen, kniete neben ihr und berührte sie leicht an der Schulter.

»Was hast du denn?«

Sie hob das tränennasse Gesicht und versuchte zu lächeln. »Ich ... ich weiß es selbst nicht. Alles ist so verrückt. Ich bin mir plötzlich wie ... ein kleiner Hund oder eine Katze oder etwas Ähnliches vorgekommen. Und du hast einen Ball fortgeworfen, den ich hechelnd und schwanzwedelnd zurückgebracht habe.«

»Nein, das darfst du nicht sagen.«

»Dake, was tun wir überhaupt hier?«

»Ich mußte einen Menschen finden, der an meine Fähigkeiten glaubt. Der sie akzeptiert, ohne sich davor zu fürchten. Ich mußte unbedingt jemand finden, mußte dich finden.«

»Aber ich kann doch nie daran teilhaben, nicht wahr? Also bin ich doch ... nur ein kleiner Hund.«

»Wie ehrlich soll ich sein?«

Mary sah ihn ernst an. »Völlig, Dake.«

»Ich habe ein schlechtes Gewissen, weil ich vieles kann, was du nicht beherrschst. Dieses Schuldbewußtsein bewirkt, daß ich mich nicht mit den Tatsachen abfinden will. Ich bin unzufrieden damit, daß du nicht die gleichen Fähigkeiten besitzt.«

»Ich will auch ehrlich sein. Ich beneide dich, Dake. Aus Neid kann ein Ressentiment werden, das sich vielleicht sogar in Haß verwandelt. Ich sage mir immer wieder: ›Warum haben sie gerade ihn genommen? Warum haben sie ihn ausgebildet? Warum nicht mich?‹ Verstehst du das?«

»Ja, das verstehe ich sogar gut, Mary. Ich habe dir alles erzählt. Meine ganze Lebensgeschichte, nehme ich an. Du weißt, wie das alles passiert ist.«

»Ich weiß, wie es dazu gekommen ist. Und ich habe dich beobachtet, Dake. Ich habe gesehen, daß du gelegentlich stundenlang irgendwo sitzt und ins Leere starrst. Du hast mir noch nicht alles erzählt. Habe ich recht?«

Dake ließ eine Handvoll Sand durch seine Finger rinnen. »Diese Wochen hier mit dir ... während dieser Zeit habe ich zum erstenmal Atem schöpfen können. Aber ich habe auch nachgedacht. Meine Gedanken bewegen sich in einem verrückten Kreis und enden immer wieder an einer Frage, die ich nicht beantworten kann. Ich komme nicht darüber hinweg.«

»Ich kann mir vorstellen, worum es sich handelt, Dake. Aber vielleicht erzählst du mir lieber selbst davon.«

Er nahm wieder etwas Sand auf und beobachtete die Körner, die zu Boden rieselten. »Das ist nicht so einfach zu erklären, Mary. Geist und Seele eines Menschen sind vielleicht ... untrennbar. Während des Trainings T wurde ich von Menschen ausgebildet und habe eine ganze Anzahl fremdartiger Lehrmethoden erlebt, denen ich meine merkwürdigen Fähigkeiten verdanke. Die grauen Würfel, die einen Menschen durch den Raum transportieren, das Gerät B, die Gebäude und ihre Einrichtung – das alles waren Erzeugnisse einer fremden Technologie, die der unseren weit überlegen sein muß.

Aber die größten Fortschritte haben sie im Vergleich zu uns in der Erforschung des menschlichen Gehirns gemacht. Sie haben Methoden entwickelt, mit deren Hilfe sie das ungenutzte Potential nutzbar machen können. Aber wenn Geist und Seele eines Menschen wirklich untrennbar sind, müßte man doch annehmen, daß ein so ausgebildeter Geist größeres Verständnis für die menschliche Seele besitzt. Und wenn das zutrifft, weshalb haben die Menschen, die dort ausgebildet worden sind, nur schlechten Einfluß auf ihre Mitmenschen? Größeres Wissen müßte größeres Verständnis mit sich bringen. Warum haben sie also nicht dafür gesorgt, daß endlich Frieden auf der Erde herrscht?

Ich bin davon überzeugt, daß ich der Erde Frieden und Fortschritt von ungeahnten Ausmaßen bringen könnte, wenn ich der einzige Mensch mit dieser Ausbildung wäre. Ich könnte das Böse zurückdrängen und das Gute unterstützen – warum tun *sie* es also nicht? Schließlich habe ich doch kein Monopol auf den Willen zum Guten.

Ich habe andere Menschen erlebt, die gleichzeitig mit mir ausgebildet wurden. Ich habe gesehen, wie sie sich verändert haben. Ich könnte dir den Fall einer spanischen Zigeunerin schildern, die zuerst rein instinktiv reagierte und sich nur von ihrem Egoismus leiten ließ. Aber im Lauf der Ausbildung verwandelte sie sich in eine intelligente junge Frau, die streng logisch dachte und zu verblüffenden Abstraktionen fähig war.

Bisher habe ich das alles für schlecht und böse gehalten. Aber jetzt beginne ich daran zu zweifeln, daß dieses Werturteil zutrifft. Ich habe eher das Gefühl, daß mir eine große Chance aus den Händen gleitet.«

»Das spüre ich schon lange, Dake.«

»Wie lautet also die Antwort?«

»Es muß eine Antwort geben. Du hast sie bisher nur noch nicht gefunden.«

»Warum habe ich sie nicht gleich von ihnen bekommen?«

»Vielleicht sollst du sie selbst finden. Vielleicht hast du bereits alle nötigen Hinweise erhalten.«

Dake runzelte die Stirn. »Du meinst also, daß ich weiter nachdenken soll?«

»Selbstverständlich. Und wenn du die Antwort gefunden hast, mußt du zu ihnen zurückgehen.« Mary stand auf. »Sollen wir einen Spaziergang machen?«

»Gern.«

»Ich möchte eine Illusion sehen, Dake.«

»Welcher Art?«

»Auf dem Hügel dort drüben. Irgend etwas Kühles. Etwas Einladendes.«

Dake machte riesige alte Bäume, weiches Gras im Schatten und eine sprudelnde Quelle. Mary nahm seine Hand und ging mit ihm darauf zu.

»Nein, kein kleiner Hund«, sagte er plötzlich. »Etwas anderes, das ich dringend brauche. Patrice war früher fast so. Karen ebenfalls. Selbst die Zigeunerin besaß etwas davon. Ich weiß nicht, wie ich es dir beschreiben soll. Stärke und Wärme. Starke Menschen sind nie warmherzig genug. Warmherzige haben selten einen starken Willen. Meine Frau war ... richtig. Du bist es ebenfalls. Ich liebe dich.«

»Wenn du einen Ball fortwirfst, hole ich ihn gern wieder.«

»Hör auf damit!«

»Siehst du das nicht ein? Erinnerst du dich noch an die ersten Rechenstunden in der Volksschule? Äpfel und Birnen kann man nicht zusammenzählen. Brüche müssen auf den gleichen Nenner gebracht werden, bevor man sie addiert. Ich kann nicht wie du werden. Du kannst dich nicht auf meinen Stand zurückentwickeln. Ich bleibe bei dir, solange du mich haben willst, aber das ist ein Opfer für mich.«

»Aber ...«

»Du mußt dir darüber im klaren sein, daß wir nie auf der gleichen Ebene stehen werden. Du kannst einen normalen Menschen nur mit einem Gefühl des Mitleids lieben. Du möchtest, daß ich lerne, meine Gedanken ohne Worte zu übertragen, wie du es kannst. Aber dazu werde ich nie fähig sein. Deshalb können wir uns nie auf die Art und Weise verständigen, an die du gewöhnt bist, von der du im Grunde genommen abhängig bist. Ohne diese Fähigkeit bin ich nur eine Sprechpuppe. Wenn du auf den richtigen Knopf drückst, sage ich: ›Ich liebe dich, Dake.‹ Scheppernd, metallisch und mechanisch. Aber auf deine Weise kann ich es nie ausdrücken.«

»Du liebst mich also?«

»Natürlich. Schließlich ist allgemein bekannt, daß kleine Hunde ihren Herrn geradezu vergöttern.«

Dake schüttelte wütend den Kopf und ging rasch weiter. Er sah sich noch einmal nach Mary um, die stehengeblieben war und ihm nachsah. Dann kletterte er über die braunen Felsen.

Vorsicht! Schlange!

Er hörte ein leises Rasseln und sprang mit einem Satz zurück. Der Kopf der armdicken Klapperschlange berührte fast seine Hose. Dake trat einige Meter weit zurück. Die Schlange sank wieder in sich zusammen und kroch langsam davon.

Erst jetzt fiel ihm ein, was eigentlich geschehen war. Er drehte sich um und starrte zu Mary hinüber, die dreißig Meter hinter ihm stand. Sie hatte ihre Haltung nicht verändert.

Dake ging zu ihr und sah ihr ins Gesicht. Mary lächelte.

»Damals auf der Brücke?«

»Ich bin immer in deiner Nähe gewesen, Dake, seit du Glendons Farm verlassen hast.«

Er räusperte sich. »Du hattest also einen Auftrag zu erfüllen, nicht wahr?«

»Ja. Ich hätte rufen sollen. Aber ich habe nicht daran gedacht. Die Para-Stimme war schneller und ... sie hat dir das Leben gerettet. Ich konnte nur daran denken.«

»Erklärst du mir ... alles?«

»Komm, wir gehen zurück.«

Sie gingen schweigend nebeneinander her auf die Hütte zu. Dort ließen sie sich im Schatten nieder.

Dake lachte plötzlich. »Du mußt dich ziemlich gut über mich und meine kleinen Tricks amüsiert haben, Mary.«

»Du warst wirklich süß, Dake. Allerdings war es reichlich anstrengend für mich, weil ich die ganze Zeit meine Abschirmungen zurückgezogen lassen mußte.«

»Das ist ein hübscher Ausdruck. Und du warst ein süßer kleiner Hund, Mary.«

»Sprich dich nur aus, Dake.«

»Wie amüsant, daß der Mann sich in dich verliebt hat, den du überwachen solltest.«

»Bist du endlich fertig?«

»Du mußt mir alles erklären.«

»Während deiner Ausbildung bist du genau beobachtet worden. Es gibt ein Paradoxon, von dem du noch nie gehört hast. Die Menschen, die das erste Ziel nur mit Mühe erreichen und dabei fast zusammenbrechen, sind später am wertvollsten. Nimm zum Beispiel die Zigeunerin. Sie hat alles leicht überstanden – und wird vermutlich nie über die Klasse I hinauskommen. Aber die Schwierigkeiten erreichen das Ziel, das aus dem Übergang zur Klasse III besteht. Auch du gelangst eines Tages dorthin, Dake. Ich weiß genau, daß ich nie mehr als die Klasse II erreichen kann. Deshalb bist du wirklich selten und wertvoll.«

»Vielen Dank«, antwortete Dake sarkastisch.

»Karen mußte dafür sorgen, daß du fliehst. Sie hat ihren Auftrag sehr gut erfüllt. Du hast dich eigentlich nicht so sehr vor dem Tod, sondern vor dem Tod ohne Antwort auf Watkins' endgültige Frage gefürchtet.«

»Warum sollte ich fliehen?«

»Weil du nur auf diese Weise eine geistige Haltung gewinnst, die für dein weiteres Leben bestimmend ist. Diese Haltung kann dir nicht eingepflanzt werden, weil sie dann deine Nützlichkeit herabsetzen würde. Sie besteht aus einem seelischen Gleichgewicht und einer Philosophie, die du dir selbst aneignen mußt. Erst dann bist du für größere Aufgaben vorbereitet. Und diese Philosophie hast du dir während unseres Aufenthalts hier draußen angeeignet.«

»Woraus besteht sie?«

»Das hängt immer von dem Betreffenden ab, Dake. Aber in jedem Fall gehört dazu das Verständnis der innerlichen Isolierung, der deutlichen Trennung von allen anderen Menschen. Das hast du bereits eingesehen, glaube ich. Die Menschen hassen und fürchten jede Abweichung von der Norm und zerstören sie, wenn sie können. Deshalb muß zwischen dir und den Menschen in Zukunft das gleiche Verhältnis wie zwischen Vater und Kind herrschen.«

»Das habe ich bereits gespürt. Ein gewisses ... Mitleid. Eine geistige und seelische Entfremdung.«

»Du kannst dich nur mit den Kindern identifizieren, die erkennen lassen, daß sie später ebenfalls erwachsen sein werden. Du bist bereits wirklich erwachsen.«

»Behandeln wir unsere Kinder denn nicht ziemlich hartherzig?«

»Das Ausleseprinzip ist erforderlich, damit nur die Besten an die Spitze gelangen.«

»Warum?«

»Wie kann die Antwort darauf lauten?«

Dake überlegte. »Ist das etwa Tommys endgültige Antwort?«

»Ja.«

»Wo ist er jetzt?«

»Er befindet sich auf der Flucht wie du. Vielleicht ist er schon wieder zurückgekehrt. Auch er ist nicht aus Angst vor dem Tod geflohen, sondern nur deshalb, weil er fürchtete, nie die Antwort zu erhalten.«

»Kannst du mir sagen, wie die Antwort lautet?«

Mary sah ihn lange an. »Ich muß wissen, ob du bereit bist, Dake. Ich muß wissen, ob du sie akzeptieren kannst. Gib mir deine Hände.« Sie griff danach. »Du mußt die Abschirmungen zurückziehen, Dake«, fügte sie leise hinzu.

Dake spürte, daß ihre Seelen eins wurden, daß es zu einer innigen Verschmelzung kam, die weder Zeit noch Raum kannte. Er empfand ein Gefühl der Nähe, der Sicherheit und der Wärme, das er nie für möglich gehalten hätte. Und dann nahm er wahr, daß sie sich allmählich wieder voneinander lösten.

»Das habe ich mir schon so lange gewünscht«, sagte Mary leise. Ihre Stimme schwankte. In ihren Augen standen Tränen. »Ich habe gewußt, daß es ... richtig sein würde.«

»Bin ich ... bereit?«

Mary nickte langsam. »Aber die endgültige Antwort ist vielleicht ernüchternd, Dake.«

»Das spüre ich bereits. Vielleicht ist das Offensichtliche immer ernüchternd.«

»Ich muß dir einen Geschichtsvortrag halten«, begann Mary. »Über die Geschichte der Menschheit. Über die Entwicklung der galaktischen Menschheit, die Anpassung an ihre Umwelt und ihre Antwort auf den allmählich drohenden

Niedergang. Unsere geschichtlichen Aufzeichnungen reichen mehr als hunderttausend Jahre weit zurück. Später erfährst du mehr darüber, denn das gehört zu der Ausbildung als Klasse II. Die Inneren Planeten wuchsen und lernten und führten Krieg gegeneinander; dann schlossen sie sich zusammen, fanden endlich Frieden und nahmen andere Planeten und Sternensysteme in ihren Bund auf, nachdem sie die nötige kulturelle Reife erlangt hatten. Jedes menschenähnliche Kultursystem leistete einen Beitrag zur Weiterentwicklung dieses Ganzen. Der Einfachheit halber wollen wir dieses Gebilde als Imperium bezeichnen. Ich habe eben den Ausdruck ›menschenähnlich‹ benützt. Wäre ich bereits voll ausgebildet, hätte ich den Ausdruck nicht gebraucht.

Innerhalb der Galaxis gibt es nur geringe physiologische Abweichungen. Wir sind alle Menschen. Während des Trainings T hast du einige Variationen kennengelernt.«

»Sie waren ziemlich ... servil.«

»Selbstverständlich. Eine Kulturgruppe des Imperiums lebt auf dem Planeten Senaria. Diese Gruppe hat die Mathematik bis zu der überragenden Höhe entwickelt, die eine zuverlässige Voraussage der Zukunft ermöglicht. Vor vielen tausend Jahren beschäftigten die Senarier sich mit einem Problem, das immer wichtiger geworden war. Im Laufe der Zeit hatte sich herausgestellt, daß die wichtigsten Positionen innerhalb des Imperiums stets von Angehörigen der Kultur besetzt wurden, die zuletzt in das Imperium aufgenommen worden war. Aber schon wenige Generationen später verloren sie in der friedlichen Atmosphäre des Imperiums ihren Tatendrang und waren als Führer ungeeignet. Dieses Problem war nicht weiter wichtig, solange es noch genügend barbarische Planeten gab, die in Zukunft die Führungsschicht des Imperiums ergänzen konnten, denn ihre Vitalität verhinderte einen Stillstand. Aber die Senarier fragten ihren riesigen Computer: Was geschieht, wenn dieser Vorrat erschöpft ist?

Die Antwort war erschreckend. In einer Umwelt, in der Frieden und Überfluß herrschen, kann sich keine Führungsschicht entwickeln. Dazu kommt es nur in einer Umgebung, in der es Kampf, Haß und Gewalt gibt. Die Führerqualitäten sind die Antwort des Menschen auf Umweltbedingungen, die jede Art von Konkurrenz fördern. Das ist innerhalb des Imperiums nicht der Fall.

Der Computer erhielt eine zweite Frage vorgelegt: Was geschieht, wenn der Fortschritt aufhört? Die Antwort lautete: Zerstörung, Vernichtung und Ausrottung. Vernichtung durch Lebensformen aus einer anderen Galaxis. Durch Lebensformen, die so fremdartig sind, daß keine Verständigung mit ihnen möglich ist. Nur der Fortschritt bringt die Stärke mit sich, die erforderlich ist, um das Überleben der Menschen zu gewährleisten.

Die dritte Frage lautete: Was müssen wir tun? Diesmal dauerte es sehr viel länger, bis die Antwort vorlag. Aber sie war klar und logisch. Ein Planet muß in seinem barbarischen Zustand bleiben, zu dem ständige Kämpfe gehören. Er darf nicht wissen, daß das Imperium existiert, darf nicht erfahren, welchen Zweck er selbst erfüllt. Trotzdem muß dafür vorgesorgt werden, daß er sich nicht selbst zerstört. Dann braucht man nur noch die Männer und Frauen herauszusuchen, die in dieser Welt zur Elite gehören, kann sie ausbilden und später anderswo einsetzen.«

Dake starrte Mary an. »Dann ist das alles ... dann sind die Leiden der Menschheit ... nur ein Trick? Die Erde ist nur ein Brutkasten? Eine Ausbildungsstätte?«

Mary schüttelte stolz den Kopf. »Viel mehr als das, Dake. Die Erde ist der Mittelpunkt des Imperiums. Sie herrscht über die Galaxis und bestimmt ihre Zukunft. Die Menschen der Erde regieren unzählige Planeten. Sie regieren gerecht, fest und rücksichtslos. Unter ihrer Führung macht das Imperium immer größere Fortschritte und bewahrt die Stärke, die jeden Angriff von außen abwehren kann.«

»Warum gerade die Erde?«

»Weil die Menschen hier stärker als anderswo sind. Die Umweltbedingungen sind weniger günstig, die Schwerkraft höher, das Klima weitaus extremer und die Natur feindlicher.«

»Aber ich ...«

»Nicht jetzt, Dake. Du mußt erst darüber nachdenken. Du mußt begreifen, daß deine Loyalität in Zukunft nicht mehr den Menschen der Erde, sondern den Menschen der Galaxis gehört. Trotzdem hast du allen Grund, mehr denn je auf die

Erde und dich selbst stolz zu sein. Wir sprechen später wieder darüber, wenn du dich mit diesem Problem beschäftigt hast.«

16

Dake achtete nicht darauf, wohin oder wie weit er ging. Er stand auf einem Hügel und beobachtete die Sonne, die blutrot am Horizont versank. Alle seine Überzeugungen, Begriffe und Auffassungen mußten sich so grundlegend verändern, daß er kaum wußte, wo er anfangen sollte.

Die Erde hatte eine Geschichte. In dieser Geschichte gab es Namen. Alexander, Hannibal, Attila, Napoleon, Hitler, Stalin, Mussolini. Aber auch Christus, dachte er. Und Buddha und Mohammed und Wischnu. Gut und Böse führten einen endlosen Kampf gegeneinander, der von außen her beeinflußt wurde, damit er unentschieden ausging. Für jeden Auserwählten mußten Hunderttausende leiden und sterben. Eine mathematische Grausamkeit, die der größten Zahl die größten Vorteile brachte.

Dake saß auf einem Felsen und beobachtete die unzähligen Lichtpunkte am Nachthimmel. Und die Menschen der Erde führten einen wahnsinnigen Totentanz auf, damit dieser Ballsaal am Himmel fortbestand ...

Er hörte Marys Schritte hinter sich. Sie legte ihm die Hand auf die Schulter. Er drehte sich nicht nach ihr um.

Ich weiß, wie schwer es ist.

Wie sieht die Lösung aus? Was empfinde ich später?

»Freude, Dake. Stolz. Bescheidenheit. Die besten Attribute des menschlichen Geistes.«

»Beantwortest du meine Fragen? Meine Gedanken bewegen sich schon wieder im Kreis.«

»Gern.«

»Warum bin ich wieder auf die Erde geschickt worden?«

»Das gehört zu deiner Ausbildung als zukünftiger Führer. Hier erhältst du für deine Arbeit Gutschriften. Sobald du genügend gesammelt hast, wirst du als Klasse II ausgebildet und kehrst wieder zurück. Später folgt vielleicht das Training als Klasse III. Nachdem du dreimal hier gearbeitet hast, bekommst du die Position innerhalb des Imperiums zugewiesen, für die du dich am besten eignest.«

»Wie lange muß ich hier bleiben?«

»Das hängt ganz von deinen Fortschritten ab. Fünfundzwanzig bis dreißig Jahre nach ihrer Zeitrechnung.«

»Nach ihrer Zeitrechnung?«

»Irdische Jahre. Zwei bis zweieinhalb für uns, wenn wir den Zeiteffekt berücksichtigen.«

»Ich möchte mich darüber freuen und fühle mich trotzdem schuldig. Das ist eine sehr wertvolle Gabe.«

»Aber keineswegs ein geheimnisvolles Geschenk. Nur das logische Ergebnis einer fortgeschrittenen medizinischen Wissenschaft. Eine Weiterentwicklung der Methoden, die bereits auf der Erde existieren.«

»Noch eine Frage. Offenbar gibt es hier zwei verschiedene Gruppen, die sich bekämpfen. Ich sehe nicht ein, daß das notwendig oder sogar ratsam ist.«

»Ist ein untrainierter Mensch dir gleichwertig?«

»Nein, aber ...«

»Kann man Schach dauernd allein spielen?«

»Nein.«

»Der ständige Zwiespalt regt die Erfindungsgabe an. Und die Konkurrenz zwischen den Gruppen sorgt dafür, daß das Ergebnis zufällig bleibt, so daß selbst der intelligenteste Mensch nicht an einen Einfluß von außen glauben würde, wenn er zufällig auf uns aufmerksam würde. Für jede gelöste Aufgabe erhältst du eine Gutschrift, aber wenn du versagst, mußt du eine Strafe hinnehmen – wie Karen. Und du mußt immer beobachten. Du verfolgst die Tätigkeit des Besten auf jedem Gebiet. Dazu gehören auch die besten Gangster wie Miguel Larner. Die besten Diplomaten, Politiker, Künstler, Geschäftsleute und Ingenieure. Diese Menschen haben sich ihre Stellung an der Spitze nur durch harte Arbeit errungen, sie haben irgendein psychisches Trauma kompensiert. Wenn das Unbegreifliche sie nicht zum Wahnsinn treibt, werden sie unsere besten Rekruten.«

»Warum ist Darwin Branson nicht angeworben worden? Er ist doch ermordet worden, nicht wahr?«

»Er hatte ein organisches Leiden, das nicht mehr geheilt werden konnte, weil es zu weit fortgeschritten war. Er wäre innerhalb weniger Monate daran gestorben. Außerdem ist er erst in den letzten zwei oder drei Jahren hervorgetreten. Als wir endlich auf ihn aufmerksam wurden, war es bereits zu spät.«

Dake dachte schweigend darüber nach. Mary ließ sich neben ihm nieder.

»Ich muß so viele Loyalitäten aufgeben«, sagte er. »Auch die Loyalität meinem Vaterland gegenüber. Sie war ziemlich stark, weißt du. Und jetzt sehe ich, daß seine Schwäche eigentlich nur ... unsere Schuld ist.«

»Ich freue mich, daß du zu dieser Erkenntnis gekommen bist. Das beweist, daß du dich mit den Tatsachen abgefunden hast. Vielleicht fällt es dir etwas leichter, wenn du hörst, daß die Zahl der Rekruten aus einem Land proportional zu dem Elend ansteigt, das dieses Land durchmacht. Als Indien noch ausgebeutet wurde und hungern mußte, haben wir dort viele Rekruten anwerben können. Als Amerika noch reich und mächtig war, mußten wir lange nach Menschen suchen, die für unsere Arbeit zäh genug waren. Stahl wird im Feuer geschmiedet. Zivilisationen steigen auf und fallen. Die an der Spitze bringen nur wenige Führungskräfte hervor. Du mußt deine Vorstellungen radikal ändern, Dake.«

»Ist das nicht alles eine umfassende Rationalisation?«

»Das Leben selbst ist auch nichts anderes. Eine Rationalisation der Überlebensmethoden.«

Sie gingen zu ihrer Hütte zurück. Der Sand unter ihren Füßen glänzte silbern im Sternenlicht. Irgendwo heulte ein Coyote.

»Wir kehren morgen früh zurück«, sagte er.

»Morgen früh, Dake.«

17

Der Taxifahrer war freundlich und äußerst gesprächig.

»Sie sind irgendwo im Westen gewesen, was? Das merkt man gleich an der gesunden Sonnenbräune. Die bekommt man weder hier noch in Florida noch irgendwo anders, sondern im Sommer nur dort. Mein Gott, war das ein heißer August hier in New York. Und die verdammte Luftfeuchtigkeit!

Am liebsten würde ich nach Westen ziehen, wo es wenigstens nur trockene Hitze gibt.«

»Die läßt sich eher ertragen«, stellte Mary fest.

»Darauf können Sie wetten, Lady. Aber hier in der Stadt ist der Sommer unerträglich. Auf jeder Parkbank pennen die Betrunkenen. Die Rauschgiftsüchtigen treiben sich in ganzen Banden herum und stehlen, was ihnen unter die Finger kommt. Kein Wunder, wenn man sich überlegt, wieviel Geld sie für ihren Koks brauchen. Die Gangster arbeiten auch wieder auf Hochtouren und knallen sich gegenseitig auf offener Straße ab. Mein Gott, war das wieder ein Monat! Hören Sie, wie der Motor klopft. Ich muß mit Kerosin fahren, aber das Zeug ist so schlecht, daß ich gleich Salatöl nehmen könnte.«

Der Fahrer stieß einen Fluch aus und trat mit aller Gewalt auf die Bremse, um einen drohenden Zusammenstoß mit einem riesigen Taj zu vermeiden, in dem Touristen aus Pak-India durch New York fuhren. »Wahrscheinlich bilden sie sich ein, daß ihnen die ganze verdammte Welt gehört«, meinte er dann. Er zuckte mit den Schultern und schien mit sich selbst zu diskutieren. »Vielleicht stimmt das sogar, wenn man sich die Sache recht überlegt.«

»Sind diesen Sommer wieder so viele Touristen gekommen?« fragte Dake.

»Zu viele, wenn Sie mich fragen. Ich möchte überhaupt wissen, was sie hier zu suchen haben. Einer meiner Freunde hat gute Beziehungen. Er wandert demnächst aus. Will in Bombay gemeinsam mit einem Sikh als Partner ein Taxiunternehmen aufziehen. So gut bekommt er es nie wieder. Die Einwandererquoten sind so niedrig, daß ein normaler Mensch gar keine Aussichten hat.«

»Möchten Sie ebenfalls auswandern?«

Der Mann drehte sich kurz zu Dake um und warf ihm einen wütenden Blick zu. »Warum eigentlich nicht, Mister?« wollte er wissen. »Wie sieht meine Zukunft hier aus? Ich bekomme nur drei Tage pro Woche Treibstoff. Auf jeden Fahrgast, der ein Trinkgeld springen läßt, kommen vier andere, die keinen Cent geben. Nicht einmal dieser schäbige Karren gehört mir. Wo habe ich also Aussichten? Das frage ich Sie. Als ich noch in der Schule war, sah die Sache anders aus. Meinem Alten gehörten damals sechs Taxis. Damit war er alle

Sorgen los. Soviel Benzin, wie er nur wollte.« Er hielt an einer Ampel, drehte sich nochmals um und starrte Dake fragend an. »Haben Sie schon einmal darüber nachgedacht? Wohin ist alles verschwunden?«

»Der Krieg.«

»Das sagt jeder. Aber ich kann nicht recht daran glauben. Manchmal sieht es fast so aus, als würden wir immer wieder von der Leiter gestoßen, wenn wir hinaufklettern wollen. Irgend jemand läßt uns immer wieder stolpern. Irgend jemand stellt der ganzen Welt immer ein Bein.«

»Und hebt sie nachher wieder auf?« erkundigte Mary sich lächelnd.

»Lady, in dieser Welt muß sich jeder selbst aufrappeln.« Er fuhr langsam an und schimpfte auf die Autos, die ihn rechts und links überholten. »Wissen Sie, was ich mir überlegt habe?«

»Was?« fragte Mary geduldig.

»Meiner Meinung nach können wir nur noch auf die Kerle bauen, die für unsere Atomraketen verantwortlich sind. Soviel ich gehört habe, arbeiten sie ununterbrochen Tag und Nacht daran. Wir haben keine Bodenschätze mehr. Aber man braucht nur den Mars oder die Venus anzusehen. Ich möchte wetten, daß es dort Kohle und Öl und Eisen und Kupfer und alles andere gibt. Wenn wir sie zuerst erreichen und uns die Lagerstätten sichern, ist alles in bester Ordnung.«

»Und was passiert, wenn die Sache mit den Raumschiffen nicht klappt?«

Der Fahrer zuckte mit den Schultern. »Wissen Sie, Mister, daran mag ich gar nicht denken. Das würde heißen, daß wir ewig hier unten sitzen. Und dabei ist alles nicht mehr wie früher. Mein Alter hat mich oft zum Baseball mitgenommen und sich vor Aufregung die Kehle heiser geschrien. Kann ich das vielleicht auch? Wo gibt es denn heutzutage noch eine anständige Sportveranstaltung? Die gute alte Zeit ist vorbei, Mister, das können Sie mir glauben. Früher gab es noch Fernsehen, Baseball und soviel Benzin, wie man haben wollte. Aber wenn ich jetzt die Inder sehe, komme ich mir wie ein Eingeborener vor, der einen Ring durch die Nase gezogen hat und einen Speer in der Hand trägt. Wir sind nur noch eine Sehenswürdigkeit, Mister.«

Sie fuhren einige Minuten lang schweigend weiter. Dann wandte der Fahrer sich wieder an Dake. »Als es damals noch die fliegenden Untertassen gab, hat mein Alter immer gesagt, die Marsianer müßten wirklich bald landen und die Sache in die Hand nehmen. Und mein Alter hatte vielleicht gar nicht so unrecht, wissen Sie. Können Sie sich vorstellen, was passiert ist?«

»Was?« fragte Dake.

»Ich schätze, daß die Marsianer sich auf der Erde umgesehen haben – und dann haben sie zueinander gesagt: ›Kommt, wir verschwinden lieber und kommen in zehntausend Jahren zurück, um zu sehen, ob die Leute bis dahin erwachsen geworden sind. Dort unten ist es verdammt gefährlich.‹ Wohin wollen Sie genau, Mister?«

»Zu dem Pavillon dort drüben«, antwortete Mary.

»Große Klasse, was? Hat dort nicht früher der Gangsterkönig gelebt? Larner? Mig Larner?«

»Richtig.«

Sie stiegen aus. Der Fahrer nahm den Geldschein grinsend entgegen. »Ich habe mir gleich gedacht, daß Sie sich nicht lumpen lassen würden. Das merke ich meistens schon nach ein paar Minuten. Seien Sie vorsichtig, damit die Marsianer Ihnen nicht auf den Kopf spucken.«

Mary und Dake betraten die angenehm kühle Halle. Johnny kam hinter seinem Pult hervor und streckte die Hand aus. »Bleibst du jetzt endgültig bei uns, Dake?«

»Vermutlich.«

»Ein zäher Bursche, was, Mary?«

»Habe ich lange gebraucht?«

»Die anderen sind schon längst zurück. Martin Merman hat sich neulich sehr für deinen zukünftigen Raumbedarf interessiert.«

Mary lächelte. »Martin ist wirklich schrecklich. Was er nicht weiß, errät er bestimmt.«

Johnny ging an sein Pult zurück. »Also Appartement 8 C für euch beide?«

Nicht rot werden, Liebling.

»Ja, Johnny«, antwortete sie.

»Dann führt ihr eure Aufträge gemeinsam durch. Ihr werdet noch viel erreichen. Shard kann sich ruhig den Kopf zerbrechen, wen er gegen euch einsetzen soll. Martin erwartet euch bereits.«

Sie fuhren in den dioramischen Garten hinunter, in dem Dake Miguel Larners Bekanntschaft gemacht hatte. Merman stand auf, kam ihnen entgegen und begrüßte sie mit einem kräftigen Händedruck.

»Das alles konnten wir dir nicht geben, Dake«, sagte er. »Ich freue mich, daß du es selbst gefunden hast – mit Marys Hilfe. Akzeptierst du deine zukünftige Aufgabe?«

»Völlig.«

»Es gibt keine andere Methode. Irgendwelche Einschränkungen sind ausgeschlossen. Jetzt mußt du die rechte Hand heben. Du brauchst nicht jeden Satz zu wiederholen, sondern nur zuzustimmen, wenn ich zu Ende gesprochen habe.

Dake Lorin, bist du in Herz, Geist und Seele mit der Verpflichtung der Erde einverstanden, die zukünftigen Führer des Imperiums zu stellen? Bist du bereit, alle dir übertragenen Aufgaben nach bestem Wissen und Gewissen durchzuführen, obwohl die Erde, dein Heimatplanet, dadurch in einem Zustand verharrt, der weder Fortschritt noch Rückschritt kennt? Versprichst du, alle deine Fähigkeiten bei der Erfüllung deiner Pflichten einzusetzen, auch wenn du diese Fähigkeiten bereits vor deiner Aufnahme in unseren Kreis erworben hast?«

Martin Merman sah ihn ernst an.

»Ja«, antwortete Dake mit fester Stimme.

»Zum Wohle der gesamten Menschheit«, fügte Martin Merman hinzu.

»Zum Wohle der gesamten Menschheit«, wiederholte Mary leise.

»Jetzt gehörst du endgültig zu uns, Dake. In den kommenden Jahren wird dir noch oft das Herz brechen. Von Zeit zu Zeit wirst du angewidert, wütend oder widerwillig sein. Ich werde dir Aufgaben stellen, die du in deiner früheren Existenz als ehrenrührig oder verbrecherisch empfunden hättest. Aber du wirst sie trotzdem durchführen, weil du den Zweck kennst.« Er grinste plötzlich. »Noch etwas, Mary?« fragte er.

»Noch eine kleine ... Zeremonie, Martin.«

Und wer wird jetzt krebsrot?

»Das ist ein Stammesritual, Dake«, erklärte Martin. »Eine Vereinigung. Sie hat keine gesetzlichen Auswirkungen, sondern nur moralische und gefühlsmäßige. Jeder von euch kann sie zu einem beliebigen Zeitpunkt lösen, indem er seine Absicht bekanntgibt. Aber in unserer ganzen Geschichte ist das noch nicht einmal vorgekommen. Schließlich handelt es sich um eine Vereinigung zweier Menschen, die keine Geheimnisse voreinander haben. Deshalb gibt es auch keine Mißverständisse zwischen ihnen.

Von jetzt an arbeitet ihr als ein Team zusammen. Ihr lobt euch gegenseitig, wenn ihr Erfolg gehabt habt, und tröstet euch, wenn er ausgeblieben ist. Eure Kinder werden auf einem der Inneren Planeten aufgezogen, aber ihr lebt wieder mit ihnen zusammen, wenn ihr hier eure Pflicht getan habt. Dann sind sie noch immer Kinder und brauchen euch noch immer. Und die Aufgabe, die ihr später innerhalb des Imperiums zugewiesen erhaltet, wird ebenfalls so gestellt, daß ihr gemeinsam daran arbeiten könnt. Bist du damit einverstanden?«

»Wenn Mary zustimmt.«

Mary nickte wortlos. »Dann brauchen wir Zeugen«, sagte Martin lächelnd.

Plötzlich erschien Karen neben ihnen. Und Johnny. Und Watkins. Und nacheinander alle anderen, die Dake während seiner Ausbildung gekannt hatte. Und die Menschen, die er vor langer Zeit nachts in der Eingangshalle gesehen hatte. Und Unbekannte. Sie alle erschienen und gruppierten sich lächelnd am Rande des Schwimmbeckens.

Dake war immer ein Einzelgänger gewesen. Er hatte nie einer Gruppe angehört und war sogar stolz darauf gewesen. Nur die Monate während des Trainings T waren eine Ausnahme gewesen. Damals hatte er zum erstenmal gespürt, wie wertvoll das Gefühl sein konnte, irgendwo dazugehörig zu sein.

Von diesen Menschen ging eine Wärme und Freundlichkeit aus, die Dake fast verwirrte.

Dake spürte, daß er endlich zu ihnen gehörte. Er wußte, daß er sich nie wieder vor der Einsamkeit zu fürchten brauchte.

NACHWORT

*Wine of the Dreamers** schrieb ich 1950 und *Ballroom of the Skies*** im darauffolgenden Jahr. –

Als Knox Burger, der meine Arbeiten herausgibt, vorschlug, diese beiden Bücher (die einzigen Science Fiction-Romane, die ich jemals veröffentlicht habe) wiederaufzulegen, habe ich sie zum erstenmal gelesen – seit dem obligatorischen Durchgehen der Fahnen vor fast zwanzig Jahren.

Im Hinblick und auch mit Rücksicht auf seine nachfolgenden Werke wäre es für jeden, der schreibt, eine verlockende, nichtsdestoweniger aber dumme Anwandlung, diesen nun die schöpferischen Mängel der frühen Jahre anzuhängen. Ich habe Schränke voller kürzlich veröffentlichter Stories, die bestimmt nie wieder aufgelegt werden, ganz gleich, ob ich gerade gefragt bin oder in jener Rumpelkammer schmore, die – ich habe so den Verdacht – für alle Romanschreiber freigehalten wird, wo wir dann verdammt sind, die halbe Ewigkeit in winzigen Räumen zu verbringen, mit den von uns selbst erdachten Geschöpfen.

Auch wenn es vielleicht nur ein weiteres Merkmal der mangelnden Objektivität des Autors ist, stellte ich doch fest, daß beide Romane stärker zusammenhängend und herausfordernd sind, als ich erwartet hatte.

Ich hatte sie nicht überarbeitet. Zwar brannte ich förmlich darauf, an einer Menge von geschraubten Dialogen herumzudoktern, aber so zu verfahren wäre Mogelei gewesen, da die anspruchsvolle und übermäßig grammatikalische Sprache der handelnden Personen in gewisser Weise äußerst typisch für das Genre ist.

Beide Romane gehören genaugenommen in die Sparte *Science Fantasy,* nicht zur *Science Fiction,* insofern, als sie weder Weltraumabenteuer sind, noch Werke schicksalbestimmender Maschinen oder übertriebener Wissenschaftlichkeit.

Und beide Romane gehören zusammen, da sie zwei über-

---

* siehe Heyne Science Fiction 06/3166, auch ↗ 06/1012 (Welten der Zukunft, Band 12)

** siehe Heyne Science Fiction 06/3092

einstimmende Methoden aufweisen, dem ›zufälligen‹ Wahnsinn und der unmotivierten Gewalttätigkeit in der uns bekannten Welt Rechnung zu tragen; zudem zeigen sie zwei unterschiedliche Antworten auf die Frage, warum wir – trotz all unserer Technologie – unfähig zu sein scheinen, uns auch nur um einen Millimeter auf eine Verbesserung der Lebensbedingungen hinzuzubewegen und aus unserem Leben eine allgemein lohnenswerte Erfahrung zu machen.

Dies macht für den Schreibenden den Reiz solcher Romane aus, da sie ihm ermöglichen, sich auf eine kleine wacklige Seifenkiste emporzuschwingen und – ohne dem Leser eine Standpauke zu halten – etwas über das moralische und emotionale Rüstzeug unseres Lebens verlauten zu lassen. Bücher dieser Art weisen eine zweckmäßige Verwandtschaft mit den Weltreligionen auf, indem sie einen besonnenen Versuch unternehmen, das Unaussprechliche zu erklären und über das Unerklärbare Rechenschaft abzulegen.

Ich muß gestehen, daß es mich insbesonders bei *Wine of the Dreamers* nachdenklich gestimmt hat, zu sehen, daß die Pariser Gespräche 1975 noch immer stattfanden, Asien mit der Sowjetunion über die Umlaufbahn von Sucher-Satelliten stritt, und Millionen von Amerikanern ein Mittel angeboten und verkauft wurde als nichtalkoholisches, nicht abhängigmachendes Getränk, das die Sinneswahrnehmung für solche Anreize wie einen Kuß oder einen Sonnenuntergang steigern sollte. Ich wünschte, ich hätte entsprechende Voraussicht in persönlichen Angelegenheiten.

All jenen meiner Leser-Freunde, die sich total abgewendet haben angesichts dieser gebildeten Spekulationen und sie für ›unsinnig‹ halten, reiche ich hiermit die Hand zur Entschuldigung. Ich schätze mich glücklich, die beiden Bücher wieder aufgelegt zu sehen. Immerhin vermute ich, daß jene, die mit einem Travis McGee* – so wie ich – eine nachempfundene Reise an Bord von *The Busted Flush* unternehmen, auch in *diesen* Büchern lohnende und amüsante Dinge finden werden. Hier gibt es keine großäugigen Monster und keine holden Schönheiten, die von Raumforschern vor riesigen Insekten, die sich durch Klicklaute verständigen und Desintegratoren

* siehe Heyne Blaue Krimis

bei sich tragen, gerettet werden. Keine Methan-Atmosphäre, nichts, das aus üblen Sümpfen aufsteigt. Nicht mal einen einzigen pflichtbewußten Roboter gibt es, der entweder Gedanken an ›electronic love‹ oder an die verschlungenen Pfade der Rebellion hegt. Wegen dieser Unterlassungen bin ich möglicherweise verantwortlich dafür, die eingefleischten Fans der Hardcore-SF vertrieben zu haben, die vielleicht ebenfalls mit der Bezeichung ›unsinnig‹ liebäugeln, weil in den vorliegenden Büchern die Menschen stärker im Vordergrund stehen und nicht irgendwelche sachlichen Dinge.

Beim erneuten Lesen und Genehmigen der Wiederveröffentlichung war die bemerkenswerteste Genugtuung für mich, zu entdecken, daß ich die Story nicht – wie befürchtet – zu einer Botschaft gemacht hatte. Die beiden Romane liegen genau richtig. Es ist eine derart lange Zeit seit dem Niederschreiben vergangen, daß meine Erinnerung etwas getrübt war durch fünfzig dazwischenliegende Romane. Und so stellte ich mit viel Selbstbelustigung fest, daß ich das erste Mal meine eigenen Werke las, immer mit beträchtlicher Neugier, was wohl als nächstes passieren würde.

John D. MacDonald

Aus dem Amerikanischen übersetzt von Werner Bauer

HEYNE BÜCHER

JOHN BRUNNER

der erfolgreichste englische Science Fiction-Autor, weltberühmt durch seine Romane „Schafe blicken auf“, „Morgenwelt“ und der „Schockwellenreiter“.

Alle drei Romane eben neu aufgelegt:

06/3617 - DM 7,80

06/3750 - DM 9,80

06/3667 - DM 6,80

Darüber hinaus vier Neuerscheinungen:

06/4226 - DM 9,80

06/4227 - DM 6,80

06/4238 - DM 6,80

06/4239 - DM 6,80